HEYNE <

W0369610

IBON MARTÍN

BLUTROTE TULPEN

Aus dem Spanischen
von Anja Rüdiger

WILHELM HEYNE VERLAG
MÜNCHEN

Die Originalausgabe LA DANZA DE LOS TULIPANES
erschien erstmals 2019 bei Plaza & Janés,
Penguin Random House Grupo Editorial, Barcelona.

MIX
Papier aus verantwortungsvollen Quellen
FSC
www.fsc.org
FSC® C083411

Penguin Random House Verlagsgruppe FSC® N001967

Deutsche Erstausgabe 08/2021

Redaktion: Peter Thannisch
Printed in Germany
Umschlaggestaltung: bürosüd, München, unter Verwendung
von © Mauritius Images (Erlantz Pérez Rodriguez / Alamy)
Satz: Satzwerk Huber, Germering
Druck und Bindung: CPI books GmbH, Leck
ISBN: 978-3-453-42557-6

www.heyne.de

1

19. Oktober 2018, Freitag

Santi wirft einen letzten Blick in den Rückspiegel, bevor er die Türen der Waggons schließt; auf dem Bahnsteig ist niemand mehr. Dann fährt der Zug los, und schnell liegen die letzten Häuser Gernikas hinter ihm. Vor ihm zeichnen sich die Berge mit den in Serpentinen ansteigenden Gleisen ab, die die Landschaft prägen. Hier und dort liegen wie weiße und rote Farbtupfer einsame Häuser verstreut. Es ist eine friedliche Welt, eine schöne Welt, in der hin und wieder das Blau des Meeres und das helle Gelb des Röhrichts aufschimmern.

Ein Fischer mit einem Weidenkorb über der Schulter und einer Zigarre zwischen den Lippen wartet an der herabgelassenen Schranke eines Bahnübergangs. Santi grüßt und betätigt das Pfeifsignal der Lok, und der Mann erwidert den Gruß, indem er kurz die Hand hebt. Ein Stück weiter richtet sich eine Frau mit breiten Hüften in einem gepflegten Gemüsegarten auf, um zu dem Zug hinüberzublicken. Vor seinem inneren Auge sieht der Lokführer, wie sie den Waggons mit dem Blick folgt, um vielleicht ein bekanntes Gesicht zu entdecken, denn hier kennt jeder jeden.

»Danke«, murmelt Santi leise für sich.

Nachdem er zweiundzwanzig Jahre lang als Lokführer bei der Metro in Bilbao gearbeitet hat, hat ihn die Bahn damit belohnt, ihn nach Urdaibai zu versetzen, der schönsten und ruhigsten Strecke im ganzen Netz. Nach der Dunkelheit unter der Stadt und dem Gedränge auf den Bahnsteigen in der Hauptverkehrszeit ist die Einsamkeit dieser Bahnlinie zwischen dem sumpfigen Küstenland und den schläfrigen Dörfern ein wohltuender Hort des Friedens.

Santi atmet tief durch. Er spürt, wie das Leben ihm zulächelt.

Diese Welt gefällt ihm, ein Ort, an dem man sich noch nach dem Rhythmus der Natur richtet.

Vom Rattern des Zuges leicht eingelullt, wandern Santis Gedanken zu seinem Zuhause. Allmählich scheinen die Dinge wieder besser zu laufen. Natalia und er haben schwierige Zeiten hinter sich, doch nun ist alles beinahe wieder wie vorher. Schon bald werden sie ihren fünfundzwanzigsten Hochzeitstag feiern, und allmählich muss er sich Gedanken machen, wie sie diesen Tag begehen werden.

Dann fordert die Strecke wieder seine Aufmerksamkeit. Ein Kormoran, schwarz wie die Nacht, erhebt sich in die Luft, als der Zug vorbeifährt, um sich dann in das grüne Wasser zu stürzen, das sich beinahe bis zu den alten Bahngleisen erstreckt. Sekunden später taucht er wieder auf, sicher mit einem silbrig glänzenden Fisch im Schnabel, ist Santi überzeugt, denn er schüttelt den Kopf, als erhoffe er sich den Applaus der wenigen Reisenden.

Natalia gefällt dies alles sehr. Für einen Moment stellt Santi sich vor, sie würde neben ihm in der Lokomotive sitzen. Das ist zwar nicht erlaubt, aber es wird schon nichts passieren, wenn er sie mal einen Tag mitnimmt. Seine Frau hat es sich verdient, genau wie er, nach zweiundzwanzig Jahren in der Großstadt. Denn in Worte fassen lässt sie sich nicht, all die Schönheit, die er jeden Tag im Leitstand des Zuges zu sehen bekommt.

Natalia ... Sie ist das Wichtigste in seinem Leben. Da sie keine Kinder haben, die er lieben kann, hat er sonst niemanden. Der Tiefpunkt von neulich ist überstanden, und jetzt kann er wieder davon träumen, mit ihr zusammen alt zu werden. Mit ihrem warmen Blick, ihrem Lächeln ...

Jenseits der Frontscheibe erscheint ihr Gesicht vor seinen Augen und verschmilzt mit der Landschaft. Sie lächelt ihm zu. Auch ihr gefallen seine Pläne.

Die Vision wirkt so real, dass Santi zwinkern muss, um in die Wirklichkeit zurückzufinden, doch als er die Augen wieder öffnet, ist Natalia immer noch da, auf einem Stuhl sitzend, mitten auf den Schienen.

Doch sie lächelt nicht mehr, sondern schreit. Sie hat den Mund weit aufgerissen und schreit, so laut sie kann, sodass Santi glaubt, sie trotz des Ratterns des Zuges zu hören.

Alles geschieht blitzschnell, obwohl es für Santi im Zeitlupentempo abläuft. Unerbittlich verschlingt der Zug die geringe Entfernung, die sie noch voneinander trennt.

»Nein! Natalia, nein! Geh da weg!«, brüllt der Lokführer, während er die Bremse betätigt.

Ein durchdringendes metallisches Quietschen begleitet den heftigen Ruck, der den Zug erfasst. Durch die Sicherheitstür ist der Aufschrei eines Reisenden zu hören, der von dem plötzlichen Bremsen überrascht wird.

Santi wendet den Blick nicht von seiner Frau und ist sicher, nackte Angst in ihren weit aufgerissenen Augen zu sehen. Könnte er in seine eigenen Augen schauen, wäre er nicht minder erschüttert. Es ist zu spät. Ein Zug kann nicht so einfach gestoppt werden. Natalia ist verloren.

»Geh weg!«, fleht Santi ein letztes Mal und schlägt sich die Hände vors Gesicht. Seine Stimme bricht. »Geh da weg! Los doch!«

Doch alles ist umsonst. Die Schnüre, die sie an den Stuhl fesseln, lassen nicht zu, dass sie sich bewegt. Ihr bleibt nur zu schreien. Zu schreien und abzuwarten, dass der Zug ihres Mannes seinen Weg beendet.

2

19. Oktober 2018, Freitag

»Bist du bereit?«, fragt Julia und zieht die Handbremse an. »Das wird alles andere als angenehm.«

Raúl neben ihr auf dem Beifahrersitz nickt mit ernstem Gesicht. Wenn ein Mensch von einem Zug überfahren wird, ist es meist besonders hart. Züge sind gnadenlos, wenn sie auf einen menschlichen Körper treffen.

Die Tropfen, die sich auf der Windschutzscheibe ansammeln, schimmern blau vom Licht des Streifenwagens, der die Zufahrt zum Unfallort blockiert. Julia und Raúl, die der Ertzaintza, der baskischen Autonomiepolizei, angehören, wechseln einen letzten resignierten Blick, bevor sie aus dem Auto steigen. Sie müssen auf den Gleisen nach Hinweisen und biologischen Überresten suchen. Und das momentan Wichtigste tun: das Opfer identifizieren und die Angehörigen benachrichtigen. Es ist schon nicht leicht, an einer Tür zu klingeln, um jemandem den Tod eines geliebten Menschen mitzuteilen, doch die Nachricht zu überbringen, dass dieser geliebte Mensch Selbstmord verübt hat, ist noch schlimmer. Wie erklärt man jemandem, dass sich sein Sohn, seine Schwester oder der Ehemann das Leben genommen hat? Eine Tat, die die ganze Familie unvermeidlich mit schwer zu überwindenden Schuldgefühlen erschüttert?

Julia spürt, wie ihr die Regentropfen übers Gesicht laufen. In diesem Jahr ist die Kälte früher gekommen als sonst. Wo sind die eigentlich zu dieser Jahreszeit üblichen Tage des Südwinds? Wenigstens haben sie noch ein paar Stunden bei Tageslicht, denkt sie mit Blick in den Himmel. Denn es ist noch etwas ganz anderes, sich einer derart grausigen Szenerie bei künstlichem Licht zu stellen.

»Da ist der Ehemann«, teilt ihnen der Polizist mit, der die Straßensperre überwacht. »Er ist am Boden zerstört.«

»Der Ehemann?«, fragt Julia mit gerunzelter Stirn. »Wer hat ihn benachrichtigt?«

»Niemand. Er war schon hier, als wir gekommen sind. Er ist der Lokführer.«

Julia und Raúl, die, wie bei derartigen Ermittlungen üblich, Zivil tragen, tauschen diesmal einen verwunderten Blick. Warum hat die Frau, um sich das Leben zu nehmen, den Zug ihres Mannes gewählt? Sie schlüpfen gebückt unter dem Absperrband hindurch und gehen auf den Mann zu. In seiner Uniform des baskischen Eisenbahnunternehmens EuskoTren sitzt er auf einer Betonmauer und weint mit schmerzlich verzerrtem Gesicht.

»Wir können ihn nicht davon überzeugen, dass es besser ist, mit uns zu kommen«, erklärt einer der Sanitäter, die sich um ihn kümmern.

»Natalia ...«, stammelt der Lokführer. »Warum sie? Natalia ...« Nur wenige Schritte entfernt steht als stummer Zeuge des schmerzhaften Klagens der weiße Regionalzug auf dem schmalen Gleis. In der Luft liegt der bei Zugunglücken unverwechselbare metallische Geruch.

Julia legt dem Mann eine Hand auf den gebeugten Rücken. »Unser herzliches Beileid. Wir wissen, dass dieser Moment nicht einfach für Sie ist.« Sie ärgert sich, dass ihre Worte so floskelhaft klingen, denn jedes einzelne tut ihr weh.

Der Lokführer nickt leicht und trocknet sich die Tränen mit dem Jackenärmel. »Sie hat dort gesessen ... mitten auf den Gleisen«, berichtet er mit einem Blick, der ins Leere gerichtet ist.

»Wer hat ...?« Wieder beginnt er zu weinen. Es ist ihm unmöglich, weiterzusprechen.

»Bitte kommen Sie«, sagt der Sanitäter. »Wir müssen Sie mitnehmen.«

Vom Ende des Zugs her nähert sich ihnen einer der Polizisten, die vor ihnen am Unfallort waren. Seine Schritte knirschen auf den Schottersteinen.

»Sie haben sie an einen Stuhl gebunden«, erklärt er und greift sich ans Handgelenk. »Hier und an den Fußknöcheln.«

Julia spürt, wie diese Nachricht all ihre Sinne in Alarmstimmung versetzt. Das ändert alles. Nun geht es nicht mehr um Suizid.

»Mord!«, presst sie zwischen den Zähnen hervor und sucht den Blick ihres Kollegen.

Raúl fotografiert gerade die Lokomotive. Von ihrem Standort aus kann Julia die Vorderseite des Zugs nicht sehen, aber sie fürchtet, dass sie voller Blut ist.

»Ich konnte nicht mehr bremsen«, sagt der Lokführer schluchzend.

»Wo ist sie?«, fragt Julia den Kollegen, der gerade hinzugekommen ist.

»Dort hinten, etwa achtzig Meter entfernt. Der Körper wurde nicht von den Rädern der Lok erfasst, sondern beim Aufprall vom Gleisbett geschleudert, ist also noch einigermaßen intakt.«

Julia bedenkt den Kollegen angesichts seines mangelnden Taktgefühls mit einem tadelnden Blick. Dann wendet sie sich wieder an den Lokführer: »Wir werden denjenigen finden, der Ihrer Frau das angetan hat.«

»Ich konnte nicht mehr bremsen«, stammelt er. »Ich konnte es nicht ...«

»Gehen Sie mit ihnen«, bittet Julia und weist auf die Sanitäter und den Krankenwagen. Sie stehen mit einigen der wenigen

Passagiere zusammen, die deutlich schockiert sind. Zwei Polizisten und mehrere Sanitäter sind mit der restlichen Evakuation des Zuges beschäftigt. »Sie werden sich gut um Sie kümmern. Wenn es Ihnen etwas besser geht, werden wir mit Ihnen reden.«

Dann geht sie dorthin, wo der Leichnam liegt, und gibt die Nummer des Kommissariats in ihr Handy ein. Sie muss Silvia Bescheid geben, der Psychologin, die sie üblicherweise begleitet, wenn sie zum ersten Mal mit den Familienangehörigen sprechen, und sie ins Krankenhaus schicken, in das der Lokführer nun gebracht wird.

»Und wenn er gar nicht der Ehemann ist?«, wendet Raúl ein, der zu ihr tritt.

Julia versteht, was er meint. Auch sie hat schon daran gedacht. Der Schock bei so einem Unglück kann dazu führen, dass das Gesicht des Opfers von dem eines nahestehenden Menschen überdeckt wird. Vielleicht ist das bei dem Lokführer der Fall. Was die Dinge für die beiden Polizisten jedoch nicht allzu sehr verändern würde. Denn in jedem Fall wurde hier auf den Gleisen eiskalt eine Frau ermordet.

»Wir werden es bald erfahren«, meint Julia seufzend, während sie sich die Szene vorstellt. Das Geräusch des sich nähernden Zuges, das Vibrieren der Gleise, während man selbst an Händen und Füßen gefesselt darauf wartet, von dem eisernen Monstrum überrollt zu werden. »Was diese Frau durchgemacht hat, muss furchtbar gewesen sein.«

»Natalia«, spricht Raúl den Namen aus, den der Lokführer ihnen genannt hat.

»Gleich werden wir wissen, ob sie es wirklich ist.« Julia reicht dem uniformierten Kollegen, der die Leiche bewacht, die Hand.

»Der Körper ist relativ unversehrt«, erklärt dieser zur Begrüßung.

»Ja, das haben wir schon gehört.« Julia beugt sich über den Leichnam.

Der Stuhl ist in mehrere Teile zerbrochen, doch das Opfer hat noch alle Gliedmaßen. Allerdings sind das Gesicht und andere Teile des Körpers arg in Mitleidenschaft gezogen worden.

»Sie wurde beim Aufprall weggeschleudert«, bestätigt ihr Kollege.

Julia runzelt die Stirn, als sie die Blume sieht, die das Opfer in der rechten Hand hält. Sie hat ein paar Blütenblätter verloren, ist aber ansonsten unversehrt. Es ist eine Tulpe. Eine schöne rote Tulpe, deren Farbe sich kaum von der des Bluts unterscheidet, das die Jeansjacke der ermordeten Frau bedeckt.

»Wie seltsam«, murmelt Julia. »Sie hat die Blume nicht mal beim Aufprall losgelassen.«

Julia wartet, bis Raúl die Tulpe fotografiert hat, und zieht erst dann an ihrem Stängel, um sie in eine Asservatentasche zu stecken, denn es könnte sich um ein Beweismittel handeln.

»Sie ist angeklebt. Verdammt, deshalb hat sie die Blume nicht losgelassen. Sie ist an ihrer Hand festgeklebt.« Julia erschaudert am ganzen Körper. Als sie sich wieder gefangen hat, streicht sie dem Opfer übers Haar, als würde sie versuchen, den unversehrten Anblick wiederherzustellen und der Frau das Aussehen zurückzugeben, das sie hatte, bevor sie auf so brutale Art und Weise aus dem Leben gerissen wurde. »Was haben sie dir angetan? Wer hat dich hierhergebracht?« Sie schüttelt den Kopf. Von dieser Frau wird sie keine Antwort mehr erhalten.

Seufzend richtet sich Julia auf. Als sie den Tag auf dem Surfbrett in den Wellen von Mundaka begonnen hat, konnte sie nicht ahnen, dass er so tragisch enden würde.

»Da kommt der Gerichtsmediziner«, informiert sie ihr Kollege.

Julia antwortet nicht. Auf der Suche nach der genauen Stelle des Aufpralls geht sie die Gleise entlang. Ein rotes Blütenblatt liegt dort zwischen den Schienen, wo der Stuhl gestanden haben muss. Auch das Blatt muss als mögliches Beweisstück in eine Asservatentasche.

»Was macht denn das da?«, fragt sie plötzlich. An einem der Pfosten für die Oberleitung ist mit einfachem Klebeband etwas Goldfarbenes befestigt.

Aus der Nähe erkennt sie ein verkleinertes Bild von sich selbst und ist irritiert, ihr eigenes verwirrtes Gesicht auf dem Display eines Handys zu sehen. Das Aufnahmesignal leuchtet.

»Verdammt, was ...?«

»Ich hab ihre Tasche«, sagt Raúl im Näherkommen, dann stutzt er. »Was ist das denn? Was macht das Telefon da?«

Julia hört ihn gar nicht. Voller Entsetzen starrt sie auf das Display des Handys.

Plötzlich wird sie von einer Melodie aus ihrer Erstarrung gerissen. Sie erkennt sie sofort; es ist ihr eigenes Handy. Mechanisch holt sie es aus der Manteltasche und hält es sich ans Ohr.

»Was ist?«

»Es gibt Neuigkeiten.« Der Anruf kommt aus dem Kommissariat. »Das Verbrechen wurde live auf Facebook übertragen. Die ganze Stadt ist erschüttert.«

Julia nickt langsam. Sie streckt die Hand aus und drückt auf den Knopf, um die Aufnahme zu beenden. Anschließend löst sie das Klebeband und steckt auch das Handy in eine Asservatentasche.

Etwas Derartiges hat sie noch nicht erlebt. Die Tulpe, der Stuhl auf den Gleisen, die Übertragung im Internet ... All das wirkt grausam machiavellistisch.

»Wie es scheint, handelt es sich wirklich um die Frau des Lokführers.« Ihr Kollege zeigt ihr einen Ausweis. »Natalia Etxano, geboren 1961.«

Julia tritt näher, um das Foto im Ausweis genauer zu betrachten. Das Gesicht kommt ihr vage bekannt vor.

»Natalia Etxano«, wiederholt sie nachdenklich. Sie weiß, dass sie diesen Namen schon einmal gehört hat. »Verdammt, natürlich, das ist die vom Radio ...«

»Scheiße, die von Radio Gernika!«

Natalia Etxano ist nicht irgendeine Anwohnerin aus der Gegend. Sie ist Journalistin, die Moderatorin des viel gehörten Morgenprogramms des Radiosenders, der in Gernika und in der ganzen Region gehört wird. Die Presse wird Julia auf Schritt und Tritt verfolgen und ständig nach den Fortschritten der Ermittlungen fragen. Das wird nicht leicht werden.

»Scheiße!«, sagt auch sie und schlägt sich vor die Stirn. Gerade ist ihr etwas eingefallen, was das Ganze noch komplizierter machen wird. Viel komplizierter.

3

20. Oktober 2018, Samstag

Die Tür ist nicht richtig abgeschlossen und lässt sich mit einer halben Drehung des Schlüssels öffnen. Ane schnaubt genervt, denn das kann nur bedeuten, dass ihr Bruder zu Hause ist. Es ist erst zwei Wochen her, dass Andoni bei ihr eingezogen ist, doch sie hat das Gefühl, dass er schon seit Jahren bei ihr wohnt. Vorher war diese Wohnung in Pasai Donibane, direkt am Meer, für sie der schönste Ort der Welt.

»Hab Geduld«, empfiehlt sie sich selbst.

Nachdem sie fünf Jahre lang allein gelebt hat, ist es nicht leicht, sich an einen Mitbewohner zu gewöhnen. Und das Schlimmste von allem ist, dass sie selbst ihn dazu gedrängt hat, um den ständigen Streitereien zwischen ihrem Bruder und ihrer Mutter ein Ende zu machen.

Nun bereut sie es, denn jedes Mal, wenn sie erschöpft aus dem Kommissariat kommt, läuft in voller Lautstärke eine dieser Serien auf Netflix, die sich Andoni beinahe zwanghaft ansieht. Wie kann man ganze Nachmittage in der Wohnung damit verbringen, sich eine Serienfolge nach der anderen reinzuziehen und dabei ununterbrochen zu qualmen? Zudem ist er offenbar nicht in der Lage, das Fenster zu öffnen, um die nach Zigarettenrauch stinkende Wohnung zu lüften.

Wenn es nur Zigarettenrauch wäre! Denn sobald er es sich leisten kann, nebelt er sich das Hirn mit Joints zu.

Auch Ane war mal jung – verdammt, das ist sie immer noch – und hat nur hin und wieder mal eine Zigarette geraucht, und zwar auf dem Balkon, um ihre Mitbewohner nicht zu belästigen.

Sie versucht sich zu beruhigen, um nicht gleich voller Wut in die Wohnung zu stürmen, doch als sie durch die Tür tritt, wird sie von der Rauchwolke beinahe erschlagen.

»Ich bin wieder da«, sagt sie zur Begrüßung und beißt sich auf die Zunge, um nicht sofort loszuschimpfen.

»Wie war's auf der Arbeit? Hör mal, Ibai und Manu sind hier«, antwortet die Stimme ihres Bruders aus dem Wohnzimmer. »Wir bestellen Pizza. Wenn du auch eine willst ...«

Ane verzieht das Gesicht, während sie sich die Polizeistiefel auszieht. Sie denkt an ihre Eltern. Es war wohl doch keine so gute Idee, ihren Bruder hier aufzunehmen. Er ist erst neunzehn, neun Jahre jünger als Ane, die es, bis sie vierundzwanzig war, im Elternhaus ausgehalten hat.

»Esst ihr ruhig allein.« Sie zieht sich die Stiefel wieder an. »Ich besorg mir draußen was zum Abendessen.«

Sie geht die Treppe hinunter und tritt durch die Haustür auf den Platz hinaus. Die salzige, frische Meeresluft versöhnt sie wieder mit der Welt.

Olaia, eine ihrer besten Freundinnen, wenn nicht sogar ihre allerbeste, winkt ihr zu. Sie steht an der Tür des Itsaspe, einer der Bars an diesem Platz direkt am Meer, und raucht gerade die letzten Züge ihrer Selbstgedrehten. Nicht weit von ihr spricht Nagore, die ebenfalls zu Ane Cesteros engstem Freundeskreis zählt, gestikulierend in ihr Handy.

»Ich hab die Nase voll davon, dass er in meiner Wohnung hockt!«, schimpft Ane.

»Na ja, ich finde es ganz wunderbar, weil wir dich jetzt viel öfter sehen als vorher«, entgegnet Olaia, bevor sie die Freundin lachend umarmt.

»Das stimmt nicht«, protestiert Ane, obwohl sie weiß, dass ihre Freundin recht hat. Bevor Andoni bei ihr eingezogen ist, gab es durchaus Tage, an denen sie nach der Arbeit lieber zu Hause geblieben ist. Nun hingegen geht sie jeden Abend runter in die Bar, um einen Streit mit ihrem Bruder zu vermeiden. Manchmal isst sie dann nur ein Bocadillo oder ein paar Pintxos – baskische Tapas – und geht direkt danach rauf in ihr Schlafzimmer und ins Bett.

»Hat er vor, noch länger zu bleiben?«, fragt ihre Freundin.

Ane zuckt mit den Schultern. »Für immer, nehme ich an. Er hat das gleiche Recht wie ich, sich dort breitzumachen. Es ist die Wohnung unserer Großmutter und nicht meine. Und das Schlimmste von allem ist, dass wir uns vorher super verstanden haben, sodass ich von mir aus vorgeschlagen hab, er soll bei mir einziehen.«

Nagore hat ihr Telefongespräch beendet und gesellt sich zu ihnen. »Hab ich dir schon das von Samstag erzählt?«, fragt sie und stößt Olaia mit dem Ellbogen an.

Ane schüttelt den Kopf. »Jetzt sagt nicht, dass ich irgendwas Wichtiges verpasse hab, weil ich ein Mal nicht mit ausgegangen bin.«

Olaia lacht leise. »Ich hab mit 'nem Typen geflirtet.«

»Und? Bereust du's schon?«

»Überhaupt nicht.«

»Und ...?« Anes Neugierde wächst, denn ihre Freundin interessiert sich normalerweise ausschließlich für Frauen. Nagore, die immer noch neben Olaia steht, nickt amüsiert.

»Er ist echt nicht übel«, sagt sie gespielt verärgert. »Die dumme Kuh hat ihn mir vor der Nase weggeschnappt. Wir haben beide mit ihm gequatscht, aber anstatt ihn mir zu überlassen, hat sie ihn einfach abgeschleppt. Nun, ich hoffe, sie hat es ausgenutzt ...«

»Na ja, wir haben schon einiges miteinander angestellt ... Aber ihr wollt doch wohl keine Einzelheiten wissen, ihr Tratschtanten!«

»Bist du jetzt bisexuell?«, fragt Ana halb im Scherz, halb erstaunt.

»Auf keinen Fall. Wo ist die nächste Frau? Das war einfach nur eine verrückte Nacht. Die erste und die letzte.«

Nagore zwinkert Ane zu. »Besser für uns, oder? Damit wir auch noch welche abkriegen.«

Ane lacht. Nagore hat recht. Immer wenn sie zusammen ausgehen, ist es Olaia, die alle Blicke auf sich zieht. In der genetischen Lotterie hat sie eindeutig den Hauptgewinn gezogen. Sie muss nicht regelmäßig joggen gehen, um ein hautenges Kleid tragen zu können. Wobei es Ane nichts ausmacht, nicht wie ein Topmodel auszusehen. Sie ist zwar ziemlich klein und findet auch ihre lockigen Haare nicht gerade toll, doch das gleicht sie mit genügend Selbstbewusstsein aus. Zudem hat sie sich ein Glätteisen für ihre Haare zugelegt.

»Deine Nase hat sich verändert, oder?« Olaia zeigt auf den Ring, der an diesem Abend Anes rechten Nasenflügel ziert.

»Ja. Ich konnte den Stern nicht mehr sehen. Ich hab ihn fast zwei Jahre lang getragen.«

»Sieht gut aus. Und fällt etwas mehr auf. Auch das neue Augenbrauenpiercing steht dir super. Neben den anderen und deinem unwiderstehlichen Drachentattoo. Würde ich auf Frauen stehen«, scherzt Nagore und zwinkert Olaia zu, »wärst du genau mein Typ.«

Ane lacht erneut und streicht sich mit der Hand über das Tattoo am Hals. »Warum sagst du immer, dass es ein Drache ist? Das ist Sugaar, das männliche Gegenstück der Göttin Mari. Wie wär's, wenn du dich mal ein bisschen mit der baskischen Mythologie beschäftigst!«

»Ich weiß, dass das Sugaar ist. Das mit dem Drachen sag ich nur, um dich zu ärgern«, erklärt Olaia lachend. »Du hast es uns schon mindestens achtzig Mal gesagt!«

Ane öffnet die Tür der Bar. »Los, lasst uns ein Bier trinken. Wir haben jetzt genug über unser Aussehen gequatscht.«

»Dabei wollte ich dir gerade sagen, wie gut du mir mit dem glatten Haar gefällst«, sagt Olaia und legt Ane die Hand auf die Schulter.

»Ich mag sie auch mit Locken«, erklärt Nagore.

»Verdammt, ihr Nervensägen! Würdet ihr mich jetzt bitte endlich in Ruhe lassen? Sag mal, Olaia, gibt es irgendwelche Neuigkeiten von unserer Band?« Ane denkt daran, mit welchem Enthusiasmus sie vor zwei Jahre The Lamiak gegründet haben. Sie hat sich vor einiger Zeit beim Klettern eine Verletzung am Handgelenk zugezogen, doch jetzt, da die verheilt ist, will sie sich endlich wieder ans Schlagzeug setzen. Ihre Arme fühlen sich schon an, als wären sie eingerostet.

»Es ist noch nicht ganz sicher, aber ich hab schon zwei Konzerte abgesprochen«, erklärt Olaia und hebt dann drohend den Zeigefinger. »Doch wir müssen uns zum Üben treffen, damit wir uns nicht so blamieren wie beim letzten Mal. Keine Ahnung, warum sie uns nicht dreikantig aus dem De Cyne Reyna rausgeworfen haben!«

»Wirklich? Zwei?«, freut sich Nagore. »Das sind mehr als im ganzen letzten Jahr.«

»Das Doppelte«, meint Ane lachend. »Los, wann treffen wir uns zum Üben?«

Kaum hat sie die Frage gestellt, meldet sich ihr Handy.

»Geh nicht ran, Ane. Die rufen dich ständig außerhalb der Dienstzeit an. Es ist Samstag!«

»Vielleicht ist es ja gar nicht dienstlich«, wehrt Ane ab und fischt ihr Handy aus der Tasche. Doch die Nummer auf dem Display zwingt sie, sich bei ihren Freundinnen zu entschuldigen und wieder nach draußen auf den Platz zu gehen, um in Ruhe telefonieren zu können.

»Ane Cestero«, meldet sie sich noch in der Bar, mit dem Handy am Ohr. Dabei hofft sie auf gute Nachrichten. Vielleicht hat sich der Kerl, den sie gestern festgenommen hat, endlich zu einem Geständnis entschlossen.

»Ane Cestero«, imitieren ihre Freundinnen sie lachend, die sich gern darüber lustig machen, wenn sie sich am Telefon meldet wie ein Cop in einem Hollywoodfilm.

»Alles klar, Ane?«, hört sie die Stimme ihres Chefs. »Ich bin's, Madrazo. Bist du zu Hause?«

Sie lässt im Halbdunkel des Platzes den Blick an der mit Weinreben berankten Fassade ihres Hauses emporschweifen. Das flackernde bläuliche Licht im Fenster verrät, dass der Fernseher läuft.

»Mehr oder weniger«, antwortet sie ausweichend und verzieht das Gesicht. »Warum? Gibt es Neuigkeiten? Hat er geredet?«

»Von wegen. Der schweigt weiterhin wie ein Grab. Wir werden diesen Mistkerl dem Gericht übergeben müssen, ohne dass er auch nur ein Wort von sich gegeben hat.« Madrazo macht eine Pause, die Ane die Zeit gibt, sich nach dem Grund dieses Anrufs zu fragen.

»Ich hoffe, dir steht der Sinn nach einer Luftveränderung. Am Montag fährst du nach Gernika.«

Ane runzelt die Stirn. »Nach Bizkaia? Aber das ist außerhalb unseres Zuständigkeitsbereichs.«

»Genau das ist der Grund, warum du dorthin musst.«

»Ich versteh kein Wort.«

»Ich weiß. Komm ins Kommissariat, und ich erklär dir alles.«

»Jetzt?«

Olaia tritt aus der Bar und hebt die Hand, um sich bei Ane bemerkbar zu machen. »Soll ich dir ein Bier bestellen? Du hast sicher 'ne trockene Kehle, nachdem du so viel geredet hast.«

Ane wirft ihrer Freundin einen verärgerten Blick zu. Ständig halten sie ihr vor, dass bei ihr die Arbeit immer an erster Stelle steht und sie nie in Ruhe ein Bier mit ihnen trinken kann.

»Jetzt sofort«, drängt ihr Chef. »Es ist wichtig.«

»Und du kannst es mir nicht am Telefon sagen? Ich hab mich gerade mit meinen Freunden auf ein Bier getroffen.«

Madrazo zögert erneut für einen Moment. »Du hast doch sicher von der Sache mit dem Zug gehört. Der Lokführer, der seine eigene Frau überfahren hat ...«

»Sicher, die Geschichte ist ja in aller Munde.«

»Und auch wir müssen jetzt darüber reden. Komm, so schnell du kannst. Oder glaubst du, dass ich aus Spaß am Feierabend im Büro hocke?«

Ane lässt den Blick über die Hafeneinfahrt schweifen, bis er an einer Trainera in der Nähe der Mole von Antxo hängen bleibt. Aus der Entfernung und in der Dunkelheit kann sie so gerade die rhythmische Bewegung der Ruder des hier an der Küste typischen Sportboots erkennen. Sobald die Tage kürzer werden, wird immer öfter auch im Dunkeln trainiert.

»Gib mir eine Stunde.«

»Besser nur eine halbe.«

Ane steckt das Handy seufzend wieder ein. Nun braucht sie erst mal ein schönes kühles Bier.

»Jetzt sagt mir nicht, dass ihr mir keins bestellt habt«, scherzt sie, als sie wieder bei ihren Freundinnen ist.

4

20. Oktober 2018, Samstag

»Siebenunddreißig Minuten«, sagt Madrazo. »Danke, Cestero.«

Er sitzt in seinem Büro. Ane schließt die Tür und nimmt auf einem der beiden Stühle vor seinem Schreibtisch Platz. Sie küssen sich zur Begrüßung nicht auf die Wange. Sie sind Kollegen, er ist der Chef und sie ihm unterstellt, alles andere ist Vergangenheit.

»Olaia und Nagore werden dich an deinen Kronjuwelen aufhängen, wenn du ihnen das nächste Mal über den Weg läufst«, droht Ane mit vorgespielter Wut und zeigt mit dem Finger auf den entsprechenden Bereich unterhalb der Schreibtischplatte. »Sie finden es gar nicht gut, dass ich nicht ein Mal in Ruhe ein Bier mit ihnen trinken kann.«

»Das wird sich auch wieder ändern. Außerdem hängen sie mehr an mir als du«, scherzt Madrazo.

Er hat diese dunklen Augen, deren Blick sie immer noch zum Schmelzen bringen kann, und sein Pony ist von der Sonne und dem Salzwasser gebleicht. Hinzu kommen seine ständige Bräune und die gestählten Muskeln vom Surfen.

»Gut, dann erzähl mal. Du hast mich doch nicht herbestellt, um mit mir über meine Freundinnen zu reden, oder?« Sie gibt sich angriffslustig, um dem Drang zu widerstehen, sich von ihrem Stuhl zu erheben und auf die andere Seite des Schreibtischs zu gehen.

Es ist nicht das erste Mal, dass sie sich einem solchen Impuls widersetzen muss. Madrazo wirkt immer noch äußerst anziehend auf sie. Und sie weiß, dass es umgekehrt genauso ist. Es waren zwei sehr intensive Jahre. Schade, dass sie, nachdem das Ganze wie ein Spiel begonnen hat, letztendlich unterschiedliche Erwartungen hatten. Vielleicht war der Altersunterschied daran schuld. Ane war achtundzwanzig Jahre alt, als sie sich getrennt haben, und ihr Chef beinahe vierzig. Für sie war diese unverbindliche Beziehung völlig in Ordnung. Sex, Konzertbesuche, Vertraulichkeiten ... Sie war gern mit ihm zusammen, bis er auf einmal mehr gewollt hat.

Für Ane kamen gemeinsame Zukunftspläne und ein Zusammenleben jedoch nicht infrage. Und damit war die Sache vorbei. Doch noch immer hat sie die Vorwürfe von Olaia und Nagore im Ohr, dass sie einem derart attraktiven Mann den Laufpass gegeben hat.

Madrazo schiebt ihr ein Blatt Papier hinüber. Darauf ist eine Skizze zu sehen, eine einfache Skizze, die aussieht wie ein Stammbaum. Darüber steht ein unverständliches Wort geschrieben.

UEHI

»Was ist das? Und warum steht dort mein Name?«

»Von heute an gehörst du zur Unidad Especial de Homicidios de Impacto, der Spezialeinheit für besonders schwerwiegende Mordfälle. Na ja, du gehörst nicht nur dazu, du leitest sie.«

Ane sieht ihren Chef mit ungläubigem Gesichtsausdruck an. Vor ein paar Wochen hat er dies mal erwähnt. Eine Einheit ausschließlich mit Polizeikräften, die auf die Aufklärung von Serienverbrechen oder besonders medienwirksamen Mordfällen spezialisiert sind. Als sie darüber gesprochen haben, war das nicht mehr als ein mögliches Projekt, das, wie es jetzt scheint, mit einem Satz mehrere Schritte übersprungen hat und direkt umgesetzt worden ist.

»Und das Verbrechen in Gernika ist unser erster Fall?«

»Genau. Der Tod von Natalia Etxano war der letzte Anstoß, der uns dazu gebracht hat, die Einheit ins Leben zu rufen, und du wirst sie leiten.«

»Weil das Opfer eine bekannte Journalistin war«, mutmaßt Ane.

»Ja, unter anderem. Oder, besser gesagt, es ist der Vorwand, denn Natalia war nicht nur eine bekannte Moderatorin, sondern auch die Geliebte des Comisario in Gernika. Und das macht nicht nur ihn zu einem Verdächtigen, es zwingt uns auch zu einem gewissen Misstrauen den Kollegen gegenüber, die unter seinem Befehl stehen.«

Ane runzelt die Stirn. »Ich hab gelesen, dass die Journalistin verheiratet war.«

»Der Comisario ebenfalls. Dennoch hatten sie schon seit längerer Zeit ein Verhältnis und waren, wie es aussieht, nicht besonders diskret, denn das ganze Kommissariat wusste davon.«

Ane blickt noch einmal auf das Papier. Als sie erneut ihren Namen an der Spitze der Darstellung sieht, überkommt sie ein leichtes Schwindelgefühl. Wobei man nicht sagen kann, dass die Einheit, die sie anführen soll, besonders viele Mitglieder hat. Nur drei Striche führen von ihrem Namen nach unten, und von den Kollegen, die ihr unterstellt sein werden, kennt sie nur einen.

»Aitor Goenaga«, liest sie laut. Hätte sie sich ihr Team selbst zusammenstellen dürfen, wäre er der Erste gewesen, an den sie gedacht hätte; vielleicht der Einzige. »Und wer sind die anderen?«

»Hast du noch nie von Txema Martínez gehört? Er ist aus Bilbao.«

»Ist das nicht der, der zu Interpol gegangen ist?«

»Er ist gerade wieder zurückgekommen. Ein guter Mann, wenn auch etwas zu sehr von sich eingenommen. Lass dir von ihm nicht auf der Nase rumtanzen. Du bist seine Vorgesetzte. Du leitest die Einheit.«

Ane richtet den Blick auf ein Poster an der Wand hinter Madrazo. Es zeigt eine riesige Welle, auf der ein winziger Surfer zu sehen ist. Sie spürt ein leichtes Kribbeln im Bauch. Bis jetzt hat sie noch nie die Ermittlungen in einem Fall geleitet. Doch angesichts ihrer kürzlichen Beförderung war vorauszusehen, dass der Tag kommen würde.

Sie senkt den Blick wieder auf die Skizze. »Und Julia Lizardi? Wer ist das?«

»Eine Kollegin aus Gernika. Sie soll sehr gut sein. Im letzten Jahr hat sie den Fall um die ermordeten Taucher gelöst. Sie wurde mir empfohlen. Und wie es aussieht, haben wir etwas gemeinsam. Auch sie surft.«

Ane nickt zustimmend. Eine Kollegin aus der betreffenden Gegend im Team zu haben scheint ihr eine hervorragende Idee. Dann haben sie zumindest jemanden, der mit den lokalen Begebenheiten vertraut ist und das Kommissariat kennt, mit dem sie zusammenarbeiten werden.

»Wer hat das Team zusammengestellt?«, fragt sie.

»Ich. Zwei aus Bizkaia und zwei aus Gipuzkoa, um niemanden zu benachteiligen, du weißt schon.«

Ane nickt. Immer dieser geografische Balanceakt ...

»Aber keiner aus Vitoria«, stellt sie fest.

Madrazo zuckt mit den Schultern. Er hält es nicht für nötig, etwas dazu zu sagen, denn Ane kann sich die Antwort auch selbst denken. Die Kollegen von dort beklagen sich nie.

»Sind wir Erandio unterstellt oder dir?«, fragt sie und spricht damit die beiden zentralen Kommissariate von Bizkaia und Gipuzkoa an.

»Im Prinzip mir. Wir hier haben mehr Erfahrung mit solchen Fällen, weshalb sie mir die Organisation übertragen haben. Diese neu gebildete Einheit kommt nur zum Einsatz, wenn es die Umstände erfordern. Ansonsten arbeitet jeder von euch in seinem Kommissariat.«

»Das heißt, dass wir nur zusammenkommen, wenn ein wirklich schlimmes Verbrechen vorliegt.«

Madrazo nickt. »Organisiertes Verbrechen, Serientäter oder wenn es sich bei dem Opfer um eine bekannte Persönlichkeit handelt. Also Fälle, die in der Öffentlichkeit für besondere Aufmerksamkeit sorgen.«

Ane schnaubt. Das klingt gar nicht gut. Aufmerksamkeit in der Öffentlichkeit bedeutet viel Presse, und viel Presse wiederum bedeutet Druck. Sie hofft, dass sie unter diesen Umständen die nötige Ruhe bewahren kann.

»Wer ist Silvia?«, erkundigt sie sich nach dem letzten Namen, der noch auf dem Blatt steht.

»Eine Psychologin. Die Kollegen aus Bizkaia arbeiten oft mit ihr zusammen und haben sie darum ausgewählt. Sie soll sehr gut in der Erstellung psychologischer Profile sein. Das wird euch helfen zu verstehen, was im Gehirn des Mörders vor sich geht.«

»Glaubst du, dass es der Comisario war?«

Madrazo zieht die Augenbrauen so weit hoch, dass sie unter seinem blonden Pony verschwinden. »Olaizola? Ich hoffe nicht. Das wirst du schon rausfinden, da bin ich mir sicher. Aber sei darauf gefasst, dass er zu deinem Empfang nicht den roten Teppich ausrollen wird. Diese Einmischung in seinen Zuständigkeitsbereich wird ihm nicht gefallen. Und schon gar nicht, dass man ihn verdächtigt, in den Fall verwickelt zu sein.«

Ane blickt noch einmal auf das Poster mit der Welle. Plötzlich hat sie den Eindruck, von ihr überrollt zu werden. »Wann fangen wir an?«

»Am Montag. Ihr werdet morgens um neun in Gernika erwartet. Und pass auf, eine Sache noch: Die Bevölkerung in der Gegend ist äußerst beunruhigt. Die Presse wird euch keine Ruhe lassen. Verärger sie nicht, wenn du keine Probleme kriegen willst.«

Ane steht auf. Zögert einen Moment. Soll sie sich für das ihr entgegengebrachte Vertrauen bedanken oder die Tür hinter sich zuknallen, weil innerhalb weniger Minuten ihr ganzes Leben auf den Kopf gestellt wurde?

»Danke«, murmelt sie schließlich.

Madrazo winkt ab, ruft sie jedoch noch einmal zurück, als sie gerade sein Büro verlassen will. Mit der Klinke in der Hand wendet sie sich zu ihm um.

»Zeig ihnen, dass du die Beste bist. Es reicht allmählich, dass du ständig skeptisch beäugt wirst, weil du mit deinem Chef zusammen warst. Du wirst zu hören kriegen, dass du diese Einheit nur deshalb anführst. Aber ... die können mich mal. Es gibt in der Ertzaintza niemanden, der für diesen Job besser geeignet wäre. Das ist die Gelegenheit, es zu beweisen. Nutze sie.«

5

22. Oktober 2018, Montag

Eine Minute vor neun betreten Ane Cestero und Aitor Goenaga das Kommissariat von Gernika. Ane erinnert sich nicht, jemals so pünktlich zur Arbeit erschienen zu sein, aber da sie im selben Auto wie ihr Kollege nach Bizkaia gefahren ist, war es ihr gar nicht möglich, sich zu verspäten. Er hat sie sogar genötigt, eine Stunde früher als eigentlich nötig aufzustehen, für den Fall, dass ihnen unterwegs irgendetwas dazwischenkommen sollte.

Sie zieht die Kapuze ihrer Regenjacke hinunter und zeigt dem Kollegen an der Eingangskontrolle ihren Ausweis. Auch Aitor hat den seinen in der Hand.

»*Egun on*. Ich glaube, wir werden erwartet.«

Der Mann nickt unwillig, bevor er zum Telefon greift und eine interne Durchwahl tippt.

»Am Ende des Gangs rechts.« Während er wartet, dass jemand am anderen Ende abhebt, weist er Ane und Aitor mit der freien Hand den Weg. »Julia, die beiden aus Guipuzcoa sind hier«, sagt er dann in den Hörer. »Ja ich schick sie zu euch … Keine Ursache.«

Die beiden Ertzainas gehen durch den Gang, bis ihnen eine Frau entgegentritt. Langes Haar mit eingefärbten Strähnchen und ein Gesicht, das auf den ersten Blick etwas kantig, aber sympathisch wirkt. Sie sieht sportlich aus, was vielleicht auch an der betont geraden Haltung liegt. Vierzig Jahre alt, möglicherweise etwas weniger, aber nicht viel.

»Suboficial Cestero, Agente Goenaga?« Die Hand, die beide nacheinander schütteln, ist kalt. »Herzlich willkommen in Gernika. Ich bin Agente Lizardi, Julia Lizardi.«

Die gegenseitige Vorstellung und der kurze, höfliche Austausch über die Verkehrslage auf den Straßen dauern nur ein paar Sekunden, dann wird Julia schlagartig ernst, richtet den Blick zu Boden und scheint sich auf einmal unwohl zu fühlen. Ane bleibt gerade noch Zeit, sich zu fragen, was los ist, als eine Stimme in ihrem Rücken erklingt.

»Hab ich was verpasst?«, fragt der soeben Hinzugekommene zur Begrüßung.

Julia schüttelt den Kopf. »Das ist Suboficial Txema Martínez«, stellt sie den Kollegen vor und tritt auf ihn zu, um ihn mit einem Wangenkuss zu begrüßen. »Wie geht's, Txema?«

Der Angesprochene antwortet mit einem gezwungenen Lächeln. »Nicht so gut wie dir, wie es scheint. Du siehst hervorragend aus.« Während er dies sagt, ist er offenbar nicht in der Lage, der Kollegin in die Augen zu sehen. Dann wendet er sich an Ane und Aitor. »Ihr müsst die beiden Kollegen aus Guipuzcoa sein.«

Der Suboficial mustert Ane von oben bis unten. Vor allem das Tattoo an ihrem Hals und die Piercings in der Nase und der Augenbraue scheinen seine Aufmerksamkeit zu erregen. »Für deinen Rang bist du ziemlich jung, oder?«

Ane ist sofort klar, dass das kein Kompliment ist. »Das zeigt, dass ich etwas kann«, erklärt sie, entschlossen, ihm nicht die geringste Gelegenheit zu geben, sie zu diskreditieren. Warum fragen sich die Leute nie, ob Madrazo seine Position nicht vielleicht *ihr* zu verdanken hat? Wo wäre ihr Vorgesetzter heute, hätte sie ihn bei den schwierigsten Fällen nicht unterstützt?

Txema Martínez lächelt unwillig. Er muss um die fünfundvierzig sein, fünfzehn Jahre älter als Ane, und trägt die Krawatte so eng gebunden, dass sie ihm beinahe den Hals abschnürt.

»Wir können uns gleich an die Arbeit machen«, ergreift Julia wieder das Wort. »Soll ich kurz zusammenfassen, was wir haben?« Die Vorstellungsrunde ist vorbei.

»Die berühmte, einflussreiche Journalistin, die wahrscheinlich so viele Feinde hat wie diese Stadt Einwohner ...«, erklärt Txema, während er seinen Koffer auf den Boden stellt.

»Wäre es möglich, dass es der Ehemann war, der seine Frau auf die Schienen gesetzt hat, bevor er dann mit der Lok losgefahren ist?«, fragt Ane.

»Der Ehemann?« Julia wirkt aufrichtig verwirrt. »Ich war mit ihm am Tatort. Er war am Boden zerstört, weil er es nicht geschafft hat, den Zug rechtzeitig anzuhalten. Dieser Mann wird sich niemals davon erholen, was an dem Abend vor seinen Augen geschehen ist.«

Doch so leicht gibt Ane nicht auf. »Es gibt Gerüchte, dass Natalia eine Affäre hatte. Wir können nicht ausschließen, dass sich der Ehemann rächen wollte. Dieses mögliche Motiv ist nicht von der Hand zu weisen. Wir müssen herausfinden, was er in den zwei, drei Stunden vor dem Unglück getan hat.«

Aitor räuspert sich, um auf sich aufmerksam zu machen. Er ist es nicht gewohnt, sich unaufgefordert an einem Gespräch zu beteiligen. »Die Direktübertragung des Verbrechens im Internet weist durchaus auf einen Racheakt hin. Allerdings auf jemanden, den die Journalistin womöglich in ihrer Sendung verhöhnt hat, woraufhin derjenige beschlossen hat, sie vor aller Augen zu ermorden.«

Während Aitor spricht, errötet er. Was den anderen vielleicht auffällt, Ane jedoch nicht. Denn das passiert ihrem Kollegen häufig, der die vierzig gerade überschritten hat, dessen hübsches Gesicht jedoch noch immer gewisse kindliche Züge aufweist, wobei die beiden Grübchen dicht an seinen Mundwinkeln diesen Eindruck noch verstärken.

»Eine Art Hexenverbrennung im einundzwanzigsten Jahrhundert«, fügt Ane hinzu.

»Dürfen wir uns die Aufnahme mal anschauen?«, fragt Ane.

»Ihr *müsst* sie euch anschauen«, verbessert Txema. »Ich hab schon angeordnet, dass sie Bild für Bild überprüft wird, ob es irgendetwas gibt, was uns beim normalen Ansehen entgeht. Julia, hast du die Aufnahme auf dem PC?«

Die Kollegin nickt und fordert sie auf, ihr zum Ermittlungsraum zu folgen. Dieser ähnelt denen in allen anderen Kommissariaten. Drei lange Tische, jeder mit vier Arbeitsplätzen. Julia bleibt am ersten Tisch stehen und dreht den anderen einen Bildschirm zu.

»Hier werdet ihr arbeiten«, erklärt sie und weist auf den Rest des Tisches. »Wir haben ihn für euch freigeräumt.«

Die Aufnahme beginnt sofort mit dem Opfer auf dem Stuhl mitten auf den Gleisen. Im ersten Moment scheint es, als wäre Natalia eingenickt. Sicher unter dem Einfluss irgendeiner Droge. Doch nach ein paar Sekunden versucht sie verzweifelt, sich zu befreien. Der Stuhl wackelt zwischen den Schienen, und der Mund der Journalistin öffnet sich zu einem verzweifelten Schrei, der Julia dazu veranlasst, den Lautsprecher herunterzufahren. Die Flussmündung in Mundaka im Herzen des Urdaibai-Reservats schimmert mit ihren intensiven Blautönen zwischen den Bäumen hindurch, die die Szenerie einrahmen. Eine wohlgewählte Kulisse, die jeden Filmregisseur begeistern würde.

Ane spürt, wie sich ihr Puls mit jedem neuen Angstschrei des Opfers beschleunigt. Wie im Kino fleht sie, dass irgendetwas Unvorhergesehenes geschehen möge, was das minutiös geplante Verbrechen vereitelt: dass sich der Stuhl ausreichend bewegen lässt, damit sich Natalia vor dem Zug in Sicherheit bringen kann, oder dass es ihr gelingt, sich von den Fesseln zu befreien.

»Das ist brutal«, murmelt sie.

»Was für ein grausamer Hurensohn ...!«, fügt Aitor hinzu, während er den Blick vom Bildschirm abwendet.

»Der Täter könnte auch eine Frau sein«, meint Julia.

»Nein. Ich gehe jede Wette ein, dass es ein Mann ist«, widerspricht ihr eine junge Frau, die sich zu ihnen gesellt hat, ohne dass sie es gemerkt haben. »Frauen töten nicht auf so gewaltsame Art. Frauen gehen subtiler vor, mit Gift zum Beispiel.« Sie ist so klein wie Ane und zierlich wie ein Kind, obwohl sie mit Sicherheit bereits die dreißig überschritten hat. »Ich bin Silvia, die Psychologin«, stellt sie sich vor und gibt allen die Hand.

»Ausnahmen gibt es immer«, meint Ane und bemerkt wieder das intensive Rot der Tulpe in der Hand des Opfers. Es ist ein verstörender Anblick, die zarte Blume inmitten des Grauens.

Auf einmal ist über den Lautsprecher das Rattern des Zuges zu hören. Natalia, deren Gesicht immer größeres Entsetzen widerspiegelt, weiß, dass ihr Tod besiegelt ist.

»Da kommt ihr Ehemann«, sagt Julia, als das schrille Warnsignal der Lokomotive die Schreie fast gänzlich übertönt.

Alles geschieht sehr schnell. Der Zug rast in die Bildfläche und scheint sich regelrecht auf das Opfer zu stürzen. Der Monitor ist von der weißen Farbe der Regionalbahn erfüllt, und die Stimme aus dem Lautsprecher wird vom Kreischen der Bremsen übertönt. Danach sind nur noch die Gleise zu sehen. Die Gleise und ein Blütenblatt der Tulpe, das im Luftwirbel des vorübergefahrenen Zuges auf den Schienen tanzt. Sonst nur Grabesstille und die Einsamkeit des Todes.

In den folgenden Sekunden ist keiner von ihnen in der Lage, etwas zu sagen. Ane hat das Gefühl, dass ihre Kehle von einer Klauenhand zugedrückt wird. Sie hat in ihren inzwischen fünf Dienstjahren bereits die abschreckendsten Dinge gesehen, aber dies übertrifft alles.

»Diese Frau muss entsetzlich gelitten haben.« Julias Stimme klingt rau.

Ane nickt langsam. Noch immer tanzt das Blütenblatt über dem Gleisbett.

»Wie viele Leute haben die Aufnahme gesehen?«, fragt sie, als sie wieder sprechen kann.

»Hundertachttausend«, antwortet Txema. »Sie war nur vierzig Minuten lang im Netz, aber in dieser Zeit war es das am häufigsten angeklickte Video im ganzen Land.«

Ane schüttelt angewidert den Kopf. Diese krankhafte Gier nach solchen Grausamkeiten! Es ist immer das Gleiche und einfach furchtbar! »Wir suchen jemanden, der äußerst gefährlich ist. Das ist euch klar, oder?«

»Was sagt die Gerichtsmedizin?«, meldet sich Txema erneut zu Wort.

Julia greift nach der braunen Mappe, die auf dem Tisch liegt, und schlägt sie auf. »Polytrauma. Jede Menge Knochenbrüche, darunter das Schläfenbein und das Hinterhauptbein«, fasst sie zusammen. »Sie war sofort tot. Wir warten noch auf die toxikologische Analyse, aber sie war ohne Zweifel sediert.«

»Um das zu erkennen, muss man sich nur die Bilder ansehen«, meint Txema. »Sie war bewusstlos, als sie dort platziert worden ist.«

»Vielleicht suchen wir ja mehrere Mörder«, wirft Julia ein. »Nicht leicht, das alles alleine so hinzukriegen.«

Während sie noch spricht, lässt sie das Video erneut abspielen. Die Schreie klingen genauso furchtbar wie beim ersten Mal.

»Die Tat lässt eher auf einen psychopathischen Einzeltäter schließen«, widerspricht Silvia. »Die Tulpe, die Übertragung ... Wir haben es mit einem einsamen Wolf zu tun, der eiskalt, aber kalkuliert vorgeht, denn wir dürfen nicht vergessen, was er alles unter Kontrolle haben musste. Angefangen damit, dass er wusste, welche Schicht welcher Lokführer hatte. Er hat nicht irgendeinen Zug ausgewählt.«

»Das fasst es hervorragend zusammen«, lobt Ane. »Ich sehe das genauso.« Ihr gefällt Silvias Gewandtheit.

»Ja, ich auch«, stimmt Aitor zu. »Er agiert allein, sein Motiv ist Hass.«

»Von Hass hat deine Chefin nichts gesagt«, entgegnet Txema.

Ane presst die Lippen zusammen, um nichts darauf zu sagen. Was sollte dieses *deine* Chefin? Sieht Txema in ihr nicht die Chefin der ganzen Einheit? Dass sie beide den gleichen Rang haben, macht die Sache nicht leicht, und schon gar nicht, dass eine Frau die Einheit leitet; Ane weiß, dass viele ihrer männlichen Kollegen noch immer so denken, und Txema scheint da keine Ausnahme zu sein.

»Was hältst du von der Blume?«, wendet sie sich an Silvia.

»Tulpen sind ein Symbol für Struktur und Symmetrie. Bei diesen Blumen gibt es keinen Zufall, sie sind immer gleich, mit sechs Blütenblättern. Zwei Rosen sind immer unterschiedlich, genauso zwei Chrysanthemen. Zwei Tulpen hingegen nicht. Wir könnten es mit jemandem zu tun haben, der uns damit wissen lässt, dass er äußerst methodisch vorgeht.«

»Das könnte unsere Arbeit erschweren«, meint Txema. »Wenn der Täter alles genau geplant hat, wird er kaum lose Enden hinterlassen haben, an denen wir ziehen können.«

Silvia nickt. »Nicht nur das. Tulpen können auch eine negative Bedeutung haben, etwa Traurigkeit, Liebeskummer oder eine verratene Freundschaft.«

»Dann könnte derjenige, der Natalia auf die Gleise gesetzt hat, also ein ehemaliger Liebhaber sein?« Ane, die diese Frage stellt, denkt dabei sofort an den Comisario.

»Oder jemand, den sie abgewiesen hat«, mutmaßt Julia. »Oder ein Irrer, der glaubt, sich in die Journalistin verliebt zu haben und seine Gefühle nicht erwidert sah.«

Aitor räuspert sich. »Vielleicht will er auch eine ganz andere Botschaft senden. Im siebzehnten Jahrhundert waren Gemälde beliebt, deren Thema es war, dass alles vergänglich ist, und auf vielen dieser Bilder sind auch Tulpen dargestellt.«

»Das ist ja verrückt«, meint Julia.

»Na ja, das ist Kunst mit einer Botschaft«, rechtfertigt sich Aitor. »In Bilbao hängt eines davon aus der Flämischen Schule im Guggenheim-Museum.«

Die Psychologin nickt mit gerunzelter Stirn. »Wir haben es mit einem Mörder zu tun, dem sowohl die ästhetische als auch die symbolische Komponente seiner Handlungen wichtig sind.«

Ane hat nur noch mit einem Ohr zugehört, denn mit ihren Gedanken ist sie gerade auf der Überholspur. »In welchen Abständen passieren die Züge den Tatort?«, fragt sie.

»Der letzte Zug aus der Gegenrichtung ist zweiundzwanzig Minuten vor dem Aufprall dort entlanggefahren«, antwortet Julia nach einem Blick in ihre Aufzeichnungen. »Also hatte der Mörder zwanzig Minuten Zeit, um alles vorzubereiten: den Stuhl, das Handy ...«

Als der Zug Natalia Etxano ein weiteres Mal auf dem Bildschirm überfährt, schaltet Ane die Aufzeichnung ab. »Wissen wir, von wo er sie mitgenommen hat? Wo sie zuletzt gesehen wurde?«

Julia schüttelt den Kopf.

»Wir sollten mit dem Ehemann und Natalias Kollegen vom Sender reden«, schlägt Txema vor.

»Und die Wohnung des Opfers durchsuchen«, fügt Ane hinzu. »Vielleicht finden wir dort einen Drohbrief oder Ähnliches. Und wir müssen ihren E-Mail-Account checken und die sozialen Netzwerke. Aitor, fahr du zu Radio Gernika, schau dir auch Natalias Unterlagen an. Finde heraus, ob sie vielleicht Feinde hatte und ob sie jemandem in letzter Zeit auf die Füße getreten ist. Kann aber auch eine alte Wunde sein, die wieder aufgerissen ist. Julia, du sprichst mit dem Ehemann. Txema und ich durchstöbern ihr Privatleben.«

»Das Privatleben von wem?«, hört Ane eine Stimme hinter sich.

Sie beißt sich auf die Lippen und dreht sich um, so wie auch ihre Kollegen. Sie wusste, dass dieser Moment kommen würde, allerdings hat sie auf etwas mehr Zeit gehofft.

»Luis Olaizola, Comisario von Gernika«, stellt sich der Neuankömmling vor und schüttelt Ane und Aitor die Hand. »Herzlich willkommen.«

Der Comisario hat ein sympathisches, rundliches Gesicht und einen gesunden Teint bis hinauf zu seiner Halbglatze. Ane muss sofort an den Olentzero denken, den beliebten Kohlenmann, der den Basken der Tradition nach die Weihnachtsgeschenke bringt. Aber sie lässt sich von seinem Äußeren nicht täuschen, denn dieser Mann ist garantiert nicht glücklich darüber, dass sie hier ist. Immerhin stellt ihre Gegenwart für ihn eine Art Entmachtung dar, die er als demütigend empfinden könnte. Das Gleiche gilt auch für all die anderen Polizisten im Ermittlungsraum, die der Begegnung mit unverhohlener Neugierde von ihren Arbeitsplätzen aus zusehen.

»Danke«, erwidert Ane und zwingt sich zu einem Lächeln, während sich ihre Teamkollegen auf ein Nicken beschränken.

Olaizola legt Ane die Hand auf die Schulter. »Ich weiß, warum ihr hier seid. Spezialeinheit für besonders schwerwiegende Mordfälle …« Auf einmal ist sämtliche Freundlichkeit aus seinem Gesicht verschwunden. »Natalia und ich hatten eine kurze Affäre, das will ich nicht abstreiten. Gernika ist klein, und wir waren nicht besonders diskret. Aber das war schon seit einer ganzen Weile vorbei. In den letzten Monaten sind wir höflich miteinander umgegangen, mehr aber nicht. Ich bitte, darin nicht herumzuwühlen. Mit ihrem Tod habe ich nichts zu tun. Ich bin der Erste, der um sie trauert, und möchte, dass der Fall so schnell wie möglich aufgeklärt wird.«

»Warum wurde sie umgebracht?«, fragt Ane geradeheraus.

Olaizola presst mit betrübter Miene die Lippen zusammen und schüttelt den Kopf. »Ich habe darüber nachgedacht. In den letzten Monaten hat sie sich äußerst kritisch über die illegale Fischerei geäußert, die Kerle, die ohne Genehmigung nachts heimlich Meeresfrüchte sammeln. Hin und wieder versuchen wir, sie auf frischer Tat zu ertappen, aber das ist schwierig, da es hier in Urdaibai viele Schlupfwinkel gibt, wo sie sich verstecken können. Wobei ich, ehrlich gesagt, nicht wirklich daran glaube, dass ein paar Kilo Muscheln ein ausreichender Grund für einen derart brutalen Mord sind.«

Ane ist da ganz seiner Meinung. Dass der Mörder für seine Tat ausgerechnet den Zug ausgewählt hat, den der Ehemann fuhr, deutet auf ein persönliches Motiv hin.

»Und dann ist da noch die Sache mit den Drogen«, fügt Julia hinzu, was dem Comisario nicht zu gefallen scheint. »Das Opfer hat in seinem Radioprogramm erwähnt, dass in diesem Gebiet mit Drogen gehandelt wird ...«

»Wir haben mehrfach die Boote kontrolliert, auf denen die Drogen angeblich versteckt gewesen sein sollten«, fällt der Comisario ihr ins Wort, »und nicht ein Gramm irgendeiner verbotenen Substanz gefunden. Ich fürchte, dass mir Natalia mit dieser Sache, die sie in ihrer Sendung breitgetreten hat, nur eins auswischen wollte.«

Ane wägt in Gedanken die Hypothese des enttäuschten Geliebten mit der einer Drogenbande als Täter ab. Beides schließt ein derart perfides Verbrechen nicht aus. Doch irgendetwas stimmt dabei nicht. »Haben Sie uns nicht gerade erzählt, dass Sie und das Opfer höflich miteinander umgegangen sind?«

»Na ja, wie man das eben so sagt«, räumt der Comisario ein. »Und du kannst mich gern duzen, schließlich sind wir Kollegen.«

»Wie lange wart ihr zusammen?« Es ist Aitor, der die Frage stellt.

»Natalia und ich? Ich weiß nicht. Zwei Jahre, vielleicht etwas länger.«

»Und aus welchem Grund habt ihr die Beziehung beendet?«

Olaizola blickt sich um, um sich zu versichern, dass ihnen sonst niemand zuhört. Ihm ist deutlich anzumerken, dass es ihm wesentlich unangenehmer ist, über sich selbst zu sprechen als über Meeresfrüchte. »Wir beide waren verheiratet, und die Situation war einfach nicht mehr tragbar. Wir mussten eine Entscheidung treffen und haben uns entschlossen, Schluss zu machen.«

»In gegenseitigem Einvernehmen?«

Der Comisario hebt das Kinn und schluckt. Ane hat den Eindruck, dass er nur mit Mühe die Tränen zurückhalten kann, die in seinen Augen glitzern. »Lasst uns das Gespräch lieber zu einem anderen Zeitpunkt fortsetzen, wenn ihr einverstanden seid ...«

Mit diesen Worten dreht er sich um und geht, mit hängenden Schultern und langsamen Schritten.

»Wir müssen ihn in unsere Ermittlungen einbeziehen«, murmelt Ane. »Möglichst diskret, aber es geht nicht anders.«

Txema nickt, bevor er den Sitz seines Krawattenknotens überprüft. »Wir müssen verdammt *viele* Menschen in unsere Ermittlungen einbeziehen«, sagt er seufzend und blickt dann den Rest des Teams an. »Legen wir los!«

6

22. Oktober 2018, Montag

Julia klingelt an der Tür und wechselt einen Blick mit Silvia, der Psychologin, die ihr ermutigend zulächelt. Einen Mann, der gerade seine Frau verloren hat, als Verdächtigen zu befragen ist hart. Hätte Silvia die Wahl gehabt, sie hätte lieber eine der Aufgaben übernommen, mit denen sich ihre Teamkollegen nun befassen.

»Was für ein furchtbares Wetter, wirklich, oder?«, sagt Silvia, während sie ihren Schirm schließt.

Ihre Kollegin verzieht, dem Dauerregen entsprechend, das Gesicht. Seit fast zwei Monaten haben sie die Sonne nicht mehr gesehen. Das mangelnde Licht und das viele Wasser schlagen allen allmählich aufs Gemüt.

»Für morgen ist, glaub ich, etwas besseres Wetter vorhergesagt«, meint sie und klingelt erneut.

»Besseres? Das bedeutet hier, dass es mal einen halben Tag lang nicht regnet, um dann zwei Wochen lang nicht mehr aufzuhören.« Silvia wischt mit einem Papiertaschentuch ihre Brille trocken. »Ich überlege ernsthaft, nach Palencia zurückzugehen.«

Auf der anderen Seite der Tür sind Schritte zu hören.

»In diesem Jahr ist es schlimmer als sonst«, versucht diesmal Julia der Psychologin Mut zu machen.

»Das sagt mir mein Freund, seit ich vor drei Jahren hergezogen bin«, beklagt sich Silvia.

Kaum hat sie den Satz beendet, wird die Tür geöffnet.

»Hallo.« Die dunklen Schatten unter den Augen des Lokführers und sein desorientierter Blick deuten auf eine lange schlaflose Nacht hin.

Silvia und Julia haben ihr Kommen telefonisch angekündigt, und er bittet sie herein. Auf dem Tisch im Wohnzimmer, an dem sie Platz nehmen, liegt ein Wust an Papieren. »Entschuldigen Sie die Unordnung. Ich bin auf der Suche nach Natalias Lebensversicherung. Im Moment kann ich mich nicht mal mehr daran erinnern, bei welcher Versicherung sie die abgeschlossen hat. Kein Mensch ist auf so etwas vorbereitet.«

Er blickt zur hinteren Wand, wo ein Porträt von Natalia hängt. Es zeigt eine etwas jüngere Version des Opfers als die Fotos in den Nachrichten. Ihr Ehemann verzieht das Gesicht in schmerzlicher Trauer.

»Jedes Mal, wenn ich die Augen schließe, sehe ich sie vor mir«, klagt er schwermütig. »Wissen Sie schon, wer es getan hat?«

»Wir ermitteln noch«, erklärt Julia.

Er stützt die Ellbogen auf den Tisch und richtet den Blick auf die Maserung im Holz. »Vor fünf Jahren hab ich einen jungen Mann im Metrotunnel überfahren und vor zwei Jahren eine junge Frau am Bahnhof von Plentzia. Beide Male Selbstmord. Furchtbar! Es ist unmöglich, rechtzeitig zu bremsen, und das wissen sie. Das Schlimmste ist der Aufprall und das Knirschen der Knochen. Man muss sehr laut schreien, um es zu übertönen. Das hat mich ganz schön mitgenommen. Ich hab sogar darüber nachgedacht, den Job aufzugeben.« Er schüttelt den Kopf. »Ich hatte es gerade einigermaßen überwunden. Aber das mit Natalia ist mein Ende. Ich weiß es. Das werd ich niemals verkraften.«

»Darf ich Ihnen ein paar Fragen stellen?«

Santi hebt den leeren Blick und zuckt mit den Schultern.

Julia räuspert sich. »Wie würden Sie Ihre Beziehung zu Natalia beschreiben?«

Der Lokführer blickt erneut zum Porträt seiner Frau, und seine Unterlippe zittert leicht. »Na ja, die Beziehung eines normalen Ehepaars eben. Es stimmt, dass wir eine Krise hatten, aber zuletzt haben wir uns wieder gut verstanden …« Seine Worte gehen in ein Schluchzen über.

Julia lässt den Blick über die gerahmten Fotos schweifen, die auf einem Regal neben dem Fernseher stehen. Drei davon zeigen Natalia Etxano an verschiedenen Orten, immer lächelnd und mit unleugbarer Ausstrahlung. Nur auf dem vierten Bild ist Santi zu sehen. Darauf hält er stolz einen riesigen Fisch mit dem Kopf nach unten in die Kamera. Es sind ganz normale Fotos, abgesehen davon, dass es keines gibt, auf dem das Ehepaar gemeinsam zu sehen ist. Kein einziges. Als ob es nichts gäbe, was sie zusammen erlebt haben, keine gemeinsame Reise, kein Fest, auf dem sie als Paar waren und das eine Erinnerung wert wäre.

»Sprechen wir über den Tag des Verbrechens«, sagt Julia. »Bitte versuchen Sie sich an alles zu erinnern, was Sie von der ersten Stunde am Morgen an getan haben, bis Sie in den Zug gestiegen sind.«

Santi berichtet, dass er am Tag des Mordes wie jeden Tag allein gefrühstückt und die Sendung seiner Frau im Radio gehört habe. Mit Tränen in den Augen erwähnt er, dass dies vor dem furchtbaren Ereignis mit dem Zug das letzte Mal gewesen sei, dass er ihre Stimme gehört habe. Anschließend habe er die Wohnung aufgeräumt und dann angefangen, das Mittagessen vorzubereiten.

»Ich habe allein gegessen, weil Natalia mir mitgeteilt hat, dass sie wie so oft auswärts essen würde. Sie hatte immer irgendwelche Termine, die mit ihrem Job zusammenhingen. Danach bin ich zum Bahnhof gefahren, und den Rest kennen Sie. Plötzlich war da meine Frau, direkt vor mir, auf einem Stuhl mitten auf den Gleisen.«

Julia hat sich vor ihrem Besuch eine Karte der Gegend angeschaut: Der Bahnhof, an dem der Lockführerwechsel stattfand, liegt nur ein kurzes Stück vom Ort des Verbrechens entfernt. Mit dem Auto ist die Strecke in fünf bis zehn Minuten zurückzulegen. Genug Zeit also für Santi, um das Opfer an die Stelle des Unglücks zu bringen und nach Gernika zurückzufahren, um pünktlich mit der Schicht zu beginnen.

»Hat Natalia erwähnt, mit wem sie sich zum Essen treffen wollte?«, fragt sie.

»Das hat sie nie getan. Ich hab auch nie gefragt. Das gehörte zu ihrem Job.«

»Mochte Ihre Frau Blumen?«

Santi muss nicht eine Sekunde nachdenken. »Nein. Ich hab ihr nie Blumen geschenkt. Wenn Sie sich unsere Terrasse draußen ansehen, werden Sie bemerken, dass wir kaum Pflanzen haben. Und die, die da sind, kommen ohne Pflege aus.«

Julia sieht Silvia an, doch die gibt ihr mit einem beinahe unmerklichen Kopfschütteln zu verstehen, dass sie keine Frage stellen möchte.

»Gab es etwas, was ihre Frau in letzter Zeit beunruhigt hat?«, fährt Julia fort. »Wissen Sie, ob sie bedroht wurde, oder hat sie sich in den Tagen vor dem Verbrechen irgendwie seltsam verhalten?«

»Nein, es war alles normal«, antwortet er, ohne den Blick von dem Foto an der Wand zu lösen. »Sie war erschöpft von der Arbeit, aber das war sie öfter. Sie wollte alles immer besonders gut machen und hat sich für alles verantwortlich gefühlt.« Sein Gesicht verzerrt sich vor Schmerz, und er bedeckt es mit den Händen. »Wie kann es sein, dass sie nicht mehr da ist? Natalia …!«

Sie müssen das Gespräch beenden. Zumindest vorerst. »Es tut mir leid, dass wir Sie mit diesen Fragen quälen mussten«, sagt Julia. »Das war es zunächst einmal. Vielen Dank, dass Sie uns in diesem schwierigen Moment empfangen haben.«

»Entschuldigen Sie, dass ich Ihnen nicht mal ein Glas Wasser angeboten habe«, sagt Santi, der sich zusammenreißt, um den Besuch zur Tür zu begleiten.

»Rufen Sie mich an, wenn Sie reden möchten«, sagt Silvia zum Abschied und legt Santi die Hand auf den Arm.

»Oder wenn Ihnen etwas einfällt, was uns bei der Ermittlung weiterhelfen könnte«, fügt Julia hinzu. »Wenn Natalia irgendetwas Ungewöhnliches gesagt hat, ein Anruf zu einer unüblichen Zeit ... Was auch immer.« Sie hasst es, diejenige sein zu müssen, die dem Moment des Mitgefühls etwas Unmenschliches verleiht.

Der Lokführer schließt die Augen. Er ist mitten im Flur stehen geblieben, neben der Schlafzimmertür, dem der Duft nach frischer Bettwäsche entströmt. »Natalia hatte einen Liebhaber, mit dem sie vor wenigen Wochen Schluss gemacht hat. Dieser Mann hat sie seitdem ständig angerufen.«

»Comisario Olaizola«, murmelt Julia.

Santis Nicken lässt keinen Raum für Zweifel.

»Sein Posten darf ihn nicht davor bewahren, gründlich überprüft zu werden«, sagt er mit flehendem Gesichtsausdruck.

»Er wird genauso überprüft wie jeder andere«, versichert Julia. »Ich gebe Ihnen mein Wort.«

»Dieser Mann hat uns nicht in Ruhe gelassen. Er konnte nicht ertragen, dass ihm Natalia den Laufpass gegeben hat.«

»War sie es, die die Affäre beendet hat?«

»Ja, Natalia. Ihr ist bewusst geworden, dass sie mich noch liebt.«

In Gedanken sieht Julia noch einmal den einsamen Ort des Verbrechens vor sich. Das Tulpenblatt, das im Wind tanzt, das Handy, auf dem sie ihr eigenes Gesicht erblickt ... Doch sosehr sie sich auch bemüht, es gelingt ihr nicht, sich ihren Chef vorzustellen, wie er die Radiomoderatorin an einem Stuhl festbindet und sie eiskalt ihrem Tod überlässt.

»Wissen Sie, ob es einen konkreten Anlass dafür gab, dass sie die Beziehung beendet hat?«, fragt sie.

Santi sieht sie mit verletztem Ausdruck an. »Nun, um mir nicht länger wehzutun. Reicht das nicht? Wir waren ein glückliches Paar, bis sich dieser Kerl zwischen uns gedrängt hat.«

»Sicher. Entschuldigen Sie.« Julia zögert einen Moment, denn sie will diesem Mann, der miterleben musste, wie sein Zug seine Frau getötet hat, nicht noch mehr Schmerz zufügen. Aber sie ist Polizistin, sie ist auf Informationen angewiesen.

Sie wirft Silvia einen Blick zu, die ihr zunickt. »Wie lange haben die beiden sich getroffen? Ich meine ...«

»Ich weiß, was Sie meinen. Wie lange sie mich betrogen hat. Länger als ein Jahr, beinahe zwei. Ich weiß es nicht genau, aber seit etwas mehr als zehn Monaten hat der ganze Ort davon gesprochen, denn sie haben sich ohne jegliche Scheu zusammen sehen lassen. Ich war davon überzeugt, dass das mit uns zu Ende ist und sie mich für ihn verlassen wird.«

»Wie haben Sie sich gefühlt?«, fragt Silvia.

»Schlecht. Sehr schlecht«, gesteht er, den Blick zu Boden gerichtet.

»Beschreiben Sie mir, was Sie gefühlt haben. Wut, Hass? Was genau haben Sie empfunden?«

Santi presst die Lippen zusammen. Dann antwortet er: »Machtlosigkeit. Ich war am Boden zerstört und konnte nicht verstehen, was ich falsch gemacht hab, und Natalia hat kaum noch mit mir gesprochen. Sie war nur selten zu Hause, hat immer gearbeitet.«

Julia und Silvia sehen sich wieder an. Entweder ist dieser Mann ein großartiger Schauspieler oder wirklich ein Mensch, dem Gewalt völlig fremd ist.

»Das war alles für heute«, sagt Julia. »Vielen Dank.« Sie hat zwar den Eindruck, dass da noch einiges ist, das nicht ausgesprochen wurde, aber sie will diesen Mann im Moment nicht weiter bedrängen.

»Auf Wiedersehen«, verabschiedet Santi sie mit einem bemühten Lächeln.

»Der war besser beisammen, als ich erwartet habe«, erklärt Julia, nachdem sich die Tür hinter ihnen geschlossen hat. »Es ist selten, dass der Angehörige eines Mordopfers so kurz nach dessen Tod in der Lage ist, ein derart besonnenes Gespräch zu führen.«

»Lass dich nicht täuschen«, sagt Silvia. »Das liegt an den Medikamenten. Er ist vollgepumpt mit Beruhigungsmittel. Ist dir nicht aufgefallen, dass er wie weggetreten gewirkt hat? Der Zusammenbruch kommt später.«

»Erschien dir seine Trauer echt?«

»Ja, zweifellos. Wenn du mich fragst, ob ich ihn für fähig halte, aus Rache eine solche Tat zu begehen, würde ich sagen, nein. Die eine oder andere Sache müssen wir noch abklären, bevor wir ihn gänzlich von unserer Liste der Verdächtigen streichen, aber dieser Mann hat keinesfalls das Profil eines eiskalt kalkulierenden Mörders. Hast du gesehen, mit welcher Hingabe er das Foto seiner Frau angesehen hat? Verdammt, dieses Wohnzimmer ist ein Altar zu Ehren des Opfers. Der Mann ist nur ein Anhängsel von ihr.«

Julia nickt, ohne wirklich überzeugt zu sein, und öffnet die Autotür. Santi wäre nicht der erste Mörder, der derart perfekt das Unschuldslamm mimt, dass man ihn für das Opfer anstatt für den Henker hält.

7

22. Oktober 2018, Montag

Die Last auf Anes Schultern wird deutlich leichter, als sie die Tür der Bar öffnet. Wie sich herausgestellt hat, ist es alles andere als einfach, Informationen über Comisario Olaizola einzuholen, und noch schwieriger, etwas über die Beziehung zwischen ihm und Natalia Etxano zu erfahren. Die Kollegen, die Olaizola unterstellt sind, schweigen lieber, wenn es um ihn geht, oder geben nur zu, was ohnehin jeder weiß: dass er und Natalia eine Affäre hatten und sich keine Mühe gegeben haben, sie geheim zu halten. Und der Grund für das Ende der Beziehung? Kein Kommentar. Das Einzige, was auffällt, ist, dass Luis Olaizola seitdem ziemlich mitgenommen wirkt.

Auch Aitor konnte nicht viel in Erfahrung bringen, wie er ihr mitgeteilt hat. Er hat sich die Mitschnitte der letzten Sendungen der Moderatorin angehört, und das Einzige, was er diesen entnommen hat, ist, dass Natalia nichts und niemanden verschont hat: Sie hat die Immobilienspekulanten und den unkontrollierten Tourismus aufs Korn genommen und ebenso die Polizei, die ihrer Ansicht nach nichts dagegen tut, dass der Hafen zu einem Tummelplatz für Fischereipiraten und Drogenhändler geworden ist.

Angeblicher Drogenhandel, illegales Fischen von Meeresfrüchten ... Das Urdaibai-Reservat scheint nach Sonnenuntergang nicht mehr das unbekümmerte Paradies zu sein, das in den Reiseprospekten angepriesen wird.

»Ein schönes kühles Bier bitte«, bestellt sie sich, die Ellbogen auf die Theke gestützt. An ihren Schuhen haften die Sägespäne, die den Boden bedecken, um verschüttetes Bier und Schnaps und mehr aufzusaugen, sodass man es nach der Sperrstunde einfach zusammenfegen kann. Eigentlich haben die Vorschriften der Gesundheitsbehörden die Sägespäne verbannt, und die Erziehung verbietet es, Papierservietten und Zahnstocher einfach auf den Boden zu werfen. Aber beides scheint hier noch nicht angekommen zu sein.

Vier Männer mit wettergegerbten Gesichtern am Ende der Theke, wo auch der Spielautomat steht, betrachten sie neugierig. Der Wein in den halb geleerten *Txikitos* – den im Baskenland typischen kleinen Gläsern – und ihr mehr oder weniger angeschlagen wirkendes Äußeres lassen darauf schließen, dass sie sich den täglichen Umtrunk am Feierabend genehmigen wie die meisten Arbeiter in dieser Gegend.

»Polizei«, hört sie einen von ihnen murmeln, und es klingt leicht verächtlich.

Ane blickt an sich hinunter. Sie trägt ein graues Sweatshirt und eine Jeans, die so abgewetzt ist, dass sie beinahe durchscheinend wirkt. Nichts an ihrem Äußeren verrät, dass sie Polizistin ist. Steht es ihr auf die Stirn geschrieben, womit sie ihre Brötchen verdient? Oder ob sämtliche Fremde, die diese nahe dem Kommissariat gelegene Bar aufsuchen, Polizisten sind? Ja, das wird es wohl sein.

»Und ein Bocadillo mit Thunfisch-Tortilla bitte«, bestellt sie, nachdem sie einen Blick auf die Uhr geworfen und gesehen hat, dass es Zeit fürs Abendessen ist.

Aitor ist vor einer Stunde nach Mundaka gefahren, zu jenem Ort am Meer, etwa ein Dutzend Kilometer vom Kommissariat entfernt, in dem Natalia Etxano geboren wurde und wo sie ihre

Hotelzimmer gebucht haben. Ihr Kollege wird sicher etwas aufs Zimmer bestellen, ein Bocadillo oder einen Salat. Er hat es Ane nicht gesagt, aber sie weiß, dass er mit seiner Lebensgefährtin Leire und deren Tochter Sara in Pasaia sprechen will. Sie kann sich sein blödes Grinsen bei dem Videoanruf vorstellen, und richtig schräg wird es jedes Mal, wenn sich noch Antonius mit seinem Gebell dazugesellt und Aitor mit ihm wie mit einem weiteren Kind spricht. Wenn Ane dabei ist, kann sie nicht anders, als sich ein wenig fremdzuschämen.

»Etwas Brot mit Tomate dazu?«, fragt der Barkeeper, der zu jenen Männern undefinierbaren Alters zählt, denen die frühe Glatze eine gewisse Reife zu verleihen scheint, die sie nicht haben. Er hat einen leichten Schlafzimmerblick, als ob er gerade einen Joint geraucht hätte und mit dem Kopf ganz woanders wäre, was ihn ihr sympathisch macht.

»Nein, danke«, sagt Ane, da sie nicht weiß, was genau er mit »Brot mit Tomate dazu« meint, geröstetes Tomatenbrot wie in Katalonien oder Brot mit Tomatensauce. Egal, sie will nur schnell ein Bocadillo essen, um sich dann ohne knurrenden Magen auf den Weg ins Sumpfgebiet zu machen.

Was für ein Mensch wäre in der Lage, wegen einer Handvoll Meeresfrüchte zu töten? Ane schüttelt den Kopf, denn für sie macht es keinen Sinn. Drogenhandel scheint ihr ein wesentlich stärkeres Motiv, obwohl Txema in den Unterlagen über die laufenden Ermittlungen keinen Hinweis gefunden hat, dass in Urdaibai irgendein entsprechendes Netzwerk existiert.

Und dann ist da noch der Comisario …

Eindeutig ist die außereheliche Beziehung, die er mit dem Opfer hatte, nicht in beiderseitigem Einvernehmen zu Ende gegangen. Und als jemand, der es gewohnt ist, Befehle zu erteilen, waren für ihn die Erniedrigungen, die Natalia jeden Morgen über das Radio verbreitet hat, nicht leicht zu ertragen. Sicherlich war er stinksauer, erbost und zornig.

Sie nimmt einen Schluck von ihrem Bier. Es ist schön kalt, sehr kalt, so wie sie es mag. Und gut gezapft. Der Barkeeper nimmt lächelnd ihr wohlgefälliges Nicken zur Kenntnis, nachdem sie das Glas geleert hat.

»Noch eins bitte!«

Das braucht sie jetzt. Sie muss mal kurz von allem abschalten und für einen Moment die vielen Hypothesen vergessen, die in jeden Winkel ihres Bewusstseins gedrungen sind.

Als sie den ersten Schluck von ihrem zweiten Bier nimmt, diesmal nicht mehr ganz so durstig, öffnet sich die Tür, und ein neuer Gast tritt ein. Er ist wesentlich jünger als der Rest der Anwesenden und etwa zehn Jahre älter als Ane, schätzt sie, also um die vierzig. Auf den ersten Blick ist er nicht besonders attraktiv, doch das wilde Aussehen, das ihm sein Dreitagebart verleiht, die nachtschwarzen Augen und die Ringe in beiden Ohrläppchen lassen ihn wirken wie einen Piraten und machen ihn interessant.

»Das Bocadillo.« Der Barkeeper stellt vor ihr einen Teller auf die Theke.

»Danke«, murmelt Ane, während sie sich wieder umwendet.

Der gerade Eingetroffene bestellt ein Doble Malta, ein Vollbier, und beschäftigt sich kurz mit seinem Handy. Dann hebt er den Blick und sieht Ane lächelnd an.

»Das ist nicht von hier, oder?«, fragt er und tritt auf sie zu.

Ane braucht nur dem Blick des Unbekannten zu folgen, um zu verstehen, dass er von dem Tattoo an ihrem Hals spricht.

»Wie kommst du darauf?«, fragt sie. Ihre Worte klingen distanziert, doch das leichte Lächeln, das sie begleiten, lädt ihn ein weiterzusprechen.

»Ich weiß alles. Nur, dass ein Bulle sichtbare Tattoos tragen darf, ist mir neu.«

Ane runzelt die Stirn. »Und woher willst du wissen, dass ich Polizistin bin?«

Ihr Gesprächspartner lacht, und es ist ein Lachen, das ihn noch interessanter macht. Seine Zähne sind blendend weiß, was der dunkle Bartschatten zusätzlich betont. »Ich hab doch gesagt, ich weiß alles.«

Ane lässt den Blick durch die Bar schweifen. Außer den Männern am Ende der Theke, die sich gerade verabschieden, sind nur noch zwei junge Mädchen anwesend, die an einem Tisch sitzen und Kaffee trinken. Sie fühlt sich beobachtet. Ob hier alle wissen, dass sie Polizistin ist?

Der Unbekannte legt ihr den Zeigefinger an den Hals und begutachtet das Tattoo aus der Nähe. »Gute Arbeit, aber ich hätte es besser gemacht.«

Ane weicht unbehaglich einen Schritt zurück. Solche Männer, die in eine Bar gehen, um eine Frau aufzureißen, kennt sie genau. »Damit willst du mir vermutlich sagen, dass du Tätowierer bist.«

»Mein Studio ist dir sicher schon aufgefallen. Zwei Straßen von hier, am Pelota-Platz. Alkimia Tattoo.«

»Arbeitest du da?«, fragt sie. Natürlich ist es ihr schon aufgefallen. Sie ist sogar stehen geblieben, um sich das Schaufenster anzuschauen.

»Es ist mein Studio. Und zu dem Drachen kann ich dich nur beglückwünschen. Ich hab hier in der Gegend wirklich noch keine so gute Arbeit gesehen. Abgesehen von meiner natürlich«, fügt er lachend hinzu. »Entschuldige, ich hab mich noch gar nicht vorgestellt. Ich bin Raúl.«

»Ane«, erwidert sie, und auch sie muss lachen. »Und das ist kein Drache. Das ist Sugaar.«

»Sugaar? Die männliche Riesenschlange, die in der Höhle von Baltzola lebt? Die hab ich mir immer ohne Tatzen vorgestellt.«

Das hört Ane nicht zum ersten Mal. »So ist das mit der Mythologie. Aber es kommt drauf an, wer das Tattoo macht. Es gibt keine ausschließliche Wahrheit.«

»Da kann ich dir nicht widersprechen«, erwidert Raúl. »Ich war schon oft zum Klettern in dieser Höhle, doch ich hab das männliche Gegenstück der Göttin Mari nie gesehen. Vielleicht hat er tatsächlich Tatzen. Vielleicht auch nicht.«

Ane betrachtet ihren neuen Bekannten mit wachsender Neugierde. Klettern, Tattoos, Mythologie ... Obwohl sie bisher nur wenige Worte gewechselt haben, hat sie schon einiges entdeckt, was sie gemeinsam haben. Allerdings lässt sie nicht zu, dass Raúls Spontaneität ihr die Sinne täuscht. Wenn sie von einem Mann in einer Bar angesprochen wird, will derjenige meistens mit ihr ins Bett. Geht sie abends aus, verhält sie sich genauso, denn sie gehört nicht zu den Frauen, die darauf warten, dass der Mann den ersten Schritt macht. Allerdings sagt ihr der Instinkt in diesem Fall, dass Raúl noch etwas anderes von ihr will. Sollte er tatsächlich nur an Sex interessiert sein, wird sie vielleicht nicht Nein sagen.

Aber möglicherweise geht es auch darum, dass sie Polizistin ist. Sie muss also auf der Hut sein.

»Ich hab dich hier noch nie gesehen. Bist du nach Gernika versetzt worden?«

Ane ist nicht in der Lage, seinem Blick standzuhalten. Er ist so eindringlich, dass sie das Gefühl hat, dieser Mann könnte ihre Gedanken lesen. Und das Interesse an ihrem Job ist verdächtig. Was kommt als Nächstes? Die Frage, an welchem Fall sie gerade arbeitet und wen sie im Verdacht hat? Sie zögert einen Moment. Vielleicht will Raúl ja auch nur ein bisschen Smalltalk machen, und das ist das erste Thema, das ihm in den Sinn gekommen ist.

»Du gehst einfach davon aus, dass ich Polizistin bin, dabei hab ich noch kein Wort dazu gesagt.«

Raúl verzieht amüsiert das Gesicht. »Ist egal. Vergiss es. Wer hat dir dieses Tattoo gemacht? Oder willst du mir das auch nicht verraten?«

Die folgenden Minuten sorgen dafür, dass Anes Anspannung verfliegt. Tattoos, Piercings ... Es ist angenehm, sich nach dem anstrengenden Tag mit Raúl zu unterhalten, denn sie sprechen die gleiche Sprache.

»Darf ich dich auf einen Drink einladen, oder trinkt ihr Polizisten keinen Alkohol?«

»Das musst du eine Polizistin fragen«, entgegnet Ane herausfordernd.

»Bist du bei allem so kompliziert?«

Ane legt einen Zwanzig-Euro-Schein auf den Tresen. »Ich zahle. Für mich und für ihn.«

Raúl will protestieren, doch Ane lässt nicht zu, dass er seine Brieftasche zieht. Zum Ausgleich macht er ihr ein Angebot: »Warum kommst du nicht mal im Studio vorbei, und ich ergänze, was bei deinem Tattoo noch fehlt.«

»Ergänzen? Du hast doch gesagt, dass es ein sehr gutes Tattoo ist.«

»Aber es fehlt was. Komm vorbei, dann mach ich es fertig.«

Der Barkeeper legt das Wechselgeld auf den Tresen. »Vor Raulito kann ich dich nur warnen. Der ist sehr gefährlich«, scherzt er und zwinkert Ane zu.

»Das hab ich schon gemerkt.«

Das Lachen des Tätowierers wirkt ansteckend. »Hör nicht auf ihn. Er ist derjenige, vor dem du dich in Acht nehmen musst«, widerspricht er und boxt dem Barkeeper freundschaftlich gegen die Schulter.

»Iiiich?«, protestiert dieser. »Denkst du, dass ich mit einer Frau und drei Kindern noch Zeit für solche Dinge hab?«

Ane lacht. Sie hat wirklich Spaß mit den beiden, was das Letzte ist, was sie nach diesem Tag erwartet hat, fern von ihren Freundinnen, die sie sonst ihre Arbeit vergessen lassen.

»Kennst du das Naturreservat Urdaibai?«, fragt Raúl, während der Barkeeper zu einem anderen Gast hinübergeht.

»Ist das eine andere Art, mich zu fragen, ob ich Polizistin bin?«

»Ach, komm!« Raúl verzieht das Gesicht. »Du *bist* Polizistin, und du bist neu hier. Ansonsten würden wir uns kennen, denn du hast Piercings und Tattoos und wärst dann bestimmt schon mal in meinem Studio gewesen.«

Ane nickt und kann sich ein Lächeln nicht verkneifen.

»*Du* wärst ein guter Polizist«, gesteht sie ihm zu. »Also, nein, ich bin noch nie hier gewesen.«

Raúl kann seine Zufriedenheit darüber, dass er mit seiner Theorie richtigliegt, nicht verbergen. »Wann hast du dienstfrei? Möchtest du diese einmalige Biosphäre mal vom Wasser aus sehen? Ich lad dich zu einer Bootstour ein. Das Boot kann ich mir von einem Freund leihen. Es ist keine Luxusjacht, aber der Anblick ist erste Sahne. Und wenn du gern tauchst …«

»Ich würd deine Einladung wirklich gern annehmen, aber ich weiß nicht, ob das möglich ist«, wendet Ane ein und verkneift sich zu erwähnen, dass sie kein großer Fan des Meeres ist. Das einzige Schiff, auf dem ihr nicht schlecht wird, ist das Motorboot in der Bucht von Pasaia, mit dem man in weniger als einer Minute von Pasai Donibane nach San Pedro gelangt. Und das nur, weil sie sich daran gewöhnt hat. Sie hasst das Gefühl von Verletzlichkeit, das sie jedes Mal überkommt, wenn sie keinen festen Boden unter den Füßen hat.

Raúl nickt, doch seine Miene zeigt Enttäuschung. »Weißt du was?«, sagt er plötzlich. »Ich hab Natalia Etxano gekannt. Als sie fünfzig geworden ist, hat sie sich von mir eine Lotosblume tätowieren lassen. Das werd ich nie vergessen, weil Kunden in diesem Alter zu der Zeit noch sehr selten waren. Aber Natalia war in jeder Hinsicht etwas Besonderes. Es war ihr ziemlich egal, was die anderen von ihr dachten.«

Ane runzelt die Stirn und senkt den Blick, damit Raúl ihre Verwirrung nicht bemerkt. Woher weiß dieser Typ, den sie gerade erst kennengelernt hat, dass sie an dem Fall der ermordeten Journalistin arbeitet? Gern würde sie ihm paar Fragen zu dem Opfer stellen, doch damit würde sie sich verraten.

Um ihre Verwirrung zu kaschieren, nimmt sie einen tiefen Schluck von ihrem Bier und sieht zum wiederholten Mal auf die Uhr. Die Zeiger haben sich kaum bewegt. Dennoch weiß sie, dass es Zeit ist zu gehen. Sie ist die Ermittlerin, sie ist diejenige, die die Fragen stellt und das Gespräch bestimmt, nicht diejenige, die sich von anderen aushorchen lässt.

»Ich muss los«, sagt sie entschuldigend, leert ihr Glas und greift nach dem Bocadillo, von dem sie noch nicht einmal abgebissen hat.

»So plötzlich?«, fragt Raúl.

Ane zuckt mit den Schultern, und nun ist sie diejenige mit dem rätselhaften Lächeln. Er bietet an, sie zu begleiten, versucht sie zurückzuhalten, doch sie schüttelt den Kopf. Dann geht sie zur Tür und verschwindet in der regnerischen Nacht.

8

22. Oktober 2018, Montag

Ihr Bademantel fällt auf die in den Felsen gehauenen Stufen, und sogleich wird Julia von der herbstlich kühlen Nachtluft eingehüllt, die über jeden Zentimeter ihrer nackten Haut streicht. Sie steigt eine Stufe hinab, danach eine weitere, bis das Meer ihre Fußknöchel umfängt. Es ist kalt, kälter als am Vorabend. Dabei wird die Temperatur in den kommenden Monaten noch weiter sinken, bis sie Anfang März acht oder neun Grad erreicht hat.

Doch das macht Julia nichts aus. Es ist genau das, was sie braucht. Sie hat das Bedürfnis, ein Teil der Natur zu sein, sich mit der Welt zu versöhnen, das Grauen zu vergessen, mit dem ihr Beruf sie jeden Tag konfrontiert. Sie geht die Stufen weiter hinab, bis das Wasser ihr bis zur Taille reicht. Dann atmet sie einmal tief durch und stürzt sich ins Meer.

Ein paar kräftige Schwimmzüge bringen sie fort vom felsigen Ufer. Ohne den Schutz der Felsen ist das Meer bedeutend unruhiger. Sie schwimmt weiter, lässt die Küste hinter sich und taucht in die Dunkelheit ein.

Ihr Bewusstsein will mehr, weiter, schneller. Es will sich vollständig von dem Bild der ermordeten Natalia Etxano befreien. Die aus den Lautsprechern tönende Panik in den Schreien der Journalistin hallt noch immer in ihrem Kopf, und das ängstlich verzogene Gesicht quält Julia jedes Mal, wenn sie die Augen schließt.

In dem Bewusstsein, dass sie nicht davor fliehen kann, stellt sie die Schwimmbewegungen ein und dreht sich auf den Rücken. Es hat aufgehört zu regnen. Der Himmel ist noch immer bedeckt und der Mond irgendwo hinter den Wolken verborgen. Die Wellen, die hier kaum zu spüren sind und zur Küste hin anwachsen, um sich dort zu brechen, wiegen sie sanft hin und her. Ihr Körper ist schwerelos und scheint auf dem Meer zu schweben, das sich anfühlt wie ein kaltes Seidenkleid.

Sie schließt die Augen, und sofort ist sie wieder da: Natalia Etxano – sie und ihr Leid. Julia öffnet die Lider, um zu den niedrigen Wolken hochzublicken. Sie darf nicht zulassen, dass ein Fall sie derart mitnimmt. Sie muss ihn aus ihrem Bewusstsein verbannen, sobald sie das Kommissariat verlässt.

»Ich muss es lernen«, sagt sie laut zu sich selbst.

Doch sie weiß, dass es ihr in dieser Nacht nicht gelingen wird. Vielleicht kann sie Natalia loswerden, aber nicht Txema. Seine Rückkehr hat sie vollkommen aus dem Gleichgewicht gebracht. Mehr, als sie befürchtet hat. Vier Jahre, zwei Monate und sechs Tage sind vergangen, und trotzdem schmerzt die Wunde noch wie am ersten Tag.

»Scheiß auf ihn!«, schreit sie in die Einsamkeit des Meeres, so laut sie kann.

Danach holt sie Luft und taucht, so tief es geht. Der Druckschmerz auf ihren Trommelfellen zeigt ihr an, wann es genug ist. Sie stößt Luft aus und hört das Blubbern ihres eigenen Atems, der nach oben entflieht. Ein paar Sekunden harrt sie in dieser absoluten Dunkelheit aus, und als ihre Brust wegen der fehlenden Luft zu schmerzen beginnt, bewegt sie die Beine, um an die Oberfläche zurückzukehren. Jetzt fühlt sie sich besser, auch wenn sie die Gewissheit hat, dass dies nur vorübergehend ist.

Kraulend macht sie sich auf den Rückweg zur Küste. Langsam, ganz langsam, wie eine Kröte ihren Tümpel durchquert. Vor ihren Augen breitet Mundaka seine Reize aus. Die Ermita de Santa

Catalina, die kleine Kapelle einsam auf ihrer Anhöhe, markiert die Grenze des Fischerorts im Westen und die größere Iglesia de Santa María im Osten. In der Mitte drängen sich die alten Fassaden zur Südlichen Bizkaia hin, der geruhsame Hafen liegt um diese Uhrzeit, eingehüllt in das Licht der Laternen, in tiefem Schlaf.

Ganz in der Nähe, neben der Kirche, entdeckt sie das erleuchtete Fenster ihres Schlafzimmers.

Sie hatte großes Glück, dass sie diese Wohnung direkt über dem Meer gefunden hat, erst recht, weil sie die Vermieterin überzeugen konnte, einen Vertrag für fünf Jahre abzuschließen. Wäre es anders, hätte sie sicher bereits ausziehen müssen. Die Wohnung über ihr wurde bereits, genau wie so viele andere in der Gegend, zu einer Ferienwohnung umgewandelt, und mit ihrer Wohnung wäre wahrscheinlich genau das Gleiche passiert, hätte das Stück Papier, das sie und die Eigentümerin unterschrieben haben, dies nicht verhindert.

»Gleich bin ich da«, murmelt sie und denkt an die heiße Dusche, die sie zu Hause erwartet. Die braucht sie, um wieder warm zu werden, bevor sie zu Bett geht.

Julia ist in Urdaibai aufgewachsen und mit dem Meer zutiefst verbunden, sodass sich ihr Leben wie alles in der Gegend nach dem Rhythmus der Gezeiten richtet. Jeden Morgen reitet sie mit ihrem Surfbrett auf den Wellen, um ihre Muskeln und ihren Geist zu wecken. Und abends geht sie schwimmen, um sich von dem Grauen des Tages reinzuwaschen und ihren Kopf freizukriegen, vollkommen leer. Das ist für sie der Höhepunkt des Tages, der krönende Abschluss, bevor sie ins Bett fällt und für ein paar Stunden alles vergisst.

9

23. Oktober 2018, Dienstag

Der Trauerzug schreitet langsam zwischen den Gräbern dahin. Trotz des prasselnden Regens, der die ganze Nacht über nicht nachgelassen hat, kann Ane das Knirschen der Schritte auf dem Kies hören und ebenso das wirre, abgehackte Murmeln der Gespräche der Menschen, die gekommen sind, um Natalia das letzte Geleit zu geben. Schwarz dominiert die Kleidung der Trauergäste, wobei auch ein paar Jeanshosen zu sehen sind, vor allem bei den jüngeren Leuten. Auch die aufgespannten Regenschirme verleihen der tristen Szenerie ein paar Farbtupfer. Genauso wie die Blumen, die die Angestellten des Bestattungsinstituts hinter dem Sarg her tragen.

Ane hält lieber ein wenig Abstand. Die erste Reihe steht ihr nicht zu, wobei sicherlich viele der Leute, die sich von Natalia verabschieden wollen, sie kaum gekannt und dort nichts zu suchen haben.

Der Priester hebt, um Ruhe bittend, die Hand, während der Ehemann erfolglos versucht, die Tränen zu unterdrücken. Ane gelingt es kaum, ihn in der Menge, die sich um ihn versammelt hat, auszumachen. Sie schätzt die Zahl der Trauernden auf mindestens hundert, wenn nicht sogar zweihundert. Und das will schon etwas heißen auf einem derart abgelegenen Friedhof, der nur über eine schmale Straße vom Zentrum Mundakas aus zu erreichen ist. Doch die Aussicht lohnt sich. Sicherlich gibt es nur wenige Friedhöfe mit einem derart schönen Blick, wenn an diesem Tag der Regen und der Nebel auch alles geben, um die Mündung des Flusses ins Meer zu verhüllen.

Natürlich ist auch die Presse anwesend. Der Mord an der Kollegin hat das Interesse der Medien geweckt und ein Dutzend Journalisten an diesen Ort gelockt. Doch bis auf einen Fotografen, der sich zwischen die Gräber vorgewagt hat, sind alle anderen jenseits des Zauns geblieben, der das Gelände umgibt. Dort warten sie auf das Ende der Zeremonie, um die Trauergäste mit ihren Kameras und Mikrofonen zu bestürmen.

Die Gebete des Priesters dringen in einer unverständlichen Leier bis zu Ane vor. Sie sieht, wie er die Hand hebt, um den Sarg mit Weihwasser zu besprenkeln, dann macht er vor seinem Gesicht das Kreuzzeichen, woraufhin alle anderen es ihm nachtun.

Anes Handy vibriert in ihrer Tasche. Eine SMS von Olaia, die sie bittet, fleißig am Schlagzeug zu üben, da das erste Konzert bestätigt ist. Es wird in sechs Wochen in Durango stattfinden, im Plateruena. Ist das nicht das Cafétheater in der ehemaligen Stierkampfarena?, fragt sich Ane. Ob das nicht eine Nummer zu groß für sie ist?

Sie fängt an, eine Antwort zu tippen, um Olaia zu beglückwünschen, dass ihr das gelungen ist, als eine Stimme hinter ihr sie zusammenschrecken lässt.

»Was machst du denn auf dieser Beerdigung?«

Es ist Luis Olaizola, der Comisario. In seinem Blick steht eine tiefe Trauer, die die vom Vortag im Kommissariat noch übertrifft.

»Man kann nie wissen«, rechtfertigt sich Ane. »Wenn es ein Verbrechen aus Leidenschaft war, ist es durchaus möglich, dass der Mörder unter den Trauernden ist, um sich zu verabschieden.«

»Oder hier unter dem Vordach dieser Grabstätte«, murmelt der Comisario und zeigt mit einer resignierten Geste auf sich selbst.

Ane kann ein Nicken gerade noch unterdrücken.

»Im Namen des Vaters ...« Die Worte des Priesters wehen zu ihnen herüber.

»Es ist hart, sich von einem Menschen zu verabschieden, der in deinem Leben eine wichtige Rolle gespielt hat, und noch mehr, wenn man verdächtigt wird, ihn ermordet zu haben«, gesteht der Comisario, während er sich mit der Hand die Tränen aus den Augen wischt. »Ich leite schon seit vielen Jahren dieses Kommissariat, ohne dass man mir irgendeinen Fehler vorwerfen kann. Diese Verdächtigung empfinde ich als einen Vertrauensbruch von oben.«

Ane sagt nichts darauf, weil es nicht nötig ist.

Wenig später enden die Trauergebete. Das Klagen des Ehemanns, der laut den Mörder verurteilt, begleitet den Moment, in dem der Sarg in das Grab hinabgelassen wird. Anschließend gehen die Trauergäste, sich im Schutz der Regenschirme leise unterhaltend, dorthin zurück, wo sie hergekommen sind. Die Presse verliert keine Zeit, Blitzlichter flammen auf, und die Journalisten scharen sich um die Menschen, die den Friedhof verlassen. Ane schnaubt verärgert, denn sie weiß, dass der Druck der Medien sie dauerhaft begleiten wird, bis sie den Mörder gefunden haben.

Erst als sich das Friedhofstor quietschend hinter den Angestellten des Bestattungsinstituts schließt, wendet Olaizola ihr den Rücken zu und geht zum Grab hinüber. Der Anblick dieses Mannes, der unter seinem Regenschirm zwischen den Gräbern entlangschleicht, ist bedrückend. Der Comisario ist am Boden zerstört, wie man an den hängenden Schultern deutlich erkennen kann.

Ane atmet tief durch. Doch die feuchte Luft erfrischt nur ihre Lunge, nicht den Kopf. Es fällt ihr nicht leicht, doch sie muss es tun. Also zieht sie sich die Kapuze ihrer Regenjacke über und verlässt das schützende Vordach des Grabmals.

»Herzliches Beileid«, murmelt sie, als sie neben dem Comisario steht.

Olaizola antwortet nicht. Sein Blick ist auf den Grabstein gerichtet, auf dem nur Natalia Etxanos Name und zwei Daten stehen, das ihrer Geburt und das ihres Todes, sonst nichts. Ein Grab mehr, eines von Hunderten, das sich, ohne irgendwie aufzufallen, unter die anderen in der Einsamkeit des Friedhofs einreiht. Der Tod macht alle Menschen gleich.

»Sie war die Größte«, sagt Olaizola schließlich. »Nichts, was in Gernika geschehen ist, hat sie verschwiegen. Jeden Fall von Korruption hat sie über das Mikrofon angeklagt, nie hat sie sich einschüchtern lassen, so mächtig die Leute auch waren.« Die Worte des Comisario klingen wie eine Abschiedsrede.

Ane nickt langsam. Soll dies ein Versuch sein, ihre Ermittlungen in eine bestimmte Richtung zu lenken? Die Korruptionsanklägerin ... Das weitet den Kreis der Verdächtigen extrem aus. Wie lange kann ein Mensch warten, bis er sich für etwas rächt? Wochen? Monate? Jahre?

Darüber nachzudenken verursachte ihr Schwindel.

»Worauf wartest du?« Olaizola wendet sich ihr zu. »Fang schon an mit deiner Befragung.« Der Regen auf seinem Gesicht vermischt sich mit den Tränen.

Ane beißt sich mit den Schneidezähnen auf die gepiercte Zunge, wie sie es immer tut, wenn sie nervös ist. Sie wollte dem Comisario auf andere Weise die Informationen entlocken, die sie braucht, statt ihn als Polizistin ins Verhör zu nehmen.

»Komm, fang an«, drängt Olaizola. »Ich will es hinter mich bringen.«

Ane sieht sich um. Sie sind umringt von Dutzenden Steinkreuzen und Heiligenfiguren, die unter dem bedeckten Himmel weinen.

»Das hier ist nicht der geeignete Ort«, meint sie und richtet den Blick auf das Grab der Journalistin.

Der Comisario breitet überrascht die Arme aus und sieht sie verblüfft an. »Ich kann mir keinen besseren Ort vorstellen. Hier ist niemand, der uns stören oder hören kann.«

Ane nickt und sucht in ihrer Tasche nach dem Notizbuch, doch der unablässig herabrauschende Regen hält sie dann doch davon ab, es herauszuholen. Sie muss sich seine Antworten merken.

»Gut«, sagt sie. »So viele Fragen habe ich auch gar nicht. Wo waren Sie zur Tatzeit des Verbrechens?«

»Du.«

»Bitte?«

»Ich hab dich gebeten, mich zu duzen.«

Ane seufzt. Sie ist zu sehr daran gewöhnt, die Befragten prinzipiell zu siezen.

»Wo warst du?«

»Fischen. Allein, in meinem Boot. Ich weiß, dass das nicht gerade das beste Alibi ist, aber ich hab am Kai Néstor getroffen, einen Bekannten hier aus Mundaka, der bestätigen kann, wann ich aufgebrochen bin. Als ich zurückkam, war ebenfalls ein Mann am Kai. Ich kenne seinen Namen nicht, aber seit ein paar Monaten liegt sein Fischerboot neben meinem. Der lässt sich schon ausfindig machen.«

»Wie lange warst du auf dem Boot?«

»Etwa drei Stunden.«

Die Antworten des Comisario kommen sofort, ohne dass er nachdenken muss. Er hat sich auf ihre Fragen vorbereitet.

In jedem Fall hätte er genug Zeit gehabt, irgendwo anzulegen, den Mord zu begehen und auf sein Boot zurückzukehren. Dieses Alibi kann er vergessen.

»Warum hat Natalia dich verlassen?«

Die Frage verletzt den Stolz des Comisario, das merkt sie ganz deutlich. Er dreht sich wieder zum Grab um, bevor er antwortet. »Ich hab dir doch schon gesagt, dass wir uns in beiderseitigem Einvernehmen getrennt haben.«

Ein Zögern. Nur für den Bruchteil einer Sekunde, aber Ane hat ihn erwischt.

»Es gibt immer einen, der den anderen verlässt.«

Olaizola dreht sich wieder um, die Lippen zusammengepresst, und sieht sie auf einmal hochmütig an. Er ist es nicht gewohnt, derjenige zu sein, der Rede und Antwort stehen muss.

»Es war vor vier Monaten ... Es gab zu viel Gerede. Gernika ist ein furchtbares Kaff, und es wurde dauernd über uns getratscht. Du weißt schon: die vom Radio und der Comisario ... Es war unerträglich. Natalia meinte, dass sie ihren Mann nicht noch mehr verletzen wolle. Ich hab vorgeschlagen, dass wir beide unsere Ehepartner verlassen und offiziell ein Paar werden. Aber sie hat diesen Schritt nicht gewagt, und dann haben wir uns nicht mehr getroffen.«

Ane atmet tief durch. So viel zur Trennung in beiderseitigem Einvernehmen. »Und deine Frau? Was hat sie zu alldem gesagt?«

Der Comisario streicht mit dem Handrücken über eine der vielen Rosen, die das Grab bedecken, und schüttelt den Kopf. »Sie hat gar nichts gesagt. Es war ihr egal. Das mit uns ist schon lange vorbei. Wir leben wie zwei alte Freunde unter einem Dach, aber mehr nicht. Sie ist mit ihrem Job beschäftigt und ich mit meinem.«

»Aber ihr lebt noch zusammen?«

»Zusammen ja, aber jeder für sich. Sie hat sicher auch ihre Liebhaber. Soweit es ihr Job zulässt, klar.«

»Wo arbeitet sie?«

»Sie ist Rechtsanwältin. Finanzrecht. Das ganz große Geld.«

»Du weißt, dass ich mit ihr reden muss«, warnt Ane ihn vor.

Olaizolas genervter Gesichtsausdruck sagt alles, auch wenn ihm nichts anderes bleibt, als zu nicken. Er kennt das übliche Vorgehen.

»Hat Natalia dir gegenüber mal erwähnt, dass sie bedroht wurde?«, fragt Ane. »Hatte sie das Gefühl, in Gefahr zu sein?«

»Es ist kaum anzunehmen, dass Natalia, so wie sie sich verhalten hat, nicht bedroht wurde, wobei sie es sicher nicht ernst genommen hat. Mir gegenüber hat sie nie etwas in der Art geäußert. Seid ihr schon irgendwie vorangekommen?«

Ane schüttelt nur wortlos den Kopf. Mit einem Verdächtigen darf sie nicht über Einzelheiten der Ermittlungen sprechen, auch wenn es sich dabei um den Comisario handelt. Sie merkt, dass sich ihr immer mehr Fragen aufdrängen. Was war Natalia für ein Mensch? Wie war das Verhältnis zu ihren Kollegen? Doch sie will Olaizola nicht bedrängen. Nicht am Grab des Opfers. Sie fühlt sich unwohl dabei, ihn hier, an diesem Ort, zu befragen, über dem noch die Trauer des Abschieds hängt. Auf den Bändern an den Grabkränzen ist von der *besten Kollegin*, den *Cousins und Cousinen, die dich nicht vergessen werden,* den *Marktverkäufern* und anderen zu lesen, und die vielen Blumen bedecken das Grab beinahe vollständig. Rosen, Chrysanthemen, Nelken und ...

Plötzlich hat Ane das Gefühl, an ihrer eigenen Spucke zu ersticken.

»Verdammt, er war hier!«

Mit der rechten Hand zeigt sie auf einen der Sträuße, der anders ist als die anderen. Er ist weder in Cellophan verpackt, noch mit Bändern geschmückt, auf denen Abschiedsworte stehen. Nichts davon.

Es ist ein Tulpenstrauß. Ein Strauß roter Tulpen, genauso wie die, die Natalia in der Hand hielt, als der Zug sie aus dem Leben gerissen hat.

10

23. Oktober 2018, Dienstag

»Nein, die sind nicht von mir. Und Sie brauchen gar nicht weiterzusuchen. Diese Tulpen werden Sie auch in keinem anderen Geschäft in Gernika finden.«

Die Verkäuferin sieht den Blumenstrauß angewidert an.

»Warum?« Ane versteht nicht, wie die Frau sich so sicher sein kann.

Die Floristin betrachtet sie herablassend. Sie ist mittleren Alters und extrem dünn, was sie größer wirken lässt, als sie ist. Das allerdings könnte auch daran liegen, dass sie sich so verbissen gerade hält.

»Sie verstehen nicht viel von Blumen, oder?« Die Frau legt eine Pause ein, um auf die Antwort zu warten, die nicht kommt. Zum ersten Mal, seit Ane das Geschäft betreten hat, unterbricht die Floristin die Arbeit an den roten Bändern, mit denen sie gerade beschäftigt ist, um sich der Besucherin zuzuwenden. »Tulpen blühen im Frühjahr, und dann fragen auch die Kunden danach. Sie passen nicht in den Herbst. Niemand verkauft sie zu dieser Jahreszeit. Oder haben Sie schon mal gesehen, dass jemand an Allerheiligen Tulpen zum Friedhof bringt? Nein, natürlich nicht.«

Der geringschätzige Ton der Floristin, die jedes Mal die Lippen kräuselt, wenn ihr Blick auf den Ring in ihrem Nasenflügel fällt, geht Ane gewaltig gegen den Strich. Am liebsten würde sie die

Frau einfach stehen lassen und gehen, aber die Information, die sie gerade erhalten hat, ist wichtig.

»Und woher könnte dieser Strauß stammen?«, fragt sie und bemüht sich, höflich zu bleiben.

Die Verkäuferin streicht sanft über ein Blütenblatt einer der Tulpen, dann schüttelt sie den Kopf und zuckt mit den Schultern. »Ich würde mein Geschäft darauf verwetten, dass in einem Radius von hundert Kilometern kein Laden diese Tulpen verkauft. Es handelt sich um eine sehr seltene Sorte.«

Nun ist es Ane, die die Lippen kräuselt. Diese Antwort hat sie nicht erwartet.

»Was für eine Sorte?«, fragt sie. Vielleicht kann sie so etwas über die Herkunft der Blumen herausbekommen.

»Das ist nicht so leicht zu sagen. Es gibt Tausende, aber es ist eine Hybrid-Tulpe, das kann ich Ihnen versichern. Es könnte eine Double Early Abba sein oder eine Fire of Love ...« Die Aussprache der Frau ist derart perfekt, dass es beinahe irreal wirkt. Als wäre sie gerade aus einem Internat in Oxford in ihr Heimatdorf zurückgekommen.

»Gibt es eine Möglichkeit festzustellen, wann sie gekauft wurden?«

»Lassen Sie mich mal sehen ...« Die Floristin zieht an einer der Tulpen, um sie aus dem Strauß zu lösen. Konzentriert schneidet sie den Stiel im unteren Bereich der Länge nach auf und begutachtet ihn eingehend. Überrascht sieht Ane bei dieser Pflanzenautopsie zu. »Sie ist noch frisch. Wurde vor weniger als einem Tag geschnitten. Ich würde sagen, vor nicht mehr als fünfzehn Stunden.«

Ane richtet den Blick auf die Uhr an der Wand, die von ein paar Pflanzen beinahe verdeckt wird. Elf Uhr morgens. Wenn die Floristin recht hat, sind diese Blumen nicht vor acht Uhr am Abend des Vortags geschnitten worden.

»Wie können Sie das so genau wissen?«

Erneut bedenkt die Frau sie mit einem ihrer herablassenden Blicke. »Ich weiß es einfach. Ich hab mein ganzes Leben mit Blumen verbracht.«

Ane beißt sich auf die Zunge, um ihr Gegenüber nicht in die Schranken zu weisen. Sie mag es nicht, so behandelt zu werden.

»Und diese andere?«, fragt sie und übergibt der Floristin das, was von der Blume übrig ist, die Natalia Etxano im Moment ihres Todes in der Hand gehalten hat.

Die Frau wiederholt die Prozedur. »Die ist ziemlich mitgenommen, aber ich würde sagen, dass es dieselbe Sorte ist, nur dass sie ein paar Tage früher geschnitten wurde.«

»Ist es möglich, dass sie alle von demselben Strauß stammen und die anderen bis heute im Wasser standen und frisch gehalten wurden oder so?«

Diese Möglichkeit schließt die Floristin kategorisch aus, ohne auch nur eine Sekunde zu zögern. »Nein, dann sähe der Stiel anders aus. Und würde sich anders anfühlen.«

Ane ärgert sich, dass sie nicht Aitor zu dieser Frau geschickt hat. Sicher hätte er mehr Geduld, um zu erfahren, wie der Mörder an diese Blumen gekommen sein kann.

»Könnte derjenige, der diese Tulpen übergeben hat, sie selbst gezüchtet haben?«

»Schwierig. Das ist nicht irgendeine Blume. Diese Tulpe ist sehr eigenwillig, wenn sie nicht draußen wächst. Es würde mich wundern, wenn es irgendeinem Tulpenliebhaber gelungen wäre, Exemplare dieser Qualität zu züchten.«

Die Frau hat den letzten Satz noch nicht fertig ausgesprochen, als sie sich auch schon wieder ihren roten Bändern zuwendet. Sie zieht die Klinge der Schere so über das Geschenkband, dass es sich rollt, um später damit ihre Blumensträuße zu dekorieren.

Frustriert sammelt Ane die Tulpen wieder ein. Sie hat nicht damit gerechnet, dieses Geschäft mit mehr Fragen zu verlassen, als sie es betreten hat.

»Gut. Vielen Dank, dass Sie mir ein wenig Ihrer Zeit geopfert haben«, sagt sie, wobei sie sich einen sarkastischen Unterton nicht verkneifen kann.

»Ich hoffe, ich konnte Ihnen weiterhelfen«, verabschiedet sich die Frau, ohne sie zur Tür zu begleiten.

Als Ane in die Bar tritt, ist sie noch immer frustriert. Hoffentlich hat Aitor mehr in Erfahrung gebracht als sie. Sie sieht sich nach ihrem Kollegen um, doch er ist noch nicht da.

Der Mann hinter der Theke ist derselbe wie am Vorabend und wirft ihr einen kurzen Blick zu. »Was darf es sein?«

»Einen doppelten Espresso.«

»Einen Americano?«

»Nein, einen doppelten. Zwei Espresso in einer Tasse, wenn's geht.«

»Kommt sofort.«

Der Spielautomat am Ende der Theke stört das Gespräch mit seiner sich ständig wiederholenden Melodie und dem Klirren der Münzen beim Auswurf. Der Mann, der davorsteht und den Hebel bedient, nickt äußerst erfreut.

»Du kriegst gleich Spielverbot«, protestiert der Barkeeper mit lauter Stimme, um das Geräusch der Kaffeemühle zu übertönen.

Ane blickt auf ihr Handy, um nachzusehen, ob einer ihrer Kollegen ihr eine Nachricht geschickt hat, als die Tür geöffnet wird.

»Was für ein Scheißregen!«, schimpft Aitor, während er sich die Regenjacke auszieht, um sie dann an einen Haken unter der Theke zu hängen.

»Das Wetter soll die ganze Woche so bleiben«, erklärt ein Blinder. Er sitzt auf einer Bank am Eingang, und die Lotteriescheine, die er verkauft, hängen ihm wie eine vielfarbige Girlande um den Hals.

»Ein Mistwetter!«, beschwert sich auch der Barkeeper. »Schon der Weg zur Arbeit ist 'ne Zumutung.«

»Das ist er doch immer«, scherzt der Blinde.

»Ihr wollt doch, dass alles schön grün ist. Und das hat eben seinen Preis«, grummelt ein alter Mann an einem der Tische, ohne von seinem bereits halb gelösten Kreuzworträtsel aufzublicken. »Beschwert euch nicht dauernd, das ist nur Wasser. Früher hat es viel mehr geregnet.«

»Was darf's sein?«, wird Aitor vom Barkeeper gefragt.

»Einen grünen Tee und ein Tortilla-Pintxo.«

»Ich nehm auch ein Stück Tortilla«, sagt Ane schnell, der einfällt, dass sie noch nicht gefrühstückt hat. Normalerweise macht sie das direkt nach dem Aufstehen, aber an diesem Morgen ist sie nicht dazu gekommen. Und nun ist es schon beinahe Zeit fürs Mittagessen.

»Wie war's im Blumenladen?«, fragt Aitor.

Ane schnaubt verärgert. »Nicht sehr gut. Wie's aussieht, ist alles viel komplizierter, als wir gedacht haben. Es ist keine Tulpen-Saison, und ich konnte nicht herausfinden, wer sie verkauft haben könnte. Und bei dir im Bestattungsinstitut?«

Der Barkeeper stellt zwei dampfende kleine Teller auf den Tresen, und Anes Appetit ist sofort geweckt.

»Der Mörder war nicht auf dem Friedhof«, erklärt Aitor. »Und wenn er doch da war, hat er die Blumen nicht persönlich hingebracht. Das haben die vom Bestattungsinstitut gemacht. Sie können sich genau daran erinnern, sie mit den anderen Blumen und Kränzen mit zum Friedhof genommen zu haben.«

»Wir müssen überprüfen, ob es dort irgendwelche Überwachungskameras gibt«, meint Ane. Vielleicht können sie den Mörder doch schneller ausfindig machen, als sie vor ein paar Minuten noch gedacht hat.

»Hab ich schon gemacht. Nicht eine. Auch draußen nicht.«

»Scheiße …«

Eilig versucht sie im Kopf, mehrere lose Enden zu verbinden, doch irgendetwas ist ihr entgangen, das spürt sie. Mit geschlossenen Augen versucht sie den schlechten Witz, den Karlos

Arguiñano, der baskische Koch, gerade lautstark im Fernsehen zum Besten gibt, auszublenden.

»Den hat er schon mindestens drei Mal erzählt«, beschwert sich der Mann mit dem Kreuzworträtsel.

»Mit diesen schlüpfrigen Witzen bringt er die alten Weiber gegen sich auf«, kommentiert der Blinde. »Wenn er so weitermacht, landet er noch vor Gericht.«

»Lass gut sein. Das ist immer noch besser als die Nachrichten«, meint der Barkeeper. »Gibt's denn schon was Neues zu der Sache mit der Journalistin?«

»Ach was«, entgegnet der Blinde. »Und wenn, werden wir's nicht erfahren. Die sorgen schon dafür, dass alles unter Verschluss bleibt. Gibt ja genug Leute, die sie schon längst zum Schweigen bringen wollten.« Zur Bekräftigung seiner Worte klopft er mit seinem Blindenstock auf den Boden.

Ane und Aitor wechseln einen Blick. Oft erfährt man bei solchen Kneipengesprächen mehr als bei polizeilichen Befragungen.

»Wenn man die Bauunternehmer und die Politiker aufs Korn nimmt, die sich die Taschen mit Geld vollstopfen ...«

»Sie hätte sich mit Leibwächtern schützen sollen.«

Die folgende Stille nutzt der Koch im Fernsehen, um seinen *pastel de pimientos del piquillo* – einen Paprikakuchen – in den Ofen zu schieben.

»Wozu Leibwächter, wo sie sich doch den Comisario geangelt hat?«, meint der Alte mit der Zeitung.

»Die waren doch nicht mehr zusammen. Sie hat ihn verlassen.«

»Meiner Ansicht nach hat sie nur was mit ihm angefangen, damit er sie beschützt«, sagt der Barkeeper, der gerade ein paar Gläser abtrocknet.

Der Mann mit der Zeitung stößt ein spöttisches Lachen aus. »Scheint er ja auch getan zu haben, denn kaum hat sie Schluss gemacht, landet sie auf den Bahngleisen. Wir werden aber niemals erfahren, wer's gewesen ist. Und wisst ihr, warum? Weil's nicht im Interesse der Polizei ist. War garantiert der Comisario. Sicher wusste sie zu viel, und da hat er sie aus dem Verkehr gezogen. Die kümmern sich schon drum, das keiner was erfährt. Und in 'n paar Tagen ist alles vergessen.«

»Wenn sie den Mord nicht jemand anderem anhängen«, äußert der Blinde eine gewagte Hypothese.

»Wie geht's Santi?«, fragt der Mann mit dem Kreuzworträtsel.

»Na, beschissen. Wie soll's ihm sonst gehen? Angeblich steht er unter Medikamenten, damit er's überhaupt aushält.«

Ane steckt sich den letzten Bissen Tortilla in den Mund. Das Gespräch hat sich in die falsche Richtung bewegt. Sie muss es irgendwie wieder zum Ausgangspunkt zurückbringen.

»Ich wusste gar nicht, dass Natalia Etxano Probleme mit Baufirmen hatte«, wirft sie ein und versucht, ihre Worte möglichst desinteressiert klingen zu lassen.

Aitor führt seine Tasse an die Lippen, während er scheinbar abwesend auf den Fernseher schaut.

»Dann hast du nie ihre Sendung gehört«, sagt der Blinde. »Wegen der Sache mit dem Museum hat sie sich mit allen möglichen Leuten angelegt.«

Ane runzelt die Stirn, als würde sie kein Wort verstehen.

»Das Guggenheim-Museum«, erklärt der Wirt. »Seit bekannt ist, dass hier ein Ableger hinkommen soll, ist die ganze Gegend in Aufruhr.«

»Es gibt wohl eine inoffizielle Liste mit günstig zu erwerbenden, bisher landwirtschaftlich genutzten Grundstücken«, sagt der Mann mit den Losen und ruft dann in einem Tonfall, in dem er vermutlich auch den Gewinner des Tages verkündet: »Der Hauptgewinn, meine Damen und Herren!«

Ane sieht ihren Kollegen fragend an, denn Aitor war am Vortag bei Radio Gernika, um sich dort umzuhören.

»Ich muss gleich noch mal hin«, sagt Aitor leise. »Gestern war nur ein Techniker da, der mir ein paar Ausschnitte vorgespielt hat.

Am Nachmittag übertragen sie ihr Programm aus Bilbao, und dann ist keiner aus dem Team von Natalaia Etxano im Sender.«

»Von wegen, solche Mauscheleien zwischen Politikern und Bauunternehmern gibt es nur im Süden!«, höhnt der mit dem Kreuzworträtsel. »Diese Korruptionsgeschichten gab es schon immer. Hör mal, Manolo ... ›Traumgestalt aus der Tierwelt mit fünf Buchstaben‹. Fängt mit P an. Das kommt immer wieder.«

Der Barkeeper lacht. »Die könnten sich auch mal was Neues ausdenken. Jeden Tag das gleiche Wort.« Dann weist er mit dem Kinn auf den Fernseher. »Mann, sieht das gut aus! Habt ihr gesehen, was der mit einer Dose Paprika und ein paar Eiern macht?«

»Und Sahne und Öl und Kräutern«, widerspricht der Blinde. »Komm, der hat doch jede Menge Zeug da reingetan.«

»Aber ich würd das jetzt verdammt gern essen«, meint der Barkeeper.

»Noch was: ›Person aus der Bibel mit drei Buchstaben.‹ Diese Leute scheinen zu denken, dass wir ein Gedächtnis wie 'n Sieb haben. Das war in den letzten fünf Tagen mindestens drei Mal drin.«

»Hör auf damit und mach lieber ein Sudoku«, rät ihm der Barkeeper. »Dann motzt du wenigstens nicht die ganze Zeit rum.«

Aitor weist mit einer Kopfbewegung Richtung Tür. Ane nickt. Mehr Informationen werden sie hier nicht kriegen. Wobei ihr Besuch in dem Lokal, genau betrachtet, einiges gebracht hat. Immerhin haben sie von einem weiteren Tatmotiv erfahren.

»Ihr seid Bullen, oder?«, fragt der Blinde sie und versperrt ihnen mit seinem Stock den Weg.

Ane betrachtet ihren Kollegen. Genau wie sie ist er in Zivil gekleidet und trägt nicht einmal ein Gürtelhalfter mit der vorgeschriebenen Dienstwaffe. Allmählich hat sie keine Lust mehr auf dieses Spiel.

»Und wie kommst du darauf?«, fragt sie, ohne dem Mann eine Antwort zu geben.

»Man sieht es euch an«, erklärt der Blinde grinsend. »Wollt ihr nicht ein Los kaufen? Am Freitag geht's um den Jackpot. Dein Handy klingelt. Das ist sicher dein Mann, um dich zu bitten, dass du ihm auch ein Los kaufst.«

Die anderen lachen.

Ane hält sich den Rucksack ans Ohr. Das Vibrieren ist deutlich zu spüren. Sie öffnet den Reißverschluss und sieht aufs Display.

»Das ist Txema«, sagt sie mit Blick auf Aitor. Danach nimmt sie den Anruf an. »Hier Ane, was ist?«

Die Stimme ihres Kollegen klingt aufgeregt. Er schreit fast in den Hörer. Ane erstarrt. Und dann fährt ihr der Schreck in die Glieder.

Ein Tag im Mai 1985

»Das ist wunderschön. Darf ich es mal haben?«

Die Lehrerin wartete nicht auf die Antwort. Sie nahm meine ausgeschnittene Zeichnung und hielt sie hoch, damit alle sie sehen konnten. Drei Mal musste sie um Ruhe bitten, beim letzten Mal mit sehr lauter Stimme, um die Aufmerksamkeit der anderen mehr als dreißig Kinder in der Klasse zu gewinnen.

»Schaut mal, wie schön! Das ist sehr gut ausgeschnitten, nicht wie bei einigen von euch. Kommt, ihr seid schon sechs Jahre alt, und ein paar Pferde sind so schlecht ausgeschnitten, dass Dreijährige im Kindergarten das besser hinkriegen.«

»Aber meins ist viel besser gemalt!«, protestierte Itziar, das Mädchen mit den blonden Zöpfen, und setzte sich an den Nebentisch.

»Ja, Itziar, du hast sehr schön gemalt«, gestand ihr die Lehrerin zu. »Und auch ein paar andere von euch. Aber es gibt wirklich welche unter euch, die zurück in den Kindergarten sollten, wenn sie das, was wir hier machen, nicht interessiert.«

»Meine Schere schneidet so schlecht!«, wandte Lucas ein und zeigte sein Pferd mit den abgeschnittenen Beinen.

»Was für ein Zufall! Immer ist es die Schere, die schlecht schneidet, oder die Buntstifte sind nicht spitz genug.«

»Aber es stimmt«, verteidigte sich der Junge.

Die Lehrerin gab mir die ausgeschnittene Zeichnung zurück. Ich war sehr aufgeregt und stolz.

»Darüber wird sich deine Mutter sicher sehr freuen«, sagte sie mir und strich mir über den Kopf. Dann hob sie wieder die Stimme: »Los, kommt zum Ende! Wenn ihr fertig seid, machen wir eine Schleife darum und schreiben *Herzlichen Glückwunsch, Mama* darauf.«

Ich nahm den blauen Stift. Das kleine Pferd war fast fertig. Ich musste nur noch die Augen ausmalen. Und sie sollten blau werden wie die meiner Mutter.

Danach noch die Schleife, und schon ertönte die Klingel zum Unterrichtsende.

»Wartet noch einen Moment!«, forderte die Lehrerin die Kinder auf, die schon zur Tür liefen. »Ihr müsst das Geschenk verstecken und dürft es eurer Mutter erst am Sonntag übergeben. Dann werdet ihr sehen, wie sehr sie sich freut, dass ihr an den Muttertag gedacht habt.«

Vorsichtig, damit es nicht zerknitterte, steckte ich das Geschenk in meinen Ranzen. Ich konnte es kaum erwarten, es *Ama* zu geben. Am Sonntag würde ich sie gleich bei Sonnenaufgang wecken. In einer Schublade hatte ich noch ein Bonbon versteckt, das ich vor ein paar Wochen auf einer Geburtstagsfeier bekommen hatte. Das würde ich mit auf das Tablett legen, auf dem ich ihr den frisch gepressten Saft ans Bett bringen wollte. Denn sie trank jeden Morgen ein Glas Orangensaft.

Endlich war der große Tag gekommen. Mein Vater war nicht zu Hause. Er war fast nie zu Hause, weil er die meiste Zeit weit auf dem Meer unterwegs war. Wenn er zurückkam, erzählte er mir immer von einem Ort mit einem tollen Namen: *Gran Sol*, Große Sonne. Ich bat ihn jedes Mal, mich mitzunehmen, und dann lachte er und versprach mir, dass wir eines Tages zusammen dort hinreisen würden. Jahre später hatte ich dann tatsächlich die Gelegenheit, diesen Ort mit dem magischen Namen aufzusuchen, und musste feststellen, dass das einzig Magische daran der Name ist.

Es war also Sonntag, Muttertag, und ich wollte meine Mutter zur Feier des Tages auf ganz besondere Art wecken.

Es war nicht leicht, alles auf das Tablett zu kriegen. Den Saft, das geröstete Brot, das Geschenk, das wir in der Schule gebastelt hatten ... Das Einzige, was fehlte, war der Kaffee, denn ich wusste nicht, wie der Espressokocher funktionierte, und außerdem hätte das Pfeifen *Ama* zu früh geweckt.

Leise schlich ich in ihr Schlafzimmer. Dünne Lichtstreifen fielen durch den Rollladen und zeichneten sich auf dem Kopfende des Bettes ab. Die Zeit verging langsam, im Rhythmus ihres ruhigen Atems. Ich musste mich zusammenreißen, um nicht unter die Bettdecke zu kriechen und mich an sie zu kuscheln. Das machen nur kleine Kinder, und schon seit mehreren Jahren wollte sie nicht mehr, dass ich das tat.

»Was willst du denn so früh?«, schnauzte sie mich an, als ich sie mit einem Kuss auf die Wange weckte.

Ich sah auf den Wecker, der auf dem Nachttisch stand. Es war fast neun Uhr, die Zeit, zu der wir am Wochenende üblicherweise aufstanden.

»*Zorionak, Ama*, herzlichen Glückwunsch! Heute ist dein Tag!«, sagte ich und strich mit der Hand über ihren Arm, der auf der Decke lag.

»Red nicht so einen Quatsch!«, entgegnete sie, entzog mir den Arm und drehte sich auf die andere Seite.

Ich spürte, dass in diesem Moment etwas in mir zerbrach.

»Ich hab dir einen Saft gemacht«, brachte ich mühsam hervor.

»Lass mich schlafen. Lass den Blödsinn!«

Meine Augen füllten sich mit Tränen. Das war nicht die Feier, wie ich sie mir vorgestellt hatte.

Ich sah auf den Saft. Wenn sie ihn nicht gleich trinken würde, würden die Vitamine verfliegen. Ich öffnete den Mund, um darauf zu bestehen, aber ein Schluchzen erstickte meine Worte.

Den Rest des Morgens verbrachte ich in der Küche, vor dem Tablett sitzend, das ich mit so viel Liebe vorbereitet hatte, und in der Hoffnung, dass Mutter bald aufstehen würde. Eine Hoffnung, die nach und nach schwand, während die Stunden vergingen und mir die Beine einschliefen. Ich denke mal, dass ich geweint und am Boden zerstört dort gesessen habe. Wobei es wohl normal ist, dass ich mich nach so vielen Jahren nicht mehr genau daran erinnern kann.

Es war fast Mittag, als sie in die Küche kam. Sie war schon angezogen und so hübsch wie immer, machte aber ein ernstes Gesicht.

»*Zorionak*«, stammelte ich mühsam.

Woraufhin sie mich voller Verachtung anschnauzte: »Du kannst denen gratulieren, die etwas zu feiern haben. Lass mich bloß damit in Ruhe!«

Ich musste mich sehr zusammenreißen, um nicht erneut in Tränen auszubrechen. Ich biss mir so fest auf die Lippe, dass es wehtat, und schob das Tablett vorsichtig in ihre Richtung. »Das ist für dich …«

Sie schüttelte den Kopf und hatte immer noch den angewiderten Zug um den Mund. »Du erwartest doch nicht, dass ich diesen Saft trinke, der schon seit Stunden rumsteht!«

Damit öffnete sie den Kühlschrank und nahm mehrere Orangen heraus. Das Geräusch der Saftpresse war der letzte Dolchstoß, der sich mir in den Rücken bohrte, während ich in den Flur ging. Ich wollte nicht, dass sie mich weinen sah.

11

23. Oktober 2018, Dienstag

Das Gesicht der Frau wirkt irgendwie verschwommen, unscharf. Das Blut und die aus dem Schädel herausgequollene Hirnmasse bilden nicht mehr als eine dünne, glänzende Schicht auf dem glatten Beton. Und durch den Tränenschleier vor Julias Augen wirkt auch der unnatürlich abgeknickte Hals nicht ganz so brutal.

Über die Leiche gebeugt, wischt sie sich mit den Ärmeln ihres Pullovers über die Augen und die Tränen fort. Nun sieht sie das Grauen in seiner ganzen Bestialität vor sich. Der in einem nicht enden wollenden stummen Schrei geöffnete Mund des Opfers zeugt von der panischen Angst während des Sturzes, und Julia meint, den unermesslichen Schmerz in ihren leblosen, in die Unendlichkeit starrenden Augen zu erkennen. Der gleiche Schmerz wie bei allen anderen Toten, die Julia in ihrem Leben bereits gesehen hat.

»Hast du sie gekannt?«, fragt Txema.

Julia schüttelt den Kopf, während sie versucht, die erneut aufsteigenden Tränen zurückzudrängen.

»Nimmt dich ein solcher Anblick immer so mit?«, fragt ihr Kollege überrascht.

Julia antwortet nicht. Vor ihren Augen schiebt sich über den kalten, leblosen Körper das Bild des Menschen, der er vor wenigen Stunden noch gewesen sein muss, jemand, der lachen, weinen, singen, genießen und leiden konnte. Wie sollte sie nicht traurig sein beim Anblick dieser Frau, deren Tod bei jenen, die sie geliebt haben, sicher eine nicht mehr zu füllende Leere hinterlässt. Wie könnte sie dies nur als einen Teil ihrer täglichen Arbeit betrachten?

Sie weiß, dass das ein Problem ist. In einem schweren Rucksack, von dessen Last sie sich niemals befreien kann, schleppt sie all die Toten mit sich herum, mit denen sie es in ihrem Berufsleben bisher zu tun hatte. Sie muss nicht mal die Augen schließen, um ihre Gesichter zu sehen. Den jungen Mann, der sich in Ogoño von einem Felsen gestürzt hat, die alte Frau, die sich verlaufen hatte und in den Fluss gefallen ist, und jene, die von ihrem Ehemann mit vierunddreißig Messerstichen getötet wurde, genauso wie ...

»Ich verstehe nicht, warum dir das nicht auch so nahegeht«, sagt sie schließlich, ein Schluchzen unterdrückend.

Txema seufzt. »Es gibt keinen anderen Weg, als sich daran zu gewöhnen. Wir sind Polizisten.« Er blickt durch das Objektiv der Kamera, mit der er das Bild, das sich ihm bietet, fotografiert. »Auch mir fällt's nicht leicht, so etwas zu sehen, aber es gehört zu meinem Beruf, zu meiner Professionalität. Wenn man sich zu sehr damit belastet, kann man nicht mehr objektiv sein.«

Julia weiß, dass er recht hat, aber auch, dass sie es niemals schaffen wird, so viel Distanz aufzubauen. Je mehr sie es versucht, desto weniger gelingt es ihr. Nichts wäre ihr lieber, als am Ende ihres Arbeitstags ihre Fälle einfach in einer Kiste wegsperren zu können. Zum Glück hilft das Meer ihr, ein wenig abzuschalten. Ohne ihr tägliches Bad und das Surfen würde sie verrückt werden und müsste ihren Beruf, den sie mit so viel Leidenschaft ausübt, aufgeben.

»Es gibt keine Übereinstimmungen mit dem letzten Verbrechen«, sagt sie, richtet sich wieder auf und blickt nach oben. Der rechteckige Innenhof misst gut vier mal sechs Meter. Das Opfer ist aus dem sechsten Stock gefallen und hat auf dem Weg nach unten einige Wäscheleinen mit sich gerissen.

»Das hier ist etwas vollkommen anderes«, bestätigt ihr Kollege, der den Fotoapparat wieder einsteckt. »Der Mord an Natalia wurde akribisch vorbereitet, hier war alles improvisiert. Die Journalistin wurde ruhiggestellt und zu den Gleisen gebracht, damit ihr Ehemann sie überfährt. Ganz zu schweigen von der Übertragung via Facebook. Aber hier ... Jemand hat die Frau aus dem Fenster gestoßen. Sie haben uns nur wegen der Tulpe gerufen, die in der Vase im Wohnzimmer zwischen einem Dutzend vertrockneter Nelken steckt.« Txema schnalzt verärgert mit der Zunge. »Das war im Leben nicht derselbe Täter!«

Julia schüttelt nachdenklich den Kopf. »Und dennoch schon wieder eine Tulpe! Das ist die Signatur des Mörders. Diese Blume hat eine bestimmte Bedeutung für ihn.«

»Oder die Signatur *der* Mörder«, wendet Txema ein.

Julia bedenkt ihn mit einem wütenden Blick. Natürlich können es auch mehrere Täter sein. Aber das muss man ja nicht jedes Mal wiederholen. Warum muss er immer das letzte Wort haben? Damit macht er sie wahnsinnig. Sie kann sich nicht erinnern, dass er früher auch schon so war, oder es liegt daran, dass sie ihn nun mit anderen Augen sieht.

»Außerdem sind wir hier nicht in Las Vegas, wo jeden Tag ein Mord passiert«, sagt sie. »Verdammt, das hier ist Gernika. Zwei Tote innerhalb von fünf Tagen, die gleiche Blume ... Das muss derselbe Mörder sein. Was ich nicht verstehe, ist, warum er diesmal so völlig anders vorgegangen ist.«

»Für mich ist das nicht so eindeutig«, widerspricht Txema. »Wir müssen herausfinden, ob zwischen den beiden Opfern eine Verbindung besteht. Wissen wir schon den Namen dieser Frau?«

Julia betrachtet die Leiche voller Unbehagen. Eine Frau von etwa sechzig Jahren, einfache Kleidung, wie sie unzählige Menschen zu Hause tragen, und weiße Strähnen im kupferfarbenen Haar. Julia kann nicht anders, als sich schuldig zu fühlen. Denn sie ist jetzt schon eine ganze Weile hier, steht direkt neben der Toten, und weiß nicht einmal ihren Namen.

»Hast du nicht auch so ein ähnliches?«, fragt Txema und weist auf das kleine Tattoo am rechten inneren Handgelenk des Opfers.

Julia nickt schweigend und betrachtet die rote Rose auf ihrem Handgelenk. Anschließend wandert ihr Blick ihren Unterarm und an dem dornigen Stiel hinauf. »Es ist schon so lange her, dass ich dachte, du würdest dich nicht mehr daran erinnern ...«

Auf dem unteren Rücken hat Julia auf Taillenhöhe noch ein weiteres Tattoo, eine *Eguzkilore*, die Blüte einer wilden Distel, die der Tradition nach schützende Kräfte hat. Hauseigentümer hängen sich die Pflanze an die Türen, um nachts böse Wesen fernzuhalten, denn die Ähnlichkeit mit der Sonne lässt diese glauben, dass es in diesem Haus keine Dunkelheit gibt, weshalb sie nicht einzudringen wagen. Möglicherweise hat sich diese Frau ihr Tattoo bei Alkimia machen lassen, Raúls Studio, was in der Gegend beinahe das einzige ist.

»Lieber Gott, er hat sie umgebracht!« Die Stimme, der der Schmerz anzuhören ist, kommt von oben. Als Julia den Blick hebt, entdeckt sie eine Frau, die sich im dritten Stock aus dem Fenster beugt. »Araceli, was hat er dir angetan?«

Julia wirft ihrem Kollegen einen fragenden Blick zu. »Ich dachte, wir wären allein.«

Bevor er antwortet, schaut Txema nach oben. »Die anderen haben überall geklingelt, und nirgends hat jemand die Tür geöffnet.« Dann ruft er der Hausbewohnerin zu, die sich mit einem blau eingefassten Stofftaschentuch die Tränen trocknet: »Wo sind Sie gewesen, Señora? Warum haben Sie unseren Kollegen nicht aufgemacht?«

Die Frau putzt sich die Nase. »Wir haben gewusst, dass das irgendwann passieren würde«, jammert sie, ohne die Fragen des Polizisten zu beachten. »Er ist ein Monster. Er hat ihr das Leben zur Hölle gemacht. Und sie war so ein guter Mensch. Zu gut.«

Julia und Txema wechseln wieder einen Blick. »Von wem spricht sie?«

»Señora, gehen Sie bitte wieder in Ihre Wohnung!«, ruft Txema nach oben. »Wir kommen zu Ihnen rauf, um mit Ihnen zu reden.«

»Ist sie tot?«

»Gehen Sie rein, und schließen Sie bitte das Fenster.«

»Natürlich ist sie tot. Meine Güte! Araceli ...!«

»Schließen Sie das Fenster!«, befiehlt Txema.

Endlich gehorcht die Frau.

»Ich geh rauf«, erklärt Julia. »Sie muss so schnell wie möglich befragt werden.«

»Wir gehen zusammen«, beschließt ihr Kollege und folgt ihr. »Verdammt, wo kommt die denn auf einmal her? Ich hab mich darauf verlassen, dass deine Kollegen an allen Türen geklingelt haben und dass keiner der Nachbarn zu Hause ist. Wie ist die denn in ihre Wohnung gekommen?«

Julia antwortet nicht.

»Können wir sie mitnehmen?«, fragt einer der Angestellten des Bestattungsinstituts, als die beiden Polizisten am Hauseingang auftauchen.

»Wir sind hier fertig. Wenn die Richterin einverstanden ist ...«, erklärt Txema und zeigt auf die überraschend junge Frau, die gerade ein paar Dokumente unterzeichnet, die der Gerichtssekretär ihr hinhält.

Die Richterin nickt. »Sie können weitermachen. Der Gerichtsmediziner hat den Todeszeitpunkt auf heute Morgen zwischen elf und elf Uhr fünfzehn terminiert. In ein paar Tagen erhalten wir dann das Ergebnis der Autopsie.« Sie weist auf den Eingang und verzieht das Gesicht. Eine Schar Journalisten wartet auf der anderen Seite der Glastür, die Kameras bereit, um alles, was sich bewegt, aufzunehmen. »Und fordert Verstärkung an, um die da im Zaum zu halten. Ich gehe hier erst raus, wenn ihr mir versichert, dass sie mich nicht mit tausend Fragen bedrängen.«

»Seit wann hat der Ehemann sie misshandelt?«

Die Hausbewohnerin versucht etwas zu sagen, bringt aber zunächst kein Wort heraus. Sie verzieht die Lippen zu einem kindlichen Weinen und führt das Taschentuch, das sie in der Hand hält, immer wieder an die Nase. Dabei müsste sie sich dringend auch mal die Tränen abwischen.

»José Manuel war schon immer ein …«, beginnt sie schließlich, doch irgendetwas hält sie davon ab, den Satz zu beenden. »Er ist sehr … temperamentvoll. Hat sie ständig angeschrien … Ach, die arme Araceli!«

Julia und Txema wechseln einen Blick. Das noch immer feuchte Haar der Frau bestätigt ihre Erklärung, dass sie in der Badewanne war, als die Polizei an ihrer Wohnungstür geklingelt hat. Sie gibt zu, die Klingel gehört zu haben, doch es wäre nicht das erste Mal gewesen, dass irgendein Vertreter sie bei ihrem morgendlichen Bad gestört hat.

»Was für ein Albtraum! Das darf doch nicht wahr sein …! Araceli!«, ruft die Frau erneut und stürzt zum Fenster.

Txema beeilt sich, sie zurückzuhalten. »Ganz ruhig bitte.« Dann sagt er zu Julia: »Einer der Sanitäter soll raufkommen und sich um sie kümmern.«

Die Hausbewohnerin klammert sich an Txema, der ihr ungeschickt auf den Rücken klopft. »Er hat sie misshandelt. Und jetzt hat er's getan … Er hat es getan … Er hat sie umgebracht! Wir wussten, dass das eines Tages passiert. Wir haben es gewusst …«

»Es liegen keine Anzeigen wegen Misshandlung vor«, wendet Julia ein.

Die Frau zuckt mit den Schultern und wischt sich mit dem Rücken der rechten Hand über die Augen. »Ihn anzuzeigen hat Araceli sich nicht getraut.«

»Und Sie?«, fragt Txema. »Haben Sie nie die Polizei angerufen, obwohl Sie wussten, was zwei Stockwerke über Ihnen vor sich geht?«

Vom Gesicht der Frau ist abzulesen, dass sie sich schuldig fühlt, und dennoch muss Julia ihre Wut im Zaum halten.

»Was in der Wohnung von anderen Leute passiert, geht mich nichts an ...«, stammelt die Nachbarin des Opfers und schaut betroffen zu Boden.

Das ist für Julia zu viel. »*Sie* sind mitverantwortlich! Sie und die anderen Hausbewohner, die geschwiegen haben, während er sie misshandelt hat!« Sie spürt den Geschmack von Verachtung auf der Zunge. Wie oft hat sie sich diese Ausreden schon anhören müssen?

»Julia ...«

Txema fasst sie streng an der Schulter. Dann richtet er sich wieder an die Frau: »Das nächste Mal rufen Sie die Polizei. Es ist die Aufgabe von uns allen, Menschen, die andere misshandeln, davon abzuhalten. Wann haben Sie das letzte Mal einen solchen Streit gehört?«

»Heute Morgen. Zerbrechendes Geschirr, Beschimpfungen, Schreie ... Das Gleiche wie immer.«

»Zu welcher Uhrzeit war das?«

Die Frau schließt die Augen, um sich zu erinnern. »Im Radio wurden gerade die Zehn-Uhr-Nachrichten gesendet, und ich musste den Ton lauter stellen, um etwas zu hören.«

Julia schüttelt fassungslos den Kopf. Das Radio lauter stellen, anstatt den Notruf zu wählen ...

»Haben Sie Drohungen gehört?«, fährt Txema fort. »Worum ging es bei dem Streit?«

»Ich hab doch gerade gesagt, dass ich das Radio lauter gestellt habe. Der Grund des Streits war immer ein anderer. Manchmal ging es ums Geld, manchmal darum, dass das Essen kalt war oder dass sich Araceli verspätet hat ... Jedes Mal wurde geschrien und geschlagen.«

»Und beim letzten Mal wurde jemand aus dem Fenster geworfen«, murmelt Julia.

»Wie ist es möglich, dass Sie den Aufprall Ihrer Mitbewohnerin nicht gehört haben?«, fragt Txema.

Die Frau zuckt mit den Schultern, dann wischt sie sich mit dem Taschentuch über die Augen. »Das weiß ich nicht.« Erneutes Naseputzen.

»Wo waren Sie um elf Uhr heute Morgen?«

»Um elf? Na ja, da hab ich staubgesaugt, glaub ich.«

Julia schüttelt den Kopf und steht auf. Sie vergeuden ihre Zeit mit dieser Frau. Sie hat bereits alles gesagt, was sie zu sagen hat. Jede Sekunde, die sie weiter mit ihr reden, ist reine Verschwendung.

Sie nimmt ihr Handy aus der Tasche, ruft im Kommissariat an und bittet, mit dem Einsatzleiter verbunden zu werden. »Der Ehemann des Opfers muss zur Fahndung ausgeschrieben werden, und ich brauche einen Haftbefehl gegen ihn. Es gibt eine Zeugin, die versichert, Beschimpfungen und Schläge aus der Wohnung der Verstorbenen gehört zu haben. Wie es aussieht, handelt es sich um einen Fall von häuslicher Gewalt.«

Ihre Anweisung wird bestätigt. Nun werden alle Polizeieinheiten die Aufforderung erhalten, mit absoluter Priorität nach dem Ehemann der ermordeten Frau zu suchen.

12

23. Oktober 2018, Dienstag

»Wo ist er?«, fragt Ane, gleich nachdem sie im Kommissariat angekommen ist. Die Nachricht von der Festnahme des Verdächtigen hat sie erreicht, als sie sich zu einer ersten Besichtigung in Araceli Arrietas Wohnung befand.

Aitor, der gerade einen Bericht schreibt, unterbricht die Arbeit am Computer und dreht sich zu ihr um. »Gleich im ersten Haftraum. Ich hab seine Personalien aufgenommen. Er ist wegen Besitz von Drogen polizeibekannt, aber nicht wegen Misshandlung.«

Ane stellt ihren Rucksack auf den Schreibtisch. »Diese Mistkerle sind in den meisten Fällen nicht polizeibekannt. Auf dem Gebiet gibt es noch viel zu tun. Komm«, sagt sie und wendet sich zur Tür.

»Und die anderen?«, fragt Aitor, während er ihr folgt.

»Die sind in der Wohnung des Opfers geblieben, suchen nach Beweisen und befragen die Nachbarn. Aber allein die zerbrochenen Teller auf dem Boden sprechen für sich.«

Der Kollege, der für die Hafträume zuständig ist, öffnet die Tür für sie. Danach kehrt er gleich wieder zurück auf seinen Posten.

Ane atmet tief durch; ihr Kiefer ist anspannt, und sie ballt die Hände zu Fäusten. Aitor, der das merkt, legt ihr eine Hand auf die Schulter und zwingt sie, ihm in die Augen zu sehen.

»Ane …«, sagt er ernst. Dann zögert er ein paar Sekunden, was ausreicht, um ihr zu signalisieren, dass er sich Sorgen macht. »Du kannst ihn nicht da drinnen verhören.«

Ane presst die Lippen zusammen. Sie kennt die Vorschriften und weiß, dass das untersagt ist. Ein Verhör muss in den dafür vorgesehenen Räumen erfolgen.

»Sei nicht so penibel«, sagt sie. »Nur ein paar kleine Fragen.«

Aitor verzieht das Gesicht. Er hält sich eigentlich immer an die Vorschriften.

»Aber übertreib's nicht«, ermahnt er sie.

Ane zwingt sich zu einem Lächeln, um ihn zu beruhigen. Natürlich wird sie es nicht übertreiben. Klar, am liebsten würde sie dieses Schwein, das seine Frau ermordet hat, grün und blau prügeln, aber sie weiß, wo die Grenzen sind.

Wie immer, wenn sie einen Haftraum betritt, empfindet sie leichte Platzangst. Die nackten, fensterlosen Wände und die Enge belasten sie. Sie will sich gar nicht vorstellen, wie sich jemand fühlt, der hier eingesperrt ist.

»Ich geh allein rein«, sagt sie. Ihr Kollege öffnet den Mund, um zu protestieren, doch dazu lässt sie ihn erst gar nicht kommen. »Allein, Aitor. Warte hier auf mich.«

Der Verdächtige sitzt auf der Betonpritsche, die auch als Schlafplatz dient. Er hat die Ellbogen auf die Knie gestützt und die Hände vors Gesicht gelegt.

»Warum?«, fragt sie ihn geradeheraus, ohne ihren Namen oder Dienstgrad zu nennen oder sonstige Formalitäten einzuhalten.

»Ich war das nicht, verdammt! Wie soll ich das erklären?« Er nimmt die Hände vom tränenüberströmten Gesicht.

»Du bist ein ganzer Kerl, José Manuel. Ein ganz harter Kerl.« Jedes Wort, das Ane ihm entgegenspuckt, ist bitter wie Galle. »Ein so harter Kerl, dass du deine Frau hast töten müssen, um es dir selbst zu beweisen. Ein harter Kerl, der sich das Recht nimmt, sie immer wieder zu schlagen. Weil du es genossen hast, sie zu erniedrigen.«

»Das stimmt nicht!«, ruft er aus und steht auf, woraufhin Ane unwillkürlich einen Schritt zurücktritt. »Ich hab sie nicht umgebracht. Ich hab sie geliebt!«

»Deine Nachbarn sagen da aber was ganz anderes!«, blafft sie ihn an, dann reißt sie sich zusammen, damit die Wut sie nicht übermannt.

»Was ist heute Morgen passiert?«

»Nichts! Nichts ist passiert!«

»Schreie, Schläge, Weinen ... Ich hab die Scherben auf dem Boden gesehen. Und das nennst du *nichts?* Es gibt jede Menge Zeugen für das, was heute in deiner Wohnung passiert ist.«

»Wen? Ignacia, Esther, Toña? Diese Hexen! Verhurte Hexen!«

»Setz dich!«, befiehlt Ane und zeigt auf die Pritsche.

José Manuel blickt sie herausfordernd an. »Ich war es nicht«, zischt er zwischen den Zähnen hervor, während er ihr mit seinem Gesicht gefährlich nahe kommt. Der Gestank nach billigem Wein lässt in Ane Übelkeit aufsteigen.

»Setz dich!«, sagt sie drohend, und wieder ballt sie die Hände zu Fäusten, als Manuel ihrer Anweisung nicht nachkommt. Denn sie ist überzeugt, dass er, wäre sie ein Mann, den Befehl sofort befolgt hätte.

Das spöttische Lächeln, das sich auf seinen Lippen abzeichnet, gibt ihr recht, erstirbt aber sogleich, als Ane ihm das Knie zwischen die Beine rammt.

»Setz dich, verdammt!«, schnauzt sie ihn an und schubst ihn in die entsprechende Richtung. »Du wirst schon noch lernen, einer Frau zu gehorchen!«

»Ane!« Aitor Goenaga beobachtet sie durch das kleine Fenster in der Tür.

José Manuel legt die Hände auf den Schritt und lässt sich mit schmerzverzerrtem Gesicht auf die Pritsche fallen.

»Ich hab sie nicht getötet«, stammelt er mit einem beleidigten Blick auf Ane. »Diese Hexen lügen!«

Trotz der Distanz riecht Ane immer noch die widerliche Fahne des Mannes, und sie zählt still bis drei, um sich zu beruhigen.

»Du bist nichts als Abschaum«, sagt sie mit dem Rücken zur Tür. »Anstatt dankbar zu sein, dass jemand wie Araceli ihr Leben mit einem Verlierer wie dir teilt, hast du sie getötet. Und nicht nur einmal, sondern doppelt. Zuerst hast du sie lebendig begraben, sodass sie jedes Mal, wenn du die Tür aufgemacht hast, panische Angst hatte, und dann hast du sie in die Tiefe gestoßen.«

Manuel reißt sich zusammen und hebt trotzig das Kinn. »Hör auf, deine Zeit mit mir zu vergeuden, und such den verrückten Tulpenmörder. Worauf wartest du? Dass er sich die Nächste vornimmt, während du hier mit mir plauderst?«

Ane stürzt sich auf ihn und packt ihn am Kragen. »Ich *plaudere* nicht mit dir, du Stück Scheiße!«, schreit sie ihn an. »Warum hast du sie umgebracht? Warum?«

»Ane! Was, zum Teufel, machst du da? Ane!« Aitor hat die Tür geöffnet und zieht sie zurück. »Lass ihn los!«

Ane tritt einen Schritt nach hinten. Sie hat das Gefühl, dass ihr Kopf gleich explodiert. Was ist nur mit ihr los? Entsetzt starrt sie auf die eigenen Hände.

Ein Tag im Juni 1985

Der Muttertag lag etwa einen Monat zurück. Es war heiß, der Sommer stand vor der Tür, und auf dem Marktplatz wurde Holz aufgeschichtet, das am Ende der Feier zur Johannisnacht brennen würde. Wir Kleinen – wie uns die aus den höheren Klassen nannten – durften uns an den Vorbereitungen nicht beteiligen, aber wenn keiner hinschaute, fügten wir heimlich den einen oder anderen trockenen Ast hinzu, den wir im Wald gefunden hatten. Und so verging der Tag in kurzen Hosen und zum größten Teil draußen auf der Straße.

Es kann noch nicht wirklich spät gewesen sein, als ich an der Tür klingelte, denn draußen war es noch hell. Wobei das im Juni nicht viel heißen muss; der Himmel war auch noch blau, wenn ich abends zu Bett ging.

Ich werde niemals das Lächeln vergessen, das mich empfing, als sie die Tür öffnete. Sie war bezaubernd und strahlte. Alles an ihr war Licht.

Es war das letzte Mal, dass ich sie so glücklich sah.

»Wie geht's, mein Schatz, haben die Großen dich mithelfen lassen?«

Bevor ich die Frage beantworten konnte, gab sie mir einen dicken Kuss auf die Wange und umarmte mich.

Dieser Empfang überraschte mich, nachdem nur wenige Stunden zuvor das Muttertagsgeschenk noch auf der Anrichte gelegen hatte. Ungeöffnet natürlich.

»Ist *Aita* wieder da?« Ein anderer möglicher Grund für ihre Fröhlichkeit als die Rückkehr meines Vaters fiel mir nicht ein.

Ama lachte und zerzauste mir das Haar. »Nein. Das wird noch ein paar Wochen dauern, aber er wäre bestimmt gern heute hier.«

Ich warf einen Blick in die Küche. Im Ofen standen gratinierte Makkaroni, mein Lieblingsgericht. Das Geschenk war jedoch weiterhin unberührt; die bunten Buchstaben darauf gratulierten einer Mutter, die sich kein bisschen dafür interessierte.

»Du hast sicher Hunger, nachdem es kein Mittagessen gab«, sagte *Ama* und strich mir erneut zärtlich übers Haar.

Natürlich hatte ich Hunger, und klar hatte ich nichts zu Mittag gegessen. Das tat ich nur, wenn sie mich an der Schule abholte und mir ein Brot mitbrachte, was immer seltener vorkam.

Glücklicherweise hatten meine Freunde immer etwas dabei, wovon sie mir ein bisschen abgaben.

»Komm, wasch dir die Hände«, sagte sie, während sie die Ofentür öffnete. »Ich tu dir schon mal was auf den Teller.«

Der Duft des gratinierten Käses ließ mir das Wasser im Mund zusammenlaufen. Ich lief zum Waschbecken, war glücklich und fühlte mich geliebt und wertgeschätzt. Nicht dass das für mich vollkommen neu gewesen wäre, aber es war schon viel zu lange her, dass ich so empfunden hatte.

»Wie war's in der Schule?«, fragte sie mich, als ich schließlich am Tisch saß. Die Makkaroni waren köstlich, und der goldfarbene Käse war so knusprig, wie ich ihn mochte. Inzwischen ist das für mich nichts Besonderes mehr, aber damals war das für mich eine Delikatesse, wie sie sonst nur Königen vorbehalten war.

»Es war schön in der Schule. Wir haben gespielt, dass unsere Klasse ein Marktplatz wäre. Ich hab mich um den Fischstand gekümmert und Tintenfisch, Sardinen, Muscheln und Seehecht verkauft. Ah, und Gambas natürlich. María hat sie für Garnelen gehalten, weil sie ziemlich klein waren.«

»Wie lustig! Und wer hat bei dir eingekauft?«

»Na ja, die anderen. Wir haben die ganze Woche Papiergeld gemalt und ausgeschnitten. Und auch die ganze Ware. Ich hab die Sardinen, die Birnen und die Fünfundzwanzig-Pesetas-Stücke gemacht.«

Meine Mutter hörte mir aufmerksam zu und nickte, während ihre Augen noch immer strahlten, was für mich äußerst ungewohnt war. Aber noch immer lag das unausgepackte Geschenk da. Es tat mir weh, meine bunten Buchstaben unbeachtet dort neben der Spüle zu sehen.

»Ich hab eine Neuigkeit für dich«, sagte sie plötzlich. Ihr Lächeln wurde noch strahlender. »Du bekommst ein Geschwisterchen.«

Ich antwortete nicht gleich, sondern stellte mir ein Wesen mit wenig Haar und in Windeln vor, das durch die Wohnung krabbelte und sich an meinen Beinen festhielt, wenn es sich aufrichtete. Gefiel mir die Vorstellung? Ich glaube schon, wobei sie mich auch nicht gerade in Euphorie versetzte.

»Und, wird es ein Junge oder ein Mädchen?«

»Ich weiß nicht. Was wäre dir lieber?«

Ich zuckte mit den Schultern. Tatsächlich war es mir völlig egal.

»Ein Mädchen«, sagte ich, als ich sah, dass sie auf eine Antwort wartete.

»Ich möchte auch ein Mädchen«, gestand meine Mutter und strich sich über den Bauch. »Dein Vater möchte lieber einen Jungen. Er hat es heute über Funk erfahren und sich sehr gefreut.«

In meiner Fantasie sah ich eine große Sonne vor mir, eine orangefarbene Sonne; sie stand dicht über einem ruhigen Meer, auf dem sich die Silhouette eines Schiffs abhob. An Deck befand sich mein Vater, der seine Männer anwies, die Netze voller silberner Fische einzuholen. Die magischen Wellen hatten ihm die Nachricht verkündet, und sicher würden sie am Abend mit einem guten Wein darauf anstoßen.

»Wird das Kind auch in meine Schule gehen?«, fragte ich. Denn irgendwie hatte ich die Kinder immer beneidet, die kleine Geschwister hatten, die sie in der Schule beschützen konnten.

»Sicher. Wirst du dann auf sie aufpassen?« Meine Mutter sprach von dem Kind, als wüsste sie genau, dass es ein Mädchen werden würde. Das hat sie dann die ganze Zeit über gemacht, sodass wir uns alle daran gewöhnt haben und immer von meinem zukünftigen Schwesterchen sprachen.

»Niemand wird ihr irgendetwas antun«, versprach ich. Es gefiel mir, in der Familie plötzlich eine so wichtige Rolle zu spielen.

»So ist es prima«, freute sich *Ama* und gab mir einen Kuss, bevor sie meinen Teller abräumte. Ich hatte auch den letzten Krümel darauf verputzt, sodass er aussah, als käme er frisch aus dem Schrank.

Wir wollten gerade den Nachtisch essen, als es an der Tür klingelte. Es war Goyita, die Frau, die in der Wohnung über uns wohnte. Sie war die Art von Nachbarin, die man anspricht, wenn man etwas braucht. Unzählige Male war ich schon bei ihr gewesen, wenn meine Eltern aus irgendeinem Grund nicht zu Hause waren.

»Herzlichen Glückwunsch, meine Liebe! Wie schön!« Ich erkannte ihre Stimme sofort, nachdem meine Mutter die Tür geöffnet hatte. »Im wievielten Monat bist du denn? Ach, dieses kleine Bäuchlein, wie süß!«

»Findest du? Ich hab gedacht, dass man noch gar nichts sehen kann. Ich bin erst im vierten Monat. Was hast du denn da mitgebracht? Kuchen? Komm rein, bleib doch nicht in der Tür stehen.«

Goyita setzte sich zu uns an den Tisch und beglückwünschte meine Mutter noch mal. Danach standen die beiden auf und ließen mich mit meinem Stück Kuchen am Tisch zurück. Es war super lecker wie alles, was unsere Nachbarin selbst machte.

»Hier an der Heizung werde ich die Wiege hinstellen«, hörte ich meine Mutter sagen.

»Ja, ja, damit es immer schön warm ist. Ich werde dir eine Decke geben, als Geschenk, die ich noch aus der Zeit habe, als meine Kinder klein waren. Damit die kleine Maus nicht friert, wenn sie schon im Dezember geboren wird.«

»In der Schule wird sie eine der Kleinen sein.«

Eine der Kleinen. Mit dem wunderbaren Geschmack des süßen Kuchens im Mund sah ich den Pausenhof meiner Schule vor meinen Augen. Es war nicht schwer, sich vorzustellen, wie die Großen die Kleinsten drangsalierten. Das würde meinem Geschwisterchen nicht passieren, weil ich dafür sorgen würde, dass es alle respektieren. Niemand würde es wagen, einem Kind mit einem großen Bruder wie mir das Pausenbrot zu stehlen oder den Ball wegzunehmen.

»Ich muss einen Heizstrahler im Badezimmer installieren. Ist es in deinem Bad auch so kalt?«

Goyita und meine Mutter gingen weiter durch die Wohnung. Hier etwas und dort etwas. Ich erinnere mich noch, dass ich es seltsam fand, sie vom Heizen reden zu hören, während wegen der Hitze alle Fenster geöffnet waren.

Heizstrahler, Wiegen, Kinderwagen, Fläschchen ... Das Leben bei uns zu Hause würde sich verändern. Ich erinnere mich noch, dass das, was bevorstand, mich ein wenig beunruhigte, aber vor allem war ich glücklich. Genauso wie meine Mutter, die vor Begeisterung strahlte. Wie sehr ich mich freute, sie so zu sehen!

13

23. Oktober 2018, Dienstag

Das Blatt weht sanft im Wind. An den Außenrändern ist es bereits trocken und braun, doch der größte Teil ist noch grün. Ein Eichenblatt. Eines von unzähligen, die in den letzten Herbsttagen von den Bäumen fallen, um den Boden des Baskenlands mit einem dichten Teppich zu bedecken, der die kalte Jahreszeit ankündigt.

Ane sitzt am Wasser und starrt auf dieses Blatt. Und gleichzeitig ins Leere. Sie ist wütend auf sich selbst, enttäuscht. Wenn es ihr nicht gelingt, sich zu bremsen, wird sie Probleme kriegen.

»Wie geht's?«, fragt eine Stimme hinter ihr.

Es ist Aitor.

Ane zuckt mit den Schultern und stellt ihren Rucksack zur Seite, um ihm Platz zu machen.

»Tut mir leid, die Show hätte ich mir sparen sollen«, gibt sie zu.

»Es war meine Schuld. Ich kenne dich, und es war unvorsichtig von mir, dich allein in den Haftraum zu lassen.« Aitor setzt sich neben sie, sodass auch seine Füße über dem Wasser baumeln.

»Dieses Arschloch war zu viel für mich. Ich kann solche Kerle nicht ertragen.«

Aitor nickt. Es ist nicht das erste Mal, dass dieses Thema zur Sprache kommt. »Du nimmst dir das zu sehr zu Herzen.«

Ane blickt wieder auf das Eichenblatt. Es ist mehrere Meter davongeschwommen und wird bald aus ihrem Sichtfeld verschwinden.

»Das ist echt der Horror«, sagt sie seufzend. »Hast du eine Vorstellung, wie es ist, jedes Mal vor Angst zu zittern, wenn du den Schlüssel im Schloss hörst, weil das heißt, dass dein Vater nach Hause kommt?«

»Das muss furchtbar sein«, gesteht Aitor ein.

Ane schüttelt den Kopf. Ihr Blick schweift übers Wasser, ohne irgendwo hängen zu bleiben. Das Eichenblatt ist nicht mehr zu sehen. »Es war nicht jeden Tag so, aber sehr oft. Er kam immer spät nach Hause. Wenn wir schon gegessen hatten und mein Bruder und ich zu Bett gehen mussten.« Während sie spricht, steigen ihr Tränen der Wut in die Augen, die ihr den Blick verschleiern. Die Erinnerung an jene Zeit tut weh. »Wenn es anstatt einem Gruß still blieb, wussten wir, dass ein Unwetter bevorstand.«

»Hat er getrunken?«

»Es war nicht der Alkohol. Er hat sein ganzes Geld in Spielautomaten gesteckt. Sicher hat er auch getrunken, aber das Problem war die Spielsucht.«

Ein Seufzen füllt die Stille und geht den Worten voraus, die Ane nur mühsam hervorbringt. »Kannst du dir vorstellen, wie es für eine Ehefrau ist, wenn sie ihrem Mann das Essen hinstellt und er den Teller auf den Boden wirft? Würde es dir gefallen, wenn so einer dein Sparbuch leert und er, wenn du um eine Erklärung bittest, dich beschimpft, schikaniert und dir vorwirft, dass alles deine Schuld ist. Es war die Hölle. Meine Mutter musste sich das Geld aus den Rippen schneiden, um seine Spielschulden zu bezahlen. Und das Schlimmste muss die Verzweiflung gewesen sein, weil man ihn nicht um eine Erklärung bitten konnte, da er dann aggressiv wurde. Immer schön still sein, um die Bestie nicht zu wecken.«

Eine Windböe schüttelt die Binsengewächse am Rand des Wassers. Die Reiher, die zwischen ihnen entlangstaksen, protestieren. Einige fliegen sogar auf, um nach wenigen Metern wieder zu landen.

»Warum hat sie ihn nicht angezeigt?«, fragt Aitor.

»Ich weiß es nicht«, sagt Ane seufzend. »Warum hat Araceli Arrieta ihren Mann nicht wegen Misshandlung angezeigt? Warum tun es die Tausende Frauen nicht, die jedes Jahr von ihren Männern terrorisiert werden?«

»Die Dinge ändern sich.«

»In diesem Tempo brauchen wir noch Jahrhunderte, bis das Grauen aufhört. Und in der Zwischenzeit müssen Frauen und Kinder den Rest ihres Lebens lang dafür bezahlen.«

Aitor legt ihr tröstend die Hand auf die Schulter. »Es tut mir leid, Ane.«

Sie nickt. »Entschuldige, dass ich dich immer mit meinen Problemen belaste.«

»Dafür sind Freunde da.«

Ane lächelt traurig. »Es tut mir leid, was in dem Haftraum passiert ist. Ich bin einfach durchgedreht.«

»Das bleibt unter uns.«

Ane aber weiß, dass der Wachmann draußen alles mitbekommen hat. Wenn er das meldet, wie es Vorschrift ist, wird sie ernsthafte Probleme bekommen.

Für ein paar Minuten ist nur das ferne Krächzen der Reiher zu hören und das Rascheln der Binsen im Wind. In der Nähe fährt ein Zug heran. Kurz darauf ist das Schließen der Türen zu hören, bevor der Zug über die Schienen Richtung Mundaka davonrattert.

»Wie geht es dir?«, fragt Ane. »Ich hatte in den letzten Tagen den Eindruck, dass du irgendwie traurig bist.«

Aitor zieht die Hand, die immer noch auf ihrer Schulter gelegen hat, zurück und denkt kurz nach. Dann meint er: »Sie fehlen mir, aber es geht mir gut.«

Ane ist klar, dass er von Leira Altuna und der kleinen Sara spricht. »Wie geht es Leire? Hat sie wieder mit dem Schreiben begonnen?«

»Es geht ihr besser. Die Zeit heilt die Wunden. Sara wird bald drei Jahre alt.«

Drei Jahre. Seit all dem sind bereits drei Jahre vergangen. Ane überlegt, wie ihr Leben in dieser Zeit verlaufen ist. Sie hat ein paar Fälle gelöst, ist ausgezeichnet und befördert worden. Sonst nichts. Das ist nicht wenig für eine Frau in ihrem Alter, aber Erfolge hat sie nur in beruflicher Hinsicht zu vermelden. Im Privatleben verhält sie sich immer noch wie eine Jugendliche, geht abends mit ihren Freundinnen aus und wohnt mit ihrem Bruder zusammen.

Sie wird bald dreißig, und es gibt niemanden, mit dem sie ihr Leben teilt. Und die One-Night-Stands am Wochenende sind nichts für die Zukunft. Nicht dass sie es vermisst, einen Lebenspartner zu haben, denn wenn sie zu Hause bei ihren Eltern eines gelernt hat, dann, dass man besser allein lebt als in einer schlechten Partnerschaft. Aber manchmal befürchtet sie, dass sie es eines Tages bereuen wird, zu lange gewartet zu haben.

»Ich besuch sie mal, wenn wir wieder zurück sind«, sagt sie, das Gespräch wieder aufnehmend.

»Das wird sie freuen. Sie schätzt dich sehr.«

»Ich sie auch.« In Wirklichkeit würde sie Leire lieber in Ruhe lassen, um keine alten Wunden aufzureißen. Denn der Tod des Vaters ihrer Tochter war ein harter Schlag für sie. Zum Glück ist sie eine starke Frau, und sie kann auf Aitor zählen, der seitdem zu ihrem Schutzengel geworden ist.

»Wir werden heiraten«, gesteht ihr Kollege und errötet.

Ane sieht ihn verblüfft an. »Und ich bin nicht eingeladen?«

Aitor richtet den Blick aufs Wasser. »Wir werden nicht groß feiern, nur die Papiere unterschreiben.«

Ane lächelt. Sie erinnert sich noch gut an den Tag, an dem ihr klargeworden ist, wie sehr ihr Kollege Leire mag. Doch das war kurz nach Iñakis Tod, und sie hat ihm empfohlen, ihr Zeit zu lassen.

»Herzlichen Glückwunsch.«

Sie freut sich aufrichtig für ihn.

In den Jahren, die sie nun schon bei der baskischen Polizei ist, hat niemand so treu zu ihr gehalten wie Aitor. »Soweit ich weiß, braucht man zum Heiraten Trauzeugen. Ihr könnt auf mich zählen. Ich wäre gern dabei.«

Hinter ihnen sind Schritte auf dem Kies zu hören.

»Was macht ihr denn da?«, vernehmen sie Txemas Stimme. »Den Urlaub genießen?«

»Man hat uns gesagt, dass ihr möglicherweise hier seid«, erklärt Julia. »In der Wohnung des Tatverdächtigen haben wir nichts gefunden, was beweisen könnte, dass er der Mörder ist. Gibt es bei euch irgendwelche Neuigkeiten?«

Ane hält den Atem an und hofft, dass ihr Kollege ihr die Antwort abnimmt.

»Der Typ bestreitet natürlich die Tat«, erklärt Aitor. »Und auch, dass er seine Frau je misshandelt hat.«

Txema kneift misstrauisch die Augen zusammen und schüttelt den Kopf. »Sonst ist nichts Nennenswertes passiert?«

Aitor und Ane wechseln einen Blick. Txema weiß eindeutig Bescheid.

»Na ja ...«, beginnt Ane.

»Nichts, was in dem Fall von Belang wäre«, unterbricht Aitor sie.

Txema mustert ihn ein paar Sekunden schweigend. Dann wendet er sich an Ane. »Solche Typen können einen zur Weißglut treiben, aber es gibt Vorschriften.«

Ane hält seinem Blick stand. Sie ist ihm ausgeliefert. Wenn er beschließt, das, was im Haftraum passiert ist, anzuzeigen, hat sie ein Verfahren am Hals, und sie wird von dem Fall abgezogen. Die Gelegenheit für ihn, die Leitung der Einheit zu übernehmen.

»Sieht nicht so aus, als ob dieser Mistkerl beide Opfer auf dem Gewissen hat, oder?«, fragt Ane. »Was meint ihr?« Sie will das Thema beenden. Zumindest vorerst.

»Nein, nur seine Frau«, erklärt Julia. »Er hat sie getötet und will die Tat dem Tulpenmörder in die Schuhe schieben.«

»So sehe ich das auch«, bestätigt Ane.

Txema schüttelt den Kopf. »Vergesst den Streit nicht, von dem uns die Nachbarinnen erzählt haben. Das weist auf eine spontane Tötung hin und nicht auf einen geplanten Mord. Aber da ist die Tulpe in der Vase. Nicht dass der Ehemann doch unschuldig ist.«

»Ein Unschuldiger, der seine Frau misshandelt«, murmelt Ane.

»Das macht ihn nicht automatisch zum Mörder«, stellt Txema klar. »Zumal es keine vorangegangene Anzeige gibt.«

»Er *war* es«, erklärt Ane entschieden.

»Und wie ist er an die Tulpe gekommen?«, fragt Txema. »Du hast selbst gesagt, dass sie in dieser Jahreszeit nicht so leicht zu bekommen sind.«

Ane muss zugeben, dass er recht hat. Vielleicht ist sie einfach nur verblendet.

»Und wenn er sie aus dem Strauß auf Natalia Etxanos Grab gezogen hat?«, schlägt Aitor vor.

Julia stimmt ihm zu. »Der Strauß war bis zum Vorabend im Bestattungsinstitut. Er könnte die Blume leicht dort herausgezogen haben.«

Txema zuckt mit den Schultern. »Du könntest sie deiner Freundin im Blumenladen bringen«, schlägt er Ane vor. »Vielleicht kann sie feststellen, wann sie geschnitten wurde.«

Ane schnaubt. Sie hat keine Lust, noch mal zu dieser blöden Kuh zu gehen. Aber es wäre eine wichtige Information.

»Und noch was«, fügt Txema hinzu. »Wenn sich bestätigt, dass es sich um eine Beziehungstat handelt, sind wir nicht dafür zuständig, dann müssen wir den Fall dem Comisario und seinen Leuten abgeben.«

Der abschätzige Ton, mit dem er den letzten Satz gesagt hat, stört Julia, und es entfährt ihr: »Du bist ein Arschloch.«

Txema zieht scharf die Luft ein. »Und ich bin dein Vorgesetzter.«

Das Erklingen einer fröhlichen Melodie befreit Julia aus der heiklen Lage. Sie legt eine Hand auf ihre Tasche und stellt fest, dass es nicht ihr Handy ist. »Es ist deins, Ane.«

Es ist nicht das erste Mal, dass das passiert. Beide haben den gleichen Klingelton, den, der automatisch eingestellt ist.

»Cestero«, meldet sich Ane. Auf dem Display leuchtet die Nummer ihres Chefs.

»Sag mir, dass das nicht stimmt. Wie kannst du denn dermaßen die Kontrolle verlieren?« Madrazo klingt gleichzeitig wütend und ungläubig. »Verdammt, Ane, du zerstörst meinen Ruf! Die Kollegen aus Bizkaia wollten, dass dieser Typ von Interpol die Einheit leitet, doch ich hab für dich gekämpft.«

Ane spürt einen Kloß im Hals. Sie ist nicht in der Lage, eine geeignete Antwort zu geben. Natürlich hat sie mit diesem Anruf gerechnet, aber nicht so schnell. Sie fühlt sich verletzt, verraten und gleichzeitig schuldig, weil sie Madrazos Vertrauen enttäuscht hat.

»Es ... tut mir leid«, bringt sie mühevoll hervor. Sie geht ein paar Schritte, um sich von ihren Kollegen zu entfernen, die sie nicht aus den Augen lassen.

»Das kann zu einem Verfahren führen, ist dir das klar? Wer, bitte, kommt auf die Idee, im Haftraum einen Verdächtigen anzugreifen?«

»Ich hab ihn nicht angegriffen, sondern nur ...«

Madrazo lässt sie nicht ausreden.

»Das ist mir egal. Es gibt Verhörräume. Warum hast du ihn nicht da befragt? Dieser Typ mag ein Arschloch sein, aber er hat Rechte!«

»Es tut mir leid«, wiederholt Ane, und sie sieht ihre weinende Mutter vor sich, ihren Vater, der sie erniedrigt, und sich selbst in einer Ecke verkrochen und darauf wartend, dass das Unwetter vorübergeht. »Ich hab die Kontrolle verloren.«

»Ane, das geht so nicht! Du leitest diese Einheit und musst ein Vorbild sein. Mit deiner Heißblütigkeit setzt du deine Karriere aufs Spiel. Glaubst du, uns anderen juckt es nicht hin und wieder in den Fingern, einem solchen Mistkerl an die Gurgel zu gehen? Aber wir tun es nicht, wir reißen uns am Riemen.«

Ane nickt. Sie weiß, dass er recht hat. »Wer hat mich verpfiffen?«

»Ich weiß es nicht«, erklärt Madrazo.

Weiß er es wirklich nicht, oder will er es ihr nicht sagen? Letzteres, beschließt Ane, ohne es ihm vorzuwerfen. Sie ist sich sicher, dass es Txema war, obwohl es auch möglich ist, dass jemand anderes aus dem Kommissariat geplaudert hat.

»Ziehst du mich von dem Fall ab?«, fragt sie, und während sie auf Madrazos Antwort wartet, dreht sie sich zu ihren Kollegen um, die hastig die Blicke abwenden.

»Ich stehe mit dem Rücken zur Wand«, gesteht Madrazo. Nun wirkt er nicht mehr wütend, sondern nur noch genervt. »Ich musste mir anhören, dass ich dich als Leiterin der Einheit vorgeschlagen habe, weil ich mit dir im Bett war.«

»Weil du mit mir ...?« Ane ist verletzt. »Wir waren zwei Jahre zusammen, und so nennst du das?«

»Das haben mir die Kollegen aus Bizkaia vorgeworfen; ich würde das mit uns niemals so bezeichnen.«

Ane atmet tief durch und versucht vergeblich, sich zu beruhigen. »Ich hab es so satt. Jeden Tag, jede Stunde muss ich mich rechtfertigen. Unmöglich, dass eine Frau befördert wird, weil sie einen guten Job macht. Dass ich diese Einheit leite, liegt nur daran, dass ich mit meinem Chef gevögelt hab, als gäbe es kein internes Auswahlverfahren, das jedem offensteht.«

Madrazo schweigt. Ane sieht ihn vor sich, wie er mit zusammengepressten Lippen nickt, so wie er es immer tut, wenn er mit ihr einer Meinung ist. Es ist nicht das erste Mal, und es wird auch nicht das letzte Mal sein, dass sie über dieses Thema diskutieren. Obwohl sie versucht haben, ihre Beziehung geheim zu halten, hat sich die Sache sofort herumgesprochen. Und seitdem kann sie sich dauernd irgendwelche blöden Kommentare anhören oder wird dämlich angeguckt. Und das Schlimmste ist, dass es ihr gerade die weiblichen Kolleginnen besonders schwer machen.

»Das ist Neid«, entscheidet Madrazo. »Versuch, es nicht zu beachten.«

Ane schnaubt. »Das ist Scheiße.«

»Warte, bis Gras über die Sache gewachsen ist«, rät ihr Madrazo.

Ane streicht mit ihrem Piercing über die Schneidezähne. »Das mit José Manuel tut mir leid. So was wird nicht noch mal vorkommen.« Sie ist fest dazu entschlossen. Noch einmal kann sie sich so etwas nicht erlauben.

»Diesmal konnte ich es noch stoppen«, mahnt Madrazo. »Du hast Glück, dass der Wachmann das nicht ins Protokoll aufgenommen hat, sonst wäre die Sache jetzt offiziell und du wärst draußen.« Er schweigt wieder eine Weile und sagt dann: »Du bist die Beste, Ane. Versau es nicht.«

14

23. Oktober 2018, Dienstag

Er streicht mit der Handfläche über den oberen Blütenrand der Tulpen. Sie sind rot und leuchten intensiv, obwohl sie so zart sind. Eine Windböe lässt sie tanzen, mit Eleganz und Erhabenheit. Bald werden sie verblühen. Dann ist ihr kurzes Leben vorbei, und es bleiben nur ein paar verwelkende Blütenblätter, die nach und nach abfallen.

Er muss sich beeilen. Er hat sein Werk gerade erst begonnen, und schon muss er zusehen, es zum Abschluss zu bringen. Wie ungerecht, dass er nicht die Zeit hat, das große Ziel seines Lebens zu genießen! Aber das lässt sich nicht ändern, und er hat es von Anfang an gewusst.

Er schaut noch einmal auf sein Handy, so wie er es in den letzten Minuten schon mehrmals getan hat, ob es neue Nachrichten gibt.

Nichts. Sie sind immer noch nicht darauf gekommen, seine Tat im vergangenen Sommer mit den Ereignissen der letzten Tage in Verbindung zu bringen. Er hat sie überschätzt, sowohl die Journalisten als auch die mit dem Fall betrauten Polizisten. Weder in den Zeitungen noch im Fernsehen ist von drei Opfern die Rede. Nur von zweien. Und dann bezweifeln sie auch noch, dass der Tod der Frau, die er in die Tiefe geworfen hat, sein Werk war. Warum wollen sie seine Verdienste einfach nicht anerkennen?

Er muss ihnen dieses Foto schicken. Sie zwingen ihn dazu.

Vorsichtig nähert er seine Nase den Tulpen. Ihr Duft ist so subtil, so angenehm. Er erinnert ihn an frisch gepflückte, noch nicht ganz reife Nüsse. Niemals hätte er gedacht, dass dieses Aroma ihm so guttun würde.

Die Schere ist kalt; es ist nicht angenehm, sie zu berühren. Das ist es sicherlich auch nicht für die Blumen, die den stählernen Klingen zum Opfer fallen, um einen üppigen Strauß zu bilden. Tränen steigen ihm in die Augen, was ihn nicht überrascht in einem so gefühlsgeladenen Moment. Traurigkeit gemischt mit Euphorie und Liebe mit unbändigem Hass.

Es ist nicht leicht, damit klarzukommen, und es wird noch schwieriger werden, je weiter er sich dem Ende nähert. Aber er muss es schaffen, und er weiß, dass es ihm gelingen wird. Denn er hat es verdient.

15

23. Oktober 2018, Dienstag

Ane schließt vorsichtig die Autotür – wie ein Wilderer, der keine Aufmerksamkeit erregen will. Sie hat eine einfache Hacke und einen Strandeimer dabei, die sie in den nächsten Stunden brauchen wird. Und der Geruch nach Schlamm und Salz wird sie begleiten. Der Regen ist einem Nebel gewichen, der sie wie Gespenster umweht. Der Temperaturunterschied zwischen dem noch lauwarmen Meer und der Luft macht ihn in dieser Jahreszeit zu einem alltäglichen Naturschauspiel.

Ane atmet tief durch und kneift die gepiercten Lippen zusammen. Sie hat keine Angst, aber sie ist nervös. Sie weiß, dass sie, sobald sie den Fuß in den Sand setzt, etwas Illegales tut, und sie hat heute schon genug angerichtet. Dennoch hat sie gestern Abend beschlossen, es zu machen, als sie festgestellt hat, dass es nichts bringt, die Wilderer nur aus der Ferne zu beobachten. Und da sie nur zu viert sind, sind sie zu wenige, um ein paar Wilderer zu verfolgen, die die Gegend wesentlich besser kennen als sie.

Es besteht zwar immer die Möglichkeit, im Kommissariat von Gernika Unterstützung anzufordern, aber solange sie Olaizola nicht endgültig von der Liste der Verdächtigen streichen kann, will Ane die Zusammenarbeit mit seinem Team möglichst vermeiden. Die Frau des Comisario hingegen hat ein wasserdichtes

Alibi, da sie mehrere Tage über in Madrid gewesen ist, was sie problemlos bewiesen hat.

Die Erinnerungen daran, was im Haftraum passiert ist, und an Madrazos Anruf sind noch frisch. Sie muss allein sein, ihre Gedanken sortieren und ihr Gehirn mit anderen Dingen beschäftigen.

Bevor sie das Hotel verlassen hat, war sie versucht, Aitor von ihrer Absicht zu erzählen, hat den Gedanken aber gleich wieder verworfen, als sie sah, dass er gerade ein Videotelefonat mit seiner Verlobten führte. Und warum soll sie ihn auch in Sorge versetzen, wenn sie kein wirkliches Risiko eingeht? Außerdem hätte ihr Kollege sicher darauf bestanden, sie zu begleiten, und sie will ihn nicht in etwas mit hineinziehen, was den Vorschriften widerspricht.

Bei jedem Schritt sinken ihre Schuhe ein wenig in den Sand ein, während sie sich den Silhouetten der beiden Meeresfrüchtesammler langsam nähert. Noch haben sie Ane nicht bemerkt. Sie muss irgendwie ihre Aufmerksamkeit erregen. Also geht sie auf einen von ihnen zu und beginnt ungeschickt mit der Hacke den Boden zu bearbeiten.

»Kannst du nicht woanders hingehen? Du siehst doch, dass diese Stelle schon besetzt ist.«

Ane freut sich, ihr erstes Ziel erreicht zu haben: ein Gespräch zu beginnen.

»Die Flussmündung gehört allen«, entgegnet sie und bereut ihre brüske Antwort sofort. Sie muss sich zwar wie jeder Wilderer eher abweisend verhalten, aber da sie hofft, von diesem Mann etwas zu erfahren, darf sie es nicht übertreiben.

Der Meeresfrüchtesammler sieht sie misstrauisch an. »Na ja, viel Ahnung scheinst du nicht zu haben«, sagt der Mann spöttisch. »Da wirst du nichts finden. Und was willst du mit dem Kindereimer? Wenn du wegrennen musst, fliegen dir deine Muscheln um die Ohren.«

»Entschuldige. Ich bin zum ersten Mal hier, und ich bin ein bisschen nervös.«

Der Meeresfrüchtesammler mustert sie erneut, diesmal eher neugierig als genervt.

Dann hält er ihr die Hand hin. Er ist ein Mann mittleren Alters mit Geheimratsecken und rauen, starken Händen. Trotz des wenigen Lichts entgeht Ane nicht, wie müde er wirkt, als würde sich in seinem Gesicht abzeichnen, dass er im Leben wenig Glück gehabt hat.

»Wir alle sind beim ersten Mal nervös. Ich bin Pedro«, stellt er sich mit festem Händedruck vor. »Wenn du nicht mit leerem Eimer nach Hause zurückkehren willst, musst du näher zum Fluss. Hier gibt es so gut wie nichts.«

»Danke. Ich hab keine Ahnung, wie das geht, aber ich brauch das Geld. Ich bin schwanger und …« Von ihrer eigenen Lüge überrascht, hält sie inne.

»Herzlichen Glückwunsch«, gratuliert ihr der Mann mäßig erfreut. »Ich hab drei Kinder. Ist es dein erstes?«

»Ja, das erste. Und ich bin arbeitslos.«

Im schwachen orangefarbenen Licht, das die Wolken reflektieren, sieht sie, dass Pedro nickt. »Deswegen sind wir alle hier. Ich hab mein ganzes Leben lang in einer Gießerei geschuftet, bis die Russen sie gekauft haben. Die mussten dann natürlich Personal einsparen. Und schon stehst du mit einer Scheiß-Abfindung auf der Straße. Gestern hatte ich ein Vorstellungsgespräch, und die haben mir gesagt, dass ich zu alt bin. Zu alt! Mit vierzig! Das ist nicht leicht. Und an eine Lizenz zum Meeresfrüchtesammeln kommst du nicht dran. Also bleibt als einzige Möglichkeit, nachts herzukommen.«

»Klar.«

»Was soll ich machen? Betteln gehen? Mit dem hier kann ich mir immerhin den Lebensunterhalt verdienen und die Ausbildung der Kinder bezahlen.«

Ane kann ihr Glück kaum fassen. Mit Pedro wird alles viel leichter, als sie erwartet hat. Sie muss nur geschickt nachfragen.

»Wer kauft dir denn die Muscheln ab?«, fragt sie.

Pedros Schweigen sagt ihr, dass sie zu schnell vorgeprescht ist.

»Ich meine, wenn der Eimer voll ist, wem kann ich meine Ausbeute verkaufen?«

In der Ferne zeichnen sich in der Nähe des Wassers die Silhouetten von zwei weiteren Sammlern ab. Beide in der typischen vorgebeugten Haltung und mit den unverwechselbaren kurzen Hacken in der Hand.

»Keine Sorge, ich kümmere mich darum. Du gibst mir, was du hast, und morgen rechnen wir ab. Aber erwarte nicht, dass du in der ersten Nacht gleich den Eimer vollkriegst. Die Flut kommt schneller, als du denkst, und das war's dann mit den Muscheln.«

»Ich würd sie lieber selber verkaufen.«

»In dem Fall musst du ein Restaurant finden, das sie dir abnimmt. Hier hat jeder von uns seine festen Kunden.«

»Ich dachte, dass es jemanden gibt, der alles nimmt und es dann weiterverkauft.«

Der Wilderer lacht. »Aber nein! So organisiert sind wir nicht. Hier muss jeder selbst klarkommen. Also gib mir deine Telefonnummer. Ich helf dir.«

»Ein Hoch auf die Freiheit«, meint Ane und ist bemüht, sich ihre Enttäuschung nicht anmerken zu lassen. Wenn es niemanden gibt, für den diese Männer und vielleicht auch Frauen arbeiten, kann sie den Meeresfrüchtehandel als Motiv des Mörders ausschließen. Es war schon unwahrscheinlich, dass jemand, der dieses Geschäft im großen Stil betreibt, wegen dieser Sache ein solches Verbrechen begeht, aber bestimmt nicht diese armen Schlucker, die sich ein paar Euro verdienen wollen.

»Weiß deine Familie, dass du hier bist?«, fragt Pedro, während er die Nummer, die Ane ihm genannt hat, in sein Handy eingibt, um sie zu speichern. »Siehst du da das Loch im Sand? Das ist eine Muschel. Schnapp dir deine Hacke.«

Ane runzelt die Brauen. Ihr Instinkt mahnt sie zur Vorsicht. Was soll diese Frage? Nun bereut sie, dass sie ihre Dienstwaffe nicht mitgenommen hat.

»Nein, ich hab niemandem gesagt, wohin ich gehe«, sagt sie und bückt sich, um mit den Händen im Sand zu wühlen. Der fühlt sich seltsam an, nicht so körnig und rau wie der am Strand, sondern klebrig und schlammig. Unangenehm. Und dann spürt sie etwas Rundes, Kaltes. Ihre erste Muschel.

»Herzlichen Glückwunsch«, sagt Pedro. »Und schon hast du ein paar Cent verdient.« Er zieht ein Päckchen Zigaretten aus der Jackentasche. »Rauchst du? Natürlich nicht, das Kind. Besser so. Ich sollte auch aufhören.« Er hält die Hände vors Gesicht, um die Zigarette anzuzünden. »Wundert mich nicht, dass du es niemandem erzählt hast. Ich mach das schon seit Monaten, ohne dass es jemand weiß. Meine Familie glaubt, dass ich in der Fabrik bin. Nachtschicht. Ich will nicht, dass meine Kinder mich für einen Loser halten.« Nachdenklich zieht er an seiner Zigarette. »Ich grabe nach Muscheln, solange es möglich ist, und den Rest der Nacht verbringe ich im Auto und versuche, etwas zu schlafen. Und um Punkt sechs fahr ich nach Hause, so wie früher, bevor diese Arschlöcher mich rausgeschmissen haben.«

Anne lässt den Blick über die Küste schweifen. Ein weiterer Wilderer kommt langsam näher. Er geht wie alle anderen hin und her und bückt sich dabei immer wieder. »Du bist kein Loser.«

»Doch.«

»Bist du nicht. Deine Kinder wären stolz auf dich.«

Pedro stößt ein bitteres Lachen aus, bevor er den letzten Zug von seiner Zigarette nimmt. Danach drückt er sie an der Schuhsohle aus und steckt die Kippe in ein leeres Zigarettenpäckchen. »Kinder sind niemals stolz auf ihre Eltern.«

Ane muss an ihre eigene Familie denken und dem Wilderer recht geben.

»Hör mal, diese ermordete Journalistin ...«, sagt sie, während sie sich nach einer zweiten Muschel bückt. »Die hat euch ziemlich in Schwierigkeiten gebracht, oder?«

Gespannt wartet sie auf die Antwort.

»Ja, ziemlich«, gibt der Wilderer zu. »Seitdem ist die Polizei hinter uns her. Dabei tun wir doch niemandem weh. Was macht es schon, dass ein paar arme Leute hier nach Muscheln suchen? Aber sie haben keine Ruhe gegeben, anstatt sich mit den wirklich Mächtigen zu beschäftigen. Als ob es in Gernika nicht genügend Verbrecher gäb, denen man an den Karren fahren könnte. Aber immerhin haben sie in letzter Zeit auch die Drogenhändler aufs Korn genommen. Denn die sind wirklich gefährlich.«

Ane braucht ein paar Sekunden, um das Gehörte zu verarbeiten. Da hat Pedro sie auf eine heiße Spur gebracht.

»Ich dachte, das hätte sie sich ausgedacht. Gibt es hier wirklich Drogendealer?«

»Sicher. Wenn man denen nicht bald Einhalt gebietet, geht's hier bald zu wie in der Bucht von Algeciras.« Er bückt sich nach einer Muschel, säubert sie in einer Pfütze und gibt sie Ane. »Hier, nimm, damit du nicht mit leeren Händen gehst.«

Aber sie will das Thema mit den Drogen nicht so schnell abschließen. »Und die Polizei unternimmt nichts dagegen?«

Pedro seufzt. »Die Drogenhändler sind zu mächtig. Wenn du nachts jetzt öfter kommst, wirst du es mit deinen eigenen Augen sehen.«

»Du hast sie schon einmal gesehen? Ehrlich?«, fragt Ane und beachtet die Hacke nicht weiter.

»Schon *einmal?*«, wiederholt er spöttisch. Er zeigt mit dem Finger auf die andere Seite der Flussmündung. Jede Laterne ist von einem schwachen orangefarbenen Schein aus Millionen Wasserpartikeln umgeben, alles andere liegt im Dunkeln. Eine Welt aus

Schatten, wo sich Land und Meer zu einem dichten Labyrinth aus Kanälen und Sumpf vereinen, das im Nebel noch unzugänglicher erscheint. »Wenn sie da sind, wird ausgeladen.«

Ane versteht nicht, was er meint. »Ich sehe nichts«, sagt sie und schaut angestrengt in die angegebene Richtung.

Pedro spuckt auf den Boden. »Die Angler. Jeder, der ein bisschen Ahnung vom Meer hat, weiß, dass man bei Ebbe nicht angeln geht. Also warum, denkst du, werfen die Typen ihre Angeln aus, wenn überall nur Sand ist?«

Jetzt hat Ane sie entdeckt, jeweils zwanzig, dreißig Meter voneinander entfernt.

»Bei Ebbe sichern sie sich die Plätze, und später, wenn das Wasser steigt, kommt blitzschnell das Boot vorbei und fährt nach Gernika weiter.«

»Und das sind Drogenhändler?«

Pedro lacht bitter. »Da ist *Fariña – Cocaine Coast* nichts dagegen.«

»Und die Polizei?«

Pedro spuckt erneut auf den Boden, nimmt eine weitere Zigarette aus dem Päckchen und schiebt sie sich zwischen die Lippen. »Die Ertzaintza steckt mit drin. War erwartest du? Angeblich haben sie vor ein paar Wochen in Murueta das Boot kontrolliert, aber natürlich nichts gefunden.«

»Und die Drogenpolizei?«

Pedro zuckt mit den Schultern. »Keine Ahnung.«

Ane versucht vergeblich, noch mehr über die Sache zu erfahren. Doch entweder war das alles, was Pedro weiß, oder er will nicht mit jemandem darüber sprechen, den er gerade erst kennengelernt hat.

»Glaubst du, dass die die Journalistin auf dem Gewissen haben?«, fragt sie und greift wieder zur Hacke.

»Wenn man so viel Macht hat und so viele Feinde, kann das nicht gut gehen«, erklärt er, bevor er, mit der Zigarette zwischen den Lippen, davongeht.

16

24. Oktober 2018, Mittwoch

Der Wellengang an diesem Morgen ist ziemlich verhalten. Julia wusste es schon, als sie das Haus verlassen hat, denn sie hat sich das Meer bereits, als es noch dunkel war, von ihrem Schlafzimmerfenster aus angesehen. Dennoch wartet sie nun am Strand geduldig darauf, dass es ihr eine Reihe guter Wellen schickt. Und sie ist nicht die Einzige. Auch andere Surfer harren auf ihren Brettern aus. Etwa ein halbes Dutzend.

Sie kennt sie beinahe alle. Schon seit vielen Jahren stehen sie im Morgengrauen auf, um auf den Wellen zu reiten, bevor sie zur Arbeit gehen. Abgesehen von dem Mann in dem grünen Neoprenanzug und mit dem orangefarbenen Brett, der bestimmt einer von den vielen Amerikanern ist, die hin und wieder nach Mundaka kommen, kennt sie alle mit Namen.

Früher waren mehr Frauen unter ihnen. Estitxu, Lorea, Loli … Aber sie sind jetzt Mütter und gehen mit dem Kinderwagen durch den Ort und nicht mehr in die Wellen. Als Julia daran denkt, legt sie sich instinktiv eine Hand auf den Bauch und kann ein flüchtiges Gefühl der Leere nicht unterdrücken.

Wann hat jemand sie zum letzten Mal gefragt, ob sie sich nicht auch ein Kind wünscht? Es kann noch nicht lange her sein, denn in den vergangenen Jahren hat sie das immer wieder gehört. Aber sie hat, verdammt noch mal, die Nase voll davon, dass man ihr ständig sagt, ihr würde etwas fehlen. Am schlimmsten ist es, wenn die Leute den dringenden Kinderwunsch einfach voraussetzen und ihr viel Glück bei der Suche nach dem geeigneten Partner wünschen. Und wenn man gar nicht Mutter werden will?

Genau das ist das Problem: Ihr fehlt die Antwort auf die Frage, die sie sich bis vor vier Jahren nicht gestellt hat. Denn damals stand für sie fest, dass sie Mutter werden wollte und es auch dazu kommen würde.

Während sie ihren Gedanken nachhängt, geht die Sonne auf. Zwischen den Wolken über Ogoño ist sie bereits zu erahnen. Der Himmel klart auf und verspricht einen Tag mit wenig Regen. Und nach und nach nimmt die Welt, die bis vor ein paar Minuten noch ein trauriges Gemisch aus Grautönen war, Farbe an.

»Da kommt was!«, verkündet Iker, einer von denen, die jeden Morgen pünktlich zur Stelle sind.

Alle sehen sich an und entscheiden, dass an diesem Tag Julia die Erste sein darf. Denn eines der vielen ungeschriebenen Gesetze unter den Surfern besagt, dass die besten Wellen den besten Surfern vorbehalten sind.

Julia richtet den Blick auf die Insel Izaro, die mit ihren Felsen aus dem Meer ragt. Tatsächlich sind die Wellen stärker geworden.

Sie schaut auf die Uhr. Noch zehn Minuten. Gerade genug Zeit, um vor der Arbeit noch auf einer von ihnen zu reiten.

Sie braucht das.

Warum musste Txema auch zurückkommen? Wie oft ist sie in der letzten Nacht aufgewacht und hat sich vorgestellt, dass sie ihm direkt ins Gesicht sagt, wie sehr er sie verletzt hat. Sie hasst dieses Gefühl und würde viel darum geben, dass er wieder verschwindet, und diesmal für immer.

Sicher?

Nein, sie ist sich nicht sicher, ob sie das wirklich will. Und das ist das wirklich Üble daran.

Ihr ist kalt. Das kommt vom Warten. Sie schwimmt ein Stück auf dem Brett und sucht nach der besten Stelle, um sich daraufzustellen, ohne die anderen zu behindern. Was nicht schwer ist, nicht im November. Im Sommer, wenn sich Dutzende Surfer am Strand tummeln, sieht das anders aus. Dann ist es manchmal so schlimm, dass Julia freiwillig auf ihr liebstes Hobby verzichtet und ins Kanu umsteigt. Auch beim Rudern entspannt sie sich, allerdings nicht so gut wie beim Surfen.

Endlich kommen die Wellen. Wie immer sind es drei; drei Wellen im Abstand von mehreren Sekunden. Sie paddelt mit den Armen auf die erste zu. Zu spät. Sie bricht bereits. Also hält sie ihr Brett gut fest und taucht hindurch. Das Adrenalin brodelt durch ihre Arterien. Nachdem sie fast zwanzig Minuten gewartet hat, kann sie sich nicht erlauben, die Chance zu verpassen.

Die nächste Welle baut sich auf. Sie ist größer als die vorherige, richtig gut.

»Los, Julia!«, feuert sie sich selbst an.

Ehe sie sich's versieht, steht sie auf dem Brett und hat in mehreren Metern Höhe die richtige Linie gefunden. Das Brett schießt nach vorn, und das Meer bildet eine Art Tunnel um sie herum. Sie ist mittendrin, im Herzen der Welle, nimmt das Brausen wahr und den Duft nach Meer und Freiheit.

Für ein paar Sekunden steht alles still, gibt es nichts als diesen Wassertunnel. Und dann ist alles vorbei, die Welle bricht, löst sich schäumend auf und färbt alles weiß.

Sie ist glücklich. Spürt ihre Macht über das Meer. Sie hat es gezähmt wie ein wildes Pferd.

Die Uhr zeigt an, dass ihre Zeit aufgebraucht ist. Es ist oft so, dass sie zur Arbeit gehen muss, wenn die besten Wellen kommen.

Sie schwimmt zurück zum Land. Der Strand ist menschenleer; die morgendlichen Spaziergänger sind noch nicht unterwegs. Die ersten sind immer die, die ihre Hunde ausführen, und dann kommen die Rentner. Doch im Moment ist niemand zu sehen.

Sie geht durch den nassen Sand, und ihre Fußabdrücke bleiben hinter ihr zurück.

»Julia!«

Sie dreht sich um und stellt fest, dass Aimar Berasarte hinter ihr geht.

Er ist Journalist bei Radio Gernika, und sie kennt ihn schon sehr lange, beinahe ihr ganzes Leben. Sie waren zusammen in der Schule, aber sie hat ihn nie besonders gemocht.

»Ich hab gehört, dass du in dem Mord an Natalia ermittelst«, sagt er und kommt mit dem Brett unter dem Arm näher.

Julia und er sind nicht die einzigen Surfer um die vierzig. In den letzten Jahren haben viele andere – mehr Männer als Frauen – das Wellenreiten für sich entdeckt.

»Das hast du also gehört?«, entgegnet sie.

»Gibt es Neuigkeiten?«

»Nicht viele.«

»Kannst du mir etwas sagen?«

»Nein, und das weißt du.«

»Die Leute wollen mehr erfahren. Schließlich ist so etwas hier noch nie passiert. Du kannst dir nicht vorstellen, wie viele Anrufe wir jeden Tag im Sender kriegen. Gleich, wenn mein Programm beginnt, wird das Telefon nicht mehr stillstehen.«

Das braucht er ihr nicht zu sagen. Sie wohnt selbst in Urdaibai und geht jeden Tag einkaufen oder einen Kaffee trinken. Die Leute in Gernika, Busturia, Mundaka und den anderen Orten in der Gegend sind beunruhigt. Wie könnte es auch anders sein in einem Tal, in dem sich die aufregendsten Nachrichten normalerweise damit befassen, wer den Wettbewerb um die dickste Tomate gewonnen hat, oder mit der Krise der Werften in Murueta? Und nun scheint es nur noch ein Thema zu geben.

»Ihr solltet mit dem, was ihr sendet, vorsichtiger sein«, sagt Julia brüsk. »Ihr nutzt diese Scheiße aus, um die Hörer zu ködern. Und genau das will der Mörder.«

»Ich sende nur das, was ich kriege. Gib mir etwas Konkretes, etwas, was die Leute beruhigt, und wir haben alle was davon.«

Julia bleibt stehen und stellt ihr Brett in den Sand. »Die Richterin hat Nachrichtensperre angeordnet. Selbst wenn ich wollte, könnte ich dir nichts sagen.«

»Blödsinn. Irgendwas sickert immer durch.«

»Nicht von mir!«

»Niemand wird erfahren, dass du es warst. Und glaub mir, auch du wirst etwas davon haben. Meine Sendung ist das meistgehörte Radioprogramm der Region. Weißt du, was es bedeutet, wenn ich dich darin lobend erwähne? Die berühmteste Polizistin in dieser Gegend, unsere Retterin ... Du willst doch bestimmt befördert werden, oder?«

Julia verzieht angewidert die Lippen. Was sie an Menschen wie Aimar Berasarte am meisten hasst, ist dieser Geltungsdrang, der allzu oft jedem Anstand widerspricht. So war er schon zu Schulzeiten, und wie es aussieht, hat er sich nicht verändert.

»Das Einzige, was ich will, ist, einen guten Job zu machen«, erklärt sie unfreundlich.

Aimar macht ein spöttisches Gesicht. »Na ja, jetzt sind es schon zwei Tote. Wenn es dein Job ist, Urdaibai mit Leichen zu pflastern, bist du auf dem besten Weg.«

Julia öffnet den Mund, um etwas zu erwidern. Doch sie schweigt lieber, denn sie weiß, dass es nichts bringen würde.

»Du kannst mich mal«, zischt sie zwischen den Zähnen hindurch und nimmt ihr Brett wieder unter den Arm.

Der Journalist sieht ihr grinsend nach.

»Dieser Anzug steht dir richtig gut«, ruft er ihr hinterher. »Verdammt gut.«

17

24. Oktober 2018, Mittwoch

Es ist laut. Sehr laut. Wie jeden Morgen um diese Zeit in der Bar. Die Gäste gehen ein und aus, die Kaffeemühle steht nicht still, und der Fernseher läuft. In der Wettervorhersage ist von Regen die Rede, was nichts Neues ist. Irgendwer beschwert sich, dass er seit Wochen die Sonne nicht mehr gesehen hat, und der Barkeeper erklärt, dass das an der Jahreszeit liegt.

»Na ja, früher war das nicht so, das liegt am Klimawandel!«

»Du meinst, dass das früher anders war? Komm, es hat schon immer das ganze Jahr über viel geregnet.«

Die typischen Gespräche am Morgen, während der einen Kaffee nach dem anderen macht und der Rest im Kaffee rührt und auf den Fernseher starrt.

»Heute wird der große Gewinn gezogen!«, ruft der Blinde. »Jeder, der hier ohne ein Los rausgeht, wird es heute Abend bereuen!« Er sitzt schon auf seinem Platz an der Tür und passt auf, dass ihm keiner entwischt.

»Verdammt, Crespo, du bist vielleicht eine Nervensäge! Los, gib mir schon eins! Denn wenn sonst die Nummer gezogen wird, wirst du's uns ein Leben lang vorhalten.«

Der Blinde lacht. »Schau dir Venancio an. Der weiß, wovon ich rede. Ihr anderen schuftet euch tot, während er mit seiner Jacht durch die Karibik schippert.«

»Los, gib mir eins! Nein, das nicht. Das gleiche wie das, das du Venancio gegeben hast! Warum sollte ich weniger Glück haben als er?«

»He, da ist ja meine Lieblingspolizistin!«

Ane spürte, dass jemand über ihr Tattoo streicht, so sanft und zärtlich, dass sich ihr die Nackenhaare aufstellen.

Sie dreht sich um, um den Kerl zur Räson zu bringen, doch dazu kommt es nicht. Die lustige Geste des Tätowierers, mit der er beide Hände wie einen Schild vor sich hält, um den Rüffel abzuwehren, hält sie davon ab.

»Bestell dir 'nen Kaffee, und hör auf mit dem Blödsinn«, sagt sie nur und versucht das Lächeln zu unterdrücken, das sich auf ihre Lippen stehlen will.

»Einen Espresso, schwarz«, bittet Raúl.

»Und meine Tasse kannst du auch noch mal vollmachen«, fordert Ane. Sie kann den Kaffee gut brauchen, denn sie hat nur wenige Stunden geschlafen und merkt, dass ihr die Augen zufallen wollen.

Der Barkeeper steht stramm, bellt »Zu Befehl!« und fährt fort, die Spülmaschine auszuräumen.

»Ich hab auf dich gewartet.« Raúl streckt erneut die Hand nach ihrer Tätowierung aus. »Wann kommst du vorbei, damit ich dein Tattoo vollende?«

Sie weicht zurück, bevor er sie berühren kann. »Ich weiß nicht, mal sehen.«

»Und mein Angebot, eine Bootstour zu machen, nimmst du auch nicht an? Wir könnten nach San Juan de Gaztelugatxe fahren oder zum Cabo de Matxitxako oder zur Insel Izaro.«

Ane will ihm nicht verraten, dass sie jedes Mal seekrank wird, wenn sie ein Boot betritt. »Ich hab lieber festen Boden unter den Füßen.«

»Und eine Klettertour?«

Damit hat er Anes Interesse geweckt.

»Mal sehen«, sagt sie, und diesmal versteckt sie das Lächeln, das ihr auf den Lippen liegt, hinter der Kaffeetasse. Sie war schon seit Wochen nicht mehr klettern. Beim letzten Mal im Granitmassiv von Aiako Harria hat sie sich das Handgelenk verletzt, und seitdem ist sie nicht mehr im Gebirge gewesen. Raúls Vorschlag erinnert sie daran, wie sehr sie es vermisst ... aber woher weiß er, dass es ihr Hobby ist?

»An dir ist eindeutig ein guter Polizist verloren gegangen«, gibt Ane nach einem Blick auf die Hornhaut an ihren Händen zu, die sie wahrscheinlich verraten hat.

»Das heißt also Ja«, freut er sich. »Wann?«

»Schaut mal, Gernika«, sagt jemand.

Alle, einschließlich des Blinden, wenden sich dem Fernseher zu. Die Gespräche lösen sich auf wie der morgendliche Nebel, wenn die Sonne aufgeht. Ane begreift, dass alle in Alarmstimmung sind. Man muss nur ein bisschen an der Oberfläche kratzen, um die Unruhe zum Vorschein zu bringen.

»He, das ist ja deine Spelunke!«, sagt jemand zum Barkeeper. »Du wirst noch berühmt!«

Währenddessen spricht der Fernsehmoderator von einer seltsamen Verbindung nach Galicia.

»Wahrscheinlich sagen sie jetzt, dass Manuel Fraga der Mörder ist«, scherzt jemand.

»Der Politiker? Der ist doch längst tot. Nein, es geht um Drogen, das hab ich von Anfang an gesagt.«

Ane versucht über den Lärm im Raum etwas zu verstehen.

»Mach mal lauter!«, sagt sie zum Barkeeper.

»Zu Befehl!«, wiederholt dieser, doch diesmal gehorcht er.

Ein Reporter an der Kathedrale von Santiago de Compostela erklärt, dass sich in Galicia vor ein paar Monaten ein seltsames Verbrechen ereignet hat, das bisher noch nicht aufgeklärt werden konnte. Ane versteht erst, was das Ganze mit ihrem Fall zu tun hat, als auf dem Bildschirm das Foto einer toten Frau in einem

Sarg zu sehen ist. Auf dem weißen Leichentuch zeichnet sich deutlich eine rote Tulpe ab. Bisher ist dieses Detail niemandem aufgefallen, bis vor ein paar Stunden jemand das Foto anonym an eine Zeitung in Vigo geschickt hat.

»Das kann doch kein Zufall sein, oder?«, meint Raúl.

Ane antwortet nicht. Sie ist hochkonzentriert, versucht Verbindungen herzustellen, überlegt, welche Schritte sie nun unternehmen müssen und welche Schwierigkeiten das mit sich bringt. Zwei Regionen, zwei lokale Polizeieinheiten, zwei Richter ...

Sie schnaubt und greift zum Handy, das schon seit einer Weile klingelt.

Es ist Txema. Er ist immer der Erste. Er hat von der Sache gehört und will sie bestimmt informieren.

»Cestero«, meldet sie sich.

»Es gibt Neuigkeiten.«

»Ich hab's grad im Fernsehen gesehen«, sagt sie und verlässt die Bar.

»Im Fernsehen? Das kann nicht sein. Wir haben es eben erst erfahren.«

»Na ja, es kam schon in den Nachrichten.«

Ihr Kollege seufzt. »Willst *du* ihn freilassen, oder soll ich es tun?«

Ane runzelt die Stirn. »Von wem sprichst du? Wen willst du freilassen?«

»Na, den, der seine Frau misshandelt hat. Du hast doch gesagt, du hast es in den Nachrichten gesehen?«

»Ich glaube, wir sprechen von unterschiedlichen Dingen. Was ist mit dem? Wieder auf Turkey?«

Am Vorabend, als Ane auf dem Weg zur Flussmündung war, hat sie einen Anruf vom Nachtdienst erhalten, dass José Manuel im Haftraum vollkommen ausgerastet ist und verzweifelt nach einer Dosis Heroin geheult hat.

»Nein, nein. Er dämmert noch vor sich hin. Die Ärzte haben ihm eine großzügige Dosis Beruhigungsmittel verpasst. Aber er ist auf der Aufnahme der Kamera eines Supermarkts zu sehen. Er hat ein Alibi für die Tatzeit.«

Ane muss an ihre Mutter denken. »Und die Beschimpfungen und die Schläge zu Hause, kurz bevor Araceli in die Tiefe gestürzt ist?«

»Ich weiß. Aber der Typ war zu der Zeit im Supermarkt.«

Ane weiß, dass Txema recht hat. Sie müssen ihn freilassen, so weh es ihr auch tut. Der Tag hätte nicht schlechter anfangen können.

»Lass du ihn frei«, entscheidet sie schnaubend. »Und sieh zu, dass er schon weg ist, wenn ich komme.«

18

24. Oktober 2018, Mittwoch

Gleich als Julia das Kommissariat betritt, merkt sie, dass irgendetwas nicht stimmt. Die Kollegen, denen sie auf dem Gang begegnet, werfen ihr besorgte Blicke zu.

»Sieh dir das an!«, begrüßt Txema sie und dreht seinen Computermonitor so, dass sie auf den Bildschirm sehen kann. Sein Gesicht sagt alles; er ist stinkwütend.

Julia erkennt sich sofort. Der schwarze Neoprenanzug, das nasse Haar, das ihr in wirren Strähnen auf die Schultern fällt, und das Surfboard unter dem Arm. Das Bild ruft ihr noch einmal den Salzgeschmack im Mund in Erinnerung. Freiheit. Doch die Schlagzeile, die darübersteht, ist vernichtend.

DIE POLIZEI GEHT SURFEN, WÄHREND IN GERNIKA EINE LEICHE NACH DER ANDEREN AUFTAUCHT.

Das Logo daneben lässt keinen Raum für Zweifel. Es handelt sich um eine Twitter-Meldung von Radio Gernika.

»Dieser Mistkerl!«

»Das Foto hat sich blitzschnell verbreitet: Eine Polizistin der ermittelnden Einheit, die lieber surfen geht, statt nach dem Täter zu suchen. Du kannst dir sicher vorstellen, wie das bei den Leute in der Gegend ankommt. Na ja, zumindest siehst du klasse aus«, fügt Txema hinzu, während er weiter nach unten scrollt.

Julia sieht Dutzende Kommentare. Sie nimmt sich nicht die Zeit, sie genau zu lesen, aber auch beim Überfliegen entgeht ihr nicht, dass keiner davon positiv ist. Diejenigen, die sich nicht über den mangelnden Einsatz der Polizei beschweren, machen ihr schlüpfrige Komplimente und degradieren sie zum Sexobjekt.

»Er hat versucht mich zu erpressen«, erklärt sie wütend, »und weil ich nicht drauf eingegangen bin, hat er diese Scheiße veröffentlicht.«

Txema schnalzt mit der Zunge. »Wer war es?«

»Aimar Berasarte.«

Julia erzählt ihrem Kollegen von der Begegnung am Strand mit dem Moderator, der Natalia Etxano ersetzt hat. Dass er Informationen von ihr wollte, die anderen verwehrt bleiben.

»Er ist ein Arschloch. War er schon immer«, erklärt sie zusammenfassend, ohne darauf einzugehen, dass sich Aimar schon in der Schule ständig auf Kosten anderer profiliert hat.

»Na ja, Natalias Tod kommt ihm sehr gelegen«, meint Txema. »So ist er über Nacht Moderator des meist gehörten Radioprogramms in ganz Urdaibai geworden. Und dass seine Vorgängerin ermordet wurde, hat für ihn wohl noch einen morbiden Reiz. Offensichtlich macht es ihm nichts aus, über Leichen zu gehen.«

Hinter ihnen sind Schritte zu hören. Es ist Ane, die ihren Regenmantel an die Garderobe hängt und dann schnaubend zu ihnen kommt. »Was wollen die von Radio Gernika eigentlich?«, sagt sie wütend. »Dürfen wir in unserer Freizeit jetzt nicht mehr machen, was wir wollen?«

»Es tut mir leid«, murmelt Julia, die nicht weiß, ob sie sich schuldig fühlen oder ärgern soll.

»Komm bloß nicht auf die Idee, dich dafür zu entschuldigen«, tadelt Ane sie. Sie hat dunkle Schatten unter den Augen. »Ich will alles über diesen Typen wissen. Vor allem, ob er ein Alibi hat. Der

Tod seiner Chefin hat ihm eine Popularität eingebracht, nach der er sich offenbar sehr sehnt. Und wie es aussieht, ist er ein Fan der sozialen Netzwerke. Ich erinnere nur an die Live-Übertragung des Verbrechens auf Facebook.«

Silvia stößt zu ihnen. Das Aroma des Kaffees, den sie in der Hand hält, breitet sich im Raum aus. »Viele Mörder genießen es, im Mittelpunkt zu stehen«, meint sie zwischen zwei Schlucken. »Aus Eitelkeit und Geltungssucht sind sie zu allem bereit. Es könnte gut sein, dass es sich bei diesem Mann um einen solchen Menschen handelt.«

Ane klopft mit den Fingerknöcheln auf den Tisch. »Kümmern wir uns um ihn. Wenn er uns unbedingt eine Bombe unterschieben will, muss er aufpassen, dass sie ihm nicht vor der eigenen Nase hochgeht.«

Txema nickt. Die Vorstellung gefällt ihm. Julia auch.

»Hast du den Typen, der seine Frau misshandelt hat, entlassen?«, fragt Ane ihren Kollegen.

»Gerade eben«, bestätigt Txema. »Ein aufregender Vormittag, was? Irgendwie läuft gerade alles schief. Was haltet ihr von der Sache in Galicia?«

»Hoffentlich nur eine Erfindung der Presse, um Auflagen und Einschaltquoten zu erhöhen«, meint Ane. »Die Vorstellung, es mit einem Mörder zu tun zu haben, der im ganzen Land unterwegs ist, gefällt mir gar nicht.« Sie runzelt die Stirn. »Aitor spricht gerade mit der Guardia Civil, die den Fall bearbeitet hat. Vielleicht ist es nur ein Zufall. Manchmal ziehen Journalisten Verbindungen, wo gar keine sind, um die Sensationslust der Menschen zu bedienen.«

»Hoffentlich«, stimmt Julia ihr murmelnd zu. Sie hat bisher noch an keinem Fall gearbeitet, der über die Zuständigkeit der Ertzaintza hinausging, aber sie weiß, dass die dadurch anfallende Bürokratie alles viel komplizierter macht.

»Das Zeitschema passt nicht«, meint Silvia. »Wenn wir es mit einem Serienmörder zu tun hätten, wäre es sehr ungewöhnlich, dass er zwischen einem Verbrechen und dem nächsten drei Monate vergehen lässt und dann innerhalb von fünf Tagen zweimal zuschlägt.«

Sie müssen das Gespräch unterbrechen, da Aitor in der Tür auftaucht.

»Was für eine Geschichte! Ihr werdet es nicht glauben!«, verkündet er. »Das Ganze ist bei einer religiösen Zeremonie passiert. Habt ihr schon mal von einer Beerdigungsprozession für Lebende gehört?« Er blickt die anderen fragend an, die die Köpfe schütteln. »Ich auch nicht, aber in einem abgelegenen Dorf in der Provinz Pontevedra, in Santa Marta de Ribarteme, tragen die Leute Särge durchs Dorf, in denen lebende Menschen liegen, die ihre eigene Beerdigung simulieren.«

»Bitte? Im Ernst?« Ane begreift nun, was es mit dem Foto von dem offenen Sarg auf sich hat, das den Medien zugespielt wurde.

Txema gibt am Computer etwas in die Suchmaschine ein, und mehrere Bilder von der düsteren Prozession erscheinen auf dem Bildschirm.

»Am Ende der Prozession haben sie gemerkt, dass die Frau wirklich tot war«, fährt Aitor fort. »Und in ihrem Sarg lag eine von diesen Tulpen. Zuerst haben sie an einen Herzinfarkt gedacht, aber die Autopsie hat eine Vergiftung ergeben. Tetrodotoxin, das Gift des Kugelfischs. Der Mörder hat eine kleine Ampulle im Futter des Sargs versteckt. Und den Rest hat eine Injektionsnadel besorgt.«

»Und das Opfer hat nicht gemerkt, dass es gestochen wurde?«, wundert sich Julia.

Aitor zuckt mit den Schultern. »Darüber konnte die Verstorbene verständlicherweise keine Auskunft mehr geben.«

Julia sieht Ane erwartungsvoll an. Wie würden sie nun weiter vorgehen?

Anes Blick ist auf den Computerbildschirm gerichtet, auf dem noch immer eine Fotografie von der makabren Beerdigungsprozession zu sehen ist, doch sie scheint ins Leere zu starren.

»Ich fahre morgen nach Galicia«, erklärt sie schließlich.

Sie klingt entschlossen, obwohl sie alles andere als überzeugt davon ist, dass ihre Vorgesetzten die dafür nötigen Schritte so schnell in die Wege leiten können. Das Polizeisystem in Spanien ist kompliziert.

»Und der Rest von uns?«, fragt Txema.

»Ihr habt hier genug zu tun«, meint Ane. »Redet mit den Familien. Wir müssen nach einer Verbindung zwischen Natalia und Araceli suchen und prüfen, ob es irgendeinen Zusammenhang mit dieser Prozession in Santa Marta de Ribarteme gibt. Julia, kümmer du dich um die Familie von Natalia Etxano; Txema, du um die von Araceli.«

»Und Aitor?«, fragt Txema unzufrieden.

Ane ist im Begriff, ihm über den Mund zu fahren, doch sie reißt sich zusammen. »Aitor wird sich mit Natalias Nachfolger beim Radio beschäftigen.« Sie richtet den Blick auf ihren Kollegen. »Veranstalte ruhig ein bisschen Lärm, damit er weiß, dass wir ihn im Auge haben. Vielleicht überlegt er's sich dann zukünftig zweimal, ob er Julia oder einen anderen von uns diffamiert.«

»Und du?«, fragt Txema mit Blick auf die Uhr, womit er offenbar andeuten will, dass der Tag noch lang ist.

Julia wendet unbehaglich den Blick ab. Was soll diese Frage?

»Ich?«, fragt Ane herausfordernd. »Ich leite weiterhin diese Einheit, auch wenn das nicht jedem passt.« Es folgt eine Pause, in der es zwischen den beiden vor Spannung zu knistern scheint. »Wenn das für dich in Ordnung ist, werde ich versuchen herauszufinden, ob es hier tatsächlich einen Drogenhandel im großen Stil gibt. Denn das könnte etwas sein, was beide Opfer miteinander verbindet, wenn es auch ein wenig weit hergeholt scheint. Natalia hat den Drogenhandel im Radio angeprangert, und Araceli war die Frau eines Drogensüchtigen. Es wäre nicht verwunderlich, wenn der Typ auch dealt, um seine tägliche Dosis berappen zu können, und dass es da eine offene Rechnung gab.«

»Das ist tatsächlich ziemlich weit hergeholt«, findet Aitor, »aber ... besser als nichts«, gibt er dann zu.

»Die Art des Verbrechens würde zum Drogenmilieu passen«, erklärt Ane. »Man verbreitet Angst, um den Bereich, in dem man operiert, unter Kontrolle zu behalten. Die Tote im Sarg könnte ein weiteres Opfer sein, das zum Schweigen gebracht wurde. Oder man hat sich an ihr gerächt, und die Tulpe ist ein Hinweis an irgendwelche Konkurrenten.«

»Bis jetzt haben wir noch keinen Beweis dafür gefunden, dass es hier in der Gegend tatsächlich bandenmäßigen Drogenhandel gibt«, widerspricht Julia.

Ane öffnet den Mund, als wolle sie widersprechen, schließt ihn aber gleich wieder.

»Was hältst du von der Sache mit den Grundstücken für das neue Museum?«, fragt Aitor. Mit dem Themenwechsel will er seiner Chefin zur Hilfe kommen, denn ihm scheint, als würde sie etwas verschweigen, und er will nicht, dass die anderen es auch bemerken. »Angeblich ist da viel Geld im Spiel.«

Txema schüttelt den Kopf. »Nein, der Vorfall in Galicia scheint mir in eine andere Richtung zu weisen.«

»Andere Elemente auch«, bringt sich Silvia ein. »Unser Mörder geht methodisch vor, kalkuliert, hat eine eindeutige Unterschrift und setzt seine Verbrechen in Szene. Das passt nicht zu einem Bauunternehmer, der aus rein ökonomischen Gründen mordet.«

»Ja, aber auch, wenn wir nicht allzu viel Zeit darauf verwenden sollten, müssen wir der Sache nachgehen«, wendet Ane ein. »Wer kauft die Grundstücke? Wer gibt die möglichen Standorte preis? Machst du das, Julia?«

Die Angesprochene kann es gerade noch vermeiden, das Gesicht zu verziehen, denn sie übernimmt die Aufgabe nur sehr widerwillig. Warum soll sie mit dieser Sache ihre Zeit vergeuden, wenn es gar nicht als mögliches Motiv infrage kommt?

Ane wendet sich an Aitor. »Und du behältst weiterhin den Comisario im Auge. Als Täter können wir ihn nicht einfach ausschließen, nur weil es offenbar keine Verbindung zu dem zweiten Opfer gibt. Hat er in den letzten Tagen ein Paket oder Päckchen erhalten? Diese Tulpen müssen ja irgendwie nach Gernika gelangt sein. Julia, du weißt nicht zufällig, ob Luis Olaizola einen grünen Daumen hat?«

»Der redet immer nur vom Angeln. Das Meer ist sein Element.«

Ane schüttelt den Kopf und seufzt. »Wir müssen nach Tulpenpflanzungen suchen«, beschließt sie. »Damit sie zu dieser Jahreszeit blühen, müssen sie in einem geschlossenen klimatisierten Raum gezüchtet werden. Ich glaube, dass Aitor uns etwas mehr dazu erzählen kann.«

Ihr Kollege schlägt sein Notizbuch auf und sucht die entsprechende Seite. »Ja, ich hab mich mit dem Thema beschäftigt, und ich muss euch sagen, dass Tulpen alles andere als gewöhnliche Pflanzen sind. Sie zu züchten erfordert extrem viel Geduld.« Er hebt den Blick und zwinkert Ane zu, die daraufhin lächeln muss. Nein, sie bräuchte es gar nicht erst zu probieren. »Wenn unser Mörder sie tatsächlich selbst züchtet, muss er für optimale klimatische Bedingungen sorgen. Denn in den ersten Wochen müssen die Zwiebeln nicht nur in absoluter Dunkelheit gehalten werden, sondern auch bei exakt acht Grad Celsius. Und das mitten im Sommer.«

»Ja«, murmelt Julia, »wir dürfen nicht vergessen, dass sie im Sommer gepflanzt worden sind, sonst würden sie nicht in dieser Jahreszeit blühen.«

»Und da gibt es noch viel mehr zu berücksichtigen«, erklärt Aitor, während er die Seite seines Notizbuchs umblättert. »Man muss genau auf die Feuchtigkeit achten, die Qualität der Erde und den Dünger. Und wenn die Zeit der Kälte vorbei ist, brauchen sie viel Licht und eine Temperatur von vierzehn Grad. Und das für eine ganze Weile, bis die Zeit der Blüte gekommen ist.«

»Und dann brauchen sie noch mehr Wärme«, vermutet Julia.

»Bingo. Aber nur ein paar Stunden am Tag, um Tag und Nacht zu simulieren. Während der vorgetäuschten Sonnenstunden ist volle Beleuchtung angesagt und danach absolute Dunkelheit.« Aitor liest für sich noch ein paar weitere Notizen und schüttelt den Kopf. »Wirklich kompliziert. Ich finde das echt faszinierend.«

»Also ich kein bisschen«, gesteht Ane.

»Na ja, ich hab noch nicht von den Schädlingen gesprochen oder den Krankheiten, die auftreten können.«

Silvia hat ein paar Stichworte an die Tafel geschrieben und wendet sich den anderen zu. »Das lässt ein paar sehr interessante Schlussfolgerungen hinsichtlich der Persönlichkeit des Mörders zu. Er ist geduldig und penibel. Er muss die Pflanze über Monate pflegen, um die Blume zu erhalten, die er haben möchte. Er improvisiert nicht.«

»Das ist nicht gut für uns«, meint Ane.

»Wir sollten nach Gewächshäusern suchen oder Ähnlichem«, schlägt Julia vor.

Aitor runzelt die Stirn. »Er könnte die Pflanzen auch in einem einfachen Abstellraum oder einer Garage ziehen, solange er für das nötige Licht und das richtige Klima sorgt.«

»Sollen wir meine Kollegen aus dem Kommissariat darauf ansetzen?«, fragt Julia. »Ich meine, wir können doch nicht alles allein machen.«

»Die hassen uns«, meint Ane.

»Das stimmt nicht«, widerspricht Julia. »Sie sind nur verletzt, weil die da oben kein Vertrauen in sie haben, was diesen Fall angeht.«

»Wer hasst euch?«, fragt eine Stimme aus dem Gang.

Alle drehen sich nach ihr um.

»Was willst *du* denn hier?«, fragte Ane überrascht.

Julia muss lachen. »Ihr kennt euch?« Sie legt dem Hinzugekommenen eine Hand auf die Schulter. »Wie machst du das nur?

Eine neue weibliche Person im Büro, und gleich hast du sie am Haken.«

»Aber ...« Ane versteht immer noch nicht, was los ist. »Wie bist du denn hier reingekommen?«

Nun kann sich auch der Neuankömmling ein Lachen nicht mehr verkneifen. »Ich bin Ertzaina und arbeite hier. Ich bin einer von denen, die euch deiner Meinung nach hassen.«

»Er ist mein Partner«, erklärt Julia. »Ich meine, mein Dienstpartner, ansonsten will ich den nicht geschenkt haben. Würde ich nicht dieser Sondereinheit angehören, würd ich zusammen mit ihm in einem anderen Fall ermitteln.«

Raúl tut so, als wäre er verärgert. »Warum machst du mich so schlecht? Für einen Mann bin ich ein echter Heiliger.«

»Hochheilig«, meint Julia lachend und küsst ihn auf die Wange. »Aber als Kollege bist du der Beste, da kann ich mich nicht beklagen.«

»Dann ist das mit den Tattoos ...?«, fragt Ane.

»Ehrlich gesagt, führt mein Geschäftspartner das Studio«, erklärt Raúl. »Wir haben es gemeinsam eröffnet, doch dann hab ich die Stelle bei der Ertzaintza bekommen. Aber ich unterstütze ihn, wann immer ich kann.«

Endlich lächelt auch Ane und seufzt. »Da hast du mich ja ganz schön an der Nase herumgeführt.«

Raúl macht das Victory-Zeichen. »Ein simpler Polizist gegen die Chefin einer Spezialeinheit.«

Txema schnalzt verärgert mit der Zunge, um seine Kollegen daran zu erinnern, wo sie sich befinden.

»Wenn ihr mit eurer Flirterei fertig seid und wir wieder an die Arbeit können, sagt mir Bescheid.«

Mit diesen Worten richtet er sich den Krawattenknoten, dreht sich um und setzt sich an seinen Computer.

19

24. Oktober 2018, Mittwoch

Die alte Ziegelei liegt an der Flussmündung. Die Gleise der Strecke, auf der Natalia Etxano gestorben ist, führen am Fuß des großen Ziegelschornsteins vorbei, aus dem längst kein Rauch mehr kommt. Schon seit Langem nicht mehr.

Ein Zug fährt pfeifend zwischen den Bäumen am Ufer entlang und zwingt die beiden Ertzainas, am Bahnübergang stehen zu bleiben. Die Gleise vibrieren, als der Zug näher kommt. Ein paar langbeinige Vögel, hauptsächlich Reiher, fliegen auf. Die Lokomotive gibt ein lautes Pfeifen von sich, als sie an Ane und Julia vorbeifährt, und der Lokführer hebt die Hand zum Gruß. Danach ist wieder alles still, und sie gehen über den Bahnübergang auf den alten Kai zu.

Dabei handelt es sich um mehrere einfache Holzstege, von denen einige nach all der Zeit leicht verbogen sind und wie grazile Tausendfüßler in den Wellen stehen. Während der Flut am Morgen verschwinden die Pfosten beinahe vollständig im Wasser, doch bei Ebbe sind sie fast in ihrer ganzen Länge zu sehen.

»Als kleines Mädchen bin ich oft hierhergekommen. Mein Vater hatte mit ein paar Freunden ein Boot, das hier lag.« Julia legt die Hand auf einen der Pfosten des ersten Stegs. Einen von Dutzenden, die alle gleich schlicht sind. »Im Sommer haben wir hier mehr Zeit verbracht als zu Hause. Ich bin öfter mit zum

Angeln gefahren, und manchmal habe ich mit meiner Mutter im Gras gespielt. Jedenfalls ist mir Murueta in guter Erinnerung geblieben.«

Ane lächelt. Sie lässt den Blick über die Wasserfläche schweifen, bis er an einem Entenpaar hängen bleibt, das in der Nähe des Schilfs schwimmt. Dahinter erheben sich, von einem alten Zaun umgeben, die Kräne und die riesigen Gebäude der Werft von Murueta. Die Geräusche, die von dort zu ihnen herüberschallen, sind die einzigen, die die Idylle der Natur ein wenig stören.

»Entschuldige, ich will dich nicht mit meiner Lebensgeschichte langweilen.« In Wirklichkeit will Julia mit Ane über den Comisario reden. »Ich wollte wegen Luis Olaizola nicht im Kommissariat darüber sprechen«, gesteht sie. Auch ihr Blick ruht nun auf den Enten und folgt ihnen eine Zeit lang. »Es fällt mir nicht leicht, das zu sagen ... Olaizola ist ein guter Mensch. Er hat uns immer anständig behandelt, so wie man sich das von einem Chef wünscht. Ich glaube nicht, dass es in ganz Euskadi ein Kommissariat gibt, in dem das Arbeitsklima so angenehm ist wie in Gernika.« Sie schweigt ein paar Sekunden und macht ein trauriges Gesicht. »Aber in der letzten Zeit war er nicht mehr er selbst. Er war besessen von Natalia Etxano und hat die Trennung nicht verkraftet.«

Ane ist ein bisschen erstaunt darüber. »Mir hat er gesagt, sie hätten sich im beiderseitigen Einvernehmen getrennt.«

Julia schüttelt den Kopf. »Sie hat mit ihm Schluss gemacht. Ich weiß nicht, warum, aber die Initiative ging zweifellos von ihr aus. Und es war weiß Gott keine einvernehmliche Trennung. Warum sonst hat sie den armen Kerl im Radio so niedergemacht?«

»Um zu zeigen, dass sie zu ihm auf Distanz gegangen ist«, vermutet Ane. »Wie ich gehört habe, war ihre Beziehung in Urdaibai ein offenes Geheimnis. Vielleicht wollte Natalia allen deutlich machen, dass sie ihren Mann nicht länger betrügt.«

Die Enten sind nicht mehr da. Sie sind davongeflogen, weil ein Boot auf die Anlegestelle zufährt. Ein Fischer lädt einen blauen

hat sich möglicherweise eine Bande von Drogendealern in Urdaibai eingenistet. Und jetzt haben wir mindestens zwei Tote, die ...«

»Ist Olaizola jetzt an allem schuld?«, unterbricht Julia die Kollegin brüsk.

»Das hab ich nicht gesagt«, beschwichtigt Ane rasch. »Aber ich denke, dass er kein Kommissariat leiten sollte. Das, was er getan hat, ist Verschwendung von Ressourcen und öffentlichen Geldern.«

Sie weiß, dass Julia den Mann schätzt, und will sie nicht verletzen. Aber sie hält Olaizola mindestens der Vertuschung und des Amtsmissbrauchs für schuldig.

»Da ist noch etwas«, sagt Julia auf einmal. »Weißt du, dass Olaizolas Frau die Anwältin einer Baufirma ist, die am meisten von der Sache mit dem neuen Museum profitieren würde?«

Ane starrt sie an. »Und das sagst du mir erst jetzt?«

»Es ist gerade mal eine halbe Stunde her, dass wir dieses Thema zum ersten Mal als mögliches Mordmotiv erwähnt haben«, verteidigt sich Julia.

Ane nickt. Ihre Kollegin hat recht.

In dem Moment meldet sich ihr Handy. Es ist Aitor, der inzwischen auf dem Friedhof sein müsste, wo in wenigen Stunden die Beerdigung von Araceli Arrieta stattfindet.

»Ane, er war vor uns da«, erklärt er.

»Sag mir, dass das nicht wahr ist.« Aitors Worte sind für sie wie eine kalte Dusche. Sie hätten das Grab die ganze Zeit lang überwachen sollen. Nun ist ihnen der Täter ein weiteres Mal zuvorgekommen.

»Wenn er es war«, entgegnet Aitor. »Aber hier am Grab ist nur ein Blumenstrauß. Rote Tulpen und so frisch, dass deine Freundin aus dem Blumenladen sagen würde, dass sie gerade erst geschnitten wurden.«

20

24. Oktober 2018, Mittwoch

Zwischen den Bäumen an der Landstraße ragt stolz das Castillo de Arteaga auf. Der Mond taucht den Turm des Schlosses in ein silberfarbenes Licht – ein romantischer Anblick, den Ane in diesem Moment allerdings nicht zu schätzen weiß.

Sie stellte den Motor ihres Renault Clio ab. Näher sollte sie nicht heranfahren. Als die Klänge der baskischen Post-Punk-Band Belako verstummen, wird aus der jungen Autofahrerin wieder eine Ertzaina, die eine riskante Mission vor sich hat.

Sie überprüft ihre Dienstwaffe und dass sie ihr Handy dabeihat. Draußen macht eine Fledermaus Jagd auf Insekten, die von einer einzelnen Laterne in den Tod gelockt werden. Ansonsten rührt sich nichts. Was Ane auch nicht erwartet hat, denn kein Drogenhändler würde an einem derart zugänglichen Ort seine Geschäfte abwickeln.

»Auf geht's«, ermuntert sie sich selbst und öffnet die Autotür.

Außer ihr befindet sich niemand im Wagen, und sie bereut bereits, ihre Kollegen nicht eingeweiht zu haben. Denn das, was sie vorhat, ist nicht ungefährlich. Vielleicht hätte sie Txema für eine derart wahnwitzige Aktion nicht gewinnen können, aber Aitor und Julia hätten sie bestimmt begleitet, wenn Ane sie darum gebeten hätte.

Doch dazu ist es nun zu spät.

Sie nimmt die kleine Hacke aus dem Kofferraum und geht auf den Weg zu, der ins Sumpfland führt, ein Labyrinth aus verschlungenen Kanälen zwischen von Pflanzen überwucherten kleinen Inseln, das sogleich vor ihr liegt. Mit dem Satellitenbild, das sie sich im Kommissariat angesehen hat, hat die Landschaft, die sie bald erreicht, jedoch wenig zu tun.

Ein Geräusch lässt sie an einer der vielen Weggabelungen verharren. Was war das? Ein leises, aber anhaltendes Klopfen. Sie ist so konzentriert, dass sie über sich selbst lachen muss, als sie feststellt, dass es sich um das Klappern ihrer eigenen Zähne handelt.

Die Wolken haben sich aufgelöst, vielleicht für mehrere Tage oder auch nur für wenige Stunden, und die Kälte hat das Reservat der Biosphäre Urdaibai fest im Griff. Es ist eine feuchte Kälte, gegen die man kaum etwas ausrichten kann, verursacht durch den dichten Nebel, der über der Landschaft hängt.

Das einzig Gute in dieser Nacht ist der Mond. Zum ersten Mal seit Tagen leuchtet er so stark, dass Ane auf die verräterische Taschenlampe verzichten kann.

Eine alte Gezeitenmühle taucht im Schilf auf. Es handelt sich um ein längliches Gebäude, das wie eine Brücke über den Kanal führt, mit zwei kleinen Türmen. Durch eine Schleuse wird das Flutwasser in einem Staubecken gesammelt, um damit das Mühlrad anzutreiben.

Hinter den Fenstern im ersten Stock, wo der Müller mit seiner Familie lebt, brennt Licht. Und die Laterne, die die weiße Fassade des Gebäudes beleuchtet, ähnelt denen, die die schmale asphaltierte Straße erhellen, die von der nahen Landstraße zur Mühle führt.

Ane nimmt sich vor, mit den Hausbewohnern zu reden. Vielleicht haben sie etwas gesehen, was mit dem angeblichen Drogenhandel im Zusammenhang steht.

Der Ruf eines Nachtvogels durchbricht die Stille und wird von Artgenossen an verschiedenen Stellen im Sumpf beantwortet.

Ein heiserer Chor, der erst abbricht, als die Scheinwerfer eines Autos zwischen dem Röhricht aufblitzen.

Ane versteckt sich hinter einem Dornenbusch. Der Wagen hält keine zehn Meter von ihr entfernt. Die Türen öffnen sich und werden wieder geschlossen, leise Stimmen sind zu hören.

»Guten Abend. Hast du dich verlaufen?«

Die Stimme lässt Ane vor Schreck erstarren. Sie hat niemanden kommen hören.

Ihr erster Impuls ist es, zur Waffe zu greifen, doch sie hält noch rechtzeitig inne, um nicht bei der ersten Widrigkeit ihren Plan über den Haufen zu werfen.

»Nein. Ich bin wegen der Muscheln hier. Wie alle«, lügt sie, bemüht, sich ihre Nervosität nicht anmerken zu lassen.

Das Mondlicht verleiht dem Gesicht des Mannes, der sie nicht gerade freundlich ansieht, eine kränkliche Blässe. »Ich würde hier nachts nicht allein herumlaufen. Es könnte zu unangenehmen Begegnungen kommen.« Er zeigt auf die Hacke in ihrer Hand. »Wenn du Muscheln suchst, gehst du besser auf die andere Seite.«

»Okay«, sagt sie widerwillig.

Der Wächter – denn zweifellos handelt es sich um einen solchen – steht mitten auf dem Weg, und seine Worte dulden keinen Widerspruch. Er braucht nicht unfreundlich zu werden, um klarzumachen, dass sie dorthin zurückkehren soll, woher sie gekommen ist.

Außerdem ist da noch die Hand in seiner Jackentasche, in der er höchstwahrscheinlich eine Waffe hält.

»Danke für den Hinweis«, zwingt Ane sich zu sagen, bevor sie den Rückweg antritt.

Sie kann den Blick des Mannes in ihrem Rücken spüren, und es ist kein angenehmes Gefühl. Doch nun hat sie keinen Zweifel mehr. Da geht irgendetwas vor.

Erst als sie sicher ist, dass ihr niemand folgt, schlägt sie sich wieder in die Büsche.

Gebückt schleicht sie zwischen den Sumpfpflanzen hindurch. Die Binsen sind hier besonders hoch und dicht, was ihr sehr entgegenkommt. Dennoch bleibt sie alle paar Schritte stehen, lauscht in die Nacht und geht erst weiter, wenn sie sich davon überzeugt hat, dass niemand in der Nähe ist.

Sich in dieser Wasserwelt zu orientieren ist schwierig, doch nichts anderes hat sie erwartet. Sie kämpft sich durch ein scheinbar unendliches Gewirr an Kanälen, muss sie umgehen oder darüber hinwegspringen. Der Mond, der unbeweglich am Himmel steht, ist ihr einziger Wegweiser in die richtige Richtung. Ihr Ziel sind die angeblichen Angler, die sie beim Muschelsammeln gesehen hat. Wenn ihr Gefühl sie nicht täuscht, sind sie nicht mehr weit entfernt.

Plötzlich bleibt sie abrupt stehen. Sie hat Stimmen gehört. Zwei Männer, ganz in der Nähe.

Ane geht auf die Knie und stützt sich mit den Händen auf dem Boden ab, um nicht gesehen zu werden. Dort, in Bodennähe, ist der Geruch nach feuchter Erde noch intensiver. Und ebenso der Klang der sich nähernden Schritte.

»... so eine Kleine mit einem Tattoo am Hals und einem Piercing ...«

Ane erkennt die Stimme wieder. Es ist der Wächter von vorhin, und die Beschreibung passt perfekt auf sie.

»Polizei?«

»Auf keinen Fall. Muss man da nicht eine Mindestgröße haben? So kleine Polizisten gibt's nicht. Das war 'ne Wilderin. Sie hatte eine dieser Hacken dabei, mit denen sie nach Muscheln graben. Ich würd sagen, dass sie das noch nicht lange macht. Sie hatte 'ne Riesenpanik, als sie mich gesehen hat.«

»Dafür gibt's 'ne Verwarnung. Dieser Bereich ist tabu. Ich dachte, das hätten sie kapiert. An allen anderen Stellen können sie machen, was sie wollen. Bist du sicher, dass sie weg ist?« Eine Pause. »Das heißt wohl Nein, oder? Du machst mich echt fertig! Komm, wir sehen uns mal um, ob sie noch in der Nähe ist.«

Ane beißt sich auf die Unterlippe, bis es wehtut. Sie hat einen Fehler gemacht. Wenn die beiden ihren Wagen in der Nähe des Schlosses sehen, werden sie nach ihr suchen, bis sie sie gefunden haben.

Als sie die sich nähernden Schritte hört, greift sie nach ihrer Dienstpistole und hält den Atem an.

Sie versucht abzuschätzen, wie weit die Männer noch entfernt sind, was allein anhand der Geräusche sehr schwierig ist, aber fraglos sind es keine zehn Meter mehr.

Das Krächzen eines Reihers übertönt das Geräusch der Schritte.

Ane entsichert ihre Pistole. Das Adrenalin schärft ihre Sinne. Gleich ist alles im Eimer.

Sie hat noch nie jemanden getötet. Diesmal wird sie vielleicht nicht drum herumkommen. Wenn die Kerle sie erwischen, ist sie dran. Solche Leute kennen keine Gnade.

Der Reiher krächzt weiter, um ihr die Sache zu erschweren. Wie dicht sie wohl bei ihr sind? Wenn sie nicht zwischendurch stehen geblieben sind, können sie nur noch wenige Schritte entfernt sein.

Ane atmet tief durch, stützt sich mit der freien Hand auf dem Boden ab und bereitet sich darauf vor, sich plötzlich aufzurichten.

Das Schicksal hat entschieden.

Entweder sie oder die beiden Männer.

Ein Tag im Juli 1985

»Mein Vater kann bis zur Insel Izaro schwimmen.«

»Meiner hat sogar mal Wale gesehen.«

»Klar! Wale gibt's doch nur im Märchen.«

»Das stimmt nicht! Hier bei uns gibt's keine mehr, weil sie vor vielen Jahren ausgerottet wurden, aber in Gran Sol schon.«

So stritten wir uns zwischen zwei Kopfsprüngen, während in der Nähe die Wellen brachen und das kalte Meer uns bis zu den Hüften stand. Weiter durften wir nicht hinaus. Wegen der Strömung, der Brandung, den Wellen ... Die Gründe für das Verbot unterschieden sich je nachdem, was unseren Eltern gerade einfiel, aber alles, was passieren konnte, war ihrer Meinung nach fürchterlich.

Die Großen hatten etwas mehr Freiheit, auch nicht viel, aber immerhin durften sie in den Wellen spielen. Wir mit unseren sechs Jahren waren dazu verdammt, in Strandnähe zu bleiben.

»Sollen wir eine Sandburg bauen?«, schlug Amaia vor.

So verbrachten wir die Sommertage, im Wasser planschend und Sandburgen bauend. Manchmal spielten wir auch Räuber und Gendarm in den Dünen, oder wir kauften uns ein Wassereis am Eiswagen. Und wenn wir Glück hatten, gab es sogar zwei.

An jenem Nachmittag waren wir zu fünft, sodass die Außenmauer der Burg blitzschnell errichtet war. Auch wenn wir unser Bauwerk als Burg bezeichneten, war es in Wirklichkeit nur eine einzige große Mauer, hinter der wir hockten und die uns vor den Wellen schützte. Je höher wir sie bauten, desto länger brauchte die Flut, sie einzureißen.

Ich weiß noch, dass wir uns gerade hinter ebendieser Sandmauer befanden und einen von einer Welle beschädigten Abschnitt verstärkten, als Ainara auftauchte. Sie war aufgeregt, rannte und hüpfte vor Freude.

»Ich kriege auch ein kleines Geschwisterchen!«

»Wirklich?«, fragte ich und stellte den Eimer beiseite.

»Ja, an Weihnachten. Und wann kommt deins?«

»Ich glaub, im Dezember«, erklärte ich. So hatte ich es zumindest von meiner Mutter gehört.

»Weihnachten ist doch im Dezember. Vielleicht werden sie am selben Tag geboren«, meinte Gorka.

»Nein, meins wird früher geboren. Meine kleine Schwester«, korrigierte ich mich. »Meine Mutter sagt, dass es ein Mädchen wird.«

»Was für ein Glück! Ich will auch, dass es ein Mädchen wird«, erklärte Ainara.

»Wofür haben sich deine Eltern denn entschieden?«, fragte Gorka.

Wir anderen lachten. »Das wählt man doch nicht aus, du dumme Nuss.«

»Und woher weißt du, dass dein Geschwisterchen früher kommt?«, wollte Amaia wissen.

»Weil ich schon seit einer ganzen Weile weiß, dass ich eine Schwester bekomme, und Ainara hat es gerade erst erfahren.«

Das war eine durchaus logische Argumentation für einen Sechsjährigen.

Wir waren so ins Gespräch vertieft, dass wir nicht merkten, dass eine große Welle kam, bis sie über die Mauer spritzte und uns alle nass machte. Wie immer, wenn so etwas passierte, brachen wir in lautes Geschrei aus und brachten uns auf trockenem Sand in Sicherheit. Innerhalb weniger Sekunden zerstörte das Meer unsere Burg.

Ainaras Mutter musste auch die anderen Eltern informiert haben, denn als wir zu ihnen gingen, um uns abzutrocknen, wurde sie gerade von allen beglückwünscht, und einige strichen ihr über den Bauch. Sie sagten, dass man es schon sehen könne, was ich nicht bestätigen konnte. Auch nicht, was meine Mutter anging.

»Los, kauft euch ein Eis«, sagte die Schwangere. »Ainaras Geschwisterchen lädt euch ein!« Sie gab ihrer Tochter zwei Hundert-Pesetas-Scheine.

»Super!«

»Klasse!«

Und so verging der Nachmittag an der Playa de Laida: Wir schleckten unser Eis, rannten um die Wette und badeten in den Wellen. Und ich war glücklich, sehr glücklich.

»Hallo, *Ama!* Weißt du was? Ainara bekommt auch ein Geschwisterchen!«, rief ich, als meine Mutter die Haustür öffnete. Ich brannte förmlich darauf, es ihr zu erzählen. Sicher würde sie sich darüber freuen.

Sie antwortete nicht, drehte sich einfach um und ging ins Wohnzimmer.

Ich erinnere mich genau, dass ich langsam durch den Flur schlich, und mir war in diesem Moment schon klar, dass ich diesen Abend nicht mehr vergessen würde. Nie wieder. Obwohl es mitten im Sommer war, hatte ich das Gefühl, dass es im Haus plötzlich eiskalt wurde. Natürlich stimmte das nicht; es war eine besondere Kälte, eine, die in der Seele entstand und einen innerlich frösteln ließ.

»Sie sagt, dass es Weihnachten geboren wird«, wagte ich zu äußern. »Aber unseres kommt früher, oder?«

Ich sagte es ohne Überzeugung, denn ich fürchtete mich vor der Antwort. Dabei hätte ich niemals gedacht, dass sie so brutal sein würde.

»Du bist eifersüchtig gewesen.« Während sie mir das vorhielt, starrte sie auf den ausgeschalteten Fernseher, auf dessen Mattscheibe ihr Spiegelbild zu sehen war. Noch nie hatte sie so dunkle Schatten unter den Augen gehabt. Sie stammten sicher vom trostlosen Weinen.

»Auf wen?«, fragte ich naiv. Ich verstand nicht, was sie meinte. »Auf Ainara?«

Es folgten ein paar Minuten der Stille. Ich wagte weder, in mein Zimmer zu gehen, noch etwas zu sagen oder mich auch nur einen Zentimeter wegzubewegen, sondern blieb in der Ecke im Wohnzimmer gleich neben der Tür stehen. Das Ticken der Wanduhr verging unglaublich langsam. Meine Mutter hockte völlig abwesend wie ein Häufchen Elend auf dem Sofa. Nur ihr tiefes Atmen und das leichte Zittern ihrer Lippen verrieten, dass sie noch am Leben war.

»Du bist eifersüchtig gewesen, stimmt's?«, wiederholte sie. »Du hast es nicht ertragen, dass sie deinen Platz einnehmen würde. Deshalb hast du sie umgebracht.«

Ich verstand kein Wort, aber das, was ich hörte, klang furchtbar.

»Wen?«, fragte ich mit Tränen in den Augen und einem Kloß im Hals. Allmählich begann ich die furchtbare Nachricht zu begreifen.

»Du hast sie getötet. Du bist ein Monster.«

Ich weiß nicht, was mir mehr wehtat, der Hass, mit dem sie das zu mir sagte, oder dass sie nicht in der Lage war, mich anzusehen.

»Ich ... habe niemanden getötet. Wo ist meine Schwester?« Ich brach in Tränen aus und weinte so bitterlich wie nie zuvor.

Ich erinnere mich an die Wärme ihres Unterleibs, als ich ihn umarmte und mit Küssen übersäte. Was war mit meiner kleinen Schwester passiert, die dort drin gewesen war? Wo war sie? Warum sagte meine Mutter, dass sie tot sei?

Ich spürte ihre Wärme nur wenige Sekunden, dann stieß sie mich von sich.

»Fass mich nicht an!« Sie stand auf und sah mich nun doch an, und ihre Augen waren voller Hass. »Ich will dich nie mehr sehen. Raus!«

Sie verließ das Wohnzimmer, schlug die Tür hinter sich zu und ließ mich völlig verwirrt und am Boden zerstört zurück.

21

24. Oktober 2018, Mittwoch

Julia hebt die Hand und klingelt.

Sie spürt ein Kitzeln im Bauch, während sie wartet, dass er die Tür öffnet. Sie befürchtet, dass es vielleicht keine so gute Idee war, herzukommen.

»Julita! Wie geht es dir, mein Schatz?«

Sie wirft ihm einen strengen Blick zu. »Wie oft muss ich dir noch sagen, dass du mich nicht so nennen sollst?«

Álvaro verzieht spöttisch das Gesicht und umarmt sie. Das Kitzeln im Bauch wird stärker.

»Er ist ganz schön gewachsen.«

»Was?«, fragt er scheinbar entsetzt und blickt an sich hinunter. Dann lächelt er erleichtert. »Ah, der Bart. Ja, ich trage ihn jetzt länger.«

»Er steht dir gut. Macht dein Gesicht schmaler.«

Álvaro streicht sich über den Bart, sodass er unten in einer Spitze endet. »Mir gefällt er auch. Wenn mir vor drei oder vier Jahren jemand gesagt hätte, dass ich mir einen Bart wachsen lassen würde, hätte ich das nicht geglaubt.«

»Das ist jetzt in.«

»Aber das ist Zufall«, verteidigt er sich. »Du weißt, ich richte mich nie nach der Mode.« Er tritt beiseite und fordert sie auf hereinzukommen.

Julia geht in den Flur. Sie kennt das Haus.

»Wie sieht es denn hier aus?«, fragt sie überrascht, als sie ins Wohnzimmer schaut.

Álvaro lacht. »Willkommen in meiner Mine.«

Mehrere miteinander verbundene Computer mit offenem Gehäuse nehmen den größten Teil des Raums ein. Das Sofa hat er durch ein zusammenklappbares Federbett ersetzt. Nicht dass es ein besonders tolles Sofa gewesen wäre, aber Julia ist daran gewöhnt, es hier zu sehen.

»Bist du noch immer mit dieser Bitcoin-Sache beschäftigt?«

Ihr Freund nickt. »Und jetzt wird es ernst. Nicht dass ich mir eine goldene Nase verdiene, aber es läuft gut. Ich bin auf dem besten Weg, ein waschechter Miner zu werden.«

Julia betrachtet erstaunt die riesige Computeranlage. »Und wie funktioniert das?«

»Das Mining? Uff, das ist schwer zu erklären ... Der Rechner nutzt Algorithmen, und mit denen mache ich Bitcoins, eine digitale Währung, die in der Zukunft die Währungen der Zentralbanken in jedem Land ersetzen wird.«

»Na ja, wenn Bitcon wirklich die Währung der Zukunft ist und nicht nur reine Spekulation. Und? Kann man irgendwas damit anfangen?«

Álvaro sieht sie ungläubig an. »Du kannst damit *alles* kaufen! Oder es in die Währung deiner Wahl umtauschen: Dollar, Euro ...«

Julia nickt nachdenklich. Sie hat immer noch nicht verstanden, wie ein Computer Geld erzeugen kann, aber deswegen ist sie auch nicht hier.

»Bestellen wir etwas zu essen?«, fragt sie, um das Thema zu wechseln.

»Hab ich schon gemacht. Heute lade ich ein.« Álvaro blickt auf die Zeitangabe auf dem Computerbildschirm. »Es müsste jeden Moment geliefert werden.«

»Auf keinen Fall«, protestiert Julia. »Jeder zahlt die Hälfte.«

»Mhm, mal sehen. Komm«, fordert Álvaro sie auf, »ich hab den Tisch in die Küche gestellt.« Und er verschwindet im Flur.

Das ist Julia sehr recht, denn sie hat keine Lust, neben diesen Technikapparaten zu essen, deren Ventilatoren sich anhören wie das Fauchen eines wütenden Drachens.

»Du hast bestimmt vietnamesische Sommerrollen bestellt«, sagt sie, während sie ihm folgt.

»Klar. Glaubst du, ich hab vergessen, dass du die am liebsten isst? Und Miso-Suppe. Vietnam, Japan und der Rest ist thailändisch. Was hältst du von Pad Thai und einem pikanten Papaya-Salat?«

Allein beim Gedanken daran läuft Julia das Wasser im Mund zusammen. Allmählich beginnt sie sich wohlzufühlen. Wie immer bei Álvaro. Und dann kommen die Hoffnungen und die Enttäuschungen.

»Und Grüntee-Eis?«, fragt sie, während sie ihm in die Küche folgt.

»Was denkst du denn? Ich hab keine deiner Lieblingsspeisen vergessen. Auch wenn du nur selten herkommst, bist du in Gedanken ständig bei mir.« Vielleicht scherzt er nur, jedenfalls lädt er sie mit einer Handbewegung ein, Platz zu nehmen. Die Essstäbchen neben den leeren Tellern zeigen an, wohin die gastronomische Reise geht.

Das Klingeln an der Haustür unterbricht ihr Gespräch.

»Da ist das Essen.« Mit schnellen Schritten eilt Álvaro zur Tür.

»Komm, lass mich die Hälfte bezahlen«, sagt Julia erneut und steht auf.

»Bleib schön, wo du bist. Heute bist du mein Gast. Beim nächsten Mal essen wir bei dir.«

Dem Geräusch der sich öffnenden Tür folgt eine leise Begrüßung, dann ist zu hören, wie gefüllte Papiertüten und Geld gewechselt werden.

Julia seufzt und richtet den Blick aufs Fenster. Die Laternen draußen tauchen die Silhouette des dunklen Sumpflands in einen orangenen Farbton. Tagsüber ein toller Anblick, wobei Julia das Meer lieber ist als die Sümpfe. Deshalb wohnt sie in Mundaka. Es gehört zur Magie der Landschaft von Urdaibai, dass sie sich im Abstand von wenigen Kilometern komplett verändert. In Gernika, wo sich das Kommissariat befindet, erinnert nur ein einziger Kanal an die Nähe des Meeres. Busturia dagegen, wo Álvaro mit seiner Kryptowährungsmine lebt, ist von Sumpfland geprägt, und Mundaka vom Meer.

»Sieh her, ich hab den ganzen Nachmittag gekocht«, scherzt Álvaro. »Ich hoffe, es wird dir schmecken.« Er stellt die Papiertüten auf die Anrichte. »Du bleibst, wo du bist«, befiehlt er, als Julia Anstalten macht, aufzustehen, um ihm zu helfen.

Julia lächelt, als sie sieht, dass Álvaro alles auf Tellern und Tabletts arrangiert. Wäre sie die Gastgeberin, hätte sie einfach die Plastikschalen auf den Tisch gestellt.

Die Miso-Suppe dampft noch, als Álvaro die Schalen mit dem Schwalbenmuster serviert. Julia greift zum Löffel und rührt die Suppe mit langsam kreisenden Bewegungen um. Das fermentierte Soja darin verdunkelt die Suppe wie eine Gewitterwolke.

»Es riecht nach Meer«, sagt sie und hält die Nase genüsslich über die dampfende Schale.

»Das ist das Sumpfland draußen«, witzelt Álvaro und zeigt zum Fenster. »Die Flut geht zurück.«

Julia lacht. Der Algengeruch, der bei Ebbe über dem Land schwebt, riecht eindeutig anders.

Sie führt den Löffel zum Mund »Die Suppe ist super lecker.«

Álvaro betrachtet sie auf einmal sehr ernst. »Erzählst du mir jetzt, warum du hier bist? Seit jenem Tag habe ich nichts mehr von dir gehört. Ich hab unzählige Male bei dir angerufen, und du hast nicht darauf reagiert. Du bist mir sehr wichtig, und das Letzte, was ich will, ist, dir wehzutun.«

Julia atmet tief durch. Der Tag, den Álvaro meint, und ihre Liebe für ihn tun immer noch weh. Es war nicht leicht für sie, diesen Schritt zu wagen, und abgewiesen zu werden hat sie zutiefst verletzt. Sie hatte gedacht, dass die Anziehung beidseitig wäre. Warum sonst haben sie sich über Monate fast täglich gesehen, Vertraulichkeiten ausgetauscht und über die Widrigkeiten des Alltags gelacht?

Immer wieder hat Julia an ihn denken müssen. Nie wird sie den Tag vergessen, an dem sie sich nach vielen Jahren zufällig auf dem Marktplatz getroffen haben. Und aus dem Wiedersehen mit dem ehemaligen Schulkameraden war in den folgenden Wochen eine intensive Freundschaft geworden. Bis Julia es vermasselt hat.

Darauf folgten die Enttäuschung und die Scham, und ihr lädiertes Selbstbewusstsein, das sie Txema zu verdanken hatte, war wieder da. Seit Txema zurückgekehrt ist, verspürt sie den Drang, ihm zu sagen, wie sie sich fühlt, doch jedes Mal schreckt sie im letzten Moment davor zurück.

»Ich arbeite gerade an dem Fall der ermordeten Journalistin.« Julia macht eine Pause, um festzustellen, ob ihr Freund weiß, wovon sie spricht, auch wenn sie davon ausgeht, dass er natürlich mitbekommen hat, dass die ganze Gegend unter Schock steht. »Hast du das Video auf Facebook gesehen?«

Álvaro schüttelt den Kopf. Sein Gesichtsausdruck hat sich verdüstert. »Ich wollte nicht. In den letzten Jahren hab ich genug schlimme Dinge gesehen.«

Er senkt den Blick.

Julia nickt. Sie weiß, dass er bis vor wenigen Monaten als Kontrolleur für Facebook gearbeitet hat. »Deswegen bin ich hier. Ich verstehe nicht, wie diese Übertragung bei Facebook landen konnte. Wie ist es möglich, dass sie erst nach vierzig Minuten gelöscht wurde?«

Álvaro zuckt mit den Schultern. Sein Blick wirkt ausdruckslos. Sicher sieht er einige der härtesten Szenen vor sich, die er gezwungen war, sich anzusehen. »Das ist nicht wirklich lange. Ich ... musste jeden Tag ... Vierzig Minuten ist gar nichts.«

»Aber es war ein grausames Video. Da hat es doch sicher Hinweise gegeben.«

»Grausam?« Álvaros bitteres Lachen lässt sie erahnen, was er jetzt sagen wird. »Warum? Weil eine Frau auf einem Gleis dem eigenen Tod entgegensieht?« Er schüttelt den Kopf. »Du kannst dir nicht vorstellen, was man als Kontrolleur ertragen muss. Warum, glaubst du, hab ich den Job hingeschmissen? Es gab Tage, an denen ich mir anschauen musste, wie Menschen verstümmelt oder geköpft werden. Es war ... furchtbar!«

Julia spürt, wie sich ihr die Nackenhaare sträuben. »Was sind das für Menschen, die so was auf Facebook teilen? Was für ein Charakter steckt dahinter? Wonach ... wonach suchen sie? Das ist es, was mich interessiert.«

»Da gibt es kein eindeutiges Profil. Leute mit Geltungssucht. Ich hab furchtbare Dinge von Menschen gesehen, von denen ich das nie gedacht hätte.«

»Sind diese Leute ... drogensüchtig? Oder ... Terroristen?«

Álvaro schüttelt den Kopf. Natürlich nutzen kriminelle Banden und Terroristen die sozialen Medien, um ihre Botschaften und Drohungen zu verbreiten. Aber die Anzahl der Videos von anonymen Menschen wie du und ich, die sich für Starreporter halten, weil sie irgendwelche furchtbaren Dinge mit ihrem Handy aufgenommen haben, die ist ... na ja, schlichtweg unendlich. Videos von Unfällen, von tragischen Todesfällen, die sind nichts Besonderes mehr. Sobald ich ein Video gesehen habe, das zu Beginn eine Straße zeigte, hab ich schon angefangen zu zittern. Und irgendwann war ich so weit, dass ich nicht mehr schlafen konnte.«

»Gibt es denn wirklich Menschen, die sich so etwas ansehen?«

Álvaro zieht die Augenbrauen hoch. »Fragst du das im Ernst? Du ahnst nicht, wie weit das krankhafte Interesse der Menschen geht. Je blutiger ein Video, je grotesker und unmenschlicher, desto größer ist die Anzahl der Leute, die es sehen wollen. Wie viele haben sich den Tod der Journalistin angeschaut? Mehr als hunderttausend, oder? Warum fragst du da noch?«

22

24. Oktober 2018, Mittwoch

Anes Zeigefinger am Abzug erhält im letzten Moment den Befehl, nicht abzudrücken.

Die beiden Männer wenden ihr den Rücken zu. Sie entfernen sich, gehen in Richtung der Gezeitenmühle. Ane verharrt, rührt sich nicht, bis die beiden hinter ein paar Tamarisken verschwunden sind.

Sie atmet erleichtert auf, obwohl sie weiß, dass ihr nur wenig Zeit bleibt. Sie werden sicher bald ihr Auto entdecken, dann wissen sie, dass sie noch in der Gegend ist.

Vorher will sie unbedingt herausfinden, was hier vor sich geht.

Über einen schmalen Weg gelangt sie zur Flussmündung.

Plötzlich bleibt sie stehen.

Ein Pfeifen.

Das nicht von einem Vogel stammt, da es sich genau dreimal wiederholt. Es muss sich um eine Art Code handeln und kommt aus der Gegend um die Mühle.

Die Silhouetten der angeblichen Angler bewegen sich. Einige bücken sich, andere ziehen die Angelschnur ein. Sie packen zusammen und gehen.

Das Pfeifen muss so etwas wie ein Alarmsignal gewesen sein. Bestimmt haben die Wächter ihr Auto entdeckt und wollen lieber kein Risiko eingehen.

Ane versteckt sich zwischen den Binsen. Das Beste, was sie tun kann, ist abzuwarten und zu beten, dass man sie nicht findet. Was immer die Männer auch vorhatten, sie werden es heute nicht tun.

Einer nach dem anderen gehen sie zurück zum Steg. Mit ihren Angeln und ihren Körben schreiten sie dicht an Ane vorbei.

Sechs angebliche Angler. Der, der nun kommt, scheint der letzte zu sein.

Ane kämpft mit sich. Ihr Verstand rät ihr, nichts zu unternehmen, was die Ermittlungen oder ihr eigenes Leben gefährden könnte. Ihr Instinkt hingegen will, dass sie sich den Kerl schnappt und ihn im Kommissariat zu einem Geständnis zwingt, um zu erfahren, was sie hier in den Nächten treiben.

Das könnte die Gelegenheit sein.

Seine Schritte sind nun deutlich zu hören. Sie sind schleppender als die der anderen, die inzwischen in der Dunkelheit verschwunden sind. Er ist müde, erschöpft. Es ist unglaublich, was man am Schritt eines Menschen alles erkennen kann.

Nun ist er auf ihrer Höhe. Soll sie auf die Vernunft oder ihren Instinkt hören? Von dieser Entscheidung könnte alles abhängen.

Und sie entscheidet sich. Es ist besser, ihn gehen zu lassen und in ihrem Versteck zu bleiben, bis die Männer alle endgültig weg sind und ...

Ihr Herz macht einen Sprung, als sie zwischen den Halmen hindurch das Gesicht des Mannes erkennt.

Es ist José Manuel, der Witwer von Araceli Arrieta, der Mann, den sie erst vor wenigen Stunden aus der Haft entlassen haben.

Nun ist er nicht mehr nur ein Drogensüchtiger, sondern ein Mittäter. Das ändert alles.

Sie denkt nicht weiter darüber nach. Als er an ihrem Versteck vorbeikommt, stürzt sie daraus hervor, packt ihn am Kragen und drückt ihm die Mündung der Pistole an den Kopf, während sie ihm ins Gesicht zischt: »Erinnerst du dich an mich?«

Er nickt mit weit aufgerissenen Augen und ist vor Schreck wie erstarrt.

»Hier sieht mich keiner, wenn ich dir eine Kugel in den Kopf jage.«

»Bitte, ich ... ich hab sie nicht getötet«, stammelt Manuel leise.

»Doch, hast du. Araceli ist vor vielen Jahren gestorben, an dem Tag, an dem der Mann, den sie liebte, zu ihrem schlimmsten Albtraum wurde. Du hast sie getötet. Langsam, immer wieder. Du hast sie jedes Mal getötet, wenn du eine glühende Kippe auf ihrer Haut ausgedrückt hast. Jedes Mal, wenn du sie geschlagen hast. Jedes Mal, wenn du das Essen, das sie für dich gemacht hat, vom Tisch geschleudert hast. Jedes Mal, wenn du ...«

»Ich hab sie nicht hinuntergestoßen«, fällt er ihr jammernd ins Wort. »Ich hab sie geliebt.«

»Nein, du hast sie nicht geliebt. Ich hab die Verbrennungen auf ihrem Körper gesehen. Du hast sie jahrelang gefoltert. Du bist ein Schwein, und ich bring dich um!«

José Manuels Lippen zittern. Er weiß, dass sie es ernst meint. »Bitte nicht ... Ich war es nicht ... Die Drogen haben mein Leben zerstört.«

Anes Blick ist voller Hass. »Was machst du hier?«

»Angeln.«

Ane drückt die Pistolenmündung noch stärker gegen seine Schläfe. »Spiel nicht mit mir. Entweder du sagst mir die Wahrheit, oder ich puste dir den Schädel weg.«

»Das ist die Wahrheit. Hier ist die Angel.«

»Deine Frau ist kaum unter der Erde, und du gehst schon wieder deinem Hobby nach?«

Der Mann verzieht das Gesicht. »Ich ... ich darf nichts verraten«, stammelt er ängstlich. »Sie werden mich töten. Ich schulde ihnen jede Menge Geld.«

»Und darum haben sie deine Frau umgebracht«, zischt Ane. »Und du unterstützt sie auch noch!«

»Ich hab keine andere Wahl. Du ahnst ja nicht, wozu die fähig sind, verdammt.«

»Und weißt du, wozu *ich* fähig bin?«, droht Ane, die davon ausgeht, dass gleich einer der anderen Männer zurückkommt, um nachzusehen, wo José Manuel bleibt. »Du hast mich schon im Kommissariat kennengelernt. Aber hier sind keine Zeugen. Warum also sollte ich dich nicht erschießen?«

Er schließt die Augen und heult wie ein ängstliches Kind. »Werdet ihr mich beschützen, wenn ich rede?«

Ane sieht ihn angewidert an. »Haben sie deine Frau umgebracht?«

»Ich … ich weiß es nicht. Kann sein. Sie bedrohen mich schon eine ganze Weile.«

»Warum?«

»Hab ich doch gesagt. Weil ich ihnen Geld schulde, verdammt.«

»Erklär mir das genauer«, drängt Ane und sieht sich um. »Los, ich hab nicht die ganze Nacht Zeit.« Noch ist niemand zu sehen, aber einer der anderen Männer kann jeden Moment auftauchen.

José Manuel schüttelt den Kopf. »Ich … rede zu viel. Ich werd Probleme kriegen.«

Sie erhöht den Druck an seiner Schläfe noch ein wenig. »Rede, oder ich schieße!«

»Na, dann erschieß mich!«, zischt er. »Los, mach. Ich sterbe lieber, als von ihnen gefoltert zu werden!«

»Wenn du uns sagst, was hier vor sich geht, wird dich niemand anrühren.«

Er schielt auf die Waffe und seufzt resigniert. »Ich bin nur ein kleines Licht, ich hab keine Ahnung.«

»Was ist deine Aufgabe?«

»Nur ein Päckchen aufzuheben und es zur Mühle zu bringen.«

Ane weiß, dass sie gerade etwas Entscheidendes erfahren hat. »In die Mühle? Und das war's?«

»Ich lass das Paket da und geh nach Hause. So zahl ich meine Schulden ab.«

Die Mühle also. Von dort aus werden die Drogen mit Autos, Motorrädern oder Lieferwagen mit doppelten Wänden weitertransportiert. Der Klassiker.

»Wie erfährst du, wann etwas kommt?«

»Gar nicht. Manchmal liegt nur ein Tag dazwischen, manchmal vergehen Wochen. Wir kommen her, tun so, als ob wir angeln, und hin und wieder kommt ein Boot und lädt die Pakete ab. Wenn nicht, kommen wir am nächsten Tag wieder. Heute war ich mir sicher, dass etwas kommt, weil mehr los war als gewöhnlich.«

»Wie viele seid ihr?«

»Sieben, acht oder zehn. Kommt drauf an. Sie zahlen gut.«

»Wer sind sie?« Als Ane merkt, dass er die Frage nicht versteht, erklärt sie: »Die, von denen du gerade geredet hast. Die so gut zahlen.«

»Keine Ahnung. Angeblich kommen sie aus Galicia, mehr weiß ich nicht.«

Ane erhöht noch einmal den Druck auf seine Schläfe. Mehr braucht es nicht, damit José Manuel versteht, dass das nicht reicht.

»Meirás. So nennen sie den, der die Befehle gibt. Ein übler Typ.«

»Und die anderen Angler?«

»Illegale Muschelsammler. Die Kerle quatschen sie an. Hiermit verdient man mehr.«

Ane ist zufrieden. Das reicht erst mal. »Geh zu den anderen, aber halt bloß den Mund. Dich festzunehmen lohnt sich nicht. Ich will die Drahtzieher.«

»Die anderen sind längst bei der Mühle«, keucht er. »Sie werden misstrauisch sein, weil ich so spät komme. Die nehmen mich in die Mangel, die legen mich um, die ...«

Ane weiß, dass er recht hat – und tritt ihm wütend in den Bauch. Rückwärts fällt er in den Kanal und schlägt ängstlich mit den Armen um sich, um wieder rauszukommen, und als es ihm gelingt, ist er patschnass und voller Schlamm.

»Jetzt werden sie dir glauben, wenn du ihnen erzählst, dass du ins Wasser gefallen bist.«

Er murmelt einen Fluch, was ihr völlig egal ist. Sie hat eine Information erhalten, die für ihre morgige Reise nach Galicia äußerst nützlich ist, und sie ist davon überzeugt, damit den Morden ein Ende bereiten zu können.

23

25. Oktober 2018, Donnerstag

Ane hat mit einem verregneten grauen Ort gerechnet, und Vigo enttäuscht sie nicht. In den wenigen Minuten auf dem Weg von der Gangway des Flugzeugs zum Terminal wird sie von dem feinen, anhaltenden Regen, den die Galicier »orballo« und die Basken »sirimiri« nennen, völlig durchnässt.

Ein Mann in Jeans und wattierter Jacke steht bei den Kollegen von der Guardia Civil am Zoll, und als sie sich ihm nähert, fragt er: »Suboficial Cestero?«

»Ane Cestero«, stellt sie sich vor und reicht ihm die Hand.

»Teniente Xosé Pombo. Herzlich willkommen in Galicia. Entschuldigen Sie das schlechte Wetter.«

»Keine Sorge, ich komme aus dem Baskenland, daran bin ich gewöhnt.«

»Stimmt, Ihre Heimat ist nicht gerade berühmt für ihre vielen Sonnenstunden«, scherzt der Leutnant. »Hier ist es nicht immer so, eigentlich nur in bestimmten Gegenden, den Rías Altas zum Beispiel. Aber ganz Galicia leidet unter dem Vorurteil, hier herrsche ständig schlechtes Wetter.«

Ane lächelt. Der leicht jammernde Klang seines Akzents erinnert sie an die vielen Galicier in ihrer Nachbarschaft, denn in der zweiten Hälfte des zwanzigsten Jahrhunderts sind nicht wenige nach Pasaia ausgewandert, um dort Arbeit zu finden. Aus diesem

Grund wird diese Gegend des Baskenlands bis heute als fünfte Provinz Galicias bezeichnet. Und tatsächlich ist dort auch überall in den Straßen die Sprache der Schriftstellerin Rosalía de Castro zu hören.

Möglicherweise ist es Ane wegen dieser Vertrautheit nur recht, dass der Kollege gleich zum Du übergeht, als er sagt: »Ich hab dir eine Kopie der Akte mitgebracht.« Er hält sie Ane hin; es ist eine ziemlich dicke Akte. »Willst du gleich einen Blick reinwerfen, oder soll ich dir das Wichtigste zusammenfassen?«

Anes Magen knurrt. Es ist fast drei Uhr am Nachmittag, und sie hat noch nichts gegessen. Eigentlich wollte sie sich im Flugzeug eines von den pappigen Sandwiches bestellen, die die Fluggesellschaften dort für den Preis von iranischem Kaviar verkaufen, doch die Stewardess hat ihr entschuldigend erklärt, dass sie ihr wegen eines Lieferproblems nur Erfrischungsgetränke und Chips anbieten kann.

»Ja, erzähl mir, was drinsteht«, sagt sie und weist auf die Cafeteria am Flughafen. »Vielleicht könnten wir dabei einen Happen essen?«

»Ich bin ein furchtbarer Gastgeber, entschuldige.« Teniente Pombo greift nach ihrem Koffer. »Lass uns zum Auto gehen. Ich bring dich wohin, wo es was Vernünftiges zu essen gibt. Wir haben noch genug Zeit, um über den Fall zu reden.«

Ein riesiger Kochtopf steht im Eingangsbereich der Pulpería, dessen bräunlicher Inhalt aussieht, als handle es sich um einen Zaubertrank. Der Anblick der Pulpera mit ihrem faltigen Gesicht und den altersweisen Augen verstärkt diesen Eindruck noch. Mit ihren geschickten Händen und einem Haken nimmt sie einen der Tintenfische heraus, schneidet zwei seiner Beine ab und legt sie auf einen Holzteller, um dann Öl, Salz und Paprikapulver hinzuzugeben.

Ane nimmt sich den Teller, um ihn zu einem der Tische mit den langen Bänken zu tragen.

»Einen Albariño für sie, und für mich ein Wasser«, bestellt der Teniente, bevor er sich ihr anschließt.

»Nein, für mich besser auch ein Wasser«, bittet Ane. Sie würde gern ein Glas des typischen galicischen Weißweins trinken, aber nicht jetzt. Vielleicht am Abend.

»Warum das?«, fragt der Kollege. »Ich fahre doch. Es wäre eine Schande, diese Delikatesse ohne ein dazu passendes Glas Wein zu sich zu nehmen.«

»Danke, aber ich werde noch genug Zeit haben, ein paar Albariños zu trinken, wenn ich meine Dienstmarke im Hotel abgelegt hab.«

»Ja, ja, du hast recht. Aber ich möchte, dass du dich in Galicia wohlfühlst.«

Ane probiert den Tintenfisch. »Mhm, wunderbar.«

»Der ist nirgendwo so gut wie bei Moncha«, erklärt Pombo erfreut. »Sie ist die beste Pulpera in der ganzen Provinz.« Er wendet sich zur Tür um und sagt laut: »Sie sagt, dass es ganz wunderbar schmeckt, Moncha. Und sie ist Baskin, die verstehen was vom Essen.«

Die Frau, die unter ihrer abgenutzten Wachstuchschürze ein geblümtes Kleid trägt, zuckt mit den Schultern. Ihr Gesicht, das voller Falten, aber ansprechend geschminkt ist, wird kurz von einem Lächeln erhellt. Dann taucht sie den Haken in die Brühe und holt einen anderen Tintenfisch hervor, noch größer als der vorherige. »Was ich tue, ist nichts Besonderes.« Sie senkt den Tintenfisch wieder in den Topf. »Mein Rezept ist einfach: Ich kaufe den Tintenfisch immer in Bueu und alle anderen Fische frisch in der Auktionshalle, aber nur die, die an der Flussmündung gefangen wurden. Werden die nicht angeboten, schließe ich den Laden lieber für einen Tag.«

»Jedenfalls ist es super lecker!«, ruft Ane ihr zu und tunkt ein Stück Brot in das Öl. Es ist ein kräftiges Öl von denen, die am Gaumen kitzeln und in der Kehle ein wenig kratzen.

Der Teniente öffnet die Akte und sucht etwas darin. »Isabel Otero, das mögliche Opfer deines Tulpenmörders.«

Er zeigt ihr ein Foto, und Ane betrachtet den entspannten Gesichtsausdruck der Frau darauf. Läge sie nicht in einem Sarg, würde man denken, dass sie einfach nur schliefe. Ihre bleiche Haut lässt sie zwar nicht gerade quicklebendig wirken, aber Pombo erklärt, dass das zum Teil auch an der Schminke liegt. Der Rosenkranz, den sie auf Brusthöhe in den gefalteten Händen hält, passt zu dieser Leichenblässe, im Gegensatz zu der rot leuchtenden Tulpe auf der Toten.

»Was hat der Gerichtsmediziner gesagt?«, fragt Ane.

Pombo legt das Foto zur Seite und holt einen Bericht aus der Akte. »Vergiftung durch Tetrodotoxin«, liest er vor und reicht ihr das Papier. »Das ist das erste Mal, dass wir in Galicia so einen Fall haben. Es war ein schneller Tod, wahrscheinlich hat sie gar nichts gemerkt.«

Ane führt ein weiteres Stück Tintenfisch zum Mund und kaut nachdenklich. »Unser Opfer hat sich also als Leiche zurechtgemacht«, sagt sie dann, »steigt in den Sarg, wird durch den Ort getragen, und zum Schluss spielt sie nicht mehr die Leiche, sondern ist wirklich tot. Wie lange hat die Prozession gedauert?«

»Etwas mehr als eine Stunde. In diesem Jahr waren es acht Särge. Normalerweise sind es weniger, höchstens fünf, aber wegen der Brände im letzten Jahr ...« Der Teniente senkt den Blick auf den Teller mit dem Tintenfisch, doch sicher sieht er etwas anderes vor sich: die schmerzhaften Erinnerungen an den vergangenen Herbst. »Die Leute in dieser Gegend hatten große Angst, und das aus gutem Grund. Wenn du den brennenden Berg gesehen hättest, die von meterhohen Flammen umringten Häuser ... Das Feuer war einfach nicht in den Griff zu kriegen.«

»Es muss furchtbar gewesen sein«, meint Ane.

Pombo hebt den Blick und sieht sie an. In seinen Augen stehen Schmerz und Hilflosigkeit. »Ich habe schon viel zu viele Brände erlebt, aber nie so einen wie im letzten Jahr in As Neves. Und dann die beiden Frauen, die ihr Leben verloren haben, als sie vor den Flammen geflüchtet sind ... Die armen Leute. Entsetzlich!«

»Wollt ihr einen Kaffee?«, fragt die Pulpera, die an ihren Tisch getreten ist.

»Ich ja.«

»Dann zwei«, sagt Ane, bevor sie sich entschuldigt, denn das Handy in ihrem Rucksack vibriert. Sie holt es hervor und runzelt die Stirn, als sie den Name auf dem Display sieht. »Hallo, Pedro.«

Der Muschelwilderer verliert keine Zeit mit Förmlichkeiten. »Wie kannst du so dumm sein, im Gebiet dieser Mistkerle nach Muscheln zu suchen? Und jetzt sag nicht, dass du es nicht warst. Eine Frau mit Piercings und einem Tattoo am Hals. Bist du verrückt? Diese Leute sind gefährlich! Das, was die da tun, ist kein Spiel.«

»Ich hab mich verlaufen«, behauptet Ane. »Ich kenne die Gegend noch nicht so gut.«

»Verdammt, Mädchen, du hast uns alle in Schwierigkeiten gebracht! Pass beim nächsten Mal besser auf! Und jetzt hör mir gut zu: Bleib heute zu Hause! Sie haben uns deutlich klargemacht, dass sie nicht wollen, dass sich irgendwer in ihrem Bereich blicken lässt.«

Ane hört sofort die Alarmglocken schrillen.

»Heute?«, fragt sie in der Hoffnung, sich verhört zu haben. Wie soll sie in den wenigen Stunden eine Razzia organisieren?

»Ja, heute Nacht. Bitte hör auf mich, und geh nicht zur Flussmündung. Wenn du dort unbedingt nach Muscheln graben musst, such dir einen anderen Tag aus. Das ist kein Scherz.«

Ane will noch eine Frage stellen, doch da hat Pedro die Verbindung bereits beendet.

»Alles in Ordnung?«, fragt Pombo neugierig.

Ane schnaubt und nickt dann, ohne ihn anzusehen. »Mehr oder weniger.«

Gleich darauf kommt Moncha mit zwei Gläsern, die mit einer dampfenden dunklen Flüssigkeit gefüllt sind.

»Ich hoffe, du magst Café de Puchero«, sagt Pombo. »Dabei wird das Kaffeepulver in einen Topf mit kochendem Wasser gegeben.«

»Das Einzige, was ich nicht mag, ist der Kaffeeautomat in meinem Kommissariat«, versichert Ane und führt das Glas an die Lippen. Gedanklich ist sie in Urdaibai. Sie muss so schnell wie möglich ihr Team benachrichtigen, damit sie für die kommende Nacht alles vorbereiten. »Der Kaffee ist sehr gut, Señora.«

»Ohne Zucker?« Die Pulpera verzieht auf drollige Art das Gesicht. »Ich mag Kaffee, aber so könnte ich ihn nicht trinken. Ich brauch zumindest ein bisschen Süßstoff. Ihr nehmt noch einen Orujo, oder?«

»Danke, Moncha, aber wir sind im Dienst«, erklärt der Teniente.

Die Frau brummt etwas Unverständliches, während sie den Tisch abräumt.

»Wo waren wir?«, fragt Pombo, sobald sie wieder unter sich sind.

»Bei der Prozession. Wie ist das Ganze passiert?«

»Ich hab ja eben schon gesagt, dass es in diesem Jahr acht Särge waren. Die Gläubigen, die sich in die offenen Särge legen, machen das, um sich dafür zu bedanken, dass sie eine Krankheit überstanden oder einen Unfall überlebt haben. Und die Brände haben dafür gesorgt, dass mehr Leute als sonst teilnehmen wollten.«

»Wann ist aufgefallen, dass das Opfer tatsächlich tot war?«, fragt Ane. Die Anzahl der Särge scheint ihr für die Ermittlungen nicht wirklich wichtig zu sein.

»Am Ende der Prozession. Die Träger des Sargs, in dem Isabel Otero lag, dachten zuerst, sie wäre eingeschlafen. Aber sie war tot. Du kannst dir vorstellen, wie entsetzt die Leute waren.«

Ane nimmt einen weiteren Schluck Kaffee. Um sich das vorzustellen, brauchte man nicht viel Fantasie. Weinen, Schreie, jede Menge Aufregung und übersteigerter religiöser Eifer. »Wie konnte das passieren?«

Der Teniente zuckt mit den Schultern. »Die Särge werden vor der Prozession über mehrere Wochen in der Kirche ausgestellt. Der Täter musste nur ins Gotteshaus gehen, als niemand anderes dort war. Die Injektionsnadel und die kleine Ampulle mit dem Gift waren im Futter des Sargs versteckt.«

»Und als sich das Opfer hineingelegt hat, hat es sich sozusagen selbst das Tetrodotoxin verabreicht«, sagt Ane grimmig. Dieses Verbrechen zu begehen ist wirklich erstaunlich einfach gewesen. »Und niemandem ist die Tulpe aufgefallen? Wir wissen nicht, wann sie auf die Tote gelegt wurde?«

Pombo schüttelt den Kopf. »Denk an den Schock, als die Leute festgestellt haben, dass die Frau wirklich tot war. Da ist niemandem eine Blume aufgefallen. Und zu so einer Prozession bringen viele Leute Blumen mit.«

Ane leert das Glas mit dem Kaffee.

»Der Mörder muss die Tulpe irgendwann während der Prozession in den Sarg gelegt haben, denn die Särge sind ja nicht verschlossen. Habt ihr alle Fotos und Videos danach durchgesehen, ob einer der Teilnehmer eine Tulpe in der Hand hatte?«

Pombo nickt, antwortet aber: »Nichts. Keine Tulpe. Und wir haben Hunderte Fotos und Videos angeschaut.«

Ane hat nichts anderes erwartet. Der Mörder war nicht so naiv, die Tulpe für alle sichtbar in der Hand zu halten. »Und die Leute, die den Sarg auf den Schultern getragen haben? Ich nehme an, dass ihr sie gleich gefragt habt, ob ihnen irgendwas Verdächtiges aufgefallen ist.«

»Haben wir«, erklärt Pombo, »aber auch da ist das Ergebnis gleich null.«

»Könnt ihr mir sämtliche Fotos schicken?«

»Lässt sich bestimmt machen. Wie wär's, wenn wir jetzt aufs Revier fahren und in Ruhe überlegen, wie wir genau vorgehen?«

»Vorher würde ich mich gern in dem Dorf umsehen, wo die Prozession stattgefunden hat, und auf dem Friedhof.«

Pombo wundert sich. »Dem Friedhof Santa Marta de Ribarteme?«

»Wurde das Opfer nicht dort bestattet?«

»Nein, in Cambados. Dort lebt die Familie.«

»Na, dann den Friedhof von Cambados«, sagt Ane entschlossen. »Wo fangen wir an?«

24

25. Oktober 2018, Donnerstag

Das Tor quietscht laut in den Angeln, als Ane es aufstößt.

»Hier geradeaus«, erklärt der Teniente nach einem Blick auf den Plan, den der Friedhofswächter ihnen kopiert hat.

Ane geht zwischen den Gräbern entlang, einem Meer aus Trauer und Verzweiflung. Auf beiden Seiten stehen Dutzende steinerne Kreuze und Grabsteine, ein düsteres Heer, das den Besuchern die Flüchtigkeit der Existenz in Erinnerung ruft.

Ein breiter Weg führt zwischen ihnen zur Ruine der Kirche Santa Mariña, ein bedrohlich wirkendes nacktes Skelett, das sich über die Gräber erhebt. Die leeren gotischen Bögen werden vom Nebel umwabert, nachdem es zu regnen aufgehört hat.

»Hier entlang?«, fragt Ane.

Xosé Pombo nickt. »Ja, weiter geradeaus. Bis zur Ruine. Mit welcher Hypothese arbeitet ihr?«

Ane zögert. Noch ist alles offen. Allerdings gibt es eine von ihr bevorzugte Richtung. »Die Zentrale bringt die Verbrechen mit dem Drogenhandel hier in Verbindung.«

Zunächst sagt der Teniente nichts dazu, dann widerspricht er. »Wir haben keine Verbindung des Opfers oder seines Umfelds zu Drogen irgendeiner Art entdeckt.«

»Sagt dir der Name Mairás irgendwas?«

»Ja, tut er.«

Diese vagen Antworten gehen Ane allmählich auf die Nerven. »Wir konnten ihn in Urdaibai ausmachen. Es gibt Hinweise, dass er seine Drogengeschäfte dorthin verlegen will.«

»Das war nur eine Frage der Zeit. Wir hier sind ihm dicht auf den Fersen. Ich gehöre nicht zur Drogenfahndung, aber meine Kollegen sind kurz davor, sein Netz auffliegen zu lassen, denn sie haben einen Maulwurf in seiner Organisation.«

»Einen Maulwurf?

Einer von euren Leuten?«

»Möglich.« Xosé Pombo will diese streng vertrauliche Information natürlich nicht preisgeben. »Jedenfalls ist Mairás offenbar untergetaucht.«

»Jetzt ist er in Gernika und könnte in die Verbrechen dort verstrickt sein.«

»Der macht sich nie selbst die Hände schmutzig«, erklärt Pombo. »Er würde jemanden damit beauftragen.«

Damit hat Ane gerechnet. »Das erste Opfer war eine Journalistin, die über den dortigen Drogenhandel recherchiert hat.«

»Und das andere Opfer? Die Frau, die aus dem Fenster gestoßen wurde?«

»Ihr Mann ist drogensüchtig, und es gibt Hinweise darauf, dass er für Mairás arbeitet.«

»Als was?«

»Er lädt die Drogenlieferungen mit ab und versteckt sie.«

Eine alte Frau bei einem nahe gelegenen Grab grüßt sie mit einem melancholischen Lächeln. Sie kniet auf der Grabplatte vor dem Grabstein und bearbeitet sie mit einer Bürste, die sie regelmäßig in einen roten Eimer taucht. Und sie ist nicht die Einzige.

Auch andere Leute sind eifrig damit beschäftigt, Gräber herzurichten. In wenigen Tagen ist Allerseelen, und niemand möchte den Eindruck erwecken, er hätte seine Liebsten sofort nach deren Tod vergessen.

»Isabel Otero und ihr Umfeld sind sauber«, erklärt Pombo. »Zwischen ihrer Familie und Antonio Meirás gibt es keine Verbindung. Der Witwer ist ein Fischer im Ruhestand, der mit seinem Boot nach Muscheln fischt, um seine Rente ein wenig aufzubessern. Er leistet sich keinerlei Luxus. Alles ganz normal.«

Ane prägt sich die Information ein. Sie muss mit diesem Fischer reden. »Besteht vielleicht die Möglichkeit, dass Isabel irgendetwas über Meirás' Bande erfahren hat und deshalb zum Schweigen gebracht wurde?«

»Wir reden über eine Frau, die in Beluso Muscheln gereinigt hat und nicht über eine mutige Kriegsreporterin.«

»Na ja, es gibt Zufälle im Leben. Vielleicht ist sie über etwas gestolpert, was sie nicht hätte erfahren sollen.«

Xosé Pombo runzelt die Stirn. »Eine Hypothese, für die es kein einziges Indiz, nicht mal einen Hinweis gibt. Wir sind zu dem Schluss gekommen, dass jemand diese religiöse Veranstaltung sabotieren wollte. Wahrscheinlich hat derjenige, der die Giftspritze in dem Sarg platziert hat, das Opfer nicht einmal gekannt. Isabel Otero war, darauf wette ich, eine Art Kollateralschaden beim Anschlag einer religiösen oder eher antireligiösen Gruppierung. Da gibt es keine Verbindung zu eurem Fall.«

»Aber der Sarg war seit Wochen für sie reserviert.«

»Das schließt ja nicht aus, dass sie trotzdem zufällig das Opfer war.«

Ane sieht das anders. Es gibt Elemente, die zu einem Anschlag wie dem, von dem der galicische Kollege ausgeht, nicht passen. »Eine antiklerikale Gruppierung hätte sich zu der Tat bekannt, damit ihre Botschaft auch klar verstanden wird.«

»Es sei denn, die Tat schlägt so hohe Wellen, dass sich die Täter lieber erst mal verkriechen.«

Ane hält das für unwahrscheinlich und kehrt zu ihrer Hypothese zurück. »Wann ist Meirás untergetaucht? In diesem Jahr?«

Xosé Pombo kneift nachdenklich die Augen zusammen. »Ende letzten Jahres. Ich müsste mir das von den Kollegen bestätigen lassen, aber ... eigentlich bin ich mir sicher. Das war zu Beginn der Schonzeit für die Meereskrabben, also im November.«

Ane hat gehofft, der Drogenhändler wäre eine Woche nach der Prozession verschwunden, aber es kann nun mal nicht alles auf Anhieb passen. »Ich würde den Ehemann des Opfers gern befragen.«

Pombos Gesicht verdüstert sich. »Wir haben das schon gemacht. Steht alles in der Akte. Der Mann hat genug gelitten. Ich denke nicht, dass wir ihn noch mal belästigen sollten.«

»Aber wir haben jetzt ganz neue Erkenntnisse. Das, was in Bizkaia passiert ist. Das Foto, das an die Presse geschickt wurde.«

»Das Einzige, was meinen Fall mit deinem verbindet, ist diese Tulpe. Das könnte auch Zufall sein.«

Genau darum befinden sie sich jetzt auf diesem Friedhof. Um nach einem Hinweis zu suchen, ob die Sache mit der Tulpe wirklich Zufall war oder nicht. Wenn jemand Tulpen zu diesem Grab gebracht hat, kann der Teniente seine Schlussfolgerungen vergessen, denn das würde Anes Hypothese untermauern. Und damit ging einher, dass die Menschen aus dem Umfeld des Opfers erneut befragt werden mussten.

»Da ist es«, sagt Pombo. Das Grab, das er meint, befindet sich unterhalb der Bögen der Ruine.

»Mhm, da ist jemand, der sauber macht«, stellt Ane fest. Damit hat sich ihre Hoffnung, auf dem Grab einen Strauß Tulpen zu finden, zerschlagen. Allerdings muss sie zugeben, dass diese Hoffnung auch ziemlich naiv war, denn seit dem Mord an Isabel Otero sind drei Monate vergangen, und in dieser Zeit hätte sicher jemand den verwelkten Strauß entfernt.

»*Buenos días*«, begrüßt der Teniente die Frau.

Die wendet sich zu ihnen um. Sie ist nicht viel älter als fünfzig und wirkt müde, ein Eindruck, der von den auffallenden

Tränensäcken unter ihren Augen noch verstärkt wird. Ihr Gesichtsausdruck verändert sich kaum, als sie die beiden sieht. Sie deutet lediglich ein höfliches Lächeln an. »Ah, Teniente, wie geht es Ihnen? Gibt es etwas Neues?«

Xosé Pombo reicht ihr die Hand. »Entschuldigen Sie, ich habe Sie nicht gleich erkannt. Darf ich Ihnen Ane Cestero von der baskischen Polizei vorstellen?«

»Baskisch?« Die Frau runzelt verwundert die Stirn.

»Das ist die Schwester des Opfers«, erklärt der Teniente, an Ane gewandt, »Aurora Otero.«

»Pilar«, korrigiert ihn die Frau. »Pilar Otero.«

Pombo entschuldigt sich vielmals. Bei all den Namen, die er sich in der kurzen Zeit hat merken müssen ... Ane hat dafür Verständnis, denn ihr ist schon Ähnliches passiert.

»Ich bin hergekommen, weil wir eine mögliche Verbindung zwischen dem Mord an Ihrer Schwester und einem Fall entdeckt haben, der sich kürzlich bei uns ereignet hat«, erklärt sie, während sie der Frau die Hand schüttelt.

»Darüber haben sie schon in den Fernsehnachrichten spekuliert«, sagt Pilar Otero. »Es ist furchtbar, was da passiert. Aber nein, das mit meiner Schwester hat sicher nichts damit zu tun. Sie hatte einfach das Pech, zum falschen Zeitpunkt am falschen Ort zu sein. Diese Giftspritze hätte jeden anderen Teilnehmer der Prozession töten können. Es war ein Anschlag auf die heilige Marta.«

»Dennoch würde ich Ihnen gern ein paar Fragen stellen«, bittet Ane.

»Tatsächlich hat Pilar bereits alle Fragen beantwortet, als ich mit ihr gesprochen habe«, mischt sich Xosé Pombo ein. »Du kannst dir gern die Notizen ansehen.«

Ane ist verärgert, dass er ihr in die Parade fährt. Um Notizen und Berichte zu lesen, ist sie nicht nach Galicia gekommen, die hätte sie sich auch schicken lassen können.

Hinter der Ausrede, die Schwester schützen zu wollen, verbirgt sich vielleicht die Angst davor, bloßgestellt zu werden. Dass eine Polizistin von außerhalb möglicherweise auf Nachlässigkeiten bei den Ermittlungen stoßen könnte, die er geleitet hat.

»Ich bitte Sie, Teniente«, erklärt Pilar. »Natürlich beantworte ich gern die Fragen Ihrer baskischen Kollegin. Ich tue alles, was dazu beitragen könnte, den Mord an meiner Schwester aufzuklären.«

Ane vermeidet den Blickkontakt mit Pombo, während sie sagt: »Bei den bisherigen Ermittlungen wurde der Tulpe nicht die Bedeutung beigemessen, die ihr, wie uns heute scheint, möglicherweise zukommt. Während einer Prozession, bei der eine Beerdigung simuliert wird, könnte sie schließlich jeder in den Sarg geworfen oder gelegt haben. Blumen gehören ja in der Regel zu einer Beerdigung dazu. Jedoch handelt es sich um die gleiche Sorte Blumen, wie sie der Täter bei den beiden Morden hinterlassen hat, die sich in Bizkaia ereignet haben.«

»Warten Sie einen Moment«, bittet Pilar Otero. »Ich habe etwas, was vielleicht interessant für sie ist.« Sie wühlt in einem blauen Müllsack neben dem Grabstein und zieht einen Blumenstrauß daraus hervor, der so alt und so trocken ist, dass er fast alle Farbe verloren hat. »Den hab ich hier bei den vielen anderen gefunden, die seit dem Tag der Beerdigung auf dem Grab vor sich hin gewelkt sind. Ich wohne in Santiago und war seitdem nicht mehr hier.«

Genau deshalb ist Ane hierhergekommen: ein Tulpenstrauß!

Jeglicher Zweifel, der an der Verbindung zu ihrem Fall bestanden hat, ist damit hinfällig.

Die Blüten haben fast alle Blätter verloren, aber die wenigen, die noch vorhanden sind, sprechen für sich.

»Auf den Gräbern der Opfer in den letzten Tagen haben ganz ähnliche Sträuße gelegen«, sagt sie mit einem eindeutigen Blick auf den Teniente. »Die Verbindung ist offensichtlich.«

Xosé Pombo atmet tief durch. »Auf beiden?«

Ane nickt, bevor sie sich wieder an Pilar Otero wendet. »Wissen Sie, ob Ihre Schwester oder ein anderes Familienmitglied in irgendeiner Verbindung mit dem Meirás-Clan steht?«

Die Frau runzelt die Stirn und sieht den Teniente fragend an. »Ein Clan?«

»Drogenhändler aus der Bucht von Arousa«, erklärt Pombo, bevor er sich wieder an Ane wendet. »Nein, natürlich nicht. Die Oteros sind eine ganz normale Familie. Wir hier in Galicia sind nicht alle in den Drogenhandel verstrickt, auch wenn manche von außerhalb das glauben.«

Ane beschließt, auf diese Vorhaltungen nicht einzugehen. Schließlich hat sie nichts dergleichen gesagt.

»Hat Isabel sich in den letzten Monaten vor ihrem Tod irgendwie seltsam verhalten?«

Die Schwester des Opfers schüttelt traurig den Kopf. Hinter ihr ist der Grabstein zu sehen, und Isabels Name und das Todesdatum sind auf dem alten Stein zu lesen. Noch ist die Aufschrift frei von Flechten, während die Namen von Isabels Eltern kaum noch zu entziffern sind. Es ist ein trostloses Grab; alle Gräber sind trostlos.

»Sie hat sich sehr gefreut, dass es mir wieder gut geht«, erklärt Pilar Otero. »Ich war sehr krank. Wir wollten zur Feier meiner Genesung zusammen verreisen. Zuerst haben wir an Paris gedacht, weil sie immer mal dorthin wollte, dann an Bilbao; als Kinder haben wir dort gelebt, doch angeblich hat sich die Stadt vollkommen verändert.«

Diese Information lässt Ane aufhorchen.

»Ich wusste nicht, dass Sie in Bilbao gelebt haben.« Wenn ihre Intuition sie nicht täuscht, ist das etwas, dem sie nachgehen sollten.

Auch der Teniente hat bislang nichts davon gewusst, wie er mit einem leichten Kopfschütteln andeutet.

»Meine Schwester war vier Jahre alt, als meine Eltern dort hingezogen sind, und ich bin dort geboren. Wir haben in Durango gewohnt. Mein Vater war Ingenieur und hat in der Papierfabrik in Amorebieta gearbeitet.«

Ane hat sofort eine Landkarte vor dem inneren Auge. Durango, Amorebieta, Urdaibai ... ein Dreieck von wenigen Kilometern. »Wann sind Sie nach Galicia zurückgekehrt?«

»Da waren wir schon fast erwachsen. Nach dem Tod meines Vaters gab es keinen Grund mehr, dort zu bleiben, und Mama hat ihre Familie vermisst.«

»Woran ist Ihr Vater gestorben?«

Ein Schatten der Trauer legt sich über das Gesicht der Frau, dann dreht sie sich zu dem Grabstein um. »Ein Unfall in der Fabrik. Es war furchtbar. Er hat morgens das Haus verlassen und ist nicht mehr zurückgekehrt. Ein Kollege hat angerufen, um uns zu benachrichtigen. Das Unternehmen hat uns gut behandelt. Sie haben meiner Mutter dreißigtausend Pesetas gegeben und meiner Schwester einen Job angeboten. Ich bin damals noch zur Schule gegangen.«

Der Teniente fasst Ane am Arm und geleitet sie ein paar Schritte zur Seite. »Ist es wirklich nötig, dass wir in den Wunden der Vergangenheit stochern?«, fragt er leise, und sein vorwurfsvoller Blick sagt Ane, welche Antwort er erwartet.

Doch sie bleibt hart. »Wir haben eine geografische Übereinstimmung und müssen der Sache nachgehen. Gib mir noch ein paar Minuten.«

Pombo seufzt, nickt jedoch widerwillig, und Ane geht zurück zum Grab und zu der Frau. »Wo ist Ihre Mutter gestorben?«

»Hier, in ihrer Heimat. Nur vier Jahre nach Papa. Sie hat es nicht überwunden. Die Ärzte haben gesagt, dass es ein Infarkt war, aber ich bin mir sicher, dass sie an Trauer gestorben ist. Sie ist nach und nach aus dem Leben geschieden und war zuletzt nur noch ein Schatten der starken, kämpferischen Frau, die sie vorher war. Das war etwa ein Jahr nach unserer Rückkehr.«

»Und sind Sie alle drei nach Galicia zurückgekehrt? Ich hab das so verstanden, dass Isabel in der Fabrik gearbeitet hat.« Es fällt Ane schwer, sich eine junge Frau vorzustellen, die in Durango lebt, dort einen Job hat und ihr ganzes Leben aufgibt, um ihrer Mutter in deren galicische Heimat zu folgen.

»Isabel hat auch sehr unter Papas Tod gelitten.«

Ane sagt sich, dass dies tatsächlich eine Erklärung sein könnte. Es war sicher nicht leicht, jeden Tag auf der Arbeit die Maschine zu sehen, die den Tod des Vaters verursacht hat.

»Jetzt wollen wir Sie nicht weiter stören, stimmt's?«, sagt Xosé Pombo und erklärt damit das Gespräch für beendet.

Die Frau schüttelt den Kopf. Tränen glänzen in ihren Augen. »Das ist völlig in Ordnung, Teniente. Sie wollen uns doch helfen. Die arme Isabel!«

Die erste Träne löst sich aus ihrem rechten Auge, läuft die ganze Wange hinab und tropft auf Pilars Handrücken. »Was mir am meisten wehtut, ist, dass sie es für mich getan hat. Eigentlich hätte ich in diesem Sarg liegen sollen.«

Ane blickt sie verwundert an. »Warum?«

Pombo hebt abwehrend die Hände. »Jetzt reicht's. Das alles steht in den Mitschriften der Befragungen«, erklärt er, nun ziemlich wütend.

Pilar scheint ihn gar nicht zu hören. Sie muss es sich von der Seele reden. »Ich habe eine Krebserkrankung überstanden, und meine Schwester hat der heiligen Marta versprochen, an der Prozession teilzunehmen, wenn ich überlebe.«

»Gut, aber jetzt ist Schluss.« Pombos Tonfall klingt autoritär. »Wir wollen Sie nicht noch mehr belasten.« Er legt Ane eine Hand auf den Rücken und drängt sie in Richtung Ausgang. »Es tut mir leid, Pilar, dass wir an Ihren schmerzlichen Erinnerungen rühren mussten.«

Ane bedankt sich bei der Frau für ihr Entgegenkommen, die daraufhin hemmungslos zu weinen beginnt. »Fassen Sie den Mörder«, bittet sie. »Meine Schwester war ein guter Mensch.«

»Wir werden ihn kriegen, ganz sicher«, verspricht Ane. »Wir werden ihn kriegen, damit Ihre Schwester in Frieden ruhen kann.« Dann folgt sie dem Teniente durch die Grabreihen.

25

25. Oktober 2018, Donnerstag

»Was eure Chefin da gebracht hat, ist unglaublich!«, schimpft Txema und wirft sein Handy auf den Tisch.

»*Unsere* Chefin«, korrigiert ihn Julia.

Ihr Kollege runzelt die Stirn. Er scheint sie nicht zu verstehen.

»Unsere Chefin. Sie ist auch *deine* Chefin.«

Anes Anruf, in dem sie mitgeteilt hat, dass an diesem Abend die Drogenübergabe stattfinden wird, hat in der Spezialeinheit wie eine Bombe eingeschlagen.

»So war sie schon immer«, erklärt Aitor. »Ihr müsst es von der positiven Seite sehen. Wir können heute Nacht eine Bande Drogenhändler hochgehen lassen. Das ist doch, was zählt, oder?«

Txema steht hinter einem Stuhl, stützt sich mit beiden Händen auf der Rückenlehne ab und zieht ungläubig die Brauen hoch. »Das, was zählt, ist, die Vorschriften einzuhalten. Was hat sie mitten in der Nacht im Sumpfgebiet verloren? Dazu noch allein! Verdammt, die hätten sie umbringen können! Oder wusste einer von euch davon?«

Julia und Aitor wechseln einen Blick. Nein, auch er wusste nichts.

»Hallo.« Silvia kommt herein und legt ein Blatt Papier mit ein paar schematischen Zeichnungen auf den Tisch. »Julia, du kennst ihn besser als ich. Du musst mir helfen, das psychologische Profil des Comisario zu vervollständigen. Da gibt es einige Elemente, die nicht zum Bild unseres Mörders passen.«

Txema lacht höhnisch. »Das kannst du dir sparen. Cestero hat's vermasselt. Von ihr könntest du sicher ein interessantes Profil erstellen.«

Das Telefon klingelt.

Julia, die dem Apparat am nächsten ist, geht ran. Es ist das Einsatzteam. Sie wollen mit dem Leiter der nächtlichen Aktion reden. Bis dahin sind es nur noch wenige Stunden, und sie dürfen keine Zeit mehr verlieren.

»Für dich«, sagt Julia und reicht Txema den Hörer. »Wenn Ane nicht da ist, bist du der Chef.«

Ihr Blick fällt auf die Glaswand zum Büro des Comisario. Sie weiß, was dort drinnen gerade vorgeht, und fühlt sich schuldig. Hätte sie das, was sie Ane in Murueta erzählt hat, für sich behalten, würde das nicht geschehen. Dennoch ist sie davon überzeugt, richtig gehandelt zu haben.

Auch die anderen Polizisten im Kommissariat warten gespannt auf das, was passieren wird. Alle sprechen leise und sehen unauffällig immer wieder zum Büro des Comisario. Dass ein Intendent ein Kommissariat besucht, kommt nur selten vor, und dass der hochrangige Kollege auch noch vom Superintendenten begleitet wird, der an der Spitze der gesamten Ertzaintza steht, ist, soweit alle wissen, in Gernika noch nie vorgekommen.

Die Tage von Luis Olaizola als Leiter des Kommissariats sind gezählt.

»Wir brauchen einen Kollegen, der sich in der Gegend auskennt«, sagt Txema, an Julia gewandt, nachdem er das Telefongespräch beendet hat.

»Hier in Urdaibai? Ich zum Beispiel.«

»Ja, das weiß ich. Noch einen. Das Einsatzteam will fünf Leute, und wir sind nur vier. Wem hier im Kommissariat können wir trauen?«

Julia weiß, was Txemas Frage bedeutet. Bei einem Einsatz gegen den organisierten Drogenhandel sollten möglichst wenige Kollegen eingeweiht sein.

»Raúl«, sagt sie und weist mit dem Kinn auf ihren Partner.

Zu mehr bleibt keine Zeit, denn im selben Moment wird die Tür von Olaizolas Büro geöffnet. Alle Köpfe fahren herum, alle starren hin. Der Comisario verlässt den Ort, an dem er seit mehr als einem Jahrzehnt das Sagen hatte. Er hat den Blick gesenkt, scheint am Boden zerstört.

»Nur Mut, Luis!«, ruft jemand.

Einige wenige schließen sich den ermunternden Worten an.

Julia kann später nicht sagen, ob eines davon aus ihrem Mund gekommen ist. Sie spürt die Schuld, die auf ihr lastet und wie ein Dolch in ihrer offenen Wunde wühlt.

Sie wird einige Zeit brauchen, um sich zu verzeihen, dass sie ihre Arbeit gemacht hat.

26

25. Oktober 2018, Donnerstag

In dem Moment, als Ane den Fuß aus dem Auto setzt, weiß sie, dass sie sich an einem ganz besonderen Ort befindet. Ende Juli, wenn die jährliche Prozession stattfindet, sieht es hier in Marta de Ribarteme sicher anders aus, mit den Särgen, den mobilen Pulperías und den Musikern, die für das Fest am Abend üben.

Jetzt, Ende Oktober, ist niemand in Feierstimmung. Die Kirche erhebt sich schweigend über den Tälern, in denen einzelne Steinhäuser still zwischen den Nebelschwaden stehen.

»Es ist schön hier«, sagt sie und versucht die verkohlten Berghänge auszublenden, die das Panorama nach oben hin abschließen. Die Brände im letzten Herbst sind noch lange nicht vergessen.

»So ist Galicia«, fast Xosé Pombo den Anblick zusammen.

Ane denkt an die gezackte Küste, die gepflasterten Straßen in den Städten, an die Strände und die üppigen Meeresfrüchtetafeln. All das ist Galicia auch. Aber es stimmt, dieser Ort, dem der Nebel und die Einsamkeit unbestreitbar eine Mystik verleihen, gehört ebenso dazu. Sie befinden sich im tiefsten Galicia, einer Gegend, in der Religion und uralte Mythen eine wichtige Rolle spielen und der Tod oder vielmehr die Angst davor das Zentrum des Lebens ist.

Sie haben den Eingang der Kirche noch nicht erreicht, als ihnen ein Mann in Soutane und mit einem altmodischen Hut entgegenkommt, um sie zu empfangen.

»Der Priester«, flüstert der Teniente.

»Aha.« Ane schätzt ihn auf etwa sechzig Jahre. Er hinkt leicht, hat aber keinen Stock dabei. Der Priester ist schlank, hat jedoch runde gerötete Wangen.

»Herzlich willkommen, Teniente«, begrüßt er die Besucher mit einem herzlichen Lächeln. »Und Sie müssen die baskische Polizistin sein.«

»Suboficial Ane Cestero«, stellt sie sich vor und schüttelt ihm die Hand.

»Wie geht es Ihnen? Wie finden Sie Galicia? Waren Sie schon einmal hier? Furchtbar, das mit den Bränden im letzten Jahr. Es ist eine Schande, wie es jetzt hier aussieht.«

Ane nickt mit ernstem Gesicht. Ihr bleibt nicht die Zeit, etwas zu sagen, da Pombo ihr zuvorkommt.

»Könnten wir uns nicht an einem ruhigeren Ort unterhalten?«, fragt er und weist auf die Kirche.

Ane schaut ihn überrascht an. Wieso ruhiger? Der einzige Mensch, der zu sehen ist, ist eine Frau, die zwei riesige Kühe mit einer Rute vor sich hertreibt, und die ist mindestens fünfzig Meter von ihnen entfernt.

»Natürlich, bitte folgen Sie mir in die Sakristei.«

»Nach Ihnen.« Xosé Pombo bittet den Priester mit einer Geste vorauszugehen.

Anes Augen brauchen ein paar Sekunden, um sich an die Dunkelheit zu gewöhnen, als sie durch das Kirchenschiff gehen.

»Die heilige Marta«, erklärt der Priester und bleibt bei einer Kapelle stehen, nimmt ein weißes Tuch aus einer Kiste und hält es seinen Besuchern hin.

Xosé Pombo nimmt es dankend entgegen. Ane versucht sich ihre Überraschung nicht anmerken zu lassen, als der Teniente mit dem Tuch über die abgenutzten Füße der Heiligenfigur reibt und dann sein Gesicht damit berührt, bevor er das Ritual mit einer Kniebeuge vollendet.

Anschließend sehen die beiden Männer Ane auffordernd an. Pombo hält ihr das Tuch hin, damit sie es ihm nachmacht.

»Unsere Heilige hat schon Leute aus der ganzen Welt geheilt«, erklärt der Priester.

Rasch überlegt sie, was sie tun soll: den Priester mit einer Geste, an die sie nicht glaubt, zufriedenstellen, oder ihren Prinzipien treu bleiben?

Schließlich gib Pombo sein Ansinnen auf und gibt dem Priester das Tuch zurück, der es kopfschüttelnd wieder in die Kiste legt.

»Wer ohne Glauben ist, hat gar nichts«, schimpft er und geht weiter Richtung Sakristei.

Ein kaltes Licht fällt durch die Gardine vor dem einzigen Fenster in den Raum mit den Granitwänden. An einer davon hängen neben zwei Bildern mit religiösen Motiven mehrere Soutanen und Messgewänder. Doch all das ist für Ane unwichtig, als ihr Blick auf die Särge fällt, die an der rückwärtigen Wand lehnen.

»Sind das die Särge aus der Prozession?«

Unter den sieben Särgen fällt einer besonders ins Auge, ein kleiner weißer, in dem höchstens ein Kleinkind Platz finden würde.

»Das sind die Särge aus dem letzten Jahr. Acht Stück. So viele wie noch nie zuvor. Der Glaube an die heilige Marta wird immer stärker.«

»Acht Leute waren da drin?«, erkundigt sich Ane schaudernd. »Und was für Leute sind das, die so etwas tun?«

»Ganz normale Menschen wie Sie und ich. Es ist ein Fest mit Musik, Pulperías, einem Markt ... alles anlässlich der Prozession. Wie an anderen Orten auch, allerdings ist diese Prozession etwas ganz Besonderes.«

»Ein wenig düster«, meint Ane.

»Im Gegenteil. Wir hier in Santa Marta feiern das Leben. Die Menschen, die an der Prozession teilnehmen, machen das, um Gott dafür zu danken, dass sie noch am Leben sind. Finden Sie das düster?«

»Verzeihen Sie, das war wohl kein passendes Adjektiv«, gibt Ane zu.

Der Priester reagiert auf ihre Entschuldigung mit einem gezwungenen Lächeln. Es ist nicht zu übersehen, dass ihm die baskische Polizistin nicht besonders sympathisch ist.

»In welchem Sarg ist Isabel Otero gestorben?«, fragt sie, während sie an die Totenkisten herantritt.

Pombo sieht sie überrascht an. »In keinem von diesen. Er ist ein Beweisstück.«

Ane seufzt leise.

»Sicher«, sagt sie dann und hat das Gefühl, sich lächerlich gemacht zu haben.

»Er sieht aus wie dieser«, erklärt der Priester und legt die Hand auf einen schwarzen Sarg, auf dessen Deckel ein Kruzifix aus Messing angebracht ist. »Marisa, könntest du mir kurz helfen, ihn zu öffnen?«

Aus dem Halbdunkel taucht eine Frau auf. Der gelbe Staubwedel, den sie in der Hand hält, bringt ein wenig Farbe in die Sakristei. Passend zu ihrer Trauerkleidung ist ihr Haar, das sie zu einem strengen Knoten hochgesteckt hat, pechschwarz. Genau wie ihre Augen. Sie begrüßt den Teniente mit einem Lächeln und wirft einen Blick auf Ane.

Die Küsterin fährt mit dem Staubwedel über den Sarg, bevor sie das Schloss des Deckels öffnet. Danach hebt sie diesen mit der Unterstützung des Priesters an, sodass das weiß gepolsterte Innere zu sehen ist. Der Sarg wirkt nicht gerade anheimelnd und ist in der Sommerhitze sicher noch ungemütlicher.

»Während der Prozession bleiben die Särge natürlich offen«, erklärt der Priester.

Ane fährt mit der Hand über die Polsterung. Unter einem solchen weichen Stoff war die Mordspritze versteckt. Der Tulpenmörder hat eine einfallsreiche Methode gewählt, um sein erstes Opfer zu töten.

»Wenn ich richtig informiert bin, war dies das erste Mal, dass Isabel Otero an der Prozession teilgenommen hat, oder?«, fragt sie.

»Wer sagt das denn?«, wendet die Küsterin ein.

Ane dreht sich zu Pombo um und sieht seine verwunderte Miene. »So steht es in der Akte. Ich habe sie doch selbst befragt. War es denn nicht das erste Mal?«

Die Küsterin zuckt mit den Schultern. »Vielleicht ja, vielleicht auch nicht. Sie war zum ersten Mal in einem der Särge, aber das heißt ja nicht, dass sie vorher nicht schon mal an der Prozession teilgenommen hat.«

»Und?«, fragt der Teniente ungeduldig. »Hat sie das?«

Die Frau wiederholt die vage Geste. »Wer weiß das schon?«

Ane muss innerlich lachen. Xosé Pombo ist auf seinen eigenen Trick hereingefallen. Wie es scheint, haben auch die Galicier ihre Schwierigkeiten mit unkonkreten Aussagen. »Jedenfalls hat sie vorher noch nie in einem der Särge gelegen, oder?«

»Das hat sie gesagt«, gesteht die Küsterin ein.

»Wann haben Sie erfahren, dass Isabel Otero eine der Gläubigen sein wird, die im Sarg getragen werden?«, fragt Ane.

Auf ein Nicken des Priesters hin sieht die Küsterin das Datum im Kalender nach.

»Im Mai haben wir es schon gewusst«, erklärt sie, nachdem sie eine Weile darin geblättert hat.

»Warum ist das wichtig?«, fragt Pombo seine Kollegin.

»Jedes Detail ist wichtig. Ich muss wissen, wer davon wusste, dass Isabel Otero in einem der Särge liegen würde.«

Der Priester sieht den Teniente fragend an. »Sie haben doch gesagt, dass sie ein zufälliges Opfer war.«

»Wir müssen alle Möglichkeiten in Erwägung ziehen«, entgegnet Xosé Pombo. »Bisher haben wir gedacht, dass es sich um die Tat einer antiklerikalen Bewegung handeln könnte, die unter den Gläubigen für Panik sorgen will. Allerdings gibt es Elemente, die uns zwingen, den Fall noch einmal aufzurollen.«

Erleichtert stellt Ane fest, dass der Teniente andere Hypothesen offenbar nicht mehr ausschließt. »Wenn sich Isabel Otero in den Sarg gelegt hat, um für die Genesung ihrer Schwester zu danken«, überlegt sie laut, »dann muss auch ihre Familie schon im Mai davon gewusst haben.«

»Und noch mehr Leute«, fügt Xosé Pombo hinzu. »Sicher haben alle Menschen in ihrem Umfeld davon gewusst.«

Der Priester nickt. »Die Gläubigen in den Särgen werden von vielen Verwandten und Freunden begleitet. Denn das ist ein ganz besonderer Tag für sie. Sie erleben ihre eigene Beerdigung. Haben wir uns nicht alle schon mal gefragt, wie unser Abschied von der Welt sein wird?«

Ane gefällt die Antwort des Priesters nicht. Denn das steigert die Anzahl der Verdächtigen enorm. »Ist Ihnen in den Tagen vor der Prozession oder währenddessen irgendetwas aufgefallen?«

»Das steht alles in der Akte«, unterbricht Pombo sie. »Es gab nichts, was nicht normal gewesen wäre. Stimmt's?«, fragt er den Priester, der daraufhin nur nickt

»Hat die Tulpe Ihnen irgendwas gesagt?«, fügt Ane hinzu, was sowohl der Priester als auch die Küsterin verneinen.

»Ich denke, das ist alles«, entscheidet Ane. »Wir können gehen.« Offenbar bringt ihnen der Besuch in diesem abgelegenen galicischen Bergdorf keine neuen Erkenntnisse. »Danke für Ihre Hilfe. Wenn Ihnen noch irgendetwas einfällt …«

»Wenn Ihnen noch irgendetwas einfällt«, fällt Pombo ihr ins Wort, »haben Sie ja meine Telefonnummer. Rufen Sie mich an.«

27

25. Oktober 2018, Donnerstag

Regentropfen streicheln Julias Schultern, als sie die ersten Stufen der Treppe hochsteigt, die aus dem Meer nach oben führt. Der Wind ist bitterkalt an diesem Abend, und die Stufen kommen ihr vor wie aus Eis. Zum Glück hat sie zu Hause die Heizung voll aufgedreht und wird gleich in ihrem Wohnzimmer einen heißen Kaffee trinken. Das wird sie brauchen, nicht nur, um wieder warm zu werden. Denn wenn Ane recht hat, wird diese Nacht eine von denen sein, die man so schnell nicht mehr vergisst.

Dabei haben sie schon einen denkwürdigen Nachmittag hinter sich. Nachdem Olaizola das Kommissariat verlassen hatte, haben die Computerfachleute eilig seinen PC nach Beweisen für sein Fehlverhalten durchsucht und Dutzende Mails ausgedruckt. Nachrichten, die der Comisario in den letzten Monaten verschickt und erhalten hat.

Julia hat sich wie ein Eindringling gefühlt, als sie sie zusammen mit Aitor durchgesehen hat. Allerdings hat sich sogleich erwiesen, dass sie das Richtige getan haben. Denn sie haben einen privaten Mailverkehr zwischen Olaizola und seiner Frau gefunden, in denen Natalia Etxano erwähnt wird. Darin ging es ziemlich ausführlich um ein Grundstück, auf dem früher Ferienlager für Kinder stattgefunden haben und das nun einer Bank gehört.

Wie es aussieht, ist dieses privilegierte Gebiet an der Flussmündung der bevorzugte Standort für das neue Guggenheim-Museum, und die Baufirma, für die die Frau des Comisario arbeitet, ist daran interessiert, es zu erwerben. In dieses Unterfangen hat sich die ermordete Radiomoderatorin eingemischt und darauf aufmerksam gemacht, dass es sich bei den Gebäuden des Ferienlagers um öffentliches Eigentum handelt.

Immer wieder hat die Frau des Comisario ihren Mann deswegen bedrängt; und immer wieder hat Luis Olaizola ihr geantwortet, dass er mit Natalia gesprochen und ihr gedroht habe, unschöne Details über sie preiszugeben, wenn sie nicht zur Vernunft komme. Er hat seiner Frau sogar mitgeteilt, dass er Natalia überwachen lasse, um Druck auf sie auszuüben, damit sie klein beigibt.

Das sind für Julia verstörende und enttäuschende Wahrheiten über den Mann, den sie geschätzt und geachtet hat, seit sie in den Polizeidienst unter seiner Führung eingetreten ist. Plötzlich hat sie das Gefühl, diesen Menschen gar nicht zu kennen. Auch ihre Überzeugung, dass es Natalia gewesen ist, die die Beziehung mit dem Comisario beendet hat, gerät ins Wanken. Denn nun weist alles darauf hin, dass Olaizola aus Geldgier im Zusammenhang mit dieser Immobilienspekulation den Bruch herbeigeführt hat.

Der Bademantel, der vor der Haustür auf Julia wartet, fühlt sich auf ihrer kalten, nassen Haut angenehm warm an. Der Himmel ist düster, von einem so dunklen Grau, dass es beinahe schwarz ist, und die Bojen, die die Stellen mit geringer Wassertiefe anzeigen, verbreiten noch nicht ihr grünes und rotes Licht.

Obwohl Julia es gewohnt ist, im Dunkeln zu schwimmen, hat ihr das abendliche Bad im Meer nicht wirklich gutgetan. Vielleicht, weil sie weiß, dass es diesmal nicht der Abschluss eines schwierigen Tages ist, sondern nur eine Pause, bevor der aufregendste Teil beginnt, von dem sie nicht weiß, wie er ausgehen wird.

Sie wendet dem Meer den Rücken zu. Ein Schauder durchrieselt ihren Körper, als sie an die Wärme denkt, die sie auf der anderen Seite der Schiebetür erwartet. Sie streckt die Hand nach der Klinke aus, doch bevor sie sie berührt, erstarrt sie.

Was ihr das Blut in den Adern gefrieren lässt, sind große Buchstaben auf der beschlagenen Scheibe, flüchtige Buchstaben aus kondensiertem Wasser, die jedoch eine deutliche Botschaft verkünden.

DAS WIRST DU BEREUEN

28

25. Oktober 2018, Donnerstag

Der bedeckte Himmel über der Flussmündung ergießt sich in feinen Tränen, die beinahe unsichtbar sind. Aber Ane spürt, wie sie ihr übers Gesicht laufen. Die beginnende Nacht taucht die Landschaft in ein düsteres Grau. Schon bald wird das aus den Launen des Meeres entstandene Labyrinth an Kanälen von schwarzer Dunkelheit eingehüllt sein. Die Leuchttürme auf den Inseln Ons und Sálvora, die über dem Nebel zu schweben scheinen, entzünden plötzlich ihr Licht und erhellen den Horizont. Gleich darauf folgen die grünen und roten Bojen, die den Schiffen im Wasser den Weg weisen.

Und es sind nicht wenige Schiffe. Hauptsächlich Fischerboote, die in den Hafen zurückkehren. Die Reusen, mit denen Tintenfische und Krabben gefangen werden, stapeln sich an Deck.

Die Boote bahnen sich ihren Weg durch die Flöße für die Aufzucht der Muscheln, am Boden befestigte hölzerne Plattformen in den vor dem Wellengang geschützten Bereichen des Meeres.

Und genau die hat Ane im Blick. Denn sie wartet auf die Rückkehr des Ehemanns von Isabel Otero. Er hat ein einfaches blaues Boot mit einem Kennzeichen aus Pontevedra, das mit der Zahl 66 endet. Das hat man ihr in der Auktionshalle gesagt, wo sie auch erfahren hat, dass der Mann noch immer sehr unter dem Tod seiner Frau leidet.

»Seitdem hat er kaum noch mit jemandem geredet«, hat ihr einer erzählt. »Er ist am Boden zerstört und verbringt ganze Tage auf seinen Muschelplattformen. So viel Arbeit kann auf ihn dort gar nicht warten, schließlich wachsen die Muscheln von allein. Wahrscheinlich zieht er sich dorthin zurück, um zu weinen.«

»Was würdest du denn machen?«, entgegnete ein anderer. »Genau das Gleiche, oder?«

»Aber das Leben geht weiter. Ein guter Fischer lässt nicht zu, dass der Tod sein Leben verändert. Man muss ihm ins Gesicht sehen.«

Ane denkt an das Gespräch, das zwischen den zum Verkauf aufgestapelten Sardinenkisten stattgefunden hat, während sie dem Kommen und Gehen der Boote zusieht. Das Meer in der Bucht von Bueu ist ruhig wie ein See, und nur das ferne Brummen der Schiffsmotoren durchbricht die Stille.

Plötzlich ist das Klingeln ihres Handys zu hören. Eilig nimmt sie es aus dem Rucksack. Um diese Uhrzeit müsste das Polizeiaufgebot für die Jagd auf die Drogenhändler schon bereitstehen. Schade, dass sie nicht dabei ist. Auch wenn ihre Einheit nur eine Nebenrolle spielt. Das Spezialkommando aus Berrozi wird den Einsatz durchführen. Txema und die anderen werden wahrscheinlich nicht viel mehr zu tun bekommen, als dass sie zusehen dürfen.

»Scheiße«, murmelt sie, als sie Madrazos Namen auf dem Display sieht. Wenn ihr Chef sie anruft, dann sicher nicht, um ihr zu gratulieren. Sie atmet tief durch und meldet sich: »Cestero.«

»Wie läuft's in Galicia? Viel Tintenfisch?«

Trotz der launigen Einleitung des Gesprächs weiß Ane, was ihr bevorsteht.

»Es regnet«, antwortet sie knapp.

Madrazo seufzt. »Es regnet immer. Genau wie hier. Ane, kannst du beten?«

Sie sagt nichts darauf, weil es nicht nötig ist.

»Das ist nicht wirklich dein Ding, stimmt's? Aber jetzt solltest du besser damit anfangen. Was, bitte, hat dich geritten, als du dich allein in die Höhle des Löwen gewagt hast? Verdammt, Ane, du leitest eine Spezialeinheit! Wie bist du auf die Idee gekommen, nachts allein die Drogenmafia zu jagen? Das ist völlig verrückt! Einsame Wölfe gibt es nur im Film. In der Ertzaintza arbeiten wir im Team!«

»Es war außerhalb der Arbeitszeit. Was würdest du machen, wenn du bei einem Einsatz an einem anderen Ort abends im Hotelzimmer sitzt? Dich ins Bett legen und fernsehen?«

»Du hast niemandem Bescheid gesagt! Sie hätten dich töten können, und keiner hätte es bemerkt. Und komm mir nicht mit Ausflüchten. Aitor ist auch in Galicia und hat sich nicht in Schwierigkeiten gebracht. Mensch, wenn er dir doch nur was von seiner Vernunft abgeben könnte!«

»Dank meiner Unvernunft können wir heute ein Netz von Drogenhändlern hochgehen lassen«, wehrt sie sich. »Du solltest mir gratulieren, statt mir eine Strafpredigt zu halten.«

»Deshalb hab ich gesagt, dass du beten sollst. Wenn heute Nacht diese Drogenbande geschnappt wird, werden dir alle auf die Schulter klopfen. Aber wenn du falschliegst und nichts passiert, bist du dran. Dann wird es dein geringstes Problem sein, dass Txema ab dann die Einheit leitet.«

Ane nickt, obwohl er das natürlich nicht sehen kann. Sie weiß, dass er recht hat. Sie sollte mit dem Beten schon mal anfangen.

Der Abschied ist kühl und förmlich. Sie steckt das Handy zurück in den Rucksack und richtet den Blick wieder auf das ruhige Meer.

Erneut umfängt sie Stille.

Irgendwo in der Ferne wird die Totenglocke geläutet. Ane versucht sich an die Erklärung zu erinnern, die sie mal von einem Priester gehört hat. Wenn der letzte Klang ein hoher Ton ist, ist eine Frau gestorben, ist es ein tiefer Ton, ein Mann. Oder umgekehrt?

Völlig egal. Das metallische Klagen verbreitet Trauer in dieser Gegend, die zu oft Abschied nehmen muss. Das Meer ist ein Quell des Lebens und sorgt für Wohlstand an den galicischen Flussmündungen, aber oft gibt es auch den letzten Ton der Menschen vor, die zur Melodie seiner Wellen tanzen.

Ein Boot nähert sich dem Hafen. Es scheint blau zu sein, wobei man das im Nieselregen und in der Dunkelheit nicht genau sagen kann.

»Ja, blau«, murmelt Ane, als es näher kommt.

Und es war bei den Muschelplattformen, das hat sie genau gesehen. Also muss er es sein.

10.25

Es sind auch ein paar Angestellte des Auktionshauses zu sehen und einige Angler mit ihren Ruten. Aber keine Spur von Teniente Pombo. Was gut ist, denn dem Kollegen würde es sicher nicht gefallen, dass sie seinen Anweisungen zuwiderhandelt.

Das Boot fährt zwischen den Kaimauern entlang. Das Kennzeichen passt. Der gebeugte Mann am Steuer könnte also der Ehemann des Opfers sein.

Ane spielt mit ihrem Piercing und überlegt, ob sie wirklich zum Anlegeplatz des Bootes gehen soll. Das, was sie vorhat, widerspricht ganz und gar den Vorschriften. Außerhalb des Zuständigkeitsbereichs der Ertzaintza darf sie niemanden befragen, und Galicia zählt eindeutig nicht dazu. Aber sie muss unbedingt mit der Familie des Opfers reden, und Pombo macht ihr das ziemlich schwer.

»Arsenio Vilaboa? Ich bin Ane Cestero von der Polizei.«

Der Mann wirft nur einen flüchtigen Blick auf die Dienstmarke, die sie ihm zeigt. »Gibt's was Neues?«

»Ich fürchte, nein. Das mit Ihrer Frau tut mir sehr leid.«

»Gut, was wollen Sie?«

Ane versteht, dass sie einen Mann vor sich hat, der seit Monaten unter der Ungewissheit leidet, der seine Trauer nicht in den

Griff bekommt, weil es niemanden gibt, dem er die Schuld geben kann. Daher kommt sie direkt zum Thema. »Ich brauche Ihre Hilfe, Arsenio.«

Der Mann runzelt die Brauen. Der Blick aus seinen grauen Augen wirkt verloren und leer. »Wie bitte?«

»Ich ermittle in mehreren Mordfällen, und es gibt Hinweise, dass der Tod Ihrer Frau damit in Zusammenhang steht.«

Arsenio Vilaboa nickt und springt auf den Kai. Seine extreme Magerkeit ist erschreckend. Sicher ist die Trauer um seine Frau daran schuld.

»Hab mir schon gedacht, dass Sie noch mal kommen werden, als ich das von dem Tulpenmörder erfahren hab. Glauben Sie, dass es derselbe ist, der mir meine Isabel genommen hat?«

Ane schluckt. Das geht ihr ein wenig zu schnell. »Sagen wir, es gibt Hinweise darauf, dass das Verbrechen an Ihrer Frau mit denen im Baskenland zu tun hat.«

»Sicher, die Blume«, brummt Arsenio. »Und der Ort von dem Picasso-Gemälde: Gernika. Ich hab im Radio gehört, dass die beiden Frauen dort ermordet wurden. Und Isabel hat früher in der Gegend gelebt. Aber fragen Sie mich nicht, wo genau, das weiß ich nicht.«

Arsenio Vilaboa dreht sich um, um das Boot zu vertäuen. Ane will ihn nicht unter Druck setzen. Sie weiß, dass er ihr den Rücken zugekehrt hat, weil er mit den Tränen kämpft.

»Es tut mir leid«, murmelt sie unbehaglich.

Erneut ertönt die Totenglocke im Regen.

»Antón, der vom Videoclub«, hört Ane einen der Männer sagen, die die Reusen für den nächsten Tag vorbereiten. »Nach dem Essen ging es ihm plötzlich schlecht.«

»Angeblich war's ein Infarkt«, sagt ein anderer.

»Der arme Kerl. Er war ja wirklich noch nicht alt.«

»Dreiundfünfzig steht in der Todesanzeige.«

»So schnell kann's vorbei sein.«

Vilaboa wischt sich mit einem Taschentuch über die Augen und wendet sich wieder Ane zu. »Wo ist Teniente Pombo?«

Ane beißt sich auf die Unterlippe. »Na ja ...«, sagt sie. »Pombo ist für die Ermittlung im Fall des Mordes an Ihrer Frau zuständig und ich für die beiden anderen Opfer, die möglicherweise von demselben Mörder umgebracht wurden. Ich bin Ertzaina, von der baskischen Polizei, und dies ist nicht mein Zuständigkeitsbereich. Ich bitte Sie, mit mir zusammenzuarbeiten, damit wir dem Mörder Ihrer Frau das Handwerk legen können. Helfen Sie mir, bevor er noch mehr Frauen das Leben nimmt.«

»Ich hab der Guardia Civil schon alles gesagt, was ich weiß.«

»Ja, der Teniente hat mir eine Kopie der Akte gegeben. Aber die beiden Morde in den letzten Tagen verändern alles.«

»Ich mag keine Veränderungen. Isabel ist tot, und ich werde sie nie mehr wiedersehen. Die Prozession ist jetzt fast drei Monate her. Und was haben Sie bisher herausgefunden? Nichts!« Die zitternden Lippen des Witwers lassen Ane befürchten, dass er jeden Moment haltlos zu weinen beginnt.

»Deshalb bin ich hier. Vertrauen Sie mir. Geben Sie mir eine Chance. Eine einzige.« Anes Stimme klingt flehend. »Ich brauch nur ein paar zusätzliche Informationen. Je mehr Sie mir über Ihre Frau erzählen, desto mehr Möglichkeiten habe ich, etwas zu finden, was sie mit den anderen Opfern verbindet.«

Arsenio richtet den Blick aufs Meer. Dann nickt er, ohne dass die Trauer aus seinem Gesicht verschwindet. »In Ordnung. Womit wollen Sie anfangen?«

Da braucht Ane nicht lange zu überlegen. »Mit den Jahren, in denen Isabel in Euskadi gelebt hat. Vor allem mit dem Grund, der sie veranlasst hat, nach Galicia zurückzukehren.«

Plötzlich ist sie sich sicher, dort den Schlüssel zu finden.

»Na ja, was das angeht, werde ich Ihnen keine große Hilfe sein. Damals hab ich Isabel noch nicht gekannt. Dazu sollten Sie ihre Schwester befragen. Sie hat zu der Zeit mit Isabel zusammengelebt. Die Eltern sind gestorben, nach ihnen brauchen Sie nicht zu suchen.«

Ane nickt. Den Teil der Geschichte kennt sie bereits.

»Und Ihre Frau hat nie mit Ihnen darüber gesprochen, warum sie das Baskenland verlassen hat?«

Arsenio zuckt mit den Schultern. »Wahrscheinlich hatte sie Sehnsucht nach der Heimat. *Morriña*, wie wir hier in Galicia sagen. Ehrlich gesagt, hat Isabel nicht über diese Zeit ihres Lebens geredet. Sie hat sich nicht gern daran erinnert. Sie war kein Mensch, der in die Vergangenheit zurückblickt, sondern hat in der Gegenwart gelebt.«

Ane tut so, als gäbe sie sich mit dieser Antwort zufrieden, aber ihre Intuition sagt ihr, dass irgendetwas geschehen ist, was der Grund dafür war, dass Isabel Otero das Baskenland verlassen hat.

»Sagt Ihnen der Name ›Meirás‹ etwas?«, fragt sie und denkt an den Einsatz, der einige Hundert Kilometer von ihnen entfernt im Sumpfland von Urdaibai gleich beginnen wird.

»Ein Drogenhändler, oder?«, sagt der Witwer ohne großes Interesse. »Ist das nicht der aus Vilagarcía de Arousa?«

Ane versucht die richtigen Worte zu finden, um fortzufahren. »Es gibt Gründe für die Annahme, dass er mit dem Fall in Verbindung steht.«

»Der Drogenhändler?« Nun wirkt Arsenio wirklich überrascht. »Das ist unmöglich. Meine Familie hatte noch nie was mit Drogen zu tun. Auch wenn die Versuchung nicht gering ist. Man muss nur ein paar Päckchen von einem Ort zum anderen bringen und verdient damit so viel Geld wie ein hart arbeitender Fischer in einem Monat.«

»Sie schließen also jegliche Verbindung zwischen Ihrer Frau und Meirás vollkommen aus, ja?«

»Absolut«, erklärt der Witwer, ohne auch nur eine Sekunde darüber nachzudenken.

So, das war's dann, viel mehr gibt es nicht zu bereden. Ane richtet den Blick in den Himmel und spürt die Regentropfen im Gesicht. In der Ferne läuten noch immer die Glocken, und die Leuchttürme setzen ihr Spiel mit Licht und Dunkelheit fort. Das Leben geht weiter an den galicischen Flussmündungen. Zumindest für einige.

29

25. Oktober 2018, Donnerstag

Julia füllt ihre Lungen mit der feuchten Luft des Sumpflandes. Es riecht nach Schlamm und Salz, nach Erde und Meer. Aber es liegt auch die Spannung in der Luft, die ankündigt, was gleich passieren wird.

Die schusssichere Weste, die sie trägt, reicht nicht aus, um sie zu beruhigen. Genauso wenig wie das Wissen, dass gut zwanzig Polizisten des berühmten Spezialkommandos vor Ort sind und sich die Küstenwache bereit hält, die Ausfahrt zum offenen Meer zu blockieren.

Damit niemand vorprescht und alles vermasselt, hat der Offizier, der den Einsatz leitet, deutlich klargemacht, dass es darum geht, die Drogenhändler einzukesseln und zu warten, bis deren Ware in die Gezeitenmühle gebracht wurde. Erst dann soll der Zugriff erfolgen.

Auch wenn das Schlauchboot auftaucht, auch wenn die falschen Angler nach den Päckchen suchen, auch wenn sie mit den Drogen unterm Arm durch das Sumpfland laufen: stillhalten! Keine Bewegung, bis die Ware im Hauptquartier der Drogenhändler ist. Wenn sie die Drahtzieher kriegen wollen, *muss* der Einsatz so ablaufen. Ansonsten kommen die Boten ins Gefängnis, und die Köpfe, die alles von der Mühle aus dirigieren, bleiben unbehelligt.

Txema befindet sich bei Julia auf der oberen Terrasse des Castillo de Arteaga, um das Polizeiaufgebot von dem Schloss aus im Auge zu behalten.

Im Grunde sind sie nicht mehr als unbeteiligte Zuschauer. Das von Kopf bis Fuß in Schwarz gekleidete Spezialkommando wird den größten Teil der Operation mit militärischer Taktik durchführen.

»Es ist nicht gerade viel los«, findet Julia. »Wir werden uns doch nicht im Tag geirrt haben.«

»Sag das Ane. Sie ist sich ganz sicher, dass die Drogen heute übergeben werden. Hoffentlich haben wir die Elitetruppe nicht umsonst herbestellt.«

Julia hält sich das Nachtsichtfernglas vor die Augen. Die Welt wird grün, aber sie kann wie bei Tageslicht alles erkennen. In der Mühle brennt kein Licht. Alles scheint zu schlafen. Vielleicht ist es noch zu früh. Sie sieht auf die Uhr. Es ist fast Mitternacht, und das Wasser zieht sich immer weiter zurück. Schon bald wird kein Boot mehr im Bereich der Flussmündung fahren können, ohne auf eine Sandbank aufzulaufen.

»Die Angler haben ihre Positionen bezogen«, meldet Aitor über Funk. Er befindet sich direkt vorn an der Küste.

Das ist kein schlechtes Zeichen, allerdings hat Ane herausgefunden, dass die falschen Angler nie sicher wissen, wann die Drogen ausgeladen werden. Sie gehen zu ihren Plätzen und hoffen, dass das Boot auftaucht und die Päckchen abwirft, damit sie sich als Boten ein paar Hundert Euro verdienen können. Doch oft kehren sie mit leeren Händen nach Hause zurück.

»Wenigstens hat es aufgehört zu regnen«, sagt Txema und reibt sich über die Arme, um sich aufzuwärmen. »Kaum zu glauben, aber in Brüssel ist das Klima angenehmer als hier. Vielleicht ist es dort etwas kälter, aber nicht so feucht, da zieht einem die Kälte nicht so in die Knochen. Ganz zu schweigen von dem ständigen Regen.«

Julia begnügt sich mit einem Kopfnicken, während sie wieder mit dem Fernglas die Umgebung absucht. Dabei geht ihr die anonyme Drohung von vor ein paar Stunden nicht aus dem Kopf. Panisch hat sie die Tür geöffnet und ist ins Wohnzimmer gestürzt, um die Pistole aus der Schublade zu holen. Als sie sich schließlich sicher war, dass sich kein Eindringling in der Wohnung befand, waren die Scheiben nicht mehr beschlagen und die Buchstaben verschwunden, obwohl die Botschaft noch immer in der Luft lag.

»Jetzt sag mir nicht, dass du immer noch darüber nachgrübelst«, sagt Txema vorwurfsvoll, als hätte er ihre Gedanken gelesen. Er hat über eine Stunde lang zusammen mit Julia nach Spuren im Wohnzimmer gesucht. Vergeblich. Nun sind ihre Kollegen von der Spurensicherung an der Reihe.

»Ich bin mir ganz sicher, dass ich die Drohung gesehen habe.«

»Vielleicht wäre es besser, die Tür mit einem zusätzlichen Schloss zu sichern. Damit nicht mehr jeder, der Lust hat, in deine Wohnung reinspazieren kann, wenn du schwimmen bist.«

Julia weiß, dass er recht hat.

»Ja, das mach ich«, sagt sie entschieden und widmet sich wieder der Überwachung. Aber die Gedanken lassen sie nicht in Ruhe. Denn neben dem Schrecken nach ihrem Ausflug ins Meer ist da auch noch das unangenehme Gefühl, das die Sache mit Olaizola in ihr hinterlassen hat.

»Was macht denn dieser Idiot da?«, sagt sie plötzlich. »So werden sie ihn sehen!« Ihr ist eine Gestalt aufgefallen, die sich zu nah an der Mühle aufhält.

Txema verlangt das Fernglas und beobachtet den Mann ein paar Sekunden. »Das ist keiner von uns. Wir haben keinen, der so dick ist. Schau, die Tür ist offen. Er ist aus der Mühle gekommen und sieht sich um. Das ist sicher einer der Wachleute, von denen Ane gesprochen hat.«

»Das ist ein gutes Zeichen, denn es hat sicher seinen Grund, dass er sich umsieht.«

In dem Moment erregt das Motorengeräusch eines Autos ihre Aufmerksamkeit. Der Wagen nähert sich über den unbefestigten Weg von Arteaga her der Mühle. Das Röhricht an beiden Seiten, das im Vorbeifahren von den Scheinwerfern beleuchtet wird, verbirgt ihn, bis er auf einer breiten Stelle neben dem Teich an der Mühle anhält.

»Ein schwarzer Audi Q7«, sagt Txema, bevor er ihr das Fernglas zurückgibt.

Julia hat das Auto sofort im Blick. Zwei dunkle Gestalten sind ausgestiegen und gehen auf die Mühle zu, nachdem sie ein paar Worte mit dem Dicken gewechselt haben, der zurückbleibt, um Wache zu halten. Gleich darauf geht in dem Gebäude das Licht an. Es spiegelt sich auf der Oberfläche des Wassers, das geduldig darauf wartet, dass sich das Schleusentor öffnet, um die Mühle in Gang zu setzen. Wäre sie nicht bis an die Zähne bewaffnet, würde Julia den friedlichen Anblick sicher genießen.

Die Stimme des befehlshabenden Offiziers ist auf einmal über Funk zu hören: »Neuigkeiten an irgendeinem Kontrollpunkt?«

»Nein.«

»Hier nicht.«

»Nichts.«

Die Antworten sind gut zu verstehen. Keine Störungen.

Txema wendet sich Julia zu und schnalzt mit der Zunge. »Das wird eine sehr lange Nacht werden.

»Und Raúl?«, fragt sie und runzelt die Brauen. Ihr Partner hat nicht geantwortet. Ihm ist der Kontrollposten an der Playa de Laida zugewiesen worden, direkt an der Flussmündung. Dort müsste er das Boot der Drogenhändler als Erster zu sehen bekommen.

Txema greift zum Funkgerät. »Laida, hörst du mich?«

Stille.

Txema und Julia wechseln einen besorgten Blick.

»Achtung, Laida ... Laida. Alles in Ordnung?«

Raúl antwortet nicht.

Julia sieht die in der Dunkelheit liegenden Dünen vor sich, die Wellen, die sich am Ufer brechen. Dort müsste ihr Partner sein, zwischen den Binsen verborgen und bereit, allen das Zeichen zu geben, auf das sie warten. Sie hofft, dass ihm nichts zugestoßen ist. Manchmal funktionieren die Funkgeräte nicht.

»Du hättest ihn nicht allein dort hinschicken sollen.«

Txema schnaubt. »Das ist leicht gesagt. So viele sind wir nicht. Und keiner hat damit gerechnet, dass es am Strand gefährlich sein könnte. Schließlich ist er gut fünf Kilometer von der Mühle entfernt. Außerdem ... wir machen uns wahrscheinlich grundlos Sorgen.« Er drückt noch einmal auf den Knopf am Funkgerät. »Laida, hörst du mich?«

Keine Antwort. Julia beißt unruhig auf ihre Fingernägel. Dieses Schweigen gefällt ihr gar nicht.

»Kann jemand von seiner Position aus den Strand von Laida sehen?«, fragt der befehlshabende Offizier. Auch er wird allmählich unruhig.

»Von hier oben aus wirkt alles ruhig«, erklärt eine Polizistin, die zum Sonderkommando gehört; Julia ordnet sie mental dem Posten an der Ermita San Miguel de Ereñozar zu. Von dieser Stelle an der Kapelle oben in den Bergen aus hat man die gesamte Flussmündung im Blick, sozusagen aus der Vogelperspektive, als Ausgleich dafür, dass sie in der Nacht keinen Helikopter einsetzen können.

Julia richtet das Nachtsichtfernglas noch einmal auf die Umgebung der Mühle. Inzwischen leistet ein zweiter Wachposten dem Dicken Gesellschaft. Im Gebäude brennt Licht. Die Tür steht offen. Zweifellos haben sie den richtigen Zeitpunkt gewählt.

Plötzlich leuchtet die grüne Taste des Funkgeräts auf.

»Alles ruhig in Laida.« Es ist Raúls Stimme.

Txema nickt zufrieden.

»Wo hat er gesteckt?«, fragt Julia.

Ihr Kollege zuckt mit den Schultern. »Wahrscheinlich war er pinkeln.«

In der Ferne ist ein Uhu zu hören. Und er ist nicht das einzige nachtaktive Tier. Ein paar Fledermäuse flattern unermüdlich um das Castillo de Arteaga herum, angezogen von den Insekten, die eine alte Laterne an der Fassade umschwirren.

Die Wartezeit zieht sich hin.

»Warum bist du zurückgekommen?«, fragt Julia plötzlich. Diese Frage hat sie sich immer wieder gestellt, seit Txema nicht mehr bei Interpol ist.

»Ich hatte die Nase voll. Viel Papierkram und wenig Action. Ich hab die ganze Zeit vorm Computer gesessen. Das ist ein Job für alte Leute.«

»Aber ... das war doch dein Traum. Du hast alles zurückgelassen, als das Angebot kam. Alles.«

Txema zögert mit der Antwort. Natürlich weiß er, was sie damit sagen will. Nachdem sie vier Jahre zusammen gewesen sind, hat er alles für einen Job hingeschmissen, den er bald darauf nicht mehr wollte. Von einem Tag auf den anderen hat er ihren Traum von einer gemeinsamen Zukunft platzen lassen.

»Das ist nicht der richtige Zeitpunkt, Julia.«

»Natürlich nicht. Den richtigen Zeitpunkt haben wir verpasst.« Sie beobachtet immer noch die Gezeitenmühle. Noch tut sich nichts. Die Wachposten stehen an der Tür und unterhalten sich, ansonsten ist keine Bewegung auszumachen. »Ich würde es einfach gern verstehen. Du hattest eine andere, gib's zu.«

»Ich schwör dir, das war nicht der Fall. Es gab niemanden, nur diesen Job. Der war das berufliche Ziel, das ich mir gesetzt hatte. Und es hat nicht funktioniert. Denkst du, ich bereue das nicht?«

Seine beleidigte Reaktion treibt Julia die Tränen in die Augen. Sie ist enttäuscht von sich selbst, als sie merkt, dass er ihre Gefühle noch weit mehr verletzt hat, als sie bisher dachte.

Der Mond blickt schüchtern zwischen den Wolken über der Ermita San Miguel de Ereñozar hindurch und taucht die Landschaft in ein silbriges Grau.

»Du hast mir sehr wehgetan, weißt du?«

»Ehrlich gesagt, war mir überhaupt nicht klar, dass du das mit uns so ernst genommen hast. Ich hab ja schon gesagt, dass es mir wirklich leidtut.«

»Es tut dir leid?«, sagt sie wütend. »Was? Dass du mich sitzen gelassen oder vier Jahre für einen Scheißjob verschwendet hast? Das Zweite, oder?«

Txemas ärgerliches Zungenschnalzen macht sie noch zorniger.

»Julia, du übertreibst. Es war eine ganz normale Trennung, wie es jeden Tag Tausende gibt. Das ist nicht das Ende der Welt, das Leben geht weiter.«

»Du bist ein Feigling, Txema! Ein egoistischer Feigling! Wie oft hab ich dich angerufen? Unzählige Male! War es so schwer, nach vier Jahren Beziehung mal ans Telefon zu gehen?«

»Pst. Sie werden dich hören. Wir sind im Einsatz!«

Julia öffnet den Mund, um ihn zum Teufel zu wünschen, doch in dem Moment meldet sich das Funkgerät.

»Das Boot kommt«, verkündet Raúls Stimme.

Plötzlich tritt alles andere in den Hintergrund. Jetzt ist Julia Polizistin im Einsatz und nichts anderes mehr. Mit von Tränen verschleiertem Blick, aber voll konzentriert. Und der Mann neben ihr ist nicht der, der sie nach einer mehrere Jahre langen Beziehung verlassen hat, sondern ihr Vorgesetzter, dem sie Gehorsam schuldet.

»Alle warten auf mein Zeichen«, mahnt der befehlshabende Offizier noch einmal.

Für eine Weile ist alles still. Still und angespannt.

Gleich darauf ist der Motor des Boots zu hören, ein anhaltendes Brummen, das lauter wird, je näher es kommt.

»Ich sehe es«, meldet Aitor Goenaga. »Die Angler begeben sich in Position. Das Boot ist jetzt hier, und das erste Päckchen schon im Wasser. Zwei, drei ... acht. Sie haben acht Pakete über Bord geworfen.«

»In der Mühle tut sich was«, verkündet Txema nach einem Blick durchs Fernglas. »Da kommt ein Lieferwagen.«

Das Boot fährt weiter den Fluss entlang, wie Ane es vorausgesagt hat. Ein Ablenkungsmanöver, um zu vermeiden, dass man auf die falschen Angler aufmerksam wird.

»Küstenwache, blockiert die Ausfahrt!«, befiehlt der Einsatzleiter.

»Alles klar«, tönt es aus dem Funkgerät, »zwei Minuten.«

»Der erste Angler ist bei der Mühle«, verkündet eine andere Stimme.

Julia, die davon ausgeht, dass ihre Kollegen genauso angespannt sind wie sie, hofft, dass es gleich losgeht. Sie haben bisher einen guten Job gemacht und den Bereich umstellt, ohne dass die Drogenhändler etwas gemerkt haben. Sie ist sehr angetan davon, wie effektiv das Sonderkommando einen so komplexen Einsatz durchführt. Würde sich das Trainingszentrum dieser Einheit nicht in Berrozi befinden, einem abgelegenen Dorf im Gebirge von Álava, würde sie sich vielleicht dort bewerben. Aber wie sollte sie mehrere Wochen so weit vom Meer entfernt überstehen?

»Sie haben sämtliche Päckchen gefunden«, teilt Goenaga mit. »Jetzt sind alle auf dem Weg zur Mühle!«

Julia spürt, wie sie sich anspannt. Die nächsten Minuten werden entscheidend sein.

»Die Vorhut soll sich bereithalten«, befiehlt der Einsatzleiter. »Auf mein Zeichen geht's los.«

Plötzlich durchbricht das Geräusch eines Motors die Stille der Nacht.

»Sie haben uns entdeckt«, informiert jemand über Funk. »Sie hauen ab!«

»Scheiße!«, flucht Txema und reißt Julia das Fernglas aus den Händen.

Julia hat bereits gesehen, dass die beiden Männer, die mit dem Audi gekommen sind, die Mühle verlassen haben und zum

Wagen gestürzt sind. Dann krachen rasch hintereinander Schüsse, überall hektische Bewegungen, und Scheinwerfer flammen auf, machen die Nacht zum Tag. Nicht zuletzt tragen die Vögel zur allgemeinen Verwirrung bei, die sich in großen Schwärmen hier und dort erheben und panisch krächzend in der Luft hin und her flattern. Und als wäre das noch nicht genug, sind über Funk unablässig irgendwelche verschlüsselten Nachrichten zu hören, die nur die Mitglieder des Spezialkommandos verstehen können.

»Ich werde ihnen den Weg abschneiden!«, verkündet Julia, als sie sieht, dass der Audi auf die Burg zufährt, von der aus sie und Txema das Geschehen verfolgt haben. Meirás muss bei ihnen vorbei, um zur Landstraße zu gelangen.

»Nein. Die sind bis an die Zähne bewaffnet«, warnt Txema. »Hast du nicht die Maschinenpistolen gehört? Lass das die Jungs vom Spezialkommando machen.«

Julia blickt über die Zinnen. Das Auto kommt immer näher. Niemand ist hinter ihm her. Wenn sie verhindern will, dass die Männer entkommen, muss sie sofort eingreifen.

Obwohl Txema es ihr untersagt hat, stürzt sie die Treppe hinunter und reißt die Tür auf, während der Audi auf die Burg zurast.

»Halt!«, befiehlt Julia außer sich, obwohl sie weiß, dass die Männer im Wagen sie nicht hören können. Und dann betätigt sie immer wieder den Abzug ihrer Waffe, bis auch die letzte Kugel aus dem Magazin verschossen ist.

Das Auto gerät ins Schleudern und kracht in die am Straßenrand stehenden Bäume. Sie hat zwei der Reifen zerschossen, und der Fahrer hat die Kontrolle über den Wagen verloren.

»Runter!«, schreit jemand hinter ihr.

Es ist Txema, der sie, als sie nicht reagiert, zu Boden reißt.

Gerade noch rechtzeitig. Ein kurzes Aufleuchten begleitet den Schuss, der durch die kaputte Windschutzscheibe des Autos abgefeuert wird. Sie verdankt Txema ihr Leben.

»Bist du verrückt?«, wirft er ihr vor.

Weitere Schüsse sind zu hören, als das Spezialkommando mit seinen Schutzschilden und den schusssicheren Helmen anrückt. Die folgenden Minuten erlebt Julia angespannt mit dem Gesicht am Boden und brodelndem Adrenalin in den Adern, doch schließlich hört sie über Funk, dass die Drahtzieher, die Brüder Meirás, gefasst worden sind.

30

26. Oktober 2018, Freitag

Die nassen Straßen wirken trist, ein Eindruck, den der bedeckte graue Morgenhimmel noch verstärkt. Die Geschäfte, die sich unter den Arkaden der Rúa do Vilar aneinanderreihen, sind zu dieser Uhrzeit geschlossen und ebenso die meisten Bars, die am Mittag von unzähligen Touristen und Einheimischen bevölkert sein werden.

Santiago de Compostela schläft noch. Ane hingegen hat kaum ein Auge zugemacht, da sie den Einsatz gegen den Meirás-Clan verfolgt hat.

Ein Straßenreinigungsfahrzeug bemüht sich, mit seinen sich drehenden Bürsten in die Ecken der Plaza de las Platerías zu gelangen, und brummt an dem alten Brunnen vorbei, an dem seit Jahrhunderten die Pilger ihren Durst löschen. Ane nimmt einen Schluck aus dem Rohr, das aus dem Maul eines der vier Granitpferde ragt. Ihr Mund ist trocken. Und sie ist müde, furchtbar müde. Sie ist früh aufgestanden, um mit dem ersten Bus am Morgen von der Ría de Pontevedra zur galicischen Hauptstadt zu fahren. Denn sie will, bevor sie nach Gernika zurückkehrt, unbedingt mithilfe von Isabel Oteros Schwester die Lücken im Lebenslauf des Opfers füllen.

Die Glocken der Kathedrale verkünden, dass es halb acht ist, und Ane blickt auf die Straßen, die in den Platz münden. Es sind gerade mal ein halbes Dutzend Menschen zu sehen. Einer, der den Rollladen einer Bäckerei öffnet, einer, der Zeitungen austrägt, und mehrere, die eilig weitergehen. Stille Schatten, die in der ätherischen Atmosphäre des frühen Morgenlichts tanzen, das auf eine Welt trifft, die noch vom Licht der Laternen dominiert wird.

Zu dieser Uhrzeit ist es normal, dass keiner durch die Gassen flaniert und dass niemand das Haus verlässt, wenn er nicht zur Arbeit muss.

»*Bos días.*«

Ane wendet sich um und blickt in das Gesicht von Pilar Otero, die kaum wiederzuerkennen ist. Wo sind die verweinten Augen und das traurige Gesicht vom Friedhof? Die Polizistin hat das Gefühl, eine andere Frau vor sich zu haben.

»Danke, dass Sie gekommen sind«, sagt Ane und reicht der Frau die Hand.

»Ich danke Ihnen. Weiß der Teniente, dass Sie hier sind?«

Ane spürt ihr Piercing an den Schneidezähnen. Die falsche Antwort könnte dieses Treffen beenden, bevor es begonnen hat, aber eine Lüge wäre sicher kein guter Anfang. Das Plätschern des Brunnens füllt die angespannte Stille. Sie braucht dringend Koffein, sonst ist sie zu keinem Gespräch in der Lage.

»Kann ich Sie zu einem Kaffee einladen?«, fragt sie.

Pilar Otero blickt auf die Uhr. »Ich habe nur eine Viertelstunde Zeit. Danach muss ich das Geschäft öffnen. Und könnten wir uns nicht duzen? Sonst komme ich mir so alt vor.«

Ane folgt Pilar in die Rúa de Xelmírez. Jede Sekunde, in der die Frau ihre Frage nach Pombo nicht wiederholt, ist ein Sieg. Und davon vergehen einige, während sie zwischen gähnenden Passanten und geschichtsträchtigen Gebäuden entlanggehen.

»Es würde mir sehr helfen«, beginnt Ane schließlich, »wenn du mir alles aus eurer Zeit im Baskenland erzählen könntest, an das du dich noch erinnerst.«

»Du glaubst also nicht, dass meine Schwester zufällig ermordet wurde?« Der Klang von Pilars Stimme passt perfekt zu dem melancholischen Straßenbild. »Mir gefällt die Vorstellung des Teniente besser, dass dieses verdammte Gift nicht für Isabel bestimmt, sondern gegen die Prozession an sich gerichtet war. Aber offenbar sieht die Sache jetzt anders aus, und auch ich will Antworten.«

Ein Lieferwagen mit einer Brotlieferung hält vor einer Bäckerei; der Duft nach frischem Gebäck erfüllt die morgendliche Kälte und weckt in Ane ein Hungergefühl. Aber zuerst braucht sie einen Kaffee.

»Hier ist es«, sagt Pilar. »Wäre es für dich in Ordnung, wenn wir einen Kaffee zum Mitnehmen bestellen? Dann komme ich nicht zu spät zur Arbeit.«

Ane zuckt mit den Schultern. Hauptsache, sie bekommt ihr Koffein.

»Für mich einen Doppelten«, bestellt sie an der Theke.

»Und für dich einen Cortado, Pilar?«, fragt die Verkäuferin.

»Ja, Muxia. Mit viel aufgeschäumter Milch. Geht es Manuel wieder besser?«

Der Antwort geht eine Geste der Bitterkeit voraus. »Ja, aber er hat es nicht verdient. Findest du nicht auch, dass er sich nach einer solchen Bronchitis besser das Rauchen abgewöhnen sollte? Ich hab allmählich genug davon, mir ständig Sorgen um ihn zu machen, während er kein bisschen auf seine Gesundheit achtet.«

Die Verkäuferin stellt die beiden dampfenden Becher auf die Theke. Nach einer kurzen Verabschiedung sind Ane und Pilar wieder auf der Straße.

Ane fühlt sich besser. Sie hat zwar erst wenige Schlucke aus dem Becher genommen, aber der bittere Geschmack hat ihre Geschmacksknospen geweckt, was sich nach und nach auf ihren ganzen Körper ausbreitet. »Das hab ich gebraucht. Danke für den Abstecher in die Bäckerei. Jetzt kann ich wieder denken. Sollen wir anfangen?«

Pilar nickt. Ihr vorher leicht gerötetes Gesicht ist blasser geworden. Die Straßenlaternen sind ausgegangen, und mit ihrem verlöschenden Licht ist auch die wenige Wärme, die es verbreitet hat, verschwunden.

»Und was soll ich dir erzählen? Ich kann mich nicht mehr an viel aus unserer Zeit in Durango erinnern. Ich war noch ein Kind.«

»Ich weiß, aber du kannst mir sicher dennoch weiterhelfen.« Ane leert den Kaffeebecher, wirft ihn in einen Mülleimer und greift nach Stift und Notizbuch, damit sie später nicht irgendein Detail vergisst. »An was erinnerst du dich noch, was den Tod deines Vaters betrifft? Hat es irgendeine Untersuchung gegeben?«

»Nein. Und wenn doch, hat Mama uns nichts davon erzählt. Es war ein Unfall. Sein Arm ist in eine Pressmaschine geraten und ...« Pilar senkt den Blick. »Na ja, das war furchtbar. Seine Kollegen haben noch versucht, ihn rauszuziehen, aber da war nichts mehr zu machen.«

»Du hast mir erzählt, dass die Firma euch eine Entschädigung gezahlt und deiner Schwester einen Job gegeben hat.«

»Genau. Sie hat kurz nach Papas Tod dort begonnen. In einem der Büros. Ich weiß nicht, ob es ihr dort gefallen hat. Wahrscheinlich nicht, weil sie nie darüber gesprochen hat. Und dann war da noch das mit dem Kloster. Was beweist, dass sie sich in der Fabrik nicht wohlgefühlt hat.« Pilar hebt die Hand, um einen Mann mit einem Hund zu grüßen; der Vierbeiner schnüffelt eifrig an jeder Ecke. Etwas weiter entfernt öffnet ein Priester in einer bodenlangen Soutane die Tür der Iglesia de San Bieito. »Das mit Papa war sehr hart für uns.«

Ane schreibt alles mit. Später wird sie es dann in Ruhe analysieren. Jetzt muss sie die Zeit nutzen, um Fragen zu stellen.

»Was heißt ›das mit dem Kloster‹?«

»Sie hat eine Weile ehrenamtlich in Lourdes gearbeitet und den Pilgern geholfen. Dort gehen, anders als bei den Pilgern auf dem Jakobsweg, viele alte Leute hin.«

»Welche Erfahrungen hat sie dort gemacht?«

Pilar schüttelt den Kopf. »Darüber wollte sie nicht sprechen.«

»Was? Darüber auch nicht? Weder über die Fabrik noch über Lourdes?«

Pilar überhört die Frage. »Sie war vorher ein paar Monate im Kloster. Ein Kloster in Gernika, wo diese Aufenthalte in Frankreich organisiert wurden. Ich hab gedacht, dass sie dort bleiben und Nonne werden würde. Und ich erinnere mich noch, wie erleichtert ich war, als sie zurückkam.«

»Weißt du den Namen des Klosters noch?«

»Leider nicht. Wahrscheinlich hat sie ihn nie erwähnt. Die Schwestern dort haben in strenger Klausur gelebt. Das ist das Einzige, woran ich mich erinnere.«

»Und was war mit dem Job in der Fabrik? Hat Isabel nach ihrer Rückkehr wieder dort gearbeitet?«

»Nein, und ich denke auch nicht, dass sie die Absicht hatte. Sie ist ziemlich überstürzt dort weggegangen. Mir hat sie nichts darüber erzählt, und ich war damals noch sehr jung, aber irgendetwas muss dort vorgefallen sein. Vielleicht hatte sie Liebeskummer oder ein Problem auf der Arbeit.« Pilar hält nachdenklich inne. »Das alles ist von einem auf den anderen Tag passiert. Eines Tages kam sie nach Hause, hat sich mit meiner Mutter in ein Zimmer zurückgezogen, und am nächsten Tag hat sie sich auf den Weg in das Kloster gemacht. Ich kann mich noch an das Schweigen beim Abendessen erinnern. Beide hatten verweinte Augen.«

Anes Kugelschreiber fliegt über das Papier. »Weißt du, was sie so belastet hat?«

»Nein, aber ich bin mir sicher, dass es mit Isabels Entscheidung zu tun hatte.«

Ane kommen mehrere Hypothesen in den Sinn. Davon scheint ihr am wahrscheinlichsten, dass Isabel Otero in der Firma sexuell belästigt oder gar bedrängt worden ist, vielleicht von einem ihrer

Chefs. Zu jener Zeit, als die Rechte der Frauen noch eine ferne Utopie waren, lag die Lösung, in ein Kloster zu gehen, in so einem Fall nahe.

»Hast du nie mit Isabel darüber gesprochen? Nicht mal Jahre später?« Ane wundert sich, dass die Schwestern so wenig miteinander geredet haben. Nicht dass sie und ihr Bruder Adoni sich mehr zu sagen hätten, aber sie ist immer der Meinung gewesen, dass das mit einer Schwester anders wäre.

»Nie«, versichert Pilar im Weitergehen. Obwohl jetzt erste Regentropfen fallen, öffnet sie nicht den Schirm, der an ihrem Handgelenk hängt. »Danach hat sich Isabel vollkommen verändert. Zuerst dachte ich, dass der Grund dafür das lange Zusammensein mit den alten und kranken Menschen wäre, aber es muss einen ernsteren Hintergrund gehabt haben. Vielleicht hat sie wirklich Nonne werden wollen, sich aber nicht zugetraut, den Rest ihres Lebens hinter Klostermauern zu verbringen.«

Ane denkt über diese Möglichkeit nach. »Wie viel Zeit lag zwischen Isabels Rückkehr aus Lourdes und eurem Umzug nach Galicia?«

Pilar murmelt etwas vor sich hin, rechnet nach, wie Ane am Rande mitbekommt, und wendet sich dann wieder ihrer Gesprächspartnerin zu. »Etwa ein Jahr. Wir sind 1981 nach Vigo gezogen, und meine Schwester ist 1979 aus Lourdes zurückgekommen. Das weiß ich noch, weil meine Freundinnen im Gymnasium nicht fassen konnten, dass Isabel mit ein paar Nonnen nach Frankreich gegangen ist.«

Ane notiert sich die Jahreszahlen. »Ist in diesem letzten Jahr irgendetwas passiert, was die Rückkehr nach Galicia ausgelöst hat?«

Pilar schüttelt den Kopf. »Ich weiß nur noch, dass zu Hause stets Trauerstimmung geherrscht hat. Deshalb hab ich versucht, so viel Zeit wie möglich ohne die beiden zu verbringen. Meine Mutter und meine Schwester waren zutiefst verbittert.« Plötzlich bleibt Pilar stehen und scheint sich zu schämen. »Versteh mich nicht falsch, aber in diesem Alter denkt man nicht darüber nach, ob man vielleicht helfen kann. Ich wollte das Leben genießen und den Problemen zu Hause entfliehen: meiner arbeitslosen Schwester und meiner Mutter, die Papas Tod nicht verkraftet hat. Und eines Tages hat Mama beschlossen, dass es sinnlos ist, in Durango noch mehr Zeit und Geld zu verschwenden, und wir sind nach Galicia zurückgekehrt.«

»Ihr wart damals Teenager. Ihr hattet doch sicher Freundinnen, vielleicht sogar einen Freund. Wart ihr nicht dagegen?«

Pilar schnaubt. »Ich schon. Ich bin in Durango geboren. Ich habe mich als Baskin gefühlt, nicht als Galicierin. Für mich war das ein Drama.«

»Und für Isabel?« Es ist vor allem deren Verhalten, das Ane interessiert.

»Ihr war das egal. Ich hab ja schon gesagt, dass sie eine schlimme Phase hatte. Ehrlich gesagt, ich hab ihr sogar an allem die Schuld gegeben. Denn wenn sie den Job in der Papierfabrik nicht aufgegeben hätte, wären wir nicht in diese Lage geraten.«

Unverkennbar nähern sie sich dem Mercado de Abastos, dem Großmarkt. In den Straßen ist mehr los, die Marktleute tragen Gemüsekisten hin und her und schieben Karren mit Fischen vor sich her, die mit ihren blicklosen Augen zwischen Eisstücken liegen. In etwa einer halben Stunde werden die ersten Kunden kommen, und dann muss alles bereit sein.

»Erinnerst du dich, ob deine Schwester einen Freund hatte, während ihr in Durango gewohnt habt?«, fragt Ane, als sie ein Eisenwarengeschäft erreichen.

Pilar schüttelt den Kopf, während sie den Schlüssel ins Schloss steckt.

Bis sie Arsenio kennengelernt hat, und da war sie schon über dreißig, weiß ich nichts von einem Freund. Auch nichts von einem jungen Mann, der ihr besonders nahestand. Wie gesagt, sie spielte vielleicht mit dem Gedanken, Nonne zu werden.« Pilar tritt zur Seite, um Ane eintreten zu lassen. »Bitte, komm rein.«

Ane zögert, ob sie der Einladung folgen oder sich verabschieden soll. Schließlich betritt sie den Laden. Der von den Schritten unzähliger Kunden abgenutzte Holzboden führt zwischen den vielen Dingen, die in allen Ecken herumstehen, hindurch. Es ist ein kleiner Laden, und die Regale voller Eisenwaren und Haushaltsutensilien bilden hinter dem Tresen drei schmale Gänge.

»Der Großvater meines Mannes hat dieses Geschäft gegründet«, erklärt Pilar. »Mein Mann hätte gern, eine unserer Töchter würde es übernehmen; es wäre dann die vierte Generation. Aber ich habe ihnen geraten, lieber zu studieren. Denn an so ein Geschäft ist man extrem gebunden. Und die Verkäufe gehen immer weiter zurück. Wenn die alten Leute sterben, haben wir nicht mehr viele Kunden.«

»Hatte Isabel keine Kinder?«

Pilar schüttelt den Kopf, während sie einen Butangasofen anmacht. Schon bald ist der ganze Raum von dem Gasgeruch erfüllt. »Sie wollte nichts davon hören. Später hat sie es bereut, glaube ich, aber da war es dann zu spät.«

Ane hält das in ihrem Notizbuch fest, in einer Kurzschreibweise, die nur sie entziffern kann. »Hatte deine Schwester noch Freundschaften aus der Zeit in Euskadi?«

»Nein, niemanden«, versichert Pilar, während sie sich bemüht, die Heizung richtig einzustellen, denn in dem kleinen Geschäft wird es schnell warm. »Ich hab eine WhatsApp-Gruppe mit den Leuten von dort. Wir sehen uns regelmäßig, sie kommen her. Ich konnte nicht auf einen Schlag meine Kindheit auslöschen. Isabel aber war da anders. Es war, als hätte für sie an dem Tag unserer Rückkehr nach Galicia alles andere aufgehört zu existieren.«

Ane klappt ihr Notizbuch zu. »Ich glaube, das reicht, zumindest vorerst.«

Ein Tag im Mai 1993

Es war an meinem vierzehnten Geburtstag. Mein Körper hatte sich verändert, wofür meine Mutter mich jeden Tag mit Ablehnung strafte. So deutlich hatte sie mich noch nie zurückgewiesen. Jeden Tag dachte ich darüber nach, sie zu fragen, warum sie mich überhaupt in die Welt gesetzt hatte, wenn sie mich nicht liebte. Aber das habe ich mich nie getraut, da ich fürchtete, ihre Antwort könnte noch mehr wehtun als die Frage.

Doch an diesem Morgen war es anders. Mein Vater war zu Hause. Ich weiß nicht, wie oft er an meinem Geburtstag auf See war, auf jeden Fall viel zu oft. Wenn man vierzehn Jahre alt wird, hat man keine Lust mehr, Kerzen auszupusten, doch mein Vater ermunterte mich, mit ihm zusammen einen Kuchen zu backen, den ich in die Schule mitnehmen sollte, um ihn mit meinen Schulkameraden zu teilen, damit dieser Tag ein besonderer wäre.

Nicht dass ich die Idee besonders toll fand, aber ich wollte ihn nicht enttäuschen. Außerdem ist es immer ein gutes Gefühl, eine Weile mit dem einzigen Menschen zusammen zu sein, der einem so etwas wie Liebe entgegenbringt.

Wir schmolzen Schokolade für die Füllung, und er hatte sich in den Kopf gesetzt, meinen Namen auf den Kuchen zu schreiben. Dafür benutzte er einen Spritzbeutel, den wir in der Besteckschublade aufbewahrten. Es wurde ein toller Kuchen.

»Vergiss nie, deinen Geburtstag zu feiern«, riet er mir. »Wir Seeleute wissen besser als jeder andere, wie wichtig es ist, das nicht zu vergessen.«

»Warum?«

»Wenn du so viele Leute sterben siehst wie wir, lernst du jeden neuen Tag zu schätzen.«

Mehr sagte er nicht dazu, denn ein Seemann redet in der Regel nicht viel.

Er begleitete mich zur Schule und umarmte mich zum Abschied. Er würde nach Gran Sol zurückkehren und drei Wochen weg bleiben.

Der Kuchen war noch warm, als ich ins Chemielabor kam. An jenem Morgen hatten wir dort Unterricht. Ich spürte, dass alle mich ansahen, denn es kam nicht jeden Tag vor, dass jemand Kuchen für die ganze Klasse mitbrachte. Doch obwohl sie verstanden, was der Kuchen bedeutete, kam niemand zu mir, um mir zu gratulieren.

»Wohin willst du denn mit dem Kuchen, du Trauerkloß?«, fragte Gorka spöttisch, der sich zum Anführer der Klasse ernannt hatte.

»Den willst du doch wohl nicht allein essen, oder?«, fügte ein anderer hinzu.

»Doch, bestimmt«, machte Ainara sich über mich lustig. »Mit wem soll denn jemand einen Kuchen teilen, der nie mit einem anderen spricht?«

Auch jede weitere an mich gerichtete Erniedrigung quittierten die anderen mit lautem Gelächter. Doch das Schlimmste stand mir noch bevor.

Ich weiß nicht, wer den laugengetränkten Lappen nach mir warf, der in meinem Gesicht landete. Zuerst spürte ich nur die Kälte, die auf meine vor Scham erhitzte Haut traf. Dann brannten mir die Augen, als würden scharfe Messer hineingestoßen. Nie zuvor hatte ich einen solchen Schmerz gespürt. Und in meinem ganzen Leben danach hat mir nichts mehr so wehgetan.

Meine Schreie gingen in dem verletzenden Lachen der anderen unter. Ich ließ den Kuchen fallen, der zu einer traurigen, formlosen Masse zerfiel, und rannte zum Waschbecken, um mein Gesicht unter kaltes Wasser zu halten.

31

26. Oktober 2018, Freitag

Ane betrachtet das dunkle Flussbett des Sil, der sich seinen Weg zwischen Weinbergen und aufgeforsteten Wäldern bahnt. Einsame namenlose Dörfer sprenkeln die Hügel, die in der Ferne zu Bergen werden. Das Rattern des Zuges versetzt sie zusammen mit dem geruhsamen Anblick der Landschaft jenseits des Fensters in eine Lethargie, die nicht zu ihr passt. Dazu trägt auch das Wissen bei, dass eine längere Reise vor ihr liegt, die viele Stunden dauern wird. Ungeduld wäre da kein geeigneter Begleiter.

Wegen eines Streiks ist ihr Flug annulliert worden, und die wenigen Maschinen, die noch starteten, waren bereits ausgebucht. Die alte Zugverbindung zwischen den galicischen Rías und dem Baskenland war die beste Option, um nach Gernika zurückzukehren, eine Reise wie in früheren Zeiten mit einer Durchschnittsgeschwindigkeit von etwa fünfzig Stundenkilometern.

Es ist kurz nach zwölf Uhr mittags. Txema verhört bestimmt gerade Meirás. Wie gern wäre sie dabei und würde die Fragen stellen! Dank ihr haben sie ihn verhaften können, und ihr Kollege wird nun die Lorbeeren ernten. Der Einsatz war ein voller Erfolg. Madrazo hat angerufen, um ihr zu gratulieren, und sogar das Innenministerium hat sich lobend geäußert.

Und sie sind längst nicht die Einzigen. Auf ihren Internetseiten feiern die Tageszeitungen bereits die Zerschlagung der

Meirás-Bande. Einige von ihnen lassen sogar die Unschuldsvermutung außer Acht und erklären den Drogenhändler zum Verantwortlichen für die Verbrechen in den vergangenen Tagen.

Doch Ane lässt sich von dem Schein nicht trügen. Später werden sie sicher noch etwas finden, worüber sie meckern können, aber im Moment ist die gute Nachricht diejenige, die sich am besten verkauft.

»Könnte ich noch einen Kaffee haben?«, bittet sie den Mann im Zugrestaurant.

Der hebt den Blick von der Zeitung und wendet sich dem Kaffeeautomaten zu. »Einen Doppelten?«

Ane bejaht. Vielleicht wird ihr das Koffein helfen, wach zu bleiben, anstatt den Tag zu verschlafen oder sinnlos aus dem Fenster zu starren. Das kann sie sich nicht leisten. Sie muss nach einer Verbindung zwischen den Opfern suchen. Denn sie ist davon überzeugt, dass es eine gibt und dass sie in der Vergangenheit zu finden ist, zu der Zeit, als Isabel Otero in Durango gelebt hat. Allerdings fragt sie sich, wie etwas, das schon so lange her ist, aktuell mit organisiertem Drogenhandel zu tun haben kann.

Und mit Olaizola. Die Verbindung zwischen dem Comisario und einer möglichen Bodenspekulation im Zusammenhang mit einer geplanten Eröffnung eines Ablegers des Guggenheim-Museums in Urdaibai ist äußerst beunruhigend. Ane hofft zum Wohl der gesamten Ertzaintza, dass er nichts mit den Morden zu tun hat.

Sie kann es kaum erwarten, dem Mann, der während Natalia Etxanos Beerdigung so verzweifelt schien, all die Fragen zu stellen, die ihr unter den Nägeln brennen.

Sie schlägt ihr Notizbuch auf und beschäftigt sich noch einmal mit der Biografie der während der Prozession ermordeten Frau. Dabei hat sie das Gefühl, diese bereits auswendig zu kennen. Ihre Kindheit in Bizkaia, ihre Schneiderlehre, ihre Arbeit in der Papierfabrik von Amorebieta, ihre Rückkehr nach Galicia mit neunzehn Jahren.

»Bitte«, sagt der Zugbedienstete und stellt den Kaffee auf den Tresen. Dann deutet er mit einem Kopfnicken auf ihr Notizbuch. »Müssen Sie lernen?«

Während Ane der Kaffeeduft in die Nase steigt, überlegt sie, was sie antworten soll.

»So was in der Art«, sagt sie schließlich, ohne genauer darauf einzugehen.

Der Mann bleibt noch ein paar Sekunden vor ihr stehen, bis er begriffen hat, dass sie nicht vorhat, sich mit ihm zu unterhalten. Er wendet sich wieder dem Kaffeeautomaten zu und wischt ihn mit einem gelben Lappen ab.

»Wir haben die Verspätung wieder aufgeholt«, sagt jemand, der aus dem hinteren Teil des Waggons herankommt. »Im Moment sind wir pünktlich.«

Ane hebt den Blick und sieht sich dem Kontrolleur gegenüber, der sie lächelnd begrüßt.

»Nicht viel los heute, oder?«, fragt der Mann hinterm Tresen und stellt zwei Tassen unter den Auslauf des Kaffeeautomaten.

Ane versucht sich auf ihre Notizen zu konzentrieren. Irgendwas passt nicht in der Biografie von Isabel Otero. Dass sie so plötzlich ihren Job in der Fabrik aufgegeben hat, der Aufenthalt in Lourdes ... Es muss irgendetwas geschehen sein, was ihr Leben verändert und sie aus der Bahn geworfen hat. Nicht nur der Tod ihres Vaters, da muss noch etwas anderes gewesen sein.

Sie blickt auf ihr Handy.

Nichts. Keine Nachricht von ihren Kollegen. Ob das Verhör wohl irgendetwas erbracht hat?

Sie schreibt Aitor eine Nachricht über WhatsApp: *Wie läuft's?*

Die Antwort lässt nur wenige Minuten auf sich warten: *Die Drogenhändler weisen jegliche Schuld an den Morden von sich. Es wird nicht leicht zu beweisen sein, dass sie es waren.*

Die Antwort ihres Kollegen wundert sie nicht. Solange sie keine konkreten Beweise haben, werden sie Meirás und seiner Bande die Verbrechen nicht anlasten können.

Sie sendet Aitor eine weitere Nachricht: *Schick mir alles zu den Biografien der Opfer.*

Während Ane auf die Antwort wartet, nimmt sie einen Schluck Kaffee. Vor dem Fenster fließt der Sil schläfrig dahin, genauso einsam wie die an seinem Lauf liegenden Häuser. Es ist keine Menschenseele zu sehen, nur ein paar wilde Enten, die übers Wasser gleiten. Das Einzige, was den Frieden stört, ist das Pfeifen der Lokomotive, wenn der Intercity A Coruña-Bilbao an einem der vielen Bahnübergänge vorbeifährt.

»Sieht wieder schlecht mit unseren zukünftigen Renten aus«, meint der Mann hinterm Tresen und weist auf einen Artikel in der Zeitung.

»Für dich vielleicht. Ich hab nur noch zwei Jahre«, meint der Kontrolleur, auf die Theke gestützt. »Ihr jungen Leute werdet es mal nicht so gut haben. Wahrscheinlich musst du arbeiten, bis du achtzig bist. Tu mir was kalte Milch in den Kaffee, damit ich mir nicht die Zunge verbrenn. So krieg ich den bis Ponferrada nicht getrunken.«

Ane schaut auf ihr Telefon. Eine Reihe Jahreszahlen erscheint auf dem Display. Für einen Moment hat sie das Gefühl, unerlaubt in das Leben von Araceli Arrieta einzudringen. So geht es ihr immer, wenn sie den Lebenslauf eines fremden Menschen liest. Denn hinter diesen seelenlosen Zeilen verbirgt sich all das, was diesem Menschen wichtig gewesen ist: seine Freude und sein Leid, seine Hoffnungen und Enttäuschungen.

Doch es gibt nichts, was ihr ins Auge fällt. Es wird schwierig werden, hier eine Verbindung zu finden.

Der Zug hält in einem Bahnhof. Ane verspürt den Drang, zu ihrem Platz zurückzukehren und ihn gegen mögliche neue Mitreisende zu verteidigen. Doch nach wenigen Sekunden verwirft sie den Gedanken wieder, denn die Bahnsteige sind genauso leer wie die Waggons.

»Noch einen Kaffee?«, fragt der Kellner sie, als er sieht, dass ihre Tasse leer ist.

Ane schüttelt den Kopf.

»Danke«, murmelt sie, während sie merkt, dass der Zug weiterfährt.

Draußen werden die Weinberge immer seltener und von Feldern abgelöst, auf denen das Wintergetreide zu wachsen beginnt. Allmählich werfen die weiten kastilischen Ebenen ihre Schatten voraus.

Wenn sie so doch auch mit der Lösung des Falls vorankommen würde.

32

26. Oktober 2018, Freitag

Das Klimpern der Eiswürfel im Glas mischt sich mit dem Rauschen der Wellen, die in der Ferne an die Kaimauern schlagen. Hin und wieder lässt eine der Möwen, die unter den Vordächern der Häuser schlafen, ein wütendes Krächzen vernehmen, worin ihre Artgenossen rasch einstimmen. Ansonsten ist nicht viel los, die typische Ruhe eines ausklingenden Oktobertages in Mundaka.

Julia beobachtet Aitor, der sich ein paar Schritte entfernt hat, das Handy am Ohr, um in Ruhe zu telefonieren. Das Lächeln in seinem Gesicht, als er mit seiner Tochter oder Stieftochter spricht, versetzt sie ins Grübeln. Will sie wirklich darauf verzichten, irgendwann so etwas zu empfinden? Still für sich verflucht sie das Damoklesschwert der biologischen Uhr. Sie weiß, dass ihr die Zeit davonläuft, dass es morgen vielleicht schon zu spät sein wird, und fürchtet, es dann zu bereuen. Aber da ist auch die Angst, eine so schmerzliche Trennung nicht noch einmal überstehen zu können.

»Das kann ich nicht trinken, das brennt ja höllisch«, beschwert sich Txema. »Ich lasse mir einen neuen geben. Probier du mal deinen.«

Julia nimmt einen Schluck von ihrem Tomatensaft. Der Kellner hat es mit dem Tabasco eindeutig zu gut gemeint, das schmeckt man sofort. Trotzdem sagt sie: »Ziemlich heftig, doch ich behalte ihn.«

Txema verschwindet im Inneren der Bar, aus der Musik herausschallt, die Julia an die Partys in ihrer Jugendzeit erinnert.

»Auf die Männer ist echt kein Verlass«, sagt Ane. »Jetzt haben sie uns beide allein gelassen. Dabei wollte ich doch anstoßen.«

Es ist ihr Vorschlag gewesen, nach der Arbeit in Mundaka gemeinsam etwas trinken zu gehen. Schließlich ist die Festnahme der Drogenbande ein Grund zu feiern.

»Endlich regnet es mal nicht, und das soll das ganze Wochenende über so bleiben«, sagt Silvia. »Ich kann es kaum fassen.« Dankend hebt sie die Bierflasche zum Himmel.

Sie sitzen auf der obersten Stufe der Treppe, die zu den Booten im Hafen hinunterführt. Der Wind aus dem Süden ist kaum zu spüren, doch er sorgt für eine angenehme Temperatur und einen fast wolkenlosen Himmel.

»Wurde auch Zeit«, meint Julia. »Der ständige Regen ist einem ja aufs Gemüt geschlagen.«

»Das war unerträglich!«, ruft Silvia aus. »Ich dachte schon, ich fange an zu rosten. Ich weiß nicht, welcher prähistorische Volksstamm auf die Idee gekommen ist, sich in diesem Gebiet niederzulassen, aber von den Annehmlichkeiten des Lebens hatten die keine Ahnung!«

Ane und Julia brechen in Gelächter aus. Silvias Übertreibungen sind immer äußerst amüsant.

»Hört auf zu lachen. Für euch ist das normal, weil ihr hier geboren seid, aber gesund kann das nicht sein.«

»Wie lange bist du jetzt schon hier?«, fragt Julia.

»Seit drei Jahren«, gesteht Silvia, »und so wie es aussieht, komme ich hier so schnell auch nicht mehr weg.«

Ane nimmt einen Schluck Bier und schüttelt den Kopf. »Ich würde niemals für einen Mann in eine andere Stadt ziehen«, sagt sie mit Blick auf die vertäuten Boote.

Silvia legt ihr eine Hand auf die Schulter. »Sag das nicht zu laut. Ich hab genauso gedacht wie du, doch du siehst ja, wohin das geführt hat. Und ... es hat sich gelohnt.«

Ane widerspricht. Das würde ihr nie passieren. Julia weiß nicht, was sie sagen soll. Ihre Gefühle sind derzeit so in Aufruhr, dass sie über solche Dinge lieber nicht nachdenken will.

»Hör mal, Julia«, spricht Ane sie an, »dürfte ich dir eine persönliche Frage stellen?«

»Klar doch.«

»Was läuft da zwischen Txema und dir? Jedes Mal, wenn ihr miteinander redet, sprühen Funken.«

Julia atmet tief durch. Sie hat gewusst, dass diese Frage irgendwann kommen würde. »Wir waren mal zusammen. Es lief gut zwischen uns. Zumindest habe ich das gedacht. Und auf einmal war alles vorbei. Er hat das Angebot von Interpol bekommen, und plötzlich war alles andere unwichtig. Er hat nur noch an seine Karriere gedacht, hat mich verlassen, um nach Brüssel zu gehen, und hat nie mehr etwas von sich hören lassen. Ich hab ziemlich gelitten.«

»Er hat sich nie mehr bei dir gemeldet?«, fragt Silvia überrascht.

»Nie mehr. Bis er plötzlich in dieselbe Einheit versetzt wurde wie ich.«

Ane verzieht das Gesicht. »Mist, tut mir leid.«

»Mir tut mehr leid, dass unsere Scharmützel möglicherweise die Harmonie in der Einheit stören.«

»Ach was«, entgegnet Ane. »Ich find's super, wenn ihn hin und wieder einer zurechtweist.«

Julia lacht.

Eine Möwe schießt nach unten ins Wasser. Sie hat einen Fisch entdeckt, der mit dem Bauch nach oben zwischen zwei Tintenfischbooten schwimmt. Doch die Konkurrenz schläft nicht. Die anderen stürzen lärmend hinter ihr her, und sie brechen im Hafen in wildes Geschrei aus, während sie hektisch herumflattern.

»Wie lange ist das jetzt her?«, fragt Silvia.

»Vier Jahre.«

»Und empfindest du noch was für ihn?«, will Silvia, ganz die Psychologin, wissen.

Eine schwierigere Frage hätte sie Julia nicht stellen können. Was empfindet sie noch für Txema? Sie öffnet den Mund, um zu sagen, dass alles längst Vergangenheit, dass er ihr gleichgültig ist. Und vielleicht war das auch bis vor einer Woche so, bevor die Arbeit sie wieder zusammengeführt hat. Denn dass er in ihr Leben zurückgekehrt ist, hat die tiefe Wunde wieder aufgerissen.

»Das ist kompliziert«, meint sie, da sie keine Lust hat, Einzelheiten zu erklären.

»Kompliziert?«, schimpft Ane. »Vergiss ihn! Ich würde den mit dem Hintern nicht mehr ansehen!«

»Du bist Single, oder?«, fragt Silvia lachend.

Ane nickt entschieden. »Männer, ja, aber kein Lebensgefährte. Sex und viel Spaß, aber keine feste Bindung.« Sie leert ihr Bier und weist dann mit dem Kinn zur Bar, die hinter ihnen liegt, denn Txema kommt mit seinem Tomatensaft zurück. Sie müssen das Gespräch bei einer anderen Gelegenheit weiterführen.

»Sicher, dass du das Zeug trinken willst?«, fragt er Julia. »Ich tausch ihn gern für dich um. Keine Ahnung, wie du den runterkriegst, mir brennt jetzt noch der Mund.«

»Ich hab's gern schön scharf.«

»Und Aitor? Telefoniert der immer noch mit seiner Schriftstellerin?« Txema sucht mit dem Blick nach seinem Kollegen.

Ane weist auf eine Gestalt am anderen Ende des Kais. Das leuchtende Display des Handys zeigt an, dass er ein Videotelefongespräch führt. »Er spricht mit Sara. Das macht er jeden Tag, bevor Leire sie zu Bett bringt.«

»Wie alt ist die Kleine?«

»Zweieinhalb«, antwortet Ane, nachdem sie kurz nachgerechnet hat.

»Wisst ihr, dass ich ein paar Bücher von ihr gelesen hab?«, eröffnet ihnen Silvia.

»Von Leire Altuna?«, fragt Txema. »Sie ist ziemlich bekannt, oder? Was waren das für Bücher?«

»Krimis. Sie ist richtig gut. Vorher hat sie, glaub ich, Liebesromane geschrieben.«

»Krasser Wechsel«, meint Txema. »Seht ihr, er ist fertig.«

Aitor kommt mit entspannter Miene näher, lächelt, als ihn alle ansehen, und greift nach seinem Bier.

»So, jetzt sind alle da«, sagt Ane. »Ihr müsst wissen, dass ich sehr stolz auf diese Einheit bin, die ich leiten darf. Ihr seid die Besten. Mord, Drogenhandel. Ist euch bewusst, was wir in den letzten Tagen alles geleistet haben?« Sie hebt ihre Bierflasche, um mit den anderen anzustoßen. »Auf uns! Auf die UEHI!«

Das Geräusch der zusammenstoßenden Gläser und Flaschen mischt sich unter das Krächzen der streitenden Möwen. Im Stillen feiert Ane auch, dass der Mann, der seine Frau misshandelt hat, eine Weile hinter Gittern verbringen wird. Er wurde während des Einsatzes mit einem Paket Drogen erwischt, und das wird ihn teuer zu stehen kommen.

Ihr wäre zwar lieber, wenn er wegen der Misshandlung seiner Frau ins Gefängnis käme, aber wenigstens kommt er nicht ungeschoren davon.

»Auf dich, Ane«, fügt Julia hinzu. »Denn ohne dich hätten wir den Meirás-Clan nicht gefasst.« Sie stößt mit ihrem feurigen Tomatensaft noch einmal mit ihrer Chefin an.

Txemas unwilliger Gesichtsausdruck zeigt deutlich, dass ihm ihre Worte nicht gefallen. »Wir sollten sie nicht dafür feiern, dass sie ein unnötiges Risiko eingegangen ist. Wir sind ein Team, und solche Alleingänge sind gefährlich.«

»Sei nicht so ein Prinzipienreiter!«, schimpft Julia. »Das Wichtige ist, dass wir die Drogenhändler gefasst haben. Also mecker nicht weiter rum und genieß den Erfolg!«

Eine angespannte Stille senkt sich über die Gruppe. Zum Glück lenkt Silvia vom Thema ab, um die gute Stimmung des Abends zu retten. »Was habt ihr am Wochenende vor? Nach Hause fahren?«, fragt sie Aitor und Ane.

»Ich bleibe«, sagt Ane. »Morgen fahre ich zu dem Kloster, um herauszufinden, was Isabel Otero dazu gebracht hat, alles zurückzulassen und nach Lourdes zu gehen. Aitor fährt nach Pasaia.« Sie zwinkert ihrem Kollegen zu. »Soweit ich weiß, nimmt er am Sonntag an einem Schönheitswettbewerb teil.«

»Einem was?« Julia sieht ihn überrascht an.

»Das war ein Geheimnis«, protestiert Aitor und rügt seine Chefin mit einem leichten Rippenstoß.

»Jobbst du als Model?«, fragt Txema ehrlich überrascht.

»Mehr oder weniger«, sagt Ane lachend.

»Ane, das geht jetzt aber echt zu weit!« Das heitere Gesicht von Aitor straft seine Worte Lügen. »Es geht um Antonius, meinen Labrador. Manchmal gehe ich mit ihm zu solchen Wettbewerben.«

Julia kann sich ein herzliches Lachen nicht verkneifen. Und sie ist nicht die Einzige. Aitor nimmt es gelassen und zuckt nur mit den Schultern. Er ist an derartige Reaktionen auf sein Hobby gewöhnt.

»›Manchmal‹, sagt er? Er verpasst nicht *einen* Wettbewerb. Dabei hat Leire es ihm verboten!«, fügt Ane neckend hinzu.

Aitor tut so, als wäre er beleidigt. »Und du? Hast du ihnen schon erzählt, dass du Schlagzeug spielst?«

»Du bist voller Überraschungen!«, sagt Silvia erstaunt und blickt Ane dabei an.

»Ich spiele in einer Rockband, zusammen mit meinen Freundinnen Nagore und Olaia. Wir nennen uns The Lamiak.«

»Was soll das bedeuten?«, fragt Silvia. »Hexen?«

»Die *Lamiak?*« Ane kann nicht glauben, dass jemand, der seit mehreren Jahren in Euskadi lebt, noch nie davon gehört hat. »Sie sind so etwas wie Sirenen, haben Ziegenfüße und sind sehr hübsch.«

»Aber sind sie gut oder böse?«, fragt Silvia weiter.

Ane denkt kurz darüber nach. Was soll sie darauf antworten?

»Sie haben ihre ganz eigene Art. Wenn man sie ärgert, können sie sehr rachsüchtig sein. Aber sie helfen auch denen, die in Not sind. Es heißt, dass sie Frauen auf dem Land bei der Entbindung beistehen. Auf jeden Fall haben die Leute Respekt vor ihnen, sogar Angst. Also musst du sehr vorsichtig bei uns sein.«

Anes Lachen durchbricht die nächtliche Stille am Hafen. Die Möwen fliegen protestierend auf und zum Kai hinüber. Mit diesen lustigen Menschen wollen sie nichts zu tun haben.

»Noch eine Runde?«, schlägt Ane vor.

Julia nickt. Der Abend gefällt ihr. Es war eine gute Idee von Ane, sie nach der Arbeit auf ein Glas einzuladen. Sogar Txema wirkt entspannt. Das ist der Txema, in den sie sich verliebt hat, der, der über sich selbst lachen kann, und nicht der mit dem korrekt sitzenden Krawattenknoten.

»Es ist schon ziemlich spät; verschieben wir das lieber auf einen anderen Abend.«

Txema, natürlich. Sie hat sich täuschen lassen.

»Warst du schon mal in San Juan de Gaztelugatxe?«, fragt Julia Ane. »Wenn du möchtest, fahr ich morgen nach dem Besuch im Kloster mit dir dorthin. Es ist toll. Und der Drache an deinem Hals wird begeistert sein, Burg Drachenstein aus *Game of Thrones* zu besuchen.«

Ane legt eine Hand auf ihr Tattoo und schimpft lachend: »Ihr Nervensägen, das ist kein Drache! Ihr habt wirklich keine Ahnung von baskischer Mythologie. Aber ich nehme dein Angebot gern an«, sagt sie zu Julia. »Wenn es mal an einem freien Tag nicht regnet, muss man das unbedingt ausnutzen.«

»Am Samstag? Seid ihr verrückt?«, warnt Silvia. »Das würde ich auf einen anderen Tag verlegen, denn seit *Game of Thrones* dort gedreht wurde, ist da am Wochenende die Hölle los.«

Julia verzieht das Gesicht. »Du hast recht. Wir sollten das lieber irgendwann nächste Woche machen. Dann kann Aitor auch mitkommen.«

Der Angesprochene hebt mahnend die Hand. »Wenn wir so lange überhaupt noch hier sind. Sobald wir beweisen können, dass die Drogenhändler hinter den Morden stecken, sind Ane und ich weg.«

33

27. Oktober 2018, Samstag

Ein lautes metallisches Schrillen, das wie eine Schulglocke klingt, ist auf der anderen Seite der Tür zu hören.

»Was ist das denn für ein Klingeln?«, fragt Julia und zieht erschreckt die Hand zurück. »Das ist wirklich nicht zu überhören!«

Ane lacht. »Wahrscheinlich sind sie da drinnen fast taub. Mal sehen, wie alt die Jüngste ist.«

Beinahe sofort wird die Tür geöffnet.

»Sieh an, die beiden schönsten Ertzainas aus der ganzen Gegend«, begrüßt sie ein Mann mit Toupet und Sonnenbrille aus dem Halbdunkel des Eingangsbereichs. Es ist der Losverkäufer. »Kommt rein! Ich wollte gerade gehen. Ich glaube, es sind noch ein paar Amarguillos für euch da, das leckerste Marzipangebäck in der ganzen Gegend.«

Während der Losverkäufer das Kloster verlässt, treten die beiden Polizistinnen ein, und Ane raunt Julia zu: »Ist der Typ wirklich blind? Immer wenn ich ihm begegne, sagt er irgendwas über mein Aussehen, obwohl er ständig mit der dunklen Brille und dem Stock herumläuft.«

»Wer? Crespo?« Julia winkt ab. »Ach was, der ist sehbehindert, sieht also nicht gut, kommt aber gut damit klar. Er ist so alt wie ich. Das war eine tolle Zeit, als wir früher zusammen ausgegangen sind. Da hat er alles angebaggert, was bei drei nicht auf den Bäumen war.«

Sie befinden sich im Eingangsbereich des Klosters und hören ein Räuspern auf der anderen Seite einer Drehtür, woraufhin sie ihre weltliche Unterhaltung sofort einstellen.

»Der Herr sei mit euch«, werden sie von einer samtenen Stimme begrüßt, die hinter der Drehtür erklingt.

»Und mit deinem Geiste«, antwortet Julia eilig und stellt sich vor die Drehtür. »Guten Tag, Schwester. Wir sind von der Polizei und hätten ein paar Fragen an die Mutter Oberin. Könnten Sie so freundlich sein, sie zu bitten, uns kurz zu empfangen?«

»Polizei? Du lieber Himmel! Ist etwas passiert?«

Julia wirft Ane einen Blick zu, die ihr ein Zeichen macht fortzufahren, während sie sich selbst in dem Raum mit den steinernen Wänden umsieht. Ein Bild der Heiligen Jungfrau hängt an der Wand, und die alte eingemauerte Drehtür verrät, dass sie sich im Eingangsbereich eines Schweigeklosters befinden.

»Nichts Schlimmes. Es handelt sich nur um eine Routinebefragung, aber dafür müssen wir mit der Äbtissin sprechen. Und es ist dringend.«

Ane ist froh, dass ihre Kollegin diese Frauen in ihrer stillen Welt nicht unnötig beunruhigt. Das kommt noch früh genug.

Die Nonne schweigt ein paar Sekunden. Das mit der Dringlichkeit scheint sie nicht verstanden zu haben. Dann sagt sie: »Das wird nicht möglich sein.«

»Warum?«, fragt Ane. »Ist sie nicht hier?«

»Sie fühlt sich nicht wohl.«

Julia sieht Ane an, und ihre Miene zeigt deutlich, wie verärgert sie über diese Antwort ist.

»Schwester, eine Frau wurde ermordet, und sie hatte früher mit diesem Kloster zu tun«, erklärt sie, um die Nonne aufzurütteln.

»Etwa eine von denen mit den Tulpen?«, fragt die Nonne erschrocken.

»Oh, ich wusste nicht, dass Sie hier drin solche Nachrichten erfahren«, entgegnet Ane, und man hört ihr die Überraschung an.

»Die Menschen draußen denken, dass wir hier nichts von der Welt mitkriegen«, erklärt die Nonne. »Dabei haben auch wir Fernsehen, Radio, sogar Internet und nutzen soziale Netzwerke. Wenn wir für die Leute beten wollen, denen es schlecht geht, müssen wir wissen, was außerhalb unseres Klosters geschieht.«

»Also können wir nun kurz über die Sache sprechen, wegen der wir gekommen sind?«, fragt Julia.

Erneutes Schweigen, dann: »Geben Sie mir einen Moment. Mal sehen, was ich machen kann.«

Danach ist zu hören, wie sich jenseits der Drehtür Schritte entfernen.

»›Sie fühlt sich nicht wohl‹«, äfft Ane die Nonne leise nach.

»Es wird schon jemand mit uns reden«, murmelt Julia.

Die Schritte halten ein Stockwerk höher inne.

»Ich wusste nicht, dass du dich unter Nonnen so zu Hause fühlst«, scherzt Ane.

»Ich war in einer katholischen Schule. Wegen meiner Mutter. Die ist jeden Sonntag in die Kirche gegangen.«

Ane muss an ihre Mutter denken. Sie kann sich nicht vorstellen, dass sie jemals freiwillig in die Kirche gegangen wäre. Nur zu Hochzeiten, Beerdigungen oder ähnlichen Gelegenheiten, bei denen es nun mal unvermeidlich ist.

»Bist du gläubig?«, fragt sie ihre Kollegin.

Julia blickt auf das Bild der Heiligen Jungfrau und zögert eine Weile mit der Antwort. »Nein«, gesteht sie, »und wenn ich es wäre, wäre ich Buddhistin.«

Erneut sind Schritte zu hören. Diesmal von mehr als einer Person. Dann wird ein Riegel auf der anderen Seite der Drehtür zurückgezogen.

»Schwester Carmen wird Ihnen weiterhelfen«, sagt die Stimme, die sie schon vorhin vernommen haben. Das Quietschen der

Drehtür weist darauf hin, dass das Scharnier dringend mal geölt werden muss. Durch den Spalt, der entsteht, schiebt sich eine Hand. »Nehmen Sie diesen Schlüssel und öffnen Sie die Tür. Schwester Carmen erwartet Sie.«

Julia nimmt ihn. »Danke, Schwester. Gott wird es Ihnen vergelten«, sagt sie und sieht sich nach der Tür um, die die Nonne meinen könnte.

»Ich werde für Sie beten«, verspricht diese zum Abschied. »Die Tür dort rechts, sie ist zweimal abgeschlossen.«

Ane folgt ihrer Kollegin durch die Tür. Das Erste, was ihr durch den Kopf geht, als sie das Gitter sieht, das den Raum teilt, ist, dass es hier aussieht wie im Gefängnis.

»Der Herr sei mit euch«, sagt die Nonne auf der anderen Seite der Gitterstäbe.

»Und mit deinem Geiste.« Diesmal antworten beide Ertzainas im Chor.

»Schwester Teresa hat mir erklärt, dass Sie die Mutter Oberin sehen wollen. Es tut mir leid, aber sie ist sehr krank und kann Sie nicht empfangen. Ich hoffe, ich kann Ihnen weiterhelfen. Ich bin Schwester Carmen.«

Die Nonne ist überraschend jung. Nicht älter als vierzig.

»Wir bräuchten eine Information über etwas, das 1979 geschehen ist«, sagt Ane. Dabei kann ihnen eine Nonne, die zu der Zeit wahrscheinlich noch gar nicht geboren war, sicher keine große Hilfe sein.

»Uff, schwierig«, bestätigt Schwester Carmen ihren Gedanken. »Ich bin erst seit acht Jahren hier. Als Novizin war ich in Lerma, und danach bin ich hergekommen. In Gernika fehlt der Nachwuchs.«

»Könnten wir mit einer Schwester reden, die zu der Zeit schon hier im Kloster war?«, fragt Julia.

Die Nonne nickt nachdenklich. »Einen Moment bitte.« Sie verlässt den Raum. Ihre Schritte führen sie nicht weit weg, dann ist ein Flüstern im Gang zu hören.

»Wie jung sie ist«, sagt Ane leise.

»Das hab ich auch gerade gedacht«, gesteht Julia. »Was kann eine junge Frau in ihrem Alter dazu bewegen, Nonne zu werden?«

»Wer weiß? Pst, sie kommt wieder.«

Schwester Carmen erscheint an der Tür, tritt jedoch zur Seite, um einer Nonne den Vortritt zu lassen, deren Alter eher Anes Vorstellung entspricht.

Sie stellt sich den Polizistinnen als Schwester Teresa vor und nimmt auf einem Stuhl Platz. Unter dem Habit ist eine mollige Figur zu erkennen. Und ihr Gesicht ist nicht so freundlich wie das der jungen Nonne vorher.

»Setzen Sie sich«, befiehlt sie und weist auf einen Tisch mit mehreren Stühlen, der einen großen Teil des Raums auf der anderen Seite der Gitterstäbe einnimmt; er ist offenbar für Besucher bestimmt. »Früher war dieser Raum immer geöffnet. Hier haben wir den Bedürftigen zu essen gegeben.« Schwester Teresa seufzt. »Leider mussten wir das einstellen. Wir wurden immer wieder bestohlen.« Sie zeigt auf eine nackte Wand. »Dort hing ein Bild, das uns ein Künstler aus Gernika geschenkt hatte. Leider erinnere ich mich nicht mehr an den Namen. Sie wissen schon. Der, der in Paris ausgestellt hat ... Nein? Macht nichts, Sie sind wohl zu jung. Jedenfalls wurde es gestohlen. Sogar das Kruzifix war eines Tages verschwunden. Man kann den Menschen nicht mehr vertrauen.«

»Wir möchten Sie nach einer jungen Frau fragen, die Sie vor vielen Jahren nach Lourdes geschickt haben«, kommt Julia zur Sache.

»Mhm. Setz dich, Kind, setz dich zu uns«, sagt die ältere, auf einen freien Stuhl zeigend, zu der jungen Nonne.

Schwester Carmen gehorcht.

»Wir möchten Sie fragen ...«, wiederholt Ane.

»Ich weiß, ich weiß«, unterbricht Schwester Teresa sie und hebt abwehrend die Hände. »Ich versuche mich zu erinnern. In meinem Alter ist man geistig nicht mehr so auf der Höhe. Warten

Sie mal ab, wie es ist, wenn Sie sechzig sind, ob Sie dann noch so schnell sind! Schade, dass die Mutter Oberin Sie nicht empfangen kann. Sie hat ein hervorragendes Gedächtnis.«

»Wir haben schon gehört, dass sie krank ist«, erklärt Julia.

»Es geht ihr sehr schlecht«, versichert die ältere Nonne, wobei sich ein düsterer Schatten auf ihr Gesicht legt. Dann lehnt sie sich auf ihrem Stuhl vor und sagt mit gesenkter Stimme, als würde sie ihren Besuchern ein Geheimnis anvertrauen: »Wir sind erneut bestohlen worden. Sie sind in die Klausur eingedrungen, während wir schliefen. Die Diebe dachten wohl, dass wir hier wertvolle Dinge horten, weil die Leute davon überzeugt sind, dass die Kirche sehr reich ist, aber wir hier haben gar nichts.«

»Wann war das denn?«, erkundigt sich Julia mit gerunzelten Brauen.

»Vor etwa sechs Monaten.«

»Sieben«, stellt die junge Nonne richtig.

»Vor sieben Monaten«, korrigiert sich Schwester Teresa. »Aber wir haben es nicht angezeigt. Die Polizei gibt sich mit ein paar armen Nonnen gar nicht erst ab.«

»Wurde Ihnen Geld gestohlen?«, hakt Julia nach.

Die beiden Nonnen schütteln gleichzeitig die Köpfe. »Sie haben es nicht gefunden«, erklärt Schwester Carmen.

»Und wir haben ja auch nicht viel«, versichert Schwester Teresa eilig. »Es reicht gerade so, dass wir uns ernähren können und um ein paar Reparaturen vornehmen zu lassen. Dies ist ein sehr altes Gebäude, und die Regierung unterstützt uns nicht.«

»Ich habe immer noch nicht verstanden, was mit der Mutter Oberin ist«, sagt Ane. »Wurde sie angegriffen?«

Schwester Teresa macht ein trauriges Gesicht. »Am Morgen haben wir sie bewusstlos vorgefunden. Wir haben einen Krankenwagen gerufen, und sie war für mehrere Wochen im Krankenhaus. In Basurto. Dort gibt es gute Ärzte. Aber es war nichts zu machen. Sie liegt noch immer im Koma.« Während die Nonne dies erzählt, schüttelt sie mit trauriger Miene wiederholt den Kopf. »Jetzt kümmern wir uns hier um sie. Wo wäre sie besser aufgehoben als bei ihren Schwestern?«

»Das tut mir leid«, sagt Ane verwirrt. »Aber was hat das mit dem Diebstahl zu tun?«

»Na ja, beides ist in derselben Nacht passiert«, antwortet Schwester Teresa. »Die Mutter Oberin hat sicher Geräusche gehört. Wahrscheinlich ist sie aufgestanden und hat die Diebe überrascht. Ich weiß nicht, ob sie angegriffen wurde oder ob sie sich so erschreckt hat, jedenfalls haben wir sie bewusstlos im Gang gefunden. Und Schwester Carmen, die als Erste aus ihrer Zelle kam, hat jemanden über die Treppe weglaufen sehen.«

Die junge Schwester nickt.

»Ich kann nicht verstehen, wieso so etwas nicht zur Anzeige gebracht wird«, schimpft Ane. »Es waren Diebe im Haus, die Mutter Oberin fällt ins Koma, und keine kommt auf den Gedanken, irgendetwas zu unternehmen. Das ist unglaublich!«

»Natürlich haben wir etwas unternommen«, verteidigt sich die jüngere Schwester. »Wir haben den Krankenwagen gerufen.«

»Aber nicht die Polizei benachrichtigt?«

»Sie haben ja nichts gestohlen. Und außerdem, was hätten Sie tun können?«, fragt Schwester Teresa. »Sie wären gekommen, hätten alles durcheinandergebracht, in unseren Sachen gewühlt und den Frieden des Klosters gestört.«

»Was haben denn die Ärzte gesagt?«, will Julia wissen.

»Ihr Gehirn hat irreparable Schäden erlitten. Wegen Sauerstoffmangel«, erklärt Schwester Carmen.

»Können wir sie sehen?«, fragt Ane. Inzwischen ist alle Freundlichkeit aus ihrer Stimme gewichen.

Schwester Teresa verneint dies sofort. Auch ihre Stimme klingt nun nicht mehr freundlich. »Ich denke nicht, dass es nötig ist, eine arme alte Frau, die in ihrem Bett im Koma liegt, aufzusuchen.«

Ane hält ein paar Sekunden lang den Blick der Nonne fest. Diese Geschichte gefällt ihr gar nicht.

»Wir haben Sie vorhin nach der jungen Frau gefragt, die Sie 1979 nach Lourdes geschickt haben«, erinnert Julia. »Wir müssen wissen, was sie dazu gebracht hat, ihren Job zu kündigen und fortzugehen.«

»Wir haben schon viele Mädchen nach Frankreich geschickt«, erklärt Schwester Teresa. »Sie alle waren verletzte Seelen. Es gibt zu viele Sünden, die die Jugend verderben. Ihre Familien vertrauen sie uns an, damit wir sie wieder auf den rechten Weg bringen, den, den der Herr uns weist. Manchmal bleiben sie dort für ein paar Monate, manchmal für ein ganzes Jahr, fern von zu Hause und den irdischen Versuchungen. In Lourdes gibt es so viel zu tun, so viele Kranke, die dorthin pilgern und Hilfe brauchen. Dort sind die Mädchen eine große Hilfe im Haus unseres Ordens.«

»Erinnern Sie sich an Isabel Otero?«, fragt Ane. »Sie war die Tochter galicischer Einwanderer. Soweit wir wissen, war sie 1979 hier. Es wäre sehr wichtig für uns, wenn eine von Ihnen sich an sie erinnert.«

Die ältere Nonne schüttelt den Kopf. »Es kommen so viele Mädchen her …«

Anes Handy vibriert in ihrer Tasche. Als sie es hervorzieht, sieht sie, dass es eine Nachricht von Aitor ist. Er beschäftigt sich immer noch mit den Lebensläufen der Opfer und ist auf etwas Wichtiges gestoßen:

Auch Araceli Arrieta hat mehrere Monate in Lourdes verbracht.

Ane bleibt für einen Moment die Luft weg. Sie liest die Nachricht erneut, immer wieder. Ist es das Kloster, was die Opfer miteinander verbindet?

Sie hebt den Blick und sieht Schwester Teresa in die Augen. »Sagt Ihnen der Name Araceli Arrieta etwas?«

Die ältere Nonne sagt nichts, dafür fragt Schwester Carmen: »Ist das nicht die Frau, die vor ein paar Tagen ermordet wurde?«

Ane zeigt ihr Handy Julia, die überrascht die Augenbrauen hochzieht, als sie Aitors Nachricht liest. Inzwischen ist eine zweite eingetroffen, die bestätigt, dass das Jahr übereinstimmt. Araceli war ebenfalls 1979 in dem Wallfahrtsort.

»Und Natalia Etxano haben Sie auch nicht gekannt?«, erkundigt sich Julia. Es wäre interessant zu wissen, ob die Journalistin auch irgendwann mal in diesem Kloster war.

»Aus dem Radio natürlich«, erklärt Schwester Teresa. »Wenn man wissen will, was in Urdaibai los ist, muss man dieses Programm hören.«

Ane beißt die Zähne zusammen. Es fällt ihr schwer, Ruhe zu bewahren gegenüber dieser Frau, die ihr immer wieder ausweicht.

»Schwester, wir brauchen eine Liste der Mädchen, die Sie nach Lourdes geschickt haben«, verlangt Julia.

Schwester Teresa stützt sich auf die Armlehnen des Stuhls, um sich zu erheben. »Kommen Sie morgen wieder. Nein, morgen ist der Tag des Herrn. Besser am Montag. Wir werden im Archiv nachsehen, ob wir irgendetwas darüber aufbewahrt haben. Und nun muss ich mich von Ihnen verabschieden. Komm, Carmen. Es ist Zeit für das Angelusgebet.«

»Es geht darum, Leben zu retten«, betont Ane.

An der Tür dreht sich Schwester Teresa noch einmal zu ihnen um. »Sie verschwenden Ihre Zeit. Wie können Sie nur auf den Gedanken kommen, an einem Ort des Friedens und der Nächstenliebe nach den Schuldigen so abscheulicher Verbrechen zu suchen? Vergessen Sie nicht, beim Rausgehen die Tür abzuschließen.«

»Wir werden für Sie beten«, fügt Schwester Carmen noch hinzu, bevor sie Schwester Teresa in den Gang folgt.

Oktober 1995

An den Tag, der alles veränderte, erinnere ich mich nur vage. Und das ist gut so, denn es gibt Dinge, die man aus dem Bewusstsein verbannen muss, wenn man weiterleben will.

Es war erst Oktober, fast das ganze Schuljahr lag noch vor mir, und das war ein Berg, den ich niemals würde erklimmen können. Ich wollte den ganzen Tag über nur schlafen und nie wieder aufstehen. Warum auch, da es ja doch nur Leid bedeutete?

»Bist du schon wieder da?«, begrüßte mich meine Mutter, als sie mich sah. »Mach doch endlich mal ein anderes Gesicht, diese ewige Trauermiene ist ja unerträglich.«

Ich war im Begriff, ihr zu sagen, dass das alles ihre Schuld war. Wie sollte ich in der Lage sein zu lächeln, wenn sie mir den ganzen Tag über Vorwürfe machte und mir ihre Verachtung zeigte?

Doch ich kam nicht dazu, da sie nach ihrer Tasche griff und ging. So wie jeden Nachmittag, wenn ich nach Hause kam.

»Diese Trauermiene ...«, wiederholte ich ihre Worte.

Das tat besonders weh, weil ich auch von meinen Schulkameraden auf diese Art gehänselt wurde. »Trauerkloß«, sagten sie zu mir. Und je öfter sie mich so nannten, je öfter mir meine Mutter ihre Verachtung zeigte, desto trauriger wurde ich.

Doch an diesem Oktobertag würde sich alles ändern. Ich würde ihnen allen einen Grund geben, zu bereuen, mich so unglücklich gemacht zu haben. Ich wollte, dass sie sich schuldig fühlten, dass sie für den Rest ihrer Tage eine Last auf den Schultern trugen.

Es war nicht schwer, das Seil anzubringen. Ich befestigte es an der Lampe im Esszimmer, die im ganzen Haus am höchsten hing. Dann ging ich ins Badezimmer, denn ich hatte gehört, dass Erhängte ihr Wasser nicht mehr halten können, und ich wollte in Würde sterben. Ich wollte unbedingt vermeiden, dass ihnen mein Tod einen Grund gab, sich über mich lustig zu machen.

Während ich die Stufen der Trittleiter hinaufstieg und meinen Kopf in die Schlinge legte, stellte ich mir vor, wie meine Mutter entsetzt auf die Knie sank, wenn sie meine Leiche entdeckte. Das würde sie für den Rest ihres Lebens verfolgen, und an jedem Tag würde sie bereuen, was sie mir angetan hatte.

»Trauerkloß«, murmelte ich mit Tränen in den Augen.

Ich hatte Angst vor dem, was nun kommen würde. Denn ich hatte viel über Selbstmord durch Erhängen gelesen und wusste, dass der Todeskampf, wenn der Knoten nicht richtig war, mehrere Minuten dauern konnte. Und ich wollte nicht leiden. Tatsächlich grauste mir davor, es zu tun. Ich wollte nur, dass es endlich für immer vorbei war und die anderen wegen mir litten.

»Ich kann es nicht«, zischte ich zwischen den Zähnen hervor.

Ich erinnere mich an das Gefühl des Versagens, als ich den Kopf wieder aus der Schlinge zog. Ich wollte nicht leiden. Allein der Gedanke daran, versetzte mich in Panik.

Ich ging zum Fenster. Plötzlich kam es mir viel leichter vor, würde ich mich einfach in die Tiefe stürzen.

Die frische Luft wehte mir ins Gesicht, als ich das Fenster öffnete. Diesmal zögerte ich nicht und dachte auch nicht darüber nach, was ich tat. Ich schloss einfach nur die Augen und ließ mich ins Leere fallen.

Ein strahlendes Licht erwartete mich dort unten. Ich konnte seine Wärme spüren, je näher ich ihm kam. Vielleicht war das Gran Sol, wovon mein Vater mir so oft erzählt hatte. Endlich würde ich diesen Ort meiner Träume kennenlernen, endlich würde ich mit ihm zusammen sein.

Die Reise war kurz, dann hüllte mich das Licht ein, und ich wurde eins mit ihm. Und dort war er und nahm mich schützend in die Arme.

An mehr erinnere ich mich nicht, nur, dass ich mich plötzlich geliebt fühlte, von Frieden erfüllt und glücklich.

34

27. Oktober 2018, Samstag

Der Wind aus Nordosten bringt Partikel von Wasser und Salz mit zur Küste und überzieht sein Gesicht und seine Hände mit einer Patina, die zugleich zäh und erfrischend ist. Das Meer ist alles. Es erinnert an Enttäuschungen und Hoffnungen. Und an Leid natürlich, denn nicht umsonst schmecken Tränen nach Meer. Oder ist es das Meer, dem es gelingt, dass sich die Tränen derer, die sie weinen, in eine einvernehmliche Stille flüchten?

Auch der Mond ist ein guter Freund. Auch er hört zu und bewahrt Geheimnisse. Das Meer und der Mond, der Mond und das Meer; diese Nacht Ende Oktober, in der der silberfarbene Mond über die Felsen des Cabo de Ogoño blickt, schafft die perfekte Umgebung, um mit sich selbst ins Reine zu kommen.

Und das muss er. Er muss seine Gedanken ordnen und verstehen.

Er sitzt am Felsrand und lässt die Beine baumeln. Hinter ihm befindet sich die Iglesia de Santa María, und in einiger Entfernung zeichnen sich in einer recht gleichmäßigen Anordnung die Häuser von Mundaka ab. Im Hafen zu seinen Füßen sind keine Spaziergänger mehr unterwegs, dort sind nur noch ein paar Angler, die auf der Mole ihre Ruten ausgeworfen haben. Von dem einsamen Felsen aus betrachtet, sind sie nur reglose Schatten, vorgerückte Bauern in der Schachpartie, die der Ort und das Meer in der ewigen Nacht spielen.

Sein eigenes Spiel läuft gut. Drei Frauen. Drei. Drei Leben, über deren Schicksal er entschieden hat, so wie irgendwann jemand über das seine entschied. Beim dritten Mal ist einiges schiefgelaufen, und das verletzt seinen Stolz, wobei das Wichtigste ist, dass er den Fehler noch ausbügeln konnte. In Zukunft muss er vorsichtiger sein. Am Anfang hat es ihm gereicht, seine Mission zu erfüllen, aber jetzt hat er verstanden, wie wichtig es ist, dass möglichst viele Leute seine Botschaft erhalten. Je aufsehenerregender und brutaler, desto mehr wird sie in Erinnerung bleiben.

»Narzissmus«, rügt er sich.

Es gefällt ihm nicht, sich dessen bewusst zu sein, aber so ist es nun mal. Zum ersten Mal in seinem Leben genießt er es, von den anderen gelobt zu werden. Und das ist ein wunderbares Gefühl. Bei Natalia ist es ihm gelungen, mit den Fingern den Himmel zu berühren. Zu sehen, mit welcher Schnelligkeit die Zahl der Aufrufe des Videos in die Höhe schnellte, war die höchste Anerkennung für die gelungene Tat. Schade, dass das mit Araceli so schnell ging, denn das Finale, das er vorgesehen hatte, war grandios.

Sein nächstes Werk wird ihm erneut viel Applaus einbringen. Gernika wird einen Schlag erleben, den die Stadt nie vergessen würde.

Wenn es funktioniert.

Auf einmal überfällt ihn eine innere Unruhe.

Wie kommt er auf einmal auf den Gedanken, er könnte scheitern?

Er ist dabei, sein eigentliches Ziel aus den Augen zu verlieren, und das ist nicht der richtige Weg. Er will das Leben dieser Frauen auslöschen, will sie vom Erdboden tilgen. Und ist ihm das bei Araceli etwa nicht gelungen?

Er muss aufhören, sich zu geißeln. Seine Taten aufwändig in Szene zu setzen soll nur ein zusätzlicher Spaß sein und ist nicht das eigentliche Ziel.

Doch sooft er dies auch für sich wiederholt, die Enttäuschung lastet schwer auf ihm. Es gefällt ihm gar nicht, dass der Ehemann des Opfers eine Aufmerksamkeit auf sich gezogen hat, die ihm nicht zusteht. Wieso mussten sie ihn festnehmen? Haben sie denn die Blume nicht gesehen, die er in die Vase im Wohnzimmer gestellt hat, bevor er Araceli in die Tiefe stürzte?

»Der Tulpenmörder«, sagt er langsam. Ihm gefällt der Klang dieses Namens, den sie ihm gegeben haben.

Ein leises Plätschern im Meer erregt seine Aufmerksamkeit. Da ist sie, wie jeden Tag: Julia schwimmt aufs Meer hinaus. Es sieht aus, als wolle sie die Insel Izaro erreichen. In regelmäßigen Abständen sind ihre Arme auf der silberfarbenen Ebene zu sehen, in die der Mond das Wasser verwandelt hat.

Schließlich dreht sie sich um und lässt sich auf dem Wasser treiben. Das Meer wiegt sie sanft und erlaubt einen schüchternen Blick auf ihre nackten Büste und das Profil ihres Gesichts.

»Julia«, murmelt er, während er die Frau im Meer betrachtet und gleichzeitig ein unschuldiges Spiel mit seinen Händen beginnt, die die im Wasser treibende kleine Julia zu streicheln, anzuschieben und sogar zu wiegen scheinen.

Um sie zu töten, müsste er nur den Zeigefinger etwas weiter ausstrecken und sie unter Wasser drücken. Es ist wunderbar, über Leben und Tod entscheiden zu können.

Der Körper der Polizistin verschwimmt langsam in einem weißlichen Schein. Nebel steigt auf. Die Luft wird immer feuchter.

Er hebt den Kopf und richtet den Blick zum Mond. Dort, in der Höhe oberhalb von Ogoño, wacht er über die Nacht, die hinter den Wolken, die vom Meer aufsteigen, zu verschwinden beginnt.

Es ist Zeit zu gehen.

Julia scheint zu einem ähnlichen Schluss gekommen zu sein. Beinahe ohne die Ruhe des Meeres zu stören, schwimmt sie zurück nach Hause.

Bevor er die Anhöhe verlässt, steckt er eine Hand in die Tasche und nimmt etwas heraus. Der Mond hüllt das Papier in sein kaltes Licht. Es ist eine Liste. Er kennt sie gut, zu gut. So gut, dass er sie ins Wasser werfen und aus dem Gedächtnis weiterlesen könnte. Die ersten drei Namen hat er durchgestrichen, und neben den folgenden stehen etliche Notizen: Adressen, Telefonnummern und in einigen Fällen sogar Uhrzeiten, die den Tagesablauf bestimmen.

Es wird immer schwieriger. Sein Werk muss innerhalb einer Woche vollendet werden, bevor die Tulpen zu welken beginnen. Doch niemand wird sich ihm in den Weg stellen.

Er atmet tief ein. Füllt seine Lungen mit der feuchten, salzigen Luft und geht ohne Eile davon.

Es gibt noch viel zu tun.

35

28. Oktober 2018, Sonntag

Ane versucht, nicht nach unten zu schauen. Sie hat keine Höhenangst, aber es ist ihr nicht angenehm, in den Abgrund unter ihren Füßen zu blicken. Für viele Kletterer ist genau das der größte Kick, wenn sie an scheinbar unbezwingbaren Wänden hängen. Sie jedoch zieht es vor, nicht zu sehen, wie weit es unter ihr in die Tiefe geht.

»Alles gut?«, fragt Raúl, der vor ihr klettert und das Seil spannt. Seine Worte werden von dem Geräusch der Wellen begleitet, die unten gegen den Felsen schlagen.

»Alles gut«, murmelt Ane, ganz darauf konzentriert, die Spalte über ihr zu erreichen, um von dort weiterzuklettern.

»Von hier an wird es schwierig«, erklärt Raúl.

»Noch schwieriger?«, fragt Ane beunruhigt. Sie klettert zum ersten Mal nach ihrer Verletzung am Handgelenk und will sich nicht überanstrengen. »Ich glaube mich zu erinnern, dir gesagt zu haben, dass ich nicht besonders fit bin.«

»Nur noch ein bisschen, dann sind wir oben.«

Ane ist erleichtert, dass es zumindest nicht mehr allzu weit ist. Allmählich wird sie müde. Der gesamte Felsen oberhalb von Ogoño mit seinen dreihundert Metern direkt über dem Meer wäre zu anspruchsvoll für sie. Zum Glück hat Raúl eine Strecke auf halber Höhe über der Bucht gewählt, die ihnen gut die Hälfte erspart hat.

»Wie hast du gesagt, heißt diese Strecke?«

»Las Gaviotas.«

Ane lacht. *Las gaviotas* – die Möwen! Der Name passt wie die Faust aufs Auge, denn Möwen sind hier überall. Sie fliegen schimpfend davon, wenn die Hände der Kletterer nach den Vorsprüngen greifen, auf denen sie sitzen. Ihr Krächzen ist eine disharmonische Musik, die ihre Klettertour begleitet, zusammen mit dem drohenden Brausen des Meeres, dessen Wellen sich unten an den Felsen brechen.

»Manchmal fliegen sie so nah an mich heran, dass ich Angst vor ihren scharfen Schnäbeln kriege«, gesteht Ane.

Sie mag diese Vögel nicht. Ihre nach unten gebogenen Schnäbel erinnern sie an das falsche Lächeln der bösen Hexe aus einem Märchen, und die rote Färbung sieht aus wie das Blut von einem ihrer Opfer. Aber vor allem der intelligente, finstere Blick aus ihren kleinen, kalten Augen macht ihr Angst.

»Zum Glück ist nicht gerade Brutzeit«, erklärt Raúl, »denn wenn in ihren Nestern Küken sitzen, sind sie zu allem in der Lage.« Er hängt frei in der Luft und dreht sich am Seil um die eigene Achse. »Ist das nicht wunderbar? Bist du schon mal an einem solchen Felsen geklettert?«

Ane nickt und nutzt, nachdem sie Raúl erreicht hat, die Pause, um die Handflächen mit Magnesium zu bestäuben. Das ist wichtig, um nicht abzurutschen. Die Aussicht ist wirklich unvergleichlich. Direkt vor ihnen erstreckt sich die Playa de Laga. Der Strand ist fast leer, denn es ist Ende Oktober und der Himmel bewölkt. Dort unten ist nur eine Person zu sehen, die mit ihrem Hund spielt. Aus der Ferne ist nur schwer festzustellen, ob es sich um einen Mann oder eine Frau handelt. Es muss ein Mann sein, denn er trägt eine *Txapela,* eine Baskenmütze.

Raúl klettert weiter, während Ane den Blick aufs Meer richtet. Direkt vor ihr liegt die vom Nordwestwind umpeitschte Insel Izaro, auf der kein Grün wächst, und dahinter ist die Plattform La

Gaviota zu sehen, die vor vielen Jahren gebaut wurde, um Gas aus dem Meeresboden zu fördern.

»Kennst du die Geschichte von dem Ziegel?«, fragt Raúl und verharrt über ihr. »Nein? Vor vielen Jahren haben sich Bermeo und Mundaka darum gestritten, zu welchem Ort die Insel Izaro gehört. Nach langen Auseinandersetzungen wurde schließlich beschlossen, eine Regatta zu veranstalten. Der Ort, dessen Schiff zuerst die Insel erreicht, dem sollte sie gehören.«

»Und wer hat gewonnen?«

»Bermeo. Und der Bürgermeister gedenkt einmal im Jahr dieser Regatta, indem er in der Nähe der Insel einen Ziegel ins Meer wirft. Das soll ein Symbol dafür sein, dass die Ziegel Bermeos bis zu dieser Insel reichen.« Raúl streckt den Arm zum Meer aus. »Hast du die Surfer gesehen? Da kann Julia nicht weit sein.«

Ane entdeckt sie zwischen dem Ort und der Flussmündung. Von oben sehen die Wellen lächerlich klein aus, aber das laute Rauschen, mit dem sie gegen die Felsen schlagen, macht deutlich, dass das nur an der Perspektive liegt.

»Das ist der Wahnsinn!«, bestätigt sie, begeistert von dem Anblick, der sich ihr bietet.

»Wenn es einen Gott gibt, muss er sich wie wir hier oben fühlen«, sagt Raúl. »Wir können jede Bewegung der Menschen dort unten verfolgen. Schau mal, wenn du den Finger ausstreckst, sieht es aus, als könntest du sie berühren.« Er macht die entsprechende Geste.

Ane nickt. Sie meint sogar wahrzunehmen, unter welcher Anspannung die Gegend unter ihr liegt, dass sie in der Hoffnung, der Tulpenmörder möge möglichst bald gefasst werden, den Atem anhält. Und ihr Instinkt sagt ihr, dass die Sache mit Mairás' Festnahme noch nicht ausgestanden ist.

Raúl dicht über ihr sieht sie enttäuscht an. »Kannst du nicht mal hier oben abschalten? Heute ist Sonntag, und du hast frei. Vergiss für einen Moment die Arbeit, und genieß das Leben.«

Er scheint ihre Gedanken gelesen zu haben. »Vor ein paar Tagen haben wir eine Drogenbande festgenommen. Das muss gefeiert werden! Du bist hier, um für eine Weile alles zu vergessen und ein wenig Freiheit zu atmen.«

Ane hat die vergangene Nacht damit verbracht, den Lebenslauf der ermordeten Radiomoderatorin zu studieren, und der weist eine beunruhigende Lücke auf. In genau dem Jahr, in dem die anderen beiden Opfer in Lourdes waren. Niemand aus Natalias Umfeld weiß sicher, wo sie sich 1979 aufgehalten hat. Jemand hat etwas von einer Reise nach Großbritannien gesagt, wo sie ihr Englisch verbessern wollte, ein anderer meinte, dass sie in der Schweiz war, aber all das ist nur sehr vage.

»Du hast recht. Entschuldige«, murmelt sie weniger überzeugend, als es klingen soll.

»Bei mir musst du dich nicht entschuldigen, sondern bei dir selbst. Versuch zumindest für ein paar Minuten zu vergessen, was dich nach Urdaibai geführt hat. Du musst dein Gehirn mal durchlüften. Das ist nur ein Job.«

Da ist Ane anderer Meinung. »Nein, wenn Tote im Spiel sind, ist es viel mehr als das.«

Raúl hält sich an einer Spalte fest und klettert schnell nach oben. »Versteh mich nicht falsch, aber ich bin der Meinung, dass du das auf die falsche Art und Weise angehst. So wie in dem Moment, als du den Verdächtigen in der Untersuchungszelle angegriffen hast.«

»Okay, ich merke schon, wie schnell sich hier die Nachrichten verbreiten.«

Raúl ist zu einem Vorsprung gelangt. »Je näher du die Fälle an dich heranlässt, desto schwieriger ist es, den Mörder zu finden. Das ist, wie von hier oben hinunterzuschauen. Diese Perspektive erlaubt dir, Dinge zu sehen, die vom Boden aus nicht zu erkennen sind. Du musst die Entfernung zu schätzen lernen. Genauso wie dein Leben. Du solltest dich verlieben, das Leben genießen, es so leben, dass dein Job nicht das einzig Wichtige ist.« Er bestäubt sich die Hände mit Magnesium. Eine kleine Wolke weißen Pulvers wird vom Wind davongeblasen. »Als ich bei der Polizei angefangen hab, war ich genauso wie du. Ich hab nicht gelebt. Ich hab mich nur auf die Fälle konzentriert, war von ihnen besessen. Bis ich gemerkt hab, dass ich mein Leben vergeude. Wir werden nicht für vierundzwanzig Stunden am Tag bezahlt, sondern für einen normalen Arbeitstag. Alles andere ist dein Leben.«

»Es gibt solche und solche Fälle«, widerspricht Ane, während sie weiterklettert. Ihr tun die Finger und die Zehen weh. Die Kletterschuhe, die sie sich geliehen hat, sind ihr zu klein. »Ein Raubüberfall ist etwas anderes als eine Mordserie.«

Raúl sieht das nicht so. »Warum, glaubst du, geht Julia ständig surfen? Auch sie hat früher alles mit nach Hause geschleppt. Und eines Tages kam die Angst und hat sie völlig fertiggemacht. Jetzt surft sie und schwimmt im Meer.«

»Ich hätte mein Schlagzeug mitbringen sollen. Das entspannt mich. Hast du schon mal Schlagzeug gespielt?«

»Ich bin vollkommen unmusikalisch«, gesteht Raúl.

»Ich hab erst vor ein paar Jahren damit angefangen. Ein Gag unter Freundinnen. Aber ich schwör dir, dass es nichts Besseres gibt, um sich abzureagieren.«

»Wirklich nichts?«, neckt Raúl sie mit einem zweideutigen Grinsen.

»Na ja ...« Auch sie muss grinsen. »Fast nichts.«

Sie hat ihn eingeholt. Raúl weist nach oben. »Nur noch acht Meter.«

Ane schnaubt und schüttelt ihre Arme aus, die vor Anstrengung steif geworden sind. Die Beine auch. Morgen wird sie mächtig Muskelkater haben.

»Dann auf«, sagt sie und steckt die Hand in den Magnesiumbeutel.

Wenige Minuten später erreicht Ane den Gipfel. Raúl reicht ihr die Hand, um ihr nach oben auf den Felsen zu helfen.

»Herzlich willkommen auf der Aussichtsplattform.«

Obwohl der Felsen ziemlich ausgedehnt ist, fühlt sich Ane unsicher. So geht es ihr immer nach dem Klettern. Plötzlich gibt es nichts mehr, woran sie sich festhalten kann. Allerdings weiß sie, dass dieses Gefühl nur wenige Sekunden anhält und dann alles wieder normal wird.

»Du hättest mir sagen müssen, dass es so anstrengend wird. Beinahe hätte ich es nicht geschafft. Ich bin monatelang nicht geklettert. Auf so eine Ochsentour war ich nicht vorbereitet.«

Raúl lacht und legt ihr den Arm um die Schultern. Mit der freien Hand weist er auf den Horizont, eine perfekt gerade Linie, in der das metallische Blau des Meeres mit dem bleiernen Grau des Himmels verschmilzt. »Hier oben hat der Wächter des Orts Elantxobe den ganzen Tag verbracht und gemeldet, wenn ein Wal in Sicht war. Du kannst dir vorstellen, dass er immer der Erste war und die anderen Orte das Nachsehen hatten. Und das war lebenswichtig, denn der, der die erste Harpune auf das Tier abgeschossen hat, bekam den besten Teil.«

Ane wendet sich ihrem Kollegen zu. »Und die anderen?«

»Welche anderen? Die aus den anderen Orten? Na ja, die mussten sich zurückziehen. Der Wal war nur für die Ersten. Jetzt sag nicht, dass du das nicht wusstest.«

»Ich hab dir ja schon gesagt, das ich's mit dem Meer nicht so hab.«

»Aber du lebst doch in Pasaia, und diese Tradition ist der Ursprung der heutigen Regatta der Traineras. Für welche Seite bist du, Donibane oder San Pedro?«

»Für Donibane. Natürlich nicht für die von der anderen Seite!«

Ane sagt es in einem so ernsten Ton, dass Raúl laut lachen muss. Dieser Ruderwettkampf in Pasaia ist heilig, und nur ein Verrückter würde es wagen, die Mannschaft von der anderen Seite der Flussmündung zu unterstützen.

Raúl streicht mit dem Zeigefinger sanft über Anes Hals und zeichnet ihr Tattoo nach. »Willst du mich nicht doch deinen Sugaar vollenden lassen?«, raunt er leise und führt den Finger weiter über ihre Schulter.

Ane lässt ihn machen. Es ist ein angenehmes Gefühl, als sein Finger langsam ihren Nacken hinab und den oberen Teil ihre Rückens entlangfährt. Sie schließt die Augen. Es riecht nach Meer und nach Holz, nach lebendigem Stein und reiner Luft. Hier oben fühlt sie sich frei.

Nun streicheln Raúls Finger ihr Gesicht. Es ist eine sanfte Liebkosung, warm wie der Kuss, der darauf folgt und den Ane erwidert, indem sie ihre Lippen öffnet und sich gehen lässt.

36

28. Oktober 2018, Sonntag

Julia betrachtet schweigend die Spur, die das Tintenfischboot hinter sich lässt – ein weißer Pinselstrich in der Weite des Meeres. Die Häuser Mundakas, die sich am Hafen drängen, werden immer kleiner, und die Iglesia de Santa María, die über die Dächer schaut, bietet einen vertikalen Gegensatz zu den Häuserreihen. Dahinter erstrecken sich die pinienbewachsenen Abhänge, die für die Landschaft von Urdaibai so typisch sind.

»Das sieht von hier so anders aus«, murmelt sie.

Álvaro nickt. Er ist noch damit beschäftigt, die Knoten der Taue zu lösen. »Danke, dass du die Einladung angenommen hast.« Er schaut zu ihr auf. »Ich hab schon gedacht, du fährst nie wieder mit.«

Julia bemüht sich um ein höfliches Lächeln und wendet sich dann nach links. Sie fahren dicht an den Felsen der Insel Izaro vorbei. Karge Felsen, die ständig dem kalten Nordostwind ausgesetzt sind und auf denen nur in den geschützten Ecken ein wenig Gras wächst.

»Könntest du hier leben?«, fragt Álvaro.

Julia weiß, was er meint. Weiter hinten sind die Ruinen des alten Klosters zu sehen. Die Franziskaner dort hatten es nicht leicht. Die Einsamkeit und die Isolation an einem solchen Ort müssen furchtbar sein. Dennoch ist sie davon überzeugt, dass dieser klösterliche Rückzugsort, wäre das Gebäude nicht im achtzehnten Jahrhundert von Piraten zerstört worden, zu einem begehrten Ziel für die modernen Städter geworden wäre, um am Wochenende ihren gequälten Seelen ein wenig Ruhe zu gönnen.

»Ich bin sehr glücklich in Mundaka.« Während sie das sagt, versucht sie ihr Haus auszumachen. Es wird zum Teil von der Kirche verdeckt, aber ein Stück seiner weißen Silhouette ist zu erahnen.

»Sicher. An einem derart ungastlichen Ort würde ich verrückt werden«, gibt Álvaro zu.

Er nimmt die Angelschnur. Der kleine Silikonfisch, der an ihrem Ende hängt, glitzert, als er ihn ins Wasser wirft. Nun muss der Köder nur noch langsam untergehen, bis ein hungriger Tintenfisch ihn zu seinem Mittagessen erklärt.

»Halt mal«, bittet er Julia und gibt ihr die Schnur, dann macht er den Motor aus. Nun ist außer zu warten nicht mehr viel zu tun. »Mir geht es schon viel besser als vor der Abfahrt. Dir auch?«

Julia nickt, obwohl sie sich in Wirklichkeit unwohl fühlt. Sie hat Álvaro genau auf diesem Boot vor ein paar Monaten geküsst, doch er hat sie sanft von sich geschoben und sie mit einer Mischung aus Schuld und Traurigkeit in seinen kastanienbrauen Augen angesehen. Die wenigen Minuten, die sie daraufhin gebraucht haben, um zurück zum Hafen zu fahren, sind ihr unendlich lang vorgekommen. Sie haben viel geredet, dabei hätten sie besser geschwiegen. Jedenfalls wäre es Julia lieber gewesen. Jedes Wort war wie eine Ohrfeige für sie und hat das Geschehene doch nicht erklärt. Warum hat er sie abgewiesen? Findet er sie nicht attraktiv? Bedeutet sie ihm nichts?

»Das liegt an den Ionen«, erklärt Álvaro. »Seit ich diesen riesigen Computer im Wohnzimmer stehen habe, ist meine Wohnung voller positiver Ionen. Und das ist wirklich übel und wirkt sich auf meinen Gesundheitszustand aus. Macht mich müde, traurig, und ich bekomme Kopfschmerzen. Ich sollte meine Bitcoin-Mine an einem anderen Ort aufbauen. Dieses Ding kann mich reich machen, aber es ruiniert auch meine Gesundheit.«

»Die Ionen«, wiederholt Julia nicht wirklich überzeugt.

»Ja, die Ionen«, beharrt er. »Zum Glück haben wir das Meer vor der Haustür, das die beste Quelle von negativen Ionen ist, die es gibt. Schau mich an. Eben war ich noch völlig fertig, und jetzt fühle ich mich wie neu geboren.«

»Ich weiß nicht, wie ich auf Ionen reagiere, aber das Meer hilft mir abzuschalten«, erklärt Julia, als sie plötzlich einen Ruck an der Angelschnur verspürt.

Álvaro verliert keine Zeit. Er nimmt ihr die Schnur aus der Hand und beginnt sie einzuholen.

»Der ist ganz schön groß«, sagt er, als er den Tintenfisch aus dem Wasser zieht. »Vorsicht mit der Tinte.«

Der erste schwarze Strahl ergießt sich gegen den Rumpf des Bootes. Das Meer färbt sich dunkel an dieser Stelle. Oder liegt das an den Wolken, die von Westen heranziehen? Es wird regnen, auch wenn es noch etwas dauert. Gleich darauf klatscht der Tintenfisch auf das Deck und spritzt weiter mit seiner Tinte herum, bis er sich mit seiner Lage abgefunden hat.

»Ein Prachtexemplar von einem *Begihaundi*. Wie schwer mag er sein? Zwei Kilo?« Julia ist einen Schritt zurückgetreten, um sich die Schuhe nicht zu beschmutzen.

»Anderthalb Kilo«, schätzt Álvaro. »Herzlichen Glückwunsch, den hast du gefangen!«

»Ich hab doch gar nichts gemacht!«

»Es ist deiner«, entscheidet Álvaro und wirft die Schnur erneut ins Wasser. »Teilst du mit mir? Essen wir zusammen?«

Julia schüttelt den Kopf. Sie kann nicht, denn sie hat noch etwas zu erledigen.

»Ich bin müde. Ein andermal vielleicht. Heute will ich früh schlafen gehen.« Warum sagt sie ihm nicht die Wahrheit?

Álvaro richtet den Blick auf die Insel. Die Strömung treibt sie gefährlich nah an die Felsen. Er startet den Motor und lenkt das Boot Richtung Osten, auf Bermeo zu.

In einer Minute sind sie bereits weit genug von den Felsen entfernt. Es sind noch mehr Tintenfischboote auf dem Meer, mindestens ein Dutzend, alle mit dem sonntäglichen Fischfang beschäftigt. Ihre Motoren werden vom Rauschen der Wellen übertönt, die sich an den Felsen der einsamen Insel brechen. Julia hat den Eindruck, dass sich die *Arrantzales*, die Fischer, die sie steuern, mehr auf das konzentrieren, was auf den anderen Booten geschieht, als auf ihr eigenes.

»Die Leute sind begeistert«, erklärt Álvaro überzeugt. »Ihr habt ihnen nicht nur den Tulpenmörder vom Hals geschafft, sondern auch noch ein Netz von Drogenhändlern aufgedeckt.«

Julias Blick verliert sich in der Ferne. Sie würde Álvaro gern recht geben, aber sie ist immer weniger davon überzeugt, dass Meirás etwas mit den Morden zu tun hat. »Mir ist es noch zu früh zum Feiern.«

»Aber ihr habt doch den ganzen Clan gefasst, oder?«

»Ja, und das ist großartig, aber ich weiß nicht, ob damit alles aufgeklärt ist.«

Álvaro sieht sie ungläubig an.

Julia spürt einen weiteren Ruck an der Angelschnur. Noch ein Tintenfisch. Die Fischjagd läuft gut, und sie wünscht sich, das Gleiche über ihre Ermittlungen sagen zu können.

37

28. Oktober 2018, Sonntag

Julia nimmt einen Schluck aus ihrem Glas. Die fruchtigen Noten des *Txakoli* streicheln ihre Geschmacksknospen, die sich wegen der im Wein enthaltenen Säure leicht zusammenziehen. Gern würde sie den Inhalt des Glases auf einmal leeren und sich gleich ein zweites einschenken und dann noch eins, bis die Flasche leer ist. Um sich nicht der Realität zu stellen, die mit ihr am Tisch sitzt.

Txema ist anzusehen, dass auch er sich nicht wohlfühlt. Dennoch wissen beide, dass dieses gemeinsame Essen eine gute Idee ist. Die Tage nach ihrem Wiedersehen waren nicht leicht, und es ist dringend nötig, reinen Tisch zu machen, allerdings außerhalb der Arbeitszeit.

»Als Allererstes möchte ich dich um Verzeihung bitten«, beginnt er und sieht ihr in die Augen. »Ich weiß, dass ich mich wie ein Arschloch verhalten habe, und ich könnte gut verstehen, wenn du meine Entschuldigung nicht annimmst. Manchmal muss man im Leben Entscheidungen treffen, die nicht leicht sind.«

Julia seufzt. Ihr müder Blick wandert zum Fenster und nach draußen.

Sie haben für ihre Verabredung, die nach Julias Ansicht keine romantische ist, das alte Casino von Mundaka ausgewählt. Von dem hoch gelegenen Restaurant aus bietet sich ihnen eine schöne Aussicht auf den ruhigen Hafen und das Meer.

»Du warst sehr egoistisch«, wirft sie ihm vor, nachdem sie sich ihm wieder zugewandt hat.

Die umliegenden Tische sind nicht besetzt. Besser so, denn das gibt ihnen die Möglichkeit, aufrichtig zu sein.

»Nichts würde mich glücklicher machen, als die Zeit zurückdrehen zu können«, behauptet Txema. »Ich wünschte, das alles wäre nicht passiert.«

Julia schüttelt den Kopf. »Ich hätte diese Jahre auch lieber mit jemandem verbracht, dem ich wirklich etwas bedeute.«

Txema rührt in seiner Fischsuppe und sieht dann wieder zu ihr auf. »Julia, bitte. Ich wollte genau das Gegenteil sagen. Ich wünschte, ich wäre nicht gegangen, weil wir dann noch zusammen wären und ...«

»Nein«, unterbricht sie ihn. »So nicht. Fang gar nicht erst damit an.«

Ein Kellner kommt die Treppe herauf. »Möchten Sie noch etwas? Mehr *Txakoli*, Wasser?« Nein, nur Intimität, die er ihnen sogleich zugesteht.

»Julia, bitte lass mich ausreden. Ich muss das sagen. Meine Gefühle für dich sind immer noch ...«

Julia hebt die Hand, um ihm deutlich zu machen, dass er nicht weitersprechen soll. »Ich war schwanger, Txema«, erklärt sie kalt. »Wir standen kurz davor, Eltern zu werden.«

Txema sieht sie an. »Sag mir nicht, dass du ...«, beginnt er, doch er traut sich nicht weiterzusprechen.

»Das kleine Herz hat plötzlich aufgehört zu schlagen. Im fünften Monat. Ich wusste es schon, bevor der Arzt es mir gesagt hat. Unser Kind ist in mir gestorben. Weißt du, was das bedeutet? Und weißt du, wie es ist, in einem solchen Moment allein zu sein? Nein, natürlich nicht, woher solltest du das wissen?«

»Warum hast du mir nie was davon gesagt?«

»Warum? Wagst du es wirklich, mich nach dem Warum zu fragen?« Julia ist außer sich. »Aber wenn ich so darüber nachdenke:

Ich hätte es dir per E-Mail mitteilen können, und die Mail hätte ich dir mit der Ultraschallaufnahme von unserem toten Kind schicken sollen.«

»Julia, bitte.« Txemas Geste, mit der er signalisiert, sie möge leiser sprechen, macht sie nur noch wütender.

»Ich habe ein Kind verloren, während sein Vater nicht mal so höflich war, ans Telefon zu gehen. Ich musste allein um unser Kind weinen, und ich kann dir versichern, dass du noch nie so etwas Furchtbares durchmachen musstest.«

Txemas Blick sagt ihr, dass sie ihm diesmal den Dolch mitten ins Herz gerammt hat. »Ich wusste nicht, dass du schwanger warst.«

Julia muss gegen den Impuls ankämpfen, aufzustehen und auf der Stelle zu gehen. »Du hast mir nicht die Gelegenheit gegeben, es dir zu sagen. Als ich es erfahren habe, warst du seit einem Monat in Brüssel. Ich habe dich mehrfach angerufen, aber du bist nicht ans Telefon gegangen.«

Txema blickt erneut auf seine Suppe. »Ich hatte ... Angst. Angst davor, schwach zu werden und zurückzukehren, wenn ich deine Stimme höre. Es tut mir so leid. Nichts würde mich glücklicher machen, als an deiner Seite zu sein, die verlorene Zeit aufzuholen, dieses Kind mit dir zu haben.«

Julia merkt, dass ihr die Tränen in die Augen steigen. Was sagt er denn da? Hat er sie wirklich zum Essen eingeladen, um Zweifel in ihr zu säen?

»Du bist und bleibst ein Egoist, Txema. Ein Scheiß-Egoist!«, ruft sie aus, steht auf und geht.

38

28. Oktober 2018, Sonntag

Sie gehen über den Grasteppich, den seit dem Mittelalter Tausende Reisende betreten haben. Die Stille ist erschreckend; man hört nur den Gesang eines Rotkehlchens und das Tropfen von der Holzkonstruktion über ihnen. Nicht einmal der Himmel hat die nötige Kraft, seine Stimme laut zu erheben; er beschränkt sich auf einen schwachen Nieselregen, der alles in seine Feuchtigkeit hüllt.

Das ist die Einsamkeit des Todes. Und es ist nicht das erste Mal, dass Ane sie so aus der Nähe zu spüren bekommt.

»Er konnte es nicht ertragen«, murmelt sie.

Julia neben ihr versucht ein Schluchzen zu unterdrücken.

Der Anblick hat etwas Hypnotisierendes. Natürlich ist es ein schrecklicher Anblick, wie immer bei einem gewaltsamen Tod, aber irgendwie ist er auch faszinierend. Die Meeresbrise weht durch die Blätter der Weinreben, die an der Holzkonstruktion emporranken. Der Herbst hat sie leicht rötlich gefärbt, was einen auffallenden Gegensatz zu den grünen Trauben bildet, die nach der Ernte hängen geblieben sind. Und all das zwischen den Mauern aus groben Steinen am Rand des Pilgerwegs, die die Leiche verbergen.

Luis Olaizola hat den von Weinreben überrankten *Camino Real* gewählt, um sich das Leben zu nehmen. Einen Tod mitten in der Landschaft von Urdaibai, wie es nicht anders sein kann bei jemandem, der sein ganzes Leben in dieser Gegend verbracht hat.

»Der arme Kerl«, klagt Julia.

Ane betrachtet schweigend den Toten. Sie hat noch so viele Fragen, die sie ihm stellen wollte.

»Ich hab ihn für morgen früh ins Kommissariat bestellt«, sagt sie leise.

»Wie es aussieht, hatte er heute eine wichtigere Verabredung.« Julias Augen sind gerötet, genau wie die der anderen Polizisten aus dem Kommissariat von Gernika, die zum Fundort der Leiche gekommen sind.

»Es tut mir leid«, entschuldigt sich Ane. Sie ist sich nicht sicher, ob das die richtigen Worte sind, aber etwas Passenderes fällt ihr nicht ein.

Julia nickt schweigend.

Ane liest noch einmal den Brief, den der ehemalige Comisario hinterlassen hat. Darin gibt er zu, aus Geldgier die Kontrolle verloren zu haben. Allerdings streitet er ab, etwas mit den Drogenhändlern zu tun zu haben. Und schon gar nicht mit einem der Morde. Das Schreiben endet mit einem Sprichwort über den Schmerz des Verrats und die Bedeutung wahrer Freundschaft und Liebe.

»Ich bin mir nicht sicher, ob es ihm zusteht, anderen solche Ratschläge zu erteilen«, sagt Ane seufzend.

Julia wirft ihr einen vorwurfsvollen Blick zu. Denn sie hält es genau so wenig für angebracht, über einen Menschen, der sich das Leben genommen hat, so zu reden.

39

29. Oktober 2018, Montag

Julia klopft an das Holz der Drehtür. Vielleicht haben sie vergessen, dass sie hier wartet. Wie viel Zeit ist vergangen, seit die Nonne gegangen ist, um Schwester Teresa zu holen? Schwer zu sagen im Halbdunkel des Eingangsbereichs, in das nur das traurige Bild der Heiligen Jungfrau ein wenig Farbe bringt. Auf jeden Fall wartet sie schon zu lange. Wäre Ane bei ihr, hätte die schon längst nachdrücklich geklingelt.

Doch zum Glück hat sich Ane freiwillig entschieden, im Kommissariat zu bleiben, weil sie wusste, dass sie diesmal garantiert die Geduld verlieren würde.

Julia lächelt, als sie an die Kollegin denkt. Sie mag Ane. Am Anfang hatte sie ihre Probleme mit ihrer Impulsivität, aber allmählich hat sie sich daran gewöhnt, und sie spürt, dass sie sich gut ergänzen. Bei Ane muss immer alles sofort passieren, und sie beschönigt nie etwas; Julia hingegen unterdrückt meist den ersten Impuls und analysiert erst einmal, was zu tun ist und was die Konsequenzen wären.

Jenseits der Drehtür ist Gemurmel zu hören. Ein Gebet, das von einem Chor ferner Stimmen ständig wiederholt wird. Julia versucht, etwas zu verstehen. Unmöglich, aber der Rhythmus ist unverkennbar.

Der Rosenkranz …

Wenn sie warten muss, bis sie mit dem Rosenkranz fertig sind, muss sie sich in Geduld üben. Dabei muss sie wieder an Ane denken. Diesmal wäre die Methode ihrer Kollegin sicher erfolgreicher.

Sie drückt auf die Klingel. Zwei Mal.

Auf der anderen Seite der Drehtür sind eilige Schritte zu vernehmen und dann:

»Der Herr sei mit dir.«

»Und mit deinem Geiste«, entgegnet Julia mit zusammengebissenen Zähnen. »Schwester, ich warte hier schon seit einer halben Stunde auf Schwester Teresa.«

»Ja. Entschuldigen Sie. Sie hat mich gebeten, Ihnen zu sagen, dass sie nichts finden konnte.«

Julia atmet tief durch. Sie versucht, bis zehn zu zählen, kommt aber nur bis vier.

»Sagen Sie ihr, dass sie sofort herkommen soll!«, fordert sie schroff, selbst überrascht vom Ton ihrer eigenen Worte.

»Wir sind im Gebet.«

»Das waren Sie noch nicht, als ich zum ersten Mal geklingelt habe.«

Die Nonne schweigt ein paar Sekunden.

»Warten Sie«, sagt sie schließlich, bevor sie sich wieder zurückzieht.

Wieder Schritte und wieder nerviges Warten.

Julia ist erschöpft. Dies ist eindeutig nicht der beste Tag für eine Geduldsprobe. Sie hat schlecht geschlafen. Soweit man das zeitweilige Schließen der Augen als Schlaf bezeichnen kann. Das Bild von Olaizola, wie er dort am Wegrand hing, hat sie die ganze Nacht verfolgt und ihr so deutlich vor Augen gestanden, als hinge er bei ihr im Zimmer.

Die Kollegen der Spurensicherung haben ihr mitgeteilt, dass der einzige fremde Fingerabdruck in ihrer Wohnung nach der anonymen Drohung auf der Scheibe der von Olaizola war. Also hat er an jenem Abend versucht, ihr Angst einzujagen.

Doch sie wirft es ihm nicht vor, sondern beklagt lediglich, dass ihr ehemaliger Chef derart die Kontrolle verloren hat. Sie weiß, dass sie richtig gehandelt hat, aber deswegen fühlt sie sich nicht besser.

Erneut sind auf der anderen Seite der Tür Geräusche zu hören.

»Der Herr sei mit dir«, wird sie von einer Stimme begrüßt, die sie sofort als die von Schwester Teresa identifiziert.

Julia wundert sich, dass die Nonne sie nicht in den Besuchsraum bittet. Sie lässt sich nicht mal dazu herab, durch das Gitter mit ihr zu reden. Julia muss sich mit einem Gespräch durch die Drehtür zufriedengeben.

»Haben Sie die Liste?«, fragt Julia, ohne die Zeit mit irgendwelchen Förmlichkeiten zu verschwenden.

»Es tut mir leid, die Diebe haben sie gestohlen. Das ist das Einzige, was sie in der Nacht mitgenommen haben, in der das mit der Mutter Oberin geschah.«

»Aha, und auch das haben Sie nicht zur Anzeige gebracht!«, schimpft Julia. Ihr Handy, das in ihrem Rucksack steckt, meldet sich, und sie spricht lauter, um den Klingelton zu übertönen. »Über wie viele Frauen reden wir?«

»Einige. Ich kann es nicht sicher sagen. Gehen Sie ruhig ans Telefon, wenn Sie möchten.«

»Das kann warten. Sagen Sie mir, was Sie über diese Sache wissen. Wie viele Frauen waren es? Und wer hat das organisiert?«

»Das weiß ich nicht. Was das angeht, lässt mich mein Gedächtnis im Stich. Vielleicht zehn pro Jahr. 1980 war das letzte Jahr, und das erste Jahr war 1975. Oder '74? Ich weiß es nicht, meine Tochter, mein Kopf ... Mit den Zahlen komme ich immer durcheinander.«

Julia seufzt. Dass es mehr als drei Frauen waren, ist auf jeden Fall eine schlechte Nachricht.

»Und es gibt keine Möglichkeit herauszufinden, wer die Mädchen waren, die nach Lourdes geschickt wurden?«, hakt sie nach. »Durchsuchen Sie das ganze Kloster, wenn es nötig ist. Es muss doch etwas geben: Briefe der Familien, Fotos … Alles, was uns helfen kann, um die Namen herauszufinden.«

»Ich sehe, was ich tun kann.«

Diese Antwort bringt Julia nicht weiter. Und sie weiß, dass auch die Kollegen im Kommissariat damit nicht zufrieden sein werden. »Sicher kann sich eine der Schwestern an den einen oder anderen Namen erinnern. Fragen Sie alle. Wir brauchen Ihre Hilfe.«

Das Telefon klingelt hartnäckig weiter. Wer der Anrufer auch ist, er scheint nicht warten zu wollen.

»Diese Zeit haben nur die Mutter Oberin und ich miterlebt«, erklärt Schwester Teresa, »alle anderen sind später ins Kloster gekommen.« Dann versichert sie noch einmal, alles zu tun, um etwas zu finden, was der Polizei weiterhelfen könnte.

Julia sieht ein, dass mehr nicht zu machen ist. »Rufen Sie mich an, wenn Sie etwas in Erfahrung bringen. Ich lege meine Visitenkarte in die Drehtür.«

»Ich werde für Sie beten.«

Julia öffnet den Mund, um Schwester Teresa zu sagen, dass sie anstatt so viel zu beten lieber etwas kooperativer sein sollte, macht ihn jedoch gleich wieder zu.

»Einen Moment noch«, bittet die Nonne, als Julia bereits auf dem Weg nach draußen ist.

Die Drehtür setzt sich quietschend in Bewegung. »Nehmen Sie das mit. Damit es Ihnen im Kommissariat das Leben ein wenig versüßt.« Julia greift nach der in der Drehtür aufgetauchten Tüte. Darin befinden sich *Amarguillos*, das Marzipangebäck, das sie im Kloster backen und auch verkaufen, um ihre Kasse etwas aufzufüllen.

Julia will es nicht annehmen, doch sie zwingt sich dazu. Denn ein solcher Affront würde die Sache nur verschlimmern.

Ihr Handy klingelt immer noch, und draußen holt sie es endlich hervor.

Anes Name auf dem Display verheißt nichts Gutes. Sie weiß, dass Julia im Kloster ist.

»Hallo, Ane.«

»Wo bist du?«

»Ich verlasse gerade das Kloster und bringe Gebäck zum Frühstück mit.«

»Du bist immer noch da? Ich kann es nicht glauben! Sag mir, dass du die Liste hast!«

»Jetzt behaupten sie auf einmal, dass die Informationen, die wir brauchen, bei dem Diebstahl gestohlen wurden.«

»Was für ein Zufall!«, ruft Ane empört. »Vergiss diese Intrigantinnen, und komm her. Ich bin in Sorge, weil in Busturia eine Frau verschwunden ist.«

»Was? Wann?«

»Ihr Name ist Charo Etxebeste«, erklärt Ane eilig. »Sie hätte vor drei Stunden ihren Stand auf dem Markt von Gernika eröffnen müssen und ist bis jetzt noch nicht aufgetaucht. Obwohl sie zur üblichen Zeit das Haus verlassen hat. Vielleicht ist es übertriebene Sorge, aber sie könnte in seiner Gewalt sein. Wenn mein Verdacht richtig ist, steht ihr Name auch auf dieser Liste.«

»Warte, ich kehre um und frage nach.«

Julia drückt erneut die Klingel, deren schrilles Geräusch auf der anderen Seite der Drehtür erklingt.

»Der Herr sei mit dir«, meldet sich die Stimme von Schwester Teresa.

»Charo Etxebeste!«, platzt Julia heraus. »Erinnern Sie sich auch an sie nicht?«

»Sollte ich das?«

»Diese Frau ist gerade verschwunden. Wir befürchten, dass sie zu den Mädchen gehörte, die nach Lourdes geschickt wurden.«

Erneut enttäuschende Stille. Julia ärgert sich, dass sie das Gesicht der Nonne nicht sehen kann, um davon abzulesen, ob die Nachricht irgendeine Regung in ihr auslöst.

»Was sagt sie?«, erklingt Anes Stimme aus dem Handy.

»War sie eines dieser Mädchen?«, wiederholt Julia ihre Frage.

»Seitdem sind fast vierzig Jahre vergangen«, antwortet die Nonne zögerlich. »Wie soll ich mich da noch an Namen erinnern? Natürlich war eine Charo dabei, eine María und eine Maite, so häufig wie diese Vornamen sind. Etxebeste? Ich weiß nicht. Ich würde Ihnen gern weiterhelfen, aber ich kann nicht. Zu ärgerlich, dass diese Papiere gestohlen wurden!«

Ihre Worte klingen aufrichtig, überzeugen Julia aber nicht. Genauso wenig Ane, die ruft: »Sag ihr, wenn sich bestätigt, dass diese Charo eines der Mädchen aus Lourdes ist, kümmere ich mich persönlich darum, dass jede Ecke in diesem Kloster durchsucht wird!« Dann beendet sie die Verbindung.

Julia braucht die Worte nicht für die Nonne zu wiederholen, denn die waren trotz der Entfernung deutlich zu verstehen.

»Wir werden für sie beten. Mehr können wir nicht tun.«

40

29. Oktober 2018, Montag

Ane geht eilig zwischen den üppig mit Obst und Gemüse beladenen Marktständen hindurch. Es riecht nach Wald, was an den frischen Pilzen liegt, die die Verkäufer anbieten. Die häufigste Ware sind Äpfel, die überall in allen Farben und großzügigen Mengen zu sehen sind; außerdem ist Maronen-Saison, und hin und wieder ist der durchdringende Geruch von Käse wahrzunehmen, genau wie der süßliche Duft von Chorizo und Blutwurst mit Zwiebeln.

»Sehen Sie sich diese Kohlköpfe an. Es sind die ersten in dieser Saison!«, bietet eine ältere Frau in einem fröhlichen Kittel in blauen und orangenen Farbtönen ihre Ware an. »Und wie wär's mit etwas Blumenkohl?«

Ane und Aitor lächeln ihr zu und gehen weiter. Es ist nicht der richtige Zeitpunkt, um stehen zu bleiben und die Produkte aus den heimischen Gemüsegärten zu bewundern. Ein Menschenleben steht auf dem Spiel, und vielleicht zählt jede Sekunde.

»Nüsse aus Orozko!«, singt eine andere Verkäuferin und drückt Ane ein paar in die Hand.

»*Eskerrik asko*«, bedankt sie sich murmelnd, bevor sie weitergeht.

Es ist Montag, Markttag in Gernika, aber nicht irgendeiner. Es ist der »Letzte Montag im Oktober«, der Tag, an dem die größte und wichtigste Verkaufsschau des Jahres stattfindet. Käufer aus allen Winkeln Bizkaias füllen die Straßen, in denen unzählige Marktstände aufgebaut sind, und suchen den besten Käse, die beste *Sidra madura* – Schaumwein aus reifen Äpfeln – und andere hausgemachte Produkte.

Doch an diesem Morgen suchen die Besucher noch etwas anderes. Die Verbrechen in den letzten Tagen scheinen eine magnetische Anziehungskraft auf Tausende Neugierige auszuüben, die von nichts anderem reden.

»Käse aus Gorbea, direkt von den Arraba-Feldern!«, bietet eine Frau an und hält ihnen eine Platte mit verschiedenen Stücken unter die Nase.

Sie winken ab, und Ane bemüht sich erneut um ein höfliches Lächeln.

»Wir müssen fragen«, meint Aitor. Hinter ihm sendet Radio Euskadi sein morgendliches Programm aus einem improvisierten Studio zwischen Paprikaschoten und Brotlaiben aus dem Holzofen.

Ane zuckt mit den Schultern. Es ist wie die Suche nach der Nadel im Heuhaufen. Sie bleibt neben einem der Stände stehen und wendet sich an die Frau dahinter, die keine Zeit verliert und sofort ein paar Scheiben von einem Apfel abschneidet, der hörbar knackt, als das Messer hindurchfährt. »Probieren Sie. Die sind von hier, aus Kortezubi. Ich verkaufe sie für unter zwei Euro das Kilo.«

»Wir suchen einen bestimmten Stand ...«, beginnt Ane.

»Oh, Sie sind nicht von hier, oder?«, fragt die Frau misstrauisch.

Ane zögert. Kommt drauf an, was mit »hier« gemeint ist. »Na ja, aus Pasaia.«

»Ha, Guipuzcoana also. So förmlich drücken wir uns hier nicht aus. Dafür kennen wir uns zu gut.«

Ane nickt mit vorgetäuschtem Interesse. Bei diesem Wettlauf gegen die Zeit kann sie sich keine verbale Haarspalterei erlauben.

»Meine Liebe«, beginnt Aitor hinter ihr brav, und dem Ton seiner Worte ist anzumerken, dass er sich bemüht, der Apfelverkäuferin zu gefallen, »könnten Sie uns vielleicht sagen, wo sich der Stand von Charo Etxebeste befindet?«

Die Frau legt den Apfel zur Seite und mustert sie verwundert von oben bis unten. »Sie sind Polizisten? Das hab ich gar nicht gemerkt so ohne Uniform.« Sie senkt die Stimme und flüstert: »Sie wollen sicher nicht erkannt werden. Keine Sorge, ich bin verschwiegen wie ein Grab. Wissen Sie schon was über Charo? Stimmt es, dass sie in der Gewalt des Tulpenmörders ist? Oje, wir haben alle große Angst.«

»Ganz ruhig, wir werden sie finden«, sagt Ane schnell. »Könnten Sie uns bitte sagen, wo ihr Stand normalerweise ist?«

Die Marktfrau zeigt auf die gegenüberliegende Seite des Markts. »Dort zwischen dem Stand mit den Pilzen und dem Schäfer, der Schafsmilch und Käse verkauft. Der Käse ist angeblich selbst gemacht, aber glauben Sie das nicht, der hat gar nicht die Zeit, so viel zu arbeiten.«

Ane und Aitor bedanken sich, und die Frau zwinkert ihnen zu.

»Hier, nehmen Sie, die sind frisch gepflückt«, sagt sie und hält ihnen ein paar Äpfel hin.

»Nein danke.«

Die Frau stützt sich auf den Verkaufstisch und streckt die Hand aus, um Aitor das Obst in die Jackentasche zu stecken. »Für später. Nur keine Scham. Und bitte findet sie lebend.«

Als Ane die letzten Worte hört, überkommt sie eine gewisse Mutlosigkeit.

Lebend.

Bis jetzt hat sie sich diese Frage noch gar nicht gestellt: Gibt es noch Hoffnung, Charo Etxebeste lebend zu finden?

Sie wendet sich ihrem Kollegen zu. Sein düsterer Gesichtsausdruck sagt ihr, dass er ähnliche Gedanken hegt. Und sie muss ihn gar nicht erst fragen, zu welchem Schluss er gekommen ist. Der

Tulpenmörder hat bisher keines seiner Opfer länger festgehalten. Sondern nur getötet.

Bis jetzt.

Wobei noch immer die Möglichkeit besteht, dass sich die Frau gar nicht in den Händen des Mörders befindet, der in Urdaibai Angst und Schrecken verbreitet. Vielleicht ist sie gar nicht von jemandem verschleppt worden, sondern ihr ist nur irgendetwas dazwischengekommen.

Das Einzige, was sie wissen, ist, dass sie ihren Marktstand nicht geöffnet hat und nicht ans Telefon geht. Ihr Sohn, der an der Universität von Leioa Biologie unterrichtet, etwa vierzig Autominuten von Gernika entfernt, hat auch nichts von ihr gehört. Am frühen Morgen haben sie gemeinsam den Lieferwagen mit dem Gemüse aus dem Garten beladen und sich an der Haustür voneinander verabschiedet. Alles genau wie jeden Montag. Charo hat sich auf den Weg zum Markt gemacht, und ihr Sohn hat zu Hause gefrühstückt.

Das war am Morgen um Viertel nach sieben, und seitdem sind vier Stunden vergangen; vier Stunden ohne eine Nachricht oder einen Hinweis darauf, wo sie sich aufhält. Und verständlicherweise ist die Familie nach dem, was den anderen Frauen widerfahren ist, in Panik geraten.

Es sieht nicht gut aus angesichts der Tatsache, dass in dieser Gegend ein Mörder frei herumläuft, dessen Opfer Frauen in Charos Alter sind. Auch der Tag scheint nicht zufällig ausgewählt. Denn wenn es einen Tag im Jahr gibt, an dem alle Basken nach Gernika schauen, dann am »Letzten Montag im Oktober«.

Als Ane und Aitor die Stelle erreichen, die die Marktfrau ihnen gewiesen hat, weiß auf dem Markt jeder, wer sie sind. Egal, ob Verkäufer oder Kunde, alle haben den Blick auf sie gerichtet und tuscheln miteinander.

»Wie gut, dass die Frau verschwiegen ist wie ein Grab«, meint Aitor trocken.

Ane sieht es positiv. Immerhin müssen sie nun nicht mehr alle zwei Schritte einen Apfel oder einen streng riechenden Schafskäse probieren.

Der Stand, an dem Charo Etxebeste jeden Montag die Produkte aus ihrem Garten anbietet, ist leer. An den beiden Nachbarständen warten mehrere Kunden, dass sie an die Reihe kommen, verlieren jedoch das Interesse an der Ware, als die beiden Polizisten auftauchen.

»Ich habe Sie angerufen«, sagt der Schäfer, ohne auf ihre Begrüßung zu warten. Sein Haupthaar ist ebenso grau und gelockt wie der Bart, und sein bis zu den Ellbogen aufgekrempeltes Karohemd sowie seine großen, starken Hände komplettieren sein hundertprozentig zum Stereotyp passendes Aussehen. »Ich habe mich gewundert, dass Charo, ohne Bescheid zu sagen, nicht gekommen ist. Sie war bis jetzt nur ein einziges Mal nicht hier, und da hat sie vom Bett aus angerufen, um uns zu sagen, dass sie eine heftige Grippe hat. Aber das war an einem ganz normalen Montag. Den ›Letzten Montag im Oktober‹ hat sie sich noch nie entgehen lassen. Stimmt's, Mari Juli?«

Die Angesprochene nickt mit düsterem Gesichtsausdruck. Es ist die Frau an dem Stand mit den Pilzen. Sie hat kurzes Haar und breite Hüften und lässt die Ware, die sie gerade einpacken will, liegen, um sich den beiden Polizisten zuzuwenden. »Sicher hat dieser Verrückte sie sich geschnappt. Ich wüsste nicht, was ihr ansonsten auf dem kurzen Weg von zu Hause bis hierher zugestoßen sein soll. Sie braucht höchstens zehn Minuten bis nach Gernika.«

Die Stille, die auf ihre Worte folgt, lastet schwer. Ane und Aitor wissen, dass sie recht hat. In der knappen halben Stunde, die seit der Benachrichtigung vergangen ist, hat die Polizei den Weg, den Charo Etxebeste zum Markt genommen haben muss, bereits abgesucht. Ihr Lieferwagen scheint wie vom Erdboden verschluckt.

»Was ist mit Charo?«, fragt eine Kundin, die mit einem Einkaufstrolley herankommt.

»Sie ist verschwunden«, erklärt ihr die Pilzverkäuferin. »Wir reden gerade darüber. Diese beiden sind von der Polizei.«

»Um Gottes willen! Der Tulpenmörder etwa?« Die Frau hat den Einkaufstrolley losgelassen und legt sich erschreckt die Hände vor den Mund, Panik steht in ihren Augen.

»Haben Sie sie gekannt?«, fragt Aitor.

»Kennen Sie sie?«, korrigiert Ane ihn.

Ihr Kollege verzieht das Gesicht. Der verbale Ausrutscher ist ihm peinlich.

»Sicher. Ich kaufe schon mein ganzes Leben lang Gemüse bei ihr.« Die Kundin stützt sich auf dem Verkaufstisch des Stands ab, die Nachricht hat sie umgehauen. »Ist sie wirklich diesem Verrückten in die Hände gefallen?«

Inzwischen sind weitere Neugierige zu ihnen getreten. Sie bilden einen Halbkreis um die Polizisten und sehen sie erwartungsvoll an. Auch die ersten Mikrofone tauchen auf.

»Kann sich jemand von Ihnen an etwas Ungewöhnliches erinnern, das in den letzten Wochen geschehen ist?«, fragt Ane mit lauter Stimme. »Hat Charo irgendetwas gesagt? Hat sie etwas beunruhigt?« Je mehr Leute sie hören, desto zahlreicher sind die Möglichkeiten, dass jemand irgendeinen Hinweis über Charos Verschwinden beitragen kann. »Ist Ihnen jemand hier am Stand aufgefallen?«

Doch die Leute sehen sich nur gegenseitig an und zucken mit den Schultern. Ane versucht etwas von ihren Gesichtern, ihren Blicken, ihren Gesten abzulesen. Nichts.

»Wir müssen mit jemandem reden, der sie wirklich gut kennt«, bringt sich Aitor ein.

Erneute Stille.

»Itziar, die Paprikaverkäuferin«, sagt der Losverkäufer. »Die beiden waren zusammen in der Schule.« Bis dahin ist Ane seine

Gegenwart noch gar nicht aufgefallen. »Kommen Sie mit, ich bringe Sie zu ihr.«

Ane und Aitor folgen dem Mann zur anderen Seite des Markts. Falls sich bestätigen sollte, dass Charo Etxebeste in jungen Jahren ebenfalls in Lourdes war, sieht es düster aus; sollte das Gegenteil der Fall sein, können sie wieder etwas ruhiger atmen.

Das Funkgerät in Anes Tasche meldet sich. Es ist das Kommissariat. Ane und Aitor sehen sich besorgt an. Gute oder schlechte Nachrichten?

»Cestero«, meldet sie sich mit gedrücktem Sprechknopf.

»Ich bin's – Txema. Der Lieferwagen der Verschwundenen ist gefunden worden. Ich fahre hin. Der Kollege, der ihn entdeckt hat, sagt, dass nichts auf Gewaltanwendung hinweist. Und das Gemüse ist noch drin. Es ist auch eine Kasse im Wagen mit fast hundert Euro Wechselgeld.«

»Dann war es eindeutig kein Raubüberfall.« Tatsächlich hat Ane diese Möglichkeit gar nicht erst in Betracht gezogen. »Wir haben vielleicht gleich Neuigkeiten. Wir halten dich auf dem Laufenden.«

Der Losverkäufer dreht sich zu ihr um und schüttelt traurig den Kopf. »Er hat sie auf dem Gewissen.«

Ane schweigt darauf lieber.

Der durchdringende Geruch von gegrilltem Paprika liegt in der Luft, wo Itziar, die Paprikaverkäuferin, ihren Stand hat. Dabei handelt es sich nicht wie bei den meisten anderen um einen einfachen Verkaufstisch, sondern um einen großen rohrförmigen Ofen, um den sich Kisten voller Paprikaschoten von den großen Feldern in Navarra stapeln.

»Itziar, die beiden sind Ertzainas«, stellt Crespo, der Losverkäufer, Ane und Aitor vor.

»Sie sind wegen Charo hier. Es sieht nicht gut aus, und ihr Lieferwagen ist gefunden worden.«

»Ach, du liebe Güte!«, jammert die Frau, die gerade mehrere Kilo Paprika in den Ofen geschoben hat, das so rot ist wie ihre Lippen. »Und sie ist immer noch verschwunden?«

»Wir tun unser Bestes«, beteuert Ane. »Wir haben gehört, dass Sie beide zusammen in der Schule waren.«

»Ja, das stimmt. Von unserem siebten bis zum achtzehnten Lebensjahr.« Die Frau wischt sich die Hände an ihrer weißen Schürze ab, die dringend mal gewaschen werden müsste.

»Hatten Sie in den letzten Tagen Kontakt mit Charo, und wissen Sie, ob sie irgendetwas beunruhigt hat?«

Itziar denkt nach. »Ich habe sie gestern noch gesehen. Nein, das war vorgestern. Sie war mit mehreren vollen Einkaufstaschen unterwegs, und wir haben uns nur flüchtig gegrüßt. Dabei ist mir nichts Außergewöhnliches aufgefallen.«

Ane will nicht um den heißen Brei reden. Denn wenn sich die Verschwundene tatsächlich in den Händen dieses Verbrechers befindet, wird die Zeit allmählich knapp. »Wissen Sie, ob Charo in jungen Jahren für eine Weile in Lourdes war?«

»Ja, in dem Jahr, als wir Abitur gemacht haben.«

»Wann? 1979?«

Itziar wendet sich einem Kunden zu, der an ihrem Stand stehen geblieben ist, und bittet ihn, einen Moment zu warten. »Ich kann nicht beschwören, dass es in diesem Jahr war.« Sie kneift die Augen zusammen und blickt in den Himmel, während sie versucht, sich zu erinnern. »Aber ... ja, das muss '79 gewesen sein.«

Aitors Seufzen wundert Ane nicht, denn auch ihre schlimmsten Befürchtungen sind gerade wahr geworden. Während Ane weitere Fragen stellt, bittet er den Losverkäufer, ein paar Schritte zur Seite zu gehen.

»Ist Charo freiwillig nach Lourdes gegangen, oder wollten das ihre Eltern so?«

Itziar verzieht das Gesicht. »Das war sehr seltsam und ist von einem Tag auf den anderen passiert. An die Einzelheiten kann ich mich nicht mehr erinnern, aber Charo war nicht mehr dieselbe, als sie von dort zurückkam.«

»Wie meinen Sie das?«

»Nun ja, vorher ist sie ein fröhliches Mädchen gewesen, das immer viel unternommen hat. Wir sind zusammen mit anderen Mädchen auf Partys gegangen, haben Pläne geschmiedet ... Doch nachdem sie zurück war ... Diese Nonnen haben einen verbitterten Menschen aus ihr gemacht.«

Das erinnert Ane an das, was Pilar in Santiago de Compostela über ihre Schwester erzählt hat. »Hat sie Ihnen etwas über ihre Erfahrungen mit den Nonnen gesagt?«, erkundigt sie sich mit lauter Stimme, um die Blaskapelle zu übertönen, die gerade an ihnen vorbeizieht.

Itziar schüttelt den Kopf. »Mir nicht. Sie hat nicht gern darüber geredet. Nicht mal Jahre später, wenn es mal zur Sprache kam.«

Ane versucht sich in die Lage dieser jungen Frauen zu versetzen, die von ihren Familien gezwungen wurden, ihr gewohntes Leben zurückzulassen, um an einer Art geistiger Entgiftung teilzunehmen. Welche Fehler hat man Charo wohl zur Last gelegt, dass sie das in den Augen ihrer Eltern verdiente?

Erneut meldet sich ihr Funkgerät. Bevor sie rangeht, tritt sie ein paar Schritte zur Seite, um sich von der Traube aus Neugierigen zu entfernen, die sich um den Paprikastand herum gebildet hat.

»Ich hab den Durchsuchungsbeschluss«, sagt Julia, nachdem sich Ane gemeldet hat.

»Schon? Gute Arbeit«, lobt Ane. »Aitor und ich sind hier erst mal fertig. Die Verschwundene ist eines von den Mädchen, die in Lourdes waren. Wenn die in diesem verdammten Kloster mit uns zusammenarbeiten würden, wäre das nicht passiert, und Charo Etxebeste würde jetzt wie jeden Montag ihr Gemüse verkaufen.«

»Mir ist nur schleierhaft, was diese Nonnen verheimlichen wollen«, gesteht Julia.

»Irgendetwas stinkt da jedenfalls zum Himmel. Was sie mit den armen Mädchen wohl gemacht haben? Hoffentlich werden wir es jetzt erfahren.«

»Bestimmt. Sehen wir uns an der Tür?«

»Wir sind in fünf Minuten da.« Ane beendet das Gespräch und gibt Aitor ein Zeichen, dass er mit zum Auto kommen soll. Sie machen sich erneut auf den Weg ins Kloster, und diesmal wird sich ihnen keine der Nonnen in den Weg stellen.

41

29. Oktober 2018, Montag

Durchdringendes anhaltendes Klingeln erschallt auf der anderen Seite der Drehtür. Hektische Schritte über ihnen. Das Holz an der Decke knarrt unter den hastigen Bewegungen der Nonnen. Allerdings kommt keine von ihnen herunter, um die Ertzainas zu empfangen, die im Eingangsbereich die Geduld verlieren.

»Wir müssen die Tür eintreten!«, entscheidet Ane.

»Das ist massives Holz«, erklärt Aitor, nachdem er an die Tür geklopft hat. »Da brauchen wir aber einen kräftigen Rammbock.«

Julia klingelt weiter. »Warum machen die die Tür nicht auf?«

»Weil sie, verdammt noch mal, keine Lust haben, mit uns zu reden«, schimpft Ane. »Und nachher heißt es wieder, dass sie gerade den Rosenkranz gebetet haben oder irgendso'n Scheiß!« Sie rüttelt heftig an der Drehtür. »Wir sollten sie wegen Behinderung der Polizei festnehmen!« Dann brüllt sie: »Öffnen Sie auf der Stelle, oder Sie machen sich strafbar!«

Julia fällt eine lange Holzbank an der Wand ins Auge. Ob sie die als Rammbock benutzen sollten?

Doch dann sind auf der anderen Seite der Tür sich nähernde Schritte zu vernehmen.

»Der Herr sei mit euch.«

»Öffnen Sie sofort!«, befiehlt Ane rundheraus.

»Aber ... Was ist den los? Wir beten gerade und ...«

Ane will ihre Anordnung gerade wiederholen, doch Aitor kommt ihr zuvor. »Wir haben einen Durchsuchungsbeschluss dabei«, erklärt er freundlich.

»In die Klausur dürfen Sie aber nicht hinein.«

Ane ist nicht in der Lage herauszuhören, ob die Stimme einer der Nonnen gehört, die sie bereits kennengelernt hat, oder einer anderen. Nur zu gern würde sie die Tür einrammen, um diesen Intrigantinnen eine Lektion zu erteilen.

Doch stattdessen legt sie den richterlichen Beschluss in die Drehtür. »Hier, werfen Sie einen Blick drauf. Und dann machen Sie die Tür auf!«

»Einen Moment bitte. Ich muss meine Brille holen«, entschuldigt sich die Nonne. »Wenn man alt ist, sieht man nicht mehr so gut.«

»Die wollen uns mürbe machen«, klagt Ane, nachdem sich die Schritte entfernt haben. »Das ist euch klar, oder?«

»Sie haben vom ersten Tag an mit uns gespielt«, fügt Julia mit gerunzelter Stirn hinzu.

Ane schnaubt. Es fällt ihr schwer, sich zusammenzureißen. Sie können nicht zulassen, dass sie noch mehr Zeit verlieren.

»Wir geben Ihnen zehn Sekunden«, sagt sie zu ihren Kollegen. »Wenn sie dann nicht wieder hier sind, brechen wir die Tür auf.«

Es vergehen zehn und auch zwanzig Sekunden.

Dann endlich wird ohne vorherige Ankündigung die Drehtür betätigt, und das von der Richterin unterschriebene Dokument kehrt in den Eingangsbereich zurück.

»Das gibt Ihnen die Erlaubnis, unsere Archive und die Bibliothek zu durchsuchen«, verkündet die Nonne, »aber auf keinen Fall werden Sie unsere Zellen oder andere Bereiche des Klosters betreten.«

»Ja, ist klar«, gibt Ane widerstrebend zu. Gewöhnlich ist nicht jeder in der Lage, den richterlichen Beschluss so genau zu interpretieren. »Jetzt machen Sie, verdammt noch mal, die Tür auf, oder wir öffnen sie mit Gewalt!«

Die schwere Tür öffnet sich mit einem lauten Quietschen. Der Raum auf der anderen Seite ist kaum beleuchtet, Ane und Julia können gerade so erkennen, dass Schwester Teresa höchstpersönlich ihnen die Tür geöffnet hat, doch sie wirkt nicht so freundlich wie beim letzten Mal.

»Wir haben die ganze Zeit mit Ihnen zusammengearbeitet«, verteidigt sie sich. »Was also soll jetzt dieser Überfall? In den letzten fünfzig Jahren hat nur der Arzt die Klausur betreten. Der Arzt und der Bestatter, wenn der Herr eine von uns an seine Seite berufen hat. Dies ist eine unverzeihliche Respektlosigkeit gegenüber der Kongregation und der katholischen Kirche.«

»Wo ist das Archiv?«, fragt Ane, ohne auf die Vorwürfe einzugehen.

»Da gibt es nicht viel. Ein paar Zahlen zum Gebäckverkauf, sonst nichts.«

»Wo ist es?« Ane ist ihre Gereiztheit anzuhören.

»Sie müssen mir nur sagen, was Sie brauchen, und ich werde es Ihnen bringen.«

»Das haben wir schon versucht!«, schnauzt Ane die Nonne an. Sie macht ihren Kollegen ein Zeichen, ihr zu folgen.

»Ich werde Sie begleiten«, schlägt Schwester Teresa schließlich mit saurer Miene vor. »Es ist nicht leicht, in diesem Gebäude den richtigen Weg zu finden.«

Die will sie eindeutig unter Kontrolle halten. So kann sie sicher sein, dass sie nur durchsuchen, was der Beschluss der Richterin ihnen erlaubt.

Die Treppenstufen, die ins Obergeschoss führen, knarren unter den Polizeistiefeln. Schwester Teresa führt die Kolonne an, im Schneckentempo, wegen ihrer Altersbeschwerden. Der muffige Geruch nach alten Häusern auf dem Land, die nur in den Sommermonaten bewohnt sind, liegt in der Luft. Die Blumentapete an den Wänden ist altmodisch, abgenutzt und mottenzerfressen. Es gibt wahrscheinlich nicht allzu viele Orte, die so sehr dem Stereotyp entsprechen wie dieser.

Ein Dutzend dunkle Holztüren reiht sich im ersten Stock an beiden Seiten hintereinander. Nur wenige davon sind geöffnet und lassen etwas Tageslicht herein.

»Die Bibliothek mit dem Archiv befindet sich hinter der Tür ganz hinten. Hinter der, die nur angelehnt ist«, erklärt Schwester Teresa. »Warten Sie hier auf mich, ich werde Ihnen etwas bringen, das Ihnen die Suche versüßt.«

»Ich habe den Eindruck, dass Ihre *Amarguillos* gerade anbrennen«, scherzt Ane angesichts des Geruchs, der in der Luft liegt.

»Das ist der alte Kohleofen. Wir benutzen ihn noch für die *Amarguillos*. In dem neuen Gasofen werden sie nur halb so gut.«

Ane will gerade einwenden, dass es nicht nötig ist, ihnen Gebäck zu bringen, als ihr bewusst wird, dass dies die Möglichkeit mit sich bringt, sich ein paar Minuten lang frei zu bewegen.

Die Nonne verschwindet die Treppe hinauf. Auf einmal ist sie überraschend agil.

»Wo sind denn die anderen Nonnen?«, fragt Aitor. »Oder lebt diese Frau allein hier?«

»Die sind sicher oben bei den *Amarguillos*«, vermutet Ane sarkastisch.

Julia zieht die Augenbrauen hoch, als sie in eine der offenen Zellen schaut. »Na, so schlecht leben die hier nicht. Da hab ich schon in kleineren Hotelzimmern schlafen müssen.«

Ane wirft einen flüchtigen Blick hinein. Ihre Kollegin hat nicht übertrieben. Das Bett ist für ihren Geschmack ein wenig zu klein, und die Möbel sind alt und düster, aber es ist jede Menge Platz, und der Raum wirkt nicht unbequem. Allerdings ist ein Kruzifix das Einzige, was die Monotonie der nackten Wände durchbricht.

»Was ist das für ein Geräusch?«

Ane wendet sich Aitor zu. »Was?«

Ihr Kollege schüttelt den Kopf. »Ich dachte, ich hätte etwas gehört.«

»Das werden die Nonnen in der Backstube sein. Wir haben sie aufgescheucht, weil wir in ihre Klausur eingedrungen sind«, scherzt Ane, während sie auf die Bibliothek zugeht. Sie will keine weitere Sekunde verlieren.

»Da, schon wieder!« Aitor ist mitten im Gang stehen geblieben. »Habt ihr es jetzt auch gehört?«

Julia neben ihm nickt. Beide lauschen mit konzentrierten Mienen. »Es kommt aus einer der Zellen und klingt wie ein Klagen.«

Ane spitzt die Ohren. Nichts. »Verdammt, ich bin die Jüngste in der Truppe und anscheinend die mit dem schlechtesten Gehör. Oder nehmt ihr mich auf den Arm?«

In dem Moment sind sich nähernde Schritte auf dem Gang zu hören. Schwester Teresa ist wieder da. »Wie? Sie sind immer noch hier? Kommen Sie. Sie haben es doch so eilig.«

Bibeln, Evangelien, Heiligenbiografien, die Geschichte des Ordens ... In diesem Raum ist nichts, was so aussieht wie das, was sie suchen.

»Hier werden wir nichts finden«, klagt Julia. »Und Schwester Teresa weiß das ganz genau. Deshalb hat sie uns allein gelassen.«

Die Nonne hat sie in der Bibliothek eingeschlossen und ist wieder verschwunden. Ihren Schritten war anzuhören, dass sie diesmal nicht in die Küche gegangen ist, sondern in eine der Zellen.

»Irgendwo müssen die ihren Papierkram doch aufbewahren. Ich kann mir nicht vorstellen, dass diese Frauen, die diesen Ort nie verlassen, nicht alles vermerken, was hier passiert, oder zumindest das Außergewöhnliche. Außerdem hat die alte Hexe gesagt, dass sich hier die Buchhaltungsunterlagen von der Backstube befinden. Und wo sind die?«

Aitor legt den Kopf in den Nacken und geht einen Schritt auf die Regale zu.

»Hier fehlen Bücher«, erklärt er genau in dem Moment, in dem Schwester Teresa wiederauftaucht.

Die alte Frau versucht erfolglos, Überraschung vorzutäuschen. Sie hat eindeutig etwas zu verbergen und tut schließlich so, als wäre ihr gerade etwas eingefallen. »Ach, die Buchhaltung! Die hab ich vergessen. Ich bringe sie sofort.«

Keine Minute später kehrt Schwester Teresa mit vier dicken Kassenbüchern zurück. »Das ist alles, was wir noch haben. Der Diebstahl, Sie wissen schon«, jammert sie, als sie die Bücher auf den Tisch legt.

Aitor greift sofort danach und geht damit zum Regal hinüber, um in der Lücke im Regal nach den Spuren zu suchen, die die fehlenden Bücher dort hinterlassen haben.

»Sehen Sie, Schwester? Bitte, treten Sie näher«, fordert Aitor die Nonne auf, nachdem er die vier Bücher ins Regal gestellt hat.

Schwester Teresa gehorcht widerwillig. Plötzlich sind ihre Altersbeschwerden wieder da, und sie bewegt sich entnervend langsam. Ane unterdrückt den Drang, sie an den Schultern zu packen und sie zu schütteln. Sie ahnt, was ihr Kollege entdeckt hat. Daher konzentriert sie sich auf die Reaktion der Nonne.

»Sehen Sie die Spuren, die die Bücher im Staub zurückgelassen haben?« Die Nonne antwortet nicht. »Natürlich sehen Sie die. Und auch, dass diese Kassenbücher perfekt dorthin passen. Aber wo sind die anderen? Hier fehlen mindestens sechs weitere Bände. Das kann man im Staub erkennen.«

»Wollen Sie uns irgendwelche Ungenauigkeiten vorwerfen?«

Ane schnaubt. Wie lange will diese Frau ihr Spiel noch treiben? »Das, was mein Kollege auf seine höfliche Art sagen will, ist, dass wir Sie festnehmen werden, wenn Sie nicht endlich mit uns kooperieren. Und glauben Sie mir, liebe Schwester Teresa, dass die Klausur in unseren Hafträumen längst nicht so komfortabel ist wie hier in Ihren Zellen. Dort werden Sie erfahren, was Ihr Armutsgelübde wirklich bedeutet.«

Die alte Frau verzieht keine Miene. Nicht mal ihre Lippen zucken.

»Vielleicht habe ich mich nicht deutlich genug ausgedrückt«, erklärt Aitor besänftigend. »Bis vor ein paar Stunden, vielleicht auch nur Minuten, haben hier Dokumente gestanden, die jemand hat verschwinden lassen. Die vier Kassenbücher, die Sie uns gebracht haben, gehören dazu, aber es fehlt noch einiges. Wo ist der Rest? Eine Frau ist verschwunden, und ihr Leben hängt möglicherweise von dem ab, was wir hier finden. Verstehen Sie die Tragweite dieser Angelegenheit?«

»Wir beten für sie. Unsere Gebete ...«

Ane, die gerade einen der *Amarguillos* in der Hand hält, die Schwester Teresa ihnen angeboten hat, ist kurz davor, die Geduld zu verlieren. Noch immer kämpft sie gegen den Drang an, die Nonne am Habit zu packen und sie zu schütteln.

Sie steckt sich das Gebäck in den Mund, um die Hand frei zu haben, und runzelt die Stirn. Der *Amarguillo* ist kalt und kommt auf keinen Fall frisch aus dem Ofen.

»Verdammt, die verbrennen die Dokumente!«, ruft sie und denkt an den Brandgeruch, von dem das ganze Kloster erfüllt ist.

Schwester Teresa versucht etwas einzuwenden und greift nach Aitors Arm, um ihn zurückzuhalten, doch er läuft bereits hinter seinen beiden Kolleginnen her.

Januar 1996

Nach meinem Selbstmordversuch war für meinen Vater die Sache klar. Mich mit gebrochenem Bein und von einem Haufen Neugieriger umgeben unten auf der Straße vorzufinden war nicht das, was er sich bei seiner Rückkehr nach einem Monat auf dem Meer gewünscht hatte.

Ich musste nicht mehr zur Schule gehen. Und auch, wenn er nichts über meine Mutter sagte, weiß ich, dass er versucht hat, mich von ihr fernzuhalten. Eine Zeit lang draußen auf dem Meer, davon gab er sich überzeugt, würde mich abhärten. Leider fiel meine erste Fahrt mit dem Schiff mit dem Beginn seiner Krankheit zusammen, sodass ich ohne ihn an Bord gehen musste.

Meinen Vater in meiner Nähe zu wissen wäre sicher besser für mich gewesen, denn Gran Sol ist absolut nicht so schön, wie der Name verheißt. Ganz im Gegenteil, der Atlantik mit seinen Unwettern ist ein äußerst ungastlicher Ort, und die *Virgen de Begoña* mit ihren dreißig Metern Länge war nicht mehr als eine winzige Nussschale mitten im stürmischen Ozean.

»O Mann, du bist aber bleich! Ist dir schlecht?«, fragte mich Pepe, als ich an Deck kam. Er zählte zu denen, die schon am längsten auf dem Schiff waren, ein Mann von grobem Aussehen mit einer rauen Stimme, die so klang, als wäre er ständig heiser.

Ich verneinte, was nicht gelogen war. Denn mir war nicht schlecht, ich hatte furchtbare Angst, seit ich wusste, dass ein Unwetter drohte.

»Unser Job wird immer härter«, klagte Pepe. »Die Meere sind beinahe leer gefischt. Das ist nicht mehr wie früher. Damals hat jeder von uns bei einem guten Fang mehr als fünfhunderttausend Pesetas verdient. Heutzutage kannst du froh sein, wenn du zweihunderttausend mit nach Hause bringst.« Er spuckte ins Meer. »Und jedes Mal müssen wir länger draußen bleiben, um den Frachtraum zu füllen. Und die Seehechte werden immer kleiner.«

»Ist das schon das Unwetter?« Das war das Einzige, was mich in diesem Moment interessierte.

Das Meer ließ eine unablässige Folge haushoher Wellen über unserem Boot niedergehen. Alle paar Sekunden richtete sich der Bug beinahe senkrecht auf, dann ging es steil wieder nach unten. Ich fühlte mich vollkommen schutzlos den Kapriolen des Ozeans ausgeliefert.

»Wir haben gerade höchstens Windstärke vier«, antwortete Pepe. »Wenn wir mitten drin sind, haben wir mindestens Windstärke neun, wenn nicht sogar mehr. Das sind dann *richtige* Wellen.«

Instinktiv sah ich mich nach Festland um. Natürlich war nirgends etwas zu sehen. Schließlich waren wir von Bermeo aus vier Tage unterwegs gewesen, um die Fanggründe zu erreichen. Und das in voller Fahrt. Wir befanden uns in der Mitte von Nirgendwo, und es näherte sich ein starkes atmosphärisches Tief, was auf der *Virgen de Begoña* außer mir jedoch niemanden zu beunruhigen schien. Waren denn plötzlich alle verrückt geworden? Standen uns wirklich noch weitere drei Wochen in dieser Hölle bevor?

»Warum suchen wir vor dem Unwetter nicht Schutz in irgendeinem Hafen?«

»Wir können nicht umkehren. Hab keine Angst, das ist normal in Gran Sol. Uns allen ist es schwergefallen, uns daran zu gewöhnen, aber das Schiff ist sicher. Und es sind immer andere Schiffe in der Nähe. Wenn eines der Fischerboote Probleme hat, kommen wir anderen ihm sofort zu Hilfe.«

Doch Pepes Worte beruhigten mich nicht. Am liebsten wäre ich davongelaufen, doch auf allen Seiten gab es nur wütendes Wasser.

Pepe machte mir ein Zeichen, ihm unter Deck zu folgen. Es war nicht leicht, im ständigen Auf und Ab das Gleichgewicht zu bewahren. Er nahm mich mit in eine winzige Kajüte, die er mit drei anderen Seeleuten teilte und die genauso aussah wie die, in der ich schlief. Die Poster, auf denen nackte Frauen mit üppigen Brüsten in lasziver Pose zu sehen waren, bildeten einen krassen Gegensatz zu der Nische mit der Virgen del Carmen, der Patronin der Fischer.

Pepe öffnete sein Fach und nahm eine Flasche Brandy heraus. Er trank gierig davon und reichte sie an mich weiter. »Nimm 'nen Schluck. Trink und bete. Mehr können wir nicht machen.«

Wenn seine Worte mich beruhigen sollten, verfehlten sie ihre Wirkung.

Ich trank. Noch nie zuvor hatte ich so starken Alkohol probiert. Er brannte in meiner Kehle und wärmte mir den Magen.

»Fühlst du dich besser?«

»Nein.« Warum sollte ich lügen. Wer hatte diesem Ort wohl seinen Namen gegeben? Das konnte nur ein schlechter Scherz gewesen sein.

Als ich Pepe darauf ansprach, lachte er heiser. »Gran Sol? Der Name dieser Fanggründe hat nichts mit der Sonne zu tun. Die Franzosen haben ihn so genannt: ›Grande Sole‹ bedeutet große Seezunge, wie sie hier gefischt wird. Oder gefischt wurde, denn die gibt's hier nicht mehr.«

Ein anderer Seemann steckte den Kopf durch die Tür. »Kommt hoch! Die Seehechte sind da!«

»Aber wir können doch in diesem Unwetter nicht rausgehen!«, wandte ich ein.

Die beiden erfahrenen Seeleute wechselten einen einverständigen Blick. Wenigstens waren sie so höflich, nicht zu lachen.

»Früher, als es noch jede Menge Fische gab«, erklärte Pepe, »haben wir uns bei heftigem Seegang in die Kajüten gelegt und auf besseres Wetter gewartet. Aber das geht jetzt nicht mehr. Wir haben keine andere Wahl, als zu fischen, wenn sich die Gelegenheit bietet. Auch bei so schlechten Wetterbedingungen wie heute.«

»Ist das nicht gefährlich?«, fragte ich, während ich den beiden zur Treppe folgte.

Pepe wandte sich zu mir um, wieder mit jenem väterlichen Blick in den Augen, der mir so guttat, wenn auch nur für ein paar Sekunden. »Ist in jedem Fall besser, als ohne Geld nach Hause zurückzukehren. Arbeite nur mit einer Hand, und halte dich mit der anderen fest. Bei so einem Seegang ist schon so mancher über Bord gegangen.«

»Und du ahnst sicher, was das heißt«, fügte der andere hinzu.

Und ob ich das ahnte. In Gran Sol ins Meer zu fallen bedeutete, innerhalb von zehn Minuten an Unterkühlung zu sterben. Ich stellte mir vor, wie ich zwischen den Wellen schwamm, wobei mir zehn Minuten eine ziemlich lange Zeit zu sein schienen.

Ein heulender Wind, der jede Menge Salzwasser mit sich brachte, empfing mich an Deck. Die *Virgen de Begoña* befand sich im Zentrum des Unwetters. Der Tag ging dem Ende zu, und das metallische Licht, das durch die Wolken fiel, wurde immer spärlicher.

Das Boot neigte sich nach links, wo die Seeleute sich versammelten, um den Fang einzuholen. Die Netze waren voller verzweifelt zappelnder Seehechte.

Die Mannschaft war regelrecht euphorisch. Endlich hatten sie Fische gefangen, und das war das einzig Wichtige! Ihnen war das Unwetter völlig egal.

»Du kannst mit dem Säubern der Hechte beginnen, dann bist du nicht vorn an der Front«, sagte der Kapitän zu mir und legte mir die Hand auf die Schulter. Er war ein freundlicher Mann, der immer einen Zahnstocher zwischen den Lippen hatte. »Für die Neuen sind Tage wie dieser immer ziemlich beeindruckend.«

So hockte ich schließlich am Boden, umgeben von sterbenden Fischen, die nur noch leicht mit den Schwanzflossen schlugen. Dutzende, Hunderte Seehechte. Sie zu säubern bedeutete, ihnen mit einem Messer den Bauch aufzuschlitzen und die Innereien herauszuholen. So hielten sie sich länger frisch. Danach musste ich sie in die weißen Kisten legen, in denen sie im Hafen ankamen und zum Auktionshaus gebracht wurden.

Bei der Arbeit wurde mir Joxemari zur Seite gestellt, ein Mann mittleren Alters mit einem ernsten Gesicht. Er war äußerst wortkarg, erledigte seine Aufgabe aber mit flinken Händen, sodass sich die Arbeit nicht anstaute.

»Du musst schneller sein. Schau, so geht das«, erklärte er und zeigte mir, was er meinte. »Manchmal kommt der gesamte Fang in nur zwei oder drei Tagen herein. Stell dir das mal vor. Zehntausend Kilo Seehechte in diesen Kisten. Entweder legst du einen Zahn zu, oder du wirst bald unter den Fischen begraben sein.«

Ich weiß nicht, wie es ihm gelang, bei diesem Seegang so schnell zu arbeiten. Eine Welle folgte auf die andere. Und auch der heftig brausende Wind gönnte sich keine Pause. Noch nie hatte ich eine solche Angst gehabt. Selbst meinen Kollegen bei der routinierten Arbeit zuzusehen half mir nicht, mich zu beruhigen.

»Mir ging es in meinem ersten Unwetter auch so schlecht«, versuchte Joxemari mir Mut zu machen. »Wenn man wie ich nicht am Meer aufgewachsen ist, ist es nicht leicht, plötzlich den Kräften des Ozeans ausgesetzt zu sein. Aber solche Tage wie heute härten ab. Du wirst sehen, beim nächsten Mal geht's schon besser.«

Ich wollte gerade sagen, dass es für mich kein nächstes Mal geben würde, als ich seinen alarmierten Gesichtsausdruck sah.

»Pass auf, halt dich fest!«

Doch dazu fehlte mir die Zeit. Eine riesige Welle ging auf uns nieder und riss mich mehrere Meter mit sich. Ich schluckte Wasser und stieß mir den Kopf, wahrscheinlich an einer der vielen Fischkisten, die nun kreuz und quer um uns herumlagen.

Als ich schon glaubte, das Schlimmste überstanden zu haben, passierte die Katastrophe. Denn in Gran Sol kennt das Meer keine Gnade.

Die *Virgen de Begoña* hatte bereits kräftig Schlagseite, als uns eine zweite Welle mit einer solchen Wucht traf, dass ich dachte, wir würden kentern. Alles war von weißem Schaum bedeckt. Diejenigen, die keine Zeit gehabt hatten, sich irgendwo festzuhalten, streckten die Arme aus, um sich an irgendetwas festzuklammern, bevor die nächste Welle kam. Schreie und Klagen waren zu hören. Keiner dachte mehr an die Seehechte draußen im Netz.

Nie zuvor hatte ich mich dem Tod so nah gefühlt, nicht mal an dem Tag, an dem ich Selbstmord begehen wollte.

»Mann über Bord!«, schrie plötzlich jemand inmitten des Chaos.

Es war nicht leicht, sich in diesem Sturm verständlich zu machen, aber irgendwie wusste ich, dass es Pepe erwischt hatte.

Gran Sol hatte mir meinen einzigen Freund genommen.

42

29. Oktober 2018, Montag

Fünf Nonnen, die in einem alten Kohleofen Kassenbücher verbrennen, sind ein Anblick, der sich einem nicht jeden Tag bietet. Die schwarzen Habits scheinen zwischen den weißen Möbeln zu tanzen, während sich die engelhaften Gesichter mit zugleich erschreckten und herausfordernden Blicken den Polizisten zuwenden.

»Aufhören!«, befiehlt Ane und stürzt in die Küche, um sich zwischen den Ofen und die Nonnen zu stellen.

Schwester Carmen, die junge Nonne, die sie bei ihrem ersten Besuch empfangen hat, wagt es trotzdem noch, eine Handvoll Papier in die Flammen zu werfen.

»Sofort aufhören!«, wiederholt Ane und zieht die Pistole aus dem Holster.

Schwester Carmen und die anderen geben erstickte Schreie von sich, um dann verstohlene Blicke auf die Dokumente werfen, die noch auf dem Tisch liegen. Notizbücher, Mappen, Briefe. Die Luft ist voller Rauch, der in den Augen und in der Kehle brennt.

»Der Feuerlöscher!«, erinnert sich Aitor und läuft zurück in den Gang.

Wenige Sekunden später kommt er damit in den Händen zurück und leert den Inhalt über den Flammen.

»Sind Sie verrückt?«, protestiert Schwester Teresa. »Sie machen ja den Ofen kaputt!« Die alte Nonne ist hinter Aitor in der Küche aufgetaucht, schwer atmend, nachdem sie, so schnell sie konnte, die Treppe erklommen hat.

Das ist zu viel für Ane. Sie kann diese Nonne nicht länger ertragen. Eine Frau wird vermisst und befindet sich möglicherweise in der Gewalt eines Mörders, und diese Nonne denkt nur an ihren beschissenen Kohleofen!

»Zum Teufel mit dem Ofen!«, ruft sie, steckt die Waffe weg, und nun packt sie die alte Frau tatsächlich am Habit und schüttelt sie. »Was geht hier vor? Sagen Sie endlich die Wahrheit!«

»Ane!«, ruft Aitor sie zur Ordnung.

Ane sieht die Angst in den müden Augen der Nonne und zwingt sich, die alte Frau loszulassen. Innerlich flucht sie, dass sie schon wieder die Kontrolle über sich verloren hat, und das zum zweiten Mal in wenigen Tagen. Zum Glück ist Txema nicht bei ihnen, da er die Suche nach der Vermissten leitet.

Dennoch ist reichlich Publikum zugegen. Auf der einen Seite die anderen Nonnen, die, zu Tode erschreckt, dicht aneinandergedrängt Zeugen einer Gewaltanwendung geworden sind, wie sie in einem Klausurkloster üblicherweise nicht vorkommt. Und auf der anderen Julia, die jedoch keine Zeit damit vertut, ihre Chefin zu maßregeln, sondern die Hand in den Ofen steckt, um die zum Teil bereits versengten und mit Schaum bedeckten Dokumente herauszuholen.

»Verdammt!«, ruft sie aus und schüttelt die Hand, mit der sie in die Hitze gegriffen hat.

»Pass auf!«, warnt Aitor und kommt ihr zu Hilfe. »Mann, ist das heiß!«

Ane begutachtet die Bücher, Hefte und Mappen, die auf dem Tisch liegen. Es handelt sich um weitere Kassen- und Haushaltsbücher und Korrespondenz. Eine Zusammenfassung des Alltags im Kloster während der letzten fünfzig Jahre.

»Was wollen Sie vor uns verheimlichen?«, fragt sie, an Schwester Teresa gewandt. Diesmal mit Sicherheitsabstand, um nicht wieder in Versuchung zu geraten, sie zu schütteln. Schon ein normaler Polizist darf sich so etwas nicht leisten und einer ihres Ranges schon gar nicht. Dass sie sich nicht im Griff hat, ist vielleicht ein Zeichen dafür, dass sie der Aufgabe oder sogar ihrem Job nicht gewachsen ist.

Sie weiß, dass sie sich früher oder später den Geistern ihrer Vergangenheit stellen muss.

Schwester Teresa beschränkt sich darauf zu schweigen. Sie sieht Ane nicht einmal an, sondern starrt auf die Dokumente, die Julia und Aitor aus dem Ofen holen.

»Was verbergen Sie vor uns?«, wiederholt Ane. »Wenn Sie uns nicht helfen, wird die Frau sterben!«

»Wir wissen nichts«, erklärt eine der Nonnen im Hintergrund. »Wir leben hier in Klausur, beten für alle Menschen und tun Gutes.« Ihr ist anzusehen, dass sie irgendwo in den Anden geboren ist.

»Na ja, danach sieht es hier aber nicht gerade aus«, meint Aitor, während er die Spirale einer zu Asche verbrannten Mappe aus dem Ofen zieht. »Warum sollten Sie all diese Dokumente verbrennen, wenn Sie nichts zu verbergen haben? Wer hat Ihnen befohlen, das zu tun, und warum?«

Schwester Teresa bricht ihr Schweigen. »Das war ich. Und Gott weiß, warum. Bei Ihnen nennt man es Datenschutz.«

»Seit wann schützt Gott Mörder?«, ruft Ane und sagt dann, an die anderen Nonnen gerichtet: »Wenn diese Frau stirbt, ist das Ihre Schuld!«

Einige von ihnen wenden den Blick ab, andere sehen Schwester Teresa in der Erwartung an, dass sie etwas darauf erwidert. Es besteht kein Zweifel, wer hier das Kommando führt, seit die Mutter Oberin ausgefallen ist.

»Wir befolgen nur das Gesetz«, verteidigt sich die alte Frau. »In diesen Dokumenten stehen Namen, Telefonnummern, Adressen und sogar Bankverbindungen von Leuten, die irgendwann einmal mit dem Kloster zusammengearbeitet haben. Wenn wir diese Daten herausgeben, könnten wir dafür ins Gefängnis kommen.«

Ane sieht die Nonne herausfordernd an. Will diese Frau sich wirklich hinter dem Datenschutz verstecken, um eine polizeiliche Ermittlung zu sabotieren?

»Aitor, Julia, bitte sammelt das gesamte Material ein«, befiehlt sie und zeigt auf den Tisch. »Wir nehmen alles mit ins Kommissariat.«

»Das können Sie nicht machen«, wendet Schwester Teresa ein und legt die Hand auf einen Teil der Unterlagen.

Ane zieht den Gerichtsbeschluss hervor und hält ihn der Nonne unter die Nase. »Natürlich können wir das. Und für heute ... für heute belassen wir es dabei. Seien Sie froh, dass wir Sie nicht wegen Behinderung der Justiz festnehmen. Und natürlich ist es Ihnen nicht gestattet, diesen Ort zu verlassen.«

Schwester Teresa bedenkt sie mit einem herablassenden Blick. »Wohin sollten wir denn gehen? Wir sind Nonnen, die hier in Klausur leben.«

Ane schnaubt. »Sie können froh sein, wenn Sie nach dieser Aktion nicht im Gefängnis landen!«

»Ich lebe schon seit vielen Jahren in einer Zelle«, entgegnet die alte Frau hochmütig. »Damit können Sie mich nicht erschrecken.«

Ane geht einen Schritt auf sie zu, und Aitor sieht sie warnend an.

»Los, wir gehen. Hier sind wir fertig«, erklärt sie schließlich und schluckt ihren Ärger hinunter.

»Nein, wir sind noch nicht fertig«, wendet Julia ein. »Erst, wenn wir mit der Mutter Oberin gesprochen haben. Denn die liegt gar nicht im Koma, stimmt's?«

Schwester Teresas ohnehin schon faltiges Gesicht wirkt plötzlich um Jahre gealtert.

»Woher weißt du das?«, fragt Ane.

»Weil dieses Klagen und Stöhnen, das wir eben gehört haben, von ihr kam. Oder irre ich mich?«

Die Nonne schüttelt langsam den Kopf und beginnt zu zittern. »Die Mutter Oberin ist sehr krank. Dieser Schreck hat ihr heftig zugesetzt. In den letzten Tagen hat sie ein paar Worte von sich gegeben, die jedoch völlig zusammenhanglos waren.«

»Wir müssen mit ihr reden«, sagt Ane entschieden und verlässt die Küche.

Julia bleibt auf dem Flur stehen und legt die Hand auf die Klinke. »Hier ist es. Ich bin sicher, dass das Klagen aus dieser Zelle kam.«

Ane nickt. »Los.«

Julia hält den Atem an, als ob sie so vermeiden könnte, dass die Tür in den Angeln quietscht oder das Holz knarrt.

»Lassen Sie sie in Ruhe! Haben Sie denn vor gar nichts Respekt?« Schwester Teresas Worte klingen wieder zornerfüllt.

»Aitor, bleib du hier draußen bei ihr«, ordnet Ane an, »damit sie nicht reinkommt!«

Die jüngeren Nonnen sind ebenfalls mit heruntergekommen und beobachten die Polizisten protestierend von der Treppe aus.

Der unangenehme Geruch nach Krankheit und ungelüftetem Zimmer erfüllt den Raum. Das spärliche Licht, das durch die Ritzen in der Jalousie fällt, erhellt das Gesicht der im Bett liegenden Frau nur spärlich. Von der Tür aus wirkt die Mutter Oberin wie eine Leiche auf dem Totenbett. Wobei Julia schon Tote gesehen hat, die besser aussahen. Allerdings hebt und senkt sich das Laken, mit dem der Körper bedeckt ist, mit jedem Atemzug.

Das Wasser in einer Schüssel, die auf einem kleinen Tisch steht, dampft noch. Neben der Schüssel befinden sich ein Schwamm und ein Behälter mit Flüssigseife. Offensichtlich sollte die Kranke gerade gewaschen werden, was das Auftauchen der Polizei verhindert hat.

»Ah …«

Die leicht geöffneten Lippen der Mutter Oberin bewegen sich nicht, obwohl das Klagen, das Julia den Weg zur richtigen Zelle gewiesen hat, eindeutig von ihr gekommen ist.

Julia wirft Ane einen fragenden Blick zu, die sie mit einem Nicken auffordert, die Kranke anzusprechen.

»Mutter Oberin«, raunt Julia ihr leise zu.

Die alte Frau regt sich nicht.

»Mutter Oberin«, wiederholt Julia und tritt näher an die Frau heran.

»Ah ...«

Julia verzieht enttäuscht das Gesicht. So kommt sie nicht weiter. Vielleicht hat Schwester Teresa hinsichtlich des Zustands der Mutter Oberin doch nicht gelogen.

»Ihre Lider haben gezuckt«, sagt Ane, die ein paar Schritte vom Bett entfernt stehen geblieben ist, um die Befragung der Nonne ihrer Kollegin zu überlassen.

Julia seufzt. Einmal wird sie es noch versuchen.

Sie greift unter dem Laken nach dem Arm der Kranken, der nur aus Haut und Knochen zu bestehen scheint. »Mutter Oberin«, sagt sie erneut, »wachen Sie auf.«

Von dem Kruzifix, das über dem Kopfende des Bettes hängt, sieht Jesus ihr ganz genau zu. Genauso wie die Heilige, die Julia nicht erkennt und die in einem Silberrahmen auf dem Nachttisch steht. Sie fühlt sich schuldig. Eine Polizeimarke in der Tasche gibt ihr noch lange nicht das Recht, die Ruhe dieser alten Frau zu stören. Ihre Eltern wären in diesem Moment alles andere als stolz auf sie.

Als Julia schon aufgeben will, reißt die Nonne plötzlich die Augen auf. Ihre Iris sind so hell, dass sie fast weiß erscheinen.

»Teresa, Teresa«, stammelt sie, während sie mit ihrer knochigen Hand Julias Arm umfasst.

Julia verdrängt den instinktiven Wunsch, sie abzuschütteln. Stattdessen lächelte sie schüchtern und streichelt der alten Frau über den Handrücken. »Mutter Oberin, ich bin von der Polizei und müsste Ihnen ein paar Fragen stellen.«

Die Nonne, die sie nicht zu verstehen scheint, öffnet den Mund und wirkt desorientiert.

»Teresa?«, murmelt sie noch einmal und schweigt dann.

Julia schluckt. Ist das, was sie hier gerade tut, legal? Vielleicht, aber moralisch gesehen ist es absolut nicht in Ordnung. Doch das Leben eines Menschen steht auf dem Spiel.

»Die Mädchen, die in Lourdes waren ... Erinnern Sie sich an sie?«

Die Nonne reagiert, als hätte sie die Stimme eines Geistes gehört. Sie reißt die Augen weit auf und verzieht vor Schreck den Mund.

»Die Kinder! Die Kinder ...«, ruft sie aus und versucht sich aufzurichten.

Ane eilt an Julias Seite, und zu zweit gelingt es ihnen, die Nonne dazu zu bringen, sich wieder hinzulegen.

»Welche Kinder?«, fragt Julia.

Die alte Frau wehrt sich gegen sie, versucht sich zu befreien. In ihrem Gesicht steht panische Angst.

»Ruhig, ganz ruhig. Ihnen passiert nichts ...«

»Teresa, die Kinder!«

»Es reicht! Lassen Sie sie in Ruhe!« befiehlt Schwester Teresa.

Aitor steht hinter ihr in der Tür und hält sie am Arm fest.

»Raus hier!«, befiehlt er und versucht sie zurückzuziehen.

»Sie ist krank! Lassen Sie sie in Ruhe!«

Auch Schwester Carmen erscheint in der Tür und hinter ihr einige der anderen Nonnen. »Was tun Sie ihr an, Sie seelenlose Monster?«

Julia hört nicht darauf. Sie lässt den Blick durch den Raum schweifen. All das kommt ihr ausgesprochen jämmerlich vor: die wütenden Nonnen, ihre Kollegen, die sie zurückdrängen, und die alte Frau im Bett mit verwirrtem Blick. Als sie sich entschieden hat, Polizistin zu werden, hat sie dabei nicht an derartige Szenen gedacht.

»Wir sollten es für heute gut sein lassen«, hört sie sich selbst sagen.

Ane gibt ihr recht. Auch sie ist sich bewusst, dass das Ganze keinen Sinn mehr hat.

»Gehen wir«, beschließt sie. »Wir suchen nach einer Frau, die sich vermutlich in der Gewalt eines Serienmörders befindet, und dürfen keine Zeit mehr verlieren.«,

»Um Himmels willen, die Kinder!« Das Klagen der Mutter Oberin ist noch zu hören, als Ane und ihre Kollegen bereits die Treppe zum Eingangsbereich hinuntereilen.

43

29. Oktober 2018, Montag

Die letzte Stunde des Opfers fällt ins Mittagsprogramm. Plötzlich sind die Flüchtlinge, die den Grenzzaun zur spanischen Exklave Melilla überklettern, und die Wahl der extremen Rechten in Brasilien völlig unwichtig. Denn die Redaktion des baskischen Fernsehsenders ETB ist auf eine Zeitbombe gestoßen, die alle anderen Nachrichten in den Hintergrund drängt.

»Der als Tulpenmörder bekannte Täter hat sich dazu bekannt, Charo Etxebeste entführt zu haben, und vor wenigen Minuten auf Facebook ein Foto von ihr gepostet.« Auf den Fernsehbildschirmen Tausender Menschen, die die Nachrichten eingeschaltet haben, ist ein nackter Fuß zu sehen und daneben eine rote Tulpe, der einzige Farbklecks auf dem tristen Bild. »Die Ertzaintza ist bereits informiert und tut alles, um die Frau in einem dramatischen Wettlauf gegen die Zeit noch rechtzeitig zu finden. Wir sind live mit dem Kommissariat von Gernika verbunden, um mit Suboficial Txema Martínez, dem Leiter der ermittelnden Sondereinheit UEHI, zu sprechen.«

»Leiter?« Ane schnaubt. »Der schmückt sich mit fremden Federn.«

»Wobei das bestimmt nicht er war, sondern ein Fehler der Moderatorin«, meint Aitor überzeugt. Er sitzt neben ihr vor dem Computer, und auf dem Bildschirm sind zwei Fenster geöffnet, eines, auf dem die Nachrichten zu sehen sind, und ein zweites mit der Facebook-Seite des Opfers.

Wahrscheinlich hat Aitor recht, denkt Ane. Außerdem ist nun wirklich nicht der richtige Zeitpunkt für Kompetenzgerangel.

»Wir sind zu spät. Er hat sie schon umgebracht.« Wären noch andere Kollegen im Raum, würde sie das nicht so offen aussprechen, aber mit Aitor arbeitet sie schon so lange zusammen, dass sie sich nicht verstellen muss.

»So dürfen wir nicht denken«, sagt er zerknirscht. »Sie ist noch am Leben, verdammt, und wir werden sie retten.«

Auch damit hat Aitor recht. Sie dürfen jetzt nicht aufgeben.

»Wir brauchen Verstärkung«, fährt er fort. »Ich habe mit dem derzeitigen Leiter des Kommissariats gesprochen. In einer Viertelstunde werden alle verfügbaren Kollegen hier sein.«

In dem Moment betritt Julia den Raum. Als sie die Kiste mit den *Amarguillos* auf dem Tisch stehen sieht, spricht ihr Gesicht Bände. »Und Txema?«

»Spricht mit dem Fernsehen.« Ane weist auf die Glaswand des Büros, in das sich ihr Kollege zurückgezogen hat, um ungestört telefonieren zu können.

»Bringt ihr mich auf den neuesten Stand?«, bittet Julia mit Blick auf den Computerbildschirm. »Ist das das Foto, das im Internet zu sehen war? Das ist in einem Pinienwald.«

Ane und Aitor konzentrieren sich auf die Ecke des Fotos, auf die ihre Kollegin zeigt. Sie hat recht. Bisher haben sie ihre ganze Aufmerksamkeit dem nackten Fuß des Opfers und der Tulpe gewidmet, und so sind ihnen die feinen Piniennadeln auf dem Boden entgangen.

»Das ist ein Pinienwald, hat ein Kriminologe im Fernsehen festgestellt«, informiert Txema sie, als er das Büro verlässt und zu ihnen kommt.

»Ja, das hat Julia auch gerade gesagt«, erklärt Ane. »Gibt es keine Möglichkeit herauszufinden, wo das Bild hochgeladen wurde?«

»Ich hab einen Freund, der eine Weile als Kontrolleur für Facebook gearbeitet hat, vielleicht geht es auf diesem Weg schneller.« Julia sucht in ihrem Handy bereits nach der Nummer.

»Inzwischen können wir überprüfen, welche Orte infrage kommen«, entscheidet Ane und geht zu der Landkarte an der Wand. Zwei blaue Pinnnadeln markieren darauf die Orte, an denen Natalia Etxano und Araceli Arrieta ermordet wurden. Vom Mittelpunkt dazwischen aus zieht Ane mit dem Zirkel einen Kreis. Anschließend macht sie das Gleiche von der gelben Pinnnadel aus, die den Ort kennzeichnet, an dem Charo Etxebeste verschwunden ist. Zwei große Kreise, die, in die Realität übertragen, mehrere Stadtteile und Waldgebiete umfassen.

»Wir müssen in einem Radius von acht Kilometern alle Pinienwälder durchforsten«, sagt sie.

»Das wird nicht leicht«, befürchtet Txema. »Hier gibt es überall Pinien.«

»Wirklich überall?«

»Zum größten Teil. Die Bäume, die bei der Wiederaufforstung gepflanzt wurden, haben die ursprüngliche Bewaldung verdrängt. Um diese Bereiche abzusuchen, werden wir Hunderte Menschen zur Unterstützung brauchen.«

»Wir müssen die Bevölkerung um Hilfe bitten und Suchtrupps aus Freiwilligen zusammenstellen«, beschließt Ane. »Dann können wir in einer Stunde in sämtlichen Pinienwäldern Urdaibais mit der Suche beginnen.«

»Hier läuft ein Serienmörder frei herum, und wir schicken Zivilisten in den Wald?«, wendet Txema ein. »Wie viele Stunden Tageslicht bleiben uns? Drei vielleicht. Das ist doch verrückt!«

»Hast du eine bessere Idee?«, fragt Ane herausfordernd.

Einige Sekunden lang liegt Spannung in der Luft.

»In Ordnung«, gibt Txema schließlich nach. »Wir brauchen Freiwillige, und jede Gruppe muss von einem Polizisten angeführt werden.«

Ane nickt.

»Ich will auch die Feuerwehr und den Zivilschutz dabei haben«, fügt sie noch hinzu. »Rufst du beim Fernsehen an, Txema? Nachdem du eben zum Leiter der Sondereinheit ernannt worden bist, kannst du dich jetzt auch darum kümmern.«

Txema verzieht genervt das Gesicht. »Es war die Journalistin, die das gesagt hat, nicht ich.«

»Ist mir egal. Jemand muss bei Radio Gernika anrufen. Außerdem müssen wir die Orte festlegen, an denen sich die Freiwilligen treffen sollen.«

Julia hat ihr Telefonat inzwischen beendet. »Álvaro fragt bei seinen ehemaligen Kollegen nach. Er meint, dass es nicht schwer sein kann, den genauen Ort herauszufinden.« Dann zeigt sie auf den Computerbildschirm. »Seht mal!«

»Was für ein Mistkerl!«, stößt Ane voller Zorn hervor. »Er spielt mit uns. Wieso ist er nicht Filmregisseur geworden?«

Anstatt des Fußes ist nun der ganze Unterschenkel des Opfers zu sehen und ein Stück der schwarze Hose, die Charo Etxebeste trug, als sie verschwunden ist.

Ane tippt mit dem Finger auf eine Stelle an der Wade der Frau. Dummerweise hat Raúl diese Woche frei und ist mit dem Boot unterwegs.

»Laut der Beschreibung hat das Opfer ein Tattoo in Form einer Pusteblume, genau wie das, auf das du gerade zeigst«, erklärt Aitor, nachdem er einen Blick in die Unterlagen geworfen hat. »Sie ist es!«

»Diese Bilder dürfen nicht ins Internet gelangen«, sagt Julia, ohne den Blick von dem Computerbildschirm abzuwenden. »Das hier gehört zu seinem perfiden Spiel. Er will uns mit jedem Bild mehr von seinem Opfer zeigen, eine Art Countdown, entweder bis zu ihrer Ermordung oder bis zu erkennen ist, dass sie gar nicht mehr lebt.« »Ich werde die Richterin bitten, dafür zu sorgen, dass diese Bilder aus dem Netz verschwinden«, beschließt Ane.

»Jetzt ist ganz deutlich zu sehen, dass es sich um einen Pinienwald handelt«, fährt Julia fort.

In dem Moment beginnt ihr Handy zu vibrieren. Es ist eine Text-Nachricht von Álvaro.

»Schlechte Nachrichten«, informiert Julia die Kollegen. »Die Fotos wurden von einem Handy hochgeladen, bei dem die Lokalisierfunktion ausgeschaltet ist. Ich wette, dass es das Telefon des Opfers ist.«

»Mist!«, flucht Ane. »Was für ein Arschloch!«

»Wir sollten jetzt keine Vermutungen anstellen, sondern die Frau so schnell wie möglich finden«, erklärt Julia entschlossen. »Charo Etxebeste lebt! Verstanden? Sie lebt, und wir werden sie finden, bevor er ihr etwas antun kann.«

Schade, dass nicht einmal sie selbst an ihre eigenen Worte glauben kann.

44

29. Oktober 2018, Montag

Julia blickt missmutig auf den Fernsehbildschirm. Das vom Mörder zuletzt veröffentlichte Foto nimmt einen großen Teil davon ein. In einem Fenster rechts in der Ecke diskutiert ein Talkrunden-Teilnehmer heftig gestikulierend, und am unteren Rand werden in kurzen alarmierenden Sätzen die letzten Neuigkeiten eingeblendet.

Dieser verdammte Verbrecher hat die Verbreitungsmethode seiner Nachrichten geändert. Nachdem Facebook die Seite gesperrt hat, auf der die ersten beiden Fotos des Opfers erschienen sind, hat er sich direkt an die Fernsehsender und die digitalen Zeitungen gewandt.

Julia drückt auf die Fernbedienung. Doch auch auf den anderen Programmen wird das Foto mit dem Bein von Charo Etxebeste gezeigt. Das Verschwinden des vermeintlich vierten Opfers des Tulpenmörders erschüttert ganz Spanien, und die Fotos, die der Verbrecher nach und nach den Medien zukommen lässt, sind ein Publikumsmagnet.

»Verdammt!«, flucht Txema, nachdem er die Gardine des nächst liegenden Fensters ein Stück zur Seite gezogen hat. »Hast du gesehen, wie viele Kameras an der Tür auf uns warten?«

Julia legt die Fernbedienung auf den Tisch. »Ich weiß nicht, worauf die Richterin noch wartet. Schließlich hat sie Nachrichtensperre während der Ermittlungen angeordnet.«

Das baskische öffentliche Fernsehen hat auf Txemas Bitte hin die Ausstrahlung der Fotos eingestellt, doch die privaten Medien berufen sich auf die Pressefreiheit und ihre Informationspflicht gegenüber den Bürgern.

»Das Gericht ist überfordert«, antwortet Txema. »So etwas passiert ja nicht alle Tage.« In der Ferne ist Musik zu hören und die Stimme des Moderators eines Wettbewerbs. Trotz des Verschwindens von Charo Etxebeste ist das Fest des Letzten Montags im Oktober in vollem Gange.

»Zum Glück. Mit so einem abartigen Verbrecher möchte ich nicht noch mal zu tun haben.«

Julia hat den Eindruck, dass Txema das anders sieht. Natürlich würde er das niemals zugeben, schließlich geht es um den Tod von Menschen, aber er genießt die Situation. Txema ist ein geborener Jäger und voll in seinem Element.

»Den Computerspezialisten im Kommissariat ist es nicht gelungen, die Herkunft der zuletzt verschickten Nachrichten mit den Fotos auszumachen«, erklärt er, während er die gerade eingegangene Nachricht liest. »Der Täter hat ein dichtes Netz an Proxys verwendet. So hat er es auch schon mit dem Bild seines ersten Opfers gemacht, das er an die galicische Tageszeitung *El Faro de Vigo* geschickt hat.«

Txema hat den Satz noch nicht ganz ausgesprochen, als sich das Funkgerät meldet. Es ist Ane. »Nichts in den Pinienwäldern an der Südflanke. Wie sieht es auf der linken Seite aus?«

»Sehr grün«, sagt Txema und steht auf, um zur Landkarte zu gehen. »Wir haben noch nicht mal zehn Prozent des Gebiets durchsucht. In dem Tempo haben wir gerade mal ein Drittel der Wälder Urdaibais durchkämmt, wenn der Täter die Komplettansicht seines Opfers an die Presse schickt.«

Neben ihm bringt Julia grüne Pinnnadeln auf dem Gebiet an, das Ane und ihre freiwilligen Helfer abgesucht haben. Es stimmt, es umfasst nur einen winzigen Teil der Karte. Wie viele Tage werden sie in diesem Rhythmus brauchen, um die ganze Gegend zu durchkämmen? Einmal mehr ist der Tulpenmörder ihnen mehr als einen Schritt voraus.

»Wir brauchen mehr Freiwillige«, fordert Ane. »Wir müssen Charos Leben unbedingt retten. Sprecht mit Radio Gernika, damit sie alle Leute zu Hause oder auf dem Fest zur Mitarbeit mobilisieren.«

»Radio Gernika, sagst du?« Txemas Tonfall ist voller Zorn und Widerwillen. »Dieser Journalist macht uns noch immer Probleme. Seit wir die freiwilligen Helfer miteinbezogen haben, wiederholt er wie ein Mantra, die Ertzaintza würde nur geradezu lächerliche Mittel einsetzen. Laut ihm stünde in Bilbao, würde dort etwas Ähnliches passieren, an jeder Ecke ein Polizist.«

Ane zögert. Die fehlende Unterstützung des in der Gegend am meisten gehörten Radiosenders ist für alle ein Problem, und sie haben nichts gefunden, womit sie Aimar Berasarte unter Druck setzen könnten. Der Journalist ist sauber, zumindest scheint es so.

»Na, dann startet einen Aufruf über das Fernsehen oder Radio Euskadi«, ordnet Ane an. »Geht raus, und stoppt den Wettbewerb der Steinheber. Ich will das ganze Publikum in den Wäldern haben.«

»Jetzt ist gerade der Wettbewerb im Ochsenziehen dran«, entgegnet Txema sarkastisch. »Da gibt es Leute, die haben richtig viel Geld gewettet. Wer traut sich, den zu unterbrechen?« Dann wird er wieder ernst. »Unsere Bitte um freiwillige Helfer dürfte in der Gegend und darüber hinaus jeden erreicht haben. Die, die sich der Suche nicht angeschlossen haben, wollen es einfach nicht.«

»Tut, was ihr könnt«, bittet Ane seufzend. Der Ton ihrer Stimme klingt nun nicht mehr so entschieden wie noch gerade eben. Auch sie hat inzwischen eingesehen, dass sie nicht mehr viel tun können.

Txema kehrt zu seinem Computer zurück und liest etwas vom Bildschirm ab. »Es gibt eine neue Gruppe freiwilliger Helfer im

Umkreis von Elantxobe. Jetzt können wir auch mit dem nördlichen Bereich anfangen.«

Julia steckt eine rote Pinnnadel an den entsprechenden Ort auf der Karte.

»Sag den Leute, sie sollen Taschenlampen mitnehmen. Es wird bald dunkel«, erklingt noch einmal Anes Stimme aus dem Funkgerät. »Ist jemand frei, um die Gruppe zu koordinieren?«

»Die Kollegen sind alle draußen. Ich könnte das machen«, schlägt Julia vor.

»Nein, du bleibst, wo du bist«, befiehlt Ane. »Die Befehlszentrale können wir nicht aufgeben. Ich gehe dorthin. Meine Gruppe kann der Zivilschutz übernehmen.«

Dann wendet sie sich an die Freiwilligen, die bei ihr sind. Ihre Anweisungen sind noch kurz über Funk zu hören, bevor der Kontakt abbricht.

»Eigentlich sollte *sie* hier sein«, protestiert Txema. »Ich dachte, sie ist die Chefin.«

»Sie ist eine Chefin der besonderen Art«, verteidigt Julia ihre Kollegin. »Sie mag die Arbeit draußen.«

»Na, wenn sie nicht das Zeug zur Chefin hat, sollte sie es sein lassen«, beharrt Txema. »Ihr Platz ist hier.«

»Geh mir nicht auf den Zeiger, Txema. Ane hat dir den Befehl überlassen. Und das wolltest du doch erreichen, als du ihren Ausraster im Haftraum gepetzt hast, oder?«

»Woher willst du wissen, dass ich das war?« Einmal mehr fasst sich Txema an den Krawattenknoten, um den korrekten Sitz zu prüfen. »Und sie hat mir nicht den Befehl überlassen. Sie ist zwar nicht hier, aber gibt von irgendeinem Pinienwald am Ende der Welt aus Kommandos.«

Julia seufzt. Irgendwo im Wald kämpft eine Frau vielleicht um ihr Leben, und sie haben nichts Besseres zu tun, als sich wie ein altes Ehepaar über irgendwelche Nebensächlichkeiten zu streiten.

Julias Handy meldet den Eingang einer WhatsApp.
Sie ist von Álvaro.

Ist euch aufgefallen, dass auf allen Fotos das Licht identisch ist? Wie es aussieht, hat er sie alle zur gleichen Zeit gemacht. Er spielt mit euch.

Julia zeigt Txema das Display ihres Handys.

»Zum Teufel mit diesem Freund von dir. Der hält sich wohl für superschlau.«

Julia zuckt mit den Schultern. Sie versteht Txemas plötzliche Abneigung Álvaro gegenüber nicht. Aber die Information über den Zeitpunkt der Aufnahme der Bilder ist wichtig. Und es ist keine gute Nachricht, dass der Tulpenmörder die Fotos direkt hintereinander gemacht hat. Denn das könnte bedeuten, dass das Opfer bereits tot ist, während er, weit weg von jedem Pinienwald, gemütlich zu Hause auf dem Sofa sitzt und den Ruhm genießt, zu dem ihm sämtliche Fernsehsender Spaniens verhelfen.

»Nichts Neues aus den Wäldern im Süden von Busturia«, ist Aitors Stimme aus dem Funkgerät zu hören.

Txema flucht leise vor sich hin. »Er spielt mit uns Katz und Maus. Das ist nicht der richtige Weg.«

»Was würdest du denn tun?«

»Jedenfalls nicht das. Bei Interpol ...«

»Immer wieder Interpol«, unterbricht ihn Julia abschätzig. »Ich weiß nicht, wie Interpol vorgehen würde, aber du bist jetzt bei der Ertzaintza, und wir müssen mit den Mitteln zurechtkommen, die wir zur Verfügung haben. Wenn es bei Interpol so toll ist, warum bist du dann nicht da geblieben?«

Txema sieht sie herausfordernd an. »Weil die von ganz oben mir von dieser neuen Einheit erzählt und gesagt haben, dass ich genau der Richtige dafür bin. Allerdings hab ich gedacht, dass ich die Einheit leiten soll. Warum wirbt man sonst jemanden von

Interpol ab? Aber wie es aussieht, hatte Ane wohl mehr vorzuweisen. Ich weiß es nicht. Jedenfalls würden wir nicht mehr hinter diesem Mistkerl herlaufen, wenn ich hier das Kommando hätte.«

»Schade, dass du das nicht belegen kannst.«

»Hallo, ich komme wegen Olaizola«, werden sie plötzlich unterbrochen.

Julia und Txema wenden sich gleichzeitig um.

Es ist Crespo. An diesem Tag hat er zwar nicht seinen weißen Blindenstock dabei, trägt aber die Brille mit den dunklen Gläsern.

»Olaizola?«, fragt Julia. »Wissen Sie nicht, dass der tot ist?«

»Was wollen Sie? Wie sind Sie hier reingekommen?«, pflaumt Txema den Losverkäufer an.

»Durch die Tür«, erklärt der in sarkastischem Tonfall.

»Das ist schon in Ordnung, er hat hier freien Eintritt«, beschwichtigt Julia. »Er hat dem Comisario jeden Tag seine Lose gebracht und dafür sein Geld kassiert.«

Txema schüttelt den Kopf und streicht sich übers Haar, als wolle er sich so vergewissern, dass er nicht halluziniert. »Tun Sie mir den Gefallen, und hauen Sie ab!«

»Und wer bezahlt mir das Los von Freitag?«

Txema stützt sich mit beiden Händen auf dem Tisch ab und atmet tief durch.

»Crespo, bitte, geh jetzt.« Julia verfällt wieder in das vertrauliche Du, wie es in dieser Gegend üblich ist. »Olaizola kann das Los nicht mehr bezahlen.«

»Ich schau mal in seinem Büro nach. Vielleicht ...«

»Crespo!« Julias Ton duldet keine Widerworte.

Der Losverkäufer zögert ein paar Sekunden, verschwindet dann aber.

»Verdammt, das nächste Foto!«, verkündet Txema plötzlich.

Nun ist auf dem Bildschirm beinahe der gesamte Körper von Charo Etxebeste zu sehen. Das Einzige, was noch fehlt, sind der Kopf und die Brust.

Es ist jedoch nirgends Blut zu sehen und auch kein anderer Hinweis auf Gewaltanwendung. Charo liegt auf dem Rücken, die gefalteten Hände auf dem Bauch, als hätte sie sich zur Ruhe gelegt. Zwischen ihren Fingern ist der Stiel einer Blume zu erkennen.

»Beim nächsten Mal können wir alles sehen.« Txema schreibt ein paar Zahlen auf ein Papier. »Und zwar in fünfzehn Minuten«, erklärt er, während er das Foto an alle anderen an den Ermittlungen beteiligten Einheiten weiterleitet. »Der Mörder hält sich an eine feste Zeitfolge. Zwischen diesem und dem letzten Foto ist genau halb so viel Zeit vergangen wie bei denen davor. Und da zwischen diesem und dem letzten Foto dreißig Minuten vergangen sind, werden es beim nächsten nur fünfzehn sein.«

Julia hört ihm nur mit halbem Ohr zu. Sie begutachtet jeden Quadratzentimeter des Bildes. Piniennadeln, Baumrinde, ein paar Kleeblätter ...

»Schau mal!«, ruft sie plötzlich. »Siehst du?«

Txema runzelt die Stirn und blickt auf die Stelle, auf die Julia zeigt. Danach weist sie auf eine Stelle am gegenüberliegenden Rand des Bildschirms. An beiden Stellen ist ein Stück Rinde zu sehen, das eine violett, das andere orangefarben, was eindeutig auf einen ganz bestimmten Ort hinweist.

»Du bist die Beste!«, lobt Txema und greift nach dem Funkgerät. »Jedem anderen wäre das entgangen.«

Julia läuft zur Karte. Keiner der Suchtrupps ist in der Nähe des Waldes von Oma unterwegs, jenem Pinienwald, den der Maler Agustín Ibarrola in ein riesiges Kunstwerk verwandelt hat.

»Ane ...!«, sagt sie plötzlich. Wenn ihre Chefin auf dem Weg nach Elantxobe ist, ist sie nicht weit von dem Waldstück entfernt, das so schnell wie möglich jemand von ihnen aufsuchen muss.

Txema hat den gleichen Gedanken gehabt und sich bereits das Funkgerät geschnappt. Ane ist schon in Kortezubi und wird in fünf Minuten in Oma sein.

Gleich darauf wechselt Txema den Funkkanal. »An alle Einheiten: Es gibt Hinweise darauf, dass sich das Opfer im Wald von Oma befindet. Wir brauchen dringend Verstärkung vor Ort.«

April 1997

Wenn man schon mehrere Male in Gran Sol war, verwandelt sich die Angst allmählich in Respekt. Es gibt sogar Momente, die man genießen kann auf dem weiten Blau des Ozeans, das einem alles geben, aber auch das Wertvollste, was man hat, nehmen kann: das Leben.

An jenem Tag befand ich mich auf meiner elften Seefahrt, und wir waren den zweiten Tag zu den Fanggründen unterwegs. Die Sonne schien, und das Meer war ruhig. Bis zur dritten oder vierten Fahrt hatte ich auch bei gutem Seegang gelitten, da ich ständig fürchtete, das Wetter könne jeden Moment umschlagen. Inzwischen aber entspannte mich diese scheinbar unendliche Weite des Meeres, das um uns herum zu schlafen schien. Zudem ist es zwecklos, gegen etwas anzukämpfen, was man nicht besiegen kann.

Der Kapitän kam zu mir, als wir gerade die Köder vorbereiteten. Das war eine Arbeit, die ich mochte, obwohl jedes Mal auffiel, dass ich nicht so schnell war wie die anderen.

»Du und deine Pingeligkeit! Es geht doch nur darum, ein paar Sardellen auf die Haken zu spießen!«

»Wenn alle so langsam wären wie du, könnten wir in einer Woche noch nicht anfangen!«

Ich bekam immer wieder die gleichen Vorwürfe zu hören, und ich gebe zu, dass die anderen recht hatten. Aber ich habe schon immer alles sehr gründlich gemacht. Dafür gingen meine Köder nicht verloren und verschwanden nicht im Meer oder im Bauch eines Fisches, der damit davonschwamm.

»Komm mal mit!«, forderte mich der Kapitän auf.

Leicht beunruhigt folgte ich ihm auf die Brücke. Vielleicht hatte er genug davon, dass ich weniger leistete als der Rest der Mannschaft. Hätte mir vor einem Jahr jemand gesagt, dass es mir Sorgen bereiten würde, diesen Job zu verlieren, hätte ich das nicht geglaubt! Doch die *Virgen de Begoña*, die am Anfang ein schwimmendes Gefängnis für mich war, hatte mir letztendlich die Freiheit geschenkt. Dank ihr begegnete ich meiner Mutter nur noch wenige Tage im Monat, da wir uns nie länger als eine Woche an Land aufhielten.

»Du kennst ja Marcial, den zweiten Mann hier an Bord«, sagte der Kapitän und wies auf den Gemeinten, der schon auf der Brücke auf uns wartete. Natürlich kannte ich ihn, schließlich waren wir nur sechzehn Mann, die sich einen extrem begrenzten Raum teilten. »Er kümmert sich um das Funkgerät, und glaub mir, dieses Gerät rettet Leben, wenn man es richtig bedienen kann. Marcial ist der beste Funker in der ganzen Gegend. Ich will, dass du alles von ihm lernst. Er wird für eine Weile ausfallen, und dann sollst du seinen Platz einnehmen.«

»Ich werde an den Knien operiert«, erklärte Marcial. »Ich hab mit zwölf Jahren auf dem Meer angefangen, und bald werde ich zweiundsechzig. Das hinterlässt Spuren.«

Ich blickte auf das Funkgerät. Es war nicht das erste Mal, dass ich auf der Brücke war, aber diesen Apparat mit den vielen Knöpfen und Schaltern hatte ich mir noch nie näher angesehen. Der Hörer sah aus wie der eines alten Telefons mit Spiralkabel und allem. Das konnte nicht wirklich schwierig sein.

»Ich weiß, was du denkst«, meinte der Kapitän, »und du hast recht, das Gerät zu bedienen ist nicht schwer. Das wirklich Komplizierte und verdammt Wichtige ist, richtig mit den Informationen umzugehen, die man erhält.«

Wir fingen jede Menge Fische, bis am sechsten Tag plötzlich alle Seehechte verschwunden waren. Zwei Tage später ist die Stimmung der Mannschaft gedrückt. Wenn wir keine Fische mehr fanden, würden wir mit nur halb gefülltem Frachtraum zurückkehren müssen. Und das bedeutete nicht nur, dass wir nichts verdienten, wir würden sogar noch draufzahlen, denn auf einem Schiff wie dem unseren ging die Hälfte des Gewinns an den Besitzer, und der Rest wurde unter der Besatzung aufgeteilt. Wenn dann die Kosten für den Treibstoff und die Köder höher waren als der Gewinn, machten wir Verlust. Und nach drei langen Wochen auf dem Meer, in denen man Wind und Wellen ertragen hatte, war das Letzte, was man wollte, mit leeren Taschen nach Hause zu gehen.

»*Aketze, Aketze.* Hier die *Virgen de Begoña.* Könnt ihr mich empfangen?« Mariscal zeigte mir, wie das Gerät funktionierte und was man beim Funkverkehr zu beachten hatte.

Die *Aketze* gehörte demselben Schiffseigner wie unser Boot und fischte ebenfalls in Gran Sol.

»Hallo, *Virgen de Begoña*. Wir hören.«

Könnt ihr mich empfangen? – Wir hören – Over – Ende ... Es war wirklich nicht schwer, sich mit der Funkersprache vertraut zu machen.

»Wie ist eure Position?«

»Neun Grad, fünfundvierzig Minuten, westliche Länge. Over.«

»Sind da Fische?«

Immer wieder knackte und rauschte es im Funk, aber die metallisch klingende Stimme war dennoch gut zu verstehen.

»Wenige. Zweihundert Kilo in den letzten fünfzehn Minuten. Over.«

»In Ordnung. Wir fahren Richtung Norden, wo die Galicier fischen. Over und Ende.« Mariscal wandte sich dann an mich. »Mit der *Aketze* kommunizieren wir verschlüsselt. Das ist der Knopf dafür, dann kann kein anderer mithören. Deshalb können wir solche Informationen austauschen.«

»Und woher weißt du, wo die Galicier fischen?«, fragte ich.

Mariscal lächelte geheimnisvoll und zwinkerte mir zu. Dann dreht er an einem Knopf zu einem Kanal, der nicht verschlüsselt war. Wir schwiegen ein paar Minuten und hörten den Gesprächen mehrerer Schiffe zu, die in denselben Fanggründen unterwegs waren wie wir. Die, die sich dort unterhielten, waren eindeutig Galicier, die meisten von ihnen offenbar aus dem Hafen von Caleiro, denn sie feierten den Sieg von Deportivo La Coruña am letzten Wochenende.

»Achte darauf, wie sie sich anhören«, sagte Marcial. »Sie wirken zufrieden. Hätten sie nichts gefangen, würde sie der Sieg ihrer Fußballmannschaft nicht interessieren. Sobald sie was gefangen haben, steigt die Stimmung an Bord, und das lässt sich beim Funken nicht verbergen.«

»Man muss also psychologisch vorgehen«, meinte ich.

Marcial klopfte mir auf die Schulter. »Genau! Das Wichtigste ist, *wie* etwas gesagt wird. Wir alle lügen, um uns zu schützen. Wenn wir auf Fische gestoßen sind, versuchen wir das zu verbergen, um keine anderen Boote anzulocken. Deshalb muss man die Funksprüche richtig zu deuten lernen. Das heißt, wenn es dir gut geht, musst du so tun, als wäre das Gegenteil der Fall.«

Der zweite Mann an Bord drehte das Funkgerät wieder leiser.

»Und da gibt es noch viel mehr«, erklärte Mariscal. »Wenn die Laderäume fast voll sind, ein paar Tage, bevor wir zum Hafen zurückfahren, musst du an Land nach den Preisen in der Auktionshalle fragen. Manchmal ist es besser, ein oder zwei Tage vorher Schluss zu machen, um einen besseren Preis für die Fische zu erhalten, und ein anderes Mal ist es besser, noch ein wenig länger auf See zu bleiben, um nicht zu billig verkaufen zu müssen.«

Wir wurden zum Essen gerufen, und ich war erfreut darüber, da mir der Magen knurrte.

Doch bevor wir die Brücke verließen, sah ich Mariscal diese Medizin nehmen, die er in einem Glas Wasser auflöste, und das war nicht das erste Mal.

»Ist das wegen der Knie?«, fragte ich ihn.

Mariscal sah mich ernst an. »Das ist, um frei zu sein.«

Ich verstand nicht, was er meinte. »Durch diese Tropfen?«

»Das sind nicht einfach nur Tropfen. Es ist hart auf dem Meer. Ich kann dir nur raten, wieder zur Schule zu gehen, solange du noch die Möglichkeit hast. Ich hatte keine Wahl, genauso wie die meisten von den anderen hier. Viele an Bord greifen zum Alkohol.« Um ehrlich zu sein, war Marcial der Einzige von der Mannschaft, den ich noch nicht betrunken erlebt hatte, den Kapitän eingeschlossen. »In den Achtzigern haben wir richtig gut verdient, und die, die schlau waren, haben das Geld gut angelegt. Ich hab alles versoffen. In den drei oder vier Tagen, die wir an Land verbrachten, hab ich oft alles ausgegeben, was ich in den drei Wochen zuvor in Gran Sol verdient hatte.«

Ich verstand gar nichts. Was hatte dieses Medikament mit dem zu tun, was Marical mir da erzählte?

»Wollt ihr nicht zum Essen runterkommen?«, rief der Kapitän uns vom Deck aus zu.

»Der Alkohol hat mir alles genommen. Meine Familie, meine Freunde ... Alle haben mich im Stich gelassen«, fuhr Mariscal fort. »Ich mache ihnen keine Vorwürfe, denn es ist nicht leicht, einen Menschen zu ertragen, der den ganzen Tag über betrunken ist, fern von der Realität und ohne Respekt allen anderen gegenüber.«

Er nahm das Fläschchen aus braunem Glas und hielt es mir hin. Der Name der Medizin sagte mir nichts: Cyanamid.

»An dem Tag, als mich kein Kapitän mehr auf seinem Schiff haben wollte, war ich ganz unten. Mit einem Mal war ich arbeitslos und stand auf der Straße. Zum Glück gibt es Entzugstherapien. Denn wenn ich so weitergemacht hätte ...«

»Und die Tropfen?«, fragte ich, um das Ganze abzukürzen. Was er durchgemacht hatte, war furchtbar, aber mein Essen wurde kalt.

»Dieses Medikament hilft dabei, die Hände vom Alkohol zu lassen. Fünfzehn Tropfen jeden Tag, keinen mehr. Und wenn du dann ein Glas Wein oder etwas noch Stärkeres trinkst, wirst du es heftig bereuen. Denn die Mischung wirkt wie Gift auf den menschlichen Körper. Das passiert auch, wenn du zu viel davon nimmst.«

»*Virgen de Begoña, Virgen de Begoña,* empfangt ihr uns?«, war aus dem Funkgerät zu hören, als wir gerade die Treppe hinuntergehen wollten.

Marcial runzelte die Stirn und machte kehrt. Das gefiel ihm gar nicht. Es war nicht üblich, dass vom Hafen aus mit uns Kontakt aufgenommen wurde.

Ich blieb mitten auf der Treppe stehen.

»Hier *Virgen de Begoña*. Ich höre.«

Nach einer kurzen Störung erklang die blecherne Stimme erneut. Die Meldung war für mich und sorgte dafür, dass die folgenden Tage zu einem höllischen Albtraum wurden.

45

29. Oktober 2018, Montag

Der schlammige Weg zwischen den Weiden steigt stark an. Ane hält eine Taschenlampe in der Hand, ohne die sie völlig aufgeschmissen wäre, denn es ist dunkel geworden in Urdaibai, und der Mond hat sich bisher noch nicht gezeigt.

Sie ist außer Atem, denn sie musste das Auto in dem kleinen Dorf Oma, das nur aus einer Handvoll um die Kapelle gruppierten Häusern besteht, zurücklassen, weil es für den Wagen hier zu steil ist, und läuft, so schnell sie kann. Die Pinien in ihrer typischen konischen Form ragen in den Himmel, an dem schüchtern ein paar Sterne glänzen.

Es regnet nicht mehr, doch das Wasser, das in den letzten Tagen heruntergekommen ist, hat den Boden aufgeweicht, und so ist das Vorankommen schwer. Ane stolpert bereits zum dritten oder vierten Mal und landet mit den Händen im Schlamm. Dabei fällt ihr die Taschenlampe aus der Hand, und aus irgendeinem Grund geht sie aus, und es ist auf einmal stockdunkel.

»Scheiße! Wo bist du?«, fragt sie und tastet über den Boden.

Hoffentlich ist das Ding nicht kaputtgegangen!

Nasses Gras, Schlamm und Dornbüsche. Keine Spur von der Lampe.

Ane tastet in alle Richtungen blind umher und greift in Brennnesseln. Sie versucht die Panik zurückzudrängen, die in ihr aufsteigen will. Ein blöder Stolperer hat ihr die einzige Lichtquelle genommen.

Ane hat den auf dem Boden liegenden Körper von Charo Etxebeste vor Augen. Sie kann sich nicht erlauben, auch nur eine Sekunde mit der Suche nach der Lampe zu vergeuden, die zudem offenbar kaputt ist, sonst wäre sie nicht erloschen. Irgendwie muss sie ihr Ziel auch so erreichen.

Sie hebt den Blick. Der Pinienwald liegt direkt vor ihr. Sie muss um jeden Preis dorthin.

»Das Handy«, sagt sie sich und sucht danach in der Tasche.

»Sechs Minuten bis zum nächsten Bild«, klingt Julias metallisch verzerrte Stimme aus dem Funkgerät.

Sechs Minuten. In nur sechs Minuten werden sie wissen, ob Charo Etxebeste noch lebt oder nicht. Die an der Suche beteiligten Polizisten haben kaum noch Hoffnung, doch ihnen fehlt die Zeit, um sich solche Gedanken zu machen. Sie können nur rennen. Und dementsprechend setzt Ane sich wieder in Bewegung.

Endlich erreicht sie die untere Waldgrenze. Doch bevor sie den Wald betritt, wirft sie einen letzten Blick ins Tal. Das hinter den Fenstern brennende Licht lässt erahnen, wo sich die Häuser von Oma befinden. Ein Polizeiwagen fährt in Höchstgeschwindigkeit auf das kleine Dorf zu. Und in der Ferne ist auf der Landstraße aus Richtung Kortezubi ebenfalls Blaulicht zu erkennen. In wenigen Minuten wird sie nicht mehr allein sein, aber diese Minuten sind möglicherweise entscheidend.

Sie atmet tief durch und dringt in den Pinienwald ein.

»Vier Minuten«, verkündet das Funkgerät.

Das Licht ihres Handys reicht gerade mal aus, um die Bäume direkt vor ihr zu erkennen. Ein Labyrinth aus Stämmen, die in den Himmel wachsen. Ihre Rinde, die so faltig und rissig ist wie die Haut eines riesigen Reptils, weist keine Spur von Farbe auf.

Für einen Moment fürchtet Ane, sich verlaufen zu haben. Was durchaus möglich ist. Allerdings ist sie dem Wegweiser im Dorf gefolgt und sicher, den richtigen Weg eingeschlagen zu haben, denn sie hat keinen anderen gesehen.

Eilig geht sie weiter bergan. Ihr Herzklopfen hallt in ihren Ohren wider. Es muss hier sein!

»Charooo!«, ruft sie, so laut sie kann.

Alles bleibt still.

»Charooo!«

Ane geht einen Schritt weiter. Noch einen und noch einen. Dann sieht sie es: riesige Augen, die sie anstarren. Argwöhnische, neugierige, ärgerliche Blicke im Wald in der Einsamkeit der Nacht.

Sie hat den bemalten Wald erreicht.

Ane läuft es eiskalt über den Rücken. Im Licht des Handys wirkt dieses Heer an kuriosen Wachtposten mit ihrer bemalten Rinde äußerst beunruhigend.

Sie bleibt abrupt stehen und lässt den Lichtkegel erst zur einen, dann zur anderen Seite hin schweifen. Im Hintergrund scheinen sich weitere Augen zu öffnen. Violette, grüne, rosafarbene, gelbe ... Jene Augen, die der baskische Maler und Bildhauer Agustín Ibarrola diesen Bäumen aufgepinselt hat. Er hat den Wald von Oma in ein riesiges Kunstwerk verwandelt, am Tage märchenhaft, in der Nacht jedoch schaurig.

»Charooo? Hörst du mich?«

Nichts.

»Drei Minuten! Wie sieht es aus, Ane? Bist du schon dort?«

Ane aktiviert das Mikrofon des Funkgeräts. »Ich bin gerade angekommen!«

Julia fragt nicht weiter nach, das Schweigen ist Antwort genug. »Die Verstärkung muss jeden Moment vor Ort sein!«

Anes Handy gibt einen klagenden Laut von sich; der Akku ist fast leer.

»Komm, nicht jetzt!«, fleht Ane. Es darf nicht passieren, dass sie ausgerechnet jetzt im Dunkeln steht.

Die starren Augen werden von einer Reihe farbiger Gestalten abgelöst. Sie erinnern Ane an die Kreidezeichnungen, die zurückbleiben, wenn eine Leiche von ihrem Fundort abtransportiert wird. Was nicht gerade ein ermutigender Gedanke ist.

»Charooo!«

Während Ane im schwachen Schein ihres Handys den Wald absucht, ruft sie immer wieder den Namen des Opfers. Die Gestalten um sie herum scheinen einen unheimlichen tonlosen Hexensabbat zu feiern.

Das Handy meldet erneut, dass es dringend aufgeladen werden muss. Wie lange hat sie noch, bis es ausgeht? Minuten oder nur noch ein paar Sekunden.

»Eine Minute«, vermeldet Julias Stimme.

Ane rennt den Berg hinauf. Irgendwo muss Charo doch sein!

Auf den Stämmen der Bäume sind nun Regenbogen zu sehen, eine fröhliche Farbenwelt, die jedoch in der Dunkelheit der Nacht beunruhigend wirkt.

»Zwanzig Sekunden!«

Es ist schwierig, in einem solchen Moment nicht aufzugeben, einfach auf die Knie zu sinken und alles um sich herum zu vergessen. Doch Ane mobilisiert ihre letzten Kräfte und rennt weiter.

Da ist etwas zwischen den Stämmen.

Ein Fuß ...

Nein, ein Bein.

Zwei.

Es ist nicht schwer, die Beine als die von dem Foto wiederzuerkennen, das seit Stunden ganz Spanien in Atem hält.

»Charo!«, ruft sie. Sie hat sie gefunden. Hoffentlich ist es noch nicht zu spät!

Ane ist nur noch zwei oder drei Schritte entfernt, als das Handy zum dritten Mal diesen warnend-klagenden Laut abgibt – und diesmal geht das Licht aus, und alles um Ane herum wird schwarz.

Aus dem Funkgerät ist ein Brummen zu hören. Dann eine Stimme, die Ane nur allzu gut kennt. Es ist Julia.

»Ihr braucht euch nicht mehr zu beeilen. Es ist zu spät. Das letzte Foto ist da.«

»Was ... *was* sagst du?«, fragt Aitor. Seine Stimme klingt verzerrt.

»Sie ist tot«, verkündet seine Kollegin.

Ane hört sie nicht. Sie *will* sie nicht hören. Sie ist neben der Frau, die sie seit Stunden suchen, auf die Knie gefallen und tastet in der Dunkelheit ihren Körper ab. Den Gürtel, die Brust, den Hals und den Kopf. Die Gesichtshaut des Opfers ist kalt, ein schlechtes Zeichen, aber nicht so schlimm wie die brutale Verletzung an ihrer Stirn. Eine solche Schädelfraktur kann niemand überleben.

Sie ist tot. Schon seit Stunden. Der Gerichtsmediziner wird es bestätigen, aber man braucht kein Arzt zu sein, um es sofort zu erkennen.

Vier, jetzt sind es schon vier. Wie viele müssen noch sterben, bevor sie den Mörder fassen?

Ane wird von dem schmerzlichen Gefühl der Hilflosigkeit übermannt, und ihre Augen füllen sich mit Tränen. Sie verzieht das Gesicht und stößt in der Stille der Nacht einen verzweifelten Schrei aus.

46

30. Oktober 2018, Dienstag

Punkt sieben Uhr am Morgen. Das Jingle der Nachrichten im Radio übertönt das Hintergrundgeräusch der Wellen, die unten gegen die Felsen schlagen. Julia öffnet die Augen. Es ist Zeit für ihren täglichen Surfausflug. Doch die erste Nachricht, über die der Moderator mehrere lange Minuten spricht, erinnert sie daran, dass sie an diesem Morgen auf das Meer verzichten muss. Vier Tote. Eine in Galicia und drei in der Umgebung von Gernika. Die Bevölkerung ist zu Recht beunruhigt. Die Leute brauchen nur das Radio einzuschalten. Menschen auf der Straße, denen man ein Mikro unter die Nase hält, sprechen von Angst, dass viele Frauen nur noch in Begleitung das Haus verlassen, und von dem Gefühl der Schutzlosigkeit. Der Pressesprecher der Ertzaintza redet von Verstärkung und versichert, dass es bei den Ermittlungen wichtige Fortschritte gebe.

Tatsächlich? Julia ist da anderer Meinung. Sie glaubt nicht, dass sie in den Unterlagen aus dem Kloster etwas finden werden.

»Um Himmels willen, die Kinder!«

Beim Gedanken an den Wahnsinn im Blick der Mutter Oberin erschaudert sie.

Julia sieht aus dem Fenster. Es wird hell. Das Meer ist von einer schönen metallischen Farbe, der Himmel ist noch grau, wird aber bereits hinter dem Cabo de Ogoño von der aufgehenden Sonne in einen rötlichen Schimmer getaucht. In den Wellen sind die Gestalten der frühesten Surfer zu sehen. Zu gern würde Julia sich ihnen anschließen.

Nein, an diesem Morgen nicht.

Sie kommen der Lösung des Falls immer näher. Das weiß sie, und sie dürfen keine Sekunde verlieren.

Eilig zieht sie sich an. Frühstücken kann sie unterwegs.

In diesem Moment ahnt sie nicht, wie bald sich ihr Leben für immer verändern wird ...

»Wir haben alles getan, was wir konnten«, sagt Ane nachdrücklich. Sie hat dunkle Schatten unter den Augen und sich an diesem Morgen das Haar nicht geglättet. »Außerdem hat die Autopsie bestätigt, dass Charo bereits tot war, als der Täter das erste Foto, das von ihrem Fuß, auf Facebook gepostet hat. Wir hätten sie nicht retten können.«

Dem ganzen Team ist die Mutlosigkeit anzumerken. Der »Letzte Montag im Oktober« hat sie in ein Loch gestürzt, aus dem sie nur schwer wieder herauskommen. Die Verstärkung ist da: vier Kollegen von der *Unidad Central de Investigación*, der Zentralen Ermittlungseinheit, zu der auch Txema gehört. Ane weiß, dass das Probleme mit sich bringen kann, denn es ist offensichtlich, dass sie sich mit Txema gut verstehen. Aber darüber will sie jetzt nicht nachdenken. Und vielleicht gelingt es ihnen mit dieser Unterstützung ja tatsächlich, den Fall zu lösen.

»Wir werden diesen Raum erst wieder verlassen, wenn wir gefunden haben, was wir suchen«, erklärt sie und zeigt auf den Berg an Heften, Briefen und losen Papieren, die sie im Kloster vor den Flammen haben retten können. »Wir brauchen so schnell wie möglich eine komplette Liste der jungen Frauen, die im Jahr 1979 nach Lourdes geschickt wurden, denn wir müssen sie schützen, bevor ihnen das Gleiche widerfährt wie den vier bisherigen Todesopfern.«

»Und wenn es Dutzende sind?«, fragt einer der Neuen; er trägt Jackett und Krawatte genau wie Txema, der angesichts des Einwands seines Kollegen zufrieden nickt.

»Dann werden wir sie *alle* beschützen«, erklärt Ane entschieden. Ihr Tonfall lässt keinen Widerspruch zu, obwohl alle wissen, dass das nicht möglich wäre, da sie gar nicht über die nötigen Mittel verfügen.

»Hat mal jemand in dem Kloster in Lourdes nachgefragt, in das die Mädchen geschickt worden sind?«, meldet sich Aitor zu Wort. »Vielleicht haben die eine Liste der freiwilligen Helfer aufbewahrt. Weniger kooperativ als die Nonnen hier können sie ja nicht sein.«

Ane nickt heftig. »Die Idee ist mir heute Morgen auch schon gekommen. Rufst du dort an? Du kannst besser Französisch als ich.«

Aitor verliert keine Zeit. Er sucht im Internet nach der Nummer, dann greift er zum Telefon. »Mist! Nur der Anrufbeantworter. Ich soll eine Nachricht hinterlassen, und sie rufen zurück.«

»Setz dich ins Auto und fahr hin«, beschließt Ane. »Dann können sie dir gleich die entsprechenden Unterlagen mitgeben.« Sie sucht in ihrer Tasche nach dem Schlüssel ihres Renault Clio und wirft ihn ihm zu.

Aitors unzufriedener Gesichtsausdruck spricht Bände.

»Da bin ich mindestens vier Stunden unterwegs.«

Ane zuckt mit den Schultern. »Wenn du kräftig aufs Gaspedal trittst, vielleicht nur drei.«

Seit Aitor aufgebrochen ist, sind zwei Stunden vergangen. Im Kommissariat in Gernika ist die Stimmung düster, zumal auch noch das Radio läuft, aus dem die Sendung von Aimar Berasarte tönt. Der Mord im Wald von Oma an einem so besonderen Tag hat ihm genug Zündstoff geliefert, um seine Hörer über Monate anzuheizen.

Sie kommen nicht weiter. Ane hat allmählich die Befürchtung, dass die Liste, die sie suchen, gar nicht existiert oder vor ihrem Eingreifen im Kloster bereits verbrannt wurde.

»Wir sollten Schwester Teresa ins Gefängnis stecken und dieses Kloster dem Erdboden gleichmachen«, sagt sie wütend und schlägt das Heft, das sie Seite für Seite durchgesehen hat, auf die Tischplatte. Immerhin weiß sie jetzt, in welchem Jahr neue Decken angeschafft wurden und bei wem die Nonnen ihr Mehl einkaufen.

»Ist euch aufgefallen, wie oft diese Nonnen das Kloster verlassen?«, meint einer der Kollegen, die ihnen zur Unterstützung zugeteilt wurden. »Und das nennt man Klausur?« Er blättert in einem in Leder gebundenen Buch. »Hier haben sie das alles festgehalten: Welche Nonne an welchem Tag auswärts unterwegs war und wie viel Geld ihr für diese Zeit zur Verfügung stand. Sogar, wo es hinging und warum.«

Ane geht zu dem Kollegen, um einen Blick in dieses Buch zu werfen. Einige der Daten darin sind ihr vertraut, denn es sind genau die Tage, an denen die Verbrechen begangen wurden.

»Jedes Mal, wenn unser Mörder zugeschlagen hat, war eine der Nonnen außer Haus«, sagt sie schließlich, an die anderen gewandt, »angeblich wegen eines Arzttermins oder um einen Verwandten zu besuchen. Schwester Teresa und Schwester Carmen stehen gleich mehrfach auf der Liste.«

Txema schnalzt wieder einmal mit der Zunge. »Sag nicht, dass diese Nonnen jetzt zu unseren Verdächtigen zählen.«

»Das habe ich nicht behauptet«, entgegnet Ane. »Ich habe nur auf eine Tatsache hingewiesen.« Sie ärgert sich, dass er jeden ihrer Gedanken kommentiert.

In diesem Moment zieht Julia die Aufmerksamkeit der Anwesenden auf sich, indem sie laut sagt: »Im Jahr 1979 hat das Kloster beträchtliche Geldsummen erhalten. In den vorhergehenden fünf Jahren ebenfalls. 1980 auch noch. Danach lassen die Einnahmen deutlich nach.« Sie hält Ane das Kassenbuch hin.

Die sieht sich die Zahlen genau an.

»Ist in diesen Jahren irgendeine Naturkatastrophe passiert, die die hohen Spenden erklären könnte?«, schlägt einer der Neuen vor. »Weil die Leute froh waren, überlebt zu haben?«

»Gab es in dieser Zeit nicht Überschwemmungen mit Toten und Verletzten?«, fragt sein Kollege.

»Das war 1982. Im Juli«, erinnert sich Txema, und er liefert auch gleich die Erklärung, warum ihm das so gut im Gedächtnis geblieben ist. »Eine Großtante von mir war eine der zwölf Menschen, die dabei ums Leben kamen. Nein, diese Einnahmen stimmen mit den Jahren überein, in denen sie die Mädchen nach Lourdes geschickt haben. Ihre Familien haben offenbar dafür bezahlt, sie für eine Weile loszuwerden.«

Seine ihm getreuen Kollegen nicken. Ane muss zugeben, dass die Argumentation durchaus sinnvoll ist. Denn sie kann sich nur schwer vorstellen, dass Schwester Teresa irgendetwas umsonst tut.

»Sieben Jahre, in denen diese jungen Mädchen zur *Strafe* für irgendetwas weggeschickt wurden«, denkt Ane laut. »Sieben Jahre, aber alle vier Opfer unseres Mörders waren 1979 dort. Was mag in diesem Jahr geschehen sein, das jemanden dazu veranlasst, diese Frauen umzubringen?«

Auf diese Frage hat keiner von ihnen eine Antwort. Was unterscheidet diese vier jungen Frauen von den anderen? Welches Geheimnis ist der Grund dafür, dass sie auf der Todesliste des Tulpenmörders stehen?

Der Anruf geht ein, als Julia sich gerade mit ein paar Briefen aus zwei granatroten Mappen beschäftigt, deren Gummis nach der langen Zeit ihrer Aufbewahrung brüchig geworden sind. Zwei der Kollegen aus Txemas Einheit sitzen neben ihr, und Julia hat den Eindruck, dass sie nicht gründlich genug sind, was sie aber nicht laut sagt. Vielleicht denken die beiden von ihr, dass sie extrem langsam ist.

»Da gibt es Familien, die dem Kloster beträchtliche Summen gespendet haben«, sagt sie, nachdem sie ein halbes Dutzend der Briefe gelesen hat.

»Sortiert die Briefe nach dem Datum«, ordnet Ane an. »Uns interessiert nur das Jahr 1979.« Sie schaut aufs Display ihres Handys, das vor ihr auf dem Tisch liegt und zu summen begonnen hat. »Es ist Aitor. Vielleicht hat er schon was für uns.«

Julia sieht auf die Uhr. Halb drei am Nachmittag. Die Zeit ist geradezu verflogen, denn es ist bereits fünf Stunden her, dass sich Aitor auf den Weg nach Lourdes gemacht hat. Allerdings kann er eigentlich noch nicht viel herausgefunden haben.

»Wie bitte?«, ruft Ane in ihr Handy. »Nichts? Gar nichts?« Sie merkt, dass alle sie anstarren, und schaltet die Lautsprecherfunktion ein.

»Nichts«, wiederholt Aitor gerade. »Die Nonnen sagen, dass diese jungen Frauen nie bei ihnen gewesen sind. Die Einzigen, die mal als freiwillige Helferinnen aus Gernika dort waren, sind zwei Nonnen. Und jetzt ratet mal, um wen es sich dabei handelt?«

»Schwester Teresa?«, vermutet Ane.

»Bingo. Und die Mutter Oberin, die das damals natürlich noch nicht war.«

»Wann war das?«

»Die Mutter Oberin 1974 und Schwester Teresa ’81.«

Ane notiert sich die Jahreszahlen.

»Da muss ein Irrtum vorliegen«, meint Ane. »Vielleicht haben sie die Mädchen, die nicht zum Orden gehörten, gar nicht in ihren Listen geführt.«

»Daran habe ich auch schon gedacht«, entgegnet Aitor. »Aber sie haben es eindeutig verneint. Diese Mädchen sind nie in Lourdes gewesen. Und glaub mir, diese Nonnen erinnern sich an alles. Die wissen sogar, ob es ’79 an Palmsonntag geregnet hat.«

Ane dankt Aitor für seinen Anruf, dann wendet sie sich an ihr Team, und Julia sieht die Wut in ihren Augen.

»Ruf die Richterin an!«, befiehlt sie Txema. »Wir brauchen einen Haftbefehl. Wenn sich Schwester Teresa unbedingt in Handschellen auf den Titelseiten der morgigen Zeitungen sehen will, kann sie das haben. Wir müssen die Mutter Oberin und sämtliche Nonnen befragen, die zu dieser Zeit in diesem Kloster waren.«

»Das wird nicht leicht«, grummelt Txema, während er aber schon zum Telefon greift.

»Ihr anderen sucht weiter. Es kann nicht sein, dass wir in all dem Zeug nichts finden.«

Julia widmet sich wieder den Briefen. Einigen von ihnen sind die entsprechenden Kontoauszüge beigelegt, aber zumeist haben die Nonnen das Geld in bar enthalten.

»Familien, die dafür bezahlen, ihre Töchter loszuwerden«, schimpft Ane. »Was haben sie mit diesen Mädchen wohl gemacht, wenn sie nicht in Lourdes waren?«

»Danach sollten wir diese Familien fragen«, schlägt Julia vor. »Denn ich glaube nicht, dass die Nonnen sie auch getäuscht haben.«

»Hier, ich hab was!«, vermeldet einer der neuen Kollegen, der sich gerade mit einem Kassenbuch mit rußigem Einband befasst, eines von denen, die sie aus dem Kohleofen gerettet haben. »Hier ist eine Liste mit weiblichen Namen. Chronologisch geordnet von 1974 bis '80.«

»Das sind sie!«, ruft Ane aus. »Verdammt, beinahe wäre das Buch verbrannt!«

»Mist!« Txemas Kollege hält ihnen den aufgeschlagenen Band so hin, dass sie sehen können, dass an dieser Stelle ein Blatt herausgerissen wurde. »'79 fehlt.«

»Nur das eine Jahr?«

Der Mann blättert eifrig weiter und nickt dann verärgert. »Sonst sind alle da.«

»Verdammte Scheiße!« Ane schlägt frustriert mit der Faust auf den Tisch.

»Schwester Teresa hat doch gesagt, dass die Liste gestohlen wurde«, wendet Julia ein. »Vielleicht war das ja die Wahrheit.« Sie ergreift ein paar Briefe und wedelt mit ihnen vor der Nase ihrer Chefin herum. »Aber das ist egal.« Sie wischt alles weg, was an der Tafel steht. »In Ordnung«, sagt sie und zeichnet mit schwarzem Filzstift eine Tabelle. »Wir notieren den Absender, die jeweils gespendete Summe und das Datum der entsprechenden Überweisung, sofern das Geld aufs Konto eingezahlt wurde. Wir konzentrieren uns aufs Jahr 1979. Danach müssen wir jede der Familien kontaktieren und vor allem die Frauen beschützen, die von ihren Eltern diesen Hexen anvertraut wurden. Es darf keine weiteren Toten geben. Und danach ... danach kümmern wir uns um den Tulpenmörder.«

»Oder die Tulpenmörderin«, fügt Txema hinzu, der sein Telefongespräch beendet hat.

»Oder die Mörderin«, gesteht Ane ein. Dabei hat Julia den Eindruck, dass sie diese Möglichkeit tatsächlich nicht ausschließt. »Was sagt die Richterin? Bekommen wir den Haftbefehl?«

»Der Gerichtssekretär wird sie darauf ansprechen, sobald die Verhandlung vorbei ist, bei der sie gerade den Vorsitz hat. Aber versprechen kann er nichts.«

Ane flucht leise. Julia wechselt mit ihr einen einverständigen Blick und konzentriert sich dann wieder auf die Briefe. Sie greift nach einem vergilbten Umschlag. Der Poststempel ist vom Juni ’79, und wie alle anderen wurde er mit einem Brieföffner aufgeschlitzt. Sofort hat Julia das Bild einer betagten Nonne vor Augen, die mit einem alten Brieföffner in einer schlecht beleuchteten Bibliothek sitzt.

Julia nimmt den Brief aus dem Umschlag. Er enthält vor allem Worte des Dankes. *Danke für dieses Geschenk des Himmels ... Danke, dass Sie das Glück zurück in unser Haus gebracht haben ...*

Dankesworte und ein Kontoauszug über eine Summe mit mehreren Nullen: achtzigtausend Pesetas – eine Zahl, die immer wieder in den Briefen auftaucht.

Sie steht auf, nimmt den Stift und schreibt das Datum und den Betrag an die Tafel. Und dann nennt sie laut den Namen des Absenders:

»Familie Etxano Garcibuey. Die Radiomoderatorin war eines der Mädchen, die angeblich in Lourdes waren.«

»Alles andere hätte mich auch gewundert«, meint Ane. »Und Schwester Teresa weiß das ganz genau. Diese Nonne ist die Pest. Und das Ganze wird immer unheimlicher. Was ist in diesem Jahr passiert, dass jemand all diese Frauen auslöschen will?«

Julia schreibt den Namen von Natalia Etxano an die Tafel. Dann geht sie zurück zu ihrem Tisch, greift nach dem nächsten Umschlag, schaut auf den Absender – und stockt!

Das kann nicht wahr sein!

Sie liest den Namen erneut.

Nein, das kann nicht sein!

Julia explodiert geradezu. »Könnte endlich mal jemand dieses verdammte Gequatsche abstellen?«

Txema macht einem der Neuen ein Zeichen, das Radio auszuschalten.

Die Stille ist angenehm, aber der Absender des Briefs ist immer noch derselbe, und Julia wird schwindelig.

»Ane, könntest du mir bitte sagen, was hier steht?«, fragt sie und weist auf den Brief.

Ane nimmt den Umschlag und liest den Namen.

»Familie Lizardi Castro.«

»Das bist du!«, ruft Txema völlig perplex.

Julia weiß nicht, was sie denken soll.

»Meine Eltern ...«, bestätigt sie mit verwirrtem Blick. »Meine Familie!«

Ane atmet tief durch.

»Danke für dieses Geschenk des Himmels ...«, liest sie mit gerunzelten Brauen.

Schweigen.

Wieder sieht Ane die Kollegin verwundert an, dann fragt sie: »Julia, in welchem Jahr bist du geboren?«

47

30. Oktober 2018, Dienstag

Er könnte stundenlang seine Tulpen ansehen. Ihr zugleich graziler und stolzer Tanz im Wind wirkt hypnotisierend auf ihn. Und dieser süßliche Duft, den sie verströmen und der sich mit dem herben Geruch des feuchten Torfs mischt, der ihnen als Bett dient, ist geradezu betörend. Wobei die Farbe das Beste ist, ein derart intensives Rot, dass man meinen könnte, ihre Blütenblätter wären mit Blut getränkt.

Langsam streicht er mit der Hand darüber. Er betet ihre Zartheit, ihre ätherische Schönheit an und liebt ihre stille Gesellschaft. Er hat sie selbst kreiert und zum Leben erweckt. Es gibt sie, weil er es so entschieden hat. Er liebt es, sie auf den Fotos in den Zeitungen zu sehen. Erst gestern hat ein holländischer Experte im Fernsehen bestätigt, wie schwierig es ist, derartige Hybriden zu züchten.

Er lächelt. Jetzt wissen es alle. Und sie werden das wahrhaft bombastische Finale seines grandiosen Werks erleben, an dem er jahrelang gearbeitet hat.

Fünf Jahre hat er darauf gewartet, dass die Samen wachsen, dass seine Schöpfung erblüht. Fünf Jahre, in denen er die Blumen täglich voller Geduld gepflegt hat. Zuerst die Stratifikation in der Keimungskammer, dann das Umtopfen in eine große Wanne, wo sie den Rest der Zeit verbracht haben. Die tägliche Kontrolle der

Feuchtigkeit, der Beleuchtung und der Veränderung der Temperatur, um Tag und Nacht zu simulieren. Und dann endlich war es so weit, war der Moment gekommen, den er sich erträumt hat.

Und jetzt sind sie da, mit ihrem eleganten Tanz.

Noch ist ihnen kein Zeichen der Schwäche anzumerken, aber er weiß, dass sie nicht mehr lange so bleiben.

Er wirft einen Blick auf das digitale Thermometer. Vierzehn Grad – für sie eine unendliche Nacht. Das ist die ideale Temperatur, um sie möglichst lange am Leben zu erhalten, damit aus den zwei Wochen, in denen sie blühen, bevor sie anfangen zu welken, drei werden. Denn diese Zeit braucht er, um sein Werk während dieser Blütezeit zu vollenden. Ansonsten müsste er auf die nächste warten, und das ist ihm schon einmal passiert, bei seinem ersten Versuch, als die Temperatursonde versagt hat, während er in Galicia war. Auf einmal waren die Blumen einem umweltbedingten Stress ausgesetzt, den sie nicht heil überstanden haben.

Wobei es im Endeffekt gar nicht so schlecht gewesen ist, weil er sonst den »Letzten Montag im Oktober« nicht in seine Pläne hätte einbeziehen können. Von nun an wird niemand mehr diesen Festtag erwähnen, ohne an sein Werk zu denken. Er hat dem wichtigsten Ereignis im Jahr seinen Stempel aufgedrückt. Er hat Geschichte geschrieben!

Dennoch darf er diesmal nicht wieder versagen. Er wäre nicht in der Lage, noch einmal zu warten, denn die Zwiebeln brauchen ihre Zeit bis zur Blüte.

Die Blumen haben noch nicht zu welken begonnen, aber sie verlieren bereits ihren natürlichen Glanz. Was ein Zeichen ist, dass ihre Zeit schon bald vorbei sein wird.

Er richtet den Blick auf die Namen auf dem vergilbten Papier und kann einen Moment der Beunruhigung nicht unterdrücken. Jedes Mal sind es weniger Namen, doch er weiß, dass die Zeit drängt. Er muss schneller machen, um den finalen Sieg zu erringen.

48

30. Oktober 2018, Dienstag

»Ihr habt mich gekauft!« Julia sieht ihre Eltern nur verschwommen, denn ihre Augen stehen voller Tränen.

»Sag das nicht!«, fleht ihre Mutter, und auch sie weint. »Das ... das hört sich furchtbar an!«

»Aber genau das habt ihr getan! Achtzigtausend Pesetas!«, schleudert Julia ihr entgegen. »Ist das mein Preis? Achtzigtausend verdammte Pesetas? Nicht mal fünfhundert Euro?«

Nun greift ihr Vater ein, der, seit Julia ins Haus gekommen ist und ihre Eltern aufgefordert hat, sich zu setzen, noch nichts gesagt hat. »Deine Mutter hat recht. Wir haben dich nicht gekauft, wir haben dich *adoptiert*.«

Während er dies sagt, sieht er seine Tochter nicht an, denn dazu ist er nicht in der Lage, sondern starrt mit verzweifelter Miene auf seine Hände.

»Achtzigtausend Pesetas!« Julia zeigt ihm die Kopie des Kontoauszugs. »Das ist ja wohl eindeutig gekauft.«

»Das war nur eine Spende«, jammert ihre Mutter. »Dein Vater ...«

»Er ist nicht mein Vater!«, faucht Julia, und während sie sich die Tränen aus dem Gesicht wischt, quellen die nächsten bereits aus ihren Augen.

»Bitte, Julia, tu das nicht!«, fleht ihre Mutter mit gebrochener Stimme.

»Ihr seid nicht meine Eltern. Ihr habt nur eine Rolle gespielt. Vierzig Jahre! Vierzig Jahre lang habe ich mit dieser Lüge gelebt.« In Tränen aufgelöst steht sie auf. Sie ist genauso enttäuscht von ihren Eltern wie von sich selbst. Denn sie verhält sich wie ein verwöhntes Kind. Sie weiß es, aber sie kann nicht anders. Sie muss das alles loswerden.

Auch ihr Vater erhebt sich, tritt auf sie zu, streicht ihr sanft über den Rücken, wie er es getan hat, als sie noch ein Kind war und im Dunkeln vor Angst nicht einschlafen konnte. »Julia, Schatz, lass es uns erklären. Du bist das Allerwichtigste in unserem Leben. Sieh dir deine Mutter an. Sie ist am Boden zerstört. Tu ihr das nicht an. Tu *uns* das nicht an. Bitte!«

Julia lässt ihren Vater stehen und setzt sich wieder auf einen der Stühle an jenem Tisch, an dem sie jeden Tag mit ihren Eltern gegessen hat, bis sie nach Mundaka gezogen ist. Sie hat noch gut in Erinnerung, dass ihre Mutter beinahe geweint hat, als sie damit rausgerückt ist, von zu Hause ausziehen zu wollen. Und dennoch hat sie es geschafft, Julia das Beste zu wünschen, und so getan, als freute sie sich für sie. Julia ist sich sicher, dass ihre Mutter noch tage-, wenn nicht wochenlang gelitten hat.

Sie wischt sich mit einem Taschentuch über die Augen. Für einen Moment ist der Tränenschleier fort, und ihr bietet sich ein Bild des Jammers. Beide sitzen da, ihre Mutter hat die Hände vors Gesicht geschlagen und fleht sie an, ihr zu verzeihen. Und ihr Vater ... Es ist das erste Mal, dass sie ihn weinen sieht. Das hat er nicht mal getan, als sein Bruder gestorben ist. Vielleicht still für sich, oben in den Bergen, die er so sehr liebt, aber nicht vor anderen.

Doch heute weint er, denn nicht jeden Tag wird einem die Tochter entrissen.

Auch Julia ist am Boden zerstört. Sie fühlt sich verraten und allein. Die Welt, in der sie ihr ganzes Leben verbracht hat, ist zusammengebrochen.

»Wir konnten keine eigenen Kinder bekommen.« Ihr Vater, der noch einmal aufgestanden ist, um sie in die Arme zu nehmen, bringt die Worte nur mühsam hervor. »Die Ärzte konnten nichts für uns tun. Weißt du, was das für ein Paar bedeutet, das sich liebt und dessen größter Wunsch es ist, möglichst viele Kinder zu haben? Wir waren verzweifelt. Und dann hat uns jemand von den Nonnen erzählt. Es gibt genügend Mütter, die sich nicht um ihre Babys kümmern können, für die die Schwangerschaft eine Strafe ist. Das Kloster wurde zu einem Segen für uns. Verzeih uns, mein Kind. Wir wollten immer das Beste für dich.«

Die Nonnen. Julia weiß nicht, ob sie noch mehr hören will. Ob sie bereit ist, die ganze Wahrheit zu erfahren.

»Ich habe dich immer aus ganzem Herzen geliebt«, beteuert ihre Mutter schluchzend. »Julia, bitte. Für uns gab es keine andere Möglichkeit.«

»Wer sind meine Eltern?« Sie ist selbst überrascht von der Kälte in ihrer Stimme.

Die beiden wechseln einen Blick und schütteln die Köpfe.

»Wir haben es nie erfahren«, sagt ihr Vater. »Das war so abgemacht.«

»Das und das Geld«, sagt Julia zynisch.

»Eine Spende für das Kloster«, behauptet ihr Vater erneut. »Natürlich waren wir diesen gesegneten Frauen dankbar dafür, dass sie uns unser größtes Glück geschenkt haben.«

Julia denkt an den Brief, durch den sie von der ganzen Sache erfahren hat. *Danke, dass Sie das Glück in unser Haus gebracht haben …* Sie merkt, dass ihr die Galle hochkommt.

»Diese ›gesegneten Frauen‹ sind schuld daran, dass vier Frauen ermordet wurden!« Julia weiß, dass das nicht ganz stimmt, aber so empfindet sie es. Sie hasst Schwester Teresa, die Mutter Oberin und die anderen Nonnen aus diesem verdammten Kloster aus tiefstem Herzen. Hoffentlich hat Ane schon den Haftbefehl, und sie sind bereits auf dem Weg ins Gefängnis.

»Um Himmels willen, die Kinder!«

Jetzt versteht sie alles. Diese alte Frau in ihrem Bett hat nicht fantasiert, sondern sich an das erinnert, was sie in ihrem Leben als Nonne am meisten bewegt hat. Was haben sie und die anderen Nonnen wohl dabei empfunden, als sie all diesen Kindern das Leben weggenommen haben, das ihnen zugedacht war? Wahrscheinlich fühlen sie sich nicht mal schuldig. Nein, natürlich nicht. Sie sind stolz auf das, was sie getan haben.

Ihr Handy meldet sich. Die fröhliche Melodie wirkt deplatziert an diesem traurigen Ort.

Es ist Ane.

Julia räuspert sich, bevor sie rangeht. »Hallo.«

»Geht es dir gut? Wir machen uns Sorgen. Du bist so überstürzt aufgebrochen ...«

»Es geht mir gut«, lügt Julia.

»Dann beeil dich. Ich warte im Kloster auf dich.«

»Hast du den Haftbefehl?«

»Den brauchen wir nicht.«

»Wie bitte?«

Ane hat keine Zeit, ins Detail zu gehen, und sagt nur schnell, bevor sie auflegt: »Lass alles stehen und liegen und komm, so schnell du kannst. So wie es aussieht, ist der nächste Mord bereits passiert.«

Mai 1997

»Wie geht es ihm?«

Meine Mutter schüttelte den Kopf und wagte kaum, mich anzusehen. Sie stand an die Wand gelehnt, mit wirrem Haar und dunklen Schatten unter den Augen, die von langen durchwachten Nächten sprachen. »Er stirbt.«

Mehr sagte sie nicht. Und mehr war auch nicht nötig.

Zwei Wochen waren vergangen, seit mich die Nachricht auf der *Virgen de Begoña* erreicht hatte. Von da an hatte ich voller Ungeduld jedes Kilo Fisch gezählt, das in unseren Netzen landete. Ich wollte so schnell wie möglich in den Hafen zurückkehren, in dem Bewusstsein, dass jede weitere Stunde, die verging, dafür sorgen konnte, dass er uns verließ, ohne dass ich die Gelegenheit hatte, mich von ihm zu verabschieden.

»Ist er wach?«

»Er wartet auf dich«, meinte meine Mutter. »Ich dachte schon, du kommst erst, wenn er unter der Erde ist. Hoffentlich brauche ich niemals deine Hilfe.«

Ich machte mir nicht die Mühe, ihr zu antworten. Zu jener Zeit erwartete ich längst keine zärtlichen Worte mehr von ihr, auch wenn ihre Kommentare mich verletzten. Mehr, als ich jemals bereit war zuzugeben.

Nie war mir der Flur so lang vorgekommen. Die Tür zu seinem Schlafzimmer lag ganz hinten. Sie war nur angelehnt, und ein gespenstischer Lichtschein drang aus dem Zimmer. Mein Wunsch, endlich bei ihm zu sein, war genauso stark wie der, die Flucht zu ergreifen vor dem, was mich dort erwartete.

»Hallo«, sagte ich und streckte den Kopf durch den Türspalt.

»Komm rein. Du bist gerade noch rechtzeitig gekommen.« Seine Stimme war nur noch ein angestrengtes Flüstern. Ich erkannte sie kaum wieder.

Und so erging es mir auch bei seinem von der Krankheit gezeichneten Gesicht. Er sah aus wie ein von Haut überzogenes Skelett. Seine leblos wirkenden Augen lagen tief in den Höhlen.

Diesen Gestank, der mir entgegenschlug, als ich die Tür öffnete, werde ich nie vergessen. Es war der stille, eklige Geruch nach Krankheit, nach einem Leben, das kurz vor dem Ende steht.

»Wir haben den Frachtraum nicht vollgekriegt«, erklärte ich. »Es tut mir leid, aber die Fische sind uns immer wieder entwischt.«

War das der Anflug eines Lächelns auf seinen Lippen? »Du brauchst dich nicht zu entschuldigen«, sagte er. »Ich weiß, wie das Leben eines Fischers ist.« Für einen Moment schloss er erschöpft die Augen, verzog schmerzhaft das Gesicht.

»Brauchst du irgendwas?«, fragte ich ihn.

Mein Vater schüttelte den Kopf, so schwach, dass es kaum wahrzunehmen war.

Ich weiß nicht, wie lange ich schweigend an seinem Bett saß. Er nickte immer wieder ein, und während ich ihn betrachtete, zerriss es mir fast das Herz.

»Bitte gib mir dieses Buch«, bat er, als er die Augen wieder geöffnet hatte.

»Das grüne?« Ich legte die Hand auf ein Buch über Aquakultur.

»Nein, das daneben. Das mit dem roten Einband.«

»›Der Name der Rose‹«, las ich. »Ein Roman? Willst du, dass ich dir daraus vorlese?«

»Nein.« Das Atmen schien ihn immer mehr anzustrengen, das Reden erschöpfte ihn. »Gib es mir.«

Ich werde nie vergessen, wie er seine knochigen Hände danach ausstreckte. Das waren nicht mehr die rauen, wettergegerbten Seemannshände. Diese ungerechte Krankheit hatte sie verschlungen, genau wie alles andere.

Als ich sah, dass er nicht in der Lage war, das Buch zu halten, traten mir Tränen in die Augen. Nicht einmal dafür hatte er genügend Kraft. Ich wollte nicht, dass er mich weinen sah, aber ich konnte die Tränen nicht länger zurückhalten. Wie auch, da ich doch den einzigen Menschen, der mir etwas bedeutete, sterben sah.

»Schlag es auf. Es ist da drin«, bat er mich, nachdem das Buch erneut seinen Händen entglitten und aufs Bett gefallen war.

Ich musste nicht lange suchen. Kaum hatte ich den von Umberto Eco geschriebenen Roman aufgeschlagen, sah ich die Blume, die mein Leben verändern sollte.

»Was ist das?«, fragte ich und nahm sie heraus. Sie war vertrocknet, und ihre Farben waren verblichen. Die Seiten des Buches jedoch, zwischen denen die Blume gelegen hatte, waren leicht rötlich.

»Das ist eine Tulpe«, flüsterte mein Vater. »Bewahre sie gut auf. Denn es ist die einzige Erinnerung an deine richtige Mutter.«

»Meine ... was?« Ich verstand nicht, was er meinte.

Mein Vater musste husten, soweit man dieses heisere Ächzen überhaupt so nennen konnte. Nicht einmal dafür hatte er genug Kraft.

»Die Frau, die dich zur Welt gebracht hat«, brachte er mühsam hervor.

Ich wandte mich zur Tür um. Vielleicht war sie ja da und konnte mir helfen, die Worte meines Vaters zu verstehen.

Doch da war niemand.

»Was ...?« Es gelang mir nicht, den Satz zu vollenden. In meinem Kopf überschlugen sich die Fragen. Ich wusste nicht, welche ich zuerst stellen sollte.

Mein Vater bat mich um etwas Wasser. Ich führte ihm das Glas an die trockenen Lippen und half ihm, sich ein wenig aufzurichten. Als ich seine Knochen unter dem Pyjama spürte, zuckte ich zusammen. Die Krankheit hatte ihn fast vollständig aufgezehrt.

Nachdem er sich wieder zurückgelegt hatte, schloss er die Augen. Ich drängte ihn nicht, obwohl die Neugier mich quälte. Schließlich richtete er erneut seinen verschleierten Blick auf mich und eröffnete mir die Wahrheit, die er mir seit dem Tag meiner Geburt verschwiegen hatte.

»Wir konnten keine Kinder haben. Dabei hatten wir es immer wieder versucht, bis deine Mutter in eine tiefe Depression fiel, die auch nach Jahren nicht besser wurde.« Er machte eine Pause, um durchzuatmen, wobei er ein Röcheln von sich gab, das mich fürchten ließ, er könne ersticken. »Und dann habe ich von diesen Nonnen erfahren. Und hab nicht lange gezögert. Ich habe dich in der Hoffnung mit nach Hause genommen, dir ein schönes Leben bieten zu können. Es tut mir sehr leid. Sie hat in dir immer ihr eigenes Versagen gesehen. Du bist die ständige Erinnerung daran, dass sie keine eigenen Kinder bekommen konnte. Und dazu kommt noch der besondere Charakter deiner Mutter, der sie einmal in Euphorie ausbrechen lässt, um uns einen Moment darauf alle zum Teufel zu wünschen.«

Ich starrte auf die vertrocknete Tulpe. Mir war schwindelig. Schließlich hatte ich gerade erfahren, dass mein Leben eine einzige große Lüge war. Mein Vater sprach noch weiter, erging sich in Entschuldigungen und Erklärungen, doch ich hörte ihm nicht mehr zu. Ich dachte an all die Momente, in denen meine Mutter mich hatte spüren lassen, wie sehr sie mich verabscheute. Wie oft hatte ich mich in mein Zimmer eingeschlossen und heimlich geweint, ohne den Grund für diesen Hass zu kennen?

Doch nun, da ich endlich eine Erklärung dafür hatte, fühlte ich mich noch schlechter. Ich hatte ein Leben gelebt, das mir nicht zugedacht war.

»Die Blume lag zwischen deiner Kleidung«, schloss mein Vater. »Ich denke, dass die Frau, die dich im Kloster abgegeben hat, sie zum Abschied dort zurückgelassen hat.«

»Wer war sie?« Nun klang auch meine Stimme heiser; ich brachte die Worte kaum über die Lippen.

»Das haben wir nie erfahren.«

»Warum hat sie mich weggegeben?«

Mein Vater … oder jener sterbende Mann, den ich bis zu diesem Tag so genannt hatte, antwortete nicht gleich. Ich glaube, dass er überlegte, ob er mich belügen sollte, um mir noch mehr Schmerz zu ersparen.

Und schließlich gab ich mir selbst die Antwort. Mit einer Aufrichtigkeit, die mich innerlich zerstörte: »Weil sie mich nicht geliebt hat.«

49

30. Oktober 2018, Dienstag

Ane ist von einem Wald aus Mikrofonen umgeben. Nach dem weiteren gewaltsamen Todesfall haben sich sämtliche Journalisten, die in den letzten Tagen nach Gernika gekommen sind, vor dem Kloster versammelt.

Auf der Hinfahrt vom Kommissariat aus konnte Ane der Versuchung nicht widerstehen und hat das Radio eingeschaltet. Abgesehen von dem einen oder anderen Musiksender hat sie keinen Kanal gefunden, der nicht dazu beitragen will, die Aufregung um die Ereignisse in Urdaibai zu multiplizieren. Der Schlimmste ist natürlich Radio Gernika mit Aimar Berasarte. Doch auch viele andere äußern die bizarrsten Hypothesen, ähnlich denen, die Ane gerade von den Reportern zu hören bekommt.

»Können Sie bestätigen, dass eine der Nonnen der Tulpenmörder ist?«

»Stimmt es, dass sterbliche Überreste der Opfer im Kloster gefunden wurden?«

Ane bemüht sich, Ruhe zu bewahren. Nur zu gern würde sie eine entsprechende Antwort geben, aber das kann sie sich nicht erlauben. Sie spricht hier für die gesamte Erztaintza, dessen ist sie sich bewusst, und es lastet schwer auf ihr. In diesem Moment würde sie die Rolle des Verantwortlichen gern Txema überlassen.

Die Fragen der Journalisten überschlagen sich in ihrem Kopf, und immer wieder muss sie an Madrazos Warnung denken, als er ihr den Befehl über die Sondereinheit übertragen hat: »*Die Presse wird euch keine Ruhe lassen. Verärger sie nicht, wenn du keine Probleme kriegen willst.*«

Und genau das versucht sie, obwohl es ihr, je mehr Zeit vergeht, immer schwerer fällt.

»Es wurde Nachrichtensperre angeordnet«, erklärt sie und hebt beschwichtigend die Hände. »Mehr kann ich Ihnen dazu nicht sagen.«

Doch mit dieser Antwort geben sich die Journalisten nicht zufrieden und bestürmen sie weiter mit Fragen. Ane sieht bereits ein gnadenloses Heer an Talkshow-Teilnehmern vor sich, das sie in der Luft zerreißt. Sobald sie dieser Horde den Rücken kehrt, werden in den Fernseh- und Radiosendern sicher noch viel schlimmere Theorien gestrickt, die dazu beitragen werden, die Angst der Menschen zu schüren.

Das darf sie nicht zulassen. Schließlich ist sie vor die Presse getreten, um die Bevölkerung so weit wie möglich zu beruhigen.

»Bitte lassen Sie uns unsere Arbeit machen. Wir sind mit den Ermittlungen bereits sehr weit. Und was ich Ihnen schon sagen kann, ist, dass der Todesfall hier im Kloster nicht das Werk des Tulpenmörders ist.«

»Wenn er nichts mit dem Fall zu tun hat, warum ist dann Ihre Einheit mit der Untersuchung befasst?«, fragt eine Journalistin und hält Ane ihr gelbes Mikrofon mit dem Logo eines Radiosenders so dicht unter die Nase, dass sie es ein Stück wegschieben muss, um antworten zu können.

»Wir versuchen gerade herauszufinden, ob es eine Verbindung zu den Verbrechen gibt, in denen wir ermitteln«, erklärt Ane. »Und nun bitte ich Sie, uns unsere Arbeit tun zu lassen.«

Dennoch prasseln weitere Fragen auf sie ein, jetzt sogar noch heftiger. Ist diesen Leute denn nicht bewusst, dass sie wegen ihnen wertvolle Zeit auf der Suche nach dem Mörder verlieren? Aber vielleicht ist es ihnen auch einfach egal.

»Genug jetzt. Bitte respektieren Sie die Arbeit der Polizei«, sagt sie genervt.

Dann dreht sie sich um und geht zurück ins Kloster.

»Wie war's?«, fragt Aitor, als Ane zurück in die Zelle kommt.

»Das sind solche Arschlöcher!«

»Und?«, fragt er beunruhigt. »Hast du sie zum Teufel geschickt?«

Ane schüttelt den Kopf. »Ich hab sie äußerst zuvorkommend behandelt.«

Aitor glaubt ihr natürlich kein Wort, zudem ist ihr ihre Verärgerung anzusehen. Aber im Moment haben sie andere Sorgen.

»Txema befragt in der Zelle gegenüber die Tatverdächtige«, erklärt er seiner Chefin und übergibt ihr ein Kissen in einem Asservatenbeutel. »Hier, das ist die vermutliche Tatwaffe.«

Ane tritt an das Bett, auf dem die Tote liegt, mit offenem Mund wie ein Fisch auf dem Trockenen. Die blauen Lippen bilden einen auffälligen Kontrast zu der bleichen Haut und den im Tod eisblauen Augen. »Hast du Balsam hier?«

Aitor gibt ihr ein kleines Fläschchen, und Ane streicht sich etwas von dem Öl unter die Nase; so lässt sich der Gestank besser ertragen. Wie es bei den meisten Erstickungsopfern der Fall ist, hat auch die Mutter Oberin im Sterben die Kontrolle über ihren Schließmuskel verloren.

»Entschuldigt, ich musste unbedingt etwas klären.« Julia, die gerade erst angekommen ist, tritt in die Zelle und an die Mutter Oberin heran.

»Das ist das erste Mal, dass ich vor einer Leiche stehe, ohne Bedauern zu empfinden.« Im nächsten Moment ist ihr anzusehen, dass sie ihre Worte bereut.

»Ich verstehe dich sehr gut. Ich weiß nicht, wie ich an deiner Stelle reagieren würde.« Ane fühlt sich ein wenig schuldig. Sie hätte Julia mehr Zeit geben müssen, anstatt sie gleich ins Kloster zu bestellen. »Hör mal, wenn du dir den Tag heute lieber freinehmen möchtest …«

»Nein, keine Sorge, es geht mir gut.«

Ane weiß, dass das nicht stimmt. Und sie weiß auch, dass sie ihre Vorgesetzten eigentlich bitten müsste, Julia durch jemand anderen zu ersetzen. Aber sie will die Kollegin, die für sie zu einem Stützpfeiler im Team geworden ist, nicht verlieren.

»Wer war es?«, fragt Julia, ohne den Blick von der Toten zu wenden.

»Schwester Teresa. Das zumindest sagt Schwester Carmen, die junge Nonne, die uns bei unserem ersten Besuch hier empfangen hat. Sie hat die Polizei gerufen.«

Aitor hat kurz die Zelle verlassen, kommt aber rechtzeitig zurück, um Anes letzte Worte zu hören. »Txema sagt, dass sie die Tat nicht gesteht. Sie behauptet, dass Schwester Carmen das Ganze inszeniert hat, um die Kontrolle über das Kloster zu übernehmen, und dass wir die Mutter Oberin getötet haben.«

»Wir?«, fragt Ane.

»Sie sagt, dass die Mutter Oberin sehr schwach war und wir sie mit unseren Fragen zu sehr bedrängt hätten.«

Ane seufzt. Es hat ihr gerade noch gefehlt, dass ihr der Tod einer Nonne angelastet wird!

»Soll ich euch sagen, was hier passiert ist?« Sie wartet nicht auf eine Antwort, sondern legt gleich ihre Hypothese dar: »Jemand bei Gericht hat den Bischof über die bevorstehenden Festnahmen und Befragungen informiert, und das dummerweise, bevor wir den Haftbefehl erhalten haben. Daraufhin ist Schwester Teresa in Panik geraten und hat die Mutter Oberin zum Schweigen gebracht, damit sie nichts von sich gibt, was sie beide belasten könnte.«

»Und dabei hatte sie das Pech, von Schwester Carmen ertappt zu werden«, vervollständigt Aitor die Hypothese. »Ansonsten wären sicher alle davon ausgegangen, dass die Mutter Oberin eines natürlichen Todes gestorben ist.«

Julia nickt. Sie hat nichts an der Theorie ihrer Kollegen auszusetzen.

»Hol Schwester Carmen her!«, bittet Ane an Aitor gewandt. »Sie ist in der Bibliothek. Mal sehen, was sie uns zu erzählen hat.«

»Willst du sie wirklich hier befragen?« Aitor blickt auf die Tote und dann wieder seine Chefin an.

»Gibt es einen besseren Ort?«

Aitor zuckt mit den Schultern und verlässt die Zelle. Wenig später kommt er in Begleitung von Schwester Carmen zurück.

Die junge Nonne ist aschfahl im Gesicht.

»Herzliches Beileid!«, wünscht Julia als Erstes.

Ane sagt erst mal nichts und lässt Schwester Carmen nicht aus den Augen. Sie will sehen, wie die junge Nonne auf die Tote im Raum reagiert.

»Ich habe versucht, sie zurückzuhalten«, versichert Schwester Carmen, »doch es war unmöglich. Sie muss vom Teufel besessen gewesen sein, denn Schwester Teresa kann unmöglich solche Kräfte haben.« Sie tritt ans Bett, und der Gestank scheint sie nicht zu stören, während sie die Tote voller Mitleid ansieht. »Die Arme. Es ging ihr gerade etwas besser. Gestern hat sie sich wieder an unsere Namen erinnert.«

Sie streckt die Hand aus, um die Leiche zu berühren, doch Julia hält sie zurück.

»Ich wollte ihr nur die Augen schließen«, entschuldigt sich die Nonne. »Die Arme.«

»Bitte erzählen Sie uns alles, woran Sie sich erinnern. Warum sind Sie in die Zelle der Mutter Oberin gegangen? Haben Sie irgendwelche beunruhigenden Geräusche gehört?«

Schwester Carmen schüttelt den Kopf. »Ich wollte ihr ein wenig Gesellschaft leisten wie jeden Tag, seit sie krank ist, und ihr aus der Bibel und den Evangelien vorlesen. Sie liest so gern ...« Die junge

Nonne legt sich erschreckt eine Hand auf den Mund. »... hat so gern gelesen, entschuldigen Sie. Es fällt mir so schwer ...«

Ihr Weinen, das fast wie das eines Kindes klingt, erfüllt den Raum.

»Wo befand sich Schwester Teresa, als Sie die Tür geöffnet haben?«, fragt Julia, während Ane auf ihrem Handy einen Anruf entgegennehmen muss. Es ist ihre Mutter, die normalerweise nie während der Arbeitszeit anruft.

Schwester Carmen schnäuzt sich in ein Papiertaschentuch. »Hier«, erklärt sie und tritt ans Kopfende des Bettes. »Das Erste, was ich gesehen habe, waren die unter der Decke zuckenden Beine der Mutter Oberin. Dann erst ist mir Schwester Teresa aufgefallen. Mit dem Rücken zu mir stand sie da und hat die Mutter Oberin mit dem Kissen erstickt.«

»Und als Sie das sahen, haben Sie versucht, sie zurückzuhalten.«

»Das habe ich versucht, doch sie hat mich weggestoßen. Ich hab alles getan, was ich konnte.« Die Nonne bricht wieder in Tränen aus. »Aber ich habe es nicht geschafft, sie zu retten.«

Julia legt Schwester Carmen beruhigend die Hand auf die Schulter und gibt ihr ein neues Taschentuch. »Ganz ruhig. Sie haben getan, was Sie konnten. Die Mutter Oberin war sehr schwach und damit ein leichtes Opfer.«

Aitor, der bisher geschwiegen hat, ist davon jedoch ganz und gar nicht überzeugt. »Eine junge Nonne soll nicht in der Lage gewesen sein, eine alte Frau, die viel schwächer ist als sie, von so einer Tat zurückzuhalten?«

Ane, die ihr Telefonat beendet hat, nickt. Diese Frage hat sie sich auch gestellt. Das passt alles nicht so recht zusammen.

»Das war der Teufel und nicht Schwester Teresa«, behauptet Carmen.

Aitor und Ane wechseln einen Blick, und Ane beschließt, die Taktik zu ändern. »Wissen Sie, dass in diesem Kloster Babys verkauft wurden?«

Die junge Nonne sieht sie entsetzt an. Entweder ist sie eine großartige Schauspielerin, oder sie weiß tatsächlich nichts davon. Ane geht von Letzterem aus, da es Schwester Carmen in diesem Zustand schwerfallen dürfte, die Rolle der Unwissenden so überzeugend darzubieten.

»Ihre geliebte Mutter Oberin, Schwester Teresa und einige andere haben jungen Müttern ihre gerade geborenen Kinder weggenommen, um sie an Familien zu verkaufen, die keine eigenen Kinder bekommen konnten«, erklärt Julia.

Schwester Carmen schlägt sich die Hände vor den Mund und sieht Ane voller Entsetzen an, die mit ernstem Nicken die Worte ihrer Kollegin bestätigt.

»Nein, das stimmt nicht. Das kann nicht sein«, stammelt die junge Nonne. »Sie sind gute Menschen, die anderen nur helfen.« Aber es klingt nicht sehr überzeugt. Sie will ihre eigenen Worte glauben, was ihr jedoch offensichtlich Mühe bereitet.

»Das reicht für heute«, meint Ane. »Wenn Ihnen noch etwas einfällt, was uns weiterhelfen könnte, melden Sie sich bitte bei uns.«

»Nur noch eine Frage«, sagt Aitor jedoch. »Wir wissen, dass Sie in den letzten Wochen recht oft das Kloster verlassen haben. Aus welchem Grund?«

Schwester Carmen blickt auf ihre Hände, schließt sie zu Fäusten und öffnet sie wieder, wobei sie das Gesicht verzieht. »Ich ... war beim Arzt, da ich starke Schmerzen in den Gelenken habe. Rheuma, Arthrose ... Bisher haben die Ärzte nichts gefunden, aber irgendetwas muss es sein.«

Ane nickt ihrem Kollegen zu, der Schwester Carmen am Arm aus der Zelle begleitet.

Nun befindet sich Schwester Teresa in der Zelle des Opfers, in Handschellen und die Wangen nass von Tränen. Txema stellt die Fragen, doch bisher streitet die Nonne alles ab.

»Sie irren sich. Ich habe unsere Mutter Oberin geliebt. Fast vierzig Jahre lang haben wir zusammen in diesem Kloster gelebt, und wir haben uns immer gut verstanden.«

»Das stellt auch niemand infrage«, sagt Ane, die sich bisher im Hintergrund gehalten hat.

Auf einmal braust Teresa auf. »Diese verlogene Carmen! Wir haben ihr vertraut, dachten, sie wäre eine der wenigen jungen Frauen in diesem Land, die sich der Nächstenliebe hingeben, statt sich zu betrinken und rumzuhuren!«

»So geht das schon die ganze Zeit«, beklagt sich Txema bei seinen Kolleginnen, dann wendet er sich wieder an die Nonne: »Hören Sie, ich hab das Theater allmählich satt. Wissen Sie, was das ist?« Er zeigt ihr das Kissen im Asservatenbeutel. »Biologische Spuren, die Sie überführen werden. Unsere Kollegen im Kriminallabor sind sehr gut, sie werden DNA von Ihnen finden. Sie wissen, was ein genetischer Fingerabdruck ist? Sie werden den Rest Ihres Lebens im Gefängnis verbringen.«

»Ein Geständnis würde Ihre Haftstrafe mindern«, bietet Ane an.

Doch sie erhält keine Antwort.

»Wie viele Babys haben Sie gestohlen«, fragt Julia.

»Keines!«, entgegnet Schwester Teresa heftig.

»Wir haben Beweise. Mehrere Jahre lang haben Sie ...«

Die Nonne lässt sie nicht ausreden. »Sie haben gar nichts! Nichts! Ein paar Spendenbriefe. Was sollen die denn beweisen?«

»Deshalb haben Sie die Mutter Oberin getötet, nicht wahr?« Ane hat beschlossen, die Befragung zu übernehmen. »Sie hatten Angst, dass sie zu viel verrät. Unter normalen Umständen hätte sie das sicher nicht getan, aber sie war nicht mehr dieselbe.«

Schwester Teresa zögert. »Das ... das ist alles eine Lüge! *Sie* haben sie getötet. Ihre angeschlagene Gesundheit hat dem Druck, den Sie gestern auf sie ausgeübt haben, nicht standgehalten!«

Im Grunde ist egal, was die Nonne sonst noch sagen wird. Ane hat, was sie braucht. Sie weiß, dass die alte Frau den Mord begangen hat, denn sie hat sich längst durch ihr Verhalten verraten. Bisher hat sie die Tote noch nicht angesehen, wahrscheinlich, weil sie sich davor fürchtet, in die kalten Augen zu blicken, denen sie das Leben entrissen hat.

»Txema«, sagt jemand an der Tür. Es ist einer der Kollegen aus dem Kommissariat von Erandio, die ihnen zur Verstärkung zugewiesen wurden und die damit beschäftigt sind, das Kloster nach möglichen Beweisen zu durchsuchen. »Da ist etwas, was ihr euch sofort mal ansehen solltet.«

50

30. Oktober 2018, Dienstag

Weiße Kacheln bedecken die Wände des Raums ohne Fenster. Es gibt auch keine andere Möglichkeiten zu lüften. Eine offenbar nicht mehr ganz intakte Neonröhre an der Decke sorgt für flackerndes weißes Licht. Ein chemischer Geruch liegt in der Luft, passend zu den vielen kleinen Flaschen, die in einem Regal stehen.

»Die armen Frauen«, stöhnt Julia. Sie ist an den Geburtsstuhl mit den Lederriemen herangetreten, mit denen die Gebärenden fixiert worden sind.

»Das ist ja die reinste Folterkammer!« Erschreckt über sich selbst wendet sich Ane zu Julia um und hält sich schuldbewusst die Hand vor den Mund. »Entschuldige! Ich hab nicht daran gedacht, dass …«

Julia winkt ab, behauptet, Ane müsse sich keine Sorgen machen und dass es ihr gut gehe, obwohl man ihr ansieht, dass es nicht so ist.

Sie befinden sich in dem Raum, wo alles begonnen hat. Es zerreißt ihr das Herz, sich vorzustellen, wie ihre Mutter, die sie nie kennengelernt hat, auf dem Geburtsstuhl festgeschnallt war. Wie viele Frauen dieses Grauen wohl erlebt haben? Wie viele haben, an Händen und Füßen fixiert, in diesem kalten Raum gelegen, um Kinder zur Welt zu bringen, die niemals die ihren sein sollten?

Alles an diesem Ort ist furchtbar, von einer extremen Kälte. Keine Spur von Menschlichkeit. Der Anblick der alten Blechschüssel am Fuß des Geburtsstuhls lässt Julia erschaudern.

»Wer hier bei den Entbindungen wohl dabei gewesen ist?«, fragt Ane, während sie ein rostiges Blechtablett inspiziert. »Ein Arzt? Oder nur die Nonnen?« Auf dem Tablett liegen eine Geburtszange und ein Skalpell.

»Nur die Nonnen«, ist Julia überzeugt. Sie hasst Schwester Teresa und die tote Mutter Oberin mit den eisblauen Augen und alle anderen, die das zugelassen haben.

Sie sieht sich nach etwas um, was ihr Trost spenden könnte, doch so etwas ist in diesem Kabinett des Grauens nicht zu finden. Selbst das große Kruzifix an der Wand wirkt bedrohlich.

»Und diese Tür?« Sie befindet sich an der Seite des Raums, neben den staubbedeckten kleinen Wiegen. Ane drückt vergeblich die Klinke nach unten.

»Die ist abgeschlossen«, erklärt der Kollege, der sie über die Existenz dieses Geburtszimmers informiert hat.

»Ich hole Schwester Teresa«, bietet sich Aitor an. »Sie soll sie aufschließen.«

Er hat gerade den Raum verlassen, als Ane gegen die Tür tritt, wobei sie mit dem Fuß aufs Schloss zielt. Julia zieht sie zurück, bevor sie noch einmal zutreten kann. »Darf ich?«

Das braucht sie jetzt, um ihre Wut an irgendetwas auszulassen. Ane macht ihr Platz, und Julia tritt zu, zwei-, dreimal, und die Tür knallt gegen die Wand des dunklen Gangs, der sich dahinter befindet.

»Seid ihr verrückt?«, ruft Aitor. Als er die Tritte gehört hat, ist er gleich wieder umgekehrt. Jetzt geht er zu ihnen, holt eine Taschenlampe hervor und knipst sie an.

Der Lichtkegel streicht durch einen nur wenige Meter langen Gang, von dem vier Türen abgehen. Der Lichtschalter an der

Wand funktioniert nicht, sodass sie sich mit der Taschenlampe begnügen müssen.

Der muffige Geruch hier ist so intensiv, dass Julia ihr Gesicht verzieht. »Wie lange dieser Ort wohl verschlossen war?«

Ane öffnet eine der Türen, die mit einem leisen Quietschen aufschwingt. Sie ist wie die anderen aus massivem Holz, schwer und unglaublich dick. Am erschreckendsten sind jedoch die Riegel, die so angebracht sind, dass man die Türen nur von außen und nicht von innen verschließen und öffnen kann.

Hinter den vier Türen liegt jeweils eine Zelle, jede von ihnen wesentlich kleiner als die im Stockwerk darüber und nur mit dem absolut Nötigsten ausgestattet: einer Liege, einem Waschbecken und einem einfachen Tisch. Die Wände sind mit dunklem Schimmel bedeckt, und die Räume sind so stickig, dass man kaum atmen kann.

»Das ist ein Gefängnis«, sagt Julia. »Ein Gefängnis für schwangere Frauen. Natürlich waren sie nie in Lourdes. Sie waren bis zur Entbindung hier in diesem Keller eingesperrt.«

Sie tritt in eine der anderen Zellen. Auf dem Tisch liegt eine Bibel. Sie streicht mit den Fingern darüber. Vielleicht hat ihre Mutter sie vor fast vierzig Jahren in den Händen gehalten. Sie wagt es kaum, sich vorzustellen, dass sie hier monatelang eingesperrt gewesen ist.

Und dann entdeckt sie etwas zwischen den Seiten. Ein zusammengefaltetes eng beschriebenes Stück Papier. Selbst das Schreiben scheint diesen armen Frauen verboten gewesen zu sein.

Julia steckt es ein. Womöglich ist es Beweismaterial und kann in einem späteren Prozess gegen die Nonnen verwendet werden. Sie wird es sich später ansehen, im Moment ist sie zu erschüttert von dem, was sie gesehen hat, und handelt wie in Trance.

Ane blickt durch die Tür und seufzt, bevor sie wieder im Gang verschwindet. »Diese Nonnen sind herzlose Monster«, sagt sie. »Aitor, bitte sag Txema, dass er Schwester Teresa herbringen soll. Hier gibt es einiges zu klären.«

»Sie verstehen es nicht. Wir haben nur geholfen. Schließlich haben wir unser ganzes Leben der Nächstenliebe gewidmet.«

Julia bekämpft den Drang, sie am Habit zu packen und zu schütteln, bis sie alles gesteht.

»Seit wann nennt man den Handel mit Neugeborenen ›helfen‹?«, fragt Ane.

»Sie verstehen es nicht«, wirft Schwester Teresa ihnen erneut vor.

Der Hochmut der Nonne ist das, was Julia am meisten irritiert.

»Vielleicht können Sie uns helfen, es zu verstehen?«, meldet sich Aitor zu Wort, und Julia beneidet ihren Kollegen um die Ruhe, die in seiner Stimme liegt.

Schwester Teresa nickt langsam und wendet sich dem Polizisten zu, der offenbar der Einzige ist, der sich um ein wenig Verständnis bemüht. »Jene Jahre waren furchtbar für die Moral in dieser Gegend. Die wenigen, die wie ich ins Kloster gegangen sind, haben ihre Seelen gerettet, aber viele andere sind der Versuchung erlegen. Der Bau der Gasplattform war eine Katastrophe für Gernika, denn die ganzen Amerikaner kamen her, angeblich alles studierte Ingenieure. Von wegen! Wissen Sie, was das waren? Widerliche Lumpen, die unsere Dörfer zu ihrem persönlichen Harem gemacht haben. So viele Mädchen sind auf sie reingefallen, auf die Versprechungen von der großen Liebe, doch jedes Wort davon war eine Lüge.«

Julia wechselt einen Blick mit Ane. Beide haben den Schmerz in den Worten der Nonne deutlich vernommen, und beiden ist klar, dass Schwester Teresa aus Verbitterung ins Kloster gegangen ist, auch wenn es nicht leicht ist, sie sich als junges Mädchen beim Flirten mit einem dieser Männer vorzustellen.

»Das war ein großes Unglück für die Familien dieser Mädchen«, fährt die Nonne fort. »Gute Menschen, die ein moralisches Leben im christlichen Glauben führten, und plötzlich geriet ihr Ruf in Gefahr, weil irgendwelche dahergelaufenen Kerle ihre Töchter geschwängert hatten.« Sie macht eine Pause, um ihren nächsten Worten mehr Gewicht zu verleihen. »Zum Glück waren wir da, um ihnen zu helfen.«

Julia ballt die Hände zu Fäusten. »Sie haben diesen Kindern die Möglichkeit genommen, bei ihren Müttern aufzuwachsen!«, explodiert sie regelrecht, denn sie kann ihre Wut nicht länger zurückhalten.

Die Nonne schüttelt entschieden den Kopf. »Im Gegenteil. Wir haben diesen Kindern ein besseres Leben ermöglicht.«

»Wer glauben Sie, wer Sie sind, dass Sie über das Leben von Kindern entscheiden dürfen?«

»Nicht wir haben entschieden. Die Familien sind auf den Orden zugekommen und haben uns um Hilfe gebeten.«

»Und Sie haben diese unglücklichen Mädchen hier wie Tiere eingesperrt!«, wirft Julia der Nonne vor und zeigt auf den dunklen Gang hinter der Tür.

Schwester Teresa zögert. »Wir ... wir taten es, weil ... einige von ihnen verwirrt waren ... nicht verstanden haben, dass das, was ihre Familien entschieden haben, das Beste für sie ist. So hat niemand davon erfahren, dass sie schwanger waren. Stattdessen glaubten die Menschen, sie wären in Lourdes gewesen, um dort anderen Menschen zu helfen.«

»Es waren also die Familien, die für sie entschieden haben«, stellt Julia klar, »nicht die Schwangeren selbst!«

Schwester Teresa seufzt herablassend. »Viele dieser armen Mädchen wussten nicht, was sie tun sollten, was richtig für sie war. Die meisten von ihnen waren nicht einmal volljährig. Und viele von ihnen haben uns später hier besucht, um sich dafür zu bedanken, was wir für sie getan haben.«

Julia will ihr darauf eine wütende Antwort geben, aber Ane kommt ihr zuvor. »Wir werden noch genug Zeit haben, das alles aufzuklären. Jetzt müssen wir erst mal diesen Mörder schnappen und dürfen keine weitere Sekunde mehr verlieren.«

Julia nickt, und sie ist ein wenig beschämt. Sie hat zugelassen, dass ihre persönlichen Gefühle ihr den Blick für den eigentlichen Fall verstellen.

»Wie viele Frauen haben im Jahr 1979 hier ihr Kind geboren?«, fragt sie.

»Das weiß ich nicht mehr.«

»Wie viele?«, drängt Ane.

Die Nonne zuckt mit den Schultern. Ihre Sturheit und ihre Kälte sind erschreckend.

Julia versucht die erneut in ihr aufsteigende Wut zurückzudrängen, doch es gelingt ihr nicht. Alles um sie herum spricht von dem Unrecht, das in diesem Gebäude geschehen ist: der Geburtsstuhl, die Zange, das rostige Skalpell ...

Aitor legt ihr beruhigend die Hand auf die Schulter. Danach beugt er sich zu Teresa hinunter und sieht ihr ernst in die Augen. »Bitte, Schwester. Der Tulpenmörder wird sie alle *umbringen*. Eine nach der anderen, weil sie in seinen Augen eine Sünde begangen haben, indem sie in diesem Raum ein Kind zur Welt brachten und es weggegeben haben. Charo Etxebeste ist bereits die Vierte, die ihr Leben verloren hat. Helfen Sie uns, die anderen zu retten. Wir müssen wissen, wer sie waren, nur dann können wir diese Frauen beschützen. Bitte!«

Die alte Nonne presst die Lippen aufeinander, schluckt und bekreuzigt sich. Dann öffnet sie endlich den Mund, um zu antworten.

»In diesem Jahr sind acht Kinder hier geboren worden.«

51

30. Oktober 2018, Dienstag

Das Kopfsteinpflaster in der einzigen Straße von Pasai Donibane glänzt nass vom Regen – eine melancholische Patina, die das Licht der Straßenlaternen reflektiert. Außer den Anwohnern, die nach Hause kommen oder aus einem der Häuser treten, um den Müll rauszubringen, ist niemand unterwegs. Was an einem regnerischen Herbstabend nicht ungewöhnlich ist.

Ane geht langsam, lässt sich unbewusst Zeit, als wolle sie die Begegnung mit jener Realität, die sie seit ihrer Kindheit immer gehasst hat, so lange wie möglich hinauszögern.

Ihr Vater Mariano gehört nicht zu jenen Männern, die ihre Frau und die Kinder schlagen. Nein, seine Art von Misshandlung ist subtiler, aber deswegen nicht weniger schmerzhaft. Er verletzt mit Worten, und das nicht nur mit denen, die ihm über die Lippen kommen, sondern auch mit denen, die er verschweigt. Sein Schweigen ist genauso brutal wie eine Tracht Prügel, vor allem, wenn es auf einen Schwall von Drohungen, Nötigungen und Herabwürdigungen folgt.

Wie oft hat sich Ane als Kind gewünscht zu sterben oder sich vorgenommen, von zu Hause wegzulaufen.

Wie oft hat sie ihre Mutter gedrängt, dieses Monster, das ihr das Leben zur Hölle macht, anzuzeigen oder sich scheiden zu lassen.

Und nun ist es auf einmal so weit. Mari Feli, ihre Mutter, hat die Scheidung eingereicht. Was ist wohl der Tropfen gewesen, der das Fass zum Überlaufen gebracht hat? Wobei das im Grunde egal ist, Hauptsache, diese kranke, auf einem längst überholten Rollenverständnis basierende Beziehung ist endlich zu Ende.

»Hallo, Ane!«, grüßt einer der Nachbarn, der gerade mit seiner Angel aus dem Haus tritt, einer von den vielen *Arrantzales*, die ihre Köder bis zum frühen Morgen vom Weg zu den Felsen von Puntas aus ins Wasser werfen.

»Petri Heil, Inanzio«, wünscht Ane ihm höflich. Dabei weiß sie, dass es ihm nichts ausmachen würde, mit leeren Händen nach Hause zurückzukehren, denn das Wichtigste für ihn und all die anderen ist, ein paar Stunden allein mit dem Meer zu verbringen, das sie so lieben.

Anders als sie es sich immer vorgestellt hat, sieht Ane der Begegnung mit ihrer Mutter nicht freudig entgegen. All die Jahre über hat sie sich gewünscht, dass endlich etwas passiert, doch nun fühlt sie sich verloren. Die Erinnerungen an den ständigen Streit zu Hause belasten sie. Der Schmerz ist während der achtzig Kilometer langen Fahrt von Gernika aus zurückgekehrt. Und ebenso das Gefühl der Hilflosigkeit. Mit vierundzwanzig ist sie zu Hause ausgezogen, weil sie nicht mehr ertragen konnte, wie ihre Mutter ständig erniedrigt wurde, für die dennoch nicht infrage kam, die Misshandlungen anzuzeigen oder sich von ihrem Mann zu trennen.

»Er hat mir versprochen, dass er nie wieder um Geld spielen wird. Dein Vater ist kein schlechter Mensch, manchmal geht einfach die Wut mit ihm durch …«

Irgendwann war Ane es leid, immer die gleichen Entschuldigungen zu hören, wenn ihr Vater das Geld verspielt hatte, das Mari Feli so dringend brauchte, um Essen einzukaufen oder die Schule für ihre Kinder zu bezahlen. Und dann die Regatten, die verdammten Regatten. Wie viel Geld er zum Fenster hinausgeworfen hat, indem er immer wieder auf die rosafarbene Trainera von Donibane gesetzt hat!

Und nun, fünf Jahre nachdem Ane entschieden hat, all dem den Rücken zu kehren und auszuziehen, stürmt dies alles mit einem Mal wieder auf sie ein. Diesmal, so scheint es, wird sich die Tür endgültig hinter ihrem Vater schließen, aber vorher werden mit Sicherheit noch säckeweise Vorwürfe, Schuldzuweisungen und anderer Seelenmüll zu entsorgen sein.

Sie erreicht das Haus ihrer Eltern und klingelt. Die Tür wird geöffnet.

»Mein Kind«, sagt ihre Mutter und umarmt sie. Sie ist eine zierliche Frau, die Ane ihre Gene vererbt hat. Zumindest was die Körpergröße angeht. »Ich liebe dich, mein Schatz.«

Ane schluckt. Sie fühlt sich unwohl, und dass sie sich dessen so bewusst ist, lässt sie sich noch schlechter fühlen. Da ist ein Graben zwischen ihnen, der immer tiefer wurde, je mehr Ane darauf gedrängt hat, dass ihre Mutter ihren Peiniger verlässt. Ihn zu schließen wird noch viel Arbeit erfordern, denn die Folgen einer solchen Misshandlung verschwinden nicht einfach so, wenn man das Problem beseitigt, sondern bleiben noch lange bestehen. Ane weiß das, denn sie hat es in ihrem Job oft genug erlebt.

»Ich liebe dich auch, *Ama*«, sagt sie und drückt ihre Mutter an sich. »Was ist passiert? Hat er dich geschlagen?«

Mari Feli schüttelt mit gesenktem Blick den Kopf. In ihrem Gesicht liegt eine tiefe Traurigkeit, aber auch Scham, was Ane irritiert. Immer wieder sieht sie diesen Ausdruck bei Frauen, die misshandelt wurden. Denn das Schlimmste, was diese Monster ihren Opfern antun, ist, dass die sich auch noch schuldig fühlen.

»Er hat alles verspielt«, sagt Anes Mutter dann mit leiser, zittriger Stimme. »Ich wollte mit meinen Freundinnen ein langes Wochenende in Sevilla verbringen und dafür einen Teil des Geldes benutzen, das dein Großvater mir hinterlassen hat, doch das Konto war leer.«

»Aber es läuft auf deinen Namen, und kein anderer kann darauf zugreifen«, entgegnet Ane verwundert. »Wie hat er das gemacht? Du solltest ihn anzeigen.«

Ihre Mutter seufzt und hebt den Kopf. Doch nur für ein paar Sekunden, dann senkt sie gleich wieder den Blick. »Dein Vater hat Bankvollmacht. Ich habe sie ihm eingeräumt, falls mir mal etwas zustoßen sollte. Wenn man stirbt, hinterlässt man seinen Erben viele Schwierigkeiten, und ich will euch keine Probleme machen.«

Nun ist es Ane, die seufzt. »Tolle Idee! Es hätte dir doch klar sein müssen, dass das passieren würde.«

Mari Feli scheint nach dem Vorwurf ihrer Tochter noch kleiner zu werden. Ane schämt sich sogleich für ihre Vorhaltungen. Dies ist nicht der richtige Moment, um mit ihrer Mutter zu schimpfen. Mari Feli braucht jetzt eine Schulter, an der sie sich anlehnen kann. Endlich hat sie sich dazu durchgerungen, die Scheidung einzureichen, und nun braucht sie Anes Unterstützung, die ja auch extra nach Pasaia gekommen ist, um ihr bei den ersten Schritten nach der Trennung von ihrem Mann zu helfen.

»Du brauchst dich nicht zu schämen, *Ama*. Das hätte jedem passieren können«, zwingt Ane sich zu sagen. Doch in Wirklichkeit sieht sie das anders. Wie oft hat ihre Mutter schon diesen Fehler gemacht? Wie oft hat ihr Vater seiner Frau das Geld genommen, das sie mühsam gespart hatte? Und wie oft hat sich Mari Feli vorgeworfen, allein die Schuld dafür zu tragen?

»Er hat mir versprochen, mit dem Spielen aufzuhören, und diesmal schien es ihm ernst zu sein.«

Einmal mehr, denkt Ane.

Immerhin gelingt es ihr, das nicht laut zu sagen.

»Du hast einen mutigen Schritt getan«, sagt sie stattdessen und greift nach den Händen ihrer Mutter.

»Es war längst überfällig.«

»Du hast es getan, als du bereit dafür warst«, versichert Ane ihr.

Ist das wirklich so? Ist Mari Feli auch bereit, die Scheidung durchzustehen? Ane ist sich da absolut nicht sicher, wenn sie in das bekümmerte Gesicht ihrer Mutter blickt.

»Wo ist denn Andoni?«, fragt Ane, als sie bemerkt, dass ihr Bruder nicht im Haus ist.

»Er hat sich mit ein paar Freunden verabredet.«

Ane beißt sich auf die Lippen, um nicht das Erste zu sagen, was ihr durch den Kopf geht. Sie muss sich ihren Bruder einmal vorknöpfen. Als sie in seinem Alter war, hat sie sich ihrem Vater entgegengestellt, wenn der mal wieder ausgerastet ist.

»Er sollte hier bei dir sein.«

»Wirf es ihm nicht vor«, bittet Mari Feli.

Diesmal gelingt es Ane nicht, sich zurückzuhalten. »Du musst ihn nicht in Schutz nehmen, er ist kein Kind mehr.«

Ihre Mutter nickt. Doch Ane weiß, dass es ihr damit nicht ernst ist. Andoni wird immer ihr kleiner Junge bleiben. Als die Erniedrigungen unerträglich wurden, hat ihre Mutter ihre gesamte Aufmerksamkeit auf ihn konzentriert. Was verständlich war, als er noch klein gewesen ist und Mari Feli in seinen Armen die Wärme suchte, die ihr Mann ihr nicht zu geben bereit war.

»Es tut mir so leid, dass ich bei euch versagt habe«, entschuldigt sich ihre Mutter.

»Du hast nicht versagt. Ganz und gar nicht!«, erneut umarmt Ane sie.

»Was soll ich dir zu essen machen? Möchtest du eine Tortilla?«, fragt Mari Feli mit zitternder Stimme.

»Nein, nichts. Ich mach mir selbst was.«

»Weißt du, was du tun solltest? Zusammen mit deinen Freundinnen etwas essen gehen. Damit du auf andere Gedanken kommst, statt dich nur mit der Sache in Gernika und meinen Problemen herumzuschlagen.«

»Kommt überhaupt nicht infrage«, sagt Ane schweren Herzens. »Ich bleibe hier bei dir.«

»Geh nur. Ich bin müde und werde gleich zu Bett gehen. Geh du ruhig ein bisschen vor die Tür.«

Ane schaut auf die Uhr. Vielleicht hat ihre Mutter recht. »Bist du dir sicher?«

»Natürlich. Du musst auch mal abschalten. Tu mir den Gefallen.«

Ane ist ihr unendlich dankbar dafür. Eine Weile mit ihren Freundinnen zusammen zu sein wird ihr guttun.

»Aber ich werde hier bei dir übernachten«, erklärt sie.

»Das ist nicht nötig. Es geht mir gut. Du kannst ruhig nach Hause gehen.«

Ane antwortet nicht. Sie wird auf jeden Fall bei ihrer Mutter schlafen. Denn sie befürchtet, dass ihr Vater mitten in der Nacht auftauchen könnte, um sich dafür zu rächen, dass seine Frau ihm die Koffer vor die Tür gestellt hat.

52

30. Oktober 2018, Dienstag

Julia wirft ihre Kleider aufs Bett. Es ist ein harter Tag gewesen. Sie dachte, dass das Wiedersehen mit Txema ihre Gefühle in Aufruhr versetzen würde, doch was heute geschehen ist, hat ihr viel mehr zugesetzt. Sie braucht das Bad im Meer noch dringender als sonst. In wenigen Stunden hat sich ihr Leben vollkommen verändert. Sie fühlt sich verraten und in ihrem tiefsten Inneren verletzt. Fast vierzig Jahre lang hat sie mit einer Lüge gelebt.

Warum hatten ihre leiblichen Eltern sie weggegeben?

Sie ist sich bewusst, dass sie vielleicht niemals eine Antwort auf diese Frage erhalten wird. Und das tut weh.

Was ist das für ein Zettel, der da in ihrer Hosentasche steckt? Sie hat ihn noch nicht ganz entfaltet, als es ihr wieder einfällt: die Bibel in einer der Zellen. Eigentlich hätte Julia sie im Kommissariat abgeben müssen, als mögliches Beweismaterial in einem zukünftigen Prozess.

Es sind mehrere kleine Blätter, sorgsam zusammengefaltet, damit sie den Wärterinnen in diesem Gefängnis nicht auffielen. Die Worte drängen sich auf dem Papier, das nach all der Zeit vergilbt ist. Die Schrift ist klein, aber schön geschwungen. An einigen Stellen haben Tränen die Schrift verwischt, was das Lesen erschwert.

Im Bewusstsein, dass das, was dort steht, sehr schmerzhaft für sie sein wird, setzt sich Julia auf ihr Bett, um die Zettel zu lesen. Die frische Luft, die durch das offene Fenster weht, lässt sie erschaudern, was ihr, nachdem sie die ersten Worte gelesen hat, jedoch völlig gleichgültig ist.

Wieder ist an diesem traurigen Ort ein weiterer Tag vergangen. Wie lange kann man es aushalten, die Sonne nicht zu sehen? Heute hat die Nonne mit dem faltigen Gesicht mir versprochen, dass sie mich morgen in den Garten lassen. Ich zähle die Stunden bis dahin und weiß, dass du es auch tust. Endlich ein wenig frische Luft, etwas mehr Platz, um ein paar Schritte gehen zu können, ohne gegen eine kalte, nackte Wand zu stoßen.

Haben wir diese Strafe verdient? Welche schlimme Sünde habe ich begangen? Und du? Welche Schuld hast du auf dich geladen?

Nur zu lieben! Zu lieben und von jemandem zu träumen, der jetzt weit weg ist! Es zerreißt mir das Herz, dass ich ihn vielleicht nie wieder umarmen kann.

Ich bin nicht die Einzige hier in diesem Gefängnis, denn ich höre in den Nachbarzellen andere Mädchen weinen und klagen. Genauso, wie sie mich hören. Aber wenn ich die Augen schließe und es mir gelingt, in Gedanken diesem Ort zu entfliehen, höre ich nur dich, meine einzige Freude, die mir die Kraft gibt, diese Qual zu ertragen.

Ich habe Angst vor dem, was kommt, wenn du geboren wirst. Die Nonne mit den eisblauen Augen hat mir gesagt, dass ich bald wieder nach Hause zurückkehren kann.

Ich hasse sie. Ich ertrage ihren missbilligenden Blick nicht und ihr Gerede darüber, dass das Fleisch schwach ist. Bin ich wirklich zu jung, dich zu bekommen? Warum haben meine Eltern beschlossen, mir dieses Leid anzutun?

Ich spüre bereits, wenn du dich bewegst. Du bist nun nicht mehr nur ein Fischlein in meinem Bauch. Du bist hier, streichelst mich von innen, machst mir Mut, wenn ich es am meisten brauche. Und wenn ich dich spüre, sehe ich das Gesicht deines Vaters vor mir. Die wunderbaren Monate, die wir zusammen verbracht haben! Sie waren so intensiv, dass ich sie niemals vergessen werde. Noch nie habe ich jemanden so geliebt. Er ist in sein Heimatland zurückgekehrt, bevor ich ihm sagen konnte, dass es dich gibt. Er hätte sich sicher gefreut, es zu erfahren. Und die Gewissheit, dass er auf eine gewisse Weise bei mir ist, hilft mir, die Zeit zu überstehen.

53

30. Oktober 2018, Dienstag

Die Bar Itsaspe ist leerer als gewöhnlich, und es stehen auch nicht mehr viele Teller mit Pintxos auf der Theke. Ane blickt auf die Uhr, die zwischen den Regalen mit den Likörflaschen hängt. Es ist schon nach zehn, der Winter steht vor der Tür, und es regnet, da gehen die Leute nach der Arbeit lieber nach Hause.

Die Frau, die den Spielautomaten mit Münzen füttert, erinnert sie an ihren Vater. Wo er jetzt wohl ist? Sicher hat ihn irgendein Freund bei sich aufgenommen. Juan Mari, dieser Rechtsanwalt, der so oft zu tief ins Weinglas schaut, lebt schon seit Jahren von seiner Frau getrennt. Es würde sie nicht wundern, wenn ihr Vater bei dem untergekommen ist.

»Lange nicht mehr gesehen, Ane«, begrüßt sie die junge Frau mit dem geschorenen Kopf hinter der Theke. »Ein Bier?«

»Ja, aber bitte aus der Flasche. Und ein Bocadillo mit Thunfischtortilla.«

»Die Küche ist schon zu«, erklärt die junge Frau entschuldigend, während sie die Bierflasche öffnet. »Es gibt nur noch das, was auf der Theke steht.«

Ane begutachtet die Pintxos. Das Angebot ist nicht gerade abwechslungsreich, aber sie wird satt werden. Ein bisschen Thunfisch mit Sardellen und ein Stück Tortilla werden wohl erst mal reichen.

Sie nimmt einen Schluck von ihrem Bier und lässt den Blick durch den Raum schweifen. Die Frau am Spielautomaten macht ganz den Eindruck, als wolle sie sich dort erst wegbewegen, wenn sie den letzten Cent eingeworfen hat. Wie oft hat Ane als Kind ihren Vater in der gleichen Situation erlebt und beschämt gewartet, bis er kein Geld mehr und wieder Zeit für sie hatte!

Hinten im Raum stehen zwei junge Burschen Anfang zwanzig. Sie nicken Ane flüchtig zu, und sie gibt den Gruß zurück. Sie bauen sich gerade einen Joint. Als Ertzaina müsste sie das eigentlich unterbinden, aber es ist ihr egal. Sollen sie machen, was sie wollen, solange sie niemanden stören.

Sonst ist nur noch ein weiterer Gast in der Bar, ein Mann, der an der Theke sitzt und versucht, mit der Barkeeperin zu flirten. Er will nicht einsehen, dass er keine Chance hat, und gehört offenbar zu den Leuten, die glauben, dass ein Mädchen mit Piercings und Tattoos leicht zu kriegen ist. Er lässt die junge Frau nicht in Ruhe, bis sie ihm eine deutliche Antwort gibt. Selbst das reicht nicht immer, wie Ane nur zu gut weiß, weil sie schon oft in einer ähnlichen Lage war.

Sie hält noch das Handy in der Hand. Seit sie weiß, dass auch Charo ein Tattoo hatte, hat sie versucht, Raúl zu erreichen, was nicht leicht war, da er seine freien Tage zum Tauchen genutzt hat. Er hat sich an Aracelis Rose erinnert, die er vor einigen Jahren für sie gemacht hat, genau wie Natalias Lotosblume. Was Charos Pusteblume angeht, ist er sich aber nicht sicher, ob sie aus seinem Studio stammt. Seltsam, aber Ane hatte den Eindruck, dass er ihr nicht antworten wollte.

»Ich hab gedacht, dass du noch länger in Urdaibai bist«, hört sie eine Frau in ihrem Rücken sagen.

Es ist Olaia.

»Morgen früh fahr ich zurück«, erklärt Ane und umarmt sie. »Danke fürs Kommen.«

»Nichts zu danken. Wie geht es dir?«

»Gut. Meine Mutter ist ziemlich fertig, aber auf Dauer wird es ihr viel besser gehen.«

»War ja auch höchste Zeit«, meint Olaia. »Und wie ist es dazu gekommen? Hat sie ihn rausgeworfen?« Sie gibt der Barkeeperin ein Zeichen, ihr auch eine Flasche Bier zu geben.

»Er hat ihr Geld genommen. Meine Mutter lernt einfach nicht dazu. Nach allem, was passiert ist, hat sie ihm Vollmacht über ein Konto erteilt, das sie von ihren Eltern geerbt hat. Das war *ihr* Geld!«

»Wirf es ihr nicht vor. Du weißt am besten, wie das läuft. Süchtige sind äußerst geschickt darin, andere zu manipulieren.«

Ane ist dankbar für die Wärme von Olaias Hand auf ihrem Rücken. Es hilft ihr, sich zu beruhigen. »Sie hat eine Freundin angerufen, die Rechtsanwältin ist, und leitet die ersten Schritte für die Scheidung ein.«

»Das ist doch super und zeigt, wie stark sie ist. Wenn sie sich von sich aus um diese Dinge kümmert, ist das besser, als wenn jemand anders das für sie tut.«

Ane trinkt nachdenklich einen Schluck von ihrem Bier. »Ich wünschte, sie hätte nicht so lange gewartet. Warum hat sie sich all die Jahre quälen lassen?«

»Das ist sicher nicht leicht«, meint Olaia, während ihre Hand am Hals der Bierflasche auf- und abfährt.

»Natürlich nicht. Wir haben alle ein Trauma wegen ihm«, gesteht Ane. »Vor ein paar Tagen hab ich die Kontrolle verloren und bin einen Verdächtigen angegangen, weil ich geglaubt hab, er hätte seine Frau getötet.«

»Verdammt, das ist heftig. Du solltest dir einen anderen Job suchen.«

Es ist nicht das erste Mal, dass ihre Freundin ihr das empfiehlt, aber das kommt für Ane nicht infrage.

»Wenn ich mit einem Frauenschläger zu tun hab, drehe ich jedes Mal durch. Weil das für mich etwas Persönliches ist.« Ane seufzt. »Aber ich bin Polizistin, und so was darf mir nicht passieren.«

Die Tür geht auf, und die frische nächtliche Brise weht herein. Ane dreht sich um und spürt einen Kloß im Hals. Wie immer, wenn sie ihrem Vater gegenübersteht. Zu wissen, dass die Schuld bei ihm liegt, reicht nicht aus. Vielleicht weil seine Argumente so irrational sind, dass man nicht mit ihm diskutieren kann. Entweder man begibt sich auf sein Niveau, oder man dreht sich um und geht.

»Bist du jetzt zufrieden? Es ist deine Schuld!«, hält er ihr vor, während er zur Theke stampft und dicht vor Ane stehen bleibt. »Du hast ihr den Floh ins Ohr gesetzt. Schon vor Jahren. Als ob ich ein Monster wär! Weil ich ab und zu spiele? Ja und? Wer tut das nicht?« Die Wut ist ihm bei jedem Wort anzuhören. Er sieht rot, und wie üblich sucht er die Schuld nicht bei sich selbst. Alle haben sich gegen ihn verschworen, und natürlich liegt es nicht an seinen schlechten Gewohnheiten und seiner Spielsucht! Und das Schlimmste ist, dass er auch noch glaubt, was er sagt!

Ane öffnet den Mund, um zu erwidern, dass es nicht darum geht, ab und zu mal Lotto zu spielen, sondern darum, sich beim Glücksspiel hoffnungslos zu verschulden. Dafür gibt es ein Wort: Spielsucht.

Doch schließlich sagt sie nur: »Du hast ein Problem, *Aita.*«

»Natürlich hab ich das. *Du* bist mein Problem. Dass ich deine Mutter geschwängert hab, *das* ist mein Problem. Ich hätte an jenem Abend auf dem Fest die Finger von ihr lassen sollen.«

Es ist nicht das erste Mal, dass Ane so etwas aus seinem Mund hört. Olaia drückt fest ihren Arm.

»Du bist ... du bist ...« Ane findet keine Worte, um das auszudrücken, was sie fühlt. Machtlosigkeit, Leere, Ekel, Traurigkeit ... Zu viele Gefühle drängen sich in ihrer Brust und wollen hinaus. »Such dir Hilfe, *Aita*. Oder es wird ein böses Ende mit dir nehmen.«

Ihr Vater lacht bitter auf.

»Such *du* dir Hilfe. *Ich* brauche keine. Dir ist doch klar, wo ich jetzt wohnen werde, oder?« Ane versteht sofort, was er meint, und die nächsten Worte ihres Vaters bestätigen ihre Befürchtungen: »In deiner Wohnung. Besser gesagt, in der Wohnung deiner Großmutter, die meine Mutter war. Also such dir eine andere Bleibe, denn dort ist nur Platz für meinen Sohn und mich.«

Ane ballt die Hände zu Fäusten. Wie sehr sie ihn hasst! Tränen der Wut brennen in ihren Augen, aber diese Befriedigung gönnt sie ihrem Vater nicht.

»Komm, Ane, wir gehen.« Olaia zieht sanft an ihrem Arm.

Ane wehrt sich dagegen. Sie will diesem Mann, für den sie nichts als Hass empfindet, all das entgegenschleudern, was er ihr und ihrer Mutter angetan hat.

Aber was würde es bringen? Sie lässt den Blick durch den Raum schweifen. Alle hören ihnen mehr oder weniger offen zu. Und sie will ihre Neugier nicht befriedigen, sodass sich alle das Maul über sie zerreißen können.

»Du bist ein Stück Scheiße!«, stößt sie schließlich genauso hilflos wie angewidert hervor.

Danach dreht sie sich um und geht mit Olaia nach draußen.

Im Lichtschein der Laternen auf dem Dorfplatz am Meer wischt sie sich mit den Händen die Tränen aus dem Gesicht.

»Vergiss ihn«, versucht Olaia sie zu beruhigen. »Er war betrunken.«

»Er ist ein Arschloch. Und er wird uns niemals in Ruhe lassen.« Ane beginnt haltlos zu weinen.

»Komm mit zu mir«, bietet Olaia ihr an. »Bei mir ist genügend Platz.«

Ihre Umarmung tut Ane gut, doch das reicht nicht, um die Gefühle, die in ihr toben, zu besänftigen. »Das geht nicht. Ich werde bei meiner Mutter übernachten, weil ich ihm nicht traue.

Mein Vater bringt es fertig, mitten in der Nacht dort aufzutauchen, um sie anzuschreien und zu bedrohen. Das wäre nicht das erste Mal. Als Kind hab ich mit einem Messer unterm Kopfkissen geschlafen, weil ich Angst hatte, dass er uns etwas antun könnte.«

»Ich verstehe.« Olaia nimmt sie noch fester in die Arme. »Pass auf deine Mutter auf. Das wird sie am Anfang brauchen. Sie muss wissen, dass du für sie da bist. Aber danach ziehst du zu mir. Wir können beide eine nette Mitbewohnerin gebrauchen.«

Ane sieht zum Balkon der Wohnung ihrer Großmutter hinauf, in der sie die besten Jahre ihres Lebens verbracht hat. Das zitternde bläuliche Licht hinter dem Fenster zeigt, dass mal wieder der Fernseher läuft. Es fällt ihr nicht schwer, sich ihren Bruder vorzustellen, wie er sich auf dem Sofa lümmelt, im Kreise seiner Freunde und umgeben von leeren Pizzakartons. Fehlt nur noch ihr Vater, um das Grauen komplett zu machen. Wie schnell plötzlich alles vor die Hunde gegangen ist!

»Ich werde mir irgendwo was mieten, damit ich niemanden störe«, sagt sie traurig.

Olaia fasst sie an den Schultern, damit sie ihr in die Augen sieht. »Red keinen Blödsinn, Ane! Ich wohne in einer Achtzig-Quadratmeter-Wohnung und könnte eine ganze Familie aufnehmen. Du tust mir einen Gefallen, wenn du zu mir ziehst. Mit wem würde ich mir wohl lieber die Wohnung teilen als mit meiner besten Freundin?«

Olaia wohnt schon genauso lange allein wie Ane. Als sie und Elisa die Wohnung vor Jahren gemietet haben, waren sie davon ausgegangen, dass ihre Beziehung ewig halten würde. Doch Elisas Eifersucht hat Olaia das Leben zur Hölle gemacht, bis ihre Lebensgefährtin schließlich die Koffer gepackt hat und ausgezogen ist.

»Du willst ja nur, dass ich abends mit dir diese seltsamen Salate aus Algen und Samen esse, die du immer machst«, scherzt Ane.

Olaia lacht. »Ich verspreche dir, dass du essen darfst, was du willst. Für dich würde ich sogar Fleisch essen. Wenn du nur bei mir einziehst. Und glaub nicht, dass noch etwas anderes dahintersteckt. Freundschaften und Liebesbeziehungen hab ich stets sauber getrennt.«

Ane lächelt dankbar. Freundinnen wie Olaia sind es wert, nicht aufzugeben.

54

31. Oktober 2018, Mittwoch

Das Meer ist unruhig, und die Wellen, die am Fuß des Cabo de Ogoño an den Strand schlagen, werden von der aufgehenden Sonne in einen rötlichen Schein getaucht. Hin und wieder spritzt ihr weißer Schaum bis zur Ermita de Santa Catalina herauf. In diesen frühen Stunden scheint die Kapelle einsam über die Küste zu wachen.

Julia hat diesen Ort nicht zufällig gewählt. Sie will alles so weit wie möglich hinter sich lassen und braucht die Nähe des Meeres so dringend wie selten.

»*Egun on,* du Frühaufsteher«, ruft Ane und schließt die Autotür. Dann geht sie die wenigen Steinstufen zur Kapelle hinab und sagt fasziniert: »Was für ein beeindruckender Ort. Die Aussicht ist der Hammer!«

»Entschuldige, dass ich dich so früh geweckt habe.« Als Julia ihre Chefin vor zwei Stunden angerufen hat, war es draußen noch vollkommen dunkel.

Die Entscheidung, die sie getroffen hat, tut ihr in der Seele weh, aber sie weiß, dass es die richtige ist.

»Keine Sorge, ich hab nicht geschlafen.« Ane legt der Kollegin die Hand auf die Schulter. »Glaub mir, ich hatte keine einfache Nacht. Schieß los. Wobei ich hoffe, dass das, was du auf dem Herzen hast, nicht das ist, was ich befürchte.«

Das Krächzen einer Möwe, die auf einem Felsen in der Nähe sitzt, wird von einer anderen von der Kapelle aus beantwortet.

Julia atmet tief ein und füllt ihre Lunge mit der salzigen Luft. Was würde sie ohne die Kraft und die Ruhe machen, die das Meer ihr spendet. »Ich werde, was diesen Fall betrifft, aus der Einheit austreten.«

Jetzt ist es raus. Sie hätte nicht gedacht, dass es so leicht sein würde.

Ane seufzt und sagt, ohne den Blick vom Horizont zu wenden: »Das kann ich nicht zulassen. Du bist zu gut, Julia. Ich arbeite gern mit dir zusammen und brauche deine Unterstützung.«

»Aber ich kann nicht anders«, bekräftigt Julia ihre Entscheidung, »das weißt du genauso gut wie ich. Denk an die Vorschriften. Ich bin persönlich involviert und damit befangen. Das könnte sogar dazu führen, dass bestimmte Beweise, die ich gefunden habe, vor Gericht wertlos sind.«

Ane blickt noch ein paar Sekunden aufs Meer. Dann nickt sie und sieht Julia an. »Wann willst du ausscheiden?«

»Sofort.«

Anes Gesichtsausdruck sagt alles. »Die Einheit wird ohne dich nicht mehr dieselbe sein.«

»Ihr werdet prima zurechtkommen, du wirst schon sehen. Sie werden dir jemand Besseren zuteilen, der persönlich nichts mit dem Fall zu tun hat.«

»Na ja, vier ermordete Frauen von insgesamt acht, die im selben Jahr an diesem Ort entbunden haben ... Das hat *nichts* mit deiner persönlichen Verstrickung in den Fall zu tun. Das ist der Faden, an dem wir jetzt ziehen müssen.«

Ein Segelboot kommt hinter der Insel Izaro hervor und verdeckt für ein paar Sekunden die Sicht auf die Gasplattform, die sich vor dem Horizont abzeichnet. Julia verfolgt es traurig mit dem Blick. Als Kind hat sie davon geträumt, eines Tages in einem solchen Boot um die Welt zu segeln. Doch die Jahre vergingen, und ihr Traum schwand immer mehr dahin, schon seit Monaten hat sie nicht mehr daran gedacht. Vielleicht ist das, was sie über ihre Herkunft erfahren hat, ja ein Signal.

»Die Nonnen ...«, sagt sie nachdenklich. »Warum will jemand die Frauen töten, die damals gezwungen waren, ihre Babys im Kloster zurückzulassen?«

»Genau das ist die Frage, auf die wir eine Antwort finden müssen.« Ane blickt wieder hinaus aufs Meer, und dabei kommt sie auf eine Hypothese, die ihr ziemlich einleuchtend erscheint. »Was, wenn eines der gestohlenen Kinder seine leibliche Mutter töten will? Wobei ich keine Ahnung habe, was der Grund dafür sein könnte.«

»Der Täter hat die Liste der Mütter, die in dem Jahr, in dem er geboren ist, entbunden haben«, sagt Julia, von der Idee geradezu fasziniert. »Aber er weiß nicht, welche davon die richtige ist.«

»Genauso wenig wie du.«

Julia schüttelt den Kopf. »Nein, nicht wie ich. Derjenige, der im Kloster eingebrochen ist, hat die vollständige Liste. Uns fehlen noch ein paar Namen. Also ist er im Vorteil. Aber warum sollte er seine Mutter töten wollen, wenn er sie gar nicht kennt?«

Ane zuckt mit den Schultern. »Ich werde Silvia danach fragen. Den psychologischen Kram überlasse ich lieber ihr. Sonst noch was?«

Julia schüttelt erneut den Kopf. »Wir stochern noch immer ziemlich im Nebel.«

»Nein«, widerspricht Ane, »wir haben viele entscheidende Hinweise. Wir müssen das Puzzle nur noch zusammensetzen.«

»Und während wir damit beschäftigt sind, schlägt der Mörder erneut zu«, meint Julia und spürt auf einmal, dass sie Angst hat. Ihre leibliche Mutter steht auf der Todesliste dieses Verbrechers. Er könnte sie jeden Moment töten, wenn sie nicht schon unter den Opfern ist, die er bereits auf dem Gewissen hat.

»Das ist dein Handy, oder?«, fragt Ane.

Julia steckt die Hand in die Tasche ihrer Jeans. So früh kann das eigentlich nichts Dienstliches sein. Zumal ihre Chefin bei ihr ist. Und sie irrt sich nicht. Es ist ihr Vater. Das Foto in der WhatsApp zeigt ihn lachend am Feuer in der Johannisnacht und hat nichts mit dem gebrochenen Mann zu tun, den sie gestern Abend bei seiner Frau zurückgelassen hat.

Verzeih uns, Kind. Wir vermissen Dich.

Ane sieht die Bestürzung im Blick ihrer Kollegin. Sie wartet, bis Julia das Handy wieder einsteckt, ohne dass sie auf die WhatsApp geantwortet hat. Danach nimmt sie Julias Hände und zwingt sie, ihr in die Augen zu sehen. »Wie geht es dir?«

Julia ist nicht in der Lage, den Blick zu erwidern. »Ich weiß nicht.« Sie ist kurz davor, in Tränen auszubrechen. »Ich bin so müde, dass ich gar nicht mehr denken kann.«

»Wir werden ihn kriegen, bevor er noch jemanden umbringt«, versichert Ane. »Und schon bald wirst du wissen, wer deine leibliche Mutter ist.«

Julia versucht sich einzureden, dass das mit ihrer Mutter zweitrangig ist. Dass es am wichtigsten ist, dass es keine Toten mehr gibt, egal, wer das nächste Opfer sein könnte. Doch sie weiß, dass das für sie nicht zutrifft.

»Ich habe noch einen Auftrag für dich«, erklärt Ane.

»Ich arbeite nicht mehr an dem Fall, vergiss das nicht.«

»Es ist mein letzter Befehl an dich, und ich dulde keine Widerworte. Nimmt dein Brett und geh surfen. Und komm bloß nicht auf den Gedanken, vor zehn im Kommissariat aufzukreuzen.«

Julia öffnet den Mund, um zu widersprechen, doch Ane kommt ihr zuvor.

»Wer hat hier das Sagen? So kannst du nicht weitermachen, oder du wirst teuer dafür bezahlen. Los, ab in die Wellen, und danach bist du von dem Fall erlöst!«

Julia lächelt. Sie arbeitet gern mit Ane zusammen. Und bevor sie sich bedanken kann, drückt ihre Chefin sie an sich. Julia erwidert die Umarmung. Sie braucht die Wärme eines anderen Menschen. Es dauert nur ein paar Sekunden, aber es reicht, um ihr bewusst zu machen, dass sie nicht allein ist.

Oktober 2000

Gran Sol wurde zu meinem Zufluchtsort, das Meer und die Unwetter wurden so etwas wie meine Freunde. So brauchte ich die Frau, von der ich all die Jahre über geglaubt hatte, dass sie meine Mutter wäre, wochenlang nicht zu sehen. Ihre Gegenwart belastete mich und zerstörte mein Selbstwertgefühl. Nur weit weg von ihr konnte ich ich selbst sein.

»Wer hätte gedacht, dass du dich so an die Unwetter gewöhnen würdest«, meinte Marcial, während wir die Köder auswarfen. Es waren bereits so viele Seehechte an Bord, dass alle gut gelaunt waren.

»Ich habe nur gelernt, dass es keinen Sinn macht, Angst zu haben, wenn man dem Meer ausgeliefert ist«, entgegnete ich.

Was ich Marcial allerdings verschwieg, war, dass dies meine letzte Fahrt sein würde. Nach der Rückkehr in den Hafen würde ich mich für immer von dem Leben auf dem Meer verabschieden.

Ich hatte alles, was ich brauchte. Jeden Tag, Woche für Woche, hatte ich Marcials Cyanamid genommen. Es war nicht schwer gewesen, es durch Wasser zu ersetzen. Sicher hätte er sich gefreut, hätte er gewusst, dass er das Mittel gar nicht mehr brauchte. Inzwischen hatte ich in meiner Kajüte genügend von den Tropfen angesammelt, um damit jemandem langsam das Leben zu nehmen.

Und genau das war es, was ich vorhatte.

55

31. Oktober 2018, Mittwoch

Die Tür zum Kommissariat von Gernika scheint an diesem Morgen schwerer zu sein als sonst. Auch die Luft wirkt schwüler als üblicherweise. Dennoch zwingt sich Ane, den Ertzaina am Eingang anzulächeln, und geht zu den Räumen der Ermittlungseinheit.

»*Egun on*«, begrüßt sie die Kollegen.

Gleich vorn erwarten sie die Männer ihres Teams, Txema und Aitor. Die Kollegen, die ihr zur Verstärkung zugewiesen worden sind, befinden sich weiter hinten, zusammen mit vier weiteren Ertzainas, die zu anderen Einheiten des Kommissariats gehören. Alle sitzen vor ihren Computerbildschirmen und arbeiten an den Fällen, mit denen sie sich gerade befassen. Unter ihnen ist auch Raúl, der ihr, das Telefon am Ohr, zuzwinkert.

Ane lässt den Blick durch den Raum schweifen. Es fällt ihr schwer, sich Julia dort hinten vorzustellen, wie sie an irgendeinem anderen Fall arbeitet. Ane wird sie in ihrem Team vermissen, sehr vermissen.

»Du bist zu spät«, wirft Txema ihr vor und tippt auf seine Armbanduhr. »Um eine Stunde und drei Minuten, um genau zu sein.«

»Tut mir leid. Familiäre Probleme«, versucht sich Ane zu entschuldigen.

»Du bist mit dem Kopf woanders«, fährt Txema fort. »Warum nimmst du dir nicht ein paar Tage frei, um deine Probleme zu lösen?«

Ane sucht eilig nach einer zufriedenstellenden Antwort, was ihr jedoch nicht gelingt. Ihr Kollege hat recht. Einen unpassenderen Moment hätten ihre Eltern nicht erwischen können.

»Entschuldigt. Ich hab die Nacht in Pasaia verbracht, und es gab eine Kontrolle der Guardia Civil an der Zahlstelle auf der Autobahn in Durango. Da hab ich im Stau gestanden.«

»Das war nicht der beste Zeitpunkt, um nach Hause zu fahren. Wir sollten Tag und Nacht arbeiten, bis wir die Frauen gefunden haben. Schließlich sind sie in Lebensgefahr.«

»Es war ein Notfall«, erklärt Ane. Zu gern würde sie Txema zum Teufel jagen, aber sie weiß, dass das falsch wäre. Denn ihr Kollege hat recht.

»Julia ist auch noch nicht hier. Weißt du, wo sie ist?«

»Ja, sie arbeitet nicht mehr an dem Fall.« Bevor er darauf etwas erwidern kann, wendet sie sich an Raúl, denn sie möchte lieber nicht über Julia reden. »Hast du diese Woche nicht frei?«

»Stimmt. Ich bin nur kurz hier, um etwas zu erledigen.« Er zeigt auf den Computer.

Ane nickt. Immerhin ist Raúl bereit, für seinen Job etwas von seiner freien Zeit zu opfern.

»Wird sie wirklich nicht mehr an dem Fall arbeiten?«, fragt Txema.

»Wer wird nicht mehr an dem Fall arbeiten?«, erkundigt sich Silvia, die in diesem Moment zu ihnen stößt.

»Julia«, erklärt Ane. »So sind die Vorschriften. Das ist richtig blöd, aber wir haben keine Wahl.« Dann wechselt sie das Thema. »Wie sieht es aus, habt ihr schon eine der Frauen auf der Liste ausfindig gemacht?«

Aitor schlägt die Mappe auf, die vor ihm auf dem Tisch liegt. Die Liste mit den möglichen Namen ist voller Notizen und

Streichungen. Sie ist noch nicht ganz vollständig, aber wenn sie in dem Tempo weiterarbeiten, dürfte sie bald komplett sein.

»Ich will dir erst noch etwas anderes zeigen.« Er reicht ihr eine ausgedruckte Mail. »Ich hab eine Probe der Tulpen zur Sociedad Aranzadi, einer Gesellschaft für Naturwissenschaften in Donostia geschickt. Und wir haben Glück. Sie beschäftigen sich eigentlich nur mit Pflanzen, die hier im Baskenland heimisch sind, aber vor ein paar Jahren haben sie eine Forschungsarbeit über die Hybridisierung von Tulpen unterstützt. Und sie konnten unsere Blume tatsächlich zuordnen. Es handelt sich um eine Hybride aus zwei Sorten. Eine davon ist die Red Emperor, die angeblich sehr beliebt ist.« Aitor macht eine Pause, um seinen Kollegen Zeit zu geben, die Information zu verarbeiten. »Die Kreation von Hybriden gehört schon von jeher zur Tulpenzucht und ist für die Züchter die größte Herausforderung. Wie ihr euch vorstellen könnt, ist es nicht leicht, eine Hybride zu erschaffen.«

Silvia macht sich ein paar Notizen. »Aha, also will unser Mörder Gott spielen. Er beendet ein Leben und erschafft ein neues, um sich selbst unsterblich zu machen. Und achtet mal auf den Namen der Sorte, die er gewählt hat: Roter Eroberer. Das lässt auf Größenwahn schließen.«

»Wir haben es also mit einem Verrückten zu tun«, stellt Txema missmutig fest.

»Das war doch wohl von Anfang an klar.« Ane sieht sich wieder die Mail an, die Aitor ihr gegeben hat. »Hier geht es auch um das Zeitmuster, oder?«

»Ja. Ich glaube, ich weiß jetzt den Grund für die unterschiedlichen Abstände zwischen den Morden. Nach dem ersten, dem während der Prozession, sind bis zum nächsten Mord drei Monate vergangen. Die beiden folgenden haben sich dann in einem Abstand von wenigen Tagen ereignet. Warum?« Aitor macht eine Pause, bevor er seine Erklärung liefert. »Es hat ein Problem mit den Pflanzen gegeben, das ihn gezwungen hat, eine Weile zu warten. Er musste neue Tulpen züchten, und das hat mehrere Monate gedauert.«

»Die Tulpen sind seine Signatur«, führt Silvia aus. »Bei der Planung seiner Taten ist er eiskalt. Er weiß ganz genau, dass er schon bald wieder zuschlagen muss, und zwar bevor die Tulpen verblüht sind.«

»Wie viel Zeit hat er noch?«, fragt Ane.

»Wenn die Pflanze einmal blüht, hält sie sich zwischen zwei und drei Wochen.«

Ane schaut auf den Kalender. »Das heißt, dass es in den nächsten zehn Tagen noch weitere Tote geben könnte.« Sie nickt Aitor zu. »Also müssen wir schneller sein als dieser Mistkerl. Wie weit sind wir mit der Liste?«

Aitor erklärt, dass es ihm noch nicht gelungen ist, die fehlenden vier Frauen zu finden. Es ist alles andere als leicht, selbst mit den Namen der Adoptiveltern. Immerhin müssen sie herausfinden, wo sie jetzt leben. Und zu einer der Mütter haben sie gar keine Information, weil es keinen Dankesbrief der Adoptiveltern gibt.

»Das kann doch so schwer nicht sein«, meinte Txema jedoch.

»Doch, ist es«, verteidigt sich Aitor. »Weißt du, wie viele Leute es hier in Bizkaia gibt, die Goienetxe Sánchez heißen? Mehr als zwanzig. Und wenn wir außerhalb der Region suchen müssen, sind es noch mehr.«

»Wir könnten nach den Eltern suchen, die ihre Töchter in das Kloster geschickt haben«, schlägt Ane vor. »Vielleicht wäre das der einfachere Weg.«

Aitor verzieht das Gesicht. »Daran hab ich auch schon gedacht, aber diese Leute müssten jetzt zwischen achtzig und hundert Jahre alt sein. Die meisten leben wahrscheinlich gar nicht mehr.« Er unterstreicht einen der Namen auf dem Papier. »Ich glaube, dass ich eine gefunden habe: María Dolores Sánchez. Sie lebt in einem Seniorenheim in Munitibar und ist zweiundneunzig Jahre alt.

Wir sollten versuchen, mit ihr zu sprechen. Wenn ich recht habe, ist sie die Mutter eines der Mädchen von damals.«

Ane nickt erfreut. Sicher hat Aitor die ganze Nacht im Kommissariat verbracht, um die Daten abzugleichen. In solchen Dingen ist er hervorragend.

»Übernimmst du das, Txema?«, fragt sie.

Eine Antwort ist nicht nötig, denn Txemas Miene ist anzusehen, dass sich seine Begeisterung in Grenzen hält.

»Mach dich gleich auf den Weg, damit wir die Frau so schnell wie möglich ausfindig machen und beschützen können«, insistiert Ane. Diesmal lässt ihr Ton keinen Zweifel daran, dass es sich um einen Befehl handelt.

Txema nickt mit ernstem Gesicht, schnappt sich sein Handy vom Tisch, und während er sich das Jackett anzieht, wirft er Ane einen wütenden Blick zu. Doch sie lässt keinen Zweifel daran, wer das Sagen hat.

»Er ist kein übler Kerl«, sagt Aitor, nachdem der Kollege verschwunden ist.

»Das hab ich auch nicht behauptet.«

Aitor legt ihr eine Hand auf die Schulter. »Darf ich dir etwas sagen?«, fragt er leise. »Ich bin kein Vorgesetzter und will es auch nicht sein. Aber ich bin schon wesentlich länger im Job als du und hab schon einige Chefs erlebt. Und weißt du was? Ich glaube, du wirst irgendwann die Beste überhaupt sein, nur musst du noch einiges lernen.«

Ane spürt einen Kloß im Hals. Will er ihr damit sagen, dass sie es nicht hinkriegt? Von jemandem wie Aitor Goenaga kritisiert zu werden tut wirklich weh.

»Erinnerst du dich noch daran, wie Madrazo uns einfach losgeschickt hat, ohne uns etwas zu erklären?«, fährt er fort. »Ane, fahr mal da hin, und du, Aitor, dorthin. Wie hast du dich dabei gefühlt?«

»Schlecht«, gibt Ane zu.

»Also versuch dich an die Stelle des anderen zu versetzen. Txema ist verletzt, weil ihr den gleichen Rang habt und die von oben dir die Leitung der Einheit anvertraut haben. Du solltest mehr Verständnis für ihn aufbringen.«

»Ist doch klar, warum sie ihn nicht wollten. Er ist ein Macho.«

»Ich glaube nicht, dass das das Problem ist. Er war bei Interpol und meint, dass er besser geeignet ist als du. Das ist alles.«

»Und was soll ich deiner Meinung nach tun? Ihn jedes Mal auswählen lassen, was er machen will? Diese Befragung übernehme ich, jene lieber nicht?«

Aitor drückt leicht ihre Schulter. »Nein. Aber formulier es anders, Ane«, rät er. »›Txema, wie wär's, wenn du die alte Dame befragst? Du mit deiner Erfahrung bist der Beste dafür.‹«

Ane schließt die Augen und nickt. Aitor hat recht. Wie immer, wenn es um menschliche Beziehungen geht. Ein Team zu leiten bedeutet nicht nur, Befehle zu geben, sondern auch zu wissen, wie man das am besten macht.

Sie ist müde. Der frühe Aufbruch aus Pasaia hat ihr nicht gutgetan. Außerdem erinnert der Kaffeeduft im Raum sie daran, dass sie dringend auch einen braucht.

»Ich bin gleich wieder da«, sagt sie und geht nach draußen, doch nach wenigen Schritten fällt ihr ein, dass es in diesem Kommissariat gar keinen Kaffeeautomaten gibt. Dann wird sie sich wohl mit einer Cola begnügen müssen. Aber, Moment, sie hat doch einen Pappbecher mit Kaffee mit hergebracht. Hat sie den überhaupt getrunken? Sie kann sich nicht daran erinnern. Wo hat sie ihn nur gelassen? Klar, neben dem Computer, genau wie ihre Tasche.

Bevor sie an ihren Arbeitsplatz zurückkehrt, geht sie kurz in den Waschraum, dreht den Hahn auf und spritzt sich mehrfach kaltes Wasser ins Gesicht.

Als sie den Arbeitsraum wieder betritt, geschieht etwas Seltsames. Die Kollegen, die sich gerade noch unterhalten und sogar zusammen gelacht haben, verstummen, als sie zu ihrem Platz geht. Einige betrachten sie aus dem Augenwinkel, andere tun so, als ob sie etwas schreiben, oder blättern in einer Akte. Ane fühlt sich wie eine Lehrerin, die einen Klassenraum betritt, nachdem die Schüler irgendwas Verbotenes getan haben.

»Was ist denn mit euch los?«, fragt sie streng.

Aitor dreht seinen Computermonitor so, dass sie den Bildschirm sehen kann. »Das.«

Ane beugt sich vor, um zu lesen, was dort steht.

DIE UHR TICKT, UND DIE POLIZEI NIMMT SICH ZEIT FÜR DIE LIEBE

Auch an diesem Morgen ist in Urdaibai das Entsetzen zu spüren: drei ermordete Frauen, vier mit dem Opfer in Galicia und fünf, wenn wir die tote Nonne im Kloster dazuzählen. Festgenommen wurde bisher nur eine Klausurnonne, bei der man laut unseren Quellen bei Gericht jedoch ausschließen kann, dass es sich um den sogenannten »Tulpenmörder« handelt. Die spärlichen Fortschritte der Ermittlungen schüren die Panik, die in Gernika und den umliegenden Gebieten herrscht. Und während die Bevölkerung den Atem anhält, ohne zu wissen, wann der Täter wieder zuschlagen und wer das nächste Opfer sein wird, findet die Polizei noch Zeit, am Meer spazieren zu gehen. Das Foto, das diesen Artikel begleitet, wurde am Morgen in der Nähe der Ermita de Santa Catalina aufgenommen und zeigt zwei Mitglieder des Ermittlungsteams beim Austausch von Zärtlichkeiten. Dabei wäre es sicher besser für uns alle, wenn sie die Liebe auf später verschieben und ihre Zeit darauf verwenden würden, den Bürgern die Angst zu nehmen, indem sie dem Tulpenmörder das Handwerk legen.

Ane explodiert geradezu, als sie sich auf dem Foto erkennt. »Wer hat denn diesen Scheiß veröffentlicht?«

Sie ist so empört, dass sie nicht merkt, dass Raúl hinter sie getreten ist.

»Verdammt! Sind das nicht Julia und du?«, fragt er und zeigt auf den Bildschirm. »Ihr versteht euch aber gut!«

Ane wirft ihm einen wütenden Blick zu. Im Hintergrund ist unterdrücktes Lachen zu hören. »Wir knutschen nicht rum. Das sieht auf dem Foto nur so aus. Ich wollte ihr nur Mut machen.«

Raúl betrachtet das Bild erneut. »Ich finde, du könntest mir auch ein wenig Mut machen«, meint er dann leise.

Ane öffnet den Mund, um zu protestieren. Natürlich haben sie sich nicht geküsst. Sie hat Julia nur umarmt, aber der Fotograf hat genau den richtigen Moment erwischt, um einen falschen Eindruck zu erwecken.

»Scher dich zum Teufel!«, sagt sie schließlich. Sie wird sich hier bestimmt nicht rechtfertigen.

»Du musst nicht gleich in die Luft gehen.«

»Das ist der Blog von Radio Gernika«, erklärt Aitor. »Dort wurden auch die Fotos von Julia beim Surfen veröffentlicht.«

Ane schnaubt. »Dieses Arschloch! Wir sollten ihn festnehmen. Ist es nicht verboten, Fotos von der Polizei zu veröffentlichen?«

»Na ja, sieht nicht so aus, als ob ihr gerade im Dienst gewesen wärt«, wendet Raúl ein.

»Egal. Das ist auf jeden Fall üble Nachrede!«, meint Ane in einen Anflug von Hilflosigkeit. »Gezielte Verleumdung. Irgendein Gesetz muss er doch übertreten haben!«

»Dieser Mann verbringt seine Zeit damit, Panik zu schüren«, erklärt einer ihrer Kollegen. »Er nutzt jede Möglichkeit, die Anzahl seiner Hörer zu erhöhen. Und mit solchen Dingen erreicht er Rekordzahlen.«

»Wir sollten durchsickern lassen, dass er zum Kreis der Verdächtigen gehört«, schlägt ein anderer vor.

Ane sagt sich, dass er recht hat. Das Ganze ist übel genug, und das Letzte, was sie brauchen, ist ein Journalist, der die Sache noch verschlimmert.

Doch ihr bleibt nicht die Zeit, um irgendeine Entscheidung zu treffen, weil sich ihr Handy meldet. Sie nimmt es aus der Tasche und wirft einen Blick aufs Display.

Es ist das Labor.

Die anderen sehen sie neugierig an, als sie das Gesicht verzieht.

»Einen Moment bitte«, sagt sie und geht ins Vernehmungszimmer, wo niemand zuhören kann.

Dort atmet sie erst mal tief durch. Denn sie fürchtet, dass das, was sie gleich hören wird, ihr gar nicht gefällt.

56

31. Oktober 2018, Mittwoch

Langsam treibt das Boot den Fluss hinunter. Der leichte Wind ist beinahe zärtlich, die Brise kaum zu spüren. Sie kommt vom Meer und weht gegen die Strömung. Hin und wieder wird der Wind stärker und erschwert dem Boot das Vorankommen. Manchmal treibt es sogar ein paar Meter zurück. Dann aber gelangt es zur Mündung.

Doch es fährt nicht aufs offene Meer hinaus.

Das Boot setzt seinen ungewissen Weg fort. Es hat den letzten Anlegesteg von Murueta hinter sich gelassen und treibt nun zur Mitte der Flussmündung, entfernt sich vom Ufer. Die Tulpen ragen über den Rand hinaus und bringen ein wenig Farbe in das Grau des Nebels und des Himmels. Genauso grau war auch die Asche, die vor wenigen Stunden von dem längsten der Holzstege aus ins Wasser gestreut wurde. Er hat die Zeremonie nur aus der Ferne beobachten können, doch er hat das Weinen der Angehörigen noch immer im Ohr. Angeblich war Charo ein guter Mensch. Jetzt vielleicht. Aber nicht immer.

Ein Entenpärchen nähert sich neugierig. Das Weibchen, das kleiner und unruhiger ist als das Männchen, pickt mit dem Schnabel nach dem Boot. Eine der Blumen fällt ins Wasser, weil das Boot nun heftig schwankt, und schwimmt davon.

»He, weg da! Haut ab!« Er verjagt die Enten, indem er in die Hände klatscht.

Die Tiere erschrecken sich und fliegen quakend auf, um sich zwischen den Binsen in Sicherheit zu bringen.

Das Wasser hat das weiße Papier dunkel verfärbt. Jetzt ist es grau, und bald wird es untergehen.

In der Nähe des Ufers fährt ein Ruderboot entlang. Es ist gelb, ein weiterer Farbtupfer. Die Frau am Ruder grüßt nicht. Sie trägt Kopfhörer und konzentriert sich darauf, den Rhythmus einzuhalten, ohne die sie umgebende Schönheit zu betrachten. So ist es meistens, wenn das Training zur Routine wird.

Das Kielwasser hat die Form eines Vs, das mit zunehmender Entfernung immer breiter wird. Die dabei entstehenden Wellen wird das Papierschiff nicht überstehen. Es kippt um, und er sieht zu, wie es sich entfaltet. Nun ist es wieder nur ein einfaches Stück Papier.

Dann beginnt er, die Tulpen nacheinander ins Wasser zu werfen. Sie schwimmen davon, jede in die Richtung, die die Strömung für sie vorgesehen hat.

In der Ferne ruft eine Kirchenglocke zum Gottesdienst. Die Binsen biegen sich im Wind. Die Kälte lässt ihn erschaudern. Er zieht den Reißverschluss seiner Jacke hoch.

Er darf nicht noch mehr Zeit verlieren. Sie sind zu schnell, sind ihm auf den Fersen, und er darf nicht zulassen, dass sie sein Werk vor dem Höhepunkt ruinieren. Die Traurigkeit treibt ihm Tränen in die Augen, und die Wut schnürt ihm die Kehle zu.

Die Tulpen sind nicht mehr zu sehen. Er steckt die Hände in die Taschen und entfernt sich vom Ufer.

Es ist Zeit, nach der Nächsten zu suchen.

57

31. Oktober 2018, Mittwoch

Die Regentropfen fallen ihr ins Gesicht. Es ist ein angenehmes Gefühl. Das Meerwasser ist kalt heute. Der Mond ist nirgendwo zu sehen. Er wird von dichten Wolken verdeckt, die dicke Tränen weinen und die harmonische Ruhe der Meeresoberfläche stören. Dies sind nicht die besten Bedingungen fürs Surfen, aber es wird ihr nach den verstörenden Ereignissen den Frieden zurückbringen.

Julia ist voller Zweifel. Sie fühlt sich schuldig, weil sie ihren Adoptiveltern wehgetan hat. Sie wollten nur das Beste für sie und haben ihr ein Leben voller Zärtlichkeit geschenkt, wie es in einer anderen Familie nicht besser hätte sein können. Außerdem haben sie Julia, ohne es zu wissen, etwas gelehrt, was sie genau in diesem Moment ihres Lebens braucht: dass man ein Kind nicht selbst geboren haben muss, um eine gute Mutter zu sein. Vielleicht wird sie eines Tages wissen, was sie will, und wenn die Natur auf ihrer Seite ist, wird sie ein Kind lieben können, woher es auch stammt. Doch dafür gibt es keinen Grund zur Eile.

Ihre Gedanken drehen sich auch um Txema. Seit sie beschlossen hat, den Fall abzugeben, hat er ihr mehrere Textnachrichten geschickt. Er möchte mit ihr reden, sie trösten, in diesem schwierigen Moment bei ihr sein. Er hat vorgeschlagen, gemeinsam essen zu gehen, einen Ausflug zu machen. Aber sie ist noch nicht so weit, dass sie ihn außerhalb der Arbeitszeiten sehen will. Sie will sich nicht noch einmal seine Entschuldigungen anhören. Das gemeinsame Essen im Casino von Mundaka hat ihre Gefühle zu sehr aufgewühlt, und sie ist lieber allein.

Sie öffnet die Augen. Atmet tief durch. Wie lange liegt sie schon im Meer auf dem Rücken? Die Kälte, die sich allmählich in ihrem ganzen Körper ausbreitet, signalisiert ihr, dass es Zeit ist umzukehren. Die Lichter von Mundaka sind relativ nah, genauso wie die Silhouette der Kirche. Sie hat sich nicht zu weit vom Ufer entfernt.

Plötzlich erschrickt sie: In ihrem Schlafzimmer brennt Licht. Sie starrt auf das erleuchtete Fenster, um zu sehen, ob jemand dort im Zimmer ist.

Was ist denn los mit dir? Beruhige dich. Du hast einfach nur vergessen, das Licht auszumachen!, tadelt sie sich selbst. Du hast mit dem Fall nichts mehr zu tun, also lass nicht zu, dass er dein Leben beeinflusst.

Natürlich ist es nicht einfach nur irgendein Fall. Diesmal ist es viel mehr. Jemand bringt nach und nach Frauen um, unter denen ihre leibliche Mutter sein könnte. Natalia, Araceli, Charo ... Und wenn eine von ihnen die junge Frau war, die sie in dem kalten weißen Raum in dem Kloster geboren hat?

Sie beißt sich auf die Lippe. Daran will sie nicht einmal denken. Sie hat so viele Fragen an ihre Mutter, die sie niemals kennengelernt hat. Das heißt, so viele sind es gar nicht. Eigentlich läuft es auf eines hinaus: Hat sie Julia geliebt?

Allmählich nähert sie sich dem Ufer. Sie will die Ruhe des Meeres nicht stören. Oder schwimmt sie so langsam, weil sie das Haus gar nicht erreichen will, in dem sich vielleicht ein Eindringling befindet?

Sie hasst es, sich so beobachtet zu fühlen, sich selbst dabei zu ertappen, wie sie die Fotos der Opfer ansieht, um eine Ähnlichkeit mit sich selbst zu finden. Sie hat all das so satt, doch sie fürchtet, dass das Schlimmste noch bevorsteht.

Je intensiver sie über das Motiv der Verbrechen nachdenkt, desto unwahrscheinlicher scheint ihr alles, was ihr dazu einfällt. Sie ist sicher, dass Schwester Teresa irgendetwas verschweigt, was sie zu dem Mörder führen könnte. Zu dumm, dass nicht mal ihre Festnahme sie dazu gebracht hat, alles preiszugeben, was sie weiß. Sie ist hart wie Stein und kalt wie Eis. Die Kollegen von der Spurensicherung haben an dem Kissen genügend Beweismaterial gefunden, um sie als Mörderin der Mutter Oberin zu überführen. Die Autopsie hat eindeutig ergeben, dass sie gewaltsam erstickt wurde.

Julia hat die Küste erreicht. Ihre Wohnung ist nur noch wenige Meter entfernt. Nur ein paar in den Fels gehauene Stufen trennen sie von dem Licht, das ihr nächtliches Bad gestört hat. Die kalte Brise lässt sie erschaudern, als sie sich aus der schützenden Umarmung des Meeres löst. Zitternd geht sie die Stufen hinauf. Genau wie sonst immer ist die Schiebetür geschlossen, aber nicht gesichert. Sie hat noch keine Zeit gehabt, ein Schloss anbringen zu lassen.

Der Frotteestoff des Bademantels hüllt sie schnell in eine Wärme, die ihr Inneres jedoch nicht erreicht. Das Licht jenseits der Scheibe beunruhigt sie zu sehr. Sie fürchtet sich, auch wenn sie es nicht zugeben will. Sie hat Angst.

Im Wohnzimmer ist es dunkel. Wie immer, wenn sie vom Schwimmen kommt. Und sie hat sich noch nie so sehr davor gefürchtet, durch den Raum zum Lichtschalter zu gehen. Auf halbem Weg hält sie inne, öffnet die Schublade, in der sich ihre Waffe befindet, und geht, die Pistole in der Hand, in den Flur. Die Helligkeit im Schlafzimmer wartet auf sie.

Du hast das Licht angelassen, das ist alles!, wiederholt sie für sich immer wieder.

Doch es nutzt nichts. Sie wird sich erst beruhigen, wenn sie die ganze Wohnung überprüft hat.

Da klingelt es an der Tür, und sie zuckt zusammen. Es ist noch nicht spät, höchstens acht Uhr abends, aber sie erwartet keinen Besuch.

Das flaue Gefühl in ihrem Magen wird stärker. Ihre Rechte umklammert den Griff der Pistole. Der Zeigefinger liegt am Abzugsbügel. Die Sekunden vergehen langsam, sehr langsam, und ihr Herzschlag hallt in ihren Schläfen.

Unhörbar nähert sich Julia der Tür. Sie blickt durch den Spion. Runzelt die Stirn. Um diese Zeit? Ein seltsamer Besuch. Dennoch spürt sie, wie all ihre Muskeln sich entspannen, als sie ihre Kollegin erkennt.

»Hallo«, begrüßt sie Ane, nachdem sie die Tür geöffnet hat.

»O Mann, du bist aber wirklich vorsichtig, wenn du Besuch bekommst«, meint Ane, als sie die Waffe in Julias Hand sieht.

»Du hast mich überrascht. Ich wollte gerade duschen gehen«, versucht sie sich zu rechtfertigen.

Ane nickt. Ihr Gesicht ist nass vom Regen, genauso wie ihr Haar, das nun nicht mehr gelockt ist, sondern glatt auf ihre Schultern fällt. Wasser tropft aus der Jeansjacke, die nicht für einen solchen Regenguss geeignet ist, auf die Fußmatte.

»Schmeißt du deinen Liebhaber raus, oder willst du mich die ganze Nacht hier stehen lassen?«, fragt Ane amüsiert.

»Komm rein. Entschuldige.« Julia tritt zur Seite, um sie eintreten zu lassen, und blickt kurz zur Straße. Dort ist niemand zu sehen.

»Wie ist das Wasser?«

»Gut. Nicht gerade warm, aber angenehm.« Mehr sagt Julia nicht, da sie weiß, dass Ane nur aus Höflichkeit gefragt hat. Sie ist bestimmt nicht zu ihr gekommen, um über die Temperatur des Meeres zu reden. »Warte einen Moment, ich hol dir was Trockenes zum Anziehen.«

»Nur keine Umstände, es ist okay.«

Julia hört nicht zu, sie will den Rest der Wohnung noch überprüfen. Als Erstes geht sie ins Schlafzimmer. Die Pistole gibt ihr Selbstvertrauen und ebenso das Wissen, dass sie nicht allein ist.

Sie sieht unterm Bett nach, hinter dem Vorhang. Niemand da.

Julia seufzt erleichtert.

Das Bad, das Gästezimmer, die Küche. Alles in Ordnung. Niemand ist in ihre Wohnung eingedrungen. Sie ist sich unsicher, ob sie sich darüber freuen oder sich ärgern soll, dass sie sich umsonst verrückt gemacht hat.

Schließlich ist nicht sie in Gefahr, sondern die Frau, die sie zur Welt gebracht hat, wenn sie nicht schon tot ist.

Sie kehrt mit einem Shirt der baskischen Surfvereinigung ins Wohnzimmer zurück.

»Mal sehen, ob das passt.« Sie gibt es Ane. »Willst du ein Bier? Es müsste noch eins im Kühlschrank sein.«

»Nein, nein, ich muss noch fahren.«

»Du kannst hier schlafen, wenn du willst.«

Ane schüttelt den Kopf und zieht ihre Jacke aus. »Das wär's noch. Stell dir mal vor, was das Arschloch von Radio Gernika daraus machen würde. Das wär ein gefundenes Fressen.«

Julia lässt sich von Anes Lachen anstecken, und sie stellt sich die Schlagzeile vor. »So ein Blödmann. Jetzt, da ich nicht mehr zum Ermittlungsteam gehöre, wird er mich hoffentlich in Ruhe lassen.«

Ane setzt sich auf das weiße Ledersofa, und Julia nimmt neben ihr Platz. Ihr ist kalt, sie braucht dringend eine warme Dusche, um nach dem Bad im Meer wieder warm zu werden. Sie könnte Ane bitten, ein paar Minuten zu warten, aber sie ist zu neugierig, warum sie gekommen ist.

»Wie geht es dir?«, fragt ihr Besuch.

»Ich bin okay«, sagt Julia, aber ihre Augen verraten, dass das nicht stimmt.

Ane sieht sie ein paar Sekunden lang schweigend an. Dann gibt sie ihr eine weiße Mappe. »Keines der Opfer war deine Mutter.«

»Bitte ...?«, stammelt Julia. Ihre Stimme zittert, und das liegt nicht an der Kälte.

»Ich hab einen Mutterschaftstest machen lassen. Natürlich inoffiziell, aber das war das Mindeste, was ich für dich tun konnte. Du hast es verdient, das zu wissen.«

Julia sieht ihre Kollegin durch einen Tränenschleier an. Sie ist nicht in der Lage, etwas zu sagen.

»Danke«, murmelt sie schließlich.

»Keine Ursache. Ich konnte dich nicht in der Ungewissheit lassen, ob sie noch lebt oder nicht. Hoffentlich findest du sie bald.«

»Möglichst lebend.«

»Bestimmt. Wir werden keinen weiteren Mord zulassen. Aitor ist mit der Durchsicht der Unterlagen aus dem Kloster fertig. Insgesamt waren es wohl acht Elternpaare, die 1979 für ein Baby gezahlt haben.« Ane räuspert sich. »Für ein gestohlenes Baby.«

»Vier der Mütter wurden ermordet. Die anderen müsst ihr noch finden. Das wird nicht leicht sein. Er hat einen beachtlichen Vorsprung.«

»Aber jetzt kennen wir die Namen der Familien. Wir werden die Frauen finden und beschützen.«

Julia sieht einen Hoffnungsschimmer. »Habt ihr alle Namen?«

»Die Namen der Eltern, die dem Kloster geschrieben haben. Und auch ihre Adressen von damals. Uns fehlen nur die Namen von einem Elternpaar.«

»Warum?«

»Weil nur sieben Elternpaare einen solchen Dankesbrief geschickt haben. Von dem achten Kind wissen wir nichts. Vielleicht haben die Eltern nicht bezahlt oder haben das gleich nach der Übergabe des Kindes getan.«

Julia schluckt. Die Geldgier dieser Nonnen widert sie an.

»Du bist sehr stark. Das ist sicher schwer für dich«, meint Ane und streicht Julia über die Wange.

Die angenehme Wärme dieser zärtlichen Berührung bringt Julia durcheinander, und sie merkt, wie allein sie in den letzten Tagen war. Das Surfen und die nächtlichen Bäder im Meer haben ihr geholfen, die Zeit zu überstehen, aber die Weite des Meeres kann eine Freundin nicht ersetzen.

»Wie geht es deinen ... Eltern?«, fragt Ane und spricht das letzte Wort nur zögernd aus. »Ich meine ...«

»Ja, meinen Eltern. Sie sind meine Eltern«, stellt Julia klar. »Sie sind am Boden zerstört. Ich war vorhin bei ihnen. Sie haben keine Schuld, sondern wollten nur ein Kind, was auf natürlichem Weg nicht möglich war. Sie haben getan, was ihre Herzen ihnen gesagt haben, nachdem sie von der Möglichkeit erfahren hatten.«

Ane nickt. Man sieht ihr an, wie stolz sie auf ihre Kollegin ist. »Du hast ihnen verziehen.«

»Ich hätte nicht so hart zu ihnen sein dürfen. Das haben sie nicht verdient. Sie haben mir heute erzählt, wie das alles abgelaufen ist. Genau so, wie wir es uns gedacht haben. Die Nonnen haben ihnen erzählt, dass wir Kinder im Kloster abgegeben wurden. Dass niemand sich um uns kümmern wollte. Der Geburtstag, der in meinem Ausweis steht, ist in Wirklichkeit der Tag meiner Adoption. Die Nonnen haben die Papiere gefälscht. Die Nonne, besser gesagt. Es war die Mutter Oberin, die gestern getötet wurde. Sie hat sich um alles gekümmert.«

»Und Schwester Teresa?«

»Von ihr haben sie noch nie gehört. Sie muss damals eine von vielen gewesen sein. Wie alt sie wohl war, als ich adoptiert wurde?«

»Zweiundzwanzig oder dreiundzwanzig«, schätzt Ane. »Und hatten deine Eltern irgendeinen Kontakt zu deiner leiblichen Mutter?«

Julia schüttelt den Kopf. »Nie. Sie haben nicht mal erfahren, an welchem Tag ich geboren wurde. Meine Mutter schätzt, dass ich wenige Monate alt war, als sie mich mitgenommen haben.«

»Dann haben sie die leiblichen Mütter in diesen Zellen eingeschlossen, damit die Kinder in den ersten Wochen gestillt wurden und sie kräftige, gesunde Babys verkaufen konnten.« Erschreckt legt Ane sich die Hand vor den Mund. »Entschuldige.«

»Du brauchst dich nicht zu entschuldigen. Genau das haben sie getan. Sie haben uns verkauft. Und das Schlimmste daran ist, dass die Nonnen vielleicht sogar geglaubt haben, etwas Gutes zu tun.«

Ane schnaubt verächtlich. »Nicht dass sie nachher noch seliggesprochen werden!«, meint sie, dann sieht sie auf die Uhr. Sie muss los, um nicht allzu spät in Pasaia anzukommen. »Ich mach mich auf den Weg. Bis morgen.«

»Bleib doch noch zum Abendessen. Ich mach schnell was.«

Ane würde das Angebot gern annehmen, und das ist ihr auch anzusehen. Doch ein weiterer Blick auf die Uhr hält sie davon ab.

»Ich muss wirklich gehen. Mich erwartet ein Gespräch, das ich schon vor langer Zeit hätte führen sollen.«

Ihre letzten Worte werden vom Türklingeln übertönt.

»Noch ein Überraschungsbesuch?«, fragt Ane, als sie Julias verblüfftes Gesicht sieht.

»Habt ihr euch abgesprochen?« Sie steht auf, um zur Tür zu gehen. Auf den wenigen Metern sieht sie Txemas Gesicht vor sich. Sie fürchtet, dass er es ist, und hofft, dass sie damit falsch liegt. Denn das Letzte, was sie jetzt braucht, ist, dass der Gefühlswirrwarr in ihr noch verstärkt wird.

»Überraschung!«, begrüßt Álvaro sie, als sie die Tür öffnet. Er hat ein Tablett mit Sushi in der Hand. »Ich hoffe, du hast noch nicht zu Abend gegessen.«

»Du bist ja klatschnass!« Julia tritt zur Seite, um ihn hereinzulassen. »Bist du mit dem Motorrad gekommen? Das ist meine Chefin. Darf ich vorstellen: Ane Cestero. Und das ist Álvaro, der Freund von mir, der mal bei Facebook gearbeitet hat. Ich hab dir von ihm erzählt.«

Ane begrüßt den Neuankömmling.

»Eigentlich bin ich schon weg«, sagt sie dann und greift nach ihrer Jacke.

Álvaro winkt ab. »Nein, nein. Kommt gar nicht infrage. Ich wollte nicht stören. Ich hab mir Sorgen um Julia gemacht, aber wie ich sehe, ist sie in guter Gesellschaft.«

»Viel Spaß noch euch beiden«, bekräftigt Ane. »Ich hab noch eine lange Nacht vor mir.«

Julia begleitet sie zur Tür und umarmt sie lange.

»Danke. Vielen Dank, Ane!«, sagt sie, bevor ihre Chefin in der ungemütlichen Nacht verschwindet.

58

31. Oktober 2018, Mittwoch

Die Trainera nähert sich schnell. Zuerst ist sie nur ein ferner Schatten, ein Tausendfüßler, der mit seinen langen Beinen übers Wasser läuft. Nun nimmt sie Formen an. Die Silhouetten der zwölf rudernden Frauen zeichnen sich unterhalb der Steuerfrau ab. Ihre Befehle hallen über die dunkle Flussmündung.

»*Bat, bi. Bat bi. Arraun, arraun* …«

Ane betrachtet sie schweigend. In Pasaia regnet es nicht, und zwischen den Wolken sind sogar ein paar Sterne zu sehen. Man könnte sagen, dass es eine schöne Nacht ist, allerdings sitzt sie nicht auf diesem einsamen Steg, um den Anblick der Landschaft zu genießen. Ihr Bruder verspätet sich. Offensichtlich hat er auch keine Lust auf das Gespräch, das sie führen müssen.

»Los, Mädels, in dem Tempo können wir die aus Donibane nicht besiegen!«

Die Worte der Steuerfrau sind deutlich zu hören, als die Trainera an der alten Anlegestelle vorbeifährt. In der dritten Reihe hebt jemand den Arm, um Ane zuzuwinken. Dank der Lichter auf dem nahe liegenden Platz kann sie erkennen, wer sie da so fröhlich begrüßt. Es ist Leire, Leire Altuna, die Schriftstellerin, die mit Aitor Goenaga verlobt ist. Ane lächelt erfreut. Schön, dass sie wieder rudert. Wie es aussieht, hat sie den Tod des Vaters ihrer Tochter allmählich überwunden. Was wäre wohl aus ihr und der kleinen Sara geworden, wenn Aitor nicht da gewesen wäre, um sie zu ermutigen? Doch auch dann hätte sie es geschafft. Ganz sicher, weil sie eine starke Frau ist. Aber es wäre schwieriger für sie gewesen.

Anes Gedanken führen sie nach Urdaibai. Sie sorgt sich um Julia. Es muss schwer sein, plötzlich nicht mehr in dem Fall zu ermitteln, der ein bedeutendes Detail ihres Lebens klären könnte. Ane würde gern noch mehr für sie tun. Denn Julia hat es verdient.

Sie ist erst seit einem Tag nicht mehr im Team, und schon vermisst Ane sie. Gern wäre sie zum Essen bei ihr geblieben. Aber es tröstet sie, dass sie Julia nicht allein zurückgelassen hat. Es wird ihr guttun, dass ein Freund bei ihr ist.

Unbewusst hat Ane angefangen, ein Lied zu summen. Es ist ihr beim Gedanken an ihre Kollegin nicht zum ersten Mal eingefallen. Sie greift nach ihrem Handy und schickt ihr eine Nachricht mit einem Link zu dem Lied. Dazu schreibt sie: *Von jetzt an werde ich immer an Dich denken, wenn ich dieses Lied höre: Palabras para Julia. Worte für Julia. Denn auch in schweren Zeiten sind deine Freunde bei dir ;)*

Der Steg vibriert. Auf dem Holzboden sind Schritte zu hören. Ane dreht sich um und sieht, dass Andoni kommt.

»Na, da hast du dir aber ein romantisches Plätzchen für unser Treffen ausgesucht«, scherzt ihr Bruder. »Als wären wir ein Liebespaar.«

Ane lacht bitter. Auf diesem alten abgelegenen Steg haben sie vor vielen Jahren ihre ersten Zigaretten geraucht. Inzwischen hat sie sich das Rauchen abgewöhnt. Vor den Häusern von Pasai Donibane versteckt und jenseits der Bucht von San Pedro, haben sie hier immer ein geheimes Eckchen nicht weit von zu Hause gefunden.

»Hier stört uns wenigstens keiner. Der Streit in der Bar hat genügend Staub aufgewirbelt«, sagt sie ohne weitere Erklärung.

»Gestern haben alle darüber gesprochen. Hast du ihn wirklich geschlagen?«

Ane schnaubt. Genau das ist es, was sie an kleinen Orten hasst. »Was glaubst du? Du kennst doch die Leute. Sie müssen immer übertreiben. Wenn du einen Stein ins Meer wirfst, sagen sie, dass du versucht hast, die Fähre zu versenken.«

Ihr Bruder setzt sich neben sie. Der Motor der kleinen Fähre ist das einzige Geräusch, das zu hören ist. Ein paar Minuten lang sagt keiner der beiden etwas, und sie sehen der Fähre zu, die zwischen den beiden Ufern der Mündung hin und her fährt. Das Licht in den Häusern von San Pedro, das ihnen gegenüberliegt, macht deutlich, dass der Tag zu Ende geht. Es ist Zeit zum Abendessen, sagt ihnen auch der Essensduft aus den Häusern von Pasai Donibane, der in der Luft hängt.

»Was willst du mir sagen?«, fragt Andoni und steckt sich eine Zigarette zwischen die Lippen. Der orangefarbene Schein der Flamme erhellt sein Gesicht beim ersten Zug.

Ane spürt, dass sich ihre Kiefermuskulatur anspannt. Sie weiß, dass sie sich zusammenreißen muss und keinen Wutanfall kriegen darf, damit das schwache Band zwischen ihnen nicht zerreißt. »Findest du es normal, dass ich jeden Tag aus Gernika herkommen muss, damit *Ama* nachts nicht allein zu Hause ist? Du hast den ganzen Tag nichts zu tun. Fällt es dir so schwer, für ein paar Tage wieder bei ihr zu wohnen?«

Das war's. Jetzt hat sie es gesagt. Mehr Feingefühl war nicht möglich. Sie schließt die Augen, beißt sich auf die Unterlippe und wartet auf die Antwort.

Ihr Bruder schnaubt. »Wir würden uns nur streiten. Sie lässt mich nicht in Ruhe. Ich kann es ihr nie recht machen.«

Ane dreht sich zu ihrem Bruder um. »Glaubst du, ich habe in deinem Alter nicht geraucht? Natürlich hab ich das, auch hin und wieder mal 'nen Joint. Auch ich war mal jung. Aber zu Hause hab ich mir nicht eine einzige Zigarette angesteckt. Nicht mit siebzehn und nicht mit dreiundzwanzig. Ist doch klar, dass es *Ama* stört, wenn du das machst. Sie möchte nicht, dass du deine Gesundheit ruinierst.« Ane schlägt gegen einen der Holzpfosten des Stegs. »Du ahnst nicht, wie oft ich hier gewesen bin, um heimlich zu rauchen.«

»Du bist auch von zu Hause ausgezogen«, wirft Andoni ihr vor.

»Das war was anderes. Ich bin vor der Diktatur der Angst geflohen, hatte genug davon, dass sie sich von unserem Vater ständig beschimpfen und erniedrigen ließ. Konnte ihr heimliches nächtliches Weinen nicht mehr hören und hatte keine Lust mehr, ihr ständig zu sagen, dass sie ihn anzeigen soll.«

Andoni antwortet nicht gleich. Die leichten Wellen in der Bucht machen ein Geräusch, das zu einem anderen Zeitpunkt sicher entspannend gewesen wäre.

»Er ist krank«, sagt Andoni schließlich.

Ane folgt mit ihrem Blick einem Tintenfischboot, das zum gegenüberliegenden Ufer zurückkehrt. Der Motor ist kaum zu hören, ist nur ein leises Brummen. »Natürlich ist er krank. Er ist spielsüchtig und braucht Hilfe. Aber er will sie nicht. Und das ist keine Entschuldigung dafür, andere zu misshandeln. Weißt du, was das Einzige ist, was mir leidtut?«, fragt sie, während sie einen Holzsplitter vom Steg abzieht. Ihr Bruder erwidert nichts darauf, sondern wartet nur auf die Antwort. »Dass ich nicht in der Lage war, den Schritt zu tun, auf dem Kommissariat anzuzeigen, was bei uns zu Hause passiert ist.«

»Warum hast du es nicht getan?«

Ane zuckt mit den Schultern. »Aus Respekt vor ihr. Ich wollte, dass sie sich selbst ihre Freiheit verschafft. Sie hat ihn immer wieder in Schutz genommen. Unverzeihliche Erniedrigungen, die in vorgegebener Reue endeten. Aber«, erklärt Ane mit leichtem Schuldgefühl, »ich habe mich geirrt. Es war falsch. Verdammt falsch. Denn dass so viele Frauen von ihren Männern getötet werden, liegt genau daran, dass die Menschen in ihrem Umfeld nicht zur Polizei gehen, um zu melden, was da vor sich geht. Die Opfer selbst sind dazu meistens nicht in der Lage.«

»*Aita* würde sie niemals umbringen. So einer ist er nicht.«

»So einer ist keiner von ihnen, bis es zu spät ist«, wendet Ane ein. »Ich hab viele schreckliche Dinge gesehen, die ich mir nicht mal hätte vorstellen können, bis ich mich entschieden hab, zur Ertzaina zu gehen.«

Andoni schweigt. Seine Miene ist ernst, nachdenklich, sein Mund wie im Schmerz verzogen, und sein Blick wirkt verloren. Er scheint nicht mehr der Junge zu sein, der auf dem Sofa liegt und Joints raucht. Nein, auf einmal wirkt er älter. Auch er wird viel zu schnell erwachsen. Das ist das Schicksal der Kinder von Missbrauchsopfern. Es bleibt keine Zeit, ein Kind oder ein Jugendlicher zu sein, sondern nur für eine frühzeitige Reife, auf die sie niemand vorbereitet hat.

»Ich werde bei ihr übernachten«, sagt er schließlich. »Zumindest so lange, bis du aus Gernika zurückkommst.«

59

1. November 2018, Donnerstag

Es ist ein einfaches Fischerhaus, eines der wenigen, die es direkt am Meer, in der Nähe des Hafens von Mundaka, noch gibt. Die Fassade könnte mal aufgefrischt werden, abgebröckelte Stellen stören das strahlende Weiß, das so gut zu den grün gestrichenen Fensterrahmen passt. Die Eingangstür hat die gleiche Farbe, die sicherlich auch den Bug des Bootes ziert, wenn die Familie eins hat. Denn zu diesem Haus muss ein Boot gehören. Wahrscheinlich ein Tintenfischboot, denn in Mundaka gibt es keine größeren.

Julia spürt ihre Nervosität. Ihre rechte Hand streicht über die Türklingel, ohne dass sie diese zu betätigen wagt. Der Name des Absenders auf dem bei den Nonnen beschlagnahmten Brief besagt, dass in diesem Haus ihre leibliche Mutter wohnen könnte. Sie atmet tief durch, doch der Druck in ihrer Brust löst sich nicht auf.

Hast du mich geliebt? Hast du mich irgendwann geliebt? Warum hast du mich verlassen? Eine Frage nach der anderen drängt sich ihr auf. Wird sie in der Lage sein, sie auszusprechen?

Das Schrillen der Klingel stört die morgendliche Stille. Bald darauf nähern sich auf der anderen Seite der Tür Schritte.

»Bitte?«, hört Julia durch die geschlossene Tür.

Sie versucht in der Stimme irgendetwas Vertrautes auszumachen. Sie ist sanft, etwas in die Jahre gekommen, aber auf jeden

Fall angenehm. Leicht besorgt, natürlich, denn es ist ungewöhnlich, dass vor acht schon jemand klingelt.

»Guten Tag, Anabel. Ich bin Julia Lizardi, und ich würde gern einen Moment mit Ihnen sprechen.«

»Julia?« Eine Pause. »Kommen Sie jetzt sogar schon an den Feiertagen, um etwas zu verkaufen? Ich brauche nichts, danke.«

Julia legt die Hand auf den Türknauf. Er ist kalt und feucht vom Morgentau. »Ich bin von der Polizei und möchte Ihnen nur ein paar Fragen stellen.«

»Noch mehr Fragen? Hat das, was ich Ihrem Kollegen gesagt hab, nicht gereicht?«

»Da sind noch einige Dinge zu klären.« Julia hofft, dass sie nicht das Gleiche fragen wird wie Txema oder Aitor zuvor.

Die Frau zögert mit der Antwort, und die Tür ist noch immer geschlossen. Dann sind sich entfernende Schritte zu hören. Am nächstliegenden Fenster wird die Gardine zurückgezogen, und ein Gesicht erscheint, das Julia mit misstrauischem Blick mustert. Sie lächelt höflich und zeigt ihre Polizeimarke. Sie weiß, dass sie das nicht tun sollte, weil dies kein dienstlicher Besuch ist; sie ist aus persönlichen Gründen hier, eine Frau, die nach Antworten sucht.

Die Schritte nähern sich wieder der Tür. Sie wird geöffnet, und Julia sieht sich demselben Gesicht gegenüber. Die Frau ist zierlich, wirkt müde, und sie scheint jünger zu sein, als Julia es erwartet hat. Wie alt wohl? Dreiundfünfzig, vierundfünfzig? Auf jeden Fall nicht viel älter.

»*Egun on.* Entschuldigen Sie mein Misstrauen«, sagt die Frau zur Begrüßung und blickt auf die Straße, »aber ich bin allein zu Hause, und man weiß ja nie.« Erst als sie sicher ist, dass sonst niemand da ist, entspannt sie sich. »Wie kann ich Ihnen helfen?«

Julia bringt kaum ein Wort heraus. Sie betrachtet jeden Zug, jede Regung im Gesicht dieser Frau, die ihre Mutter sein könnte. So hat sie sich die Begegnung nicht ausgemalt. Eigentlich hat sie sich gar nichts ausgemalt, aber dass sie sich als Polizistin vorgestellt hat, hat gewisse Hindernisse beseitigt und andere aufgebaut, die menschlicher sind.

»Haben Sie im Kloster an der Plaza de los Fueros ein Kind zur Welt gebracht?«, fragt Julia schließlich geradeheraus. Anders geht es nicht, sie hat nicht die Kraft, nach einer schonenderen Formulierung zu suchen.

Die Frau scheint in wenigen Sekunden um mehrere Jahre zu altern. Die Vergangenheit, die sie möglicherweise ihr ganzes Leben lang zu vergessen versucht hat, ist auf einmal erwacht und zerrt an ihr.

»Kommen Sie rein«, sagt sie und tritt zur Seite. Danach vergewissert sie sich noch einmal, dass niemand sonst in der Nähe ist, bevor sie die Tür schließt.

Ein angenehmer Kaffeeduft empfängt Julia, als sie in die Wohnung tritt. Vom Eingangsbereich kommt man direkt in die Küche, wo eine dampfende Kaffeekanne auf dem Tisch steht.

»Wie ich Ihrem Kollegen schon gesagt hab«, erklärt die Frau, »die, die Sie suchen, bin nicht ich, sondern meine Schwester Begoña.« Sie öffnet einen Schrank und nimmt einen vergilbten Umschlag heraus. »Bitte setzen Sie sich.«

Ein seltsames Gefühl überkommt Julia. Ist es die Enttäuschung, weil sie ihre Mutter noch immer nicht gefunden hat, oder Erleichterung darüber, dass sich der Moment der schmerzlichen Fragen noch hinauszögert?

»Diese Fotos habe ich nach dem Besuch Ihres Kollegen gefunden. Das ist mir sehr nahegegangen. Seit Jahren hab ich mit niemandem mehr über Begoña gesprochen.«

»Ich würde gern noch einmal von Ihnen hören, was Sie meinem Kollegen erzählt haben.«

Anabel füllt zwei Tassen mit Kaffee und setzt sich zu Julia an den Tisch. Mit zitternden Händen sucht sie in dem Umschlag und reicht ihrer Besucherin dann ein Foto von einem jungen

Mädchen, das vielleicht fünfzehn Jahre alt ist und von einer Schaukel aus in die Kamera lächelt. »Das ist Begoña.« Anabel trinkt einen Schluck Kaffee, seufzt und führt die Tasse erneut an die Lippen.

Julia brennt darauf, mehr zu erfahren, aber sie gesteht der Frau die Zeit zu, die sie braucht.

»Danach war unsere Familie nicht mehr dieselbe«, beginnt Anabel erneut. Dabei löst sie den Blick nicht von der Kaffeetasse und rührt mit einem Löffel darin. Julia nimmt das Foto und sucht nach Ähnlichkeiten mit dem Gesicht, das sie jeden Morgen im Spiegel sieht. »Ich würde sogar sagen, dass wir keine richtige Familie mehr waren. Diese Wunde ist niemals verheilt.«

Julia öffnet den Mund, will um mehr Details bitten. Was genau ist passiert? Wo ist die Schwester jetzt? Wurde sie gezwungen, das Baby abzugeben, oder war es ihre eigene Entscheidung?

Doch sie wagt es nicht, auch nur eine Frage zu stellen. Irgendetwas sagt ihr, dass es besser ist, Anabel reden zu lassen. Diese Frau muss sich aussprechen, und es gibt keinen besseren Weg, etwas zu erfahren, als zuzuhören.

»Begoña war alles für mich. Sie war vier Jahre älter als ich. Sie können sich sicher vorstellen, was das für ein Kind bedeutet. Als sie verschwand, war ich dreizehn Jahre alt. Mit ihr verlor ich den Spiegel, in dem ich mich gesehen hab. Ich schwöre Ihnen, ich hab meine Eltern dafür gehasst. Abgrundtief gehasst.«

Verschwunden? Mehr hat Julia nicht gehört, ihre ganze Aufmerksamkeit konzentriert sich auf dieses eine Wort. Begoña Larzabal Villa, die Frau, die ihre Mutter sein könnte, ist ... verschwunden?

»Das waren andere Zeiten damals. Wir waren fünf Kinder, zwei Mädchen und drei Jungen«, fährt Anabel nach mehreren Seufzern und einigen Schlucken Kaffee fort. »Der Unterschied zwischen meinen Brüdern und uns Mädchen war extrem. Sie hatten ihre Freiheit, wir nicht. Martín, Jesean und José Mari konnten zu

Hause ein und aus gehen, wie sie wollten, Begoña und ich hingegen mussten alles, was wir taten, erklären. Die Jungen konnten mit Mädchen überall hingehen, während wir die Erlaubnis, mit einem Freund spazieren zu gehen, regelrecht erflehen mussten. Das kann man sich heute gar nicht mehr vorstellen. Andere Zeiten ...« Anabel schüttelt resigniert den Kopf. Dann sieht sie aus dem Fenster, aber nicht auf das Tintenfischboot, das gerade in den Hafen einläuft. Ihr Blick geht viel weiter, in den Nebel ihrer Erinnerungen, und der Schmerz lässt sie die Lippen zusammenpressen.

»Und sie hatte das Pech, schwanger zu werden. Den Rest können Sie sich sicher vorstellen.«

Der Kloß in Julias Hals stört sie beim Schlucken. Natürlich kann sie sich den Kreuzweg vorstellen, den ihre Mutter, um die Ehre der Familie zu retten, ertragen musste. Denn nun ist sie sich sicher, dass jene lächelnde Begoña auf dem Foto ihre Mutter ist.

Die von Anabel beschriebene Lage geht ihr so nahe, dass für sie gar nicht mehr infrage kommt, dass eine der anderen drei Frauen, die sie noch nicht ausfindig machen konnten, ihre Mutter sein könnte.

»Sie haben sie gezwungen, ihr Baby wegzugeben«, murmelt Julia, um das Ganze zusammenzufassen.

»Ich hatte meine Mutter noch nie so verzweifelt gesehen. Sie hat nicht aufgehört zu weinen und immer wieder gesagt, dass Begoña Schande über die Familie gebracht hat. Wie sollten uns die anderen Ortsbewohner noch respektieren, nachdem eine ihrer Töchter mit dem Erstbesten ins Bett gestiegen ist? Das waren harte Wochen. Dass ich alleinstehend bin, liegt daran, dass ich nach dieser Sache keinem Mann mehr vertrauen konnte. Jeder Mann an meiner Seite hätte mich an denjenigen erinnert, der das Leben meiner Schwester zerstört hat.«

Julia will entgegnen, dass die Schuld bei den Nonnen liegt, die Begoña das Kind weggenommen haben, bei ihnen und der Scham ihrer Eltern, denen es nicht möglich war, sich in die Lage ihrer Tochter zu versetzen. Stattdessen fragt sie: »Und Ihr Vater?«

Anabel zuckt mit den Schultern und schüttelte den Kopf. »Der war fast nie zu Hause. Er war Vorarbeiter in einem Steinbruch in Markina, und die Schichten waren lang. Das mit der Schwangerschaft hat ihn schwer getroffen. Begoña war sein Ein und Alles. Er war furchtbar ... enttäuscht. Man muss Verständnis dafür haben, damals waren die Dinge anders als heute. Ich mache meinen Eltern keinen Vorwurf. Nicht mehr. Sondern der rückständigen Gesellschaft, die jeden dämonisiert hat, der den angeblich christlichen Werten, die alles bestimmten, zuwiderhandelte.«

»Wie kann ich Ihre Schwester finden?« Julia kann nicht länger warten. Denn es sieht nicht so aus, als würde Anabel bald zum Kern der Sache kommen. Sie darf nicht noch mehr Zeit verlieren. Während sie hier sitzen und Kaffee trinken, hat der Mörder Begoña vielleicht schon ausfindig gemacht.

»Das wüsste ich selbst zu gern. Ich weiß nicht mal, ob sie noch lebt. Seit achtunddreißig Jahren hab ich nichts mehr von ihr gehört. Sie ist nicht mehr zurück nach Hause gekommen. Sicher hat sie uns alle gehasst, weil wir sie in dieses Kloster geschickt haben.«

»Hat sie nie versucht, Kontakt mit Ihnen aufzunehmen?«

Anabel seufzt erneut und richtet den Blick wieder aufs Fenster. »Niemals. Mein jüngster Bruder hat nach ihr gesucht. Er hat es sogar übers Fernsehen probiert. Daraufhin haben Leute angerufen, die behauptet haben, sie hätten sie in Santander gesehen; andere wollten sie in Ferrol oder in Avilés entdeckt haben. Doch alles war umsonst. Inzwischen habe ich die Hoffnung aufgegeben, sie je wiederzusehen. Vielleicht hat sie sich umgebracht. Vielleicht noch in der Nacht, in der sie verschwunden ist. Oder später. Ich weiß nicht, ob man so etwas überwinden kann.«

Julia spürt die Enttäuschung, die sich in ihr ausbreitet. Sie muss mit ihrer Mutter sprechen, sie kennenlernen, wissen, wer sie ist.

»War das Kind Ihrer Schwester ein Mädchen?«

Anabel presst die Lippen zusammen. Sie greift nach der Kaffeekanne und schüttet sich nach. Die Erinnerungen, in denen sie gräbt, tun weh, aber sie weint keine Träne. Vielleicht hat sie im Laufe ihres Lebens schon zu viel geweint.

»Das haben wir nie erfahren«, sagt sie dann, und nach einer längeren Pause fragt sie: »Aber ist das alles wirklich nötig? Das hab ich vor ein paar Wochen doch schon Ihrem Kollegen erzählt.«

Julia ist sofort in Alarmbereitschaft. »Wann genau?«

Anabel blickt instinktiv auf den Kalender, der an der Wand hängt, kneift die Augen zusammen und rechnet leise nach.

»Vor etwa zwei Monaten. Kurz vor dem Abendessen, ich wollte gerade die Suppe aufwärmen. Ein sehr netter Mann. Genau wie Sie hat er auch keine Uniform getragen. Dabei dachte ich, dass die Polizei im Dienst immer Uniform trägt, aber da hab ich mich wohl geirrt.«

Julias Puls rast. Vor zwei Monaten war keiner ihrer Kollegen hier. Das kann nur bedeuten ...

»Und er war hier bei Ihnen?«

»Er hat auf demselben Platz gesessen wie Sie. Und auch einen Kaffee getrunken.« Anabel erklärt diese Details offensichtlich ohne zu merken, wie dringlich Julias Frage geklungen hat.

Sie muss sofort handeln, gibt Anes Nummer in ihr Handy ein und wartet ungeduldig darauf, dass sie sich meldet. Doch es klingelt und klingelt, ohne das Ane rangeht. »Komm, Ane, mach schon!«

Nichts. Keine Antwort. Julia muss unbedingt mit jemandem reden. Das Kommissariat muss sich so schnell wie möglich um diese Sache kümmern!

Bei Txema hat sie mehr Glück. Schon nach dem zweiten Klingeln hört sie seine Stimme am anderen Ende der Leitung. »Hallo, Julia. Ich hab schon mehrmals bei dir angerufen. Wie geht es dir?«

Julia vergeudet keine Zeit mit höflichem Geplänkel. Zum ersten Mal haben sie jemanden, der den Mörder gesehen hat, und nicht nur das, denn vielleicht können sie sogar noch irgendwelche biologischen oder andere Spuren in dieser Küche finden. »Hör zu, Txema. Ich bin in Mundaka. Stell keine Fragen, bitte. Kommt einfach so schnell wie möglich her, und bringt die Kollegen von der Spurensicherung mit. Er war hier.

60

1. November 2018, Donnerstag

Die Nadel fährt langsam in ihre Haut und zeichnet ein Motiv, das sie mit geschlossenen Augen zu erkennen versucht. Zum ersten Mal lässt sie sich ohne hinzusehen tätowieren. Sie weiß nicht, warum, aber sie vertraut Raúl. Sie hat ihn nur darum gebeten, dass die Veränderung nicht allzu sehr ins Auge fällt.

»Tut's weh?«, fragt er.

Ane schüttelt den Kopf. Es ist ein erträglicher Schmerz, da diese Stelle ihres Körpers nicht allzu empfindlich ist. Viel schwerer fällt ihr das Warten. Seit Stunden suchen die Kollegen von der Spurensicherung in dem Haus in Mundaka nach biologischen oder anderen Spuren und haben bisher nur ein Haar gefunden, das vielleicht von dem Mörder stammt. Sonst nichts. Und das Phantombild, das sie haben, wird sie wahrscheinlich auch nicht weiterbringen, weil die Frau so nervös war, dass sie ihre Beschreibung ständig korrigiert hat.

Und nun?

Drei der Mädchen von damals konnten sie noch nicht ausfindig machen. Drei. Die vierte, die Schwester der Frau, deren Wohnung man gerade durchsucht, wird schon zu lange vermisst, und wenn sich der Mörder bei der Schwester nach ihr erkundigen musste, bedeutet das, dass er auch nicht mehr weiß als die Ermittler. Daher sollten sie sich erst mal auf die drei übrigen konzentrieren.

Aitor leitet das Team, das sich noch einmal die Korrespondenz des Klosters anschaut. Sicher gibt es bald Neuigkeiten.

»Ich kann immer noch nicht glauben, dass Julia das heute Morgen gemacht hat«, meint Raúl. »Sie ist die Beste im Kommissariat und hält sich immer an die Vorschriften.«

»Wer weiß, wie wir an ihrer Stelle reagiert hätten.«

»Und wieso war sie vor euch bei dieser Frau?«

»Sie hat sich ja einen Teil der Dankesbriefe angeschaut. Da war der Name wahrscheinlich dabei.«

Anes Nackenhaare sträuben sich, als sie die Berührung der Nadel spürt. Ist es Schmerz oder Lust, was sie empfindet?

»Das ist eine richtig gute Arbeit«, sagt Raúl. »Gut, dass sie einige Details weggelassen haben, sodass ich das Bild vollenden kann. Du hast mir immer noch nicht gesagt, wo du es dir hast machen lassen.«

»In Barcelona«, flüstert Ane.

»Du hast dir diesen Sugaar in Barcelona stechen lassen? Ernsthaft? Was wissen die Katalanen denn von baskischer Mythologie?«

»Ich hab ihnen das Bild gezeigt, das ich wollte.«

»Deswegen sieht dein Sugaar aus wie eine Schlange. Ich hab gleich gewusst, dass das Tattoo nicht von hier ist. Einen solchen Stil gibt es in dieser Gegend nicht. Dennoch, der Mann ist wirklich gut.«

»Sie«, korrigiert ihn Ane. »Es war eine Frau. Ihr Studio liegt im Stadtteil Gràcia, in einer schmalen Straße, die fast dörflich wirkt. Es würde dir sicher gefallen. Du solltest sie kennenlernen, dann könnt ihr euch austauschen.«

»Ist sie hübsch?«

Ane lacht und schüttelt den Kopf. Raúl ist wirklich unbelehrbar. Oder ein guter Schauspieler. »So genau hab ich mir sie nicht angesehen, aber ich hatte den Eindruck, dass ich mehr Chancen bei ihr hätte als du.«

»Dann hat sie einen sehr guten Geschmack.« Er lächelt und streicht mit den Fingerspitzen über ihren Hals. »Ich liebe deine Haut. Hab ich dir das schon gesagt?«

Ane lässt ihn machen. Es gefällt ihr, dass er ihr so nah ist. Raúl ist geschickt mit den Händen. Obwohl er sie kaum berührt, erschaudert sie.

»Hab ich dir schon gesagt, dass ich deine Hände mag?«, flüstert sie, die Augen noch immer geschlossen. Sie lächelt. Nur mühsam unterdrückt sie den Wunsch, sich umzudrehen, um ihn zu küssen.

Sie spürt Raúls warmen Atem im Nacken, seine Hände wandern weiter nach unten. Er streichelt ihren Rücken und beginnt mit einer sinnlichen Massage. Der Geruch nach Tinte und Desinfektionsmittel, der im Raum schwebt, scheint in diesem Reich der Sinne immer intensiver zu werden.

Raúls Hände kehren zu ihrem Gesicht zurück, und nun öffnet sie die Augen.

»Die Göttin Mari!«, ruft sie aus und betrachtet sich im Spiegel. »Genial!«

»Jetzt wird niemand mehr deinen Sugaar für einen Drachen halten.«

Raúl hat die Dame von Anboto mit offenem Haar gezeichnet, das über Sugaars Rücken auf Anes Schulter fällt. Es ist ein gleichzeitig gefühl- und kraftvolles Werk.

»Die Farbe des Haars der Göttin habe ich mit deinen Augen abgestimmt. Hab ich dir schon gesagt, wie wunderschön deine Augen sind? Sie schillern in unglaublichen Farbtönen. Wie Honig.«

»Meine Haut, meine Augen ... Gibt es auch etwas an mir, das dir nicht gefällt?«, fragt sie scherzhaft.

Raúl lacht. An seinem Blick ist zu erkennen, wie sehr er sie begehrt.

»Mir gefällt alles an dir«, gesteht er.

Ihre Lippen finden sich und verschmelzen in einem langen, zärtlichen Kuss. Er schmeckt nach Minze, und sein Mund ist warm und erfahren. Genau wie seine Hände, die ihr geschickt den BH öffnen und abstreifen. Ane stöhnt auf, als Raúl sie auf die Liege bettet und seine Lippen ihren Brüsten nähert. Er spielt mit der Zunge und den Lippen mit ihren Piercings, bis ihre Brustwarzen hart werden.

»Also deshalb wolltest du mich unbedingt tätowieren«, sagt Ane stöhnend und spürt Hitze in sich aufsteigen.

Raúl löst kurz den Mund von ihr und lächelt sie an. »Was hast du denn gedacht?«

Anes Lachen geht in Stöhnen über, als sie Raúls Atem an ihrem Bauchnabel spürt, von wo aus er weiter nach unten wandert. Als sein Mund sein Ziel erreicht, lässt sie ihn machen, während sämtliche Anspannung von ihr abfällt und sie sich dem Genuss hingibt. Raúls Zunge und seine Lippen bescheren ihr einen der schönsten Momente ihres Lebens.

»Und jetzt bin ich dran«, bittet sie schließlich atemlos, greift ihm ins Haar und schaut ihm in die Augen.

Raúl fordert sie mit einem leidenschaftlichen Blick heraus, während sie ihm die Kleidung auszieht. Danach beißt sie ihn in den Hals, die Brust und den vom Klettern gestählten Oberkörper. Bevor ihr Mund weiter nach unten wandert, zieht Raúl sie noch einmal zu sich herauf, um sie zu küssen.

»Ich will dich auf mir«, bittet er mit fiebrigem Blick, der deutlich macht, dass er ein längeres Vorspiel nicht mehr aushalten würde.

Ane lacht. Dann sitzt sie rittlings auf ihm. Ihre Hüften bewegen sich zuerst langsam, dann immer schneller vor und zurück. Stöhnen, Schweiß, Münder, die sich gegenseitig verschlingen, leidenschaftliche Blicke ...

»Scheiße!«, flucht Ane, als ihr auf dem Tisch liegendes Handy vibriert.

»Geh nicht ran.«

Ane hört nicht auf ihn. Zu gern würde sie mit dem weitermachen, was sie gerade tut, aber es könnte ein Anruf vom Kommissariat sein. Vielleicht gibt es Neuigkeiten in der Sache in Mundaka.

»Das ist mein Bruder«, stellt sie beunruhigt fest. »Hallo, Andoni!«

Es dauert eine Sekunde, bis sie seine Stimme hört, was lang genug ist, dass sie die schrecklichsten Dinge vor sich sieht, die passiert sein könnten. Was ist los? Andoni ruft sie sonst nie an!

»Ane, ich hab dir doch gestern versprochen, dass ich bei *Ama* übernachte, solange du in Gernika bist.«

Ane schnaubt. Hat sie sich deswegen unterbrechen lassen?

»Und heute hast du was anderes vor«, sagt sie genervt.

»Woher weißt du das? Hugo hat uns zu sich eingeladen. Er gibt eine Party und …«

»Ist schon gut. Du brauchst nichts mehr zu sagen. Ich fahre.«

Sie lässt ihrem Bruder nicht mehr die Zeit, sie zu bitten, nicht sauer zu sein, sondern beendet das Gespräch und kehrt zu Raúl zurück, der auf der Liege auf sie wartet.

»Wo sind wir stehen geblieben?«

Gestern durfte ich in den Garten gehen. Der Frühling ist da. Die Tulpen blühen schon. Ich bin stehen geblieben, um sie zu betrachten. Sie sind so zart und so vergänglich und tanzen im Wind.

Eine von ihnen war abgebrochen, und ich durfte sie mit in die Zelle nehmen. Sie liegt nun vor mir auf dem kleinen Tisch, an dem ich sitzen muss, um stundenlang in der Bibel zu lesen. Es tut mir weh, sie welken zu sehen, aber das immer noch leuchtende Rot ihrer Blütenblätter erhellt diesen düsteren Ort, wo die einzigen Farben das Grau der Wände und das Braun der Möbel und des Kruzifixes sind. Die Tulpe riecht nach frisch gepflückten Nüssen, doch es ist ein so zarter Duft, dass er fast nicht wahrzunehmen ist. Ihre Blütenblätter haben das Aroma des Meers in sich aufgenommen, was mir hilft, von diesem Ort zu fliehen. Mein Herz macht einen Zwischenstopp auf der Gasplattform, die dein Vater nicht weit von unserer Küste errichtet hat, damit wir ihn immer in Erinnerung behalten. Aber das reicht mir nicht. Ich reise weiter, bis auf die andere Seite des Ozeans. Amerika, das Land deines Vaters. Kannst du dir vorstellen, an seiner Hand an der Freiheitsstatue vorbeizuspazieren? Ich denke an deine kleine Hand, und mir kommen die Tränen. Ich kenne dich noch nicht, aber du bist bereits alles für mich.

Ich spüre wieder deine Tritte. Es gefällt dir nicht, dass ich lange an diesem Tisch sitze. Oder machst du das nur, um mich daran zu erinnern, dass ich nicht allein bin? Keine Sorge, ich weiß es. Es wird ihnen nicht gelingen, mir die Hoffnung zu nehmen.

61

1. November 2018, Donnerstag

Ane findet das Schlüsselloch sofort, obwohl die einzige Straße von Pasai Donibane wie immer kaum beleuchtet ist. Das Licht der wenigen Laternen erhellt die Stelle, an der das Haus ihrer Mutter liegt, nur mit einem schwachen Schein. Doch Ane kennt die Tür millimetergenau, schließlich hat sie fast ihr ganzes Leben in dieser Wohnung verbracht.

»Hallo, *Ama*«, grüßt sie, als sie eintritt.

Keine Antwort.

Ane blickt überrascht auf die Uhr. Es ist Zeit fürs Abendessen, eigentlich müsste ihre Mutter zu Hause sein.

»*Ama?*«, fragt sie lauter.

Sie ist sofort alarmiert. Was für sie kein neues Gefühl ist. Sie kennt es viel zu gut, wie eine alte Freundin, die man länger nicht gesehen hat, von der man aber genau weiß, wie sie sich verhalten wird. Sie hasst es, erneut diese Unruhe zu spüren, die Anspannung und den beschleunigten Puls.

»Alles in Ordnung, Ane«, versucht sie sich selbst Mut zu machen.

Wie gern sie das glauben würde. Aber sie kann nicht, nach all dem, was sie schon erlebt hat.

Während sie die Schlüssel an das maritime Bild im Eingangsbereich hängt, versucht sie, sich zu beruhigen. Ihre Mutter hat sicher noch etwas zu erledigen. Die Geschäfte sind um diese Zeit schon geschlossen, aber vielleicht ist sie in eine Bar gegangen. Unmöglich ist das nicht. Sicher ist sie irgendwo in der Nachbarschaft.

»*Ama!*«, ruft sie erneut.

Sie meint, ein Geräusch gehört zu haben.

Das kann nicht sein. Beruhige dich, Ane, sei nicht paranoid!

Doch da sind eindeutig Schritte. Es ist jemand im Haus.

Instinktiv greift sie nach ihrer Waffe, aber die hat sie im Kommissariat gelassen.

»Wer ist da? *Ama? Aita?*« Ihren Worten ist die Anspannung anzuhören. »Bist du das, Andoni?«

Stille. Nur für ein paar Sekunden, denn gleich darauf ist vor dem Küchenfenster, das sich noch nie richtig schließen ließ, das Brummen eines Motors zu hören. Es ist ein Tintenfischboot, das in den Hafen zurückkehrt. Ane braucht es nicht zu sehen, um das zu wissen, denn sie hat diese langen Fischerboote im Laufe ihres Lebens tausendfach gehört.

Ein Quietschen. Kurz, aber deutlich.

»Polizei! Wer ist da?«

Vorsichtig nähert sie sich dem elterlichen Schlafzimmer. Sie ist sicher, dass das Geräusch von dort kam. Ihr Herz rast.

Sie macht Licht. Ihre Augen brauchen nur wenige Sekunden, um den Anblick zu erfassen. Die offene Kommodenschublade und der Schmuck, der auf dem Bett liegt, sagen alles. Doch diesmal wird sie es nicht einfach so hinnehmen.

Als Erstes schreibt sie eine Nachricht an das Kommissariat von Errenteria. Sie braucht so schnell wie möglich Unterstützung.

»Komm raus!« Das Rasierwasser ihres Vaters, das er schon immer viel zu verschwenderisch benutzt hat, als wolle er damit sein Elend übertünchen, verrät ihn. Er hat sich hinter der Tür versteckt. Seine Beine schauen unter dem Morgenmantel hervor, der an dem einzigen Haken hängt. »Was hast du mit ihr gemacht?«

Ane packt ihn am Kragen und schleudert ihn aufs Bett. Dann dreht sie ihm, mit den Knien auf seinem Rücken, die Arme nach hinten.

»Was, verdammt noch mal, hast du getan? Wo ist sie?«

»Nichts«, stammelt ihr Vater. Mühsam versucht er sich zu ihr umzudrehen. Sein Blick ist zugleich ängstlich und überrascht. »Ich wollte nur meine Sachen holen.«

»Wo ist sie? Wo?«

Ane hebt die rechte Hand, ballt sie fest zur Faust, um sie auf seinen Kopf niedersausen zu lassen. Die gesamte Wut, die sich nach all den Jahren des Leids in ihr angestaut hat, sammelt sich in ihren Knöcheln. Sie kann nicht mehr klar sehen und denken.

»I-ich weiß es nicht«, stammelt ihr Vater schluchzend. »Sie i-ist noch nicht hier!«

»Du lügst! Sag mir, wo sie ist! Sag es!«

Sie löst die Faust, ohne ihn geschlagen zu haben, und umfasst mit beiden Händen seinen Hals. Das Gesicht ihres Vaters läuft rot an, während sie ihn würgt. Sie wird ihn umbringen, sie weiß es genauso, wie sie weiß, dass sie sich damit in größte Schwierigkeiten bringt, aber sie ist nicht in der Lage aufzuhören.

»Ane! Was tust du denn da, um Himmels willen!« Es ist die Stimme ihrer Mutter, die, noch im Mantel, auf einmal hinter ihr steht.

Ane braucht noch ein paar Sekunden, bis sie ihre Hände von der Kehle ihres Vaters löst, der laut nach Luft schnappt und zu husten beginnt.

»Wo warst du?«, fragt sie ihre Mutter.

»Im Kulturinstitut. Marisa hat mich gefragt, ob ich mit zu einem Vortrag gehe«, erklärt Mari Feli. »Was machst du hier, Mariano?«

Anes Vater hat aufgehört zu husten. Sein Gesicht ist nur noch leicht gerötet.

»Bist du verrückt?«, schnauzt er seine Tochter wütend an. An seinem Hals sind die Abdrücke von Anes Händen noch deutlich zu sehen.

Sie schluckt. Beinahe hätte sie ihn getötet. Ein paar Sekunden mehr, und es hätte keinen Weg zurück mehr gegeben.

So kann das nicht weitergehen. Sie schwört sich selbst, Hilfe zu suchen. Sonst wird es mit ihr böse enden.

»Was willst du hier?«, fragt sie mit einer Kälte, die sie nicht empfindet.

»Das hab ich doch schon gesagt. Ich will meine Sachen holen.«

Mariano ist aufgestanden und geht zur Tür. Die Schmuckkästen liegen offen auf dem Bett.

»Halt!«, befiehlt Ane. »Leer deine Taschen!«

Ihr Vater dreht sich zu ihr um. Liegt in seinem Blick Angst oder Verachtung? Er schüttelt den Kopf und geht weiter.

»Wenn du auch nur noch einen weiteren Schritt machst ...«

»Was dann?«, fällt er ihr ins Wort, ohne stehen zu bleiben.

Ane blickt auf ihre leeren Hände; dabei ist sie froh, dass sie die Pistole im Waffenschrank gelassen hat. Denn sonst würde ihr Jähzorn sie zu etwas verleiten, was sie ihr ganzes Leben lang bereuen würde.

»Lass gut sein, Ane«, bittet ihre Mutter. »Er soll gehen. Das wird er nicht noch mal machen.«

»Jetzt tu nicht so!«, schleudert Mariano ihr mit wütender Miene ins Gesicht. »Seit sie ein Kind war, hast du ihr eingeredet, dass ich der Böse bin. Denkst du, ich bin blöd?«

Das ist für Ane zu viel. Sie weiß, dass sie erneut kurz davor steht, die Kontrolle zu verlieren.

»Wenn du dieses Zimmer mit dem Schmuck in der Tasche verlässt, schwöre ich, dass ich dich umbringe«, erklärt sie und genießt jedes Wort.

Ihr Vater bleibt stehen. Er weiß, dass sie es ernst meint. Widerwillig steckt er die Hände in die Taschen und wirft dann Ketten, Ringe und Armbänder auf den Boden.

»Der Schmuck meiner Mutter!«, ruft Mari Feli aus und fällt auf die Knie, um ihn aufzuheben.

»Wegen dir muss ich mir Geld bei meinen Freunden leihen, während du hier dieses Zeug hortest, das Tausende Euro wert ist. Du bist ein Miststück, genau wie deine Mutter, die mir versprochen hat, dass es mir an nichts fehlen wird, wenn ich dich heirate. Du hast mir das Leben versaut! Mich bestohlen!«

In Marianos Stimme liegt eine Verachtung, die Ane das Blut in den Adern gefrieren lässt.

»Wo sind die Schlüssel?«, fragt sie. »Wie bist du hier reingekommen?«

»Das ist *mein* Haus!«, antwortet Mariano mit beißendem Sarkasmus. »Dass ich für eine Weile in die Wohnung meiner Mutter gezogen bin, heißt nicht, dass ich mein eigenes Zuhause nicht mehr betreten darf.«

Ane sagt, was ihr in den Sinn kommt, ohne über die Worte nachzudenken. »Leg die Schlüssel aufs Bett. Hier kommst du nicht mehr rein. Verstanden?«

Ihr Vater lacht verächtlich. »Du hast jahrelang in der Wohnung deiner Großmutter gelebt, ohne mir Miete zu bezahlen. Und das ist der Dank dafür?«

Dann geht auf einmal alles blitzschnell. Es klingelt, und Mariano erstarrt. Er begreift, dass da etwas gewaltig schiefläuft. Dennoch öffnet er den Polizisten die Tür.

»Was hast du getan?«, schnauzt er Ane an.

Sie antwortet nicht. Das Reden fällt ihr schwer, aber es gelingt ihr, ihren Kollegen die nötigen Anweisungen zu geben: »Legt ihm Handschellen an, und nehmt ihn mit zum Kommissariat!«

Dann richtet sie sich an ihren Vater, mit einem Knoten im Hals, der sie beinahe ersticken lässt. Das, was sie jetzt tun wird, wird ihr das Herz brechen, aber sie auch mit sich selbst versöhnen. Sie hätte es schon vor langer Zeit machen sollen.

»Mariano Cestero, du bist festgenommen. Wegen anhaltender häuslicher Gewalt.«

Eins, zwei drei ... Das gleichmäßige Tropfen wirkte beruhigend.

Ich näherte mich dem Ziel. Vielleicht war dies die letzte Dosis, die ich ihr in die Suppe tat, um mein Ziel zu erreichen.

Es war ein seltsames Gefühl. Je stärker die Vergiftung durch das Medikament gegen den Alkoholismus voranschritt und die Organe meiner Adoptivmutter zerstörte, desto mehr blühte ich auf. Ich fühlte mich wie eine Tulpe, die aus der Zwiebel erwächst, um der Welt ihre schönsten Farben zu zeigen.

Ich musste mich rächen, um weiterleben zu können.

All die Jahre des Schmerzes durften nicht ungesühnt bleiben.

»Deine Suppe«, sagte ich und stellte ihr den Teller ans Bett.

Das Häufchen Elend, das aus meiner Mutter geworden war, brachte zwischen den rissigen Lippen ein paar Laute hervor, die so etwas wie ein Dank sein sollten. Doch als ich ihr den Löffel hinhielt, blieben sie geschlossen. Sie hatte keine Kraft mehr.

»Du musst etwas essen«, schalt ich mit falschem Lächeln.

Sie blickte durchs Fenster auf den dichten Verkehr auf der Umgehungsstraße. Nein, sie hatte im Hospital de Cruces nicht das beste Zimmer erwischt.

»Nein«, sagte sie mit abgewandtem Gesicht.

Die Tür wurde geöffnet, und die Pflegerin, die das Tablett gebracht hatte, trat ein. Sie hatte kurzes blondes Haar und rosige Wangen. »Noch nicht mit dem Essen fertig?«

»Sie sagt, dass sie nicht essen will«, entgegnete ich.

»Das geht nicht. Sie muss essen. Zumindest die Suppe. Die ist sehr gut. Kommen Sie, ich helfe Ihnen.« Sie nahm mir den Teller ab.

Ich setzte mich ans Fußende des Bettes und genoss den Moment. Die Pflegerin in ihrer rosafarbenen Uniform vergiftete meine Mutter mit jedem Löffel. Es war einfach wunderbar. Der krönende Abschluss eines gelungenen Plans. Dabei hatte ich mich lange dagegen gewehrt, dass sie ins Krankenhaus kam.

»Sehr gut«, lobte die Pflegerin, nachdem es ihr gelungen war, meine Mutter mit der Suppe zu füttern. »Und jetzt ruhen Sie sich aus. Das haben Sie sich verdient, meine Liebe.«

Die junge Frau warf mir einen traurigen Blick zu, bevor sie mit dem Tablett in der Hand den Raum verließ.

»Wie sieht's aus? Geht es Ihnen besser?«, fragte der Arzt, während er ihr über den Handrücken strich.

Meine Mutter seufzte. Natürlich ging es ihr nicht besser. Man brauchte sie nur anzusehen, ihre gräuliche Haut. In den letzten Stunden hatte sich ihr Zustand dramatisch verschlechtert. Das Ende war nah.

»Tut es Ihnen hier weh? Und hier?« Der Arzt drückte leicht auf den Bauch meiner Mutter.

Sie hatte nicht genügend Kraft, um zu klagen, aber der Schmerz war ihr deutlich anzumerken. Man musste nur die Angst in ihren Augen sehen, während der Mann sie berührte.

Der Arzt lächelte mir traurig zu und bat mich, mit ihm nach draußen zu kommen. Dort legte er mir mitfühlend die Hand auf die Schulter. »Ich würde Ihnen gern etwas anderes sagen. Das Leberversagen wirkt sich auf die anderen Organe aus. Die Computertomografie hat gezeigt, dass der ganze Körper beeinträchtigt ist, und die Analyse ist entmutigend. Ehrlich gesagt, ist es ein Wunder, dass sie noch bei Bewusstsein ist.«

»Bitte retten Sie sie«, flehte ich, während ich das Fläschchen mit dem Cyanamid in meiner Tasche streichelte.

Der Arzt presste die Lippen zusammen und senkte den Blick. »Ich fürchte, dass wir nichts mehr für sie tun können. Sie spricht auf die Behandlung nicht an. Es tut mir furchtbar leid. Nun ist das Wichtigste, dass sie möglichst wenig Schmerzen hat. Melden Sie sich bei der geringsten Kleinigkeit.«

Nur mühsam unterdrückte ich die Freude, die diese Worte in mir auslösten. Was für ein Glück, dass ich von Marcial gelernt hatte, wie man beim Funken die Stimme verstellt. »Wie lange hat sie noch?«

»Vielleicht nur noch Stunden. Im besten Fall ein paar Tage.«

Ich nickte, den Blick zu Boden gesenkt, da ich befürchtete, meine Augen könnten meinen wahren Gefühlszustand verraten.

»Sie schaffen das.« Der Arzt drückte leicht meine Schulter. »Gehen Sie zurück ins Zimmer. Bleiben Sie bei ihr, damit sie in diesem Zustand nicht allein ist. Und sagen Sie ihr, wie sehr Sie sie lieben. Damit sie, wenn sie gehen muss, von der Liebe der Menschen umgeben ist, die sie vermissen werden.«

Ich bedankte mich bei dem Arzt und sah ihm nach, wie er sich in Richtung der Aufzüge entfernte. Dann trat ich wieder ins Zimmer.

Meine Mutter wandte den Kopf zur Tür. Ihr Blick suchte mein Mitleid. Ich lächelte. Nicht, um ihr Mut zu machen, sondern weil ich feststellte, dass mich ihr Elend nicht berührte.

Sie stammelte etwas, was ich nicht verstand. Ich nahm einfach nur meine Jacke und verließ ohne ein weiteres Wort den Raum. Denn sie hatte es verdient, im Moment des Abschieds allein zu sein.

Und das war das Einzige, was ich ihr zugestand.

62

1. November 2018, Donnerstag

Sie schlägt heftig auf die Becken ein, sodass sogar die Trommeln vibrieren. Mit dem rechten Fuß tritt sie rhythmisch auf das Bass-Pedal. Immer wieder in schweißtreibendem, hypnotischem Eifer. Auch ihr Herz klopft im Takt der Musik. Sie fühlt sich als ein Teil der Musik, wie immer, wenn sie Schlagzeug spielt.

Die Tulpen, die Nonnen, ihr Vater ... All das verschwimmt wie ein Tropfen Tinte im weiten Meer. Sie und die Musik, die Musik und sie. Sonst nichts.

Sie ist so vertieft in den Rhythmus, dass sie Olaia zur Begrüßung nicht mal ein Lächeln schenkt. Ihre Freundin macht ihr ein Zeichen, nicht aufzuhören. Als Ane das nächste Mal zu ihr hinübersieht, hat Olaia die Gitarre bereits in den Händen. Sie müssen nicht miteinander reden, um sich zu verständigen, welchen Song sie spielen. Olaias Akkorde stimmen sogleich in den Rhythmus der Bass Drum ein. Genau wie ihre Stimme. Olaia ist die Sängerin der Gruppe.

Der Song ist von Berri Txarrak, einer ihrer Lieblingsbands.

In den Minuten, die die Musik anhält, ist Ane glücklich. Laut singt sie mit. Normalerweise macht sie das nicht, sondern überlässt das Singen ihrer Freundin, aber heute braucht sie das.

»Wenn hier jemand wohnen würde, er würde uns wegen Ruhestörung anzeigen«, meint Olaia, als sie die letzten Akkorde spielt.

Ane lacht. Ihre Freundin hat recht. Zum Glück hat ihnen ein Bekannter diesen muffigen Keller in einem der letzten Häuser dicht am Meer zur Verfügung gestellt. Ansonsten wäre Schluss mit derartigen spontanen Konzerten.

»Seit wann kommst du zum Üben her, ohne uns Bescheid zu sagen?«, fragt Olaia.

»Ich übe nicht, ich reagiere mich nur ab.«

»Scheinst du auch nötig zu haben, so wie du das Schlagzeug prügelst. Das ist keine Rockmusik mehr, das ist Heavy Metal. Ich hab's bis zu Hause gehört.«

Ane legt die Trommelstöcke weg und steht auf. »Ich hab meinen Vater verhaften lassen und ihn angezeigt.«

Olaia verliert keine Zeit. Sie umarmt ihre Freundin, die ihr den Kopf auf die Schulter legt. »Das hast du gut gemacht. Ihr habt viel zu viel Geduld mit dem Kerl gehabt.«

»Klar, aber das ist nicht so leicht.«

Olaia legt Ane die Hände auf die Schultern, damit sie ihr in die Augen sieht. »Das fehlt noch, dass du dich schuldig fühlst nach allem, was er euch angetan hat. Das lass ich nicht zu!«

Ane nickt wenig überzeugt.

»Ane, so nicht!«, warnt Olaia. »Er mag dein Vater sein, aber er hat nichts anderes verdient.«

Ane atmet tief durch. »Du hast recht.«

Sie weiß, dass ihre Reaktion typisch für Opfer von häuslicher Gewalt ist, die ihren Peiniger angezeigt haben, und ist enttäuscht von sich selbst. Sie hat mehr von sich erwartet, doch sie muss lernen, das nicht zu tun. Sie ist ein Missbrauchsopfer und muss das in Ruhe verarbeiten.

»Noch ein Song?«, fragt Olaia und weist auf das Schlagzeug.

»Sicher.« Ane gibt ihrer Freundin einen herzlichen Schubs. »So schnell lass ich dich nicht zurück nach Hause.«

»Solange du mich morgen früh um neun gehen lässt. Denn ich glaub nicht, dass meine Schüler es so toll fänden, ohne ihre

Sportlehrerin dazusitzen«, scherzte Olaia, während ihre Finger bereits den nächsten Akkord anschlagen.

»Mehr Berri Txarrak?«

»Ich hab an Belako gedacht. Versuchen wir's mit *Over the Edge?*«, schlägt Ane vor.

»Du bist echt hart drauf, was?« Olaia wechselt einen einverständigen Blick mit ihrer Freundin. *Over the Edge*, jenseits des Abgrunds. Es hat sicher seinen Grund, dass Ane diesen Song gewählt hat.

»Ich muss einiges loswerden. Übrigens, Olaia, gilt dein Angebot noch?«

»Welches?«

»Dass ich bei dir einziehen darf?«

Olaias Lächeln könnte nicht strahlender sein. »Du ahnst ja gar nicht, wie glücklich du mich damit machst. Und ich verspreche dir, du wirst es nicht bereuen.«

63

2. November 2018, Freitag

Das kalte Licht am frühen Morgen hüllt den Wald in einen monochromen Ton. Die goldenen Herbstfarben schlafen noch und warten auf den ersten schüchternen Sonnenstrahl, der sie erweckt. Julia betrachtet die Landschaft, ohne sie zu sehen. Sie ist nicht nach Lamiaran, ins »Tal der Sirenen«, gekommen, um den Anblick zu genießen, sondern um Antworten auf die Fragen zu finden, die sie seit Tagen quälen.

Sie weiß, dass sie nicht hier sein sollte, doch sie ist davon überzeugt, dass Ane sie verstehen wird. Sie muss mit Sara reden, bevor es ihr die polizeiliche Befragung unmöglich macht, ihr als Tochter gegenüberzutreten, die ihrer leiblichen Mutter zum ersten Mal im Leben begegnet.

Es tut mir leid, ich hab es wieder getan. Ich wollte allein mit ihr reden. Ich muss das Warum verstehen. Es ist Sara Carretero, und sie wohnt in Lamiaran. Ich werde bei ihr auf Dich warten.

Julia liest noch einmal die Nachricht, die sie Ane geschrieben hat, und sendet sie ab. Ihr bleibt nicht viel Zeit, denn in zehn oder fünfzehn Minuten wird das halbe Kommissariat hier aufkreuzen.

Sie betrachtet das große Haus zwischen den Bäumen durch die Windschutzscheibe. Es ist ein beeindruckendes Gebäude mit weiß getünchter Fassade und einem pompösen Eingang, wie es sich für eines der Herrenhäuser gehört, von denen es in Urdaibai hier und dort einige gibt. Julia fällt es nicht schwer, es sich als ihr Geburtshaus vorzustellen. Es ist ein schönes Haus und voller Symbolik.

Lamiaran ... In Mundaka heißt es, dass dies der Ort ist, an dem die *Lamiak* leben, jene Kreaturen der baskischen Mythologie mit dem Körper einer Frau und den Beinen einer Ziege. Als Julia noch ein Kind war, hat sie gehört, dass die Bewohner dieser Herrenhäuser angeblich mit ihnen in Verbindung stehen. So wie das eben ist bei Leuten, die in einem Herrenhaus mehr als einen Kilometer von der nächsten Ortschaft entfernt leben.

Julia beschließt, nicht noch mehr Zeit zu verlieren. Es ist zwar noch nicht mal acht Uhr am Morgen, aber falls der Tulpenmörder die Adresse auch schon hat, kann jede Minute lebenswichtig sein.

Was ist das für ein Geräusch? Eine Tür. Und dann der Motor eines Autos und das Knirschen von Kies unter den Rädern.

Kurz darauf sieht sie einen BMW-Geländewagen, der von der Rückseite des Hauses aus davonfährt.

Julia überlegt, ob sie zum Haus gehen oder den Wagen verfolgen soll. Es könnte sich um den Tulpenmörder handeln. Und wenn er ihr zuvorgekommen ist und die Frau mitgenommen hat, wegen der sie hier ist? Doch mit ihrem Opel Corsa wird sie den Geländewagen auf dieser Schlaglochpiste kaum einholen können.

Julia öffnet die Autotür und läuft zu dem Haus hinüber. Sie kann im Inneren des Gebäudes keine Bewegung wahrnehmen, aber hinter einem der Fenster im Erdgeschoss brennt Licht.

Hoffentlich ist es für Sara noch nicht zu spät.

In der Eile übersieht Julia den weißen Lieferwagen, der zwischen den Bäumen am Wegrand steht.

Die Klingel ist kaum zu hören, aber gleich darauf wird die Tür geöffnet, und Julia steht einer attraktiven Frau gegenüber. Blond, schlank, groß und ein schönes Gesicht. Spontan muss Julia an die Sirenen denken, nach denen dieser Ort benannt ist.

»Ich dachte, es wäre mein Mann«, murmelt die Frau mit einem Blick auf die Einfahrt. »Er hat gerade erst das Haus verlassen.« Dann sieht sie Julia fragend an. »Kennen wir uns?«

Julia merkt, dass ihr all die Fragen, die sie stellen will, im Hals stecken bleiben. Kennt sie sie? Was soll sie jetzt sagen? Dass sie sich kennen, weil sie das Kind ist, das sie im Kloster zur Welt gebracht hat?

Doch ihr bleibt nicht mehr die Zeit, sich zu entscheiden. Saras Blick wirkt auf einmal alarmiert. Julia versteht nicht. Dann hört sie etwas hinter sich.

Schritte.

Als sie sich umdrehen will, ist es bereits zu spät. Eine Hand legt sich über ihre Augen, und alles wird schwarz.

Ein Tag im Mai 2012

Niemals werde ich diesen Tag vergessen.

All die Mühe, die Enttäuschungen und all die Tränen der Machtlosigkeit. Und endlich war es mir gelungen.

Zwei Samenkapseln. Nur zwei von mehr als zwanzig Tulpen. Alle anderen waren ohne Frucht verwelkt wie bei all meinen vorherigen Versuchen. Aber diesmal hatte ich es endlich geschafft.

Ich erinnere mich noch an das schlanke Skalpell, mit dem ich die Kapseln aufgeschnitten habe, und den feinen, üppigen Samenregen, der aus ihnen quoll. Sie waren winzig und so viele, dass ich es kaum glauben konnte.

Ich zählte sie, einen nach dem anderen. Zweihundertsiebzehn Samen. Das waren verdammt viele Tulpen.

Ich glaube, dass ich vor Freude geweint habe, aber ich kann es nicht schwören.

Es war meine Kreation. Ich hatte einer neuen Tulpensorte das Leben geschenkt, die meinen Namen unsterblich machen würde wie die von all den anderen, denen dieses Wunder vor mir gelungen war.

Es war keine leichte Aufgabe. Ich wollte, dass eine der Sorten für die Hybridzüchtung die Red Emperor war, und das machte die Sache schwierig. Die Red Emperor ist eine schöne Sorte, deren Name zudem einzigartig klingt, aber sie zählt nicht zu den Tulpen, die einfach zu züchten sind. Doch das war mir egal. Ich war bereit, es so oft zu versuchen, wie es nötig war.

Immer wieder habe ich den Pinsel benutzt, um den Samen der einen Tulpensorte mit dem der anderen zu vermischen. Wie viele Tulpen habe ich ohne Fruchtknoten verwelken sehen? Es waren so viele erfolglose Versuche, dass ich bereits fürchtete, niemals die Hybride zu erhalten, von der ich träumte.

Glücklicherweise kam mir der Gedanke, mich an die Sociedad Aranzadi in Donostia zu wenden. Dank der jungen Frauen dort in der Abteilung für Botanik habe ich alles über gekreuzte Bestäubung gelernt. Nur deswegen waren meine vielen vergeblichen Versuche an jenem Morgen im Mai endlich doch von Erfolg gekrönt.

Ich werde nie vergessen, mit welchem Enthusiasmus sie mich in der ehemaligen psychiatrischen Klinik, in der die Gesellschaft ihren Sitz hat, empfangen haben. Ganze Tage habe ich in ihren Laboratorien zwischen Keimkammern und Mikroskopen verbracht. Die Begründung, dass ich eine Forschungsarbeit über die Hybridisierung von Tulpen schreibe, hat sie von Anfang an begeistert, und sie haben sich gleich in die Arbeit gestürzt, um mir zu helfen.

Von ihnen habe ich alles gelernt, vor allem, dass man sich mit viel Geduld wappnen muss, wenn es um Pflanzen geht. Und bei Tulpen erst recht.

Denn welche andere Pflanze ist so eigenwillig, dass sie, wenn man sie aus Samen züchtet, fünf lange Jahre intensiver Pflege bis zur Blüte braucht?

Damit war der erste Teil meines Plans abgeschlossen. Und der zweite Teil begann.

64

2. November 2018, Freitag

»Es ist unglaublich, dass sie es noch mal getan hat. Unglaublich!«, ruft Txema aus und fasst sich an den Kopf, nachdem er seit dem Aufbruch im Kommissariat bereits unzählige Male mit der Zunge geschnalzt hat.

Ane beißt sich auf die Lippe, um nicht noch mehr Öl ins Feuer zu gießen. Sie ist stinkwütend. Ja, Julia hat unüberlegt und verantwortungslos gehandelt.

»Versetzt euch mal in ihre Lage«, bittet Silvia vom Rücksitz aus. »Das, was sie gerade durchmacht, ist echt heftig.«

»Trotzdem würde ich auch dann nicht so handeln«, behauptet Txema, »das kann ich dir versichern.«

Ane sagt nichts dazu. Sie weiß ganz genau, dass sie das Gleiche getan hätte wie ihre Kollegin. Auf jeden Fall wird sie ihre Vorgesetzten darüber informieren müssen, und vielleicht wird das ein Disziplinarverfahren nach sich ziehen.

Der Kies auf dem Weg nach Lamiaran spritzt auf, als sie auf der Suche nach dem Haus um die Kurve fahren.

»Sie geht immer noch nicht ran«, verkündet Txema und wirft sein Handy aufs Armaturenbrett.

»Ganz ruhig«, mahnt ihn Ane, »wir sind ja schon da.« Sie hat zwischen den Bäumen ein zweistöckiges weißes Haus entdeckt. »Siehst du, da steht ihr Auto.«

»Verdammt!«, ruft Txema aus und weist auf ein paar kaputte Blumentöpfe neben der Haustür, die weit offen steht.

Das sieht nicht gut aus.

»Warte du im Auto«, sagt Ane zu Silvia, bevor sie selbst mit der Waffe in der Hand aussteigt und ihrem Kollegen folgt.

Txema ist bereits im Haus verschwunden, und seine Stimme ist aus dem Obergeschoss zu hören: »Julia! Julia!«

Ane durchsucht das Erdgeschoss. Der Frühstückstisch ist noch gedeckt, doch der Kaffee dampft nicht mehr und scheint so kalt wie das Stück geröstetes Brot mit Marmelade auf dem Teller.

»Oben ist niemand«, sagt Txema, als er wieder herunterkommt.

»Und im Haus gibt es keine Anzeichen für Gewaltanwendung«, fügt Ane hinzu. »Das Ganze ist vor der Tür passiert.«

»Diese kaputten Blumentöpfe ...«, murmelt Txema und geht zurück zur Haustür.

»Glaubst du, sie ist entführt worden?«, fragt Ane. Sie weiß, genau das ist passiert, hofft aber, dass Txema nicht ganz so pessimistisch ist.

Der jedoch nickt. Er beugt sich zu den Töpfen hinunter und streicht mit der Hand über die verschüttete Erde. »Natürlich geht es hier um eine Entführung. Soll ich dir sagen, was passiert ist?« Er schaut zu Ane auf. »Julia hat an der Tür geklingelt. Sara hat geöffnet, und sie haben am Eingang ein paar Worte gewechselt, während sich der Tulpenmörder, irgendwo in der Nähe versteckt, darauf vorbereitet hat, sich sein fünftes Opfer zu schnappen. Und was hat er getan, als er Julia gesehen hat? Er hat sich auf beide gestürzt. Für Julia kam der Angriff wahrscheinlich überraschend, während die andere noch versucht hat zu fliehen, daher die kaputten Töpfe.«

Ane zieht das Funkgerät hervor und informiert das Kommissariat. Sie brauchen Verstärkung, und die Straßen müssen überwacht werden. Nun kann jede verlorene Minute entscheidend sein.

Sie hat das Funkgerät noch in der Hand, als sie in ihrer Tasche das Vibrieren ihres Handys spürt. Eine Nachricht via WhatsApp. Sie schaut auf den Absender. Nein, sie ist nicht von Julia, sondern von Aitor.

»Verdammte Scheiße!«, ruft sie aus und zeigt Txema das Display.

Eine der beiden Frauen haben sie noch nie gesehen, aber die andere kennen sie gut. Es ist Julia. Die beiden scheinen friedlich zu schlafen, doch das Klebeband über den Mündern widerspricht diesem Eindruck.

»Woher hast du das Foto?«, fragt Txema außer sich.

Ane bleibt nicht die Zeit für eine Antwort, da sich erneut ihr Handy meldet.

»Der Typ hat einen Fehler gemacht«, sagt Aitor am anderen Ende der Verbindung. »Ich weiß nicht, was er damit bezwecken wollte, aber er hat das Foto in seinem eigenen Twitter-Account gepostet. Nur für wenige Sekunden, dann hat er es gleich wieder gelöscht. Zum Glück hatten wir es da schon.«

»Aber von wem redest du?«, fragt Ane.

»Von Aimar Berasarte natürlich, dem Radiomoderator.«

65

2. November 2018, Freitag

Ein anhaltendes Geräusch, das eines Motors, das nicht stärker und nicht schwächer wird, sondern in einschläfernd gleichmäßigem Rhythmus zu hören ist. Oder liegt es am Chloroform, mit dem er sie überwältigt hat? Sie hat den Geruch noch in der Nase. Aber das ist nicht das Schlimmste. Sie hat Prellungen an den Beinen und der Hüfte. Wahrscheinlich hat sie sich die zugezogen, als er sie an diesen Ort gebracht hat.

Denn sie ist nicht mehr in Lamiaran. Nein, im Tal der *Lamiak* riecht es nach Laub und Wald. Würde es nach frischem Gras duften oder nach Kuhfladen stinken, könnte sie das ja noch verstehen, genauso wie den Geruch von Qualm aus einem Kamin.

Doch nichts davon. Sie befindet sich an einem anderen Ort.

Sie riecht das Meer, ganz eindeutig, salzige Luft. Sie hat keine Ahnung, wohin er sie gebracht hat, aber das Meer ist ganz in der Nähe. Und da ist noch ein Geruch, subtiler, kaum wahrzunehmen. Kastanien? Nüsse? Sie versucht ihn zuzuordnen, doch da wird der Meeresgeruch intensiver. Das Motorengeräusch hört nicht auf.

Mühsam unterdrückt sie einen Brechreiz. Sie hat Schmerzen und fühlt sich benommen. Was wohl mit Sara ist?

Julia hat Angst. Natürlich hat sie das. Schließlich wird man nicht jeden Tag betäubt und gefesselt. Ganz zu schweigen von dem Klebeband über ihren Augen und dem Mund. Außerdem hat sie Angst vor dem, was mit der hübschen Frau passiert sein könnte, mit der sie gerade mal ein paar Worte an der Tür gewechselt hat. Sie hatte nur wenige Sekunden, um ihre Gesichtszüge zu sehen, ihre Stimme zu hören, aber sie wird sie nie mehr vergessen. War es das Gesicht ihrer Mutter, das sie gesehen hat, bevor sie betäubt wurde?

Von Müdigkeit überwältigt, fällt Julia erneut in einen unruhigen, ungesunden Schlaf.

Wie viele Stunden mögen vergangen sein? Das Brummen ist immer noch zu hören. Und auch der Geruch nach Meer ist noch da, wobei er nun eine andere Note enthält, etwas Süßliches. Das ist Schlamm. Julia braucht nur den Bruchteil einer Sekunde, um zu verstehen, was das bedeutet. Bei ihr zu Hause riecht es niemals so. Egal, ob bei Ebbe oder Flut, der Duft des Meeres in Mundaka enthält niemals derartige Nuancen. Nein, dort, wo der Fluss ins Meer mündet, riecht es nur nach Salz. Nach Salz und nach Algen, wenn das Wasser sehr tief steht und die Felsen daraus hervorlugen, und im Sommer nach Sonnenschutzmittel. Aber niemals nach Schlamm.

Sie muss sich am Fluss befinden, dort, wo bei Ebbe Sumpf und Morast zum Vorschein kommen.

Ein Geräusch erschreckt sie. Der Motor läuft immer noch, aber sie meint, noch etwas gehört zu haben. Eine Art Klagen. Sie spitzt die Ohren. Nichts. Vielleicht ist es aus ihrer eigenen Kehle gekommen.

Sie hat Schmerzen.

Zu den Prellungen kommen nun noch die Krämpfe, weil sie sich seit Stunden nicht mehr bewegt hat. Wie lange sie wohl schon hier ist? Sie denkt an Ane, an Txema, Aitor und die anderen. Ob das ganze Kommissariat bereits auf der Suche nach ihr ist, oder ob sie ihr Verschwinden noch nicht bemerkt haben? Sicher wissen sie es schon. Und die Frau, die vielleicht ihre Mutter ist und die sie kurz vor dem Angriff flüchtig gesehen hat? Julia macht sich die schlimmsten Vorwürfe. Wenn sie nur wenige Minuten früher dort gewesen wäre, hätte sie Sara Carretero retten können. Eine halbe Stunde oder sogar weniger hätte ausgereicht, um dem Mörder zuvorzukommen.

Was er wohl mit ihr machen wird? Natürlich, er wird auch ihr einen schrecklichen Tod bereiten, vor Tausenden entsetzten Zuschauern, die über Facebook das grausame Verbrechen live verfolgen werden. Was haben diese Frauen getan, um ein solches Ende zu verdienen? Was haben sie getan, außer zusehen zu müssen, wie ihre Babys an den nächstbesten Käufer verschachert wurden?

Erneut ist das Klagen in der undurchdringlichen Dunkelheit zu hören. Und diesmal ist Julia sich sicher, dass es nicht von ihr kam.

Es ist jemand bei ihr.

66

2. November 1018, Freitag

»Ich kann es nicht glauben!«, ruft Txema voller Zorn. »Dieser Mistkerl hat mit uns gespielt! Der macht mit uns, was er will!«

Der Radiomoderator hat ihnen genügend Gründe gegeben, gegen ihn zu ermitteln. Und sie haben es auch getan, doch jedes Mal war er ihnen einen Schritt voraus.

»Aimar Berasarte passt perfekt zu dem narzisstischen Charakter, den wir dem Tulpenmörder zuschreiben«, erklärt Silvia.

Man muss kein Psychologe sein, um zu wissen, dass sie recht hat. Der Mann von Radio Gernika entspricht von seinem Charakter und seinem Verhalten her genau der Beschreibung ihres Verdächtigen. Doch nun hat er aufgrund seines Faibles für die sozialen Netzwerke einen Fehler gemacht.

»Aber ich will mich nicht nur auf ihn konzentrieren«, meldet sich Ane zu Wort. »Das mit dem Foto macht ihn zum Hauptverdächtigen, aber es könnte auch sein, dass es von jemand anderem kommt. Mal sehen, ob Aitor etwas herausfindet.«

»Warum hat er es dann sofort, nachdem er es geteilt hat, wieder gelöscht?«, wendet Silvia ein.

»Ich schwöre euch«, zischt Txema, »wenn dieser Scheißkerl Julia etwas antut, bring ich ihn um.«

Ane wendet den Blick ab. Es ist ihr unangenehm, ihren Kollegen so außer sich zu sehen. Wo ist der phlegmatische Txema geblieben, der so gern die so unschätzbaren Förmlichkeiten von Interpol zur Schau stellt?

»Schade, dass die sie nicht geschützt hat«, murmelt sie und zeigt auf die *Eguzkilore*, die Silberdistel, die an der Tür hängt und der Legende nach die Hausbewohner vor dem Bösen bewahrt.

»Wir werden dieses Schwein kriegen«, verkündet Txema, der die Reifenspuren auf dem Kies betrachtet. Seinem umherschweifenden Blick ist anzusehen, dass er im Kopf ein Muster abspeichert. Er ist eindeutig nicht der beste Befehlsempfänger, aber bei der Tatortanalyse ist er unschlagbar.

»Cestero«, meldet sich Ane gleich nach dem ersten Vibrieren am Handy.

»Aimar Berasarte ist nicht in Urdaibai«, erklärt Aitor ohne Umschweife. »Er hat sich einen Tag freigenommen und ist weggefahren.«

Ane flucht. »Und wo könnte er sein? Wir müssen ihn sofort finden. Hast du seine Handynummer?«

»Ich hab schon angerufen. Kein Netz. Seine Kollegen beim Radio sagen, dass er irgendwo in den Pyrenäen unterwegs ist.«

Ane schnaubt und dreht sich zu Txema um. »Was für ein Zufall! Der Typ ist im Gebirge und hat kein Netz.«

Txema schüttelt den Kopf. »Ich würde wetten, dass sich dieses Schwein keine zehn Kilometer von hier entfernt irgendwo rumtreibt. Du könntest jemanden mit Hausdurchsuchungsbeschluss und Haftbefehl zu ihm nach Hause schicken. Oder soll ich das machen?«

Ane ist überrascht über Txemas plötzliche Bereitschaft, sie zu unterstützen. Es scheint, als habe Julias Verschwinden seine Haltung ihr gegenüber schlagartig geändert.

»Nein, du nicht«, entscheidet sie. »Ich will dich bei mir haben. Wir schicken eine Streife.« Übers Handy gibt sie Aitor die entsprechenden Anweisungen, dann steckt sie es ein und geht neben ihrem Kollegen in die Hocke. »Was meinst du?«

Txema zeigt auf einen Abdruck im Kies. »Sie waren bewusstlos, und er hat sie zu einem Fahrzeug geschleift, das hier stand. Das passt perfekt, hier haben zwei Absätze ihre Spuren hinterlassen und gleich dort drüben die anderen beiden. Es war eindeutig ein großes Auto, ein Gelände- oder sogar ein Lieferwagen.«

Ane stellt sich die Szenerie vor, die ihr Kollege beschreibt. Sie stimmt mit ihm überein. Genauso muss es abgelaufen sein.

»Bis jetzt hat er keines seiner Opfer länger festgehalten«, meint sie. »Sowohl Natalia als auch Charo wurden höchstens eine Stunde, nachdem er sie in seine Gewalt gebracht hat, ermordet. Araceli hat er sofort getötet, und dem Opfer in Galicia ist er nicht mal nahe gekommen. Das könnte bedeuten, dass er keine Möglichkeit hat, jemanden länger zu verstecken.«

»Oder dass es nicht nötig ist, weil er sie einfach nur umbringen will«, wendet Txema ein. »Verdammt, Julia! Wie konnte sie nur darauf kommen, sich direkt in die Höhle des Löwen zu begeben?«

»Wir müssen Verkehrskontrollen in der gesamten Gegend anordnen«, entscheidet Ane. »Die Kollegen sollen sich jedes Auto ansehen. Ich will jeden Ertzaina aus ganz Euskadi hier haben!«

67

2. November 2018, Freitag

Inzwischen ist der klagende Laut alle paar Sekunden zu hören, ein Hilferuf von jemandem, dessen Mund genauso zugeklebt ist wie ihrer. Es ist eine Frau, und Julia weiß, wie sie aussieht. Sie hat sie flüchtig gesehen, als sie in der Tür stand. Sie hat gehofft, dass ihr noch die Zeit geblieben ist, sich im Haus einzuschließen und Hilfe zu rufen. Doch der Tulpenmörder hat sie beide. Auch wenn Julia sie nicht sehen kann, weiß sie, dass es sich um Sara Carretero handelt, die Frau, die vielleicht ihre leibliche Mutter ist.

»Mmmffjjj!« Ihre Mitgefangene bittet einmal mehr um Hilfe.

Julia antwortet mit einem ähnlichen Laut.

Sie könnte sich selbst ohrfeigen und kann sich den Ärger ihrer Chefin gut verstellen, wobei es nicht das ist, was sie quält, sondern das Wissen, dass sich Sara, wenn sie nicht allein zu dem abgelegenen Haus in Lamiaran gefahren wäre, jetzt vielleicht in Sicherheit befände und nicht in einem kalten Keller irgendwo am Fluss.

»Mmmffjjj!«

Julias Hände sind auf ihren Rücken gebunden. Als sie an den Fesseln zerrt, tut es weh, aber ihre rechte Schulter schmerzt viel mehr. Außerdem sind ihr die Beine eingeschlafen, und sie bekommt einen Krampf nach dem anderen.

Vorsichtig versucht sie, sie zu bewegen, doch auch ihre Füße sind gefesselt. Allerdings stellt sie zu ihrer Erleichterung fest, dass sie sich umdrehen kann. Anders, als sie gedacht hat, ist sie nirgendwo festgebunden. Sie ist einfach auf dem Boden abgelegt worden.

Wo ist der Scheißkerl, der sie hierhergebracht hat?

Vielleicht ist er bei ihnen und beobachtet sie, ohne dass sie ihn sehen können. Nein, wahrscheinlich bereitet er alles für ihren Tod vor. Welche brutale Inszenierung hat er wohl diesmal im Sinn?

Der Gedanke daran verursacht Julia Übelkeit. Und natürlich Schuldgefühle. Ihr unbedachtes Handeln hat diese Frau zum Tode verurteilt. Ihr Vorgehen war absolut verantwortungslos.

»Mmmfffjjj!«

Julia dreht sich zu dem klagenden Laut um. Sie will zu Sara gelangen. Dabei stößt sie sich die Schulter an einem Tischbein oder etwas Ähnlichem. Es tut nicht weh, aber sie muss sich irgendwie daran vorbeiwinden, um zu ihrer möglichen Mutter zu gelangen.

Schließlich stößt sie gegen sie.

»Mmmfffjjj!«

Julia tut der körperliche Kontakt gut. Sara ist ebenfalls gefesselt. Wenn es nicht so wäre, würde sie ihr eine Hand auf die Schulter legen, um sie zu beruhigen, so wie eine Mutter es tut, oder sie würde ihr helfen, die Fesseln loszuwerden. Julia lehnt den Kopf an die Schulter ihrer Mitgefangenen, und gleich geht es ihr besser.

Wäre sie nicht allein nach Lamiaran gefahren, wäre der Tulpenmörder vielleicht schon gefasst. Sie hat absolut egoistisch gehandelt.

»Mmmfffjjj!«

Im Gegensatz zu dem Klebeband vor ihrem Mund, das in ihrem Nacken spannt, scheint das vor ihren Augen nicht um den ganzen Kopf gewickelt zu sein. Sie spürt es nur bis zu den Schläfen, weiter nicht.

Diese Erkenntnis lässt sie hoffen. Vielleicht kann sie das Klebeband loswerden. Dann könnte sie sehen, wo sie sich befinden. Das wird ihnen wahrscheinlich nicht zur Flucht verhelfen, aber zumindest könnte sie sich ein Bild des Orts machen, an dem sie eingesperrt sind.

Der raue Betonboden, auf dem sie liegen, kommt ihr sehr entgegen. Auf dem Bauch liegend, beginnt sie, mit der rechten Schläfe über den Boden zu reiben, und schon bald spürt sie, wie sich das Klebeband von ihrer Haut löst. Nur um einen Zentimeter, aber es ist ein Anfang.

Komm, weiter!, feuert sie sich stumm an, während sie die Zähne zusammenbeißt.

Das Klebeband scheint sich nach und nach zu lösen. Genau wie ihre Haut. Der Boden ist so rau, dass sie sich gnadenlos das Gesicht zerkratzt. Julia spürt das Blut auf ihrer Stirn und den Schmerz an der Schläfe, und ihr steigen die Tränen in die Augen. Vielleicht auch wegen der Hoffnungslosigkeit der Lage, in der sie sich befindet.

Das Klagen der Frau neben ihr wird intensiver. Sie scheint mit Julia mitzuleiden. Ob sie sie sehen kann?

Nur noch ein bisschen.

Erneut nähert Julia ihr Gesicht dem Boden, atmet tief durch und reibt die Schläfe wieder über den rauen Beton. Ihrer Kehle entweicht ein gedämpftes Heulen.

Als sie schon aufgeben will, nimmt sie aus dem rechten Augenwinkel einen violetten Lichtschimmer wahr.

Das Erste, was sie sieht, ist die Frau. Sie liegt auf der Seite und sieht zu ihr herüber, denn Saras rot geweinte Augen sind nicht zugeklebt. Ansonsten unterscheidet sich ihre Lage nicht. Sie ist genau wie Julia an Händen und Füßen gefesselt und hat Klebeband vor dem Mund.

Sara Carretero sieht sie mit einer Mischung aus Mitleid und Angst im Blick an. Sie hat schöne Augen, die jedoch für ihr Alter erstaunlich müde wirken. Das hat sicher mit der Anspannung zu tun, der sie ausgesetzt ist, aber nicht nur, denn Julia erinnert sich daran, dass ihr das gleich in dem Moment aufgefallen ist, als sie Sara am Morgen vor sich gesehen hat. Oder sind seit ihrer ersten Begegnung bereits Tage vergangen?

Das Licht ist seltsam dunkelviolett und kommt von ein paar Lampen, die an der niedrigen Decke hängen. Auf einem Metallgestell steht eine große, flache Wanne, aus der Dutzende Tulpen hervorragen, genauso rot wie das Blut der Opfer, für die sie bestimmt sind.

Julia wendet sich nach allen Seiten um. Eine einfache Metalltür und unverputzte nackte Wände. Ganz hinten befindet sich an einer der Wände ein längliches Oberlicht, durch das ein wenig Tageslicht fällt. Gedämpftes Licht unter einem bewölkten Himmel.

Und da ist auch das Gerät, von dem das Brummen kommt: eine Belüftungsanlage. Sie erinnert Julia an die Marihuana-Pflanzungen, auf die sie und ihre Kollegen manchmal stoßen, nur dass es sich hier um Tulpen handelt, die in der ausgestoßenen Luft tanzen.

»Mmmfffjjj! Grrrhh!«

Die Frau versucht ihr etwas zu sagen.

Plötzlich wird die Tür geöffnet. Die Zeit scheint stehen zu bleiben und das Blut in Julias Adern zu gefrieren, als sie das Gesicht ihres Peinigers erkennt. In ihrem Kopf überschlagen sich die Fragen, die sie wegen ihres zugeklebten Mundes nicht stellen kann.

»Was hast du getan? Bist du bescheuert? Du solltest mich nicht sehen!«, schimpft der gerade Hereingekommene und fasst sich an den Kopf. »Jetzt muss ich dich auch töten.«

Heute bin ich vom Weinen eines Babys geweckt worden. Panisch haben meine Hände sofort nach dir gesucht. Nein, du bist noch nicht da. Kurz darauf ist die alte Nonne gekommen, um mir das Frühstück zu bringen. Immer diese verdammten Amarguillos. Dieses Gebäck werde ich nie wieder anrühren, wenn ich hier raus bin. Aber immerhin ist die alte Nonne etwas netter zu mir als die anderen. Sie stützt mich manchmal, wenn ich mich aufrichte, und streicht mir über den Arm. Es tut so gut, an diesem trostlosen Ort ein wenig Menschlichkeit zu erfahren!

Entschuldige, dass ich ständig vom Thema abschweife. Ich habe das weinende Baby erwähnt. Es ist das Kind der jungen Frau am Ende des Gangs. Ich kenne ihren Namen nicht, und wir haben uns nie gesehen, aber ich freue mich für sie. Wenn ich dich nur schon in den Armen halten könnte!

Die Mutter Oberin ist die Schlimmste. Dabei ist sie noch so jung und dennoch voller Bösartigkeit. Wenn ich ihren Blick sehe, gefriert mir das Blut in den Adern. Sie verbreitet eine eisige Kälte, was nicht nur an der Farbe ihrer Augen liegt, sondern irgendwo aus ihrem Inneren kommt. Während ich heute im Garten war, habe ich sie mit einem Paar mittleren Alters zusammen gesehen. Sie haben mich durchs Fenster beobachtet. In den Augen des Paars habe ich die Hoffnung gesehen, die ich verloren habe. Allmählich verstehe ich, was hier passiert. Es ist furchtbar, denn das Unglück der einen nährt die Freude der anderen …

68

2. November 2018, Freitag

»Wer und warum?« Madrazo steht mit vor der Brust gekreuzten Armen vor der Tafel. Als er erfahren hat, was passiert ist, ist er sofort nach Gernika gekommen.

Die Namen der Opfer sind in Großbuchstaben geschrieben; andere Informationen über sie sind nach und nach in Kleinbuchstaben hinzugefügt worden.

»Wir versuchen, Aimar Berasarte zu finden«, erklärt Ane. »Ich habe die Hoffnung, dass die Telefongesellschaft uns noch heute den letzten Standort seines Handys mitteilt.«

Silvia ist bei ihnen, und sie stehen zu dritt an der Tafel. Wenige Meter neben ihnen sitzt Aitor am Computer und tippt, wenn er nicht gerade die Maus bewegt, auf der Suche nach Informationen auf der Tastatur herum. Alle anderen Kollegen sind draußen unterwegs, denn der Mörder hat zwei Frauen in seiner Gewalt, und sie dürfen keine Zeit verlieren, zumal sich die Nachricht wie ein Lauffeuer verbreitet und in der Bevölkerung von Urdaibai die Angst schürt. Die Hilflosigkeit der Menschen sorgt für Wut auf die Polizei, die ihrer Meinung nach nichts tut. Und das wiederum führt zu wiederholten Anrufen aus der Chefetage. Und die werden immer drängender, weil der für die Innenpolitik zuständige Rat im politischen Parlament des Baskenlandes in der anberaumten Pressekonferenz irgendetwas Neues verkünden muss und der

Lehendakari, der Parlamentspräsident, höchstpersönlich in den nächsten Stunden in Urdaibai erscheinen wird. Letzteres hilft ihnen absolut nicht, denn um seinen Schutz zu gewährleisten, mussten sie Polizisten von der Suchaktion abziehen.

»Seid ihr sicher, dass es sein Ziel ist, alle Frauen zu töten, die '79 in dem Kloster ein Kind zur Welt gebracht haben?«, fragt Madrazo.

Ane nickt. Was für eine befremdliche Situation! Ist ihr Vorgesetzter hier, um die Leitung der Aktion zu übernehmen oder um auf den Druck der Politiker hin ihr Handeln zu prüfen? Dabei ist ihr das im Grunde egal, wenn es denn dabei hilft, die Ermittlungen voranzubringen.

»Das mit dem Kloster steht außer Zweifel«, erklärt Ane. »Und er ist nah dran, sein Ziel zu erreichen. Wenn das, was wir herausgefunden haben, stimmt, haben wir nur zwei der Frauen noch nicht gefunden.«

»Ich denke, die Tulpen, die er als Signatur ausgewählt hat, sind voller Symbolik«, schaltet sich Silvia ein. »Diese majestätischen Blumen, die seit Jahrhunderten wie zufällig überall in den Gärten stehen, entstammen einem beinahe wundersamen System von Selektion und Widerstand. Die Zwiebeln überleben monatelang und speichern die nötigen Nährstoffe, um selbst unter den schlechtesten Umständen zu erblühen. Das erinnert an eine Schwangerschaft, daher nennt man sie auch ›Muttertulpen‹. Ich bin mir sicher, dass der Mörder das weiß und sie deshalb ausgewählt hat.«

»Aber warum sollte ein Kind seine ...«, beginnt Ane, bricht jedoch ab. Die Beschimpfungen ihres Vaters, die sie ihr ganzes Leben lang mit sich herumschleppen wird, hallen in ihrem Kopf wider. Wie oft hat sie sich als Kind gewünscht, in einer normalen Familie aufzuwachsen, wo nicht ständig geschrien, geweint und jemand niedergemacht wird!

»Aitor, hör auf mit dem, was du gerade tust«, befiehlt sie. »Vergiss die Liste mit den Müttern, und konzentrier dich auf die

Adoptivfamilien. Finde raus, ob es bei denen irgendwelche Anzeigen wegen Misshandlung oder häuslicher Gewalt gegeben hat.«

Er legt gerade den Hörer auf. »Ich mach mich gleich an die Arbeit. Aber soeben hat das Seniorenheim in Oizpe angerufen, das, wo du Txema hingeschickt hast. Die alte Frau kann sich nach wie vor an nichts erinnern, aber eine Pflegekraft hat erzählt, dass sie in lichten Momenten manchmal von ihrer Tochter spricht. Dieses Mädchen ist wohl im Kloster geblieben. Nachdem ihr Kind dort geboren wurde, ist sie Nonne geworden. Celestina García Sánchez.«

Ane runzelt die Stirn. »Aber den Namen hatten wir doch schon.«

»Als Nonne hat sie einen anderen Namen angenommen. Du kennst sie als Schwester Teresa!«

Zunächst ist Ane sprachlos, dann sprudelt es aus ihr hervor: »Deshalb wollte sie nicht, dass ans Tageslicht kommt, was dort passiert ist. Sicher weiß keine ihrer jetzigen Mitschwestern, dass sie als junge Frau zu den ›schwarzen Schafen‹ gehört hat, die sie so verachtet.«

»Verleugnung als Mittel des Selbstschutzes. Das ist ein Klassiker«, erklärt Silvia. »Und es passt perfekt zu der Persönlichkeit dieser Frau.«

Ane greift zum Telefon und ruft Txema an, der mit dem Einsatzleiter zusammen die Suchaktion des Kommissariats leitet. Sie will, dass die Nonne unter ständige Beobachtung gestellt wird. Da Aitor herausgefunden hat, wer sie wirklich ist, kann es dem Tulpenmörder auch gelingen. Dass sie sich gerade im Gefängnis von Basauri befindet, könnte ihr bisher das Leben gerettet haben. Doch Ane will kein Risiko eingehen, bis sie den Mörder gefasst haben.

»Sie darf nicht mal allein aufs Klo gehen«, befiehlt sie, bevor sie auflegt, dann sagt sie zu Aitor: »Los, fang mit der Liste der Kinder an. Wir dürfen keine Sekunde mehr verlieren. Die Leben von Sara und Julia liegen in unseren Händen.«

»Wie geht es Txema?«, fragt Madrazo. »Hat er sich beruhigt?«

Ane runzelt missmutig die Stirn. »Julias Verschwinden geht ihm sehr nahe. Am Ende stellt sich noch heraus, dass unter der harten Schale ein guter Kollege steckt. Er hat nicht einem meiner Befehle widersprochen. Ganz im Gegenteil. Genauso wie bei uns allen ist es sein einziges Ziel, die beiden so schnell wie möglich zu finden. Ich wünschte, so hätte er sich von Anfang an verhalten.«

»Seht mal!«, unterbricht Aitor sie und dreht den Computerbildschirm so, dass sie draufblicken können. »Ich hab noch was gefunden. Wisst ihr, warum wir acht Adoptivfamilien haben und nur sieben leibliche Mütter? Ich hab die Kassenbücher mit der Korrespondenz mit dem Kloster abgeglichen. Eine der jungen Frauen hat zwei Kinder zur Welt gebracht. Zwillinge. Im Mai 1979, um genau zu sein.«

Madrazo applaudiert. »Du bist ein Genie, Junge!«

Ane versucht, die Nachricht zu verarbeiten. Das bedeutet, dass sie nur noch eine der leiblichen Mütter finden müssen: Begoña Larzabal. Und das könnte schwierig werden, denn laut der Aussage von deren Schwester hat seit vielen Jahren niemand mehr etwas von ihr gehört.

»Das heißt, dass wir nur die Nonne im Gefängnis beschützen müssen?«, fragt sie. Wobei sie im Grunde keine Antwort erwartet, denn sie weiß, dass es so ist, und das ist zunächst einmal eine gute Nachricht. Denn so kann sie sich darauf konzentrieren, Sara und Julia zu finden.

69

2. November 2018, Freitag

»Das war so nicht gedacht. Wie hast du es geschafft, das Klebeband von den Augen wegzukriegen?« Der Tulpenmörder bückt sich zu Julia hinunter und legt die rechte Hand an ihr Gesicht, ohne es zu berühren. »Verdammt, du blutest ja! War es so schwer, ruhig zu bleiben und zu warten? Mehr hättest du nicht tun müssen.«

Julia versteht noch immer nicht, was los ist. Was macht *er* hier? Das kann doch nicht sein! Das muss ein Traum sein, ein Albtraum. Er ist doch einer von den Guten, auf ihrer Seite und nicht auf der anderen!

Als er hereingekommen ist, ist sie erleichtert gewesen, hat gedacht, dass sie sie gefunden haben und gekommen sind, um sie zu befreien. Und dann hat die Realität sie mit voller Wucht erwischt.

Sie schließt die Augen und öffnet sie wieder. Das Bild hat sich nicht verändert: die Belüftungsanlage, die Tulpen wie ein schweigendes Heer in einer Reihe, die gefesselte Frau am Boden – und er, der sie verärgert ansieht.

»Mmmhhh!«, macht Julia und richtet den Blick nach unten auf ihre Lippen. Er muss ihr das Klebeband vom Mund nehmen. Sie hat so viele Fragen. Viele oder nur eine? Denn letztendlich lässt sich alles in zwei Silben zusammenfassen: *Warum?*

Sie versteht gar nichts. Das alles wirkt wie ein makabrer Scherz. Zumal in diesem seltsamen violetten Licht, das alles wie einen seltsamen Albtraum erscheinen lässt.

Er versteht die Botschaft, schüttelt jedoch den Kopf. »Ich werde dir nicht zuhören. Schlimm genug, dass du mich siehst. Und jetzt? Was soll ich jetzt tun? Ich habe nichts gegen dich. Im Gegenteil, du hast das Gleiche durchgemacht wie ich. Wir beide sind Blüten derselben kranken Pflanze. Ich hatte vor, dich freizulassen, wenn ich mit ihr fertig bin. Aber das geht jetzt nicht mehr.«

Seine Worte verwirren Julia noch mehr. Sie können nicht aus seinem Mund kommen! Es tut zu weh, dass es von ihm kommt.

Warum?

Sie versucht die beiden Silben trotz des Klebebands herauszustoßen, doch es klingt lediglich wie ein verängstigtes Stammeln.

»Du hast mir die Sache sehr schwer gemacht«, erklärt der Mörder. »Wenn alles so gelaufen wäre, wie ich es geplant hatte, wäre sie jetzt schon tot.« Er weist mit dem Kinn auf die Frau, die mit Panik im Blick seinen Worten folgt. »Dann wäre mein Werk so gut wie vollendet, und ich würde mit einem letzten grandiosen Schlag zum Ursprung unseres Unglücks zurückkehren. Und ... ich *werde* es zu Ende bringen. Du wirst die große Ehre haben, dem spektakulären Finale beizuwohnen, das die ganze Welt niemals vergessen wird.«

Sara Carretero windet sich am Boden und versucht trotz des verklebten Mundes zu schreien. Ihr Blick fleht um Gnade, und ihre Tränen hinterlassen dunkle Kreise auf dem Betonboden.

»Hör auf zu heulen!«, schnauzt der Mörder sie an. »Schließlich hast du mich in diesem furchtbaren Kloster zurückgelassen!«

Julia spürt, wie ihr Herz in tausend Teile zerbricht. Sie sind gleich alt. Sie beginnt zu verstehen. Er ist wie sie, auch eines der Babys, die ihren Müttern von den Nonnen weggenommen wurden, die die christliche Nächstenliebe, die sie predigen, auf diese abartige Weise interpretieren.

Warum?

Wieso diese Rache?

Sie muss dieses Klebeband loswerden und ihn nach seinen Gründen fragen.

Wie kann er so sicher sein, dass es dieser Frau nicht das Herz gebrochen hat, dass sie ihr Baby hat zurücklassen müssen? Dass die anderen Mütter nicht genauso verzweifelt waren, als man ihnen ihr Kind weggenommen hat?

Er ist ein Monster, ein verdammtes Monster!

»Mmmfffjjjhhh!« Julia gibt nicht auf und versucht mit ihren Lippen unter dem Klebeband die Worte zu formen, die ihr auf der Seele brennen.

Doch es ist nichts zu machen, das Klebeband ist um ihren Kopf gewickelt und sitzt bombenfest. Sie wird nur sprechen können, wenn dieser Mann, der sie zugleich enttäuscht und besorgt ansieht, ihren Mund davon befreit.

Plötzlich ist sie sich sicher, dass sie sterben wird, ohne auch nur eine der Fragen gestellt zu haben, die sie quälen. Aber sie will nicht sterben, natürlich nicht, und schon gar nicht, nachdem sie nun weiß, was hier wirklich vor sich geht.

»Du willst Antworten, ich weiß«, sagt der Tulpenmörder. »Ich habe jahrelang danach gesucht. Du hast das Gleiche durchgemacht wie ich. Unsere Mutter hat uns im Stich lassen. Wie oft hast du dich, seit du es weißt, nach dem Warum gefragt? Jeden Tag, stimmt's?« Während er spricht, schneidet er die schönsten Tulpen ab und stellt sie zu einem Strauß zusammen. »Aus Egoismus. Sie hat es vorgezogen weiterzuleben, ohne sich um das Kind kümmern zu müssen, das sie zur Welt gebracht hat.«

Julia wechselt einen Blick mit Sara, die hastig den Kopf schüttelt. Die Augen der Frau flehen sie an, ihr zu glauben. Sie weiß, dass sie dem Tod nicht entgehen kann, aber sie will sterben, ohne die Schuld mit ins Grab zu nehmen, die sie den größten Teil ihres Lebens über gequält hat.

»Das ist eine Lüge!«, versucht Julia zu sagen. Hat er sie verstanden, oder hat es sich wieder nur wie ein weiterer Klagelaut angehört?

Dem Mörder ist nicht anzumerken, ob er die Botschaft erhalten hat. Er konzentriert sich mit einer Gelassenheit auf die Blumen, die der Anspannung in diesem Keller, der zum Verlies geworden ist, widerspricht. Der Tulpenstrauß in seiner Hand wird immer größer.

»Hast du ihren feinen Duft bemerkt?«, fragt er und nähert seine Nase den Blüten. »Sie sind so schön! Weißt du, dass auch Tulpen Kinder haben? Wie alle Blumen pflanzen sie sich über ihre Samen fort, aber auch über ihre Zwiebeln. In der Zeit des Tulpenfiebers sind die Zwiebeln erkrankt, wurden von einem Pilz befallen, und daraus sind andere Varianten entstanden, mit Maserungen, die eigentlich so etwas wie Verletzungen sind. In der Botanik werden sie gebrochene Tulpen genannt, aber diese Varianten waren noch schöner und besonderer als die, aus denen sie entstanden sind. Deshalb wurden damals astronomische Summen für sie bezahlt. Und ich bin der Vater und Schöpfer dieser Tulpen, die euch beim Abschied begleiten werden. Das hat mich jahrelange Arbeit gekostet, und ich bin mehrfach gescheitert. Aber nun ist der große Tag gekommen – und *ich* werde *meine* Kinder nicht in Stich lassen.«

Julia schließt die Augen. Er ist verrückt. Natürlich ist er das. Man muss verrückt sein, um das zu tun, was er diesen Frauen angetan hat.

»Du bist nicht Teil meines Werks«, fährt er fort. »Also wirst du warten müssen. Und du wirst auch kein filmreifes Ende nehmen. Es tut mir leid. Hier, riech mal.« Er hält Julia den Tulpenstrauß vor die Nase. »Ist dir ihr Duft noch nie aufgefallen?«

Julia schüttelt den Kopf. Sie will sie nicht riechen. Wie kann er so krank im Kopf sein?

»Du verpasst was. Weißt du was? Meine Mutter hat sie geliebt. Sehr. Es sind ihre Lieblingsblumen. Deshalb werden sie sie im

Tod begleiten. Rot wie das Blut Farhads, der sich in der persischen Sage in die Tiefe einer Schlucht stürzte, als er erfuhr, dass seine geliebte Shirin gestorben ist. Und weißt du, was aus seinem Blut entstanden ist? Genau! Rote Tulpen wie diese hier.« Mit einem perversen Lächeln wendet sich der Mörder an seine Gefangenen. »Und jetzt seid ihr dran. Vielleicht wird mit eurem Blut etwas Ähnliches geschehen.«

Er ist verrückt. Julia sucht den Blick der Frau, die wenige Meter von ihr entfernt stöhnend am Boden liegt. In ihren Augen stehen Verzweiflung und Unverständnis. Und die Bitte um Hilfe, die Julia nicht erfüllen kann. Sie fühlt sich machtlos. Was wohl gerade draußen passiert, außerhalb dieser kalten, nackten Wände? Was Ane und die anderen wohl gerade tun?

Kaum hat sie sich diese Frage gestellt, unterbricht ihr Peiniger ihre Gedanken, indem er ihr ein Fläschchen zeigt. Er träufelt etwas von seinem Inhalt auf ein Taschentuch, hält es ihr unter die Nase und fasst sie im Nacken, um sie zum Einatmen zu zwingen.

»Nun wirst du dich ausruhen. Aber schon bald wird der Tanz beginnen.«

Das sind die letzten Worte, die sie hört, bevor alles in Dunkelheit versinkt.

70

2. November 2018, Freitag

Die Sandbänke im Meer zeichnen ein schönes impressionistisches Bild, in dem die goldfarbenen Töne mit der blauen Farbe des Wassers verschmelzen. Das ist eine der Besonderheiten bei Ebbe, jener magischen Stunde, wenn die Flussmündung den Anblick bietet, der auf vielen Fotos zu bewundern ist.

An diesem Tag sind keine Touristen zu sehen, was an diesem Aussichtspunkt nur selten vorkommt. Wobei es nun, im Spätherbst, nicht ganz so abwegig ist, dass auf der Straße zwischen Sukarrieta und Mundaka nur Lieferwagen und die Autos der Menschen, die hin und zurück zur Arbeit fahren, unterwegs sind.

Er stützt die Hände auf die Steinmauer, und die salzhaltige Meeresbrise streichelt sein Gesicht. Es herrscht ein seltsames Wetter, wie es im Herbst oft vorkommt, ein weder gutes noch schlechtes Wetter. Der Himmel ist von dicken Wolken bedeckt, die sich bis zu den Felsen von Ogoño und San Pedro de Atxarre hinunterwagen. Die Sonne hat sich ein leicht blaues Schlupfloch gesucht, um die nahe gelegene Insel Izaro mit einer irreal wirkenden Patina zu überziehen. Ein blaues Boot ist zum Fischen unterwegs, und das Brummen seines Motors mischt sich mit dem Rauschen der Wellen an der Playa de Laida.

Man könnte sagen, dass es ein ruhiger, angenehmer Tag ist. Doch in seinem Inneren braut sich ein Unwetter zusammen.

Wegen Julia muss nun alles sehr schnell gehen. Sie ist im denkbar ungeeignetsten Moment aufgetaucht, und jetzt suchen sämtliche Ertzainas von ganz Bizkaia nach ihr.

Im Radio und unter den Einwohnern ist von nichts anderem mehr die Rede. Die Menschen ängstigen sich nach so vielen Verbrechen an diesem eigentlich so ruhigen Ort. Und die Ertzaintza hat sich fest vorgenommen, keinen weiteren Mord mehr zuzulassen. Dass eine der beiden verschleppten Frauen eine Kollegin von ihnen ist, spornt sie natürlich noch mehr an. Aber er hatte keine andere Wahl, als sie mitzunehmen. Denn ansonsten hätte sie diese Frau, die fünfte auf der Liste, gewarnt. Und dann hätte er seine Pläne vergessen können.

Es wird schon klappen. Er hat die Sache so lange geplant; er muss den krönenden Abschluss nur ein paar Tage vorziehen, um sein Werk, das niemand je vergessen wird, zu vollenden. Es wird wundervoll werden, so wie die vorherigen Inszenierungen. Wie fast alle, denn mit Araceli Arrieta ist auch nicht alles glatt gelaufen. Dabei hatte er für sie auch ein direkt übertragenes filmreifes Ende geplant. Schade, dass im letzten Moment etwas dazwischengekommen ist, was alles verdorben hat. Warum hat sie nicht wie jede Woche ihren Mann zum Einkaufen begleitet? Der Mörder wollte in ihrer Küche auf sie warten und sie überwältigen, wenn sie, mit vollen Taschen beladen, zurückkehrt, weil ihr drogensüchtiger Ehemann jedes Mal unten in der Bar bleibt und sie wie einen Packesel nach oben schickt. Deshalb war er mindestens so erschrocken wie sie, als er ihr plötzlich im Flur gegenüberstand. Und Araceli war stärker, als es schien. Sie hatte sich gewehrt, und er hatte keine Zeit, sie zu betäuben. So blieb ihm nur, sie in die Tiefe zu werfen und den Tatort so schnell wie möglich zu verlassen.

Doch diesmal will er nichts dem Zufall überlassen. Wäre Julia nur eine Viertelstunde später gekommen, hätte sie vor einer verschlossenen Tür gestanden. Dann hätte diese Frau bereits tot bei den Stegen von Murueta gelegen, die den Leuten so gut gefallen, dass sie Fotos davon auf Instagram posten.

Nun ist San Juan de Gaztelugatxe an der Reihe. Die Kapelle oben auf der Insel, die durch eine Art Miniversion der Chinesischen Mauer mit dem Festland verbunden ist. Auch wenn die Sache für später geplant war. Er weiß ganz genau, wann der Wasserstand die perfekte Höhe erreichen wird. Das Meer, das so stürmisch ist, dass es alle sechs Stunden um gut fünf Meter ansteigt oder absinkt, ist sein Komplize. Er spürt Schmetterlinge im Bauch bei dem Gedanken, dass der Moment auf einmal so nah ist.

Doch ihm bleibt nicht viel Zeit, es zu genießen. Eine Streife der Ertzaintza hat am Straßenrand angehalten. Die Polizisten steigen aus dem Auto und kommen direkt auf den Aussichtspunkt zu. Sein Herzschlag beschleunigt sich, während er den Drang bezwingt, wegzulaufen. Er kennt sie nicht, sie gehören offenbar nicht zum Kommissariat von Gernika, sondern zur Verstärkung von auswärts, die nach dem Verschwinden der beiden Frauen am Morgen hergeschickt wurde.

»Guten Tag«, murmelt er, als sie so nah herangekommen sind, dass er sie grüßen muss.

»*Egun on*«, antwortet einer von ihnen.

Der andere beschränkt sich auf ein leichtes Kopfnicken.

Er hält den Atem an, als sie an ihm vorbeigehen. Nach wenigen Schritten bleiben sie stehen und lehnen sich wie jeder Fremde an die Mauer, um hinunterzublicken.

Der Jüngere zündet sich eine Zigarette an und nimmt einen tiefen Zug.

»Ebbe«, erklärt er, nachdem er den Rauch ausgestoßen hat. »Wenn das Meer steigt, ist das alles von Wasser bedeckt, und man sieht nur die Playa de Laida. Oder ist es Laga? Ich weiß nicht, eins von beiden. Der andere Strand ist dort drüben. Siehst du den Sand am Fuß der Felsen des Cabo de Ogoño?«

»Das ist eine Durchgangsstraße«, sagt der andere. »Im Sommer muss hier jede Menge los sein.«

Erleichtert begreift er, dass die beiden nur eine Pause machen. Er schließt die Augen und beglückwünscht sich innerlich. Ein paar langsame Atemzüge helfen ihm, sich wieder zu beruhigen.

Nach einem letzten unauffälligen Blick auf die Ertzainas, die mit der Aussicht und ihren Handys beschäftigt sind, geht er zu seinem Lieferwagen zurück. Er meint die Blicke der Polizisten im Rücken zu spüren und bemüht sich, sich ganz normal zu verhalten. Er muss so schnell wie möglich weg hier, darf aber keinen Verdacht erregen.

»Ist das Ihr Wagen?«, fragt plötzlich einer der beiden.

Sein Herz beginnt heftig zu schlagen, sodass er kaum ein Wort über die Lippen bringt. Wenn sie ihn durchsuchen, werden sie das Chloroform finden, das er dabei hat.

»Äh, ja. Das ist meiner.«

Die Schritte der Ertzainas klingen auf dem Kies wie die eines Dinosauriers, der sich seiner Beute nähert. »Bitte öffnen Sie den Laderaum.«

Er kann nur gehorchen. An Flucht ist nicht zu denken.

»Wegen der beiden Frauen?«, bringt er mit gespieltem Interesse hervor.

Die Ertzainas antworten nicht. Sie warten darauf, dass er die hinteren Türen öffnet.

Der Wagen ist leer. Nur wenige Stunden früher hätten sie zwei Frauen darin gefunden. Zwar lebend, aber betäubt. Dann wäre alles vorbei gewesen, und er hätte seine Mission nicht erfüllen können.

Einer der Polizisten, der jüngere, der nun nicht mehr raucht, geht auf die andere Seite des Wagens, öffnet die Beifahrertür und wirft einen Blick hinein. Warum starrt er so lange auf die Landkarte, die auf dem Sitz liegt? Zum Glück hat er nicht eingezeichnet, wo er die Leichen ablegen will.

»Sind Sie von hier?«, fragt der Polizist.

Er hält den Atem an. Das ist eine gute Frage, die nicht so leicht zu beantworten ist. Wenn er in Urdaibai lebt, müsste er sich doch auskennen. Wozu also die Landkarte?

»Schon, aber ich verfahre mich immer wieder. Bei all den kleinen Straßen.«

Der Blick, den der Ertzaina mit seinem Kollegen wechselt, zeigt ihm, dass er einen Fehler gemacht hat. Er war zu schnell. Möglicherweise hat der Polizist gar nicht wegen der Karte gefragt, sondern einfach so.

Er steckt eine Hand in die Tasche. Die Berührung des Fläschchens mit dem Chloroform gibt ihm eine gewisse Sicherheit. Obwohl er weiß, dass er keine Chance hat. Denn es ist etwas anderes, zwei Frauen überraschend zu überwältigen als zwei bewaffnete Polizisten, die ihm gegenüberstehen.

»Ist etwas?«

Er schluckt. Ja, es ist etwas. Er hat vier Frauen getötet, und zwei weitere liegen gefesselt neben seiner Tulpenzucht. Wer würde nicht nervös werden, wenn in dieser Situation zwei Ertzainas seinen Lieferwagen durchsuchen, in dem er fast alle Opfer transportiert hat?

»Nein, nichts. Ich bin es nur nicht gewöhnt, dass die Erztaintza meinen Wagen durchsucht.«

Der Jüngere winkt ab. »Das ist keine Durchsuchung. Wir werfen nur einen Blick hinein. Wir sind hier, um zu helfen.«

Der andere schließt die hinteren Türen des Lieferwagens. »Sie können fahren.«

71

2. November 2018, Freitag

Julia erwacht aus dem Nebel eines seltsamen Albtraums. Das Chloroform sorgt für furchtbare Träume, die dennoch nicht so schrecklich sind wie die Realität, der sie sich stellen muss.

Die Tulpen sind noch da, genauso wie das Brummen der Belüftungsanlage und der Sumpfgeruch. Sara Carretero hingegen ist verschwunden.

Julia wird erneut von heftigen Schuldgefühlen erfasst. Als Polizistin hätte sie niemals aus persönlichem Interesse die Personen gefährden dürfen, die sie eigentlich schützen sollte. Sie weiß, dass sie sich das niemals verzeihen wird.

Sie hat alles vermasselt. So gründlich vermasselt, dass Sara Carretero sterben wird, wenn sie nicht schon tot ist. Die Möglichkeit, dass sie ihre leibliche Mutter sein könnte, zerreißt Julia einmal mehr das Herz. Sie hat sie zum Tode verurteilt.

Das Schuldgefühl treibt ihr Tränen in die Augen.

Unbeeindruckt von ihren Qualen, setzen die Tulpen ihren Tanz fort. Auf die sanfte Berührung des Luftstroms reagieren sie mit einem leichten Pendeln, einer Harmonie, die jedoch nicht auf Julia übergeht.

Ihre Zeit läuft ab, und niemals hätte sie sich vorstellen können, dass sie irgendwann einmal zu einem Gott beten würde, an den sie nicht glaubt. Aber sie will nicht länger leiden.

72

2. November 2018, Freitag

Ane öffnet die Tür der Bar. Sie braucht dringend Koffein.

»Aber hallo, unsere Starpolizistin«, begrüßt sie der Barkeeper. So geht es ihr ständig, seit ihr Foto mit Julia an der Ermita de Santa Catalina im Blog von Radio Gernika erschienen ist.

»Einen doppelten Espresso bitte, möglichst schnell.«

»Gibt es was Neues über die beiden verschwundenen Frauen?«, fragt der Mann hinter dem Tresen so laut, dass er das Geräusch der Kaffeemühle übertönt.

Ane richtet den Blick auf den Fernseher. Sie erkennt sofort die Casa de Juntas in Gernika, das Haus der Generalversammlungen, mit der Eiche, die das Symbol des baskischen Volkes ist. Die Reporterin interviewt mit dem Mikrofon in der Hand ein paar Einwohner. Der Ton ist ausgeschaltet, aber man muss die Frau nicht hören, man kann ihr die Empörung ansehen.

»Jetzt nehmen sie die Sache endlich ernst«, sagt der einzige Gast, ein Mann, der den Blick nicht von dem Spielautomaten abwendet. »Nachdem eine *von ihnen* entführt worden ist.«

»Das stimmt nicht. Wir reißen uns seit dem ersten Tag den Arsch auf«, schnauzt Ane ihn an. Sie hat es satt, immer die gleichen Vorwürfe zu hören.

»Was soll sie sonst auch sagen«, meint der Mann am Automaten und sieht den Barkeeper spöttisch an.

Ane kann solche Typen nicht ertragen. Er würde sich garantiert nicht so verhalten, wenn der Polizist in der Bar ein Mann wäre.

Der Bodensatz des Kaffees kitzelt ihr in der Kehle. Im Fernsehen dauert die Live-Schaltung nach Gernika an. Es ist alles andere als angenehm, unter einem solchen Druck zu arbeiten, auch wenn sie durchaus Verständnis dafür hat. Die Angst in der Bevölkerung ist absolut nachvollziehbar.

»Hat er sie schon getötet, oder findet ihr sie lebend?«, fragt der Barkeeper, während er ein paar Tassen abtrocknet. Noch mehr Druck.

»Hast du was von Raúl gehört?«, fragt sie, ohne die gestellte Frage zu beantworten.

Der Barkeeper schüttelt den Kopf, trocknet sich die Hände ab und hängt das Tuch wieder an den Haken. »Warte. Gestern hab ich gehört, dass er Manolo nach dem Boot gefragt hat. Er hat heute seinen freien Tag, oder?«

»Ja.«

»Dann ist alles klar. Er ist tauchen.«

Zu dem gleichen Schluss ist auch Ane gekommen. Raúl ist Julias Partner, und sie hätte ihn in dieser Lage gern an ihrer Seite. Dann hätte sie zumindest jemanden, mit dem sie über die Angst sprechen könnte, die sie plagt.

Sie legt ein paar Münzen auf die Theke. »Den Rest kannst du behalten«, sagt sie und hebt die Hand zum Abschied. Dann öffnet sie die Tür.

»Los, gib mir Kleingeld, es läuft gerade gut«, hört sie den Mann am Spielautomaten noch sagen. Seine raue Stimme hört sich an wie die ihres Vaters. Sofort sieht sie ihn vor sich, wie er in einer Bar in Pasaia das Geld verspielt, das seiner Familie ein besseres Leben ermöglicht hätte.

Nur wenige Menschen sind unterwegs. Man kann spüren, dass es kein normaler Tag ist. Wo sind die Leute, die sonst am späten Nachmittag einkaufen gehen oder mit der Zeitung in der Hand an den Ecken ein Schwätzchen halten? Die Geschäfte sind leerer als gewöhnlich. In der Metzgerei ist nur ein einziger Kunde. Wahrscheinlich sitzen alle vor dem Fernseher oder vor dem Radio. Trotz seiner beachtlichen Ausdehnung ist Urdaibai wie ein großes Dorf, und es wird kaum einen Einwohner geben, der nicht irgendeine familiäre oder freundschaftliche Bindung zu einem der Opfer hat.

Ane fühlt sich schuldig, aufgewühlt. Sie spürt, dass ihr der Fall entgleitet. Der Tulpenmörder ist eine Nummer zu groß für sie. Ihre Chefs haben sie überschätzt, als sie ihr die Leitung dieser Spezialeinheit anvertraut haben. Sie hat Madrazo enttäuscht, der auf sie gesetzt hat. Sie hat alle enttäuscht, vor allem die Familien der Opfer, die sie nicht hat retten können.

»Das hat mir gerade noch gefehlt!«, murmelt sie, als sie die Traube der Journalisten vor der Tür des Kommissariats sieht. Sie will ihnen jetzt nicht Rede und Antwort stehen. Was soll sie ihnen sagen? Sie hat keine Ahnung, womit sie anfangen soll. Gestehen, dass ihre einzige Hoffnung ist, dass der Mörder einen Fehler macht?

Ihre Schritte führen sie weg von diesem Ort. Sie geht ziellos durch die Gegend. Ein Müllwagen reißt sie kurz aus ihren Grübeleien. Das Krachen des Altglases, das vom Container in den Wagen fällt, scheucht auch die Möwen auf einem nahen Vordach auf. Ihr Krächzen klingt unangenehm.

Noch mehr Geräusche. Jetzt ist es ein Zug. Ane sieht, wie er anhält. Die Türen öffnen sich, und einige Fahrgäste steigen aus. Plötzlich findet sich Ane in einem der Waggons wieder. Die Wärme tut ihr gut. Sie hat nicht mal darauf geachtet, wohin der Zug fährt. Es ist ihr egal. Sie muss allein sein und ihre Gedanken ordnen.

Heute habe ich das wahre Grauen erlebt. Es war der schlimmste Tag meines Lebens. Ich habe mich so danach gesehnt, dich zu sehen, dich in die Arme zu nehmen, dich kennenzulernen. Nach all den Monaten, die ich auf dich gewartet habe, in der Hoffnung, die grünen Augen deines Vaters in den deinen zu sehen. Und endlich war der Moment gekommen.

Ich habe mit dem Blick nach einem freundlichen Gesicht gesucht, das mich beruhigen würde. Doch da waren nur sie, diese bösen Krähen, die mit ihren schwarzen Habiten und ihrer Gleichgültigkeit diese furchtbare Folterbank umschwirrten. Die Kälte des Metalls peitschte meinen Rücken, und die Gurte an meinen Handgelenken und den Fußknöcheln schnitten mir in die Haut.

Dann habe ich einen noch viel schlimmeren Schmerz gespürt, Krämpfe, die immer kürzer hintereinander kamen. Aber auch das war nicht das Schlimmste, nein. Das Schlimmste war, das Krächzen der Mutter Oberin zu hören, als sie mir sagte, dass ich bald nach Hause zurückkehren und mein Leben wiederaufnehmen würde, als ob es diese »Sünde« nie gegeben hätte. Dabei weiß ich nicht, was noch schlimmer war: das, was sie mir mit ihren Worten mitteilte, oder der falsche freundliche Ton darin. Wenn ich bis dahin noch irgendeinen Zweifel hatte, was geschehen würde, wusste ich nun Bescheid. In diesem Moment habe ich zum ersten Mal gehofft, dass du niemals auf diese Welt kommen würdest!

Die Schmerzen wurden immer schlimmer, und ich fürchtete, in der Mitte zu zerreißen. Die Gurte hinderten mich daran, meine Beine zu schließen, obwohl ich es mit aller Kraft versuchte. Ich wollte dich in mir behalten, damit diese Hexen dich mit ihren Klauen nicht ergreifen konnten. Es war schrecklich, denn einerseits wollte ich dich an meiner Seite haben, dein kleines Gesicht ansehen und dich umarmen, damit es mir besser ging. Doch andererseits fürchtete ich, dass dies der Anfang vom Ende war.

Dann ging alles sehr schnell. Ich erinnere ich nicht mehr an den körperlichen Schmerz, als ich dich zur Welt brachte. Sie haben dafür gesorgt, dass er sofort in Vergessenheit geriet, nachdem sie mir gesagt hatten, dass du ein Mädchen bist, und sie dir einen Klaps auf den Hintern gegeben haben, damit du schreist und zum ersten Mal in deinem Leben Luft holst. Ich habe sie angefleht, dich in die Arme nehmen zu dürfen. Ich wollte dich sehen, dich fühlen. Ich habe versucht mich aufzurichten und meine Arme nach dir ausgestreckt, um deine Wärme zu spüren, die nur wenige Sekunden vorher noch die meine gewesen war. Aber sie haben die Gurte nicht gelöst. Niemals zuvor habe ich eine solche Traurigkeit empfunden.

Noch immer weiß ich nicht, wie du bist und ob ich dich je kennenlernen werde. Sie haben dich weggebracht, während ich vor Angst geschrien habe. Danach bin ich im Geburtsraum eingeschlafen, und jetzt haben sie mich in meine Zelle gebracht. Sie sagen, dass ich mich ausruhen soll. Aber wie stellen sie sich das vor, wenn ich nicht einmal weiß, ob es meiner Kleinen gut geht? Wenn ich nicht einmal weiß, ob ich sie jemals kennenlernen werde?

73

2. November 2018, Freitag

Auf der anderen Seite des Fensters huscht die Landschaft vorbei. Der Kanal, an dem sie in den ersten Minuten entlangfahren, öffnet sich in eine unbeschiffbare Sumpflandschaft. Es ist ein wunderbarer Anblick, den Ane jedoch kaum wahrnimmt. Ihr verlorener Blick sieht den Kormoran nicht, der nur wenige Meter von den Gleisen entfernt ins Wasser taucht und mit einem silbrig glänzenden Fisch im Schnabel wieder an die Oberfläche kommt. Sie hört auch die Gespräche der wenigen Fahrgäste nicht, die sich sicher um das eine Thema drehen, über das heute jeder spricht.

Nichts.

Jede Menge Polizisten sind auf der Suche nach diesem verdammten Aimar Berasarte. Es ist nur eine Frage der Zeit, dass sie ihn finden. Doch es lässt Ane keine Ruhe. Irgendetwas ist ihnen entgangen. Sie hat zusammen mit Aitor überprüft, wo er während der Tatzeiten war, und während der Morde an Araceli und Charo war er eindeutig auf Sendung. Tausende Menschen haben ihn live im Radio gehört.

In diesem Moment fahren sie an den Stegen und der Tuchfabrik in Murueta vorbei. Anes Schuldgefühl wird immer stärker. Vielleicht ist Julia jetzt schon tot. In dieser Sache hat Ane auch versagt.

»Julia«, murmelt sie leise.

Plötzlich kommt ihr ein furchtbarer Gedanke. Und wenn ihre Kollegin gar nicht entführt wurde, sondern selbst der Mörder ist, nach dem sie suchen? Die Tochter, die ihre leibliche Mutter töten will?

Der Zug hält in San Kristobal. Drei Frauen steigen aus, und ein Mann mit Brille und einer *Txapela* – der typischen Baskenmütze – auf dem Kopf steigt ein, alles alte Leute. Kurz bestimmen mehrere hohe Gebäude das Bild, wie sie in den Sechzigerjahren eilig errichtet wurden, um die Arbeiter, die von auswärts in den Ort zogen, zu beherbergen.

Nein, das kann nicht sein. Julia ist keine Mörderin.

Ane versucht noch einmal, Raúl über Handy zu erreichen, und lässt es so lange klingeln, bis der Anruf ohne eine Antwort abbricht. Genau wie bei allen vorherigen Versuchen.

»Scheiße!«

Diese anhaltende Stille gefällt ihr gar nicht. Sicher taucht er gerade zwischen Krebsen und Aalen umher und hat noch keine Ahnung, was Julia widerfahren ist. Wenn er es erfährt, wird er das sicherlich zutiefst bereuen und sich Vorwürfe machen, dass er nicht an der Suchaktion teilgenommen hat.

Während sie an ihn denkt, erinnert sie sich auch daran, dass drei der Opfer tätowiert waren. Die Galicierin möglicherweise auch. Vielleicht hätte sie in diese Richtung ermitteln sollen. Denn Julia hat auch ein Tattoo, eine *Eguzkilore*, eine Silberdistel. Ane wirft sich vor, dieser Spur bisher zu wenig Beachtung geschenkt zu haben.

Sie steht auf. Der Mann mit der *Txapela* und die beiden weiblichen Fahrgäste sehen sie neugierig an. Ane weiß, auch ohne dass sie etwas sagen, was sie denken. Eine Fremde ... Denn die meisten Leute, die in diesen Regionalzügen fahren, kennen sich vom Sehen.

Sie geht bis zum Ende des Waggons und macht dann wieder kehrt. Was soll sie machen? Erneut greift sie zum Telefon, und diesmal wählt sie Aitors Nummer aus. Sie will wissen, wie er bei der Suche nach den 1979 im Kloster geborenen Kindern vorankommt. Und auch wenn sie es vor sich selbst nicht zuzugeben bereit ist, fürchtet sie, dass Raúls Name darauf sein könnte.

»Goenaga«, meldet sich ihr Kollege.

»Neuigkeiten?«

»Ja. Aimar Berasarte ist wiederaufgetaucht. In den Pyrenäen. Die Kollegen konnten sein Handy zurückverfolgen, und eine Streife der Guardia Civil ist dorthin auf dem Weg. Von Julia oder Sara allerdings keine Spur. Die Leute in der Hütte im Gebirge, wo Aimar übernachtet, haben bestätigt, dass er seit Donnerstagabend dort ist. Er kann also nicht der Täter sein.«

»Mist! Ich hab von Anfang an geahnt, dass das mit dem Foto in seinem Account wieder nur ein Fake war, um uns abzulenken. Wie läuft's mit der Suche nach den im Kloster geborenen Kindern?«

»Gut. Ich hab schon vier gefunden. Das sind dann mit Julia schon fünf. Zwei der Leute wohnen in Bilbao, einer in Markina und der dritte hier in Gernika. Ich hab bereits angeordnet, dass nach ihnen gefahndet wird. Die Frau in Markina haben wir schon. Sie ist auf ihrem Arbeitsplatz in einer Fahrradfabrik. Von den anderen gibt es bestimmt bald Neuigkeiten.«

Ane ist ihrem Kollegen äußerst dankbar, dass er so sorgfältig arbeitet. »Eins noch: Raúl ist nicht unter den Kindern aus dem Kloster, oder?«

Schon während sie die Frage ausspricht, fühlt sie sich schuldig. Was tut sie da? Ist sie schon so verzweifelt, dass sie Leute verdächtigt, denen sie vertrauen sollte?

»Raúl? Unser Kollege?« Aitor schweigt ein paar Sekunden. Ane hört, dass er etwas in den Computer eingibt. »Nein, sieht nicht so aus. Außerdem ist er nicht '79 geboren. Warum?«

»Nur so«, antwortet Ane hastig.

Das akustische Signal, das anzeigt, dass die Türen des Zugs geschlossen werden, ist zu hören.

»Wo bist du?«, fragt Aitor. »Wolltest du nicht unten einen Kaffee trinken und dann wiederkommen?«

»Ich erzähl es dir später.«

Inzwischen ist es dunkel geworden. Das Meer ist nun nicht mehr blau, sondern schwarz, und auch das Grün der Steineichen auf der Insel Txaxarramendi und der Hänge von Atxarre ist düster geworden. Das Einzige, was noch nicht in der Dunkelheit verschwunden ist, sind die goldfarbenen Sandbänke, die immer wieder wie flüchtige Inseln aus dem Wasser hervorschauen. Es kann nicht mehr weit zur Mündung sein. Und die Nacht steht vor der Tür.

In Anes Bewusstsein formt sich ein Gedanke, ein kleines Licht, das irgendwo in ihrem Kopf flackert. Es ist eine Erinnerung, etwas aus einem Gespräch, was plötzlich wiederauftaucht. Sie weiß, dass es etwas ist, was irgendwann einmal erwähnt wurde und ihr nun wieder in den Sinn kommt. Ane schließt die Augen, um sich besser konzentrieren zu können.

»Arratsalde on.«

Verwundert dreht sich Ane nach der Stimme um, die sie gegrüßt hat. Es dauert eine Weile, bis sie versteht, dass der kräftige Mann mit dem weißen Bart und der marineblauen Jacke ihr Zugticket sehen will.

»Ich bin Ertzaina«, sagt sie entschuldigend. Sie ist in den Zug gestiegen, ohne sich am Automaten ein Ticket zu ziehen.

»Und ich bin Schaffner.« Der Mann sieht sie ernst an.

Ane zeigt ihm ihre Marke. »Ich bin im Dienst.«

Der Angestellte der Eisenbahngesellschaft seufzt und schreibt etwas auf eine Art Quittungsblock. »Wohin fahren Sie?«

Ane blickt aus dem Fenster. »Wo fährt der Zug denn hin?«

Der Mann zieht die Augenbrauen hoch und sieht sie ungläubig an. Dann schreibt er wieder etwas und reißt die Seite aus dem Block heraus. »Ich gebe Ihnen ein Ticket nach Bermeo. Machen Sie, was Sie wollen.«

Ane nimmt das Ticket entgegen. »Wie viel bekommen Sie?«

Der Schaffner winkt ab. »Schon gut. Aber beim nächsten Mal ziehen Sie sich bitte ein Ticket. So lauten die Vorschriften. Wenn Sie das nicht tun, und wir haben einen Unfall, sind Sie nicht versichert.« Bevor er weitergeht, verdüstert sich sein Blick, und er sagt: »Finden Sie sie, und legen Sie diesem Mistkerl endlich das Handwerk.«

Ane sieht ihm nach. Der Mann ist groß. Nicht dick, nur groß und kräftig. Er wiegt bestimmt über hundert Kilo und passt kaum zwischen den Sitzreihen hindurch. Es macht sie betroffen, dass so ein kräftiger Mann so bestürzt ist von dem, was hier in der Gegend geschieht. Da ist er nicht der Einzige, doch zum Glück hat es noch keine Anfeindungen gegenüber der Polizei gegeben.

Der Schaffner spricht mit dem Mann mit der *Txapela*. Natürlich reden sie nicht wie sonst übers Wetter oder das letzte Spiel von Athletic Bilbao. Im Moment dreht sich alles um die verschwundenen Frauen. Ane spürt die Last der Schuld immer stärker. Wie viele Frauen sind bereits ermordet worden, seit sie in dem Fall ermittelt?

Zu viele.

Eine einzige wäre schon zu viel.

Das reicht jetzt!, ruft sie sich selbst innerlich zur Ordnung. Es bringt nichts, wenn sie sich weiter geißelt. Sie muss etwas tun, anstatt herumzujammern.

Woher kommt dieses Gefühl, dass sie irgendetwas nicht richtig beachtet hat? Beinahe hätte sie es gehabt, aber dann kam der Schaffner im falschen Moment. Langsam atmet sie ein und wieder aus. Sie muss den Kopf freikriegen. Die Gespräche der Fahrgäste und das Rattern des Zuges treten in den Hintergrund ...

Da ist es! Sie hat es! Es ist nur eine Kleinigkeit, die vielleicht nicht von Bedeutung ist, möglicherweise aber auch entscheidend.

Während sie noch einmal die zuletzt gewählte Nummer eingibt, fragt sie sich, wieso sie nicht früher darauf gekommen ist.

»Goenaga«, meldet sich ihr Kollege erneut.

Ane kommt direkt zur Sache. »Vor ein paar Tagen hast du eine Forschungsarbeit über die Hybridisierung von Tulpen erwähnt, an der die Sociedad Aranzadi beteiligt war, oder?«

»So haben sie es mir gesagt, richtig.«

»Ich will alles über den Autor dieser Studie wissen. Wer er ist, wo er lebt ... Alles! Verstanden?«

»Heute? Am Freitagabend?«, fragt Aitor. »Mal sehen, ob ich Glück hab und jemanden erreiche. Du willst sicher wissen, ob der Autor vielleicht auch eines der Kinder ist, die in dem Kloster geboren wurden, oder?«

»Genau«, bestätigt Ane.

Der Zug ist stehen geblieben, allerdings sind keine Bahnsteige in Sicht, sondern nur das Meer und die lange, sandige Landzunge, die auf den Landkarten als Playa de Laida verzeichnet ist. Der Schaffner schaut mit gerunzelter Stirn durchs Fenster und geht dann Richtung Lok. Ane denkt an Julia und Sara, aber auch an Natalia Etxano. Plötzlich sieht sie noch einmal die Bilder von der Aufnahme ihrer Ermordung vor sich.

»Schon wieder!«, beschwert sich eine der beiden Frauen. Sie ist aufgestanden und blickt durchs Fenster, um vielleicht erkennen zu können, was sie aufhält.

Den Mann mit der *Txapela* scheint das nicht zu interessieren. Er hat eine Zeitung aufgeschlagen und blickt nicht einmal auf.

Anes Kiefermuskeln spannen sich an. Dieser unerwartete Halt beunruhigt sie immer mehr. Sie will gerade aufstehen und zur Lok nach vorn gehen, als der Zug ruckelnd wieder anfährt.

Aitors Nachricht geht auf ihrem Handy ein, als sie bereits wieder zwischen den Bäumen hindurchfahren. Er hatte Glück und konnte jemanden erreichen. Die Gesellschaft für Naturwissenschaften hat ihm nicht nur den Namen des Doktoranden genannt, sondern ihm auch das Foto aus dem Ausweis geschickt, der ihm den Zugang zu den Geräten erlaubte.

Ane liest den Namen. Er sagt ihr nichts. Unterdessen versichert Aitor, dass der Mann nicht auf der Liste der adoptierten Kinder steht. Was nicht unbedingt etwas heißen muss, denn er könnte seine Forschungen auch unter einem falschen Namen betrieben haben. Alles andere wäre verwunderlich, nachdem er den Rest so genau geplant hat.

Das Foto ist nicht besonders gut. Es zeigt einen Mann um die dreißig mit dunklen Augen und einem sympathischen Gesicht. Er hat ein einnehmendes Lächeln. Ane sieht sich das Bild genauer an. Irgendwie kommt er ihr vage bekannt vor.

Ihr Gehirn arbeitet auf Hochtouren. Auf einmal ist sie sich sicher, den Mann schon mal gesehen zu haben. Ja, aber wann und wo?

Sie versucht sich ihn mit Bart, Schnurrbart, Brille und Glatze vorzustellen. In den sechs Jahren, die seit der Aufnahme des Fotos vergangen sind, kann er sich sehr verändert haben.

»Verdammt!«, ruft sie plötzlich.

Sie gibt erneut Aitors Nummer ein.

»Es ist Álvaro, Julias Freund, der bei Facebook gearbeitet hat«, erklärt sie und steht auf. Sie muss sofort raus aus diesem Zug.

»Álvaro Orduña? Sein Name steht auf der Liste. Er wurde 1979 im Kloster geboren.«

Verdammt, denkt Ane. Julia kennt nur die Liste mit den Namen der Mütter, aber sie hat nicht alle Dankesbriefe der Adoptiveltern gesehen, hat aufgehört, sie sich anzuschauen, als sie auf den Namen ihrer Eltern stieß. Sie kennt die Liste der Kinder nicht, die ihren Müttern weggenommen wurden. Wäre Julia nicht aus dem Fall ausgestiegen, wäre ihr der Name sofort aufgefallen.

Ane läuft verzweifelt zur Tür. Die anderen Fahrgäste drehen sich verwundert zu ihr um. Der Zug fährt langsamer. Sie nähern sich dem Bahnhof in Mundaka.

»Schick eine Streife, die mich abholt«, ruft sie ins Handy, »und informier dich, wo das Arschloch wohnt. Das Spiel ist vorbei!«

74

3. November 2018, Samstag

»Du hast mir das Leben versaut, weißt du? Du konntest einfach so weiterleben, als ob nichts passiert wäre, ich aber nicht. Ich werde nie verstehen, warum du das getan hast, und jetzt will ich es auch nicht mehr wissen. Ich werde das Klebeband von deinem Mund nicht entfernen, damit du mir einen Haufen Lügen erzählst und fadenscheinige Entschuldigungen vorbringst.«

Der Lieferwagen kommt auf der nicht asphaltierten Straße nur langsam voran. Mit ausgeschaltetem Licht natürlich. Sollte er es anmachen? Er weiß aus dem Polizeifunk, dass nur die Hauptstraßen kontrolliert werden. Nur wenige Streifen fahren über die Nebenstraßen und durch die vielen Dörfer, die für die Landschaft von Urdaibai typisch sind. Doch wenn er einer von ihnen begegnet, wäre ein Lieferwagen ohne Licht ziemlich auffällig. Besser, er schaltet es ein.

Danach fährt er schneller, weil er keine Angst mehr haben muss, von der Fahrbahn abzukommen. Er muss sich beeilen. Bald wird es hell werden, wie man im Osten schon erahnen kann. Die Landschaft liegt noch im Dunkeln, aber die Wolken wirken bereits leicht metallisch. Wenn die Polizei dann einen Hubschrauber einsetzt, wird die Sache für ihn heikel. Bei Nacht fliegt der Helikopter der Ertzaintza nicht, was nicht daran liegt, dass er technisch nicht dafür ausgerüstet wäre, sondern daran, dass die Genehmigung fehlt. Auch das hat er im Polizeifunk aufgeschnappt. In diesem Fall ist die Bürokratie auf seiner Seite.

Zumindest bis der Morgen anbricht.

»Ein Aussiedlerhof«, sagt er, als er das Gebäude in der Ferne auftauchen sieht. »Hier ist der Vater von Iñaki geboren, der mit mir auf der *Virgen de Begoña* zur See gefahren ist. Aber das kann dir egal sein, oder? Du hast dich dein ganzes Leben lang nicht um mich gekümmert, warum also solltest du dich jetzt für die Namen meiner Freunde interessieren?«

Hinter einem der Fenster im Obergeschoss brennt bereits Licht.

Er nimmt den Fuß vom Gas, um so leise wie möglich an dem Hof vorbeizufahren, denn ein Lieferwagen um diese Uhrzeit dürfte in dieser einsamen Gegend sehr verdächtig wirken. Sicherlich sitzt der Frühaufsteher nicht am Fenster und starrt nach draußen, sondern wäscht sich gerade oder macht sich sonst wie für die Arbeit fertig.

Schon bald liegt das Gebäude hinter ihnen, die Anspannung lässt nach. Nun geht es durch einen Pinienwald. Die Karte auf seinem Handy zeigt an, dass er sich in der Nähe von Bermeo befindet. Damit ist der erste Teil der Strecke durch das Labyrinth der Wege in der Sumpflandschaft geschafft. Von jetzt an muss er größere Straßen nehmen, aber er hofft, dass die Polizeikontrollen so weit von der Flussmündung entfernt nicht so streng sind.

Als der Lieferwagen an einem weiteren Gebäude vorbeifährt, erklärt er: »In diesem Restaurant hat mein Cousin seine Hochzeit gefeiert. Meine Tante – oder besser, meine angebliche Tante – war immer viel netter zu mir als die Hexe, die ich für meine Mutter gehalten hab.«

Da sieht er etwas vor der Tür, was ihn abrupt anhalten lässt.

»Ich bin gleich wieder da«, sagt er und steigt aus.

Als er kurz darauf zurückkehrt, hat er einen Karton mit etwa einem Dutzend Broten dabei, die so frisch sind, dass sie noch dampfen. Das Brot duftet so gut, dass sich sein hungriger Magen meldet.

»Du möchtest nichts, oder?«, fragt er, während er ein Stück Brot abbricht.

Die einzige Antwort, die von hinten zu hören ist, ist ein ersticktes Röcheln.

Das Brot ist köstlich. Dabei fällt ihm ein, dass sein Vater früher immer mit ihm geschimpft hat, wenn er warmes Brot gegessen hat. Ob es stimmt, dass man von warmem Brot Bauchschmerzen bekommt? Schon bald wird er es wissen.

Die ersten Wohnhäuser von Bermeo tauchen auf. Es sind schon ein paar Leute in den Straßen unterwegs. Wenige, aber mehr, als er gedacht hat. Klar, es ist schon sieben Uhr morgens. Besser so, denn je mehr auf den Straßen los ist, desto weniger fällt er auf. Vor den Geschäften stehen einige Lieferwagen, was ihn ebenfalls beruhigt. So ist seiner nicht der einzige.

Hinten aus dem Wagen sind Geräusche zu hören. Sara versucht sich zu befreien. Mit zugeklebtem Mund ruft sie nach Hilfe, die nicht kommen wird.

»Ganz ruhig. Alles wird gut. Wir sind fast da. Schon bald ist es vorbei.«

Die jammernden Laute werden intensiver, genau wie die verzweifelten Tritte gegen die Wände des Laderaums. Wenn sie so weitermacht, wird er sie erneut betäuben müssen.

Nach einer letzten Wohnsiedlung liegt auch Bermeo hinter ihm, dann erreicht er die Kreuzung mit der Durchgangsstraße, die hinauf zum Cabo de Matxitxako führt. Danach geht es wieder über kleine Wege weiter, an denen nur ein paar einsame Häuser liegen.

»Scheiße!«

Da sind sie. Die Ertzainas stehen mitten auf der Straße. Einer von ihnen hält einen gelben Leuchtstab in der Hand, mit dem er einen Geländewagen anhält. Dahinter fährt ein Lieferwagen einer Schreinerei, und dann kommt er.

Erschreckt stellt er fest, dass sich seine Hände panisch ums Lenkrad verkrampfen. So dürfen sie ihn nicht sehen.

Vielleicht sollte er umkehren.

Nein, zu spät. Das würde auffallen.

»Mmmggghhh!«

»Sei still!«, befiehlt er, nach hinten gewandt.

Die Panik und seine offensichtliche Machtlosigkeit blockieren sein Gehirn. Er kann kaum noch einen klaren Gedanken fassen, und die Zeit läuft ihm davon. Die Ertzainas leuchten mit Taschenlampen durch die Fenster und kontrollieren das Wageninnere. Gerade ist der Schreiner dran und darf sicher gleich weiterfahren.

»Mmmgggrrr!«

»Sei still, verdammt!«

Die Panik schnürt ihm fast die Kehle zu. Er verspürt den Drang, die Tür zu öffnen und davonzulaufen. Aber was würde das bringen?

Nein, er darf jetzt nicht das Handtuch werfen. Er muss sein Werk vollenden.

Das Brot!

Daran hat er gar nicht mehr gedacht.

Er macht das Warnlicht an, hält am Straßenrand und nimmt zwei Brote aus dem Karton. Sein Herzschlag dröhnt in seinen Ohren und ist so laut, dass er fast befürchtet, auch die Ertzainas, die keine zwanzig Schritte von ihm entfernt sind, könnten ihn hören.

So ungezwungen wie möglich steigt er aus dem Auto, wobei er das Gefühl hat, dass man ihm seine Schuld schon von Weitem ansehen kann. Er geht zu dem am nächsten stehenden Haus und legt die Brote auf die Fensterbank direkt neben der Haustür, als wäre er ein Bäckerbote.

»Mmmggg!«

Er kann das gedämpfte Jammern deutlich hören, obwohl er sich ein paar Schritte von dem Wagen entfernt hat.

Erneut dieser Drang wegzulaufen, doch die Ertzainas sind beschäftigt und scheinen nichts gehört zu haben.

Wieder das erstickte Rufen, diesmal zusammen mit Schlägen gegen die Karosserie.

»Hegoak ebaki banizkio, nerea izango zen. Ez zuen aldegingo – wenn ich ihr die Flügel genommen hätte, wäre sie nicht davongeflogen …«

Seine Stimme zittert und hört sich ängstlich an. Aber ihm fällt nichts Besseres ein, als zu singen, um den Lärm zu übertönen.

Nun sehen die Polizisten zu ihm herüber. Er lächelt und winkt ihnen zu. Was soll er sonst tun?

»Mmmgghhh!«

» … ez zen gehiago txoria izango. Eta nik – aber dann wäre sie kein Vogel mehr, und ich …«

Die Situation droht ihm zu entgleiten. Dass ein Bäckerbote zu so früher Stunde dermaßen laut singt, ist sicherlich nicht glaubwürdig.

Er klopft sich auf die Taschen. Das Fläschchen ist da. Er beugt sich in den Frachtraum des Fahrzeugs und hält der Frau wieder das mit Chloroform getränkte Taschentuch unter die Nase. Es wirkt nicht ganz so schnell wie zuvor, aber nach einigen Sekunden sinkt sie wieder betäubt zusammen.

Sofort spürt er Erleichterung. Aber die Sache ist noch nicht ausgestanden. Denn nur wenige Schritte von ihm entfernt befinden sich nach wie vor die beiden Ertzainas. Er muss weiterhin Theater spielen, also nimmt er ein weiteres Brot und geht zu einem der Reihenhäuser auf der anderen Straßenseite. Diesmal wird er das Brot in die Tüte mit der Zeitung stecken, die der Bote an den Türknauf gehängt hat.

»Was machen Sie da?« Die Stimme lässt ihm das Blut in den Adern gefrieren.

Was soll er dem Mann im Morgenmantel erzählen, der am Küchenfenster steht? Vielleicht können die Ertzainas das Gespräch nicht verstehen, aber auf jeden Fall sehen sie zu. Er kann es sich nicht erlauben, mit dem Brot in der Hand zum Wagen zurückzukehren.

»Äh, also ja ... Ich bringe Ihnen frisches Brot. Eine kleine Aufmerksamkeit der Bäckerei Osintxu. Wir haben im Itsasbegi-Viertel neu eröffnet und möchten uns bei Ihnen vorstellen.«

Er sagt, was ihm gerade in den Sinn kommt, und findet die Ausrede richtig gut.

»Mit wem redest du denn um diese Uhrzeit?«, fragt eine Frauenstimme irgendwo in der Küche.

»Mit jemandem, der Brot bringt. Er sagt, dass er von einer neuen Bäckerei kommt und uns ein Brot schenken will.«

Warum stellt sich der Typ so an? Ist es denn so schwer, das Geschenk anzunehmen, dem Boten viel Glück zu wünschen und weiter zu frühstücken?

»Bitte nehmen Sie es. So gut haben Sie noch nie gefrühstückt«, beharrt er und versucht das Brot durch das Gitter vor dem Fenster zu schieben. »Wenn Sie unser Brot einmal gegessen haben, wollen Sie kein anderes mehr.«

Er hasst den neunmalklugen Blick im Gesicht des Mannes am Fenster. Wenn der Kerl so auf jemanden reagiert, der ihm ein Brot schenken will, wie mag er dann mit den Zeugen Jehovas umspringen?

»Jetzt nimm das Brot schon, es ist schon eiskalt hier drin«, drängt die Frau.

Endlich! Der Mann streckt die Hand aus, murmelt einen freudlosen Dank und nimmt das Brot entgegen.

Der falsche Bote wendet sich um, um zu seinem Wagen zurückzukehren.

» ... eta nik, txoria nuen maite – und ich, ich liebte einen Vogel ...«

Obwohl es nicht mehr nötig ist, singt er weiter, um sein Verhalten glaubwürdiger erscheinen zu lassen. Auch wenn es ihm nicht leichtfällt, denn er hat immer noch einen Kloß im Hals und einen trockenen Mund vor Angst.

»Weiter geht's«, sagt er, nachdem er in den Wagen gestiegen ist. Er startet den Motor. Sein Herz rast noch immer, und seine Hände verkrampfen sich wieder ums Lenkrad. Das Einzige, was er sieht, ist der gelbe Leuchtstab, der sich in der Dunkelheit vor und zurück bewegt. Alles andere ist nebelhafte Ungewissheit.

Er schließt kurz die Augen, doch auch danach sieht er nur das gelbe Licht.

Und nun das Gesicht des jungen Ertzaina, der ihn anhält.

Er tritt auf die Bremse. Jetzt gleich werden sie mit den Taschenlampen in den Frachtraum leuchten und die betäubte Frau entdecken. Er hätte umkehren sollen, bevor es zu spät war.

»*Egun on*«, grüßt er, nachdem er das Fenster runtergelassen hat.

Der Polizist grüßt zurück und weist mit der Taschenlampe auf den Karton mit den Broten. »Bringen Sie den Leuten das Frühstück?«

Der andere Ertzaina hat sich in den Streifenwagen gesetzt und blickt aufs Display seines Handys. Vielleicht ruft er Verstärkung.

»Brot. Ich verteile Brot«, bringt er mühsam hervor. Sein Mund ist so trocken, dass er kaum ein Wort herauskriegt.

»Riecht gut«, sagt der junge Mann und reibt sich über den Bauch.

Der Polizist will Zeit schinden. Irgendetwas läuft hier. Und der andere hat noch immer das Handy in der Hand.

In einem Moment geistiger Erleuchtung greift der falsche Bäckerbote in den Karton. »Bitte nehmen Sie doch eins. Ich hab immer ein paar mehr dabei. Sie stehen sicher schon lange hier und haben Hunger.«

Er schafft es, das zu sagen, ohne sich zu verhaspeln.

»Danke. Mhm, das ist ja noch warm. Und Sie kriegen auch sicher keine Probleme?«, fragt der Ertzaina.

»Kein Thema. Lassen Sie es sich schmecken.«

Der junge Mann verliert keine Zeit und hat schon einen Bissen im Mund. Der Strahl seiner Taschenlampe schweift flüchtig durchs Wageninnere. Von dort, wo der Polizist sich befindet, kann er die Frau im Frachtraum nicht sehen, aber wenn er ihn bittet, die hinteren Türen zu öffnen, ist es vorbei.

»Haben Sie noch viel vor sich?«

»Nein, nur noch Eneperi und San Pelaio«, lügt er. »Danach öffne ich das Geschäft.«

»Fahren Sie weiter«, sagt der Ertzaina. »Und gute Fahrt.« War es wirklich so leicht?

»Einen schönen Tag noch«, setzt der uniformierte junge Mann hinzu und tritt einen Schritt zurück.

»Gleichfalls«, entgegnet er und zwingt sich zu einem Lächeln.

Er tritt viel zu heftig aufs Gaspedal. Nicht dass sie ihn jetzt doch noch genauer kontrollieren. Aber es scheint ihnen gar nicht aufgefallen zu sein. Er sieht sie im Rückspiegel, den einen Ertzaina mit dem Brot in der Hand und den anderen mit dem Handy.

Die Polizeikontrolle hat er überstanden. Kurz darauf verschwindet er zwischen den Eukalyptusbäumen an der Straße.

Die nächste Kreuzung. Der Blinker zeigt an, dass er links auf die Nebenstraße abbiegen will. Doch im letzten Moment überlegt er es sich anders. Denn es ist unwahrscheinlich, dass hier noch mehr Kontrollen sind.

Der Himmel ist nun nicht mehr schwarz, sondern blassblau. Und die rosa gefärbten Wolken verkünden den Sonnenaufgang.

»Gleich sind wir da. Bald ist es vorbei«, erklärt er und wendet sich leicht nach hinten. »Aber sicher vertraust du mir nicht. Dabei kannst du stolz auf dich sein: Du hast keinen Idioten zur Welt gebracht.«

Der Entführer macht eine Pause.

»An all dem ist Julia schuld«, fährt er schließlich fort. »Wenn sie nicht bei dir zu Hause aufgekreuzt wäre, wären wir jetzt nicht hier. Damit hat sie dein Leiden nur unnötig verlängert. Weißt du, dass sie auch dein Kind sein könnte?« Er erwartet gar keine Antwort, spricht in Wirklichkeit mit sich selbst. »Wenn du es für ungerecht hältst, dass du uns erst jetzt, im letzten Moment, kennengelernt hast, dann überleg mal, wie es uns ergangen ist, die wir das ganze Leben lang nach Antworten gesucht haben, ohne sie zu erhalten.«

An der nächsten Kreuzung weist ein Schild den Weg zum Leuchtturm von Matxitxako. Auch das wäre ein würdiger Ort für den Tod seines letzten Opfers, aber nicht so gut wie der, den er ausgewählt hat.

»Und weißt du, was das Schlimmste ist?«, fragt er mit trauriger Stimme. »Ich werde meine eigene Schwester töten müssen. Dabei habe ich mir immer eine Schwester gewünscht. Sie hätte mich geliebt, und ich hätte ihr wiederum meine Liebe geschenkt. Ich hätte sie vor allem Übel in dieser Welt beschützt, vor allen grausamen Menschen, die ihr ein Leid antun wollen so wie mir. Doch sie hat mir keine Wahl gelassen.«

Der wiederaufgeforstete Wald weicht dem Meer, auf dem zwei Fischerboote in den Hafen von Bermeo zurückkehren. Sie werden von einem Schwarm Möwen umflogen, die sich um die Fische streiten, die die Fischer aussortieren und über Bord werfen, bevor sie in den Hafen einlaufen. An einem anderen Tag hätte er den Anblick genossen und vielleicht sogar ein Foto gemacht. Heute jedoch will er nur so schnell wie möglich sein Ziel erreichen.

»Immerhin hab ich es dem Typen gegeben, der Julias Namen in den Dreck gezogen hat. Diesem Journalisten, der nun von der Ertzaintza gejagt wird. Für jemanden, der so viel von Computern versteht wie ich, ist es nicht schwer, den Twitter-Account eines anderen zu manipulieren.«

Er blickt in den Himmel. Es wird ein schöner Tag werden mit Schäfchenwolken und Südwind. Was seinen Plan, der nur vom

Meer abhängt, jedoch kaum beeinflussen wird. Ein Blick auf die Uhr mahnt ihn, dass er sich beeilen muss. Die Flut steigt, und schon bald wird er sein Werk nicht mehr ausführen können.

Die Insel San Juan de Gaztelugatxe kommt in Sichtweite, wirkt verschwommen, und er muss blinzeln, um die Tränen zu vertreiben, die dafür verantwortlich sind. Warum nur musste sich Julia einmischen? Er fühlt sich schlecht, am Boden zerstört, wenn er daran denkt, dass er sie nun auch töten muss.

»Wir sind gleich da. Und du wirst keinen Grund haben, dich zu beschweren. Wenn ich eine Stelle wählen müsste, um dort zu sterben, würde mir das nicht schwerfallen. Von nun an wird sich jeder, der eine Postkarte von diesem Ort sieht, daran erinnern, was mit dir hier passiert ist. Ich schenke dir Unsterblichkeit.«

Eine schmale, frisch asphaltierte Straße führt in die Bucht hinunter, in der Gaztelugatxe im Wasser zu treiben scheint. Die Insel besteht nur aus Fels, der hier und da mit Gras bewachsen ist, das sich hartnäckig hält. Das Meer darum herum ist von weißem Schaum bedeckt, da die Wellen ständig gegen die Felsen schlagen, als hätten sie sich vorgenommen, die Insel zu zerstören. Es ist ein Naturschauspiel voller Dramatik, vor allem um diese Uhrzeit, in der die Insel vollkommen einsam daliegt. Und doch wurde von Menschenhand eine Brücke gebaut, um sie mit dem Festland zu verbinden, und ein Weg in den Stein gehauen, der bis nach oben auf den Felsen führt. Der ist von einer Kapelle gekrönt, die eher dem Meer als dem Menschen zu gehören scheint.

Wie viele Familien mögen darin, in der salzigen Luft, für die Ihren gebetet haben, die nach einem Unwetter nicht vom Meer zurückgekehrt sind? Viele. Dabei ist er sich sicher, dass seine Familie dies für ihn niemals getan hätte.

Ein Tag im März 2018

Die Mauer war so feucht wie die Pflastersteine der Straße, die im Licht der Laternen glänzten. Es waren weder Schritte noch Stimmen zu hören, nur ein paar Tropfen, die sich von den Vordächern lösten. Aus der Ferne hallten die Geräusche eines Müllwagens herüber.

Ich blickte mich noch einmal um, um mich zu vergewissern, dass niemand in der Nähe war. Es war drei Uhr morgens, die Straße menschenleer. Die von mir gewählte Nacht und der Zeitpunkt waren ideal. »Auf geht's!«, sagte ich zu mir selbst und tastete nach Vorsprüngen in der Mauer, an denen ich mich hochziehen konnte.

Nach nur wenigen Sekunden hatte ich es geschafft und landete zwischen dem dicken Kohl im Gemüsegarten. Ich hatte befürchtet, dass sie einen Hund haben könnten, doch es war kein Tier zu sehen.

Als ich zum Hauptgebäude hinüberlief, fiel mir plötzlich etwas ins Auge, was mich abrupt stehen bleiben ließ.

Sie waren wunderschön und alle rot wie Blut, was man trotz der Dunkelheit erkennen konnte.

Ich ging zu ihnen, um sie zu streicheln. Ihr leicht nussiger Duft lag in der kühlen Luft. Die Sorte war Early Abba, ein Frühblüher, der nicht allzu viel Pflege braucht. Die doppelte Reihe Blütenblätter machten sie unverwechselbar. Die ersten Tulpen, die ich gepflanzt hatte, nachdem ich die Blume, die meine Mutter zwischen meiner Kleidung zurückgelassen hatte, identifizieren konnte, waren von derselben Sorte. Ich verspürte eine leichte Enttäuschung, als mir der Gedanke kam, dass sie die Blume vielleicht von diesem Beet gepflückt hatte, denn solche einfachen Sorten interessierten mich schon lange nicht mehr. Ich hatte eine gezüchtet, auf die meine Mutter stolz gewesen wäre. Denn ich war fest entschlossen, ihr zu beweisen, dass der Sohn, den sie zurückgelassen hatte, ein besonderer Mensch war.

Emperor's mum. Der Name, den ich gewählt hatte, gefiel mir. Die Frucht harter Arbeit, unermüdlicher Geduld und zu vieler Rückschläge. Es war alles andere als leicht gewesen, aber schließlich waren aus den Samen Blumen geworden. Nun hatte ich Zwiebeln, die zurzeit noch schliefen, doch sobald sie erwachten, würde das Fest beginnen, das ich vorbereitet hatte.

Und dafür war diese Nacht entscheidend. Wenn im Kloster alles gut gehen würde, würde es nur noch vier Monate dauern, bis die Blumen blühten und das große Finale seinen Anfang nahm.

Ich ging weiter. Die Tür, die vom Garten ins Gebäude führte, war nicht abgeschlossen. Sie machten es mir leicht.

»Hallo«, flüsterte ich im leeren Gang.

Es roch nach einer seltsamen Mischung aus süßem Gebäck, Weihrauch und altem Gemäuer. Im Erdgeschoss, dem noblen Teil des Klosters, war der Boden aus Stein. Dort befanden sich die Kirche, ein kleiner Bereich für Gäste und der Eingang. Es war ein seltsames Gefühl, die Drehtür von der Klausur aus zu sehen. Unzählige Male hatte ich auf der anderen Seite gestanden, da meine Mutter das Gebäck der Nonnen liebte und mich oft dorthin schickte, um es zu kaufen.

Ich empfand keine Reue, wenn ich an sie dachte. Oft erinnerte ich mich daran, wie sie im Krankenhaus in ihrem Bett gelegen und sich ihr Zustand so rapide verschlechtert hatte, dass selbst die Ärzte überrascht waren. Sie war allein gestorben, natürlich, so musste es sein. Genauso allein, wie sie nun in ihrem Grab auf dem Friedhof lag.

Aber ihr Tod war nur der Anfang. Und nun würde es richtig losgehen, mit dem zweiten Teil meiner Rache.

Auf das erste Hindernis stieß ich, als ich die Treppe betrat, die hinauf in den ersten Stock führte. Dort befand sich das Archiv, wenn der Plan des Klosters, den ich mir beschafft hatte, richtig war. Aber dort lagen auch die Zellen der Nonnen.

Das Quietschen des alten Holzes hallte durchs ganze Gebäude. Und es hörte nach der ersten Stufe nicht auf. Jeder Schritt, den ich tat, war von einem Knacken und Knarren begleitet, das den Nonnen unweigerlich verraten musste, dass sich ein Eindringling im Kloster herumtrieb.

Ich wandte mich um, um wieder zurückzugehen, aber …

Verdammt. Ich konnte doch nicht so einfach das Handtuch werfen, nun, da ich meinem Ziel so nah war. Das waren doch nur Nonnen! Im schlimmsten Fall würde mein Anblick sie so erschrecken, dass sie ängstlich davonliefen.

Also ging ich weiter nach oben, bis ich in einen langen Gang gelangte, an dessen beiden Seiten sich jeweils eine Reihe von Türen befand. Sie waren alle geschlossen, und nirgendwo rührte sich etwas.

Die Zellen, sagte ich mir.

Um das Archiv zu erreichen, musste ich ans andere Ende des Gangs, mich also direkt in die Höhle des Löwen begeben.

Bevor ich mich wieder in Bewegung setzte, hielt ich den Atem an, bis ich sicher war, dass das einzige Geräusch, das ich hörte, das Klopfen meines eigenen Herzens war. Und das klang so laut in meinen Ohren, dass ich befürchtete, damit die Nonnen zu wecken, die hinter den Türen schliefen.

Das sind doch nur Nonnen!, wiederholte ich für mich, dann schlich ich auf das Archiv zu.

Aus dem Inneren der Zellen war Schnarchen, Husten und sogar Flüstern zu hören. Die Kruzifixe, die überall hingen, und die Heiligen, die mich von den Bildern an den Wänden anstarrten, verursachten mir Gänsehaut. Ich fühlte mich beobachtet.

Das wurde auch nicht besser, als ich endlich das Archiv betrat und meine Taschenlampe anknipste. Am Kopfende des Raums stand eine Statue der Jungfrau Maria, und ich meinte zu spüren, wie ihr Blick mir überallhin folgte. Jedes Mal, wenn der Lichtstrahl sich bewegte, tanzte ihr Schatten an der Wand.

Die Regale waren vor allem mit Schriften über Heilige und Kochbüchern gefüllt. Doch damit hielt ich mich nicht auf. Ich ließ den Strahl der Taschenlampe über die Regalreihen wandern, und dann fand ich sie: mehrere in Leder gebundene Bände sowie alte Spiralblöcke und Jahrbücher, aber auch Dutzende Briefbündel und Mappen mit Dokumenten.

Ich war eine ganze Weile damit beschäftigt, das alles durchzusehen. Diese Frauen bewahrten alles auf, von Rechnungen für Osterkerzen bis hin zu alten Gebäckrezepten.

Er war beinahe fünf Uhr morgens, als ich fand, was ich suchte: ein altes Kassenbuch mit Spalten voller Namen.

SPENDER
EMPFÄNGER

Die Überschrift war der reinste Euphemismus. Wie konnte man so die Menschen bezeichnen, die ein Kind weggaben oder eines annahmen?

Ich blätterte in dem Buch, bis ich das Jahr 1979 fand, in dem ich geboren wurde.

Dort war das, was ich suchte: auf der einen Seite die Namen der Mütter, die ihre Kinder im Kloster zurückgelassen hatten, und auf der anderen die der Paare, die uns adoptiert hatten. In der zweiten Spalte war auch der Name meiner Adoptiveltern aufgeführt.

Ich war selig. Sobald meine Tulpen blühten, würde ich die Frau beseitigen, die mich verraten und mir das Leben verweigert hatte, das mir zugestanden hätte.

Dann fiel mir auf, dass das Ganze nicht so leicht sein würde. Denn die Namen der Kinder standen nicht auf der Liste. Genauso wenig wie die Geburtsdaten oder etwas anderes, was auf mich hingewiesen hätte. Welche der sieben Mütter war meine?

»Verdammt!«, fluchte ich leise.

Plötzlich schreckte ein Geräusch in meinem Rücken mich auf. Ich schaltete die Taschenlampe aus und wartete einige Sekunden. Es war nichts mehr zu hören außer einem fernen Schnarchen. Auf dem Gang schien alles ruhig. Wahrscheinlich hatte ich mir das Geräusch nur eingebildet, doch ich wollte diesen Ort so schnell wie möglich wieder verlassen.

Ich riss die Seite, die ich brauchte, aus dem Buch und stellte alles andere wieder an seinen Platz zurück.

Als ich gerade erneut in den Gang treten wollte, ließ mich ein Quietschen abrupt stehen bleiben.

Eine der Zellentüren war geöffnet worden.

Wieder pochte mein Herz.

Eine Gestalt erschien auf dem Gang. Ein kaum wahrnehmbarer Schatten. Sie rührte sich nicht und starrte mich an. Wahrscheinlich war die Person, der ich da gegenüberstand, genauso erschrocken wie ich.

Es gab keine andere Möglichkeit: Ich musste sie irgendwie aus dem Weg schaffen, wenn ich hinauswollte. Endlich hatte ich, was ich brauchte, und ich würde nicht zulassen, dass eine dieser Nonnen mir einen Strich durch die Rechnung machte.

Zunächst wollte ich sie einfach beiseitestoßen, als ich sie plötzlich erkannte. Es war die Mutter Oberin. Auf einmal packte mich eine rasende Wut. Diese Nonne war zur Zeit meiner Geburt bereits im Kloster gewesen. Ich stellte sie mir vor, wie sie mich dem Seemann übergab, der mich mit nach Hause nahm, um jene Frau glücklich zu machen, die mir vom ersten Tag an nichts als Hass entgegenbrachte.

Alles ging so schnell, dass ich mich nicht einmal mehr daran erinnere, wie genau es abgelaufen ist. Ich weiß nur noch, dass ich sie gewürgt habe, bis sie die Augen verdrehte und aufhörte zu atmen. Ich hatte sie getötet. Zumindest dachte ich das in diesem Moment.

Ich blickte mich um, denn ich befürchtete, jemanden geweckt zu haben, doch es war niemand zu sehen.

Plötzlich war ich regelrecht euphorisch. Ich war Gott! Ich entschied, wer leben durfte und wer nicht. Und diesmal war es noch viel einfacher gewesen als bei meiner Mutter, die ich über Monate hinweg langsam vergiftet hatte.

In jenem Moment, als die Nonne im Halbdunkel des Gangs vor mir auf dem Boden lag, begriff ich, dass das Werk, das ich tun wollte, viel umfangreicher war. Da ich nicht wusste, welche der Frauen auf der Liste meine Mutter war, hatte ich nur eine Möglichkeit. Und die gefiel mir.

Ich würde sie alle töten.

Meine Rache würde herrlich sein!

75

3. November 2018, Samstag

Julia steht am Rand eines Felsens, dessen Fuß im über dem Meer aufsteigenden Nebel verschwindet. Der Felsen ist hoch. So hoch, dass niemand einen Sturz in die Tiefe überleben würde. Doch es ist genau das, was sie erwartet. Ihre Zeit ist abgelaufen, genau wie die von Sara und den anderen Frauen, deren einzige Schuld darin bestand, möglicherweise die Mutter eines Mörders zu sein.

»Jetzt bist du dran!«, hört sie in ihrem Rücken die Stimme jenes Mannes, den sie so lange für einen Freund gehalten hat. Nun weiß sie, dass er das nicht ist. Er hat sie nur benutzt.

Eine Hand legt sich in ihren Nacken. Die Wärme, die sie vermittelt, ist nur eine Illusion. Es ist die Hand, die sie in den Tod stoßen wird. Wenigstens hat er entschieden, dass sie im Meer sterben soll. Einen besseren Ort hätte er nicht finden können. Vielleicht sind sie ja tatsächlich Geschwister. Sie wird es niemals wissen. Denn sobald sie dort unten die Wellen umarmen, wird alles vorbei sein, und ihre Fragen bleiben unbeantwortet.

»*Agur*, Julia. Du hast mich gezwungen, das zu tun«, sagt ihr Mörder. Seine Stimme klingt rau, aber die Hand, die sie ins Leere stößt, ist fest.

Sie fällt schnell, sehr schnell, und es ist nicht wie beim Bungee-Jumping in den Pyrenäen. Nein, diesmal gibt es kein Gummiband, das ihren Sturz im letzten Moment auffängt.

Ihr Gesicht ist das Erste, was mit dem Meer in Berührung kommt, und das Wasser dringt in ihre Nasenlöcher. In ihrer Panik will sie Schwimmbewegungen mit den Armen machen, doch ihre Hände sind noch immer auf dem Rücken gefesselt.

»Julia! Julia!«

Woher kommen diese Stimmen?

»Komm schon, Julia!«

Jemand schlägt ihr auf die Wangen, und sie öffnet vorsichtig die Augen, sieht einen Schatten über sich. Er hat keine Augen, keinen Mund, sie kann nur verschwommene Umrisse erkennen.

»Er hat sie unter Drogen gesetzt. Sie schläft wieder ein. Mehr Wasser!«

Noch einmal landet ein Schwall Wasser in ihrem Gesicht. Diesmal haben sie wenigstens vorher das Klebeband von ihrem Mund entfernt, sodass sie husten kann.

Sie öffnet erneut die Augen. Jetzt kann sie klarer sehen.

Ane schaut sie besorgt an, lächelt aber. Direkt neben ihr lächelt auch Txema, doch er hat Tränen in den Augen.

»Der Krankenwagen ist auf dem Weg«, verkündet ein uniformierter Kollege mit einem Funkgerät in der Hand.

»Das ist nicht nötig. Es war nur Chloroform.« Überrascht hört Julia ihre eigene Stimme, die klingt, als wäre sie betrunken. Ihre Augen drohen immer wieder zuzufallen. Sie will weiterschlafen.

Die Kollegen beeilen sich, sie von ihren Fesseln zu befreien, während Ane drängt: »Du musst uns sagen, wo Sara ist!«

Julia dreht sich zu der Stelle um, wo ihre Leidensgenossin gelegen hat. Doch dort ist niemand mehr. Bis auf ihre Kollegen und sie selbst ist der Raum leer. Nur die Tulpen sind noch da, natürlich, und setzen ihren ruhigen Tanz unbeeindruckt fort. Jenseits des Fensters ist es dunkel.

»Er hat sie mitgenommen«, sagt sie, sich vage erinnernd.

»Wohin?«

Ihr fallen die Augen zu.

»Julia! Wo ist Sara? Ganz bestimmt hat der Mistkerl irgendwas gesagt! Wohin hat er sie gebracht?«

Julia hat kaum noch die Kraft, die Augen wieder zu öffnen. »Der Drache von Daenerys«, stammelte sie und hebt mühsam die Hand, um nach Anes Tattoo zu tasten.

»Sie steht unter Drogen«, klagte Txema. »Sie wird uns nichts sagen, was uns weiterhilft.«

»Was für ein Drache? Sugaar?« Ane packt Julia bei den Schulten und schüttelt sie, damit die Kollegin wach wird. »Komm, Julia! Das ist nicht der richtige Zeitpunkt, um über Tattoos zu sprechen. Wir müssen diese Frau retten!«

Julia hat Kopfschmerzen. Das liegt sicher an der verdammten Belüftungsanlage. »Der Stein ... der Stein des Drachen. Das habe ich gemeint.«

Verwirrt streicht Ane über ihr Tattoo. »Hat es mit den *Lamiak* zu tun? Sara wohnt in Lamiaran.«

Julia schüttelt den Kopf, was die Kopfschmerzen noch verstärkt. »Der Stein des Drachen.«

Ane sieht Julia einen Moment schweigend an. Dann fasst sie sich an den Kopf. »Verdammt, Meldung an alle!«, ruft sie in ihr Funkgerät. »Dieser Mistkerl will die Frau in Gaztelugatxe umbringen. Der Stein des Drachen, ›Dragonstone‹ aus *Game of Thrones*. Ich will alle dort haben, und benachrichtigt auch die Küstenwache und die Kollegen mit dem Hubschrauber!«

Julia spürt die Wärme von Anes Lippen, als die ihr einen Kuss auf die Stirn gibt. Dann gleitet sie zurück in den Schlaf. Einen unruhigen Schlaf mit einem Funken Hoffnung.

76

3. November 2018, Samstag

Der Klang der Glocken durchbricht die morgendliche Stille. Das metallische Glänzen des Himmels verschmilzt mit dem Meer, dessen üblicher blau-grüner Farbton, je heller es wird, an Intensität zunimmt. Die Wellen schlagen gegen die Felsen der Insel Gaztelugatxe und der kleineren Nachbarinsel Aketxe, die nicht mit dem Festland verbunden ist.

Der plötzliche Lärm der Glocken scheucht Dutzende Möwen auf. Ihre Schreie übertönen sofort jedes andere Geräusch, als ob die Welt nur noch aus diesem krächzenden Gelächter bestünde.

Er zieht ein weiteres Mal an dem Seil, und die Glocken ertönen erneut. Es riecht nach Salz und der Frische des beginnenden Tages. Auch nach trockenen Algen und nassem Stein. Es riecht nach Leben.

Von der Spitze der Insel aus wirkt es, als wäre die Zeit stehen geblieben.

Es ist niemand zu sehen.

Nur sie.

Das Klebeband vor ihrem Mund hindert sie daran, um Hilfe zu rufen. Sicher hat sie Todesangst, denn sie weiß, was gleich geschehen wird.

Er empfindet kein Mitleid mit ihr. Wie bei den Frauen, die er zuvor schon zum Tode verurteilt hat. Dennoch hat er Tränen in den Augen. So war es auch bei den anderen. Dabei beweint er nicht seine Opfer, sondern sich selbst. Er wäre gern stark, um sich der Wahrheit zu stellen. Warum hat sie ihn verlassen? Er wird es nie erfahren. Er will es auch gar nicht wissen. Die Wahrheit könnte zu schmerzlich für ihn sein. Er kann nicht riskieren, dass sie anders ist, als er es sich in all den Jahren des Leidens vorgestellt hat. Sie hat ihn aus Egoismus in dem Kloster zurückgelassen, sonst nichts. Deshalb verdient sie zu sterben. So wie sie ihn zu einem grausamen Schicksal verurteilt hat, obwohl er ohne jede Schuld war. Sie hat ihn lebendig begraben, an einem Ort, wo er nur Schmerz und Verachtung erfahren hat.

Die Glocken läuten noch immer. In der anderen Hand hält er sein Handy, das das metallische Klagen live überträgt. Die rote Tulpe an der Tür der Kapelle passt perfekt ins Bild. Ihr leuchtendes Rot bildet einen reizvollen Kontrast zu den dunklen Mauersteinen und dem schwarzen Holz.

»Herzlich willkommen«, murmelt er, während er nachsieht, wie viele Menschen das Drama verfolgen.

Trotz der frühen Morgenstunde sehen bereits dreitausend Leute über Internet zu. Und schon bald werden es viele mehr sein. Zum ersten Mal in seinem Leben fühlt er sich wirklich bedeutend.

Sein Blick wandert zu der Frau, die vielleicht seine Mutter ist. Einen Moment lang ist er versucht, die Kamera auf sie zu richten, um das Publikum an ihrer Angst teilhaben zu lassen. Denn das ist es, worauf sie hoffen.

Er weint. Diesmal laufen ihm die Tränen haltlos übers Gesicht. Julia hat alles zerstört und ihn gezwungen, die schwierigste Entscheidung seines Lebens zu treffen. Und er hasst es, festzustellen, dass er schwächer ist, als er eigentlich sein möchte.

Plötzlich hört er noch etwas außer der Glocke! Das Heulen einer Sirene?

Es ist immer deutlicher zu hören und kommt von einem dunklen Auto, das mit Blaulicht und hoher Geschwindigkeit über die

Landstraße heranfährt. So schnell hat er sie nicht erwartet. Die Flut ist noch nicht hoch genug, sodass er sein Werk noch nicht vollenden kann.

Sie werden alles kaputtmachen, genau wie Julia.

Ich liebe es, meine Nase auf dein Köpfchen hinabzusenken und dein Haar zu riechen, das so blond ist wie das deines Vaters. Er wäre begeistert zu wissen, dass nach seiner Heimreise etwas von ihm auf dieser Seite des Meeres zurückgeblieben ist. Er ist ein guter Mensch und nicht einer von denen, die sich nicht um ihre Kinder kümmern. Ich bin sicher, dass er auf irgendeine Weise weiß, dass es dich gibt. Etwas in seinem Herzen wird es ihm gesagt haben, und er liebt dich. Er liebt dich genau wie ich mit ganzem Herzen. Du hast mein Leben verändert. Du machst mich glücklich, sodass ich mich so voller Liebe fühle, dass ich nichts anderes mehr brauche.

Einen Tag nach deiner Geburt haben sie dich zu mir gebracht, nachdem ich schon sämtliche Hoffnung verloren hatte. Ich schäme mich, wenn ich daran denke, dass ich der Mutter Oberin auf Knien für ihr Erbarmen gedankt habe. Inzwischen weiß ich, dass dies an diesem unmenschlichen Ort das übliche Vorgehen ist.

Vor ein paar Tagen habe ich in der Zelle ganz hinten Schreie gehört. Ein furchtbares, herzzerreißendes Weinen, von dem ich wusste, dass es kein Baby war, das Hunger hatte oder sich nach Zärtlichkeit sehnte. Es kam von einer jungen Frau wie mir, deren Stunde gekommen war. Ihr »Problem«, dieses »Problem«, von dem die Mutter Oberin immer spricht, war verschwunden. Sie hatte nun kein Köpfchen mehr, das sie liebkosen, kein zufriedenes Gesichtchen mehr, das sie beim Stillen betrachten konnte.

Entschuldige, dass ich dein schönes Gesicht mit meinen Tränen nässe, entschuldige, dass ich dich so fest umarme, dass du ängstlich erwachst. Ich kann nicht anders. Wenn ich nur daran denke, dass sie auch zu mir kommen werden, um dich zu holen, und dass dann alles vorbei sein wird, bricht mir das Herz. Ich werde innerlich sterben, weißt du.

Ich hasse sie aus tiefstem Herzen. Warum tun sie mir das an? Warum haben meine Eltern sich entschieden, mich so hart zu bestrafen? Ich werde ihnen niemals verzeihen, dass sie mir das genommen haben, was ich am meisten liebe.

Niemals.

Ich werde nie wieder dorthin zurückkehren, was einst mein Zuhause war. Wenn diese Monster mit ihren Kruzifixen dich mir wegnehmen und mir das Leben aus dem Herzen reißen, werde ich fortgehen. So weit weg, dass mich niemand finden wird.

Irgendwann wird mich das Geräusch der sich schließenden Tür wecken, und deine Wiege wird leer sein. Aber ich hoffe, dass du auf irgendeine Art und Weise erfahren wirst, dass ich dich von ganzem Herzen liebe. Wenn sie dich meinen Armen entreißen, werde ich nie wieder lächeln können. Hoffentlich wirst wenigstens du dein Glück finden.

Dort, wo du sein wirst, wohin das Leben dich führen wird. Ich hoffe, du weißt, dass ich dich so sehr liebe, wie ich niemals zuvor jemanden geliebt habe!

Ich höre Stimmen draußen. Der Riegel wird zurückgeschoben. Der Riegel an meiner Zelle.

Sie kommen, meine Tochter. Da sind sie schon.

77

3. November 2018, Samstag

Ane springt aus dem Auto, bevor es richtig steht, denn sie weiß, eine einzige Sekunde zu verlieren kann tödlich sein, wenn das Damoklesschwert über dem Leben eines Menschen hängt. Sie hat ihr Handy in der Hand, und das Läuten ist nun doppelt zu hören: aus dem Handy und direkt aus der Kapelle.

»Los, ich will euch alle mit da oben haben!«, ruft Ane ihren Kollegen zu. »Aitor sorgt für die Verstärkung auf dem Wasser und aus der Luft. Sie sollten eigentlich schon hier sein. Wir haben ihn. Ich weiß nicht, was er vorhat, aber von hier kann er nicht mehr entkommen!«

Zwei Streifenwagen fahren mit hoher Geschwindigkeit die Straße herunter. Die Sirenen sind so laut, dass sie das Läuten der Glocke übertönen. Wenn der Hubschrauber und das Boot der Küstenwache da sind, sitzt der Mörder in der Falle.

Allerdings passt das nicht zu ihm. Warum liefert er sich aus? Warum erwartet er sie an einem Ort, von dem er nicht entkommen kann?

»Ich will ihn lebend!«, erklärt Ane und merkt, dass sie das eher zu sich selbst sagt als zu den anderen. »Aber Sara zu retten hat oberste Priorität!«

Ihr Handy klingelt. Es ist Madrazo. Er ist auf dem Weg. Er ermahnt Ane, nichts zu überstürzen, und bittet sie gleichzeitig,

Sara um jeden Preis zu befreien. Eine weitere Tote können sie sich nicht erlauben und schon gar nicht, wenn sämtliche Fernsehsender des Landes das, was in Gaztelugatxe passiert, live übertragen.

»Wir sollten die Kollegen von der Kampfmittelbeseitigung kommen lassen«, schlägt Txema vor, der wesentlich ruhiger ist, seitdem er weiß, dass Julia noch lebt. »Vielleicht hat der Mistkerl die Kapelle mit Sprengfallen versehen oder etwas in der Art!«

Ane beißt sich auf die Lippe und schließt die Augen. Er hat recht. Vielleicht ist es eine Falle.

»So lange können wir nicht warten«, entscheidet sie eine Sekunde später. »Das Leben dieser Frau steht auf dem Spiel. Aber seid vorsichtig!«

Noch eine Sirene. Diesmal nähert sich ein Krankenwagen.

Die kurvige Brücke über die Felsen, die am Parkplatz beginnt, ist das Erste, was die Ertzainas auf ihrem Weg zur Spitze der Insel hinter sich lassen. Die Glocke läutet noch immer, begleitet vom Krachen der Wellen, wenn sie gegen die Felsen schlagen, und dem Kreischen der Möwen in der Luft.

Ane hebt den Blick. Der bleiche Himmel, der mit wenigen golden leuchtenden Wolken gesprenkelt ist, bietet einen atemberaubenden Anblick. Wie kann das Schicksal sich einen so makabren Scherz erlauben? Julia und sie hatten geplant, diesen Ort in nächster Zeit zu besuchen, und nun ist er zum Tatort geworden.

»Was, zum Teufel, hat er vor?«, fragt Txema neben ihr.

»Keine Ahnung. Ich würde sagen, dass das sein Finale ist, dass er sich uns ausliefert. Was ich nicht verstehe. Wenn er sich vorgenommen hat, alle Mütter aus dem Jahr '79 umzubringen, fehlen noch zwei. Was soll das?«

»Dieser Mistkerl liefert sich uns nicht aus«, widerspricht Txema. »Das ist garantiert eine Falle.«

Ane hat kaum noch Puste, um zu reden. Wie viele Stufen sind sie bereits hinaufgelaufen? Hundert? Hundertfünfzig? Und wann sind sie endlich oben?

An der nächsten Kehre auf dem Weg nach oben steht ein Kreuz. Weiter vorn ein weiteres. Und noch eines.

»Ein Kreuzweg. Die Kreuzigung Jesu«, spricht Txema aus, was Ane denkt. »Oben wartet der Tod, die letzte Kreuzwegstation.«

Ane nickt. Jetzt müssen sie nur noch wissen, wessen Tod. Der von Sara Carretero oder der des Täters. Was hat dieser Irre geplant?

»Wir werden es verhindern. Hier wird niemand mehr sterben. Niemand!«

Es liegen nur noch wenige Stufen vor ihnen. Gleich sind sie oben. Sie müssen zusehen, dass sie wieder zu Atem kommen, bevor sie ihm gegenübertreten, sonst sind sie eindeutig im Nachteil.

Ob er bewaffnet ist?

»Wo ist der verdammte Hubschrauber? Wie lange braucht der denn?«

Aus der Luft könnte man vielleicht erkennen, was an der Kapelle vorgeht. Jetzt sehen sie nur auf dem Handy, was der Täter ihnen zeigt. Und dazu kommt das unentwegte gleichmäßige Läuten der Glocke.

»Komm, wir knöpfen ihn uns vor«, schlägt Txema vor. In seinem weißen Hemd und mit der im Wind wehenden Krawatte sieht er aus wie ein FBI Special Agent aus dem Fernsehen.

Ane vergegenwärtigt sich kurz ihre Lage. Sie ist mit sechs Männern vor Ort, Aitor und Txema eingeschlossen. Ein Transporter mit weiterer Verstärkung ist von Bermeo aus unterwegs. Unten stehen inzwischen zwei Krankenwagen. Und ein Fahrzeug mit einer Parabolantenne nähert sich.

»Das Fernsehen ist auch schon da«, schimpft sie. »Txema kümmer du dich darum, dass die schön unten bleiben. Ich will nicht, dass die senden, was oben passiert. Die anderen kommen mit mir. Wenn der Kerl nicht bewaffnet ist, wird nicht geschossen. Verstanden?«

Was immer der Tulpenmörder auch vorhat, er wird nicht ungeschoren davonkommen.

»Los!«

Nur noch vierzehn Stufen. Vierzehn Schritte bis zu dem Aufeinandertreffen, das der Mörder, der das ganze Land in Atem hält, organisiert hat. Das verschafft ihm einen gewissen Vorteil.

Drei Stufen, zwei …

Die Fußabdrücke, die der Legende nach von Johannes dem Täufer stammen, empfangen sie auf dem kleinen Platz vor der Kapelle.

»Das hat aber lange gedauert«, begrüßt sie Álvaro Orduña scheinbar gleichgültig. Er lässt das Glockenseil los, und das Läuten verklingt.

»Wo ist sie?«, fragt Ane, während sie den Blick umherschweifen lässt. Es sind keine Sprengsätze zu sehen. Aber es fehlt auch jede Spur von der verschwundenen Frau.

Álvaro beschränkt sich auf ein Lächeln. Doch es ist kein triumphierendes Lächeln, auch kein amüsiertes. Es ist traurig, deprimiert.

»Wo ist sie?« Ane nähert sich ihm mit der Pistole im Anschlag.

»Das rauszufinden ist euer Job, oder?«, höhnt Álvaro und hält ihr die Handgelenke hin, um sich festnehmen zu lassen.

Ane verliert keine weitere Zeit mit ihm. Die Kollegen hinter ihr können ihm die Handschellen anlegen. Die Kapelle ist der einzige Ort, wo sie sein kann. Eine andere Möglichkeit gibt es hier oben nicht.

Die Tür ist verschlossen. Ein, zwei, drei Tritte gegen das Schloss, und es gibt nach. Es ist dunkel in der Kapelle, doch es fällt genügend Tageslicht herein, sodass Ane keine Taschenlampe braucht.

Hinter dem Altar ist der Bug eines Bootes an der Wand befestigt, und mehrere Schiffsmodelle hängen unter der Decke. Ansonsten befinden sich nur ein paar Kirchenbänke und verloschene Kerzen im Raum.

»Hier ist niemand«, sagt Aitor, der Ane gefolgt ist. »Dieses Monster hat sie den Felsen hinuntergeworfen.«

Er verlässt die Kapelle, und Ane eilt hinter ihm her. In ihrem Kopf überschlagen sich die Gedanken. Voller Wut sucht sie nach einer Lösung.

»Wo ist Sara? Wo?«, faucht sie den Täter an und fasst ihn am Kragen.

Álvaro zuckt mit den Schultern. Erneut dieses traurige Lächeln. Sein Blick gleitet zum Rand des Felsens. Anes Hände verkrampfen sich vor Anspannung. Sie kann sich nur mühsam zurückhalten, am liebsten würde sie diesen Mann erwürgen.

Von Bermeo aus nähert sich das Boot der Küstenwache. Raúl ist an Bord und hebt die Hand. Er hat sich sofort, nachdem sie ihn erreicht hatten, der Rettungsaktion angeschlossen. Julias Verschwinden ist ihm sehr nahegegangen. Wie allen anderen auch.

Beinahe gleichzeitig taucht zwischen den pinienbewachsenen Hängen auch der Hubschrauber auf.

Vielleicht ist noch nicht alles verloren. Aus der Luft und vom Meer aus ist es sicher leichter, die Frau zu finden.

»Es ist unwahrscheinlich, dass sie einen Sturz von hier oben überlebt hat«, meint Txema, über den Abgrund gebeugt. Die anderen anwesenden Polizisten suchen die Umgebung ab und schauen von verschiedenen Stellen aus den Felsen hinunter.

Ane weiß, dass Txema recht hat. Wenn er sie von hier aus hinuntergestoßen hat, ist sie auf die Felsen geprallt. Und sollte sie doch aufs Wasser aufgeschlagen sein, wäre das aus gut fünfzig Metern Höhe auch nicht viel besser.

Diesmal packt sie den Mörder wirklich am Hals. »Was hast du mit ihr gemacht? Sag es, oder ich bring dich auf der Stelle um!«

Anes Hände drücken so fest zu, dass das Gesicht des Mannes dunkelrot anläuft. Sie ist außer sich. Und sie ist sich sicher, dass sie es wirklich tun könnte.

»Ane!«, hört sie in ihrem Rücken. Aitor. Klar, ihr Schutzengel.

Ane sieht sich nach ihren Kollegen um. Alle haben in dem, was sie tun, innegehalten und starren sie an. In den Blicken der meisten liegt Verständnis. Überraschenderweise ist auch Txema darunter.

»Ane, dass wir hier sind, haben wir dir zu verdanken«, sagt er und tritt neben sie. »Mach dir mit diesem Abschaum nicht die Hände schmutzig. Du würdest ihm damit nur einen Gefallen tun. Soll er doch im Gefängnis verrotten.«

Ist das wirklich Txema, der ihr gerade die Hand auf die Schulter legt? Versucht er sie tatsächlich davon abzubringen, einen Fehler zu begehen, anstatt sie machen zu lassen, damit er die Leitung der Einheit übernehmen kann?

»Jetzt sag endlich, wo Sara ist!« Ane erkennt ihre eigene Stimme kaum wieder, so viel Hass liegt darin.

Hustend sinkt Álvaro auf die Knie. Sein Röcheln wird vom Geräusch der Wellen übertönt.

»Los! Rede!«, befiehlt Txema. Auch er ist außer sich, wie man an seinem sonst stets gemäßigten Tonfall erkennt. »Was hast du mit ihr gemacht?«

Der Lärm des Hubschraubers zwingt ihn zu schreien. Der Mörder bemüht sich, wieder zu lächeln, denn er gewinnt Zeit.

»Das Meer hat sie mitgenommen«, murmelt er.

Ane sieht die Wut in Txemas Augen. So hat sie ihn noch nie erlebt. Er hebt die Faust, um den Mörder schlagen. Doch ihr Kollege reißt sich zusammen, und die Faust bleibt in der Luft, anstatt in Álvaros Gesicht zu landen.

»Hast du sie runtergestoßen? Du Scheißkerl!« Txema beugt sich über den Felsen. Die anderen tun es ihm nach. Das wilde Meer ist von weißem Schaum bedeckt. Wenn Sara hier hinuntergestürzt ist, kann sie das nicht überlebt haben.

»Wann hast du es getan?«, fragt Ane. »Ist sie gefesselt?« Sie will die Hoffnung nicht aufgegeben. Noch nicht.

Álvaro hat den Blick zu Boden gerichtet. Er hört ihr nicht zu. Ane wiederholt die Frage, und diesmal packt sie ihn an den Haaren und zwingt ihn, ihr ins Gesicht zu sehen.

»Das Meer hat sie mitgenommen.«

Warum weint er jetzt? Ihm stehen zweifellos Tränen in den Augen.

»Du bist ein Stück Scheiße!«, schreit Ane und stößt ihn zu Boden. Dann dreht sie sich zu ihren Kollegen um. »Bringt ihn runter zum Wagen. Ich will ihn nicht mehr sehen.«

Álvaro leistet keinen Widerstand. Zwei Polizisten nehmen ihn mit hinunter. Das Fernsehteam hält sich bereit, um die Meldung für die Morgennachrichten zu drehen. Der Kameramann auf der Brücke nimmt derzeit das beeindruckende Polizeiaufgebot in der Bucht auf. Von mangelnder Einsatzbereitschaft kann keine Rede sein. Dennoch konnten sie Sara Carretero bisher nicht retten.

Wo ist sie? Ane muss die Taucher im Meer nach ihr suchen lassen. Solange sie ihre Leiche nicht gefunden haben, muss sie davon ausgehen, dass sie noch lebt.

»Wir haben das Opfer gefunden«, meldet sich in diesem Moment Raúl über Funk.

Ane sucht mit dem Blick nach dem Schlauchboot der Küstenwache. Es befindet sich dicht am Ufer, neben der Brücke, die den Felsen von Gaztelugatxe mit dem Festland verbindet.

»Er hat sie an einen der Pfeiler gebunden, wo sie zu ertrinken droht.« In den folgenden Minuten hallt Raúls metallische Stimme aus dem Funkgerät in Anes Gehör wider. Ein Befehl folgt auf den anderen, obwohl sie gar nicht nötig sind. Denn alle wissen, was sie tun müssen. Und sie tun alles, um Sara Carretero zu retten.

Die Kollegen im Boot versuchen vergeblich, näher heranzukommen. Die Felsen machen es ihnen unmöglich. Auch der Hubschrauber kann zwischen den Brückenpfeilern nichts ausrichten.

Ane verlangt nach einem Seil. Sie wird sich von der Brücke aus herunterlassen. Txema steht neben ihr. Er hat sich die Krawatte ausgezogen und die Ärmel des Hemdes hochgekrempelt. Was will er mit dem Messer zwischen den Zähnen?

Einer der Polizisten versucht noch zu verhindern, dass Txema ins Meer springt, doch zu spät. Von der Brücke bis ins Wasser ist es bei Weitem nicht mehr so tief wie von der Kapelle, dennoch ist das, was er tut, bei diesen Wellen Wahnsinn.

Sekunden später schwimmt Txema bereits im weiß aufschäumenden Wasser. Die Wellen reißen ihn wie eine Puppe hin und her. Wenn niemand etwas unternimmt, wird er ebenso wie Sara Carretero ertrinken.

Ane lässt sich an der Brücke hinab. Mehrere Kollegen halten das Seil, an dem sie hängt. Je näher sie dem Opfer kommt, desto größer ist ihre Verzweiflung. Die Wellen peitschen gegen die Pfeiler der Brücke und reißen den Kopf der Frau jedes Mal, wenn sie sie treffen, zur Seite. Im besten Fall ist sie bewusstlos, im schlimmsten lebt sie bereits nicht mehr.

»Schneller! Weiter runter!«, befiehlt Ane denen, die das Seil halten.

Dann sieht sie, dass es Txema gelungen ist, bis zu Sara vorzugelangen. Geschickt schneidet er die Fesseln durch, und als Ane ihn erreicht, hält er sie in den Armen.

»Los, zieht sie hoch!«, ruft er nach oben, nachdem Ane und er die Frau am Seil festgebunden haben.

Im nächsten Moment wird er von einer Welle fortgerissen und ist verschwunden.

»Txema!«, ruft Ane, während sie mit Sara am Seil nach oben gezogen wird. »Txema!«

Doch sie erhält keine Antwort. Nur das ohrenbetäubende Brausen des aufgewühlten Meeres an diesem beginnenden Novembermorgen ist zu hören.

78

5. November 2018, Montag

»Er war davon überzeugt, dass du seine Schwester bist.«

Der Wind, der oben auf den Felsen von San Pedro de Atxarre vom Meer aus heranweht, spielt mit Julias Haar, das ihr ungebändigt auf die Schultern fällt. Einige Strähnen kitzeln sie im Gesicht.

»Und das bin ich nicht?«

»Nein, natürlich nicht«, versichert Ane. »Aber Álvaro hat es geglaubt, deshalb hat er sich uns in Gaztelugatxe ausgeliefert. Er war nicht in der Lage, dich zu töten.«

Julia sieht ihre Kollegin nicht an. Ihr Blick ist fest auf das beeindruckende Bild der Flussmündung gerichtet, das vom Meer und dem Sand an der Playa de Laida bestimmt wird.

»Seine Schwester wollte er nicht töten, nur seine Mutter«, sagt sie.

Ein Adler segelt über dem Fluss, nur wenige Meter von der Kapelle entfernt, an der sie sich getroffen haben. Ane beobachtet den sich still nähernden Raubvogel, der jederzeit bereit ist, sich im geeigneten Moment auf seine Beute zu stürzen.

»Weil er seine Mutter gehasst hat«, erklärt Ane.

»Warum?«

Genau diese Frage hat Ane dem gefassten Mörder wieder und immer wieder gestellt.

»Aus dem, was die Kollegen auf seinem Computer gefunden haben, muss man schließen, dass er eine sehr üble Kindheit hatte.

Wie wir annehmen, hat er, nachdem er sich Hunderte Aufnahmen mit extremer Gewalt angesehen hat, Gefallen an diesen abscheulichen Inszenierungen gefunden. Seit einiger Zeit hat er Texte geschrieben, die er nach der Vollendung seines Werks auf Facebook veröffentlichen wollte. Er hielt sich für wichtig und wollte, dass alle von ihm persönlich erfahren, wie er zum Tulpenmörder wurde. In diesen Texten erzählt er, dass seine Adoptivmutter unter einer bipolaren Störung litt. Weil sie keine Kinder bekommen konnte und sein Anblick sie stets daran erinnerte, hat sie ihn gehasst und verachtet. Mit diesem für ihn damals unerklärlichen Hass ist er aufgewachsen, während sein Vater fast nie zu Hause, sondern die meiste Zeit auf See war. Und als er schließlich erfahren hat, dass seine Eltern nicht seine leiblichen Eltern sind ...«

»... hat er die Schuld an seinem Scheißleben derjenigen gegeben, die ihn im Kloster zurückgelassen hat«, vollendet Julia den Satz. »Aber deshalb zum Mörder zu werden?«

Ane lässt sich Zeit mit der Antwort. Ein Zug wie der, der Natalia Etxanos Leben beendet hat, fährt durch die Landschaft zu ihren Füßen, eine metallisch glänzende Raupe, die sich zwischen dem sumpfigen Küstenland und kleinen Ortschaften ihren Weg bahnt.

»Das menschliche Bewusstsein ist kompliziert. Laut Silvia war Álvaro Orduñas Kindheit von etwas geprägt, was die Psychologen ambivalente Bindung nennen. Er hat seine Mutter gleichzeitig geliebt und gehasst. Und eine solche Beziehung ist für die Persönlichkeitsbildung eines Kindes fatal.«

Julia nickt. Es ist nicht leicht, all das zu verarbeiten, was sie in den letzten Tagen erlebt haben, und es hat Wunden hinterlassen, die niemals ganz verheilen werden.

»Wie geht es Sara?«, fragt sie schließlich.

»Besser. Ich glaube nicht, dass es sie in nächster Zeit zum Meer zieht, was ich absolut verstehen kann. Aber in wenigen Tagen wird sie aus dem Krankenhaus entlassen.«

»Txema wäre sehr glücklich, wüsste er, dass er ihr das Leben gerettet hat.«

»Sie hat heute nach ihm gefragt, weil sie sich bei ihm bedanken wollte.«

Plötzlich verschwimmt die Landschaft vor Anes Augen, was an ihren Tränen liegt. Sie reibt sich die Augen. Erneut liegt die Landschaft Urdaibais vor ihr, doch nur für wenige Sekunden, dann wird sie wieder von einem Tränenschleier verhüllt.

»Er war sehr tapfer«, bringt Julia mühsam hervor. Die Trauer lässt ihre Worte rau und abgehackt klingen.

Ane sagt nichts darauf. Sie kann es nicht. Sie muss nicht einmal die Augen schließen, um vor sich zu sehen, wie ihr Kollege in den schäumenden Wellen Saras Fesseln durchschneidet. Danach war er fort, und obwohl sämtliche Polizeikräfte nach ihm gesucht haben, wurde er, während Sara reanimiert wurde, nicht gefunden.

Schließlich hat Raúl seine Leiche in der Tiefe des Meeres entdeckt. Die Strömung hat ihn zu der Statue der Virgen de Begoña getrieben, die sich in der Bucht von Gaztelugatxe unter Wasser befindet.

Eine Weile sagt keine der beiden ein Wort. Die Flut ist leicht zurückgegangen, goldfarbene Inseln, die vorher vom Wasser bedeckt waren, sind zum Vorschein gekommen. Der Zug ist längst in der Ferne verschwunden.

»Er hat uns besiegt«, sagt Julia schließlich. »Wir haben ihn erst gekriegt, als er es wollte.«

Ane schüttelt den Kopf. »Das stimmt nicht. Dein Auftauchen in Lamiaran hat ihn gezwungen, sich zu ergeben. Sonst hätte er weitergemacht und alle Frauen getötet, denen diese Nonnen ihre Kinder entrissen haben.«

»Im Endeffekt war es also gar nicht so schlecht, dass ich mich nicht an die Vorschriften gehalten habe?«, fragt Julia mit einem vorsichtigen Lächeln.

»Natürlich war das nicht richtig«, schränkt Ane ein, »aber du warst diejenige, die uns nach Gaztelugatxe geführt hat. Wenn du den Stein des Drachen nicht erwähnt hättest, wäre Sara jetzt tot. Sie hat ihr Überleben auch dir zu verdanken.«

Julia betrachtet sie aufmerksam, und in ihren Augen steht die Bitte, aufrichtig zu sein, als sie schließlich fragt: »Ist sie meine Mutter?«

»Nein. Tut mir leid.«

Julia presst die Lippen zusammen und nickt enttäuscht.

»Warum haben die Nonnen das getan?«, fragt sie, den Blick wieder auf die Flussmündung gerichtet, die vor ihnen liegt.

»Sie haben sich über Gut und Böse erhaben gefühlt. Haben Gott gespielt. Sie haben entschieden, welche Frauen Mütter sein durften und welche nicht. Außerdem haben sie damit Geld verdient. Geld und Entgegenkommen, weil viele einflussreiche Familien für den Rest ihres Lebens in der Schuld des Klosters standen.«

»Das ist furchtbar!«

»Ist es.«

»Sag mir, dass ich nicht die Tochter dieser Nonne bin.«

Anes Blick bleibt an einem Segelboot hängen, das hinter der Insel Izaro aufgetaucht ist. Der leichte Wind treibt es still und langsam an. Wo sind die Möwen, die die Luft normalerweise mit ihrem verärgerten Krächzen erfüllen? Sicher sind sie auf der Suche nach Nahrung weiter aufs Meer geflogen.

»Nein, du bist nicht ihre Tochter.« Ane übergibt Julia das Dokument, das dies beweist. »Schwester Teresa ist die Mutter von Álvaro Orduña, dem Tulpenmörder.«

Julia zeigt keine Regung.

»Es ist ihm also nicht gelungen, diejenige zu töten, die ihn zur Welt gebracht hat«, sagt sie schließlich tonlos. Ihrer Stimme ist weder Freude noch Trauer anzuhören. Sie will die Information nur verarbeiten. »Und meine Mutter?«

Ane zeigt auf einen anderen Abschnitt des Dokuments. »Deine Mutter ist die verschwundene Schwester von Anabel Larzabal. Eure DNA stimmt entsprechend überein.«

Julia nickt schweigend. Ihr Blick ist auf die Wellen vor Mundaka gerichtet. Aus der Ferne sehen sie klein aus, kleine weiße Linien, und die Surfer, die zu dieser Uhrzeit zu Dutzenden auf dem Meer sind, sind gar nicht zu erkennen.

»Begoña Larzabal Villa«, murmelt sie schließlich. Nun schwingt tiefe Traurigkeit in ihrer Stimme mit. »Ob sie tot ist?«

Ane weiß nicht, was sie sagen soll. So viele Jahre hat es von der Frau kein Lebenszeichen gegeben. Aber sie ahnt, dass ihre Kollegin das jetzt nicht hören will.

»Sie ist irgendwo an einem Ort weit fort von hier«, sagt Ane nach einer Weile. »Was hättest du getan, wenn man dich in einem Kloster eingeschlossen und dir dein Baby weggenommen hätte?«

»Irgendwo auf der anderen Seite des Erdballs ein neues Leben beginnen. Aber trotzdem, irgendwann werde ich sie finden.«

Der Adler hat sich auf dem nackten Ast eines Baums in der Nähe niedergelassen. Wie ein Tourist betrachtet er die Landschaft.

»Und jetzt?«, fragt Julia. Ihr Augen glänzen, aber sie weint nicht.

»Jetzt geht das Leben weiter. Ich wünschte, wir müssten nie mehr zusammenkommen, dass es keine Verbrechen mehr gibt, für die unsere Spezialeinheit nötig ist.«

»Hoffentlich«, stimmt ihr Julia zu, obwohl sie beide wissen, dass dies ein Wunsch ist, der sich sicher nicht erfüllen wird.

79

Dezember 2018

Die ehemalige Stierkampfarena in Durango ist beinahe komplett mit Menschen gefüllt. Und es ist nicht irgendein Ort, denn er liegt am Fuß des Bergs Amboto, wo sich laut der baskischen Mythologie die Höhle der Göttin Mari befindet. Für das erste Konzert der Band The Lamiak, das Olaia organisiert hat, könnte es keine bessere Bühne geben. Diesmal handelt es sich nicht um einen Auftritt in der Bar eines Verwandten oder nach einem Abendessen mit Freunden. Nein, diesmal ist es ernst, und alles hat prima geklappt. Sie sind schon bei der zweiten Zugabe, und das Publikum fordert noch mehr.

»Das höre ich jeden Tag im Auto«, sagt Aitor, als *Over the Edge* gespielt wird.

»Es ist einer von Anes Lieblingssongs«, sagt Madrazo, »und wohl der bekannteste Protestsong gegen häusliche Gewalt. Schade, dass der Text auf Englisch ist und viele, die ihn hören sollten, ihn nicht verstehen.« Er spricht mit lauter Stimme, um das Schlagzeug zu übertönen. »Ich hab Belako mal in Bilbao beim BBK-Live-Festival gesehen. Schön, dass dir die Musik gefällt.«

»Ich wünschte, jeder würde sich so intensiv mit dem Thema beschäftigen wie Ane«, meint Leire Altuna, Aitors Lebensgefährtin, die sich das Konzert ihrer Freundin nicht entgehen lassen wollte.

Julia nickt traurig. Fast jede Woche wird sie an einen Tatort von geschlechtsspezifischer Gewalt gerufen.

»Ich wusste nicht, dass sie so gut sind«, sagt Raúl.

Sie sind so in ihr Gespräch vertieft, dass ihnen gar nicht aufgefallen ist, dass der Song zu Ende und Ane von der Bühne verschwunden ist.

»Ihr seid echt alle gekommen!«, sagt sie, als sie zu ihnen stößt. Sie sieht glücklich aus, nassgeschwitzt, aber strahlend.

»Ach, Quatsch. Wir sind hier, weil ein paar Anwohner angerufen und sich über den Lärm beschwert haben«, scherzt Julia und stößt Ane freundschaftlich in die Seite.

»Ich bin eigentlich nur auf dem Weg nach Mundaka«, setzt Madrazo noch einen drauf. »Julia hat mir versprochen, mir morgen ihre bevorzugten Surfreviere zu zeigen.« Er zwinkert der Kollegin aus Urdaibai zu.

Leire greift nach einem der Schlagzeugstöcke, die Ane noch in der Hand hält, und schlägt damit leicht gegen ein Bierglas.

»Wenn du weiter so auf die Becken eindrischst, wirst du noch die Göttin Mari wecken. Ich wäre da vorsichtig.« Ane lacht. »Hast du gesehen, dass mein Sugaar Gesellschaft gekriegt hat?«

»Hey, super!«, lobt Leire und streicht Ane über den Hals.

»Hab ich ihm zu verdanken.« Ane legt Raúl den Arm um die Schultern. »Soll er dir auch eins machen? Keine Lust?«

Leire zuckt mit den Schultern. »Warum nicht?«

»Hat sie dir schon gesagt, dass sie wieder schreibt?«, fragt Aitor an Ane gewandt.

»Wirklich? Darauf müssen wir anstoßen«, freut sich Ane und hält ihr Glas hoch. »Ein neuer Krimi oder mal wieder was Romantisches?«

»Suspense, also wieder ein Krimi«, erklärt Leire.

Ane lächelt stolz. »Du hättest Ertzaina werden sollen. Willst du sie nicht für unsere Spezialeinheit anwerben?«, scherzt sie, an Madrazo gewandt.

»Wegen mir gern«, entgegnet dieser. »Eine bessere Beraterin können wir nicht kriegen.«

Auf der Bühne erklingen die ersten Akkorde eines neuen Songs, womit Olaia und Nagore Ane zurückrufen.

»Auf Txema!«, sagt Julia und hebt ihr Glas. Es vergeht kein Tag, an dem sie nicht an ihn denkt. Schade, dass er die Auszeichnung, die das Innenministerium ihm verliehen hat, nicht persönlich entgegennehmen konnte.

Die anderen tun es ihr nach. Ihre Gesichter sind traurig.

»Er war ein guter Polizist«, sagt Ane. »Unsere Spezialeinheit wird ohne ihn nie mehr so sein wie zuvor.«

Madrazo nickt. »Darüber hab ich schon nachgedacht.« Sein Blick fällt auf Raúl. Für einen Moment glauben alle, dass er Raúls Aufnahme verkünden wird, doch er sagt nichts dergleichen. Es ist nicht der richtige Moment.

Die anderen beiden Mitglieder von The Lamiak rufen immer deutlicher nach Ane. Der Song braucht dringend Verstärkung durch das Schlagzeug.

»Ich komme ja schon!«, ruft Ane und kehrt zur Bühne zurück. Doch bevor sie die Stufen hinaufgeht, bleibt sie noch einmal stehen und zeigt auf Julia. »Der Song ist für dich, die beste Kollegin, die ich seit dem Abschluss an der Akademie hatte.«

Nachdem Ane ein paar Worte mit den anderen beiden Bandmitgliedern gewechselt hat, setzt sie sich ans Schlagzeug und beginnt mit der großen Trommel den Rhythmus vorzugeben. Dann folgen die Becken. Gleich darauf sind in der ehemaligen Arena auch die Akkorde der Gitarre und der Bass zu hören.

Julia erkennt die ersten Takte. *Palabras para Julia*, Worte für Julia, das Lied, das Ane vor ein paar Wochen entdeckt hat. Es scheint, als hätte José Agustín Goytisolo an sie gedacht, als er in dem Jahr, in dem sie geboren wurde, den Text geschrieben hat.

La vida es bella, ya verás,
como a pesar de los pesares
tendrás amigos …

Das Leben ist schön, und du wirst sehen,
dass du trotz allem, was dich belastet,
Freunde haben wirst …

Julia gibt der entschlossenen Frau, die voller Elan das Schlagzeug bearbeitet, das Lächeln zurück. Ane ist die beste Kollegin, mit der sie je gearbeitet hat.

Ane weiß, dass sie Julia in nicht allzu langer Zeit wiedersehen wird. Denn irgendwann wird die *Unidad Especial de Homicidios de Impacto*, die Spezialeinheit für besonders schwerwiegende Mordfälle, wieder zum Einsatz kommen.

Und das schneller, als die beiden es sich wünschen.